A VIDA NA TERRA

DAVID ATTENBOROUGH
A VIDA NA TERRA
UMA HISTÓRIA NATURAL

Tradução: Cynthia Ayer
Revisão: Núbio Negrão

Martins Fontes

Título original:
LIFE ON EARTH — A NATURAL HISTORY
William Collins Sons & Co. Limited
e British Broadcasting Corporation, Londres, 1979
© *Copyright by* David Attenborough Productions Ltd, 1979

2.ª edição brasileira: novembro de 1990

Tradução:
Cynthia Ayer

Revisão:
Núbio Negrão

Revisão tipográfica:
G. Tomiko Hara e Elvira da Rocha Pinto

Produção:
Geraldo Alves

Composição:
Ademilde L. da Silva

Capa:
Alexandre Martins Fontes

Todos os direitos desta edição reservados à
LIVRARIA MARTINS FONTES EDITORA LTDA.
Rua Conselheiro Ramalho, 330/340 — Tel.: 239-3677
01325 — São Paulo — SP — Brasil

Índice

Introdução 7
1 A infinita variedade 11
2 Desenvolvendo o corpo 37
3 As primeiras florestas 65
4 As multidões fervilhantes 93
5 A conquista das águas 115
6 A invasão da terra 141
7 Uma pele impermeável 163
8 Os senhores do ar 187
9 Ovos, bolsas e placentas 221
10 Tema e variações 241
11 Os caçadores e os caçados 269
12 Uma vida nas árvores 293
13 Os comunicadores compulsivos 323
Agradecimentos 346
Índice remissivo 349

Introdução

Há 25 anos visitei os trópicos pela primeira vez. Ainda me recordo, com grande nitidez, do impacto ao sair do avião e penetrar na atmosfera úmida e perfumada da África ocidental. Era como se entrasse numa lavanderia a vapor. A umidade que pesava na atmosfera era tão intensa que minha pele e a camisa ficaram imediatamente ensopadas. Uma cerca de hibiscos bordejava os edifícios do aeroporto. Suimangas, brilhando numa iridescência verde e azul, voavam ao redor dela, dardejando de uma flor escarlate para outra, imobilizando-se no ar batendo as asas, à procura do néctar. Só depois de observá-los por algum tempo foi que percebi, agarrado a um galho da cerca, um camaleão totalmente imóvel, à exceção dos olhos saltados que giravam seguindo cada inseto que passava. Ao lado da cerca pisei num arbusto que me pareceu ser grama. Para meu assombro as folhinhas imediatamente se dobraram e se colaram no caule, transformando as frondes verdes em varinhas aparentemente nuas. Era uma mimosa sensitiva. Mais além havia uma poça coberta de plantas aquáticas. A espaços, a água escura fremia de peixes. Uma ave castanha, procurando caminho entre as folhas, levantava os pés de dedos longos com o cuidado exagerado de um homem com sapatos de neve. Onde quer que olhasse, encontrava uma prodigalidade de formas e cores para a qual estava totalmente despreparado. Foi uma revelação do esplendor e da fecundidade do mundo natural da qual jamais me recuperei.

Quase todos os anos, desde aquela primeira viagem, tenho conseguido, de uma ou de outra forma, voltar aos trópicos. Geralmente meu objetivo tem sido fazer um filme sobre algum aspecto desse mundo infinitamente variado. Assim, tive a sorte de viajar durante meses com o único objetivo de encontrar e filmar algum animal raro que poucas pessoas tinham tido a oportunidade de ver em seu estado natural, e de assistir a alguns dos mais maravilhosos espetáculos oferecidos pelas regiões selvagens da terra: uma árvore cheia de aves-do-paraíso exibindo suas plumas, na Nova Guiné; lemuróides gigantes saltando pelos bosques de Madagascar; os maiores lagartos do mundo rondando, como dragões, em uma pequenina ilha da Indonésia.

Os filmes que fizemos procuraram documentar a vida de certos animais, mostrando como cada qual encontrava seu alimento, se defendia e se reproduzia, e os meios através dos quais se integrava na comunidade de plantas e animais que o cercavam. Faltava, porém, um elemento; raramente examinávamos o caráter básico da sua anatomia. A quintessência de um lagarto, por exemplo, só é perfeitamente compreensível à luz das possibilidades e limitações específicas ditadas por sua natureza de réptil, e esta, por sua vez, só se torna compreensível à luz de seu passado.

Assim, surgiu a idéia de um grupo entre nós fazer uma série de filmes sob um ângulo um pouco diferente de qualquer outro tentado antes. Esses filmes tratariam não apenas da história natural, no sentido em que essas duas palavras são normalmente usadas, mas da história da natureza. Seriam uma tentativa de avaliação de todo o reino animal, e estudariam cada grande grupo de animais sob o prisma do papel que desempenhou no longo drama da vida na Terra, desde seu início até hoje. Este livro é o resultado dos três anos de viagens e pesquisas gastos no preparo desses filmes.

A condensação de 3 bilhões de anos de história em 350 páginas e a descrição de grupos de animais que abrangem dezenas de milhares de espécies num só capítulo compelem a grandes omissões. Meu método foi o de procurar descobrir um único aspecto mais significativo na história de cada grupo e nele concentrar a investigação, ignorando resolutamente outros, mesmo que muito atraentes.

Adotando-se esse critério corre-se o risco de introduzir uma motivação aparente no reino animal que não existe na realidade. Darwin demonstrou que a força motora da evolução resulta da acumulação, ao longo de inúmeras gerações, de mudanças genéticas acidentais determinadas pelos rigores da seleção natural. Ao descrever as conseqüências desse processo é muito fácil usar as palavras de forma a sugerir que os próprios animais se esforçaram para ocasionar determinadas mudanças: que os peixes *queriam* se arrastar para a terra firme e finalmente transformar suas nadadeiras em pernas, que os répteis *desejavam* voar e se esforçaram para transformar suas escamas em penas, tornando-se aves. Como não há nenhuma evidência objetiva de tal motivação, procurei, ao descrever sucintamente estes processos, não me utilizar das frases que dessem margem a interpretações dúbias.

É surpreendente que quase todas as fases importantes da história da evolução possam ser descritas através de animais vivos ainda hoje, representantes das criaturas ancestrais que foram os protagonistas originais. Assim, o peixe dipnóico mostra-nos hoje como os pulmões dos animais se teriam desenvolvido; o *chevrotain*, pequeno cervo asiático, é um representante atual dos primeiros mamíferos ungulados que viveram nas pastagens de há 50 milhões de anos. No entanto, é necessário esclarecer esta identificação para que não surjam equívocos: raras são as espécies atuais que parecem ser idênticas àquelas cujos vestígios estão fossilizados há centenas de milhões de anos. Isto ocorre porque esta espécie existiu num meio ambiente que permaneceu inalterado por longo período de tempo, e que lhe era tão perfeitamente adequado que não houve razão para evoluir. Na maioria dos casos, porém, embora mantendo as características essenciais de seus antepassados históricos, as espécies atuais diferem deles em vários aspectos. Tanto o peixe dipnóico como o *chevrotain*, embora semelhantes a seus respectivos ancestrais, não são, de forma alguma, idênticos a eles. Para deixar clara esta distinção, deveria repetir em cada caso a frase: "formas ancestrais semelhantes à espécie atual", o que julgo formal e desnecessário; portanto, considere-se a frase como implícita cada vez que me referir a uma criatura remota pelo nome de uma atual.

Preferi usar a nomenclatura popular em vez da científica para que cada animal seja imediatamente reconhecido. Aqueles que quiserem descobrir mais sobre sua anatomia e biografia em livros técnicos encontrarão no índice o nome científico correspondente. Preferi expressar os períodos de tempo em termos absolutos de milhões de anos, em vez de usar as denominações clássicas da geologia. Estas podem ser encontradas na árvore genealógica da página 344. Finalmente, com o objetivo de manter a clareza da narrativa, não me referi nominalmente aos inúmeros cientistas cujos trabalhos forneceram fatos e teorias nos quais as próximas páginas são baseadas. Não foi minha intenção diminuir nossa dívida de gratidão para com eles. Suas pesquisas nos proporcionaram o mais valioso de todos os critérios, a percepção da continuidade da natureza em todas as suas manifestações e a capacidade de reconhecer o nosso lugar dentro dela.

1 A infinita variedade

Não é difícil descobrir um animal desconhecido. Passe um dia numa floresta tropical da América do Sul revirando os troncos caídos, espiando atrás da casca das árvores, procurando na úmida camada de folhas mortas e em seguida, à noite, mantenha acesa uma lâmpada de mercúrio junto a uma tela branca, e você conseguirá apanhar centenas de bichinhos diferentes. Mariposas, lagartas, aranhas, besouros narigudos, insetos luminosos, borboletas inofensivas disfarçadas em vespas, vespas com jeito de formigas, gravetos que andam, folhas que abrem as asas e voam — a variedade será imensa e é quase certo que algum desses bichinhos ainda não foi catalogado pela ciência. A dificuldade estará em encontrar um especialista que conheça tais grupos tão bem a ponto de perceber a existência de algum espécime novo.

Ninguém sabe ao certo quantas espécies de seres existem na umidade abafada e sombria dessas florestas, que abrigam a mais rica e variada coleção de flora e fauna em todo o mundo. Aí vivem diversas categorias de criaturas superiores — macacos, roedores, aranhas, beija-flores, borboletas — e a maioria se apresenta em vários tipos diferentes. Conhecem-se mais de 40 espécies de papagaio, mais de 70 de macaco, 300 de beija-flor e dezenas de milhares de borboleta. Se você não se cuidar, poderá ser picado por cem tipos diferentes de mosquitos.

Em 1832 Charles Darwin, um jovem inglês de 24 anos, que era o naturalista de bordo no brigue britânico *HMS Beagle*, em viagem de reconhecimento ao redor do mundo, visitou uma floresta nas cercanias do Rio de Janeiro. Em apenas um dia, numa área pequena, encontrou 68 espécies diferentes de besouros, assombrando-se com a existência de tantas espécies de um só tipo de criatura. Darwin não estava especialmente à procura de besouros, pois, assim escreveu em seu diário: "A idéia das futuras dimensões de um catálogo completo é suficiente para perturbar a paz de espírito de um entomologista". Naquele tempo era convencional acreditar-se que todos os seres vivos eram imutáveis, cada qual individualmente selecionado e criado por Deus. Tendo-se formado em Teologia na Universidade de Cambridge, Darwin não podia ser considerado ateu. Mas ficou profundamente impressionado por essa enorme multiplicidade de formas.

Nos três anos seguintes o *Beagle* navegou ao longo da costa leste da América do Sul e, contornando o cabo Horn, prosseguiu no rumo norte, costeando o litoral do Chile. Em seguida a expedição penetrou 600 milhas no Pacífico, até atingir o isolado arquipélago de Galápagos; encontrando novas variações, as dúvidas de Darwin sobre a origem das espécies volta-

Iguanas-marinhas e caranguejos, Galápagos

Tartarugas gigantes, Galápagos

ram. Para ele foi fascinante constatar que os animais das Galápagos, embora semelhantes no aspecto geral, diferiam de seus irmãos do continente sul-americano em certos detalhes. Havia corvos-marinhos, negras aves mergulhadoras parecidas com as que sobrevoam os rios brasileiros. Mas, nas Galápagos, suas asas eram tão curtas e de penas tão atrofiadas que tinham perdido a faculdade do vôo. Havia iguanas, grandes lagartos com uma crista escamosa no dorso. No continente eram herbívoros e viviam em árvores. Nas ilhas, onde a vegetação era escassa, uma espécie alimentava-se de algas marinhas, firmando-se nos rochedos entre as ondas da preamar por meio de garras extraordinariamente longas e poderosas. Havia tartarugas terrestres semelhantes às do continente mas muito maiores, gigantes que podiam carregar um homem no dorso. O vice-governador britânico das Galápagos revelou a Darwin que mesmo dentro da área do arquipélago existiam variações: as tartarugas apresentavam pequenas diferenças entre si, sendo possível identificar sua procedência. As que viviam nas ilhas relativamente bem irrigadas, de vegetação rasteira, apresentavam uma ligeira curvatura na borda anterior de suas carapaças, enquanto que as procedentes das ilhas áridas, de pescoço muito mais longo, tinham uma saliência que as habilitava a esticá-lo quase verticalmente e alcançar cactos e folhas de árvores.

Na mente de Darwin cresceu a suspeita de que as espécies não eram imutáveis. Talvez uma pudesse transformar-se em uma outra; talvez, há milhares de anos, pássaros e répteis do continente sul-americano, navegando à deriva nas jangadas de vegetação que desciam os rios, tivessem atingido o mar aberto, e, finalmente, o arquipélago. Nas Galápagos, buscando melhor adaptação ao meio ambiente, as sucessivas gerações teriam evoluído até se tornarem nas espécies por ele encontradas.

As diferenças eram pequenas. Mas, aceitando-se a idéia de que essas transformações tinham ocorrido, poder-se-ia contemplar a hipótese de que, num período de milhões de anos, os efeitos cumulativos da evolução numa determinada dinastia animal pudessem ter ocasionado mudanças de real importância. Talvez peixes tivessem desenvolvido nadadeiras musculares e se arrastado para a terra, transformando-se em anfíbios; e estes, por sua vez, impermeabilizando a própria pele evoluíssem para répteis; talvez até um animal simiesco tivesse se posto em pé, tornando-se, assim, num ancestral do homem.

Essa idéia, na realidade, não era nova. Outros antes de Darwin haviam sugerido que a vida na terra era inter-relacionada. O critério revolucionário de Darwin foi o de perceber o mecanismo que ocasionava tais mudanças. Por causa de suas descobertas, uma especulação puramente filosófica foi substituída pela descrição detalhada de um processo de ação, evidenciado por muitas provas que podiam ser testadas e verificadas. E a realidade da evolução não pode mais ser negada.

Em resumo, o argumento de Darwin era este: todos os indivíduos de uma mesma espécie divergem entre si. Por exemplo: em uma ninhada de ovos de tartaruga gigante alguns filhotes, por causa de sua constituição genética, terão o pescoço mais comprido. Numa época de seca eles sobreviverão porque conseguirão, esticando o pescoço, alcançar as folhas e se alimentar. Seus irmãos morrerão de fome. Assim, os que melhor se adaptarem ao meio ambiente serão automaticamente selecionados, e transmitirão suas características especiais aos filhotes. Após algumas gerações todas as tartarugas das ilhas áridas terão o pescoço comprido; e, assim, uma espécie terá dado origem a outra.

Esse conceito só se tornou claro na mente de Darwin muito tempo depois de ter deixado as Galápagos. Durante vinte e cinco anos meticulosamente acumulou provas e, somente em 1859, quando já contava 48 anos, foi que decidiu publicá-las. Assim mesmo, só o fez porque Alfred Wallace, um jovem naturalista que trabalhava no sudeste da Ásia, havia formulado a mesma teoria. Darwin intitulou o livro no qual expunha suas idéias *A Origem das Espécies por Meio da Seleção Natural ou a Preservação das Raças Favorecidas na Luta pela Existência.*

Desde então a teoria da evolução natural tem sido debatida e testada, aperfeiçoada, qualificada e elaborada. Descobertas mais recentes nos campos da genética, da biologia molecular, da dinâmica populacional e do comportamento humano lhe acrescentariam novas dimensões. Contudo, Darwin ainda continua a ser a chave para a compreensão do mundo natural; sua teoria nos permite reconhecer que a vida tem uma história longa e contínua, durante a qual organismos vegetais e animais sofreram mudanças e evoluíram, de geração em geração, povoando toda a Terra.

A evidência direta, embora fragmentária, da história da vida se encontra nos arquivos da terra que são as rochas sedimentárias. A maioria dos animais não deixa vestígios de sua passagem. A carne apodrece. Os ossos ou conchas se dispersam e viram pó. Mas, muito ocasionalmente, um ou outro ser entre milhares tem um destino diferente. Um réptil atola num pântano e morre. Seu corpo apodrece e seus ossos se depositam no lodo. Vegetação morta vai lentamente se acumulando e o sedimento vira turfa. Mudanças no nível do mar podem ocasionar uma inundação. A areia atinge o pântano, e, depositando-se em camadas sobre a turfa que, assim comprimida, depois de algum tempo vira carvão. Os ossos do réptil continuam enterrados. Mas a pressão dos sedimentos que os recobrem e a circulação de soluções ricas em minerais provocam reações químicas no fosfato de cálcio dos ossos e acabam por petrificá-los. A forma exterior que tinham em vida é mantida; com alguma distorção. Entretanto, em certos casos, a estrutura celular se preserva de tal forma que, ao microscópio, podemos delinear os vasos sanguíneos e os nervos que os circundavam.

Os locais mais propícios à fossilização são os mares e lagos onde depósitos sedimentários como o arenito e a pedra calcária se acumulam lentamente. Em terra, grande parte das rochas é destruída pela erosão, depósitos fossilíferos como as dunas de areia raramente são preservados. Em conseqüência, as únicas criaturas terrestres fossilizadas foram as que caíram na água por acaso. Por esse motivo, não podemos ter uma idéia completa, baseada no testemunho dos fósseis, dos animais que durante sua existência viveram em terra firme. Os seres aquáticos como peixes, moluscos, ouriços-do-mar e corais são muito melhores candidatos à preservação. Mesmo assim, somente alguns dentre eles pereceram em condições físicas e químicas ideais para a fossilização. Destes, apenas uma pequena parcela se encontra nas rochas que hoje afloram à superfície da Terra. E grande parte deles, antes de ser localizada pelos cientistas, é destruída pela erosão. O espantoso é que, com tantos fatores adversos, fosse encontrado um número tão grande de fósseis, e que a evidência por eles apresentada seja tão coerente e rica em detalhes.

Como podemos datá-los? Com a descoberta da radioatividade os cientistas perceberam que as rochas contêm um relógio geológico nas suas respectivas estruturas. A radioatividade é produzida pela decomposição de vários elementos químicos. Com o passar do tempo o potássio torna-se argônio, o urânio, chumbo e o rubídio, estrôncio. A velocidade desse fenômeno pode ser calculada. Se medirmos a proporção de um elemento secundário de uma rocha em relação a um primário, a data da formação do mineral original pode ser calculada. Existem vários pares desses elementos se decompondo em velocidades diferentes, sendo possível conferi-los por comparação. Esta técnica, que requer métodos de análise extremamente refinados, deverá permanecer sempre na alçada dos especialistas. Entretanto, qualquer pessoa pode datar as rochas usando uma lógica simples e, dessa forma, ordenar os acontecimentos mais importantes da história dos fósseis. As rochas se apresentam em camadas, e, se não foram perturbadas, as camadas inferiores são, logicamente, mais antigas que as superiores. Partindo desse princípio, se penetrarmos na crosta terrestre, poderemos acompanhar a história da vida na Terra e traçar a linhagem dos animais desde o seu aparecimento.

A fenda mais profunda na superfície da Terra é o Grand Canyon, no oeste dos Estados Unidos. Os estratos rochosos que ladeiam o rio Colorado encontram-se em posição relativamente horizontal, camada sobre camada, ora rosados à luz da manhã, ora azuis à distância sombreada. A terra aí é tão seca que apenas juníperos isolados e outros arbustos rasteiros pintalgam a superfície dos penhascos, deixando que as camadas de rocha se delineiem nitidamente. Muitas são de arenito ou de pedra calcária, lentamente acumuladas no fundo dos mares rasos que recobriam esta parte da América do Norte. Examinando-as com cuidado, notam-se descontinuidades na sedimentação: são registros das ocasiões em que a crosta terrestre se elevou, os mares escoaram-se e os sedimentos acumulados no fundo foram destruídos pela erosão. Mais tarde o nível da terra desceu novamente e nos novos mares que se formaram reiniciaram a sedimenta-

No verso: *O Grand Canyon do rio Colorado*

ção. Apesar desses lapsos, as linhas gerais da história dos fósseis permanecem claras.

Uma mula poderá levá-lo, num passeio fácil de um dia, desde a borda até o fundo do Canyon. As primeiras rochas que passarem já terão 200 milhões de anos. Nelas não há vestígio de mamíferos ou aves, mas existem traços de répteis. À margem do caminho notará uma trilha de sulcos cruzando a superfície de um seixo redondo: são rastros deixados por um animalzinho de quatro patas, um réptil, quase certamente um lagarto correndo por uma praia arenosa. Em rochas da mesma altitude e não muito distantes, encontram-se marcas deixadas por samambaias e asas de insetos.

A meio caminho, descendo o Canyon, passará por rochas calcárias de 400 milhões de anos. Nelas não há répteis, mas verá silhuetas de estranhos peixes blindados. Uma hora e pouco mais tarde — e um milhão de anos mais cedo — as rochas não apresentam sinais de vertebrados de nenhum tipo; apenas umas poucas conchas e alguns vermes que deixaram atrás de si uma escultura de rastros no que era então um lamacento fundo de mar. Com três quartos do caminho percorridos ainda estará passando por camadas de pedra calcária, agora sem nenhum vestígio de vida. No fim da tarde finalmente atingirá o desfiladeiro do vale do rio Colorado, que corre muito verde entre as paredes rochosas. Você agora está um quilômetro e meio a prumo da borda do Canyon; as rochas que aqui se encontram foram datadas com a incrível idade de 2 bilhões de anos. Nelas deveriam encontrar-se fósseis marcando o início da vida na Terra. No entanto, as rochas escuras, de textura fina, não contêm restos orgânicos de nenhum tipo, e se apresentam, não em estratos horizontais como todas as anteriores, mas, em camadas irregulares, retorcidas, marcadas por veios de granito róseo.

Por que estão ausentes todos os sinais de vida? Seriam estas rochas e os estratos calcários imediatamente anteriores tão antigos que todos os seus fósseis foram destruídos? E as primeiras criaturas a deixarem qualquer marca de sua existência teriam sido seres tão complexos tais como vermes e moluscos? Durante muito tempo estas questões confundiram os geólogos. Em todo o mundo, rochas de igual antigüidade foram cuidadosamente estudadas à procura de restos orgânicos. Uma ou outra forma estranha foi encontrada, sendo logo rejeitada pelos especialistas que nelas reconheciam apenas os contornos produzidos pelos processos físicos da formação rochosa, sem qualquer relação com organismos vivos. Na década de 50, com o aparecimento dos microscópios de alta potência, os pesquisadores concentraram seus estudos em algumas rochas particularmente enigmáticas.

A uns mil e seiscentos quilômetros do Grand Canyon, rochas antigas, quase da mesma idade das que ladeiam o rio Colorado, afloram às margens do Lago Superior, num local conhecido como Gunflint Chert. Algumas dessas rochas contêm filões de uma substância semelhante a uma pedra de granulação fina, chamada sílex córneo, *chert* em inglês. Essa substância já era conhecida no século passado, pois os pioneiros a utilizavam em suas espingardas de pederneira. A espaços essas rochas apresentavam estranhos círculos brancos concêntricos de cerca de 1 m de diâmetro. Seriam esses círculos apenas o resultado de redemoinhos de lama do fundo dos mares primitivos ou formados por organismos vivos? Ninguém sabia ao certo e a essas formas foi dado o nome pouco comprometedor de estromatólitos, palavra esta derivada do grego e que significa "tapete de pedra". Entretanto, quando os pesquisadores examinaram ao microscópio fatias finas e translúcidas desses círculos encontraram, preservados no sílex, restos de organismos simples, com um ou dois milímetros de diâmetro. Alguns se assemelhavam a filamentos de algas; outros, embora claramente orgânicos, não tinham paralelos nos organismos vivos conhecidos; alguns deles eram idênticos às formas mais simples de vida que se conhece: as bactérias.

Parecia impossível que partículas tão minúsculas como esses microrganismos pudessem se fossilizar. Mais incrível ainda era o fato de esses microfósseis se terem conservado por um período tão longo de tempo. A solução de sílica que impregnou esses organismos mortos e os petrificou no sílex é hoje reconhecida como sendo um preservativo tão refinado e durável quanto os melhores que existem. A descoberta dos microfósseis de Gunflint Chert estimulou novas pesquisas, não apenas na América do Norte, mas, em todo o mundo. Microfósseis foram encontrados na Austrália; alguns, surpreendentemente, 1 bilhão de anos mais antigos do que os de Gunflint. Entretanto, se quisermos imaginar como começou a vida na Terra, teremos que retroceder 1 bilhão de anos aquém dos mais antigos microfósseis.

A Terra, ainda em processo de resfriamento, era então destituída de vida e radicalmente diferente de quase todos os aspectos do planeta em que vivemos. As nuvens de vapor que a circundavam já tinham se condensado e formado mares de água fervente. Não se sabe como a massa terrestre estava distribuída mas, certamente, não se assemelhava nem em forma, nem em distribuição aos modernos continentes. Os vulcões ativos eram abundantes, vomitando lava e cinza. A atmosfera rarefeita se compunha de turbilhões de nuvens de hidrogênio, monóxido de carbono, amônia e metano. Havia pouco ou nenhum oxigênio. Essa mistura de gases permitia a penetração de radiações solares ultravioleta, banhando a Terra com um calor tão intenso que a vida animal, como a conhecemos, não poderia existir. Tempestades magnéticas de extrema violência varriam as nuvens e bombardeavam a terra e o mar com faíscas elétricas.

Em 1950, foram realizadas experiências de laboratório com a finalidade de verificar o que aconteceria a determinados constituintes químicos, se expostos a condições semelhantes. Os mesmos gases, misturados com vapor de água, foram submetidos a descargas elétricas e a raios ultravioleta. Depois de apenas uma semana deste tratamento foram encontradas na solução moléculas complexas, e, entre elas, açúcares, ácidos nucléicos e aminoácidos, os blocos elementares necessários para a formação das proteínas. Não resta dúvida de que moléculas semelhantes podem ter-se formado nos mares da Terra no princípio de sua história.

Com o passar de milhões de anos, as concentrações dessas substâncias aumentaram e as moléculas começaram um processo de interação, resultando daí outros conglomerados mais complexos. Pode-se mesmo supor que alguns ingredientes do espaço sideral trazidos por meteoritos tenham sido adicionados. Eventualmente, em meio à grande variedade de substâncias, surgiu uma que iria ser fundamental para o futuro desenvolvimento da matéria viva. Essa substância chama-se ácido desoxirribonucléico, ou DNA, abreviatura da designação inglesa. Sua estrutura apresenta duas propriedades muito importantes: tem a capacidade de se duplicar e pode servir de modelo para a fabricação de aminoácidos. Com o DNA as moléculas atingiram o limiar de uma etapa completamente nova em seu desenvolvimento, pois essas duas características são igualmente essenciais aos organismos vivos como, por exemplo, as bactérias. E as bactérias, além de serem a forma mais simples de vida que conhecemos, são também os fósseis mais antigos encontrados na Terra.

A capacidade de duplicação do DNA se deve à sua estrutura especial: a molécula é formada por duas longas cadeias helicoidais (em forma de hélice dupla). Durante a divisão celular a molécula se abre como um zíper formando duas hélices independentes. Cada uma delas age com um molde ao qual outras substâncias simples são atraídas, até que se forme uma nova hélice dupla.

O DNA é constituído por apenas quatro tipos de moléculas simples que se encontram agrupadas em trios e dispostas em uma ordem muito especial e significativa. Essa ordem ou código especifica quando e como cerca de vinte aminoácidos diferentes devem ser dispostos numa proteína e a quantidade a ser produzida. Uma unidade de molécula DNA contendo a seqüência completa necessária para sua reprodução é chamada gene.

Às vezes, o processo de replicação falha. Um erro pode ocorrer em um único ponto ou então o DNA pode, temporariamente, se deslocar ao longo de toda a sua estrutura e se reinserir em lugar errado. A cópia então sai imperfeita e as proteínas resultantes poderão ser completamente diferentes. Quando esse fenômeno ocorre nos primeiros organismos terrestres, a evolução teve início, pois, tais erros determinam a origem das variações por meio das quais a seleção natural produz a mudança evolucionária. Hoje sabemos pelos microfósseis que há 3 bilhões de anos já existiam várias formas distintas de organismos vivos como as bactérias.

Períodos tão vastos de tempo confundem a imaginação. Para dar uma idéia da duração relativa das fases mais importantes da história da vida na Terra, vamos comparar o espaço de tempo compreendido entre o aparecimento da matéria viva e os dias de hoje com o de um ano. Como é pouco provável que os fósseis mais antigos existentes já tenham sido descobertos,

Colônias de bactérias proliferam na água escaldante, Yellowstone

podemos calcular que a vida na Terra teve início há bem mais de 3 bilhões de anos. Vamos supor que cada dia represente 10 milhões de anos. Nesse calendário, os microfósseis de Gunflint, que nos pareceram tão antigos, só surgiram na segunda semana de agosto. As marcas dos vermes na lama do Grand Canyon foram feitas na segunda semana de novembro. Os peixes surgiram nos mares uma semana mais tarde; o pequeno lagarto correu pela praia no começo de dezembro, e o homem só apareceu na noite do dia 31.

Mas voltemos a janeiro. As bactérias inicialmente se nutriam dos vários complexos de carbono, acumulados durante milhões de anos nos mares primordiais. Com sua propagação, esse alimento natural deve ter começado a escassear. Qualquer bactéria que descobrisse uma forma diversa de nutrição teria maior probabilidade de sobrevivência. Algumas o conseguiram. Em vez de se valerem do alimento natural que as cercava, essas bactérias começaram a fabricar a nutrição em suas próprias células, obtendo a energia necessária da luz do Sol. Esse processo é chamado fotossíntese, e um dos ingredientes que ele requer é o hidrogênio, um gás produzido em grande quantidade nas erupções vulcânicas.

Condições semelhantes às que propiciaram o início da fotossíntese são encontradas hoje em áreas vulcânicas, como Yellowstone, no Wyoming. Aqui, uma grande massa de matéria incandescente se localiza relativamente em vapor, como um gêiser. Em outros locais, a água represada forma algumas fontes ultrapassa o ponto de ebulição e escorre fumegante por entre as rochas, circulando sob pressão decrescente até explodir subitamente em vapor, como um gêiser. Em outros locais a água represada forma bacias escaldantes que vão se resfriando e escoam lentamente. Nesse processo os sais minerais recolhidos no caminho pela água somados a alguns derivados da lava incandescente subterrânea se depositam na borda das represas formando alas de terraços. Nessa água escaldante e saturada de minerais as colônias de bactérias prosperam. Algumas se apresentam como um emaranhado de filamentos e coágulos, outras como espessos tapetes coriáceos. Muitas são vivamente coloridas e a intensidade de tom varia durante o ano, com o aumento ou diminuição das colônias. Os nomes de algumas dessas represas sugerem a variedade e o esplendor dos efeitos coloridos: Bacia das Esmeraldas, Fontes de Berilo, Cataratas de Fogo, Bacia da Ipoméia e — uma especialmente rica, com várias colônias de bactérias diferentes — Aquarela de Pintor.

Andando por esta paisagem surpreendente sente-se no ar o cheiro inconfundível de ovo podre, proveniente do hidrogênio impregnado de enxofre, produzido pela reação da água da superfície em contato com a matéria incandescente subterrânea. Enquanto dependiam da ação vulcânica para obter o hidrogênio de que necessitavam, as colônias de bactérias não podiam se propagar; mas surgiram novas formas que aprenderam a extrair o hidrogênio de um elemento muito mais comum: a água. Esta evolução iria ter um profundo efeito em todas as futuras manifestações de

Em cima: *Estromatólitos, Gunflint Chert, Lago Superior*
Em baixo: *Estromatólitos vivos, Hamelin Pool, baía de Shark*

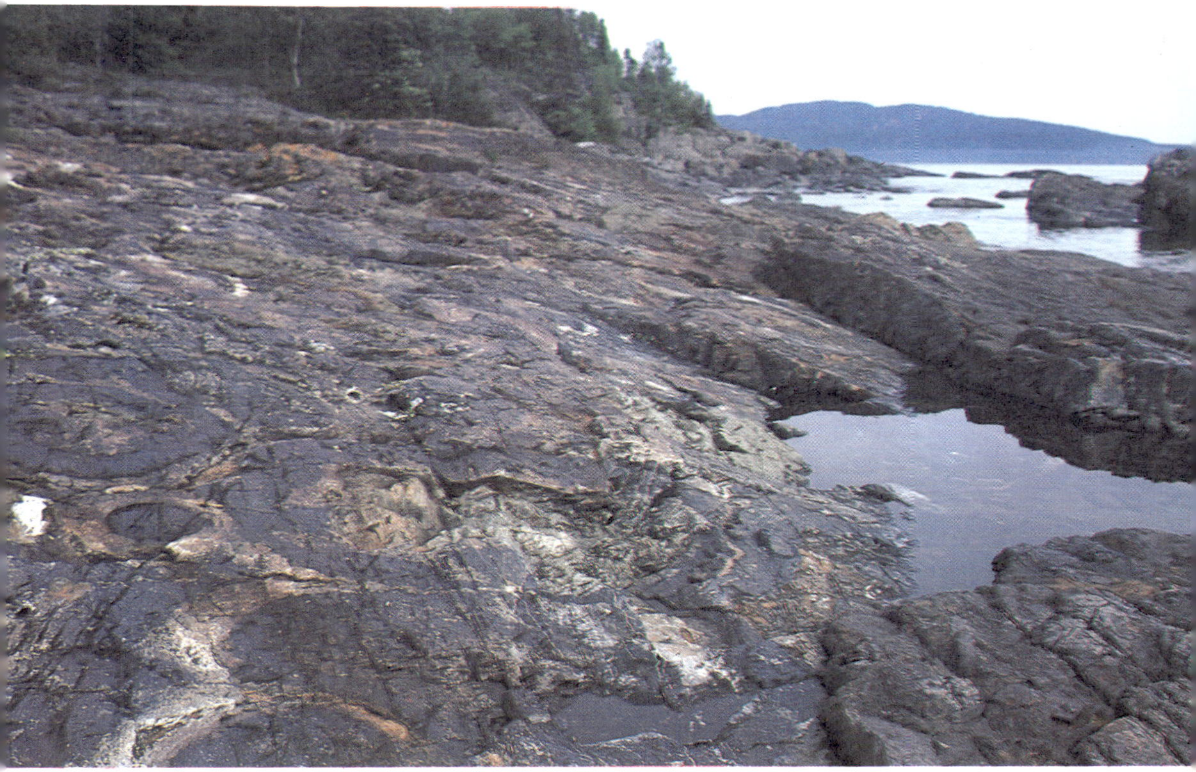

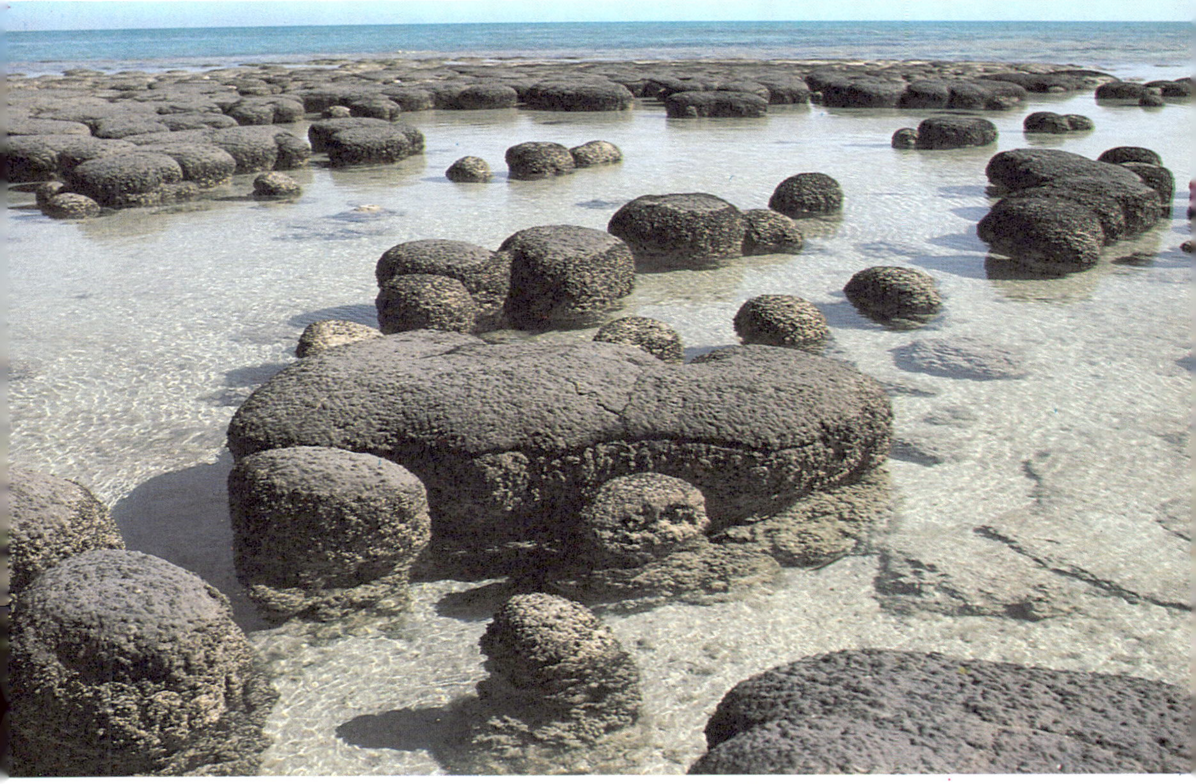

vida, porque, quando se extrai o hidrogênio da água, o elemento que fica é o oxigênio. Esse processo foi iniciado por organismos estruturalmente mais complexos do que as bactérias. Esses organismos foram, a princípio, chamados algas verde-azuis, em razão da semelhança com as algas verdes comuns encontradas nos açudes. Quando seu caráter extremamente primitivo foi estabelecido, o nome foi mudado para cianófitas ou, simplesmente, "verde-azuis". O agente químico que possibilita a utilização da água para o processo de fotossíntese é a clorofila, também presente nas algas verdadeiras e nas plantas superiores.

As cianófitas são encontradas onde quer que haja umidade constante. Às vezes, formam verdadeiros tapetes cobertos de bolinhas prateadas de oxigênio, no fundo das lagoas. Esses organismos se desenvolveram de uma forma particularmente espetacular e significativa em Hamelin Pool, uma enseada localizada na baía de Shark, na costa noroeste da Austrália tropical. Lá a entrada da barra está obstruída por um imenso banco de areia coberto de zosteras, que impede a livre circulação das ondas do mar. A evaporação provocada pelo sol abrasador tornou as águas desta enseada extremamente salgadas. Animais marinhos, como os moluscos, que normalmente se alimentariam de cianófitas, controlando sua propagação, não conseguem sobreviver ali. Em conseqüência, as cianófitas prosperam sem controle, exatamente como faziam na época em que eram a forma mais avançada de vida na Terra. A cal por elas secretada chega a formar almofadões junto à areia, e colunas oscilantes nas águas mais profundas. Foi assim que se esclareceu a origem das formas misteriosas encontradas pelos cientistas nas fatias de rocha de Gunflint Chert. Os pilares de cianófitas de Hamelin Pool são estromatólitos vivos que nos oferecem hoje, na água ensolarada da maré vazante, uma cena da vida na Terra de há 2 bilhões de anos.

Com as cianófitas iniciou-se uma nova etapa na história da vida. O oxigênio por elas libertado acumulou-se durante milênios, transformando a composição da atmosfera no ar que atualmente se respira. Nossas vidas e as de todos os animais dependem dela para sobrevivência e proteção. O oxigênio formou uma camada protetora de ozônio que passou a filtrar a maioria das radiações ultravioleta, as mesmas cuja ação sobre as moléculas simples nos mares primordiais fora necessária para a formação dos compostos orgânicos essenciais à vida na Terra. Com a chegada das cianófitas, esse processo não pôde mais ser repetido.

A vida na Terra permaneceu nesse estágio de desenvolvimento durante longo tempo; mas, finalmente, a evolução avançou outra etapa gigantesca, não se sabe ao certo de que maneira. Os organismos que então surgiram podem ser encontrados hoje em qualquer gota de água fresca.

Se examinarmos uma gota de água ao microscópio veremos uma multidão de minúsculos organismos formados por uma única célula, os protozoários. Alguns giram, outros se arrastam, outros se deslocam velozmente

Paramecium, *um protozoário (ampliado* 400×)

na água como foguetes. Esses organismos são todos unicelulares, mas apresentam estruturas bem mais complexas que as bactérias: são compostos de uma substância chamada citoplasma e apresentam uma parte central, o núcleo, repleto de material genético ou DNA, que parece conter a força organizadora da célula. Corpúsculos alongados, denominados mitocôndrias, captam energia, consumindo oxigênio, do mesmo modo que as bactérias. Muitas dessas células possuem um flagelo vibrátil como um chicote, o que as assemelha a uma bactéria filamentosa, a espiroqueta. Alguns protozoários contêm bolsas de clorofila (cloroplastos) que, como as cianófitas, obtêm da luz solar a energia necessária para formar as moléculas complexas que servem de alimento à célula. Segundo alguns cientistas, cada um desses minúsculos organismos parece ter sido constituído por uma agregação de outros mais simples. Uma célula que habitualmente filtrava as partículas para se alimentar, captou algumas bactérias ou cianófitas. Estas não foram digeridas e permaneceram no organismo iniciando uma vida de colaboração comunal até então desconhecida. Os microfósseis indicam que células com este grau de complexidade apareceram há cerca de 1 bilhão e 200 milhões de anos — digamos, no início de setembro, no ano da vida.

Os protozoários se reproduzem por divisão celular, como as bactérias, mas, tendo uma estrutura muito mais complexa, esta divisão é um processo elaborado. Várias estruturas ou membros da comunidade se dividem. Às vezes, mitocôndrias e cloroplastos, cada qual com DNA próprio, se dividem independentemente da divisão da célula-mãe. O DNA concentrado no núcleo se reproduz de um modo extremamente complexo, que assegura a replicação de seus genes e a transmissão do código genético completo a cada nova célula. Existem, porém, vários outros métodos de reprodução usados pelos protozoários. Os detalhes variam, mas a característica essencial de todas as técnicas é a variação e mistura nas combinações genéticas. Às vezes, essa mistura se dá quando duas células se unem e trocam seus genes antes de se separarem. Nesses casos a divisão celular só ocorre mais tarde. Em quase todas as células os cromossomos estão dispostos aos pares, com dois conjuntos de genes, que após a combinação se dividem para formar novas células com apenas um conjunto. Essas células são de dois tipos: uma grande e comparativamente imóvel e outra menor e ativa, movida por um flagelo. A primeira é chamada óvulo ou célula feminina e a segunda, espermatozóide ou célula masculina — elas representam o início da sexualidade. Quando uma célula se divide para formar espermatozóides, ou óvulos o número de cromossomos é reduzido à metade. O óvulo fecundado ou ovo que resulta da união de uma célula masculina e uma célula feminina readquire o número completo de cromossomos e contém genes de ambos os progenitores. O resultado poderá ser uma combinação única, que produzirá um organismo ligeiramente diferente, com novas características. A sexualidade aumentou as possibilidades de variação, acelerando o

Conchas de protozoários vistas ao microscópio eletrônico (ampliado 2000×)

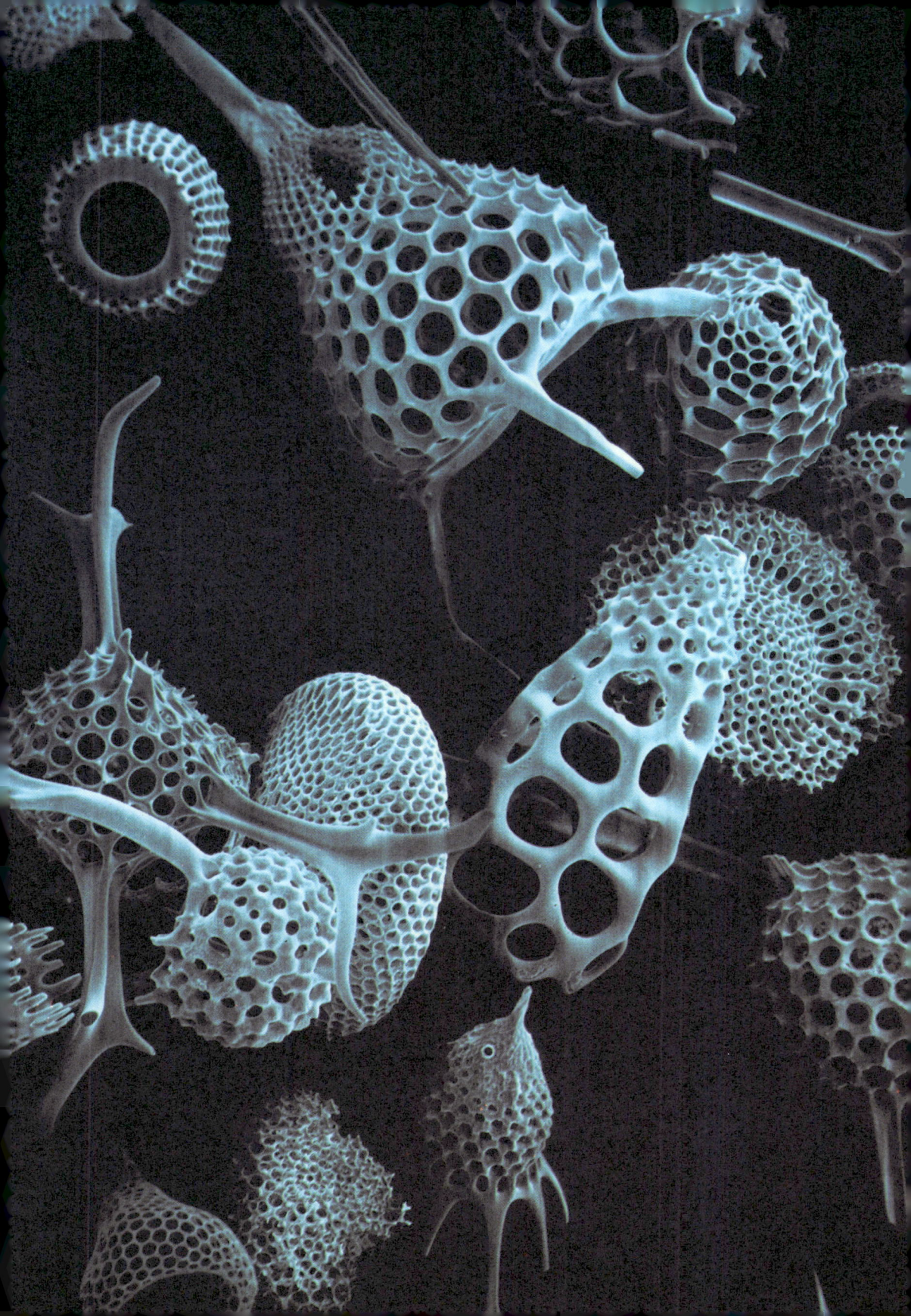

processo evolucionário dos organismos confrontados com mudanças no meio ambiente.

Existem cerca de 10 000 espécies de protozoários. Alguns são recobertos por um tapete de fios agitados ou cílios, que batem ritmadamente, movimentando o organismo na água. Outros, como as amebas, mudam constantemente de forma, deslocando-se com o auxílio de expansões temporárias do citoplasma, os pseudópodes. Muitos que habitam o mar secretam estruturas de sílica ou cal extremamente elaboradas. Essas conchas estão entre os mais extraordinários objetos que um colecionador, de microscópio em punho, poderá encontrar. Algumas têm a forma de minúsculos caracóis, outras parecem vasos ou garrafas ornadas. As mais delicadas são de sílica translúcida e luminosa; esferas concêntricas recobertas de agulhas, capacetes góticos, campanários barrocos e pontiagudas cápsulas espaciais. Os habitantes dessas conchas projetam longos fios através dos poros, captando assim partículas alimentares.

Outros protozoários obtêm da luz, pela fotossíntese, com suas bolsas de clorofila, a energia necessária ao seu desenvolvimento e podem ser considerados como sendo plantas; aqueles que se alimentam de outras matérias vivas, como animais. Essa distinção não tem a importância que parece, pois, nessa fase, algumas formas utilizam os dois métodos de nutrição, dependendo da ocasião.

Alguns protozoários podem ser distinguidos a olho nu. Com um pouco de prática, um grãozinho gelatinoso e cinzento que se arrasta pela água pode ser identificado como sendo uma ameba. Porém, o crescimento de um ser unicelular é limitado. Com o aumento de tamanho os processos químicos da célula se tornam difíceis e ineficientes. Mas tamanho também pode ser obtido de outra maneira: pelo agrupamento de células numa colônia organizada.

O volvoce fez justamente isso. É uma esfera oca, quase do tamanho de uma cabeça de alfinete, que consiste numa colônia de células agrupadas, cada qual com seu flagelo. É surpreendente que essas colônias sejam formadas por unidades das mesmas criaturas unicelulares que nadam sozinhas e vivem uma existência independente. As células constituintes do volvoce formam uma colônia onde existe uma "divisão de trabalho": os flagelos ao redor da esfera batem de uma forma coordenada e dirigem os deslocamentos da minúscula bolinha.

Esse tipo de coordenação entre células de uma colônia deu início a uma nova etapa do processo evolutivo. Entre 800 milhões e 1 bilhão de anos atrás, outubro de nosso calendário, surgiram as primeiras esponjas. Algumas espécies atingem tamanhos consideráveis e se apresentam como uma massa informe e macia no fundo do mar, que chega a ter dois metros de diâmetro. A superfície é coberta de pequeninos poros através dos quais uma enorme quantidade de água é permeada com o auxílio de flagelos e, em seguida, expelida por aberturas maiores. As esponjas alimentam-se fil-

Medusa, Bermudas

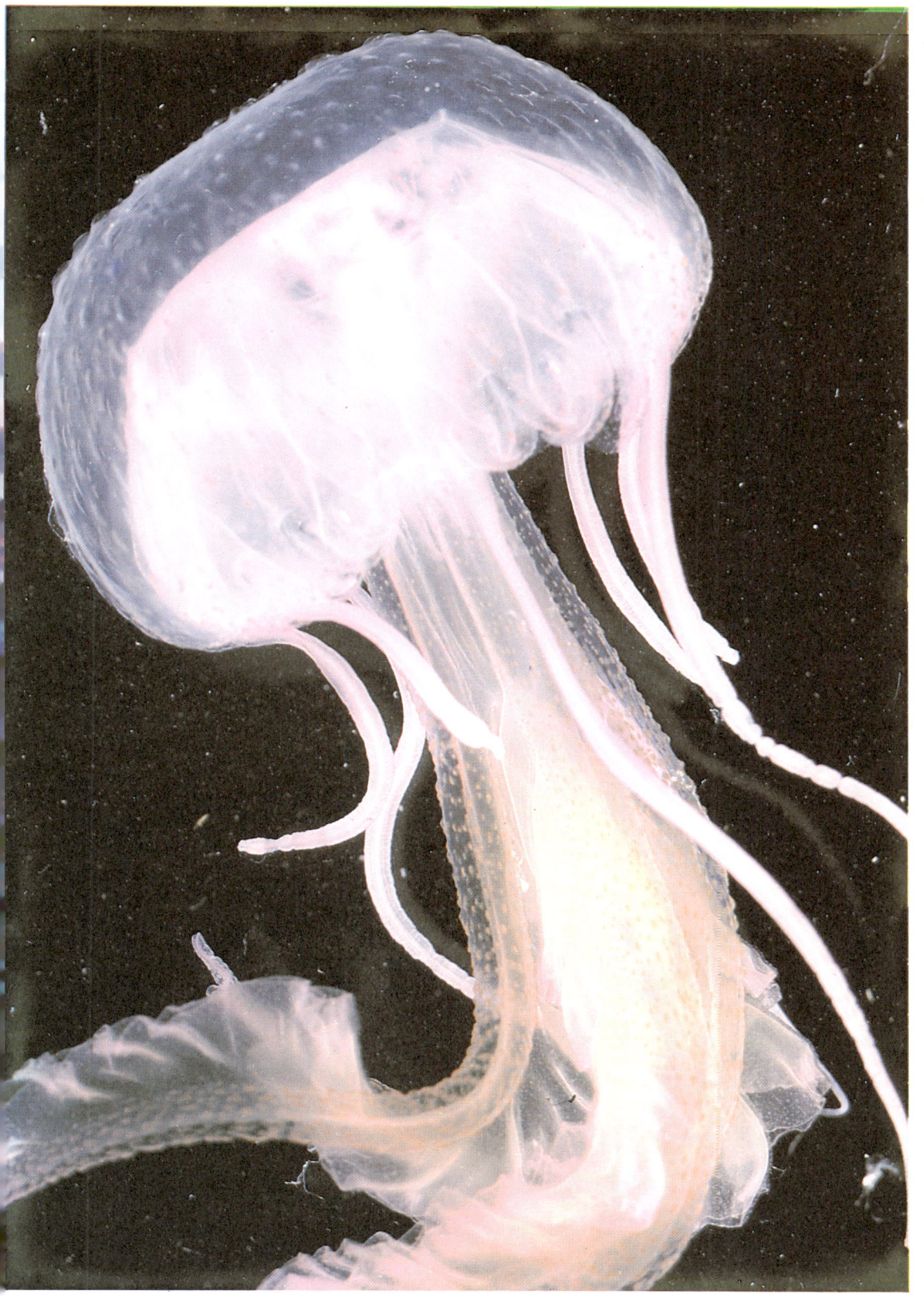

trando partículas microscópicas extraídas dessa corrente de água contínua que atravessa seu corpo. Os laços de união entre as células de uma esponja são muito frágeis. Células individuais passeiam soltas pela superfície, como amebas. Se duas esponjas, por acaso, estão crescendo lado a lado é possível que, com o passar do tempo, se unam para formar um único e imenso organismo. Se forçarmos uma esponja através de uma gaze fina, triturando-a e separando todas as suas células, estas se reagruparão e formarão uma nova esponja, cada tipo de célula encontrando seu lugar certo no corpo. Mais impressionante ainda: se triturarmos duas esponjas misturando suas células, estas se reconstituirão em uma única esponja de origem mista.

Algumas esponjas secretam ao redor de si uma substância macia e flexível, que serve de arcabouço, sustentando todo o organismo. Essa estrutura, depois de eliminadas as células vivas com água fervente, é a esponja que usamos no banho. Outra espécie produz minúsculas agulhas pontiagudas de cal ou sílica, chamadas espículas, que se entrelaçam e formam uma armação para abrigar as células. O mecanismo que orienta uma célula, levando-a a produzir uma agulha que se encaixe perfeitamente no arcabouço final, é desconhecido. A esponja-de-vidro, por exemplo, apresenta uma estrutura de espículas longas tão maravilhosamente complexa que confunde a imaginação. Como puderam células microscópicas e semi-independentes colaborar entre si e secretar 1 milhão de estilhaços transparentes, formando uma treliça de tão intrincada beleza? Não se sabe. Mas embora produzindo estruturas incrivelmente complexas, as esponjas não podem ser consideradas animais pluricelulares, pois não apresentam sistema nervoso nas fibras musculares. Os mais primitivos entre os verdadeiros pluricelulares são as medusas e outros membros deste grupo aquático.

Uma medusa típica tem a forma de um pires, com uma franja de tentáculos urticantes. Recebeu o nome de medusa por causa da lenda grega, segundo a qual uma infeliz mulher, amada pelo deus dos mares, teve seu cabelo transformado em serpentes por uma deusa enciumada. As medusas são formadas por duas camadas de células de simetria radial, ligadas por uma espécie de gelatina que lhes confere o grau de rigidez necessário para suportar o movimento do mar. São criaturas bastante complexas, e suas células, ao contrário das esponjas, são incapazes de uma sobrevivência independente. Algumas de suas células são modificadas para transmitir impulsos elétricos, centralizados no que pode ser considerado um sistema nervoso primitivo; outras têm a capacidade de se contrair como músculos simples. Existem ainda as células urticantes, providas de filamentos internos espiralados, característica exclusiva da família das medusas. Quando uma presa ou um inimigo se aproxima, a célula descarrega um filamento recoberto de espículas, como um arpão miniatura, às vezes carregado de veneno. São estas células que nos queimam a pele se, ao nadar, tivermos a má sorte de roçar numa medusa.

As medusas se reproduzem deitando óvulos e esperma no mar. O óvulo

No verso: *Recifes e bancos de coral ao redor de Moorea, Taiti* fertilizado não se transforma diretamente em medusa. Ele dá origem a uma criatura de nado livre, muito diferente de seus pais, que se acomoda no fundo do mar, onde se desenvolve num pequeno organismo em forma de flor chamado pólipo. Em algumas espécies, excrescências ou gêmulas brotam do pólipo progenitor dando origem a novo animal. Sua alimentação é por filtragem, com o auxílio de pequenos cílios vibráteis. Com o passar do tempo, os pólipos se desenvolvem, tornando-se medusas em miniatura que se desligam do fundo do mar e serpenteiam na corrente, retomando a vida de nado livre.

Essa mudança alternada de formas entre duas gerações permitiu o aparecimento de diversas variações dentro do grupo. As medusas verdadeiras passam a maior parte da vida flutuando à deriva e apenas um tempo mínimo como pólipos fixos às rochas. Outro tipo, as anêmonas-do-mar, fazem justamente o contrário. Durante toda sua vida adulta são pólipos solitários, presos à rocha, com os tentáculos ondulando na água, prontos para capturar a presa que os tocar. Existe ainda um terceiro tipo: são colônias de pólipos que, confusamente, abandonaram sua conexão com o fundo do mar e navegam livres, como as medusas. As chamadas "caravelas portuguesas" são um exemplo. Longas tiras de pólipos flutuam presas a uma bóia inflada de gás. Cada fila tem uma função especializada: uma contém as células reprodutoras; outra absorve nutrição das presas capturadas; outra ainda, carregada de células venenosas particularmente virulentas, flutua atrás da colônia, como uma cauda, que chega a medir 50 m de comprimento e que paralisa os peixes que tiverem a má sorte de se aproximar.

Parece óbvio que esses organismos simples tenham surgido bem cedo na história da vida, entretanto, durante muito tempo, não se encontraram provas de sua existência nas rochas. Sabemos que microrganismos foram preservados no sílex córneo; mas é difícil imaginar que uma criatura maior, tão frágil e insubstancial como uma medusa, pudesse conservar sua forma o tempo suficiente para a fossilização. Em 1940, alguns geólogos notaram estranhas formas em arenitos antiqüíssimos encontrados na Austrália, em Ediacara, na serra de Flinders. Essas rochas tiveram a idade calculada em cerca de 650 milhões de anos e eram consideradas totalmente desprovidas de fósseis. Baseando-se no tamanho dos grãos arenosos que as compõem e nas ondulações apresentadas na superfície de seus planos de estratificação, os geólogos deduziram que essas rochas formaram parte de uma antiga praia arenosa. De longe em longe, viam-se delicadas silhuetas impressas na rocha, algumas pequeninas como flores silvestres, outras maiores como rosas. Seriam marcas deixadas por medusas que, atiradas à praia, morreram queimadas pelo sol e foram cobertas por areia fina na maré seguinte? Um número suficiente dessas formas foi encontrado e estudado em detalhe até não haver mais dúvida de que foi exatamente isto que sucedeu.

Cerca de dezesseis espécies diferentes de medusa foram reconhecidas.

Algumas parecem ter uma vela cheia de ar, como as "caravelas portuguesas". Entre os mais espetaculares desses extraordinários fósseis estão colônias que viveram no fundo do mar e que parecem longas plumas gravadas no arenito castanho e poeirento. Percebem-se claramente seus filamentos, como galhos cobertos de pólipos, que devem ter sido arrancados de seus ancoradouros durante uma tempestade e atirados pelas ondas naquela praia antiga. Alguns apresentam uma ligeira marca em forma de moeda, como um disco, junto à base. A princípio, esses discos foram considerados organismos independentes que se encontravam ali por acaso. Mas, como o disco está sempre na mesma posição, julga-se agora que seja uma espécie de gancho ou âncora.

Não é preciso ir longe para encontrar o equivalente atual desses fósseis. Cerca de 160 km da serra de Flinders vivem no mar criaturas muito semelhantes, da ordem *Pennatulacea*, conhecidas como penas-do-mar. O nome foi bem escolhido: sua estrutura é muito flexível e lembra as longas penas de escrever usadas antigamente. Essas penas-do-mar crescem verticalmente na água, ancoradas ao fundo por uma espécie de gancho. Algumas medem poucos centímetros, outras chegam quase à altura de um homem. À noite, as penas-do-mar são verdadeiramente espetaculares: brilham na água escura, numa luminescência de um roxo fulgurante e, se tocadas, ondas fantasmagóricas de luz violeta pulsarão lentamente ao longo de seus braços ondulantes.

As penas-do-mar também são conhecidas como corais moles. Os corais duros ou rochosos da mesma família crescem, às vezes, lado a lado formando colônias. Não são criaturas tão antigas como as penas-do-mar, pois deles não se encontraram fósseis nas praias de Ediacara. Mas, desde o seu aparecimento, os corais rochosos proliferaram de uma forma espantosa. Sendo organismos capazes de produzir um esqueleto de pedra, e vivendo num ambiente onde o lodo e a areia são regularmente depositados, os corais rochosos são candidatos ideais à fossilização. Em várias partes do mundo, imensas estruturas de pedra calcária são constituídas quase totalmente de esqueletos de coral e nos oferecem uma crônica detalhada da evolução deste grupo.

Os pólipos do coral secretam seus esqueletos começando pela base. Cada pólipo é ligado aos vizinhos por fibras de expansão lateral que se multiplicam lentamente com o aumento da colônia. Muitas vezes, novos pólipos se formam nas próprias fibras de conexão e seus esqueletos sufocam os que ali se encontravam antes. Assim, o arcabouço de pedra calcária que forma uma colônia é constituído por pequeninas células que já serviram de habitação a pólipos vivos. Estes formam uma camada fina, só na superfície. Cada espécie de coral tem seu modelo próprio e erige um monumento particular e característico.

Os corais são bastante exigentes quanto aos requisitos de seu meio ambiente. Água turva ou doce os matará. Também não vivem em águas

Fósseis de penas-do-mar e vermes segmentares, Ediacara, Austrália

profundas, longe da luz solar, porque, para sobreviverem, dependem de umas algas unicelulares que habitam o próprio coral. Essas algas se nutrem pela fotossíntese, absorvendo o dióxido de carbono da água e liberando o oxigênio necessário aos corais, ajudando-os assim na construção de seus esqueletos.

Mergulhar pela primeira vez num recife de corais é uma experiência inesquecível. A sensação de liberdade de movimentos em três dimensões na água límpida e ensolarada onde vivem os corais é, em si, estranhamente irreal. Mas não existe nada em terra que nos dê uma idéia da profusão de formas e cores dos próprios corais: cúpulas, tubos, galhos e leques, em tons delicadamente alternados de vermelho-sangue e azul. Alguns nos parecem flores e, no entanto, ao tocá-los, encontra-se a aspereza incongruente da pedra. Muitas vezes, várias espécies de corais diferentes crescem lado a lado, misturados a penas-do-mar e a tapetes de anêmonas, que acenam seus longos tentáculos na correnteza. Outras vezes, você nadará por muito tempo sobre imensos campos de coral do mesmo tipo; em águas mais profundas, poderá encontrar uma verdadeira torre de coral, enfeitada de leques e esponjas, que se alonga até se perder de vista nas profundezas azuis.

Mas, se nadar de dia, não verá nenhuma destas cenas assombrosas. À noite, de lanterna em punho, encontrará o coral transformado. Os contornos nítidos das colônias esmaecem na água opalescente. Milhões de pólipos emergem de suas células de pedra calcária, esticando seus minúsculos bracinhos à procura de alimento.

Os pólipos de coral medem apenas alguns milímetros. Mas, trabalhando em equipe, eles conseguiram construir as maiores estruturas animais produzidas no mundo, antes do homem iniciar seu trabalho. A Grande Barreira de Coral, que se estende por mais de 1 600 km ao longo da costa leste da Austrália, é visível da Lua. Se, há cerca de 500 milhões de anos, algum astronauta de um outro planeta passou por perto da Terra, talvez tenha notado nos mares azuis novas formas misteriosas cor-de-turquesa e adivinhado, então, que a vida na Terra tinha realmente começado.

2 Desenvolvendo o corpo

A Grande Barreira de Coral fervilha de vida. As marés banham os recifes de coral, abastecendo de oxigênio a água luminosa, aquecida pelo sol tropical. Todas as principais espécies de animais marinhos ali prosperam. Olhos fosforescentes cor de violeta espreitam debaixo de conchas; ouriços-do-mar perambulam lentamente ondulando suas espinhas negras; estrelas-do-mar, de um azul intenso, cintilam na areia; rosetas estampadas surgem das cavidades da rocha, desdobrando-se na superfície lisa do coral. Mergulhe na água translúcida e afaste uma pedra; uma longa fita listrada de amarelo e escarlate se afasta, dançando graciosamente, e uma delicada estrela verde-esmeralda desliza pela areia, numa girândola de braços estremecentes, em busca de novo abrigo.

A princípio esta variedade parece assustadora. Mas excetuando-se as medusas e os corais já estudados, e os peixes vertebrados, a maioria dos seres restantes pode ser classificada em três grupos principais: os que possuem conchas, como mexilhões, cauris e lesmas-do-mar; os radialmente simétricos, como estrelas e ouriços-do-mar e os seres alongados de corpo segmentado que vão desde os poliquetas marinhos até os camarões e lagostas.

Os princípios básicos de construção dos corpos desses três grupos estruturais são tão fundamentalmente diferentes que é difícil acreditar em seu relacionamento, a não ser que nos referimos às primeiras raízes da árvore evolucionária. O testemunho dos fósseis confirma isto. Todos os três grupos, sendo habitantes do mar, deixaram atrás de si numerosos vestígios, e os detalhes da evolução de cada dinastia podem ser acompanhados nas rochas ao longo de centenas de milhões de anos. As rochas do Grand Canyon demonstram que os animais desprovidos de vértebras ou invertebrados surgiram muito antes dos vertebrados como os peixes. Mas logo abaixo da camada de pedra calcária que contém os mais antigos fósseis invertebrados, os estratos mudam radicalmente: as rochas, extremamente retorcidas, representam montanhas destruídas pela erosão e submersas pelos mares que ali se formaram, no fundo dos quais se depositou a camada calcária que ora as recobre. Esta fase durou muitos milhões de anos, durante os quais não houve sedimentação, e a camada de rochas retorcidas representa, portanto, um lapso na história da evolução. Para investigar a linhagem dos invertebrados desde sua origem precisaremos encontrar rochas que se tenham sedimentado ininterruptamente durante todo esse período, e se apresentem hoje em condições relativamente inalteradas.

As montanhas Atlas, no Marrocos, são um desses raros locais. As colinas nuas atrás de Agadir, no oeste, são de pedra calcária azul tão dura que chega a ressoar sob as marteladas dos caçadores de fósseis. Lá, as camadas de pedra, ligeiramente inclinadas, não foram muito perturbadas pelos movimentos da crosta terrestre. No topo do desfiladeiro encontram-se rochas fossilíferas. A quantidade de fósseis que elas contêm não é grande, mas, procurando com cuidado, você poderá juntar uma boa variedade de espécies. Os fósseis encontrados em pedras de igual idade em qualquer parte do mundo pertencem sempre a um dos três grupos identificados nos recifes de coral. Há minúsculas conchas, do tamanho da unha do dedo mindinho, chamadas braquiópodes; há organismos simetricamente radiais, os crinóides; e há trilobitas, criaturas segmentadas que parecem bichos-de-conta.

Os estratos calcários do cume das montanhas dos Marrocos têm cerca de 560 milhões de anos. Abaixo deles há outros estratos, aparentemente inalterados, onde deveriam existir fósseis evidenciando a origem dos três grandes grupos de invertebrados.

Mas isso não acontece. Ao descer penosamente pela parede rochosa, você verá que os fósseis subitamente desaparecem. As camadas de pedra calcária parecem ser idênticas às do cume do desfiladeiro. Os mares onde elas se sedimentaram foram certamente muito semelhantes aos que produziram a pedra fossilífera. Não se vêem vestígios de mudanças radicais nas condições físicas. Simplesmente, em uma determinada época, o lodo que cobria o fundo do mar continha conchas de animais — e, antes disso, não.

Esse início repentino da história dos fósseis, tão claramente evidenciado no Marrocos, não é um fenômeno local, pois ocorre em rochas desse período em todo o mundo. Os microfósseis encontrados no sílex córneo do Lago Superior e na África do Sul provam que a vida tinha se iniciado muitíssimo antes. Em nosso ano teórico, os fósseis possuidores de conchas só surgiram no princípio de novembro. Portanto, uma grande parte da história da vida não está documentada nas rochas. Só numa data tardia, há cerca de 650 milhões de anos, foi que começaram a surgir em abundância vestígios de conchas de vários grupos de organismos diferentes. Não se sabe por que esta mudança ocorreu. Talvez antes dessa época os mares não estivessem na temperatura certa ou não apresentassem os componentes químicos necessários para o depósito calcário que forma a maioria das conchas e esqueletos marinhos. As provas da origem dos invertebrados terão que ser procuradas em outra parte.

Existem alguns indícios vivos nos recifes coralígenos: os platelmintos ou vermes achatados que ali vivem, escondendo-se nas frestas por entre as rochas ou tremulando sobre as cabeças de corais. Como as medusas, esses vermes têm apenas uma abertura no corpo, usada na alimentação e na eliminação de detritos. Não apresentam guelras, ou brânquias, pois respiram diretamente através da pele. Sua parte inferior é ciliada, permitindo a

Trilobite gigante (tamanho natural)

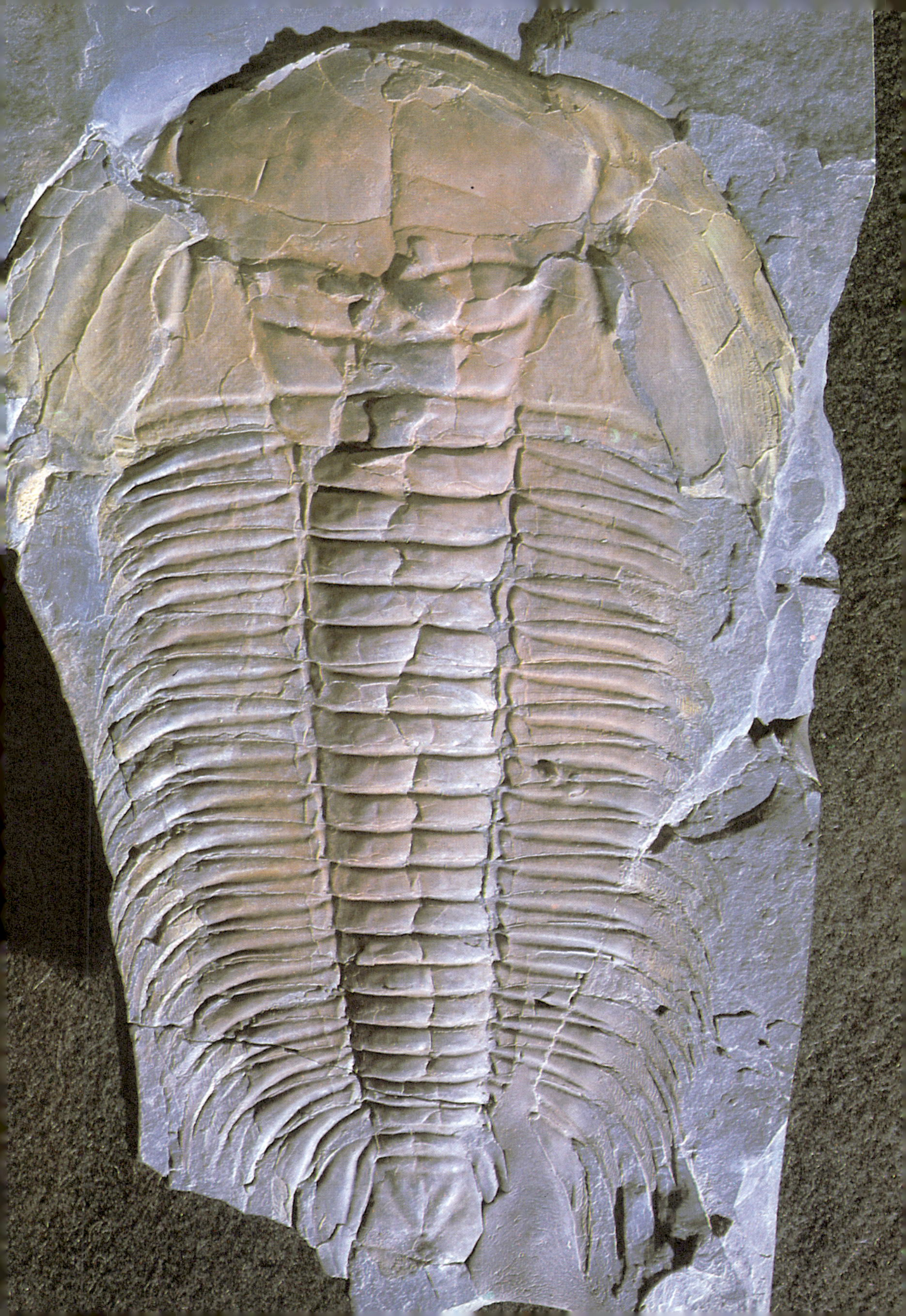

movimentação lenta sobre as superfícies. Na parte anterior apresentam uma boca e logo acima dela alguns nódulos sensíveis à luz. Pode-se dizer que o animal tem uma espécie de cabeça. O verme achatado é a criatura mais simples a apresentar esses vestígios.

Mas, para que funcionem, é necessário que os olhos sejam ligados a músculos, para que o animal possa reagir ao estímulo. Os vermes achatados têm uma estrutura muito elementar de fibras nervosas; alguns apresentam pequenos gânglios cerebróides, que não podem ser considerados como sendo cérebro. Mesmo assim, esses vermes têm poderes intelectuais surpreendentes: uma espécie de água doce, por exemplo, tem a capacidade de aprender. Alguns vermes foram ensinados a encontrar o caminho num labirinto simples, escolhendo as passagens pintadas de branco e evitando as escuras, por meio de um leve choque elétrico aplicado quando tomavam a decisão errada. Ainda mais surpreendentemente, essa habilidade fica memorizada em alguma substância de seu corpo. Se um verme treinado for morto e sua carne consumida por outro, o novo verme achará seu caminho no labirinto corretamente, sem treinamento.

Hoje existem cerca de 3 000 espécies de vermes achatados no mundo, a maioria dos quais é minúscula e aquática. As espécies de água doce são encontradas em qualquer riacho. Basta jogar na água um pedaço de fígado ou carne crua: se a vegetação for densa os vermes provavelmente aparecerão às dezenas, deslizando pela água até chegar à isca. Algumas espécies conseguem sobreviver em terra firme, nas úmidas florestas tropicais, ondulando pelo chão no muco que secretam em sua parte inferior. Uma destas espécies chega a atingir 60 cm de comprimento. Outros preferem uma vida parasitária e vivem dentro do organismo de outros animais, inclusive do homem, em números astronômicos. Um trematódeo, a fascíola, ainda retém a forma típica dos platelmintos. A tênia também faz parte dessa família, embora tenha aparência muito diferente. Sua extremidade anterior permite-lhe agarrar-se à parede intestinal do hospedeiro, enquanto que na extremidade posterior crescem segmentos ovulados. Esses segmentos permanecem ligados ao corpo da tênia enquanto amadurecem, formando uma cadeia que chega a medir 10 m. O parasita parece segmentado mas cada segmento é na verdade um indivíduo completo, composto de óvulos vivos, muito diferente dos compartimentos internos permanentes de uma criatura realmente segmentada, como, por exemplo, as minhocas.

Os vermes achatados são seres muito simples: os que pertencem a um dos grupos de vida livre, por exemplo, não têm aparelho digestivo e se parecem bastante com os minúsculos organismos independentes que nadam livres pelos corais antes de optar por uma vida sedentária. Baseados nessas observações, e no estudo detalhado da estrutura de adultos e larvas, alguns pesquisadores concluíram que os vermes achatados descendem de organismos mais simples tais como corais e medusas.

No período em que esses primeiros invertebrados marinhos estavam

Verme achatado, Grande Barreira de Coral

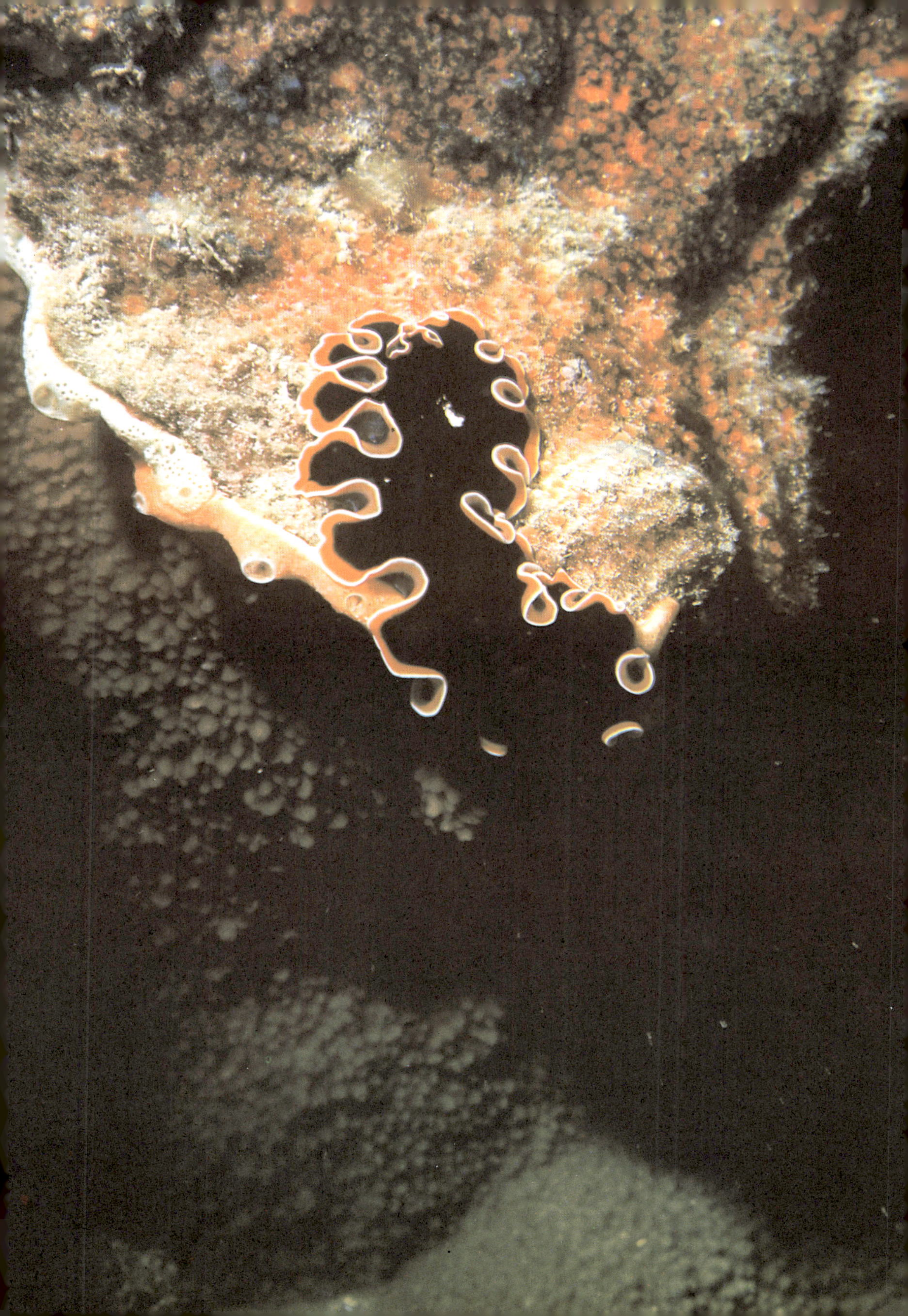

se desenvolvendo, entre 600 milhões e 1 bilhão de anos atrás, a erosão dos continentes produziu grandes extensões de lama e areia no fundo do mar, junto às margens continentais. Esse ambiente devia conter alimento em abundância, sob a forma de detritos orgânicos que se depositavam deslizando através da água azul. O lodo ainda oferecia esconderijo e proteção a qualquer criatura que nele habitasse. O formato do corpo dos platelmintos não era, porém, ideal para quem queria viver enterrado na lama. A forma tubular, por exemplo, é muito mais eficiente e foi adotada por vários deles. Alguns escolheram uma vida subterrânea ativa, abrindo túneis de lama em busca de partículas de alimento. Outros preferiram viver parados, semi-enterrados no lodo, deixando emergir apenas a boca cercada de cílios vibráteis, filtrando a alimentação a partir da água corrente.

Algumas dessas criaturas viviam em um tubo protetor. Com o tempo, a parte superior do tubo foi modificada para uma espécie de coleira com aberturas para facilitar a passagem da água pelos tentáculos. Outras modificações ocorreram e, com a mineralização, produziram duas conchas protetoras achatadas. Assim, surgiram os primeiros braquiópodes. Um dos mais antigos, *Lingulella*, deu início a uma linhagem cujos descendentes vivem até hoje, virtualmente sem modificação. Esses animais de origem antiqüíssima são chamados fósseis vivos.

Exemplos de espécies assim, imensamente longevas, ocorrem diversas vezes na história da vida. Com o passar do tempo, o ambiente ou as condições em que viviam essas criaturas se alteram e alguns descendentes evoluem de forma um pouco diferente, o que lhes permite sobreviver com maior eficiência nas novas circunstâncias. Mas em uns poucos lugares as condições permanecem inalteradas e por isso perfeitamente adequadas à estrutura original. Não surgem variantes para explorar o meio ambiente com mais eficiência. E a espécie antiga, não encontrando mudança, também não muda e arrasta-se através dos milênios, geração após geração, ultraconservadora.

Descendentes de *Lingulella*, ligeiramente maiores e chamados *Lingula*, são encontrados hoje em dia em diversos lugares, entre eles nas águas costeiras do Japão, onde vivem enterrados na areia e na lama dos estuários. Sua forma é a de um verme longo com duas pequenas conchas córneas em uma das extremidades. Seu corpo é bastante complicado: tem um tubo digestivo terminando em um ânus e uma boca ciliada cercada de tentáculos. Estes são guardados dentro das conchas bivalves e são recobertos de cílios vibráteis. A correnteza por eles provocada arrasta as partículas alimentares que são captadas pelos tentáculos e levadas até a boca. Nesse processo os tentáculos perfazem uma segunda função importante, pois a água também traz o oxigênio dissolvido de que a *Lingula* necessita para respirar. Os tentáculos absorvem o oxigênio — podem assim ser considerados como brânquias. As valvas da concha que abrigam os tentáculos não

Lingula, *Grande Barreira de Coral*

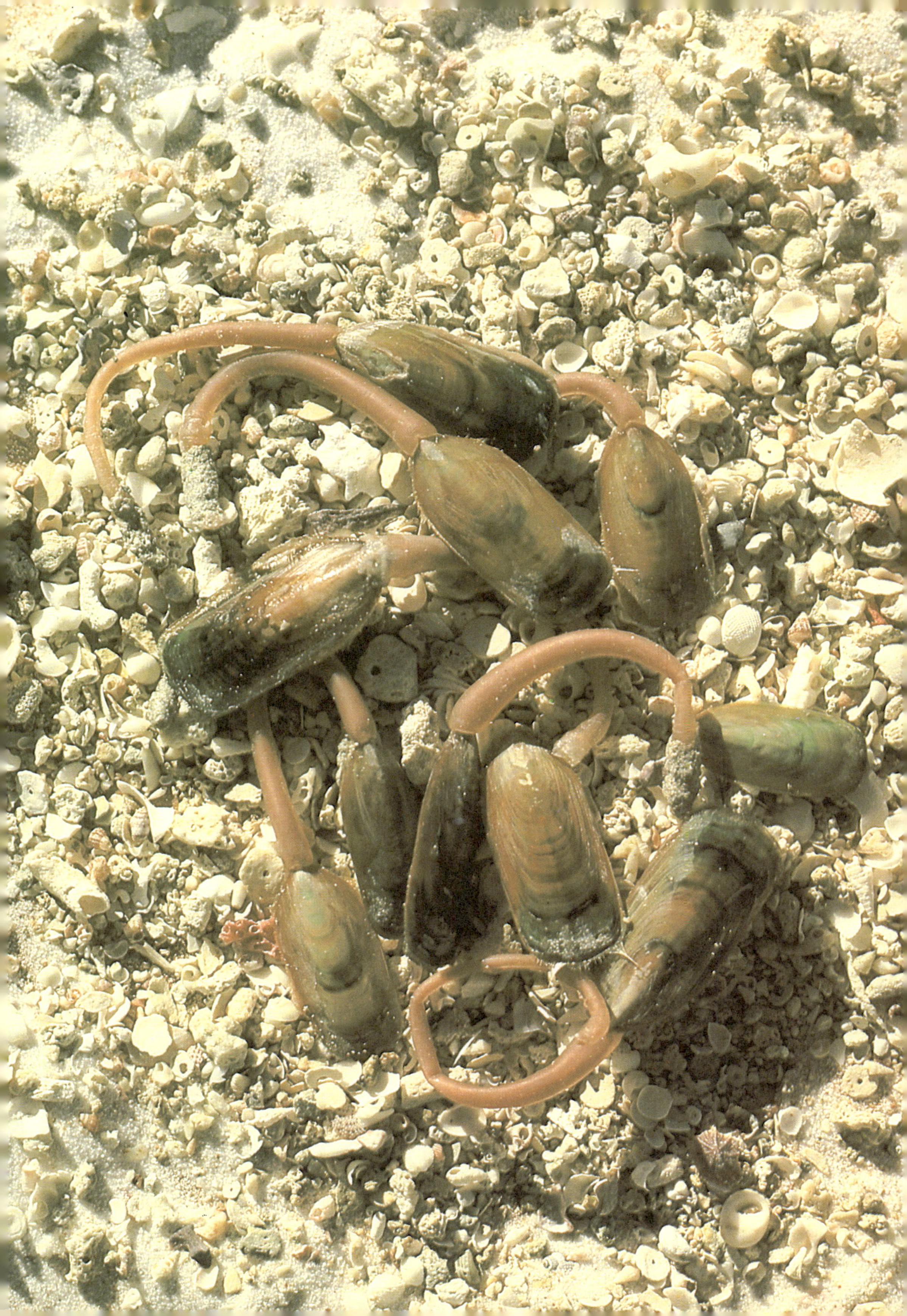

apenas protegem a delicada estrutura mas também canalizam a água num fluxo contínuo e mais eficiente.

Os braquiópodes desenvolveram consideravelmente essa estrutura nos 100 milhões de anos que se seguiram. Alguns aumentaram de tamanho, adquirindo conchas calcárias pesadas. Os tentáculos internos cresceram de tal forma que se fez necessário uma delicada espiral calcária para sustentá-los. Muitas espécies desenvolveram um orifício no ponto de junção de uma das valvas, do qual emergiu uma longa haste com a qual o animal se fixa na lama. A concha ficou assim com a aparência de uma lanterna romana invertida, da qual a haste seria o pavio. Todo o grupo ficou comumente conhecido pela designação inglesa *lamp-shells* (conchas-lamparina).

Rochas dessa idade não contêm apenas conchas de braquiópodes. Uma outra espécie de verme não se fixou no fundo do mar. Preferiu continuar rastejando e secretou uma concha espiralada em forma de tenda cônica, que lhe serve de esconderijo em caso de perigo, tornando-se, assim, ancestral do grupo de maior sucesso entre os animais providos de conchas: os moluscos. Existe hoje um representante desse animal antigo, um pequenino organismo chamado *Neopilina*, dragado em 1952 das profundezas do Pacífico. Hoje se conhece cerca de 60 000 espécies diferentes de moluscos.

A parte inferior do corpo de um molusco chama-se pé ventral e lhes permite um deslocamento lento: projetam-no para fora da concha e ondulam a sua parte inferior. Algumas espécies têm um pequeno disco calcário lateral que, quando o pé é contraído, age como uma tampa, fechando a entrada. A parte superior do corpo é coberta por uma pele fina que abriga a massa visceral e recebeu o nome apropriado de túnica. Na cavidade entre a túnica e a parte central do corpo, a maioria dos tunicados apresenta brânquias que são continuamente banhadas por uma corrente de água carregada de oxigênio, absorvida por um sifão inalante de um lado da cavidade e expelida pelo outro.

A concha calcária é secretada na parte superior da túnica. Um grupo completo de moluscos apresenta uma única concha. A lapa, como a *Neopilina*, secreta a concha proporcionalmente à circunferência da túnica, construindo assim uma pirâmide simples. Em outras espécies a parte anterior da túnica secreta mais depressa do que a posterior, dando como resultado um cone longo e espiralado, semelhante a uma mola do relógio. Em outras ainda, a produção é acelerada de um lado só, fazendo a concha sofrer uma torção horizontal, que a assemelha a uma torre. O cauri concentra sua secreção nas partes laterais da túnica, formando uma concha que lembra um punho semicerrado. Da cavidade inferior ele projeta não apenas o pé ventral mas duas seções de sua túnica, que recobrem a concha de cada lado e se unem no topo. A túnica é responsável pela superfície maravilhosamente polida e estampada, característica dos cauris.

Os moluscos de concha única não utilizam tentáculos para se alimentar, como os braquiópodes: usam a rádula, uma espécie de língua reco-

Lesma-do-mar atacando uma medusa, Grande Barreira de Coral

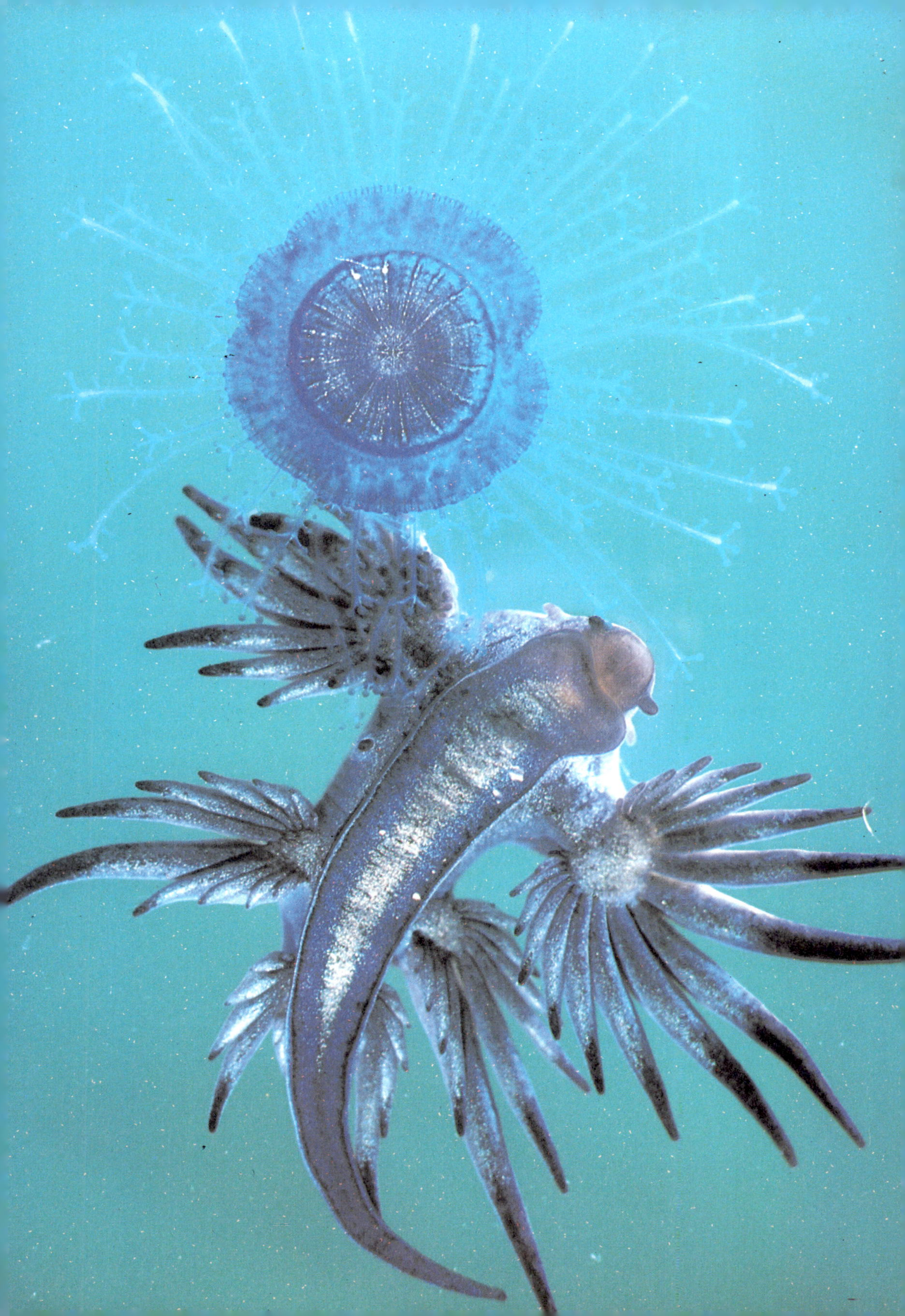

berta de farpas, com a qual raspam as algas das conchas. Os búzios desenvolveram um apêndice cefálico longo e fino, o qual projetam para fora de sua concha e o utilizam para furar as conchas de outros moluscos. Depois introduzem a rádula no orifício e sugam a polpa das vítimas. As conchas coníferas também possuem rádulas em caule, que são usadas como uma espécie de revólver: miram cuidadosamente, apontando-a em direção à presa — um verme ou mesmo um peixe — e em seguida descarregam da ponta um arpão vítreo minúsculo. Enquanto a vítima se debate as coníferas ejetam um veneno virulento que mata um peixe instantaneamente e pode ser fatal mesmo para o homem. A vítima é então recolhida para junto da concha e engolida lentamente.

Para os predadores ativos, uma concha pesada era um empecilho. Alguns moluscos carnívoros preferiram uma vida mais agitada e perigosa e se desfizeram de vez de suas conchas, revertendo ao estilo de vida livre dos platelmintos, seus ancestrais. Entre estes estão as chamadas lesmas-do-mar, que se encontram entre os mais belos e mais vivamente coloridos dentre os invertebrados marinhos. Seus longos corpos macios apresentam, na parte superior, um ramalhete de tentáculos ondulantes das cores mais delicadas, listradas, bordadas ou estampadas em vários tons. Embora não possuam concha, não são criaturas totalmente indefesas, pois algumas adquirem armas de "segunda mão". Uma espécie flutua na superfície da água, boiando a custa de seus longos tentáculos, à caça de medusas. Ao devorar lentamente sua vítima flutuante e indefesa a lesma-do-mar absorve intatas as células urticantes; essas células acabam avançando pelos tecidos do seu corpo indo se concentrar nos tentáculos posteriores onde oferecem a mesma proteção que davam à medusa que as originou.

Outros moluscos, como os mexilhões e os mariscos, têm as conchas divididas em duas valvas e são muito menos ágeis. O pé ventral está reduzido a um filamento usado para fixar o animal na areia. Em sua grande maioria, os moluscos filtram partículas alimentares abrindo as valvas, sugando a água para uma das cavidades branquiais e expelindo-a através de um sifão tubular do outro lado. Como não precisam se locomover, conchas imensas não atrapalham. Existem mexilhões gigantescos nas rochas: chegam a atingir 1 m de diâmetro e jazem com suas túnicas totalmente expostas, uma massa verde brilhante pintalgada de preto, que pulsa lentamente, filtrando água. Embora esses mexilhões tenham um tamanho suficiente para que um mergulhador descuidado neles pouse o pé, só uma pessoa muito lenta ficará presa: por mais poderosos que sejam seus músculos, o mexilhão não consegue juntar suas valvas com rapidez; uma série de contrações lentas e ondulantes sinalizam suas intenções com muita antecedência. Além disso, mesmo quando as valvas de um mexilhão realmente grande estão totalmente fechadas, os espigões das beiradas são tão grandes que se você enfiar o braço na túnica o mexilhão não conseguirá

Marisco gigante com seu manto, circundado de coral, Grande Barreira de Coral

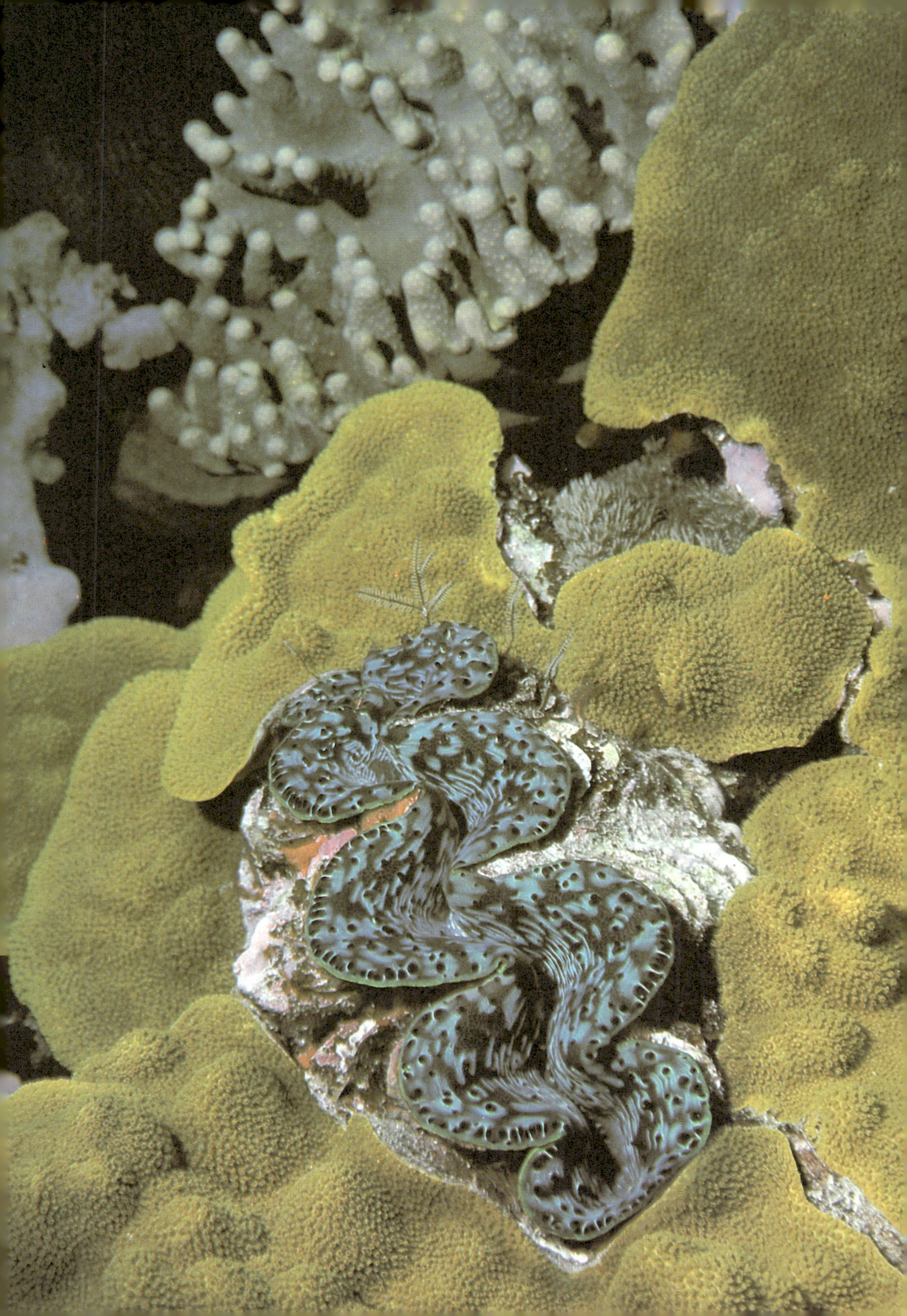

prendê-lo, embora esta experiência seja bem menos assustadora se você usar uma estaca.

Alguns moluscos que se alimentam por filtragem, como os escalopes, conseguem se movimentar batendo convulsivamente as valvas e dando saltos curvos; mas a grande maioria dos adultos bivalves leva uma vida sedentária. A propagação da espécie aos mais longínquos recantos do mundo se deve aos jovens. O ovo do molusco se desenvolve em uma larva, um glóbulo minúsculo provido de cílios que é impelido a grandes distâncias pelas correntes marítimas. Ao fim de algumas semanas ele muda de forma, desenvolve uma concha e se instala. Essa fase flutuante de sua vida expõe a larva a toda sorte de inimigos famintos, desde outros moluscos filtrantes e estacionários até peixes. Para que a espécie sobreviva, o molusco precisa produzir óvulos em grande quantidade. Alguns podem expelir até 400 milhões.

Uma espécie de molusco, muito no início de sua história, descobriu um meio de se tornar altamente móvel, mantendo ao mesmo tempo a proteção de uma concha pesada e grande. Esses moluscos desenvolveram câmaras flutuantes cheias de gás em suas conchas. O primeiro desses seres surgiu há cerca de 550 milhões de anos. Sua concha compartimentada e espiralada não estava totalmente tomada pelo corpo, como no caso de um caracol. A parte posterior era vedada, formando uma câmara cheia de gás. Com o crescimento do animal novos compartimentos foram adicionados, proporcionando suficiente flutuação para o peso aumentado. Essa criatura era o náutilo e nós, hoje, temos uma idéia de como eles e suas famílias viveram porque, como no caso da *Lingula* e da *Neopilina*, existe um fóssil vivo no grupo.

A espécie atual, conhecida como náutilo perlado, cresce até 20 cm. Apresenta na parte posterior interna da concha um tubo ou canal que liga o organismo às câmaras de gás, de modo que o animal pode inundá-las e ajustar sua flutuação ao nível que desejar. O náutilo se alimenta tanto de carne podre como de seres vivos, à semelhança dos caranguejos; move-se por propulsão a jato, esguichando água por um sifão, numa variante da técnica de produzir correntes de água pelos cílios, usada por seus parentes, que se alimentam por filtragem. O náutilo procura suas presas com o auxílio de pequenos olhos em haste e de tentáculos sensíveis ao paladar. Seu pé ventral de molusco está dividido em cerca de 90 tentáculos longos e ávidos, com os quais agarra sua presa. No centro do corpo apresentam um bico córneo, como o de um papagaio, capaz de dar uma bicada mortal, quebrando a concha do adversário.

Após cerca de 140 milhões de anos de evolução, os náutilos deram origem a um grupo variante com um número maior de câmaras de gás flutuantes em cada concha: as amonites. Este grupo foi extremamente bem-sucedido. Em alguns locais suas conchas são encontradas em enormes quantidades, chegando a formar fileiras sólidas. Algumas espécies atingi-

Náutilo perlado

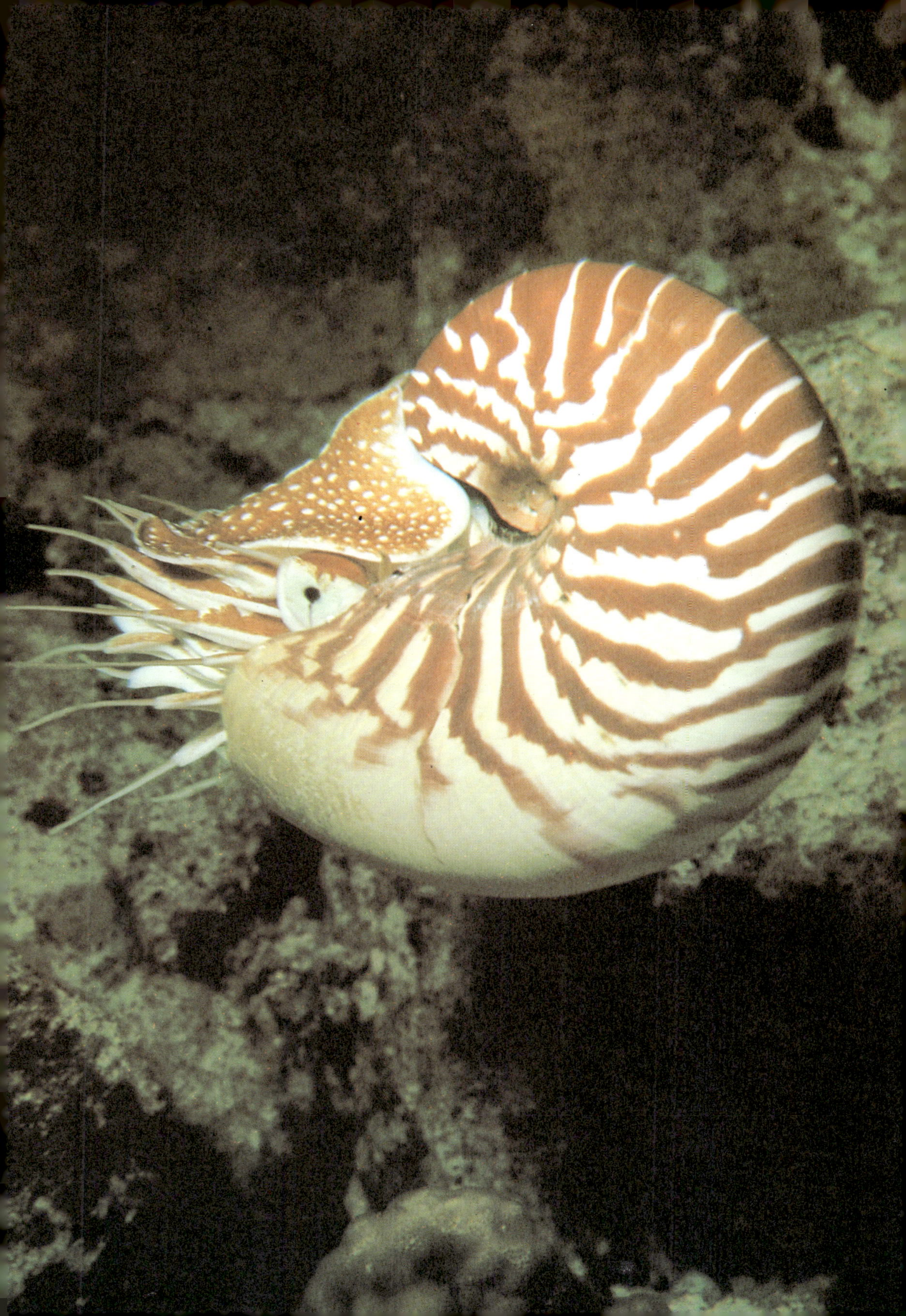

ram o tamanho de um pneu de caminhão. Ao encontrar alguns desses gigantes incrustados na pedra calcária cor-de-mel da Inglaterra central ou nas duras rochas azuis de Dorset, você poderá supor que essas criaturas imensas só conseguiam se movimentar arrastando-se pesadamente no fundo do mar. Mas nos locais onde a erosão destruiu a concha externa, as paredes curvas e elegantes das câmaras de flutuação estão expostas para nos lembrar que essas criaturas eram praticamente sem peso na água. Muitas espécies apresentam o que parece ser uma proa em quilha da concha e nos levam a supor que as amonites poderiam ter navegado, como galeões, na superfície dos mares pré-históricos.

Há cerca de 100 milhões de anos, por razões desconhecidas, a dinastia das amonites começou a declinar. Várias espécies desapareceram. Outras linhagens iniciaram novas formas, com conchas ligeiramente espiraladas ou quase retas. Um grupo seguiu na mesma direção das lesmas-do-mar e se desfez inteiramente de suas conchas. Com o passar do tempo, todas as espécies de amonites possuidoras de conchas, com exceção do náutilo perlado, desapareceram. Mas as desprovidas de conchas prosperaram e se tornaram os mais inteligentes e requintados de todos os moluscos: as lulas e os polvos.

Os vestígios das conchas ancestrais das lulas são encontrados nas profundezas de seu organismo: seu corpo é reforçado por um delgado esqueleto córneo interno, que muitas vezes é encontrado atirado às praias. O polvo, por sua vez, não apresenta nenhum vestígio de sua concha ancestral. Uma espécie, o argonauta, secreta, de um de seus tentáculos, uma maravilhosa versão da concha do náutilo, fina como papel e não compartimentada, que é utilizada não só como habitação, mas, também, como ninho flutuante onde ele deposita seus ovos.

A lula tem menos tentáculos que o náutilo — só dez — e o polvo ou octópode, como o nome indica, tem apenas oito. A lula é o mais veloz entre eles, possuindo nadadeiras laterais ao longo de seus flancos que ondulam e deslocam o animal na água. Ambos podem, como o náutilo, usar a propulsão a jato, se o desejarem.

Seus olhos são extremamente desenvolvidos. Em certos aspectos são superiores aos humanos, pois uma lula pode distinguir a luz polarizada, que nós não podemos, porque sua retina tem uma estrutura mais delicada, o que significa, quase com certeza, que ela pode perceber maiores detalhes do que a nossa. Para conduzir os sinais produzidos por esses órgãos sensoriais elaborados, os polvos e lulas possuem um cérebro considerável e reações muito rápidas.

As lulas atingem tamanhos imensos. Em 1954 foi encontrada numa praia da Noruega uma que media 9 m do topo de seu corpo até a ponta dos tentáculos e pesava cerca de 1 t. Em 1933, na Nova Zelândia, foi registrado o encontro de uma lula ainda maior, medindo 21 m de comprimento, cujos olhos tinham 40 cm de diâmetro — os maiores olhos já conhecidos

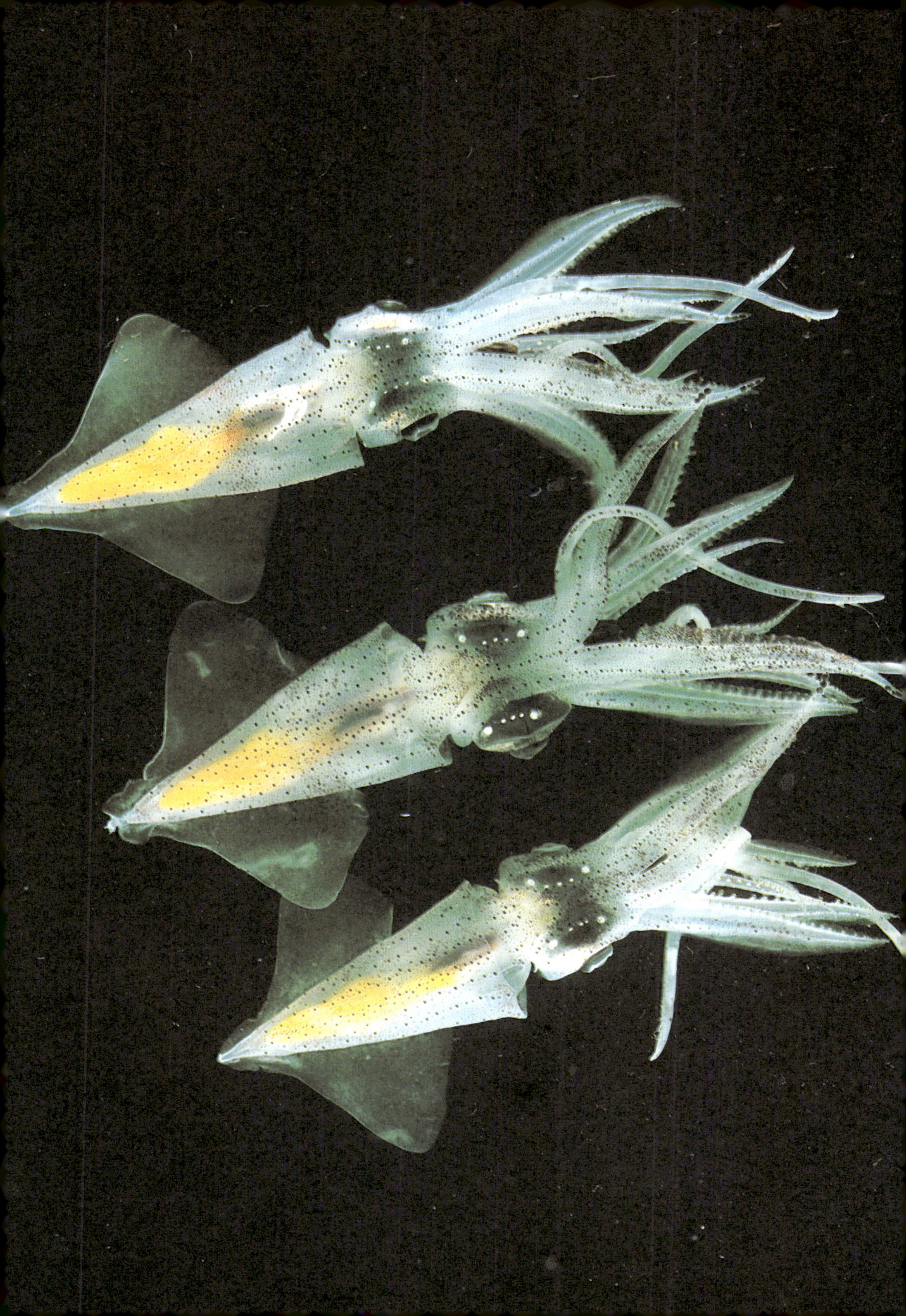

no mundo animal. A maior lula existente não deve ter sido encontrada até hoje. As lulas são animais tão inteligentes e se deslocam com tal rapidez que não deve ser difícil para elas evitar as desajeitadas dragas submarinas do homem. Os cachalotes freqüentemente mergulham à procura de lulas e são bem mais ágeis do que qualquer dos nossos artifícios de caça. Alguns aparecem à superfície com cicatrizes no focinho sugerindo terem lutado com seres possuidores de ventosas de 13 cm de diâmetro; em seus estômagos foram encontrados bicos bem maiores do que os da gigantesca lula da Noruega. Baseando-se nesses fatos, poderemos acreditar na existência de monstros submarinos que surgiam das profundezas do oceano e envolviam os navios em seus tentáculos. Já se encontraram criaturas assustadoras — as mais insólitas são descendentes das simples conchinhas que surgiram pela primeira vez há 600 milhões de anos.

Mas, e a segunda categoria, representada nas rochas antigas pelos crinóides em forma de flor? Acompanhando sua história nas rochas, observamos que eles se tornam cada vez mais elaborados e sua estrutura mais definida. Cada um possui um bloco central, o cálice, brotando de um caule semelhante ao miolo de uma papoula. Dele saem cinco braços que em algumas espécies se desdobram repetidamente. A superfície do cálice é composta de placas calcárias perfeitamente ajustadas, os caules e galhos dos discos em forma de contas ou pínulas do mesmo material. Jogados nas pedras, eles se assemelham a colares partidos, com suas contas às vezes esparramadas, outras vezes em serpentinas frouxas, como se seu fio tivesse acabado de romper. Ocasionalmente, espécimes gigantescos são encontrados, com hastes que medem 20 m de comprimento. Essas criaturas, como as amonites, tiveram sua época, mas só uma espécie, conhecida como lírio--do-mar, sobrevive ainda hoje nas profundezas do oceano.

Os lírios-do-mar provam que, em vida, as placas calcárias são subcutâneas, o que dá à sua superfície uma aspereza singular. Em um dos grupos de invertebrados relacionados a pele é recoberta de espinhos compridos, de onde provém o seu nome, equinodermos ou "pele espinhosa". O modelo estrutural básico dos equinodermos apresenta uma simetria pentagonal. As placas do cálice são cinco e todos os órgãos internos são também em grupos de cinco. Seu corpo funciona através de um aproveitamento invulgar dos princípios hidrostáticos. Pés ambulacrários — providos de tubos finos terminados em ventosas — são mantidos em posição pela pressão interna da água, e ondulam em fileiras ao longo dos braços. A água usada para esse sistema circula independente daquela da cavidade do corpo. É aspirada através de um poro para um canal que circunda a boca, circulando a água pelo corpo através de miríades de pés ambulacrários. Quando uma partícula alimentar toca num braço, os pés ambulacrários a prendem e passam de um lado para outro até chegar ao canal que percorre a parte superior do braço e termina na boca central.

Embora os crinóides de pedúnculo como os lírios-do-mar fossem mais

Lírios-do-mar, um crinóide vivo

abundantes nos tempos fósseis, hoje, os mais comuns são os desprovidos de haste. Em vez dessa os crinóides atuais possuem um ramalhete de cirros extremamente subdivididos, como raízes ondulantes que os fixam aos corais ou às rochas. Na Grande Barreira de Coral eles surgem em enormes quantidades, recobrindo o fundo das poças deixadas pela maré vazante com um tapete grosso e castanho.

A simetria pentagonal e os pés ambulacrários hidrostáticos são características distintas que tornam os membros desse grupo facilmente identificáveis. As estrelas-do-mar e seus primos mais ativos, os ofiúros, parecem crinóides desprovidos de pedúnculos ou raízes que vivem numa posição invertida com a boca na parte inferior do corpo e os cinco cirros abertos. Os ouriços-do-mar também são obviamente parentes que parecem ter recolhido os cinco cirros em direção à boca, ligando-os com placas até formar uma esfera.

Os pepinos-do-mar, compridos como salsichas, que se esparramam por trechos de areia entre os recifes, também são equinodermos. Só que vivem lateralmente, em vez de ficar de face para cima ou para baixo. Numa de suas extremidades está a abertura do ânus, embora esta designação não seja apropriada, pois o animal o utiliza não só para a excreção, mas, também, para respirar, sugando a água suavemente através de túbulos localizados na entrada interna da cavidade. A boca, na outra ponta, é rodeada de pés ambulacrários alargados que tateiam na areia ou na lama em busca de alimento. O pepino-do-mar encolhe lentamente esses tentáculos curtos até a boca, sugando-os com seus lábios grossos até limpá-los. Se você por acaso encontrar um desses animais, trate-o com cuidado pois os pepinos-do-mar têm uma maneira extravagante de se defender: eles simplesmente ejetam suas entranhas. Uma lenta e contínua massa de filamentos pegajosos jorra do ânus, grudando os dedos do intruso no emaranhado de fios adesivos. Quando um caranguejo ou peixe mais curioso provoca esta reação ele se vê lutando com uma rede de filamentos pegajosos enquanto que o pepino-do-mar se afasta vagarosamente usando seus pés ambulacrários ventrais. Nas semanas seguintes seu organismo produzirá novo conjunto de entranhas.

Se aceitarmos que a vida faz parte de uma progressão planejada, culminando no aparecimento do homem ou de alguma outra criatura sua rival no domínio do mundo, então, do ponto de vista humano, os equinodermos podem parecer seres sem importância. No entanto este pensamento está mais claro na mente dos homens do que na evidência das rochas. Os equinodermos surgiram cedo na história da vida. Embora sem nenhum desenvolvimento espetacular, seu mecanismo hidrostático provou ser eficiente e útil na formação de organismos diferentes. Nas áreas que lhes são próprias são até hoje extremamente bem-sucedidos. A estrela-do-mar, por exemplo, deslizando sobre as rochas, captura um marisco com seus pés ambulacrários e lentamente abre-lhe a concha para se alimentar da polpa

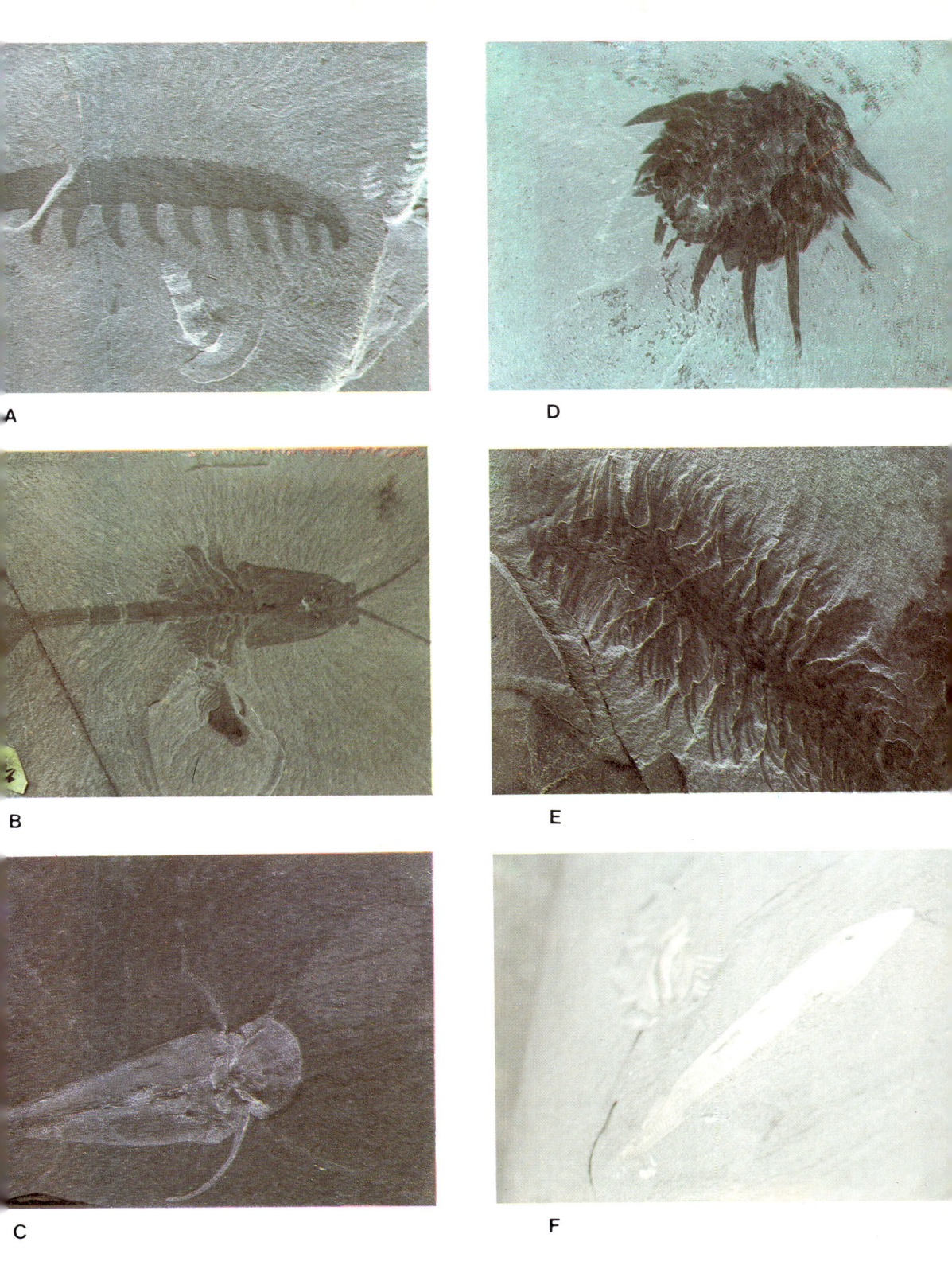

Seis fósseis de Burguess: a) antepassado provável de milípedes e insetos; b) *trilobites em forma de camarão;* c) *molusco em forma de cone;* d) *provavelmente um molusco;* e) *poliqueta;* f) *anfioxo*

interna. Uma espécie conhecida por "coroa-de-espinhos" às vezes prolifera em proporções de praga, devastando grandes áreas do coral. Ainda milhares de crinóides diferentes são trazidos em redes de arrasto das profundezas do mar. Se é improvável que surja algum outro desenvolvimento importante nesta linhagem, também é pouco provável, baseando-se na evidência dos últimos 600 milhões de anos, que o grupo desapareça enquanto existir vida nos mares da Terra.

A terceira categoria encontrada nos recifes coralígenos é a das criaturas de corpo segmentado, cuja evidência fóssil é anterior até aos trilobites das colinas do Marrocos. Em Ediacara, na Austrália, as mesmas rochas que continham vestígios das medusas e penas-do-mar também apresentavam fósseis de vermes segmentares. Uma dessas espécies, muito semelhante aos poliquetas que abundam nos recifes, apresenta uma cabeça em forma de crescente e cerca de 40 segmentos franjados de cada lado por saliências ou patas. Os sulcos externos que marcam os segmentos correspondem às separações compartimentais internas do organismo. Cada segmento apresenta um conjunto completo de órgãos: as patas laterais são recobertas de cerdas; dois apêndices delicados absorvem o oxigênio; e o organismo interno se compõe de massa visceral, dois tubos com aberturas externas para a eliminação de detritos, um grande vaso sangüíneo e um cordão nervoso dorsal, ligando todos os segmentos e coordenando-os.

Mas os fósseis de Ediacara, embora extremamente antigos, não apresentam indícios da conexão entre os vermes segmentares e outros grupos mais primitivos. Existe, porém, outra evidência a ser considerada: as larvas. Os vermes segmentares têm larvas esféricas, com um cinturão de cílios no meio e um longo penacho em cima. Essas larvas são idênticas às de alguns moluscos, numa indicação evidente de parentesco entre os dois grupos. Os equinodermos, por outro lado, têm larvas bem diferentes, com uma estrutura retorcida e coberta por faixas de cílios, sugerindo que o grupo se desligou de seus ancestrais, os platelmintos, num estágio muito remoto, bem anterior à separação entre os moluscos e os vermes segmentares.

A segmentação pode ter surgido como um meio de aumentar a eficiência dos vermes ao se enterrarem na lama. Partindo de uma unidade inicial, um número maior de patas pode ter sido adicionado, formando duas alas e resultando numa estrutura extremamente eficaz. Esta evolução ocorreu muito antes da sedimentação das rochas em Ediacara, pois, nos fósseis lá encontrados, já estavam estabelecidas as divisões fundamentais dos invertebrados. Entretanto, os fósseis de Ediacara nos permitem entrever apenas um momento breve e isolado na evolução dos invertebrados. Logo em seguida sua história se torna virtualmente invisível por cem milhões de anos. Após esse imenso lapso, chegamos ao período seguinte, há 600 milhões de anos, representado entre outros pelos depósitos do Marrocos. Mas a essa altura, como vimos, diversos organismos já haviam desenvolvido conchas.

Existe, porém, uma área fossilífera extraordinária datando dessa época, que nos fornece informações sobre o corpo dos animais que essas conchas abrigavam. Nas Montanhas Rochosas da Colúmbia Britânica, o desfiladeiro de Burgess atravessa um vão entre dois picos nevados. Junto ao cume foi encontrado um afloramento de xisto argiloso particularmente fino e nele estão preservados alguns dos mais perfeitos fósseis de todo o mundo. Há cerca de 550 milhões de anos, o xisto argiloso se formou em uma bacia no fundo do mar, a uma profundidade de cerca de 150 m. Essa bacia, por acaso, foi provavelmente protegida por uma plataforma submarina: as correntes marinhas não perturbaram os sedimentos finos que ali se depositaram, nem trouxeram o oxigênio da superfície da água. Poucos animais viveram nessas águas escuras e estagnadas, pois não se encontram vestígios de rastros nem tocas. A espaços, porém, a lama da plataforma superior escorria, arrastando numa nuvem turva vários tipos de criaturas pequeninas, que eram depositadas no fundo da bacia. Como não havia oxigênio para ativar o processo de decomposição, nem predadores para destruí-las, as minúsculas carcaças permaneceram intatas, enquanto partículas de lama lentamente as soterravam. Finalmente, todo o depósito se consolidou em xisto argiloso. Os movimentos da crosta terrestre elevaram e desdobraram grandes áreas desses depósitos marinhos durante a formação das Montanhas Rochosas. Distorcidos e espalhados, todos os traços de vida existentes nessas camadas foram obliterados. Mas, miraculosamente, esta pequena bacia permaneceu intocada.

A gama de criaturas que ela contém é extremamente variada. Lá estão as medusas, que Ediacara nos permitira antecipar; lá estão também equinodermos, braquiópodes, moluscos primitivos e meia dúzia de espécies de vermes segmentares, representantes de uma linhagem que se estendeu desde a época das praias de Ediacara até a Grande Barreira de Coral atual. Há também diversas criaturas que, embora pareçam de família dos vermes segmentares, são bem mais complexas em sua estrutura, e totalmente diferentes de qualquer animal conhecido, vivo ou fóssil.

Uma tem quinze segmentos, uma tromba na frente da boca e cinco olhos, um dos quais virado para cima. Outra, chamada, quase em desespero pelo primeiro cientista que a estudou, *Hallucigenia*, tinha sete pares de patas inferiores e sete tentáculos superiores, cada um dos quais terminando em uma espécie de boca. Essas criaturas parecem representar experiências estruturais que não deram certo. Provavelmente pereceram com a intensificação da luta pela sobrevivência e a proliferação da vida animal.

A grande variedade de seres encontrados no xisto argiloso de Burgess nos lembra quão incompleto é o nosso conhecimento da fauna fóssil em geral. Se lá as condições locais propiciaram a preservação de uma proporção maior de seres, sabemos que eles não passam de uma amostra do que deve ter existido. Os mares antigos deviam conter mais criaturas do que conseguimos imaginar.

No verso: *Desova dos límulos, Nova Inglaterra*

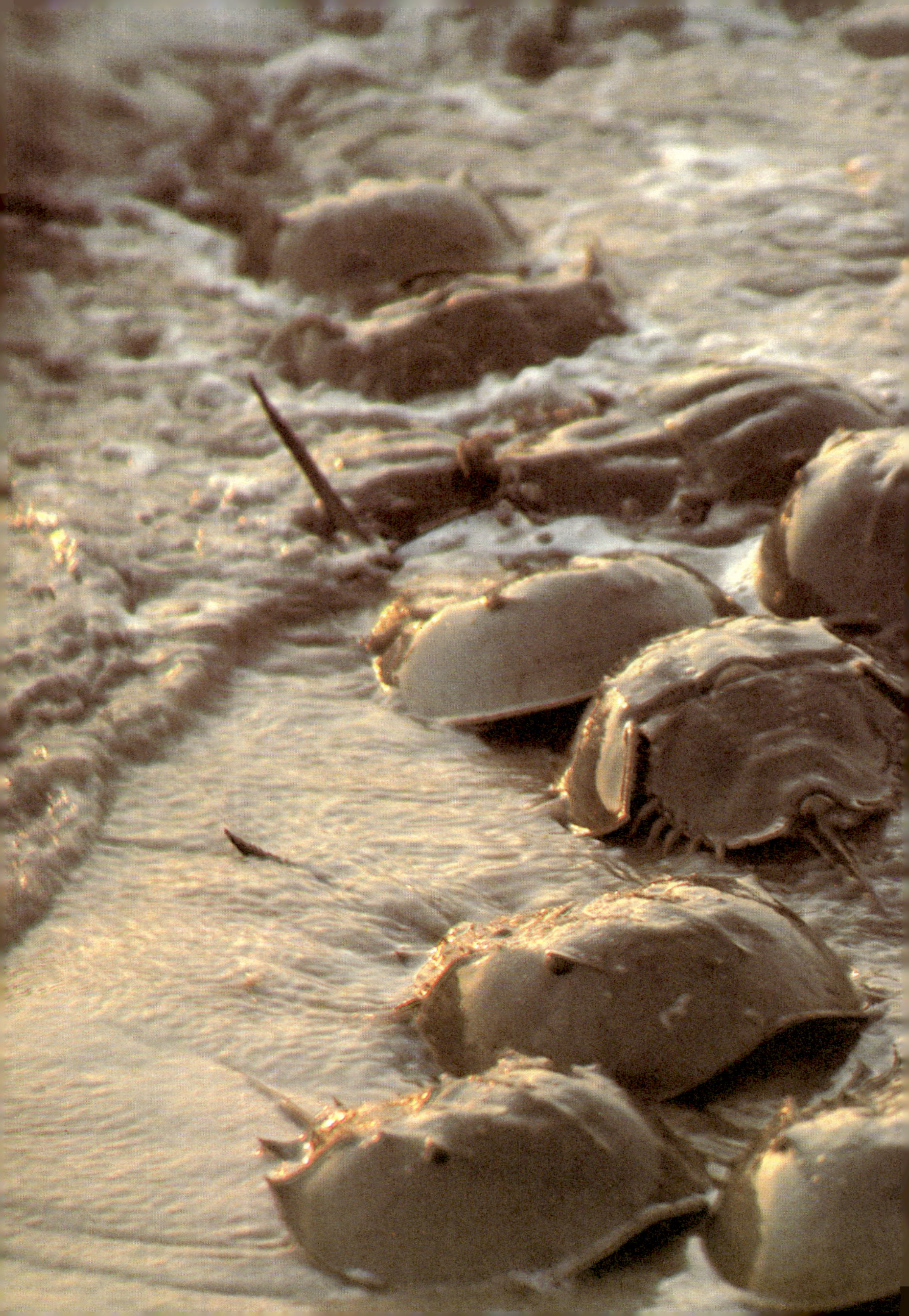

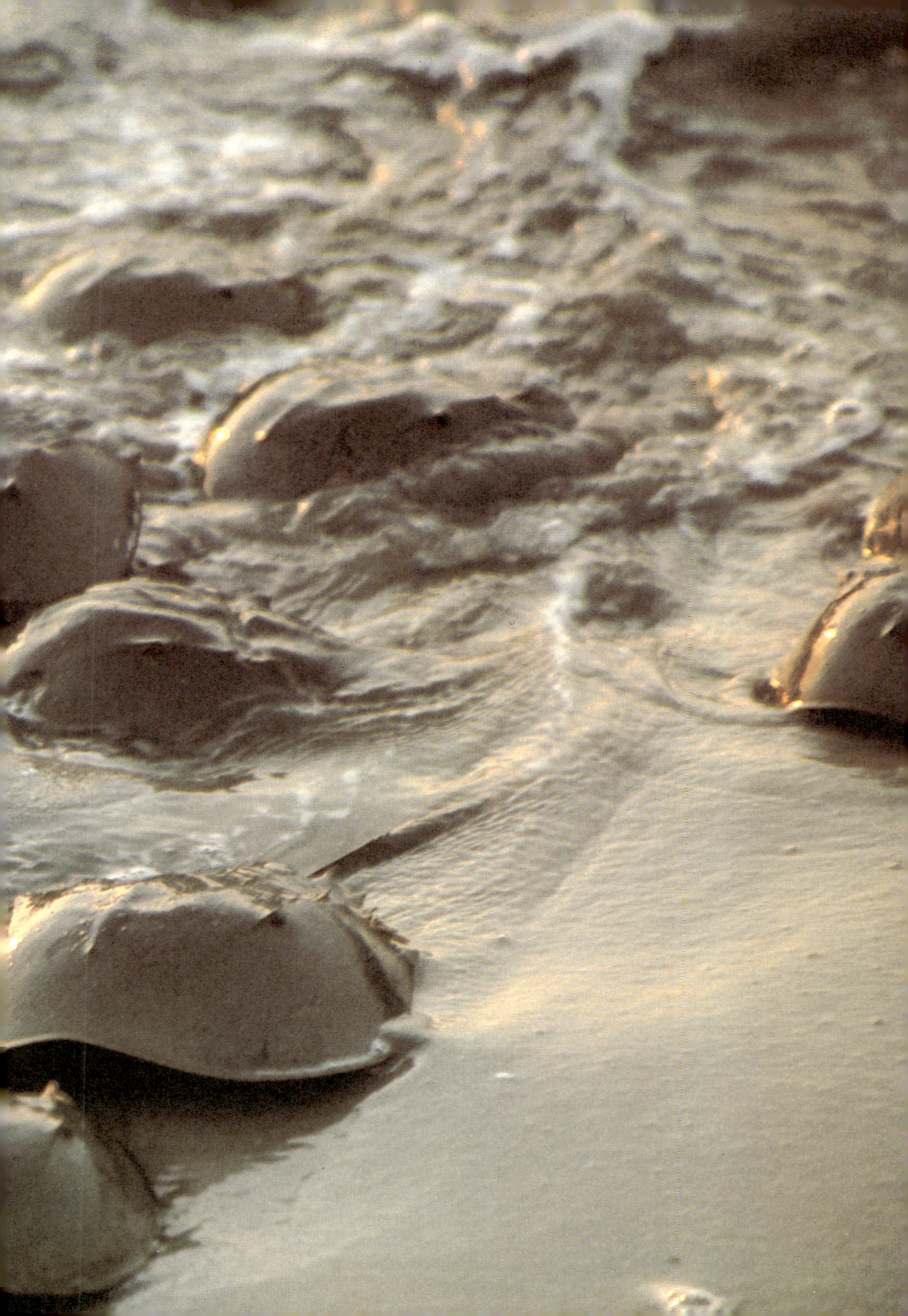

Como nos depósitos calcários do Marrocos, o xisto argiloso de Burgess contém exemplares de trilobites soberbamente preservados. A carapaça dessas criaturas era composta de cal e de uma substância córnea chamada quitina. Esse tegumento duro não tinha elasticidade e os trilobites precisaram mudar periodicamente de carapaça a fim de crescerem. A grande maioria dos fósseis trilobites, comumente encontrados no mundo, se apresenta como grandes quantidades de armaduras vazias, jogadas às praias pelas correntes marítimas, como acontece hoje com as conchas. Trilobites vivos, porém, foram arrastados nas avalanches submarinas da bacia de Burgess e sepultados no xisto argiloso. Lá, partículas de areia penetraram o corpo do animal preservando os detalhes mais delicados de sua anatomia. Assim, podemos observar seus pares de patas articuladas, ligadas a cada um dos segmentos do corpo; suas brânquias plumosas, localizadas em um pedúnculo lateral em cada pata; o par de antenas na parte anterior da cabeça; a massa visceral ocupando toda a cavidade do corpo e até as fibras musculares ao longo do dorso, que permitiam ao animal enrolar-se numa bola.

Os trilobites foram as primeiras criaturas a desenvolver olhos com lentes de alta definição. Seus olhos são mosaicos, um agrupado de componentes separados, cada qual com sua própria lente de calcita cristalina ajustada na posição exata para transmitir luz com maior eficiência. O olho do trilobite continha cerca de 15 000 elementos, fornecendo imagens que em conjunto constituíam um campo visual quase hemisférico. Mais tarde na linhagem, algumas espécies desenvolveram um tipo de olho ainda mais elaborado, até hoje sem paralelo no reino animal. Esse olho apresentava um número menor de componentes de tamanho bem maior. Suas lentes eram mais espessas, o que nos leva a supor que essas espécies viviam onde havia pouca claridade e por isso necessitavam de lentes mais grossas para concentrar a luz existente. Mas uma lente simples de calcita em contato com a água transmite a luz de maneira difusa e sem um foco nítido. Para focalizar, é necessário uma lente dupla com uma superfície ondulada na junção de seus dois elementos. E foi isso exatamente o que os trilobites desenvolveram. O elemento inferior de seus olhos era formado de quitina e a superfície entre ambos corresponde aos princípios matemáticos que o homem descobriu há apenas 300 anos, quando tentou corrigir a distorção esférica das lentes dos telescópios.

Com sua propagação nos mares do mundo, os trilobites se diversificaram em um grande número de espécies. A maioria preferiu viver no fundo do mar, rastejando pelo lodo. Algumas colonizaram os abismos oceânicos, onde havia pouca claridade, e acabaram perdendo totalmente a visão. Outras, a julgar pelo formato de suas patas, parecem ter chapinhado pela água, de patas para cima, esquadrinhando o fundo do mar com seus imensos olhos.

Com o aparecimento de novas e variadas criaturas no fundo do mar os trilobites foram perdendo a sua supremacia. E há 250 milhões de anos sua linhagem chegou ao fim. Apenas um parente sobrevive até hoje, o límulo, uma espécie de caranguejo. Medindo cerca de 30 cm de diâmetro, ele é bem maior que o maior trilobite já encontrado. Sua carapaça, que não apresenta vestígios de segmentação, forma um grande exoesqueleto protetor, com um par de olhos facetados na parte da frente. Uma placa posterior quase retangular está ligada à carapaça por articulação e termina num longo espinho. Mas sob a carapaça, a natureza segmentada do límulo torna-se evidente: vários pares de patas articuladas, com pontas terminadas em quelíceras e, atrás destas, as brânquias, que se apresentam como placas longas e achatadas, parecendo páginas de um livro.

Os límulos são vistos raramente, pois vivem nas grandes profundezas oceânicas do sudeste da Ásia e ao longo do litoral americano do Atlântico norte. Mas, na primavera, emigram em direção às praias. E em três noites sucessivas de lua cheia, quando a maré está alta, centenas de milhares deles emergem do mar.

As fêmeas, com suas imensas carapaças brilhando ao luar, arrastam os pequeninos machos atrás de si. Às vezes, em sua ansiedade para alcançar uma fêmea, quatro ou cinco machos se atropelam e formam uma cadeia. Ao atingir a praia, a fêmea se semi-enterra na areia e lá deposita seus ovos, onde os machos soltam o esperma. Milha após milha, ao longo das praias escuras, a maré viva de límulos é tão espessa que chega a formar uma faixa contínua, como um caminho de seixos gigantes. Às vezes as ondas os reviram deixando-os a agitar suas patas na areia, girando as caudas pontiagudas no esforço para se endireitar. Muitos não conseguem e morrem abandonados pela maré vazante, enquanto que outros milhares nadam para o raso.

Esta cena deve ter-se repetido a cada primavera, por centenas de milhões de anos. Quando os límulos a iniciaram, a terra firme não abrigava nenhuma forma de vida e, na praia, seus ovos estavam a salvo dos predadores marinhos. Talvez, precisamente por esse motivo, os límulos estabeleceram este hábito. Hoje as praias já não são mais seguras, com bandos de gaivotas e pequenas aves aquáticas que se congregam para participar do lauto banquete. Mas muitos dos ovos fertilizados permanecem profundamente enterrados na areia durante um mês, até que outra maré alta atinja esta parte da praia e, revolvendo a areia, liberte as larvas para o nado livre no mar. É nessa fase larvar que o parentesco entre os límulos e os trilobites se torna evidente. Os pequeninos seres imaturos, ainda sem a carapaça protetora dos adultos, têm os seus segmentos claramente visíveis. São tão semelhantes aos seus ancestrais que ficaram conhecidos com o nome de larvas trilobites.

Embora tivessem imenso sucesso, os trilobites não foram as únicas criaturas providas de armadura que se desenvolveram da linhagem dos vermes segmentares. Outro grupo surgiu quase ao mesmo tempo: os crustáceos, que apresentam uma diferença aparentemente trivial, pois têm dois pares de antenas em vez de um. Os crustáceos sobreviveram aos milhões de anos de supremacia trilobite, e quando essa dinastia começou a declinar, eles dominaram os mares. Hoje existem cerca de 35 000 espécies de crustáceos — quatro vezes mais do que as de aves, por exemplo. A grande maioria perambula por entre as pedras e rochedos — caranguejos, lavagantes, camarões e lagostas. Alguns preferem uma vida sedentária, como as cracas. Outros nadam em vastos cardumes, como o *krill*, que serve de alimento às baleias. O esqueleto externo dos crustáceos é extremamente versátil: serve tanto à minúscula pulga-d'água como ao gigantesco caranguejo-aranha do Japão, o qual chega a ter mais de 3 m de envergadura.

Cada espécie modifica o modelo, adaptando-o às suas necessidades pessoais. As patas anteriores podem ser pinças ou garras; as do meio remadeiras, pés ambulacrários ou quelíceras. Alguns têm brânquias moles que absorvem o oxigênio da água. Outros desenvolveram apêndices especiais para carregar os ovos. As patas, tubulares e articuladas, são ativadas por músculos internos que se estendem de uma ponta da pata, ao longo de seu comprimento, até atingir o outro lado. Quando um músculo se contrai entre esses dois pontos de junção, a pata gira. Esse tipo de junta articulada se movimenta em um único plano. Os crustáceos venceram essa limitação agrupando duas ou três juntas articuladas em cada pata, às vezes bem próximas, cada qual trabalhando num plano diferente, de forma que a extremidade se move num círculo completo.

A carapaça dos crustáceos apresenta o mesmo problema dos trilobites: não tendo elasticidade e envolvendo todo o corpo a única maneira de crescer é se desfazer dela periodicamente. Quando a época da muda se aproxima, o animal absorve grande quantidade do carbonato de cálcio da casca em seu sangue, e secreta embaixo uma nova pele, macia e enrugada. A carapaça velha se parte e o animal se arrasta para fora, abandonando-a quase intata, como um fantasma translúcido de si mesmo. Nesse momento, sua pele é macia e frágil e ele precisa se esconder depressa. Mas seu crescimento é rápido: o corpo incha, absorvendo água e esticando as dobras da nova carapaça. Gradualmente a casca endurece e o animal pode, mais uma vez, se aventurar no mundo hostil. O caranguejo-eremita conseguiu evitar esse processo complicado e perigoso: sua parte posterior é desprovida de casca e ele utiliza da concha de qualquer molusco para proteger-se, escolhendo outra maior sempre que necessário.

O esqueleto externo dos crustáceos apresenta uma característica acidental que teve conseqüências muito importantes: mecanicamente ela funciona tão bem em terra como na água. Portanto, desde que descobrisse um meio de respirar, nada impediria um crustáceo de sair do mar e andar pela praia, e muitos o fizeram. Alguns continuaram junto ao quebra-mar. Outros colonizaram a faixa de areia molhada nas praias. O mais espetacular desses crustáceos terrestres é o caranguejo-de-palmeira, tão grande que às vezes chega a circundar o tronco de um coqueiro com suas patas aber-

Caranguejo-aranha, Japão

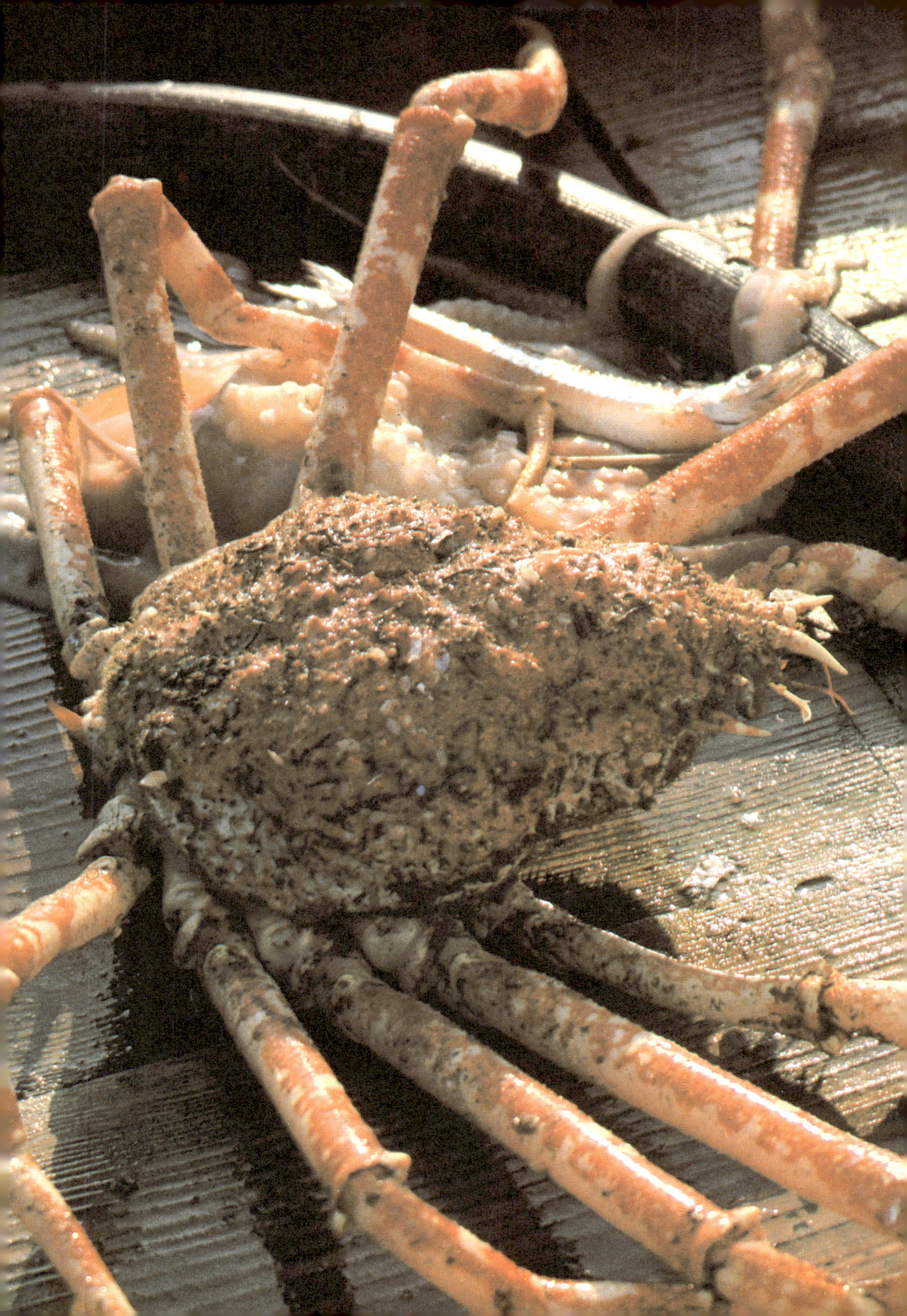

tas. Essa espécie sobe no coqueiro com a maior facilidade e, ao atingir as palmas, corta com suas pinças a casca do coco verde, de cuja polpa se alimenta. Na parte posterior de sua carapaça, bem na junção do segmento abdominal, existe uma abertura que leva a uma câmara de ar, forrada de pele úmida e enrugada, através da qual o animal absorve o oxigênio. Esta espécie de caranguejo só volta ao mar para deitar seus ovos. O resto do tempo vive perfeitamente à vontade em terra firme.

Outros descendentes de invertebrados marinhos também abandonaram as águas. Entre os moluscos encontram-se os caracóis e as lesmas sem concha, que surgiram mais recentemente na história do grupo. Os primeiros seres a se mudarem de vez para a terra firme foram descendentes diretos dos vermes segmentares. Há cerca de 400 milhões de anos esses animais encontraram meios de sobrevivência fora da água e foram tão bem-sucedidos no novo ambiente que terminaram por originar o grupo mais numeroso e variado de todos os seres terrestres, os insetos.

3 As primeiras florestas

Há poucos lugares no mundo mais desolados do que os arredores de um vulcão após sua erupção. Torrentes de lava negra recobrem as vertentes, como a escória de uma fornalha. A atividade vulcânica já cessou mas a lava, arrefecendo, ainda crepita estalando seixos. Vapor sulfuroso sibila por entre as frestas, delineando as crateras com enxofre amarelo. Bacias de lama espessa, cinzentas, amarelas ou azuis borbulham aquecidas pelo calor decrescente das camadas mais profundas. O resto é silêncio. Nenhum arbusto oferece abrigo contra o vento sibilante; nem mesmo uma pequena mancha verde ameniza a superfície negra e árida das planícies de cinza vulcânica.

Durante a maior parte de sua história, a Terra apresentou essa paisagem inóspita. Na fase de resfriamento da crosta terrestre a atividade vulcânica era muito intensa, numa escala inimaginável atualmente, formando cordilheiras de lava e cinza. Durante milênios essas montanhas, expostas à ação erosiva constante do vento e da chuva, se desfizeram em argila e lama e foram levadas, partícula por partícula, para além dos limites da terra e depositadas no fundo do mar. Aí, os sedimentos acumularam-se lentamente, formando camadas compactas de arenito e xisto argiloso. Os continentes de então não eram estacionários: deslocavam-se vagarosamente sobre a superfície da Terra, movidos pelas correntes subterrâneas de convecção. Quando duas placas continentais colidiam, os depósitos sedimentários que as circundavam eram comprimidos e elevados, dando origem a novas cadeias de montanhas. Durante 3 bilhões de anos, enquanto os ciclos geológicos se repetiam e os vulcões entravam em erupção e se extinguiam, a vida nos mares se manifestou em diversas formas; mas a terra firme ainda permanecia estéril.

Algumas espécies de algas marinhas conseguiram sobreviver em terra firme junto ao mar, cobrindo de verde as praias e as rochas. Contudo, não proliferaram terra adentro porque longe da orla banhada pelas ondas se ressecavam e morriam. Há cerca de 420 milhões de anos algumas espécies de algas desenvolveram uma película cerosa que as protegia contra a dessecação. Mas não se emanciparam totalmente, uma vez que continuaram a depender da água para a reprodução.

As algas se reproduzem de duas formas: por divisão assexuada direta e pelo método sexual, de tanta importância para o processo evolutivo, por meio do qual células se encontram e se fundem aos pares, desde que haja água para transportá-las.

Essa dependência do transporte aquático ainda hoje aflige algumas

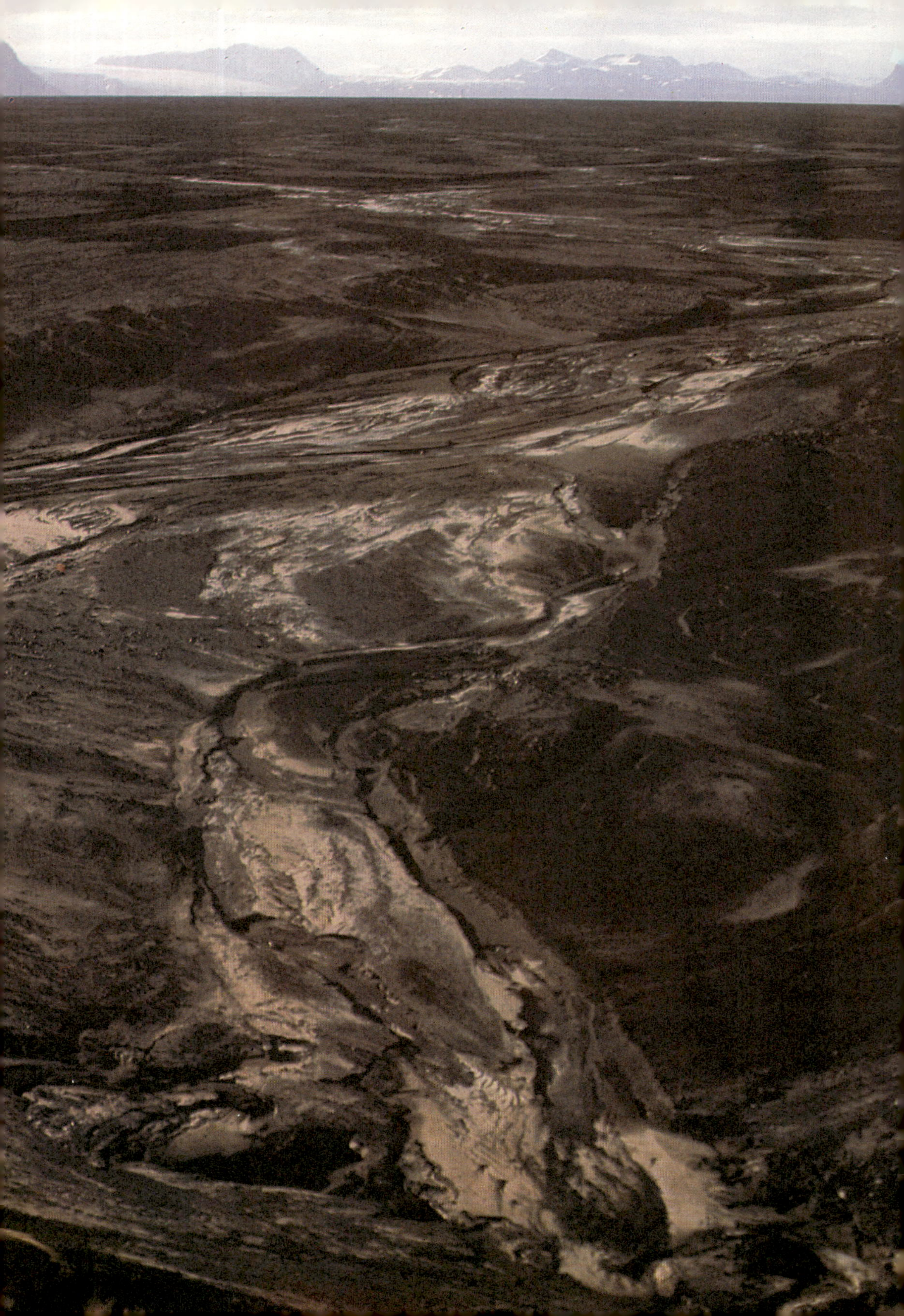

plantas terrestres mais primitivas. As placas úmidas conhecidas como plantas hepáticas e os filamentos recobertos de escamas verdes chamados musgos são exemplos. Ambos utilizam os dois métodos de reprodução, sexuada e assexuada, em gerações alternadas. O musgo verde comum pertence à geração que produz as células sexuais. O óvulo permanece fixo na ponta do caule enquanto que espermatozóides microscópicos são liberados na água e serpeiam em sua direção para fertilizá-lo. O ovo então germina, ainda preso à planta-mãe, e dá origem à nova geração assexuada: um caule fino terminando em uma cápsula oca, na qual é produzida grande quantidade de esporos em forma de grânulos. Quando o ar se torna mais seco, as paredes da cápsula se expandem e esta se rompe abruptamente, espalhando os esporos pelo ar. Dispersos pelo vento, os que caírem em solo úmido se desenvolverão em novas plantas.

Os filamentos de musgo não são rígidos mas, apoiando-se uns contra os outros, formam almofadões que chegam a atingir alturas modestas; suas células individuais sendo macias, permeáveis e saturadas de água não chegam a oferecer a resistência necessária para sustentar o caule. É provável que plantas como estas estivessem entre as primeiras formas a colonizar as margens úmidas da terra, mas até hoje ainda não foram encontrados fósseis de musgos desse período primitivo. As primeiras plantas terrestres de que temos evidência, datando de mais de 400 milhões de anos, são simples fibras ramificadas desprovidas de folhas, encontradas em filamentos de carbono nas rochas centrais do País de Galles e em alguns depósitos de sílex córneo, na Escócia. Essas fibras, assim como os musgos, não tinham raízes. Examinando-as ao microscópio, porém, os cientistas notaram uma característica especial: a presença de células longas e espessas, aptas a conduzir a água caule acima. Essas estruturas tinham a rigidez necessária para manter a planta ereta numa altura de vários centímetros. Não parece muito, mas representou um avanço de grande importância para a evolução.

Os musgos primitivos, as hepáticas e as fibras formaram tapetes verdes e emaranhados, verdadeiras florestas em miniatura, que se espalharam terra adentro a partir das margens dos estuários e dos rios. Os primeiros animais colonizadores que se aventuraram para fora do mar rastejaram nessas florestas. Esses ancestrais dos miriápodes eram criaturas segmentadas, pré-adaptadas por sua armadura quitinosa para a locomoção em terra firme. No início não se afastaram muito da água; mas onde quer que houvesse musgo havia também umidade suficiente e alimentação. Com a terra só para eles, esses pioneiros prosperaram. O nome miriápode, que significa 1 000 pés, representa um certo exagero: nenhuma forma conhecida tem mais de 200 pés e algumas apenas 8. Os primeiros miriápodes atingiram magníficas dimensões. Uma espécie chegou a medir 2 m de comprimento e deve ter tido um efeito arrasador sobre as plantas, em sua perambulação pelos charcos úmidos e verdes. Afinal, era um inseto do comprimento de uma vaca.

Terreno rochoso devastado pela torrente de lava, Islândia

Para a vida em terra firme foram necessárias poucas modificações no exoesqueleto herdado de seus antepassados aquáticos. Mas os miriápodes precisaram descobrir um novo método de respiração. A delicada brânquia lateral, junto às patas, que havia servido tão bem aos crustáceos, seus parentes aquáticos, não funcionava no ar. Assim sendo, os miriápodes desenvolveram um sistema de tubos respiratórios chamado traquéia. Cada tubo se inicia numa abertura lateral da casca, ramificando-se internamente em uma rede fina que leva o oxigênio gasoso a todos os órgãos e tecidos do organismo, penetrando até em células individuais.

A reprodução em terra firme também apresentou problemas para os miriápodes. Seus ancestrais marinhos, como as algas, tinham se valido da água para transportar o esperma até os óvulos. Em terra, a solução era óbvia: macho e fêmea, capazes de movimentos independentes, deveriam se encontrar e transferir os gametas diretamente de um para o outro. É exatamente isto o que os miriápodes fazem. Em ambos os sexos as células reprodutoras estão localizadas em glândulas junto à base do segundo par de patas. Quando o macho se encontra com a fêmea na época do acasalamento, os dois se entrelaçam: o macho estica sua sétima pata, recolhe um pouco do esperma de sua glândula sexual e, com grande dificuldade, deslizando ao longo do corpo de sua parceira até que ela possa recolher o esperma para dentro da sua bolsa sexual. Este processo é bastante trabalhoso, mas, pelo menos, não oferece perigo: os miriápodes são totalmente vegetarianos. Outros invertebrados mais ferozes, que mais tarde invadiram as florestas de musgos e depredaram a população herbívora, não podiam se abandonar a tais relacionamentos confiantes.

Três grupos desses predadores sobrevivem ainda hoje: as centopéias, os escorpiões e as aranhas. Como suas vítimas, eles pertencem à família dos animais segmentados, embora a evidência disso varie consideravelmente. As centopéias, como os miriápodes, são claramente segmentadas. Os escorpiões apresentam divisões visíveis apenas em suas longas caudas. Mas a maior parte das aranhas, com exceção de algumas espécies do sudeste asiático, perdeu completamente todos os vestígios de segmentação.

Os escorpiões atuais são semelhantes a uma espécie, hoje extinta, de escorpiões-do-mar que aterrorizava os oceanos nesse período. Alguns chegavam a medir dois metros de comprimento e, armados com imensas pinças, capturavam criaturas menores. Os escorpiões terrestres não são seus descendentes diretos, mas pertencem ao mesmo grande grupo e, certamente, conservam os mesmos hábitos selvagens.

São dotados de garras assustadoras e possuem uma avantajada glândula de veneno armada com um ferrão aguçado na ponta de sua cauda fina. Seu acasalamento não pode ser deixado ao acaso, como no praticado pelos miriápodes. Aproximar-se de uma criatura tão poderosa e agressiva é uma aventura arriscada, mesmo para um indivíduo da mesma espécie,

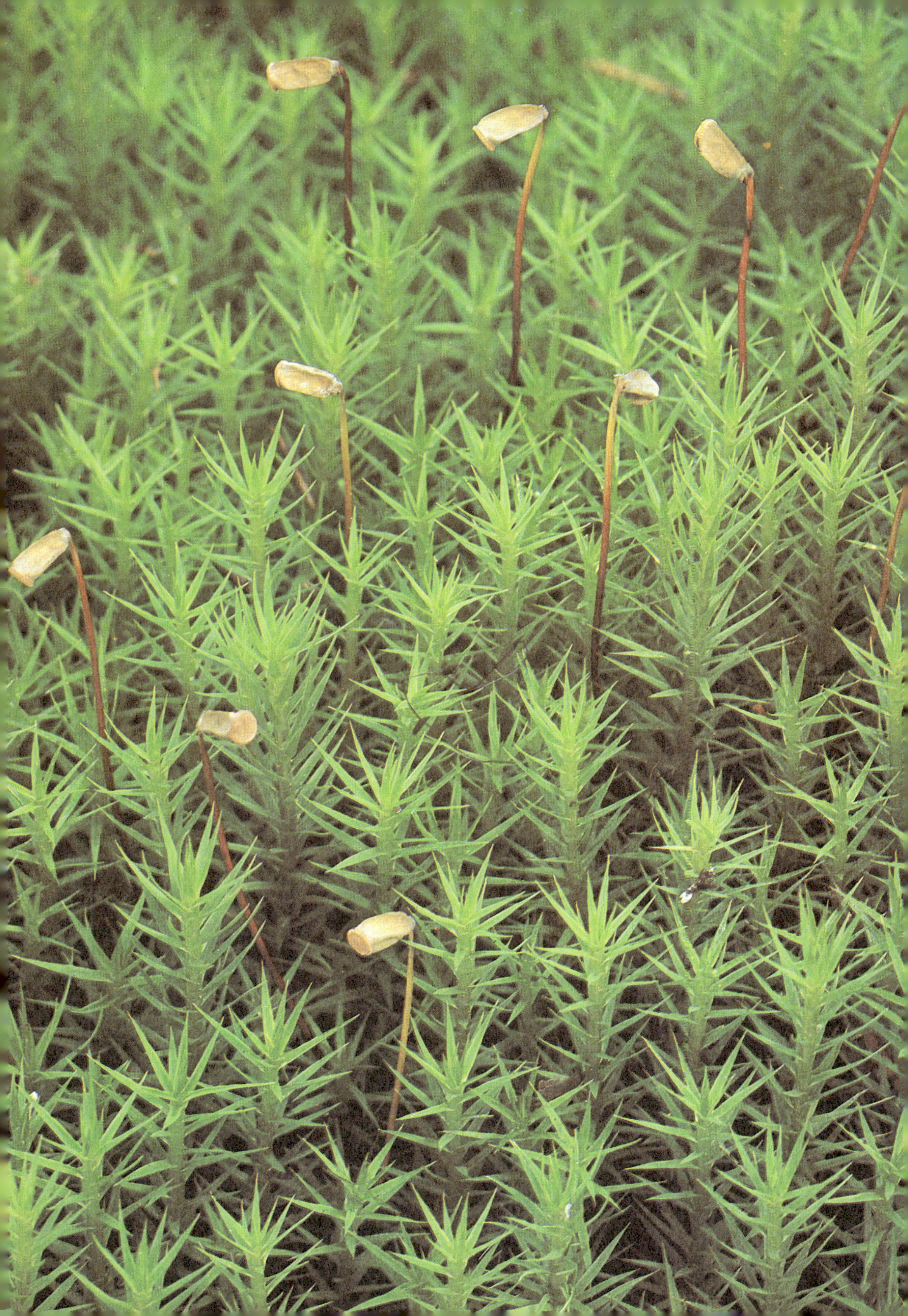

com intenções puramente sexuais. Existe o perigo real de ser considerado não um companheiro, mas um petisco. Por esse motivo, a união sexual dos escorpiões exigiu, pela primeira vez na história, a proteção ritualizada do namoro.

O escorpião macho se aproxima da fêmea com imensa cautela e, inesperadamente, a segura pelas pinças. Assim unidos, com as armas neutralizadas, o par inicia sua dança nupcial movendo-se de um lado para outro, as caudas eretas e às vezes até enlaçadas. Seus passos acabam afastando gravetos e outros entulhos até formar uma pista de dança; em dado momento o macho deposita no chão uma pequena quantidade de esperma a partir de seu orifício genital, torácico. Ainda segurando a fêmea pelas pinças ele a dirige até que seu orifício genital se posicione diretamente em cima da mancha de espermatozóides. A fêmea então recolhe o líquido, os parceiros se separam e seguem caminhos diferentes. Os ovos fecundados desenvolvem-se no interior da mãe, deles nascendo pequenos escorpiões envoltos numa membrana; dilacerando-a com os aguilhões, a ninhada se liberta e sobe com dificuldade para o dorso da mãe. Aí permanecem até a primeira muda de casca, que geralmente ocorre ao fim de duas semanas, finda a qual estão aptos a prover a própria subsistência.

As aranhas também precisam ser extremamente cautelosas em sua corte nupcial. A aventura é ainda mais perigosa para o macho, quase sempre muito menor do que a fêmea, e assim ele se prepara para o encontro com grande antecedência. Primeiro tece um pequenino triângulo de seda de poucos milímetros de diâmetro, depositando aí uma gota de esperma extraída de sua glândula sexual, localizada na parte inferior do corpo. Essa almofadinha é guardada por sucção, com o maior cuidado, na dobra de um membro especial, o pedipalpo, da mesma maneira com que enchemos uma caneta de tinta. Só então o macho se considera preparado para o acasalamento.

A corte nupcial das aranhas é bastante variada e engenhosa. As aranhas da família dos licosídeos (tarântulas) e as de uma outra espécie, as saltadeiras, caçam utilizando principalmente a visão e possuem olhos excelentes. Por isso, o macho depende dos sinais visuais para fazer com que a fêmea perceba sua presença e suas intenções. Assim que avista uma noiva em potencial, ele agita freneticamente seus pedipalpos, de cores vivas, uma espécie de semáforo descontrolado. As aranhas noturnas têm o senso do tato extremamente delicado, que utilizam na captura de suas vítimas. Ao encontrar a fêmea, o macho acaricia cautelosamente suas longas patas, e só depois de muita hesitação é que se aventura a chegar mais perto. As aranhas tecedeiras são sensíveis às vibrações dos fios sedosos da sua teia, que as avisam quando uma vítima ficou presa. O macho dessa espécie, ao acercar-se da fêmea, que pende, enorme e ameaçadora, na sua teia ou que o espreita escondida por perto, precisa de se identificar, para o que faz vibrar os fios de uma maneira muito especial e significativa, na esperança

Miriápodes acasalando No verso: *Fêmea do escorpião carregando a cria em seu dorso*

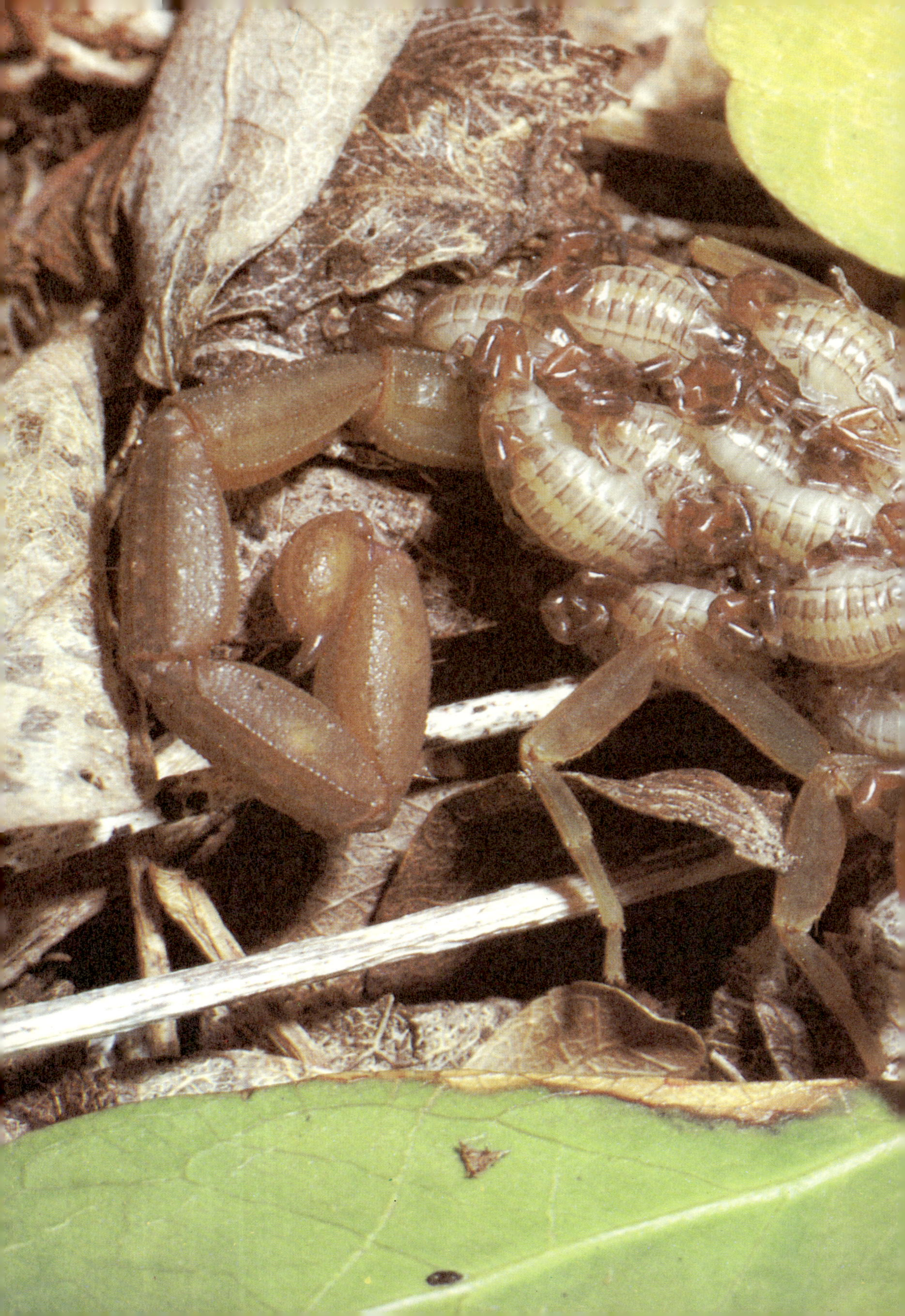

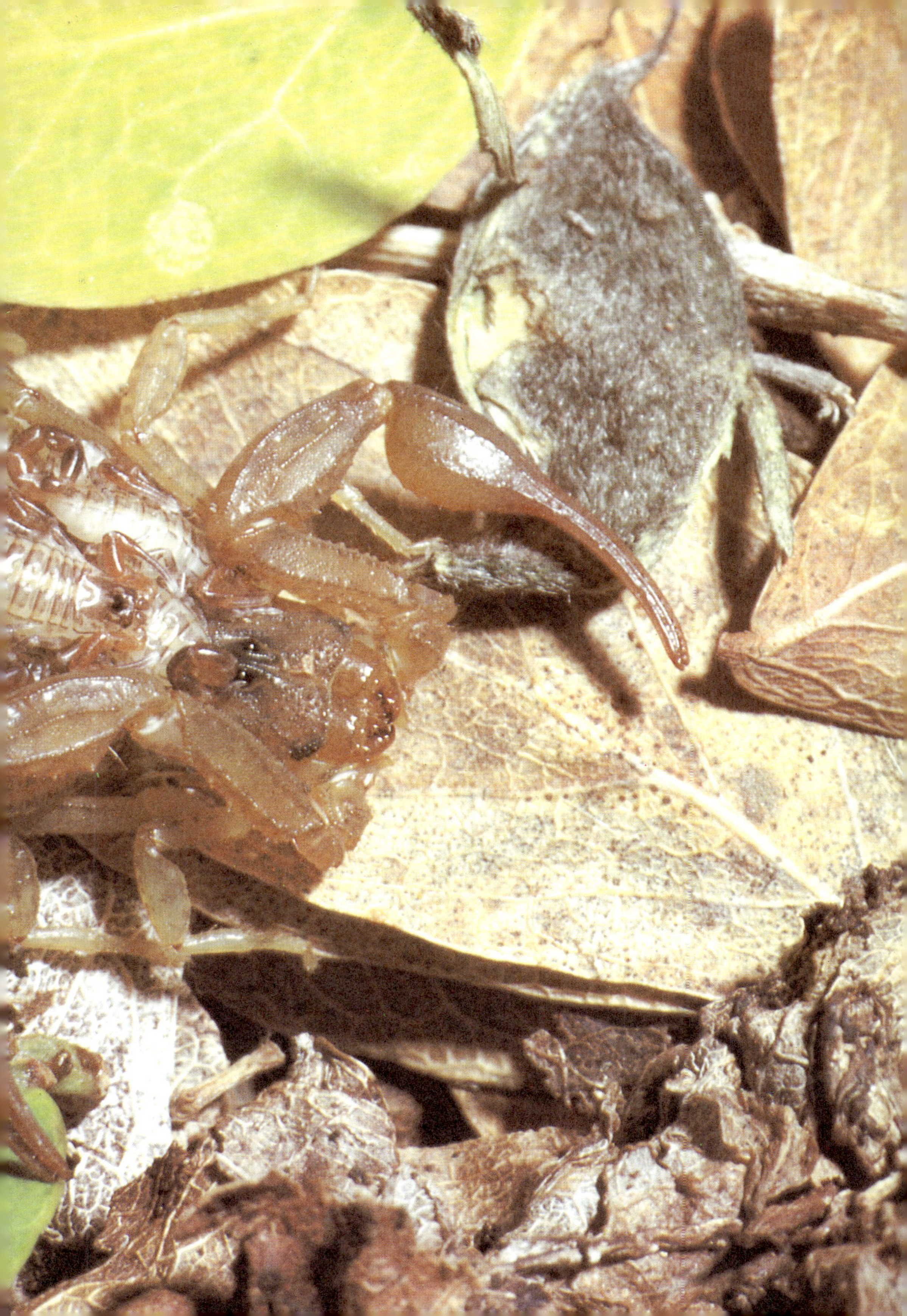

de que ela o reconheça. Algumas espécies recorrem ao suborno. O macho captura um inseto e, com cuidado, embrulha-o em seda. Segurando o presente à sua frente, bem à vista, ele aproxima-se cautelosamente da fêmea e o oferece. Enquanto ela, distraída, examina a oferta, o macho avança com rapidez e prende-a ao solo com fios de seda, por precaução, antes de arriscar um abraço.

Essas técnicas visam sempre ao mesmo fim: o macho, tendo sobrevivido a todos esses perigos, introduz o seu pedipalpo na abertura genital da fêmea, ejeta o esperma e afasta-se rapidamente. Infelizmente, apesar de todas essas precauções, por vezes não consegue fugir a tempo e é devorado. Essa tragédia pessoal não tem a menor importância em termos biológicos: o macho só perde a vida depois de cumprir o seu dever.

Enquanto os primeiros animais segmentados se aperfeiçoavam, adaptando-se à vida em terra firme longe da umidade, as plantas também evoluíam. Os musgos e outras formas primitivas não possuem raízes verdadeiras. A sua haste vertical brota de outra horizontal muito semelhante que jaz no solo ou pouco abaixo da superfície. Esse tipo de estrutura só é útil onde houver umidade constante. Em locais mais áridos a única reserva de água existente é subterrânea. Para atingi-la foi preciso desenvolver raízes que penetrassem na terra profundamente. Três grupos de plantas apresentaram essa estrutura. Os seus descendentes sobreviveram sem grandes alterações: licopódios de caule rígido, que lembram musgos; cavalinhas, que abundam em áreas de terra inculta e que têm as hastes circundadas por anéis de folhas pontiagudas, e as samambaias. Essas três espécies possuem vasos lenhosos reforçados na parte interna do caule para o transporte da água absorvida pelas raízes. A rigidez conseqüente possibilitou seu crescimento a alturas consideráveis e deu início a um novo tipo de competição.

Todas as plantas verdes dependem da luz solar para ativar seus processos químicos e sintetizar substâncias orgânicas a partir dos elementos simples. O tamanho, portanto, passou a ser da maior importância para elas. Se uma planta não atinge determinada altura, arrisca-se a ser obscurecida por suas vizinhas e condenada à sombra onde, faminta de luz, morrerá. Os grupos primitivos aproveitaram a recém-adquirida força de seus caules para atingir grandes alturas. Assim surgiram as árvores. Os musgos e as cavalinhas proliferaram nos charcos onde, em fileiras cerradas, chegaram a atingir 30 m de altura, com troncos lenhosos de 2 m de diâmetro. Hoje, os resíduos compactos de seus caules e folhas se transformaram em carvão. A imensa espessura dessas camadas carboníferas é testemunha da abundância dessas florestas primitivas. Outras espécies desses dois grupos proliferaram terra adentro, mesclando-se às samambaias que tinham desenvolvido folhas verdadeiras, alongadas e enormes, aptas a absorver o máximo possível da energia solar. Essas folhagens atingiram alturas incríveis, e seus troncos arqueados eram semelhantes aos das samambaias arbóreas que ainda hoje vivem nas florestas tropicais úmidas.

O macho, de menor tamanho, toca a fêmea com suas pernas

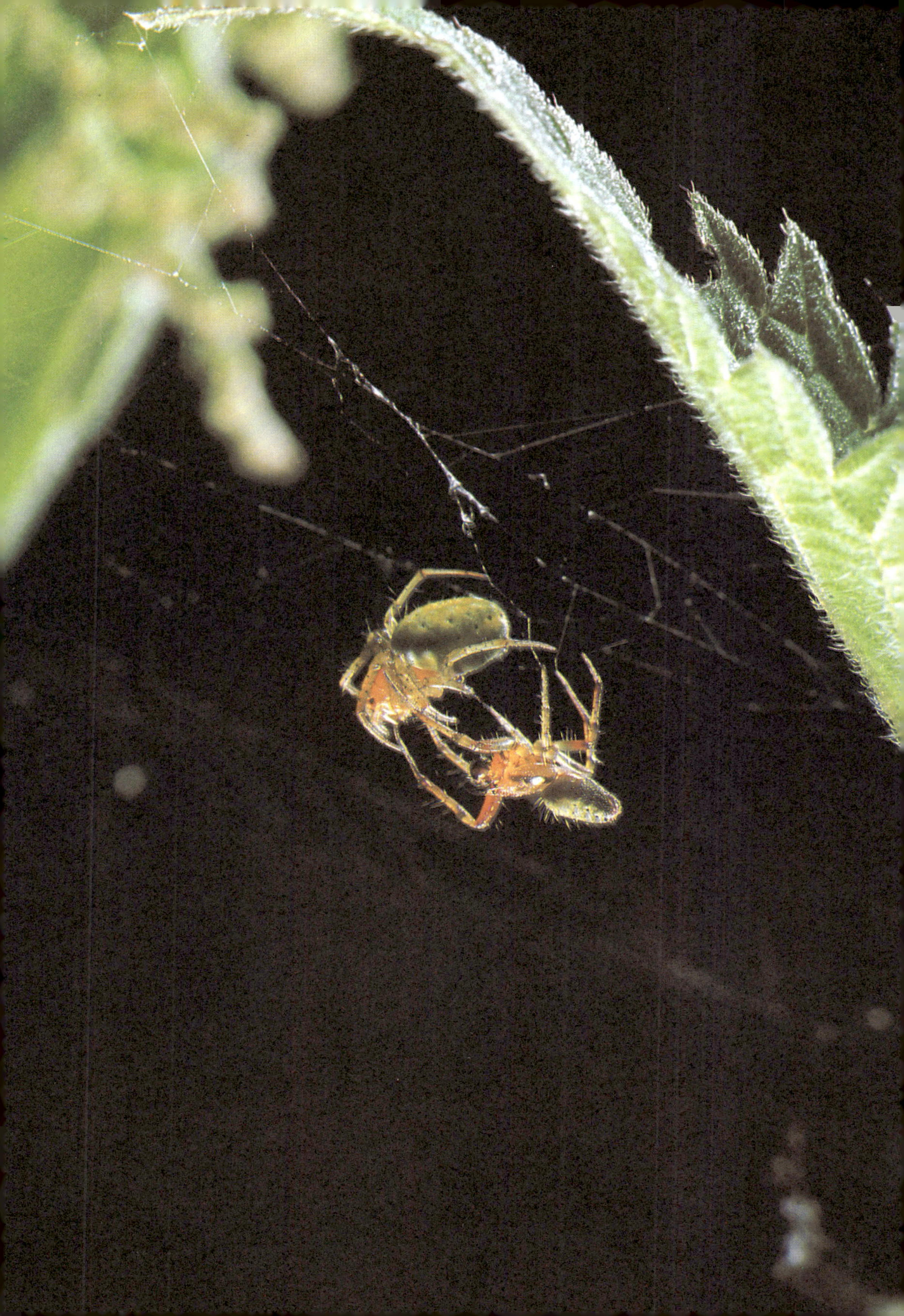

O crescimento dessas florestas deve ter causado problemas consideráveis aos seus primeiros habitantes animais. Onde antes houvera uma superabundância de folhas e esporos, junto ao chão, agora surgiam esses troncos verticais arrojados, arrebatando sua fonte alimentar, levando-a a grandes alturas e formando uma abóbada cerrada que reduzia a penetração da luz. O solo passou a apresentar uma vegetação rala, com grandes áreas completamente desprovidas de folhas vivas. Alguns dos animais vegetarianos resolveram o problema escalando os troncos.

Um outro fator, porém, pode ter contribuído para induzir essas criaturas a abandonar o chão. Por essa época um tipo de animal completamente diferente se juntou aos invertebrados em terra firme: os anfíbios. Esses novos habitantes tinham quatro patas, a pele úmida e eram predadores carnívoros. Sua origem e história serão estudados mais tarde, depois de acompanharmos os invertebrados ao clímax de sua evolução. Mas a presença dos anfíbios precisa ser mencionada para que se tenha uma impressão mais clara da vida nessas primitivas florestas.

Alguns dos invertebrados que então adotaram o novo estilo de vida sobrevivem até hoje: os tisanuros e os colêmbolos. Embora pouco conhecidos e raramente avistados, eles são extremamente abundantes. No mundo inteiro, qualquer pá de terra contém alguns deles. A maioria mede poucos milímetros. Só uma espécie é comumente visível, os peixinhos-de-prata, que deslizam rapidamente no assoalho dos porões ou que são, às vezes, pilhados devorando a cola seca das encadernações de livros antigos. Seu corpo é claramente segmentado mas apresenta menos divisões do que o dos miriápodes. Tem uma cabeça bem definida, olhos facetados e antenas; um tronco, com três pares de patas, resultante da fusão de três segmentos e um abdômen com pequeninos tocos laterais, testemunhas da existência anterior de patas. De sua cauda saem três longos filamentos finos. Respiram, como os miriápodes, por meio de uma traquéia. Seu método de reprodução lembra o dos primitivos invertebrados terrestres, os escorpiões. O macho deposita um rastilho de esperma no solo e procura induzir a fêmea a caminhar sobre ele. Assim estimulada, ela recolhe o esperma em sua bolsa sexual.

Há milhares de espécies diferentes nesse grupo. Todas apresentam seis patas e corpos tripartidos. Essas características as tornam membros do maior e mais variado grupo de invertebrados terrestres, os insetos. Existem, porém, tantas variações individuais dentro de cada grupo que, ao estudarmos alguns membros mais primitivos, é difícil estabelecer se determinada característica representa um avanço evolutivo ou não. Os peixinhos-de-prata, por exemplo, têm olhos facetados mas outras espécies são cegas. Nenhuma possui asas. Algumas não têm nem mesmo traquéia e respiram através de seu exoesqueleto quitinoso, que é particularmente fino e permeável. Essas espécies perderam a traquéia ou nunca a possuíram?

Samambaias, Malawi

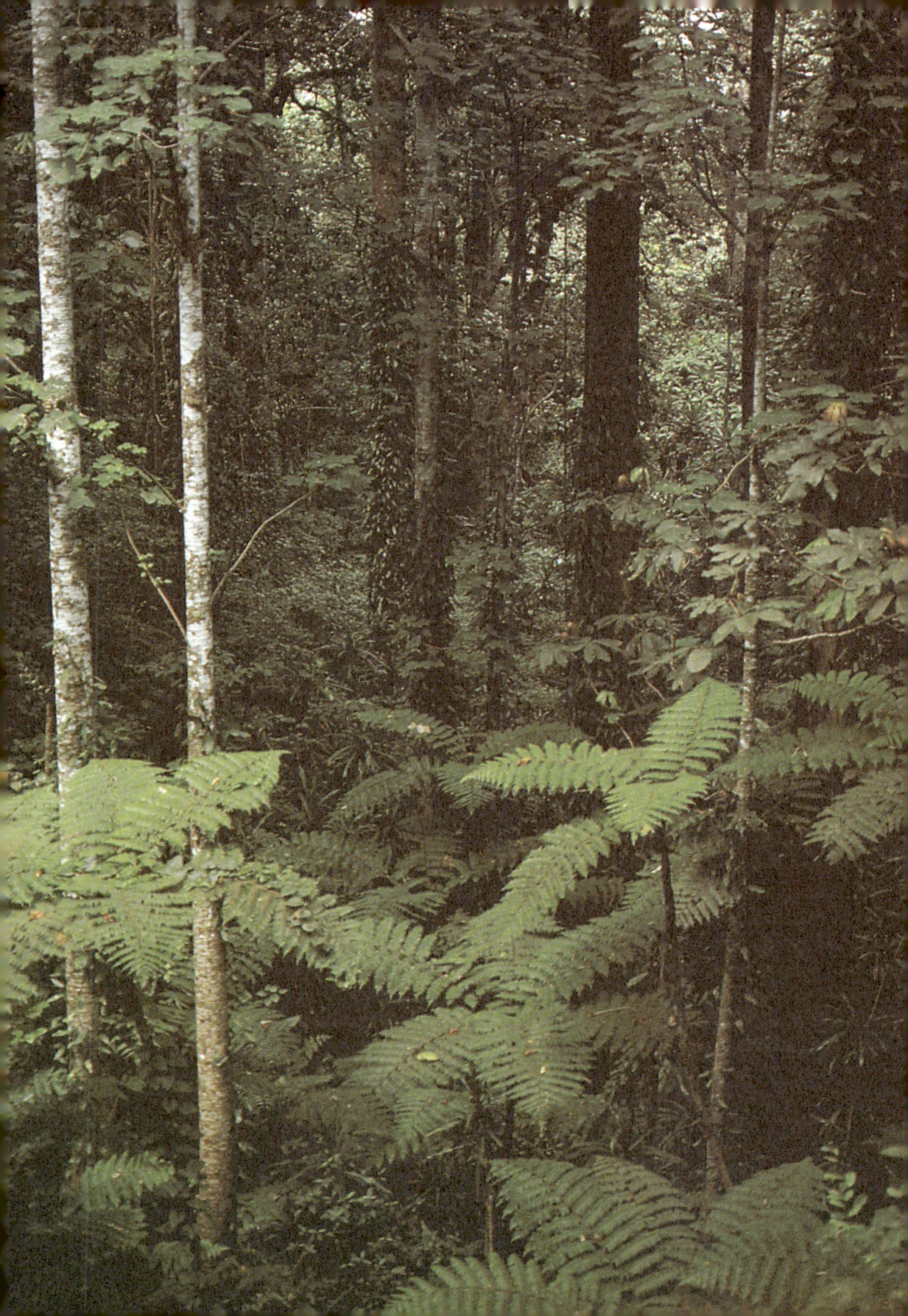

Dúvidas como esta, surgidas ao longo do estudo anatômico desses insetos, ainda aguardam explicações que possam ser universalmente aceitas.

Os insetos primitivos, portanto, encontraram nova fonte alimentar escalando os troncos dos primeiros fetos de samambaias e cavalinhas. A subida era relativamente fácil. A descida, porém, envolvendo longos desvios sobre folhas apontadas para cima, era muito trabalhosa e demorada. Não se sabe ao certo se a prevalência desses obstáculos teve influência direta no desenvolvimento evolutivo que se seguiu. É certo, porém, que alguns desses insetos primitivos desenvolveram um meio muito mais eficiente e menos trabalhoso de descida: simplesmente, eles aprenderam a voar.

Não existe qualquer evidência direta desta evolução. Os peixinhos-de-prata, contudo, apresentam o que pode ser um indício: na parte dorsal de seu tronco crescem dois apêndices laterais, prolongamentos da casca quitinosa, que podem ser considerados rudimentos de asas. As asas primitivas talvez não servissem para voar. Como todos os outros animais, os insetos são muito afetados pela temperatura corporal. Quanto mais quente estiver seu corpo, mais rapidamente funcionarão as reações químicas produtoras de energia e mais ativos eles se tornarão. Se o seu sangue circula através de apêndices laterais localizados no dorso, o calor do sol seria aproveitado com muito maior rapidez e eficiência. E se, além disso, esses apêndices tivessem bases musculares, eles poderiam ser controlados e movidos na direção apropriada para melhor absorção dos raios solares. Essa teoria é bastante plausível, pois as asas dos insetos originaram-se de apêndices dorsais e o sangue circula através delas.

Os insetos alados surgiram há cerca de 300 milhões de anos e seus representantes mais antigos são as libélulas. A total ausência de competição permitiu a alguns grupos primitivos pioneiros, como os miriápodes, já mencionados, atingir um porte gigantesco. Em certa época surgiram libélulas de 70 cm de envergadura, os maiores insetos de que se tem notícia. Quando os ares se tornaram mais densamente povoados, essas formas extravagantes desapareceram.

As libélulas têm dois pares de asas com articulações simples, as quais não podem ser dobradas e só se movimentam em duas direções. Mesmo assim, são excelentes voadoras e chegam a atingir 30 km/h, tal qual pequenas manchas aladas cortando o ar velozmente na superfície das lagoas. Voando a essa velocidade, seus órgãos sensoriais precisam ser extremamente acurados. A libélula tem um tufo de pêlos na parte anterior do tronco que a ajuda a verificar se seus movimentos estão corretos. Mas seu principal instrumento de navegação são os imensos olhos laterais, que as dotam de uma visão soberbamente precisa e detalhada.

Por causa dessa dependência da visão, as libélulas são predadoras diurnas, voando com as seis patas curvadas para a frente, formando uma espécie de cestinha, com a qual caçam insetos menores. Esse fato prova que as

Libélula dispensando seu invólucro larvar

libélulas foram precedidas no ar por outras formas vegetarianas que, a julgar por sua anatomia primitiva, devem ter sido baratas, gafanhotos e grilos.

Essa imensa população de insetos, zunindo e zumbindo pelos ares através das florestas primitivas, iria ser de uma importância vital para uma evolução que estava ocorrendo entre as plantas.

As primeiras árvores, como seus predecessores, os musgos, existiam em duas formas alternadas: uma geração sexuada e uma assexuada. A altura não representava um problema para a dispersão dos esporos. Ao contrário, do alto das árvores os esporos eram mais facilmente arrebatados pelo vento. Mas até então a distribuição das células sexuais tinha sido feita pela movimentação das células masculinas na água. Esse processo exigia que a geração sexuada fosse de plantas rasteiras, como as samambaias, musgos e cavalinhas. Os esporos dessas plantas se desenvolvem dentro de um tubo longo e fino, o talo, que libera as células sexuais em sua parte inferior onde há umidade constante. Depois de fertilizados, os germes se desenvolvem em plantas altas, como a geração anterior, produtora dos esporos.

No solo, porém, o talo é muito vulnerável. É facilmente comido pelos animais; em épocas de seca, morre e o próprio sucesso da geração assexuada, com sua densa abóbada de folhagem, as debilita, encobrindo a luz solar que lhes dá vida. Se os talos conseguissem atingir maior altura, as vantagens seriam muitas. Mas antes era preciso descobrir uma nova técnica para conduzir a célula masculina até à feminina.

Havia dois métodos disponíveis: o método antigo, arriscado e incerto, de dispersão de esporos pelo vento, e um novo sistema de mensageiros especiais, os insetos voadores, que agora se locomoviam regularmente de uma planta para outra, alimentando-se de folhas e esporos. As plantas utilizaram os dois métodos. Há cerca de 350 milhões de anos surgiram algumas espécies nas quais a geração sexuada não era rasteira e sim crescia até o topo das árvores. Um grupo dentre essas plantas, as cicadáceas, sobrevive ainda hoje e nos demonstra um estágio particularmente dramático da história da evolução vegetal.

As cicadáceas são superficialmente semelhantes às samambaias, com folhagens coriáceas longas e ásperas. Algumas produzem esporos pequeninos, do tipo antigo, que podem ser dispersos pelo vento. Outras têm esporos bem maiores, que permanecem presos à planta-mãe e se desenvolvem numa estrutura cônica, dentro da qual surgirão os germes. Quando um esporo, trazido pelo vento — agora já podendo ser chamado pólen — é depositado no cone que contém os germes, ele brota na forma de um tubo longo que vai penetrando no cone feminino. Esse processo leva vários meses mas o tubo acaba completando seu crescimento, e dos restos do pólen surge uma majestosa esfera ciliada, o maior espermatozóide conhecido de qualquer organismo — animal ou vegetal — tão grande a ponto de ser visível a olho nu. Lentamente ele avança dentro do tubo até atingir o fundo, onde penetra em uma gota de água secretada de antemão

Broto de samambaia germinando do talo

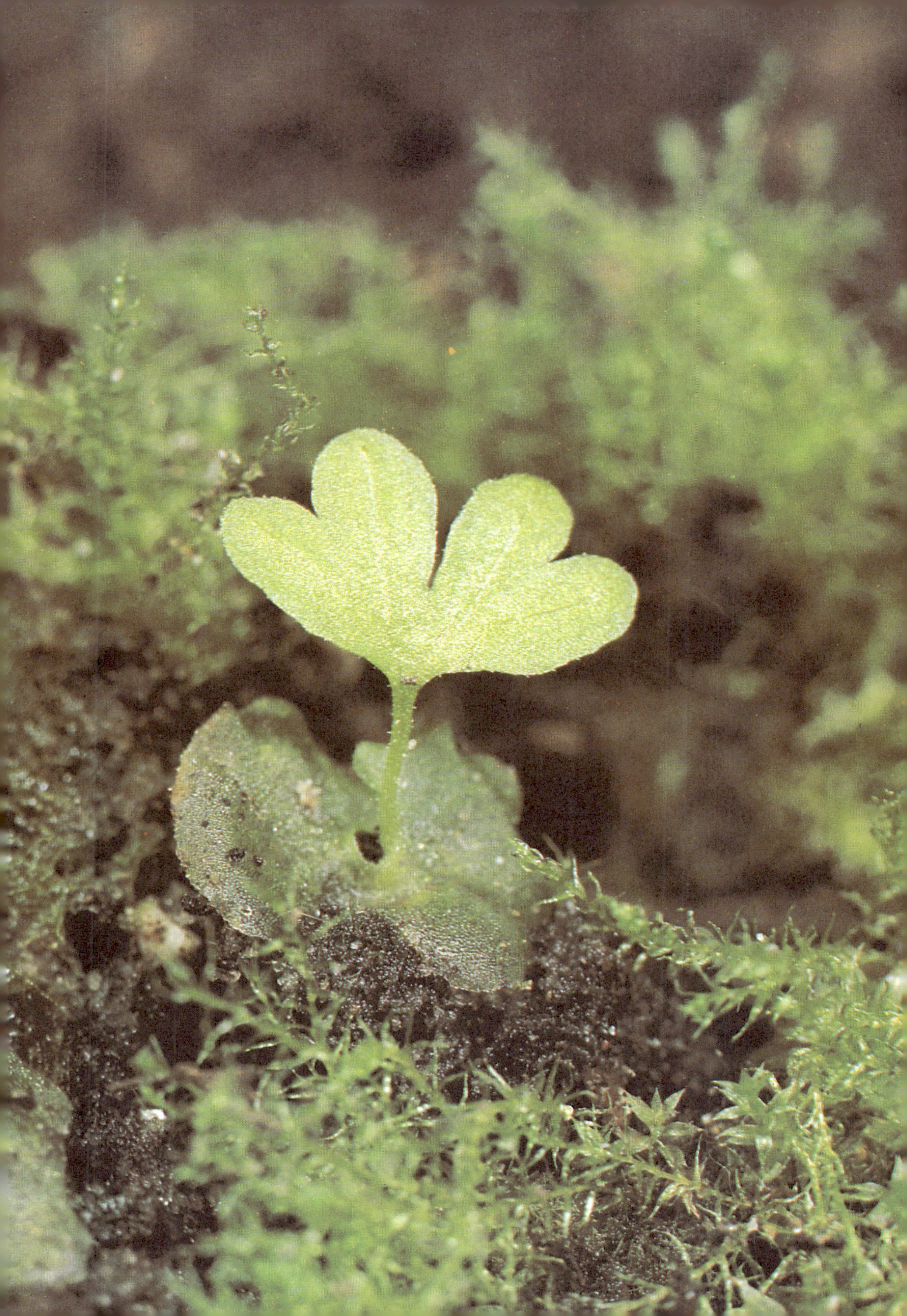

pelos tecidos circundantes do cone ovíparo. Nessa gota ele nada, movido pelos cílios, girando lentamente, revivendo em miniatura o drama das viagens dos espermatozóides das algas, seus ancestrais, nos mares primitivos. Após vários dias funde-se ao óvulo e completa o longo processo de fertilização.

Um outro grupo de plantas mais ou menos contemporâneo das cicadáceas — as coníferas — adotou a mesma estratégia. Pinheiros, lariços, cedros, abetos e toda a sua parentela também dependem do vento para a distribuição do pólen. Entretanto, ao contrário das cicadáceas, produzem o pólen e o cone ovíparo na mesma árvore. O processo de fertilização num pinheiro é ainda mais demorado. O tubo de pólen leva um ano para atingir o fundo do cone e alcançar o óvulo, mas, ao chegar, o espermatozóide funde-se imediatamente com ele. Finalmente, as coníferas conseguiram eliminar a água como meio de transporte nos seus processos sexuais.

Conseguiram também desenvolver um novo refinamento. O ovo fertilizado permanece no cone por um ano. Reservas alimentares muito ricas são depositadas em suas células, que são revestidas de envoltórios impermeáveis. Ao cabo de mais de dois anos após o início do processo de fertilização, o cone resseca e torna-se lenhoso. Seus segmentos se abrem e deles caem os ovos, fertilizados e aprovisionados, sementes, portanto, as quais, se necessário, poderão esperar anos até que a umidade as penetre e as estimule a brotar.

Indubitavelmente, as coníferas alcançaram um grande êxito biológico. Atualmente constituem cerca de um terço das florestas do mundo. O maior organismo vivo é uma conífera, a sequóia gigante da Califórnia, que chega a atingir 100 m de altura. Uma outra espécie, o *Pinus aristata* das montanhas áridas do sudoeste dos Estados Unidos, tem uma duração de vida das mais longas que se conhece. A idade das árvores pode ser facilmente calculada em locais onde as estações do ano são bem distintas. No verão, quando há bastante sol e umidade, elas crescem rapidamente e produzem grandes células lenhosas; no inverno, quando o crescimento é vagaroso, a madeira é muito mais densa. A contagem dos anéis de crescimento em troncos de pinheiros do gênero *Aristata*, estabeleceu que alguns deles germinaram há mais de 5 000 anos, numa época em que o homem estava apenas começando a inventar a escrita, no Oriente Médio. Essas árvores retorcidas e nodosas permaneceram vivas durante toda a duração da nossa civilização.

As coníferas protegem seus troncos contra avarias e ataques de insetos por meio de uma substância viscosa, a resina. Ao escorrer de um lanho no tronco, a resina tem uma consistência fluida, mas a parte líquida chamada terebintina se evapora rapidamente, restando uma massa pegajosa que sela o ferimento com grande eficiência e funciona também como armadilha. O inseto incauto, ao tocá-la, ficará inextricavelmente preso, e assim grudado será envolvido pela resina que continua a fluir. Essa matéria pegajosa

Cicadácea e seus cones femininos

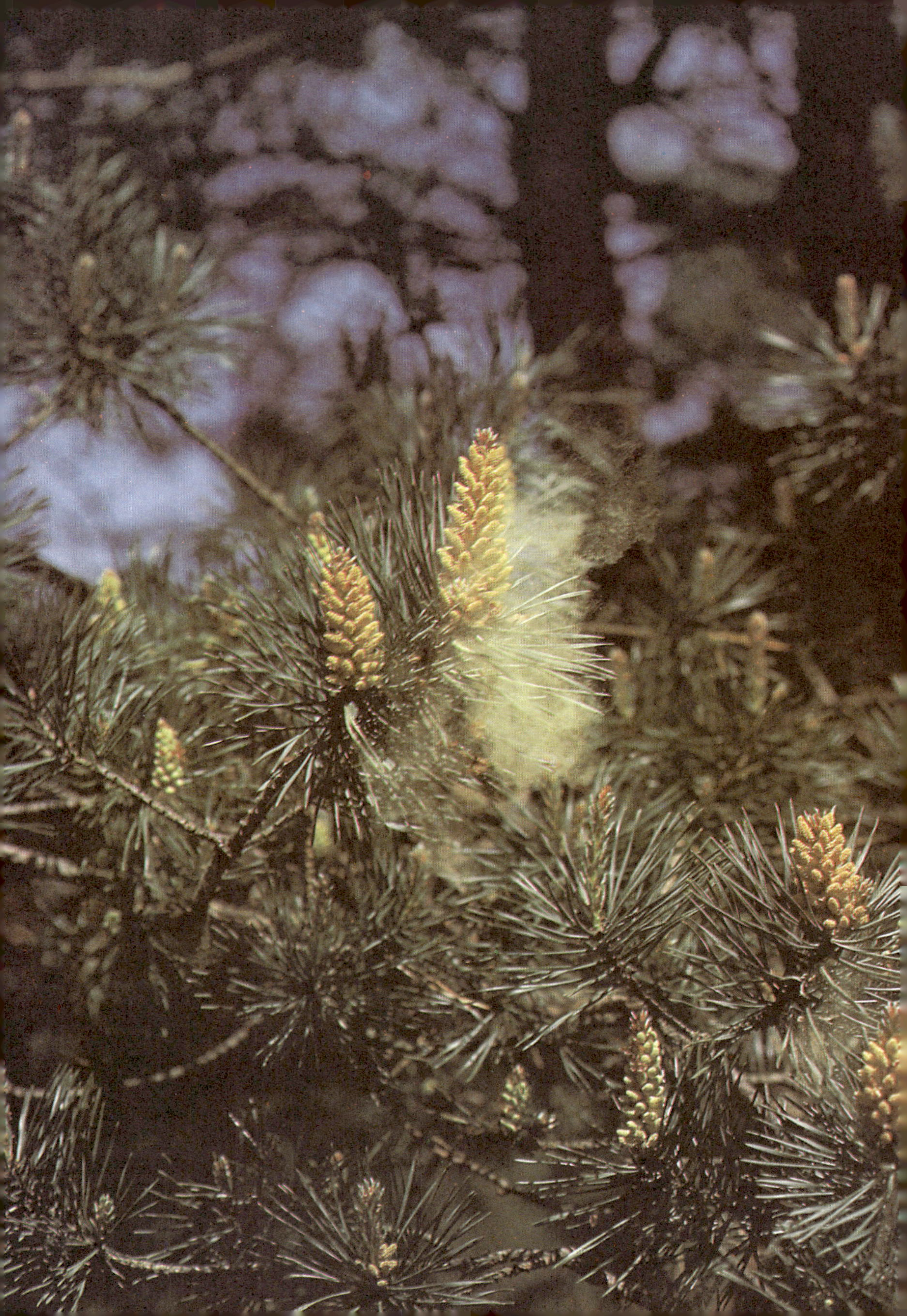

provou ser o mais perfeito de todos os meios de fossilização; são preservados na forma de pedaços de âmbar contendo insetos antigos em sua massa dourada e translúcida. Quando o âmbar é cuidadosamente cortado e examinado ao microscópio, as mandíbulas, escamas e pêlos são visíveis com perfeita nitidez, como se o inseto tivesse caído na resina no dia anterior. Os cientistas conseguiram distinguir até minúsculos insetos parasitas, como os acarídeos, ainda agarrados às patas de espécimes maiores.

Os mais antigos pedaços de âmbar encontrados datam de 100 milhões de anos, muito depois do aparecimento das primeiras coníferas e dos insetos voadores. Mas eles contêm uma imensa gama de criaturas, com representantes de todos os principais grupos conhecidos de insetos. Cada um desses insetos já havia desenvolvido uma maneira peculiar e característica de utilizar a maior de suas invenções: o vôo.

As libélulas batem suas asas em sincronia valendo-se de um processo de incrível complexidade fisiológica. Normalmente os dois pares de asas não se tocam entre si, mas, quando a libélula faz uma curva brusca elas arcam sob a pressão adicional e roçam uma na outra produzindo um ruído seco e distintamente audível. Você o ouvirá facilmente se observar uma libélula circulando no ar sobre uma lagoa.

Insetos mais recentes descobriram ser mais fácil voar utilizando apenas um par de membranas vibráteis. As abelhas e as vespas têm as asas dianteiras e traseiras ligadas por uma espécie de engate, o que as torna uma única superfície. As asas das borboletas se justapõem. As mariposas se encontram entre os insetos de vôo mais rápido que se conhece, chegando a atingir 50 km/h. Suas asas traseiras são consideravelmente reduzidas e se engancham às dianteiras, longas e finas, por meio de uma cerda arqueada. Já os besouros utilizaram suas asas dianteiras de um modo totalmente diferente. Esses tanques blindados do mundo dos insetos passam grande parte do tempo no chão, andando pelo lixo vegetal, cavoucando a terra ou roendo madeira, atividades perigosas para quem tem asas delicadas. Os besouros resolveram o problema transformando as asas dianteiras em duas chapas espessas e duras, os élitros, que agem como tampas de um cofre e se ajustam perfeitamente ao seu abdômen. As asas traseiras, membranosas e delicadas, são guardadas embaixo das tampas, cuidadosamente dobradas. As articulações são providas de molejo, de forma que, quando os élitros se abrem, as asas saltam estendidas no ar, prontas para o vôo. Enquanto que o besouro voa desajeitadamente os élitros são mantidos abertos, atrapalhando a eficiência de seus movimentos. Uma espécie, porém, resolveu esse problema desenvolvendo entalhes em cada lado do tronco, nos quais os élitros se encaixam, deixando o espaço livre para as asas.

Os mais hábeis aeronautas são, sem dúvida, as moscas. Elas só usam as asas dianteiras para o vôo. As traseiras se atrofiaram e ficaram reduzidas a dois pequenos balanceiros, ou halteres, que todas as moscas possuem. Num tipo de mosquito, o pernilongo, esses nódulos são particularmente

Pólen da flor do pinheiro sendo levado pelo vento

visíveis, pois se localizam na ponta de um pedúnculo, como se fossem baquetas de tambor. Quando as moscas estão no ar esses órgãos, que se ligam ao tronco exatamente como as asas, oscilam para cima e para baixo cerca de 100 vezes por segundo. Servem, em parte, como estabilizadores ou giroscópios e, em parte, como órgãos sensoriais, presumivelmente informando à mosca a posição de seu corpo no ar e a direção na qual está se movendo. A informação sobre a velocidade vem das antenas, que vibram à passagem do ar.

As moscas são capazes de bater as asas à incrível velocidade de 1 000 batidas por segundo. Além dos músculos ligados diretamente à base das asas, algumas espécies vibram todo o tronco o qual é, na verdade, um cilindro de quitina maleável e resistente, estalando para dentro e para fora, à semelhança de uma lata de metal abaulada. O tronco é ligado às asas por meio de uma estrutura engenhosa localizada na base das mesmas, e cujas contrações fazem-nas bater para cima e para baixo.

Os insetos foram as primeiras criaturas a povoar o ar, e o dominaram totalmente durante 100 milhões de anos. Mas sua existência não era desprovida de perigos. Adversários antigos, como as aranhas, que não chegaram a desenvolver asas, inventaram armadilhas para capturar suas vítimas, armando teias de seda por entre os galhos nas rotas de vôo, deram suas contribuições para diminuir a população alada.

As plantas também começaram a utilizar a faculdade de vôo dos insetos em proveito próprio. A tradicional dependência do vento como agente distribuidor das células reprodutivas fora sempre um processo acidental e dispendioso em termos biológicos. Embora os esporos não exigissem fertilização e, em princípio, se desenvolvessem onde quer que caíssem, era necessário que o solo fosse suficientemente úmido e fértil. A grande maioria dos germes, como o da samambaia, por exemplo, nem sempre encontrava as condições físicas apropriadas e com freqüência morria. Assim, as probabilidades de sobrevivência de um grãozinho de pólen, com seus requisitos mais precisos, eram ainda menores: para que germinasse era imprescindível que caísse num cone feminino. O pinheiro resolveu esse problema com uma superprodução de pólen. Um único cone masculino produz vários milhões de grãos. Se, na primavera, você der uma pancadinha leve num galho de pinheiro, uma nuvem dourada se espalhará no ar. Um pinheiral produz tanto pólen que uma crosta espessa chega a se formar na superfície das lagoas — e todo esse pólen é desperdiçado.

Os insetos ofereciam um meio de transporte bem mais eficiente do que o vento. Devidamente encorajados poderiam levar consigo pequenas quantidades de pólen suficientes para a fertilização, e colocá-las no local exato, na flor fêmea. Esse serviço de correio gratuito seria duplamente eficiente se tanto o pólen como o germe se localizassem no mesmo ponto da planta. Dessa forma, os insetos poderiam fazer suas entregas e coletas na mesma visita. E foi assim que surgiram as flores.

Libélulas em vôo

As mais antigas e simples dessas maravilhosas invenções das plantas são as magnólias, que apareceram pela primeira vez há cerca de 100 milhões de anos. Os germes dessa flor estão concentrados em sua corola, cada um deles revestido por uma película verde protetora e dotado de um espigão receptivo chamado estigma, no qual o pólen é colocado para a fertilização. Ao redor dos germes estão agrupados diversos estames produtores de pólen. Para atrair a atenção dos insetos, toda essa estrutura complexa é rodeada de folhas modificadas e vivamente coloridas chamadas pétalas.

Os besouros, que se nutriam do pólen das cicadáceas, estão entre os primeiros insetos a transferir suas atenções para as flores primitivas, como as magnólias e os nenúfares. Voando de uma flor para outra, eles se alimentavam e pagavam pela refeição carregando no corpo um excesso de pólen, que involuntariamente entregavam à próxima flor visitada.

Um dos problemas advindos da presença de pólen e germes na mesma estrutura foi a autopolinização da planta, que impedia o principal objetivo de todas essas complexidades: a polinização cruzada. A magnólia, entre outras, evitou essa possibilidade desenvolvendo os germes e o pólen em épocas diferentes. Os estigmas da magnólia são receptivos desde o momento em que a flor se abre. Seus estames, porém, não produzem pólen a não ser bem mais tarde, quando seus próprios germes já foram fertilizados pelos insetos visitantes.

O aparecimento das flores transformou a face da Terra. As florestas verdes agora resplandeciam em cores, como as plantas apregoando suas várias delícias e prêmios. As primeiras flores eram acessíveis a quem nelas quisesse pousar. Não era preciso nenhum órgão especializado para atingir a corola de uma magnólia ou nenúfar, nenhuma habilidade particular para recolher o pólen dos estames e carregá-los. Essas florescências atraíram diversos tipos de insetos, tais como abelhas e besouros. Mas receber visitantes indiscriminadamente não era bem uma vantagem. O pólen de uma flor depositado em uma espécie diferente era pólen desperdiçado. Por essa razão, desde o início da evolução das plantas florescentes, tem havido uma tendência para certas plantas e insetos se associarem, em benefício mútuo.

Desde o tempo das cavalinhas e samambaias, os insetos acostumaram-se a visitar as copas das árvores em busca de esporos para a alimentação. O pólen lhe é muito semelhante e continua sendo um prêmio dos mais cobiçados. As abelhas o recolhem em imensas quantidades, carregando-os em alforjes — concavidades macias que possuem entre os pêlos das patas traseiras — até suas colmeias para consumação imediata ou para armazenamento em favos. A massa de pólen é o alimento principal de suas larvas. Algumas plantas, como a murta, por exemplo, produzem dois tipos de pólen: um que fertiliza suas flores e outro, com um gosto particularmente saboroso, destinado a servir de alimento.

Outras flores inventaram um tipo de suborno completamente novo: o néctar. Esse líquido adocicado é produzido com o único propósito de

Um besouro numa magnólia

agradar de tal forma ao inseto que ele se vicia e devota todo o tempo disponível, durante a estação do florescimento, a recolhê-lo. Graças a essa nova oferta especial as flores conseguiram recrutar uma nova legião de mensageiros, principalmente abelhas, moscas e borboletas.

Os prêmios de pólen e néctar precisam ser apregoados. As cores brilhantes das flores as tornam visíveis a distâncias consideráveis. Quando um inseto interessado se aproxima, precisa ser guiado na direção certa por meio de sinais nas pétalas. Algumas flores intensificam suas cores em direção à corola ou usam um tom diferente: os miosótis, as malvas-rosa e as curiolas. Outras apresentam marcas feitas por linhas ou pontos, indicando ao inseto onde pousar e para onde se dirigir: as dedaleiras, as violetas e os rododendros. Existem nas flores sinais imperceptíveis para os olhos humanos, pois a maioria dos insetos enxerga cores do espectro que são invisíveis para nós. Se fotografarmos o que nos parece uma flor de cor uniforme usando um filme sensível à luz ultravioleta, poderemos perceber algumas dessas marcas nas pétalas.

O perfume das flores também é um poderoso atrativo. Na maioria dos casos, os perfumes que agradam aos insetos, como a lavanda, a rosa e a madressilva, agradam também a nós. Mas não é sempre assim. As moscas, por exemplo, adoram carne podre. As flores que se valem deles como agentes polinizadores precisaram atender às suas preferências e produzir um cheiro semelhante. Muitas o fazem com tal perfeição e pungência que se tornaram insuportáveis ao nariz humano. Uma flor da África do Sul, a estapélia, carregada de vermes, não apenas exala um cheiro insuportável de carniça, mas ainda reforça sua atração para as moscas, produzindo flores castanhas e enrugadas, com pétalas recobertas de pêlos, semelhantes à carne apodrecida de um animal morto. Para completar a ilusão, a planta se aquece, mimetizando o calor produzido pela decomposição. O efeito total é tão convincente que as moscas não só visitam flor após flor, transportando o pólen, mas até põem seus ovos nas flores, como o fariam numa carcaça. Quando esses ovos incubam, os vermes recém-nascidos descobrem que, em lugar da nutrição oferecida pela carne podre, têm apenas pétalas não-comestíveis e morrem de fome. Mas a estapélia foi fertilizada.

Talvez a mais bizarra imitação seja a de uma orquídea, que atrai os insetos por personificação sexual. Sua flor é muito semelhante em silhueta e colorido com uma vespa fêmea, dotada de olhos, antenas e asas e exalando até o odor característico desses insetos em época de acasalamento. As vespas macho, enganadas, tentam copular com a flor. Nesse processo depositam uma quantidade de pólen dentro da orquídea, e imediatamente recebem nova carga, que levarão até à próxima falsa fêmea.

Alguns insetos preferem o néctar e não se dispõem a recolher o pólen ou o transportam a locais de difícil acesso. As flores foram obrigadas a se valer da astúcia. Algumas apresentam obstáculos pelo caminho: o visitante é vergastado pelos estames e bombardeado com pólen antes de conseguir

Imitação de abelha, na orquídea-aranha

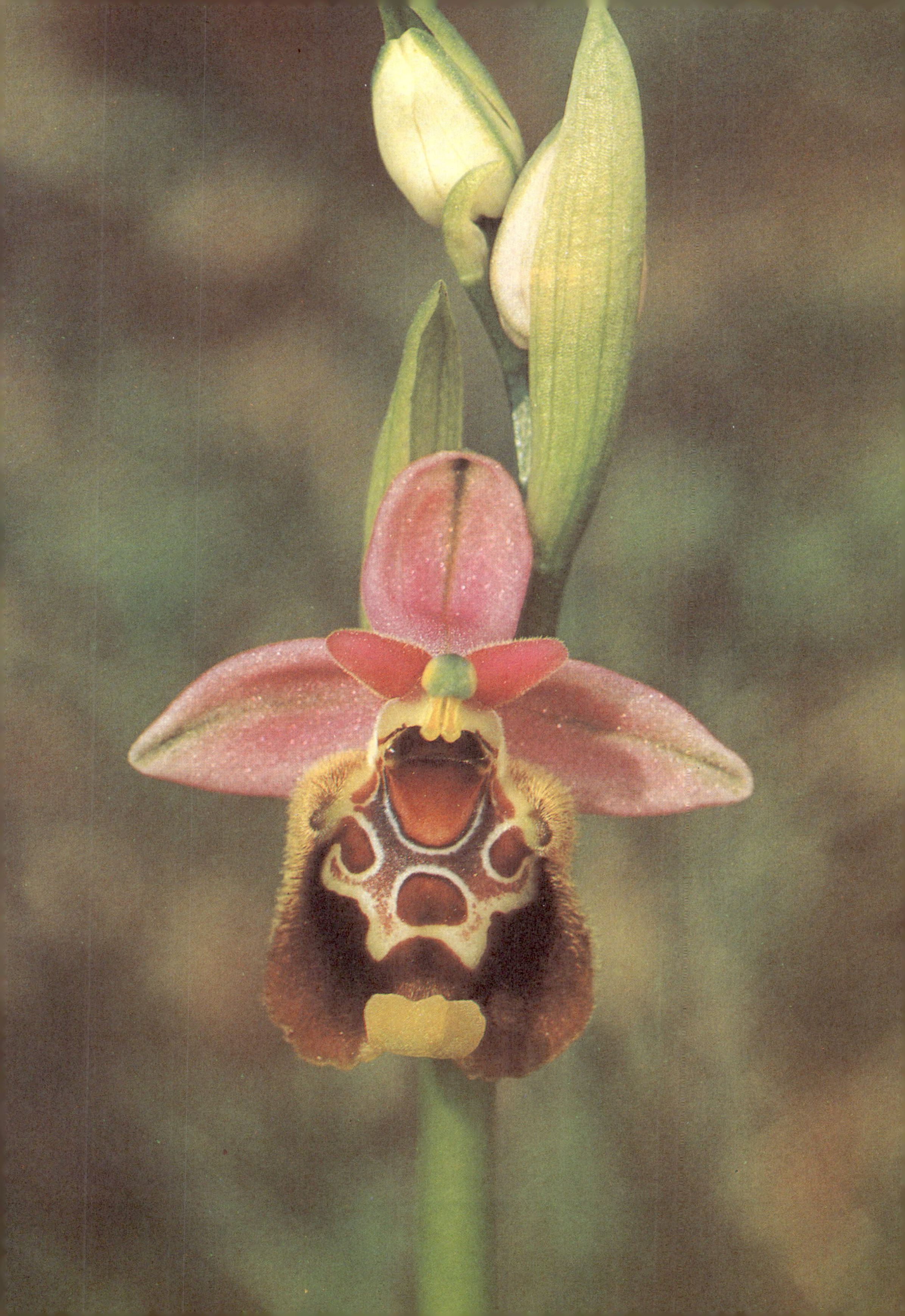

sair. Certas flores são construídas de tal forma que quando uma abelha pousa, os estames, guardados sob tensão dentro de uma cápsula selada, explodem e atingem a parte inferior do inseto, pulverizando de pólen seu abdômen peludo. Uma orquídea da América Central narcotiza seus visitantes. As abelhas que pousam em suas pétalas absorvem um néctar tão intoxicante que cambaleiam. A superfície da flor é particularmente escorregadia. As abelhas perdem o equilíbrio e deslizam flor abaixo, caindo numa corola cheia de líquido cuja única saída é um tubo. O inseto, inebriado, sobe tropegamente e é obrigado a passar sob uma pequena haste suspensa, de onde cai uma chuva de pólen.

Às vezes planta e inseto se tornam totalmente dependentes um do outro. Uma planta da América Central, a iúca, é formada por uma roseta de folhas lancetadas, do centro das quais sai um mastro carregado de flores cor creme. Essas flores atraem uma pequena mariposa com uma probóscida especialmente curva com a qual recolhe o pólen dos estames, e o amassa, formando uma bolinha que carrega até outra flor. Penetrando até o fundo, ela fura a base com seu órgão ovíparo e põe vários ovos. Em seguida sobe até o estigma, que brota do ovário da flor e, empurrando, força a bolinha de pólen para dentro, completando assim a fertilização. No devido tempo, todos os óvulos da bolsa na base da flor incharão e se tornarão sementes. As que contêm os ovos da mariposa continuarão crescendo e serão comidas pelas lagartas. As demais servirão para propagar a iúca. Se essa mariposa fosse extinta, as iúcas não poderiam produzir suas sementes. Se as iúcas desaparecessem, as lagartas da mariposa não poderiam se desenvolver. Uma depende inextricavelmente da outra.

Existe ainda uma outra dívida de gratidão. As flores, deslumbrantes e perfumadas e apresentando uma imensa variedade de cores e formas, surgiram muito antes do homem na Terra. Elas existem para agradar não a nós, mas aos insetos. Se as borboletas fossem daltônicas e as abelhas não possuíssem um delicado sentido de olfato, ao homem teria sido negado uma das mais perfeitas maravilhas que o mundo natural tem para oferecer.

4 As multidões fervilhantes

O corpo dos insetos, sob qualquer critério, deve ser reconhecido como a mais perfeita de todas as soluções encontradas para o problema da sobrevivência na Terra. Os insetos proliferam tanto nos desertos quanto nas florestas; vivem bem nadando sob a água ou se arrastando na escuridão perpétua de cavernas profundas. Voam acima dos picos do Himalaia e prosperam em número surpreendente no gelo eterno das calotas polares. Um tipo de mosquito habita permanentemente poças de petróleo bruto formadas no solo; outro prefere a água escaldante das fontes vulcânicas. Alguns insetos procuram deliberadamente grandes concentrações de salmoura, enquanto que outros sobrevivem a um congelamento físico total. Uns perfuram suas casas na pele de animais vivos; outros abrem longas galerias tortuosas na textura de uma folha fina. O número de insetos existentes no mundo está muito além de qualquer computação. Alguém tentou calcular e concluiu que possivelmente existe, a cada momento, mais de 1 bilhão de bilhões. Ou seja, para cada ser humano vivo existem cerca de 1 milhão de insetos, cujo peso reunido ultrapassa 12 vezes o de um homem.

Calcula-se que existem três vezes mais espécies de insetos do que todos os outros tipos de animais reunidos. A ciência até hoje descreveu e classificou apenas 700 000 deles. Certamente três ou quatro vezes esse número ainda continua desconhecida, aguardando as atenções de quem tiver tempo, paciência e conhecimento necessários para se dedicar a uma pesquisa sistemática.

No entanto, todas essas formas diferentes são variações de um modelo anatômico básico — um corpo dividido em três partes distintas: cabeça, onde se localizam a boca e a maior parte dos órgãos sensoriais; tronco, composto quase inteiramente por músculos que acionam três pares de patas inferiores e um ou dois pares de asas superiores, e abdômen, contendo os órgãos de digestão e reprodução. Todas as três partes estão contidas em um exoesqueleto composto primariamente de quitina. Esse material castanho e fibroso foi desenvolvido pela primeira vez há mais de 550 milhões de anos por criaturas segmentadas primitivas como os trilobites e os crustáceos. Quimicamente, a quitina é uma substância semelhante à celulose, e em seu estado puro é flexível e permeável. Os insetos a revestiram de uma proteína especial, a esclerotina, que lhes conferiu extraordinária rigidez. Essa substância é responsável pela armadura pesada e inflexível dos besouros e por suas peças bucais, incrivelmente afiadas e resistentes, próprias para roer madeira e até cortar metais como o cobre e a prata.

O exoesqueleto quitinoso provou ser particularmente adaptável às exigências da evolução. É possível moldar sua superfície sem afetar a anatomia interna e variar suas proporções, modificando-as de acordo com modelos diferentes. As peças bucais trituradoras dos insetos primitivos, como as baratas, evoluíram no sentido de formar sifões e estiletes, serras, cinzéis e sondas; algumas são tão longas que, ao se desenrolarem, chegam ao comprimento do dono. As patas se alongaram em catapultas que impelem o inseto a uma distância equivalente a 200 vezes seu tamanho, ou se achataram em forma de remos, permitindo a movimentação na água; ou, ainda, se prolongaram em pernas finíssimas, terminadas em fio, com as quais caminham sobre a superfície das lagoas. Alguns insetos possuem ferramentas especializadas, moldadas em quitina: alforjes para guardar pólen, pentes para a limpeza dos olhos facetados, espigões que servem de ganchos de engate e entalhes nos quais arranham suas canções.

Todavia, um esqueleto externo rígido representa ao mesmo tempo uma prisão sem elasticidade. Os trilobites, nos mares antigos, resolveram o problema trocando de casca, e os insetos ainda fazem o mesmo. Esse processo, à primeira vista dispendioso, é utilizado com grande parcimônia. Uma nova carapaça quitinosa, muito dobrada e comprimida, se forma sob a velha. A camada de líquido que as separa absorve a quitina do esqueleto antigo até que as partes endurecidas estejam ligadas apenas por uma membrana fina. O líquido, rico em quitina, é então reabsorvido pelo corpo do inseto através do novo esqueleto ainda permeável. Quando a carapaça velha se rompe, geralmente ao longo de uma linha dorsal, o inseto se arrasta para fora. Assim que se vê livre, seu corpo começa a inchar, distendendo as dobras da nova pele. Em pouco tempo a quitina endurece, reforçada por novos depósitos de esclerotina.

Insetos primitivos como os tisanuros e os colêmbolos não mudam muito de aspecto ao se tornarem adultos. Conforme crescem, vão trocando de casca. Insetos alados mais antigos, como as baratas, cigarras, grilos e libélulas também conservam quase a mesma aparência toda a vida, com exceção das asas, que só o adulto possui, pois se formam depois da última muda. Existe uma espécie de mosca que troca de casca duas vezes, uma em seguida à outra, e obtém, assim, asas excepcionalmente perfeitas. Embora adotem um sistema de vida diferente, as larvas não diferem radicalmente dos adultos. As cigarras passam o verão a chiar estridentemente no alto das árvores, enquanto que suas larvas vivem uma existência subterrânea, sugando seiva de raízes. As libélulas moram no fundo das lagoas, onde caçam vermes e outras pequenas criaturas com suas peças bucais portáteis. Em ambas a imagem do adulto é claramente discernível.

Insetos mais avançados, porém, sofrem metamorfoses tão completas que, se o processo de transformação não for acompanhado, é praticamente impossível ligar a larva ao adulto. Vermes se tornam moscas, larvas e lagartas viram besouros e borboletas.

Louva-a-deus cor-de-rosa, Malásia

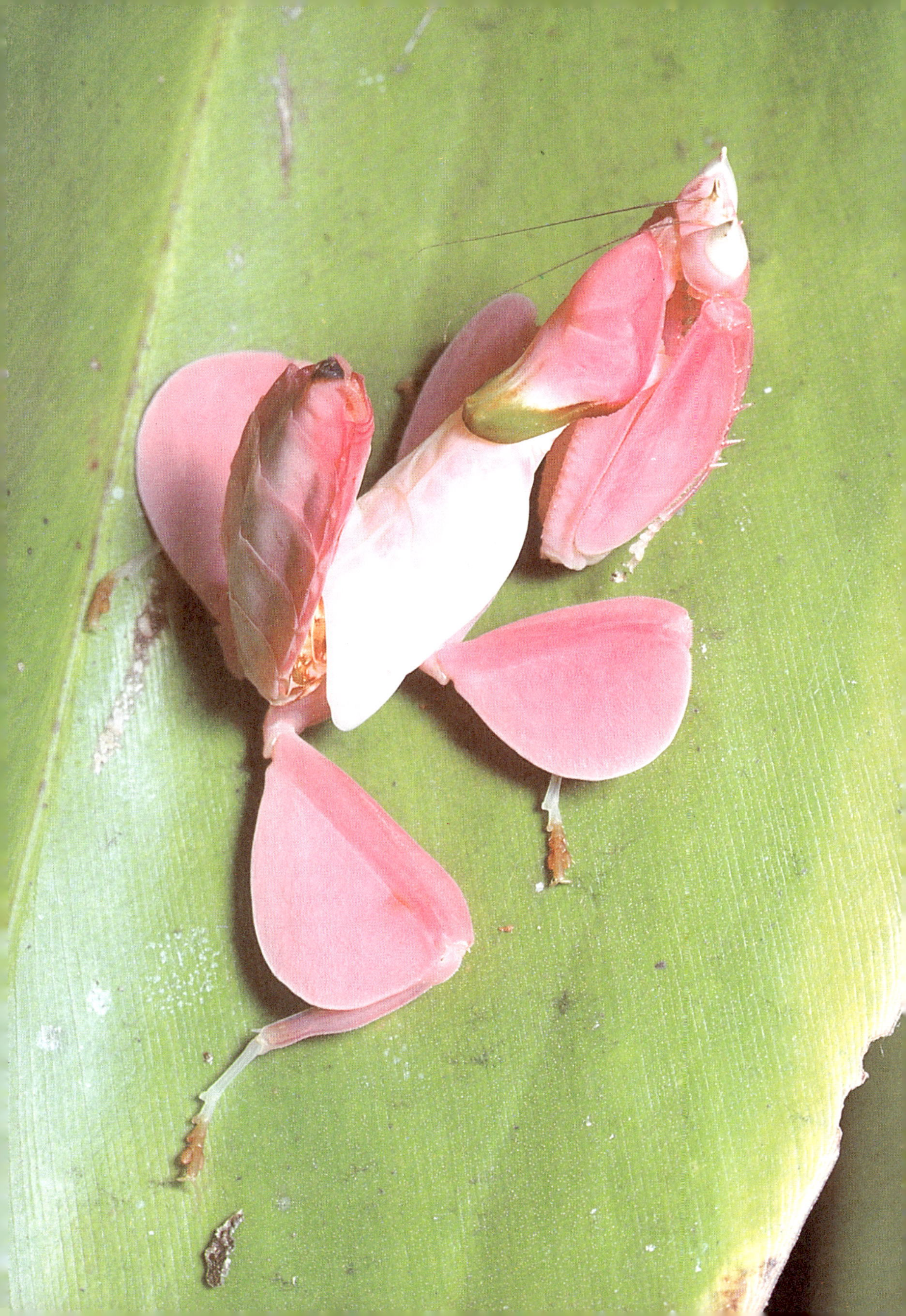

As lagartas, vermes e larvas têm um propósito único na vida: comer. Todo seu organismo é voltado para esse fim. Não irão procriar nessa forma, portanto não têm aparelho sexual. Não precisam atrair um parceiro, dispensando mecanismos para enviar sinais visuais, olfativos ou sonoros, e órgãos sensoriais para recebê-los. Como seus pais tomaram as maiores precauções para que nascessem cercados de enormes quantidades de sua refeição predileta, também não precisam de asas. A única ferramenta indispensável é um par de mandíbulas eficientes. Abaixo da goela, a lagarta é pouco mais do que um saco. Para facilitar o crescimento, e acomodar os tecidos que se acumulam com incrível rapidez, esse corpo simples não possui esqueleto. Está contido em uma membrana elástica que, ao atingir seu ponto máximo de distensão, se rompe e se enrola, como acontece com uma meia de *nylon* ao ser tirada.

Sem carapaça, sem uma base firme onde ancorar os músculos e sem partes rígidas que sirvam de alavanca, as lagartas são locomotoras indiferentes. São incapazes de saltar ou pular e na verdade, mal conseguem se arrastar. Contudo, os tubinhos inflados e moles que lhes servem de patas são suficientes para carregar essas máquinas devoradoras de folhas, de uma refeição para outra.

A ausência da carapaça deixa a lagarta desprotegida. Isto não afeta os vermes e larvas que se banqueteiam discretamente escondidos no miolo das maçãs ou roendo infindáveis galerias na madeira. Mas as lagartas, a maioria das quais vive exposta ao ar livre, precisam se precaver.

As lagartas revelaram-se artistas exímias, mestras em camuflagem. As larvas das mariposas geométricas têm cores e desenhos que as assemelham a gravetos; dependuradas sob ângulos semelhantes aos dos outros galhinhos à sua volta são virtualmente indetectáveis. Uma lagarta verde pintalgada de branco, parada em cima de uma folha é certamente conspícua, mas não é notada porque suas manchinhas mimetizam esterco de passarinho. Quando o disfarce é percebido, muitas lagartas recorrem a uma segunda linha de defesa. Uma delas come com a cabeça abaixada, rente às folhas. Seu corpo é exatamente da mesma cor da planta que lhe serve de alimento. Quando alarmada, subitamente levanta a cabeça exibindo uma "cara" escarlate-vivo. Simultaneamente, um par de filamentos vermelho-sangue se projeta de sua cauda e esguicha ácido fórmico no intruso. Outra espécie da América do Sul é ainda mais assustadora. Tem duas marcas circulares, uma de cada lado da cabeça e, quando perturbada, a sacode de um lado para outro, dando a impressão alarmante de ser uma cobra de imensos olhos redondos.

Algumas lagartas tornaram o próprio corpo desagradável como alimento. São recobertas de felpas envenenadas ou contêm no organismo uma substância particularmente acre. Essas espécies procuram se tornar extremamente conspícuas. Algumas são felpudas, com barbas e bigodes extravagantes. Outras, de sabor desagradável, têm a pele brilhantemente colorida em tons de vermelho, amarelo, púrpura e preto, num aviso aos caçadores em potencial de que não valem a pena, como petiscos. Existem algumas espécies inofensivas que são raramente devoradas, pois se arriscaram a imitar as cores das lagartas venenosas, iludindo seus agressores e levando-os a evitá-las.

Muitos insetos passam a maior parte de suas vidas como larvas, crescendo dia a dia, aumentando as suas reservas de alimento. As larvas do besouro chegam a passar sete anos furando madeira e extraindo sua nutrição do mais indigesto de todos os materiais, a celulose. As lagartas mastigam sem cessar durante meses, consumindo suas folhas preferidas antes da mudança da estação. Mas, um dia, a larva atinge o tamanho necessário e pára de crescer.

Chegou a hora da primeira de duas transformações altamente dramáticas. Alguns insetos preferem se metamorfosear discretamente. As larvas dos insetos são os únicos seres possuidores de glândulas capazes de produzir seda. Elas se utilizam na primeira fase de suas vidas na construção de tendas comunais, tecendo fios para se orientarem por entre as plantas e cordas para se içarem de um galho a outro. Agora, porém, a seda servirá para ocultá-las aos olhos do mundo. O bicho-da-seda se esconde em um casulo felpudo e sedoso; a larva de uma mariposa tece um tubinho prateado, com brilho metálico; outra, um mimoso cofrezinho rendado. Mas, a maioria das larvas de borboleta não perde tempo tecendo uma cobertura. Simplesmente, produzem um ganchinho de seda com o qual se dependuram num graveto.

Assim que se instala, a larva se desfaz de sua roupa de lagarta. A pele rasga e se enrola, revelando um objeto liso e castanho, de casca dura — a pupa — cujo único movimento consiste em um abalo ocasional de sua extremidade afilada. Ela respira através de espiráculos laterais, mas não se alimenta nem evacua. Sua vida parece estar em suspenso. Internamente, porém, estão ocorrendo mudanças profundas. Seu corpo inteiro está sendo desmontado e reconstruído.

Quando a larva começou a se desenvolver no ovo fecundado suas células foram separadas em dois grandes grupos. Algumas cessaram sua divisão após algumas horas e permaneceram generalizadas em sua forma e reunidas em grupos densos. As demais continuaram a se dividir, formando o corpo da lagarta. Depois de sair do ovo e começar a comer, as células de seu organismo não se dividem mais, simplesmente aumentam de tamanho. Quando a lagarta se torna adulta, suas células estão enormemente distendidas e aumentadas milhares de vezes a partir de seus tamanhos originais. Durante todo esse tempo, os outros grupos de células permaneceram minúsculos e inativos. Agora, dentro da pupa, sua vez chegou. As gigantescas células do corpo da lagarta morrem e os grupos de células dormentes subitamente começam a se dividir com grande rapidez, alimentando-se da polpa do corpo desintegrado. O inseto, na realidade, está

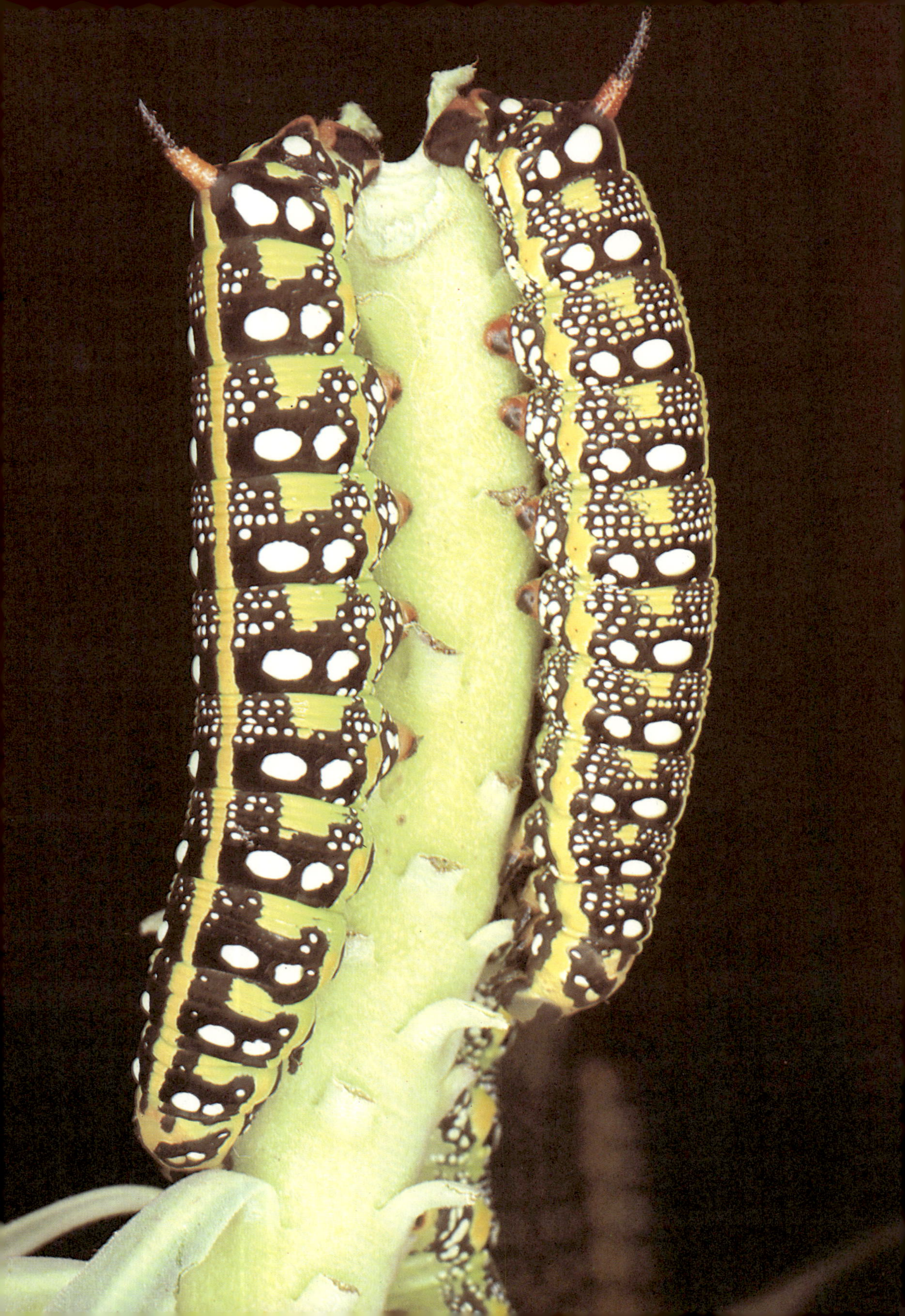

comendo a si próprio. Pouco a pouco desenvolve um novo organismo, numa forma completamente diferente, cuja silhueta sombreada é visível do lado de fora da pupa castanha, como a anatomia de uma múmia é vagamente discernível sob suas faixas. A palavra "pupa" é originária do latim e significa "boneca", pois o inseto nessa fase parece estar envolto em xales ou fraldas.

Geralmente o aparecimento de novos insetos é protegido pela escuridão. A pupa de uma borboleta, suspensa num galhinho, começa a se estremecer. A cabeça, com um par de olhos imensos e antenas achatadas para trás, força a saída em uma das pontas do tubo. Surgem as pernas, que se movem agitadas no ar. Pouco a pouco, laboriosamente, com freqüentes pausas para renovar as forças, o inseto consegue se arrancar para fora da casca. Aparece o tronco, com duas membranas dobradas no dorso — as asas, enrugadas como uma noz. Livre, o inseto se dependura estremecente em sua pupa vazia. Com tremores convulsos, começa a bombear sangue na rede de veias de suas asas bojudas, que se expandem lentamente. Sombras indistintas na superfície externa das asas aumentam e se fazem nítidas. Manchas se desdobram e se entreabrem, revelando desenhos miraculosamente detalhados. Em meia hora, as asas estão estendidas, mas continuam coladas uma à outra, protegendo as veias ainda moles. Se uma veia for cortada nessa fase o sangue gotejará. Gradualmente, o sangue é recolhido ao corpo e as veias, endurecidas, se tornam esteios rígidos que dão força e suporte às asas que, durante todo esse tempo se mantiveram coladas como páginas de um livro. Ao senti-las secas e rígidas, o inseto cuidadosamente as separa, exibindo ao mundo a perfeição deslumbrante de suas cores luminosas, enquanto que aguarda a manhã do seu primeiro dia.

Agora a borboleta pode gastar as calorias tão assiduamente recolhidas e conservadas em sua fase larvar. Para o adulto, a alimentação é de importância secundária. As moscas-de-maio e certos tipos de mariposas nem sequer possuem peças bucais. Outras sugam néctar, durante sua vida breve, para renovar as energias e ter forças para a produção de ovos. Mas nenhuma precisa comer para desenvolver o corpo; sua fase de crescimento chegou ao fim. Nesta fase, o objetivo maior de suas vidas é encontrar um companheiro.

Com esse fim, as borboletas exibem suas asas, e os desenhos intrincados e maravilhosos servem como marcas de identidade, indicando com quem o acasalamento será fértil. Ao contrário das larvas, as borboletas têm excelentes olhos facetados — os do macho são geralmente maiores do que os da fêmea, pois cabe a ele a procura da companheira. Sua visão é sensível a partes do espectro invisíveis para nós. Por isso, tais como as flores, as asas das borboletas exibem desenhos impossíveis de discernir sem o auxílio de visão ultravioleta. As cores e desenhos criados por minúsculas escamas justapostas, como telhas num telhado, são formadas por pigmentação ou por efeitos de distorção da luz refletida sobre estruturas microscópicas. Se pingarmos uma gota de um líquido volátil na asa, a estrutura física ficará escondida e as cores desaparecerão. Quando o líquido se evaporar, a luz será novamente distorcida e as cores reaparecerão.

Essas asas deslumbrantes, bandeirolas tremulantes, iridescentes e macias, variadas, transparentes ou felpudas, raiadas, franjadas e enfeitadas com cores brilhantes são o atrativo visual mais elaborado do mundo dos insetos. Entretanto, outros se utilizam de meios diferentes e produzem sinais da mesma complexidade e eficiência. Cigarras, grilos e gafanhotos preferem se valer do som. Como a maioria dos insetos é surda, esses grupos desenvolveram não apenas vozes como também aparelhos auditivos. As cigarras possuem tímpanos circulares em cada lado do tronco. Os gafanhotos escutam com as pernas. Dois entalhes localizados no primeiro par de patas vão dar em bolsas internas, separadas por uma membrana equivalente ao tímpano. O ângulo no qual o som atinge os entalhes afeta bastante sua potência. Por isso, o gafanhoto agita as patas no ar, procurando descobrir de que lado vem um apelo.

Alguns gafanhotos trilam raspando a orla denteada de suas patas traseiras contra uma veia saliente e reforçada, localizada em cada asa. O mais ruidoso dos insetos cantores é a cigarra. Seu aparelho de som é bem mais complicado. O abdômen está dividido em duas câmaras separadas por uma membrana rígida. Quando essa membrana é movida para dentro e para fora dá um estalido, como o da tampa de uma lata. Um músculo, na parte posterior do abdômen, controla esse movimento de vaivém que chega a atingir 600 batidas por segundo. O som resultante é bastante amplificado, porque quase todo o abdômen atrás da placa vibrátil é oco. Suas duas grandes câmaras retangulares são distendidas e formam caixas de ressonância, controladas por abas na parte inferior do tronco que podem ser abertas e fechadas, aumentando ou abafando o som, como no caso de um órgão. Cada espécie de inseto emite um chamado característico. Uns soam como uma serra mecânica ao atingir um prego, outros como facas sendo amoladas contra um esmeril ou ainda como gordura pingada numa chapa quente. Essas canções são tão estridentes que um único inseto pode ser ouvido a meio quilômetro de distância e um coro deles faz uma floresta inteira ressoar.

Esses apelos penetrantes apresentam muitos detalhes imperceptíveis para os nossos ouvidos. O ouvido humano não distingue pausas menores do que um décimo de segundo, entre dois sons. As cigarras percebem intervalos de um centésimo de segundo, e, ao cantar, variam a freqüência de cada estalido. Por exemplo, alternam entre 200 e 500 pausas por segundo, num ritmo regular, totalmente inaudível para nós. Essas variações permitem ao inseto identificar sua própria espécie e levam um macho a evitar o território de outro, enquanto que uma fêmea é atraída.

Os mosquitos também têm um canto nupcial próprio, produzido e

Surgimento de uma borboleta adulta, deixando o invólucro

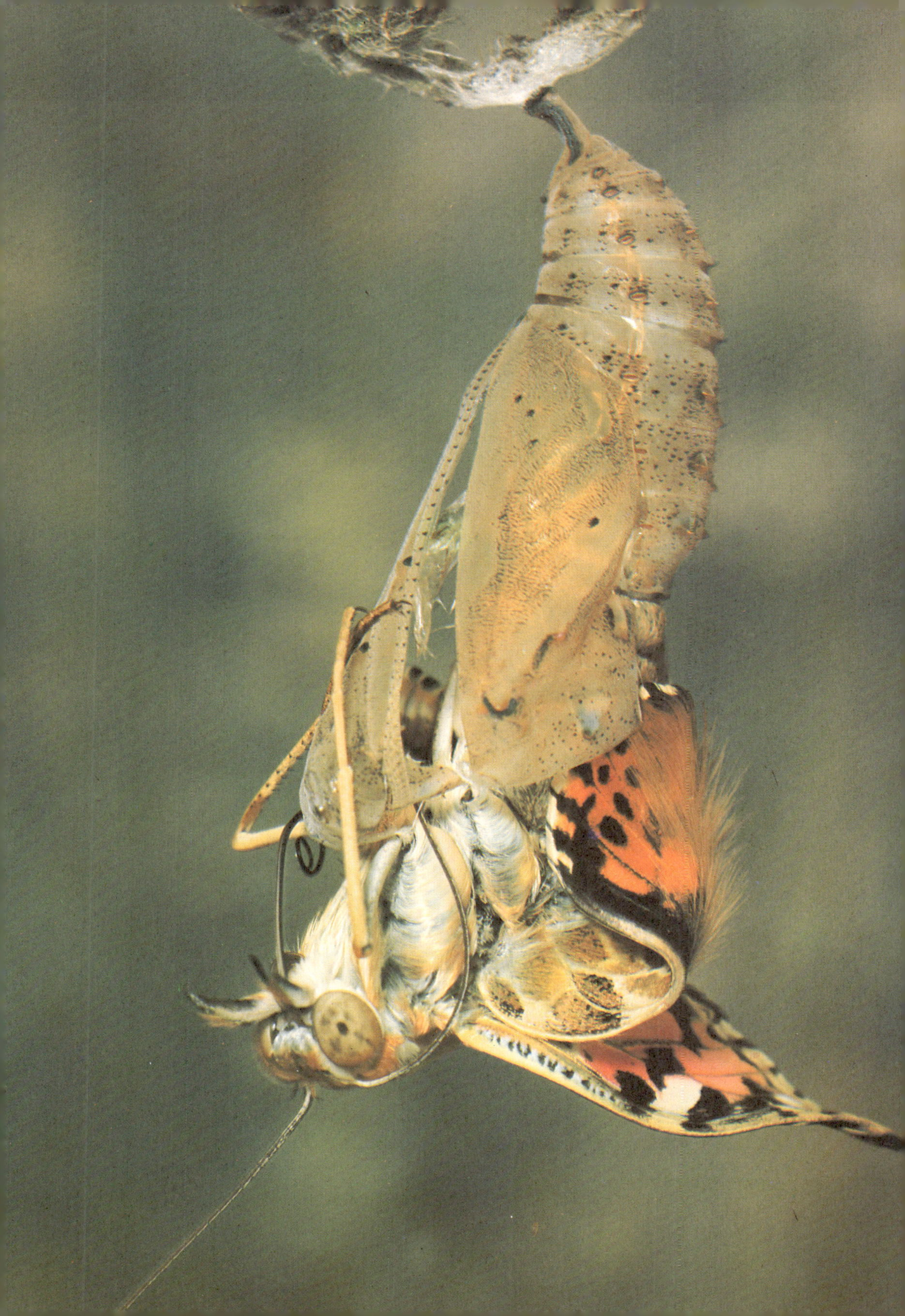

recebido de maneira característica. É a fêmea que, batendo as asas cerca de 500 vezes por segundo, produz o zumbido agudo, tão perturbador para quem está acampado, tentando dormir sem mosquiteiro. O mosquito macho ouve o apelo, através de seus tímpanos localizados na base das antenas que vibram na mesma freqüência, e voa em direção à fêmea.

Outros insetos atraem seus parceiros usando um terceiro sentido: o olfato. As fêmeas de certas mariposas exalam um odor característico que o macho percebe por meio de suas longas antenas penugentas. Seus órgãos olfativos são tão sensíveis e os perfumes tão intensos que a mariposa fêmea consegue atrair os machos num raio de 11 km, em condições tais que existe apenas uma molécula de perfume para cada metro cúbico de ar. Essa partícula é suficiente para guiar o macho, que se utiliza das duas antenas para se orientar. Com uma só, a direção não pode ser estabelecida. Com as duas, pode calcular de que lado o perfume é mais forte e voar na direção certa. Uma fêmea de mariposa imperial presa em uma gaiola ao ar livre, e exalando um perfume imperceptível para as narinas humanas, atrai mais de 100 machos em três horas.

Portanto, os insetos adultos atraem seus parceiros por meio da visão, da audição ou do olfato. A união entre macho e fêmea pode durar desde alguns instantes até várias horas. Às vezes o par chega a alçar vôo, pesadamente engatado. Em seguida, a fêmea põe os ovos e se encarrega das provisões. As borboletas escolhem com cuidado a planta certa que irá servir de alimento às lagartas; os besouros enterram bolinhas de estrume dentro das quais puseram os ovos; as moscas, febrilmente, depositam os seus em carcaças apodrecidas; certas vespas solitárias caçam aranhas, que paralisam com uma ferroada e empilham ao redor de seus ovos; suas larvas, ao nascer, encontram carne fresca à espera. A fêmea de uma espécie de vespa da família dos ichneumonídeos tem um ovopositor agudo, em forma de adaga, com o qual perfura a madeira no ponto exato onde percebeu já haver um verme de besouro. Penetrando em seu corpo mole, nele deposita um ovo. Sua larva, ao nascer, devorará a do besouro viva. Assim, de diversas maneiras, o processo ovo-larva-pupa-adulto se reinicia.

Os insetos conseguiram modificar o próprio corpo em variações quase infinitas. Só uma limitação é aparente: o tamanho. Os maiores insetos conhecidos não medem mais de 30 cm. Essa é a envergadura das asas de alguns espécimes gigantes de mariposa atlas e o comprimento do mais longo dos bichos-pau. O escaravelho hercúleo, considerado um inseto gigantesco, apenas pesa 100 g, não alcançando o tamanho de um camundongo. Por que os besouros e as mariposas não atingem o tamanho dos texugos ou dos gaviões? O fator restritivo do crescimento, no caso dos insetos, é seu sistema respiratório. Como seus parentes, os miriápodes, os insetos respiram por meio da traquéia, um sistema de tubos abertos para o exterior através de espiráculos laterais, que levam o oxigênio, por difusão gasosa, a cada parte do organismo. O oxigênio do ar que enche as

Detalhe ampliado de uma asa de borboleta

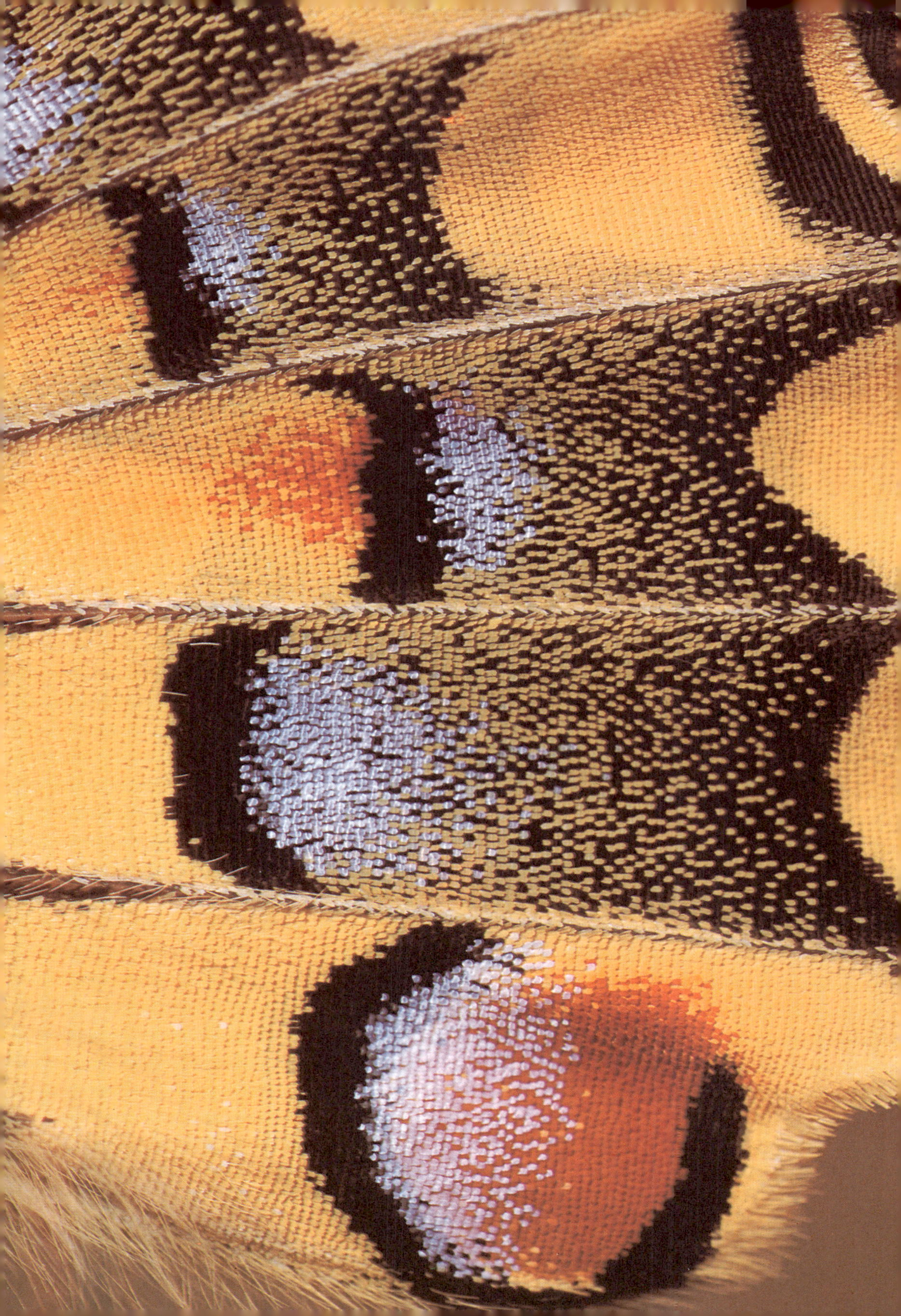

traquéias é absorvido através das membranas nas extremidades e, da mesma maneira, o dióxido de carbono é expelido dos tecidos e dispersos no ar. Esse sistema só é eficaz para pequenas distâncias. Com o prolongamento dos tubos respiratórios, torna-se cada vez menos eficiente. Alguns insetos facilitam a circulação do ar distendendo e contraindo o abdômen, numa ação muscular pulsante. Suas traquéias pequeninas, de paredes reforçadas, abrem e fecham como uma sanfona. Outros têm traquéias infláveis, como pequenos balões, comprimidos e distendidos pela ação muscular pulsante do abdômen. Mesmo com esses refinamentos, o sistema respiratório dos insetos torna-se ineficiente ao ultrapassar um certo tamanho. As baratas gigantescas e as vespas caçadoras de homem, que aparecem nos pesadelos, são impossibilidades fisiológicas.

Mas os insetos conseguiram transcender até mesmo as limitações impostas pelo tamanho. Em todas as regiões tropicais existem cupins. Em certas áreas, agrupados às centenas, eles se assemelham quando vistos à distância a rebanhos de antílopes pastando. A comparação não é totalmente fantasiosa. Cada cupim abriga uma colônia de vários milhões de indivíduos. Esses insetos não resolveram simplesmente viver juntos em uma habitação comunal, como seres humanos em um gigantesco conjunto de edifícios. Todos os térmitas residentes são irmãos, filhos de um único casal de adultos. Além disso, todos são seres incompletos, incapazes de uma existência independente. As operárias, correndo apressadas pelas trilhas do capim, são todas cegas e estéreis. Os soldados, guardando as entradas da colônia contra qualquer intruso, têm como armas mandíbulas tão poderosas que já não conseguem mais comer e têm que ser alimentados na boca pelas operárias. No centro da colônia vive a rainha, prisioneira em sua câmara de barro batido. Nunca sai porque seu corpo é grande demais e não cabe nos estreitos corredores do ninho. Seu abdômen é grotescamente distendido, como uma salsicha branca e palpitante que chega a atingir 12 cm de comprimento. Nele se produzem ovos na incrível quantidade de 30 000 por dia. A rainha também morreria se não fosse atendida ininterruptamente pelas operárias, que a alimentam, em uma extremidade, e recolhem os ovos, na outra. O único macho sexualmente ativo da colônia, um reizinho do tamanho de uma vespa, mora ao lado da rainha e é também alimentado pelas operárias.

O vínculo de união entre todos esses seres, que os transformam em um superorganismo coordenado, é um sistema especial de comunicação altamente eficiente. Os cupins soldados dão o alarme batendo suas imensas cabeças contra as paredes do ninho. Quando as operárias encontram uma nova fonte alimentar, marcam-na com uma trilha facilmente seguida por suas colegas cegas. O meio de comunicação mais importante, porém, é baseado numa substância química chamada feromônio, que circula instruções e notícias através de toda a colônia com incrível rapidez. Todos os habitantes trocam continuamente alimento e saliva uns com os outros.

Besouro-golias

As operárias passam o alimento de boca em boca e recolhem o excremento que reprocessam extraindo dele até a última partícula nutritiva. Em turnos, dão comida às larvas e aos soldados e atendem às necessidades da rainha, lambendo-lhe os flancos ondulantes e recolhendo gotas de líquido de seu ânus. Dessa maneira absorvem os ferormônios reais e os circulam rapidamente por toda a colônia. As jovens larvas ao saírem dos ovos da rainha são potencialmente de ambos os sexos. Mas os ferormônios reais com os quais são alimentadas pelas operárias retardam seu crescimento e elas permanecem estéreis, ápteras e cegas. Os soldados também produzem um ferormônio especial, contribuindo para a mistura de mensagens químicas que circulam pela colônia. Simultaneamente, servem para evitar o desenvolvimento de qualquer larva em soldado.

Os ferormônios não permanecem ativos por muito tempo. Se o número de soldados em uma colônia decai, a quantidade de ferormônios-de-soldado também diminui. A rainha, que não só produz ferormônios, como se alimenta deles, recebe esta informação. Não se sabe ao certo se ela reage produzindo um tipo especial de ovos destinados a serem soldados ou se as operárias tratam as larvas já existentes de uma forma especial. O certo é que, com algumas variações entre as espécies, novos soldados são criados até que a proporção correta esteja restaurada. A rainha às vezes muda a natureza de sua secreção ferormonal de modo que o desenvolvimento das larvas não é mais suprimido e elas se tornam sexualmente maduras. Quando isto acontece os corredores escuros da colônia se agitam com uma multidão ruidosa de jovens adultos alados. Em algumas espécies, as operárias abrem saídas especiais nas paredes do cupim, dando acesso a rampas de decolagem. Essas portas são guardadas por soldados. Num determinado momento, depois do início da estação das chuvas, os soldados se afastam e os jovens voadores libertos se precipitam para fora, voando em redemoinhos para o céu, como rolos de fumaça.

Essa ocasião é uma festa para os animais silvestres: sapos e répteis se reúnem junto às saídas do cupim, abocanhando os insetos que emergem em massa das rampas. Com a continuação do êxodo, o céu se enche de pássaros voando em círculos de um lado para outro. Os cupins nunca se afastam muito. Assim que pousam no chão perdem as asas, agora sem utilidade. Os machos imediatamente saem atrás das fêmeas, numa resoluta caçada nupcial. Os poucos que escapam à gula dos pássaros formam pares, e vão, juntos, à procura de um local próprio para fazer um ninho. Numa fenda do chão ou rachadura de árvore, constroem um pequeno aposento real onde copulam e põem seus ovos. As primeiras larvas têm que ser alimentadas pelos pais. Assim que crescem, saem sozinhas em busca de forragens e em seguida começam a construir paredes de barro. O casal real então se devota totalmente à produção de ovos e uma nova colônia está fundada.

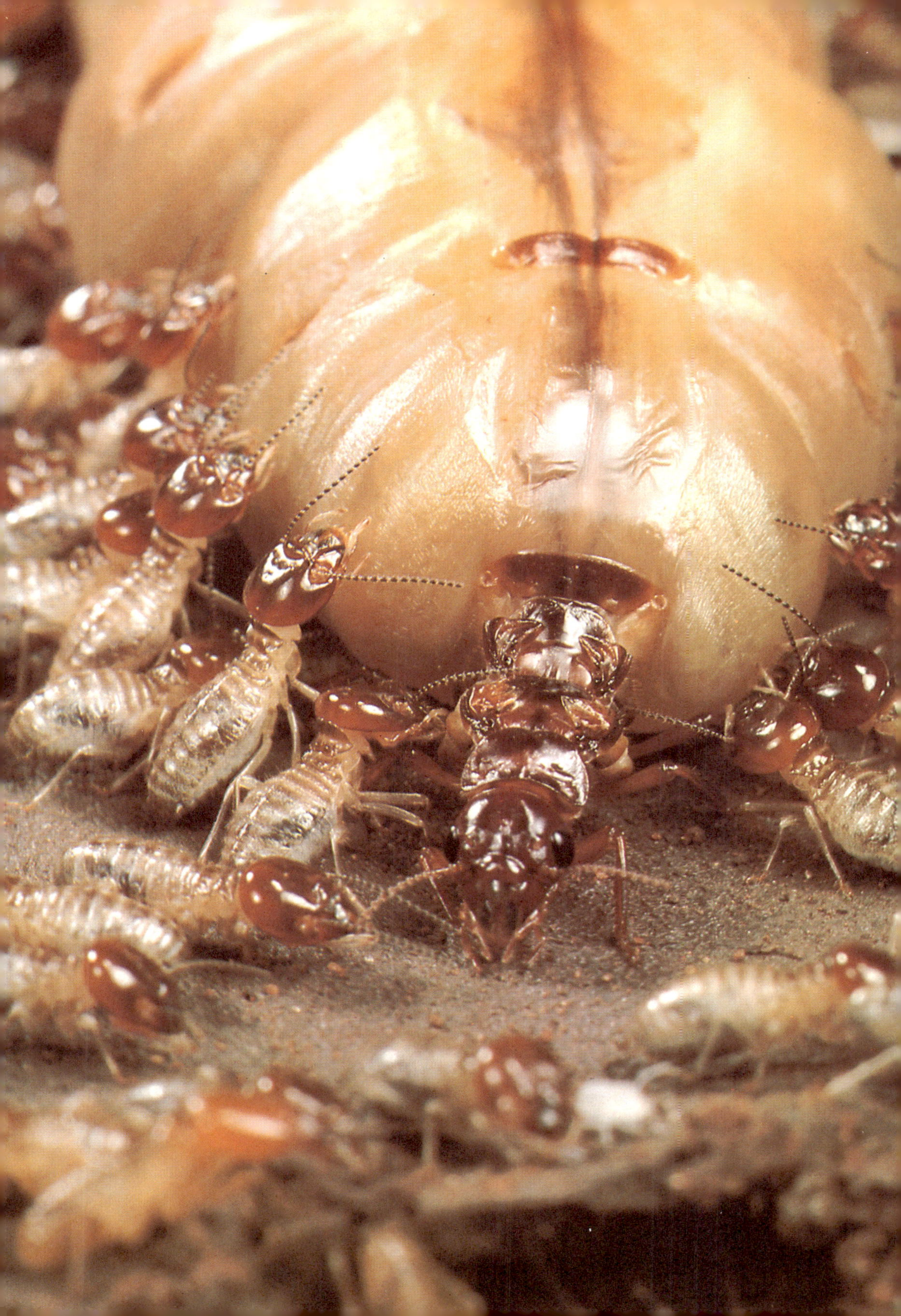

Os cupins são parentes próximos de um dos insetos mais antigos que se conhece, as baratas. Seus corpos também não são cintados e suas larvas são notadamente semelhantes à forma adulta alada. Crescem através de uma série de mudas de casca e nunca passam por uma fase de pupa ou por metamorfose. Como as baratas, os cupins são quase que totalmente vegetarianos. Existem cerca de 2 000 espécies dentro do grupo. Gravetos, folhas e capim constituem o alimento-padrão. Alguns se especializam em comer madeira, perfurando os troncos e postes de tal forma que estes se tornam cascas fofas e desabam ao toque de um dedo.

Os cupins constroem alguns dos maiores edifícios entre os insetos. Uma fortaleza de cupim, murada e reforçada por contrafortes e ameias, pode conter 10 t de terra e atingir três a quatro vezes a altura de um homem. Vários milhões de habitantes diligentemente ativos, movendo-se sem cessar dentro de uma estrutura, podem causar superaquecimento e viciar a atmosfera, pobre em oxigênio. O sistema de ventilação de um cupim é, pois, da maior importância. Ao redor da estrutura central os cupins constroem corredores altos de pouca espessura, que marcam as paredes externas como costelas. Nenhum inseto vive nessas imensas galerias laterais, cuja única função é a da ventilação. Quando o sol aquece as paredes externas, o ar fica mais quente nesses corredores do que no miolo do ninho e se eleva, aspirando nesse processo o ar viciado das galerias centrais e dos recessos mais profundos, criando, assim, um sistema de renovação de ar. As paredes das galerias são finas e porosas, de modo que o oxigênio da atmosfera exterior é absorvido e difundido. O ar, assim refrescado, sobe até o topo do ninho e circula de volta aos demais corredores. Quando faz muito calor, as operárias descem até depósitos de água subterrâneos por meio de túneis que penetram profundamente na terra. Cada inseto volta carregando uma pequena quantidade de água com a qual umedece as paredes na parte central do ninho. O calor evapora a água e faz baixar a temperatura ambiente. Assim, usando diversos estratagemas, as operárias conseguem manter a temperatura interna uniforme e equilibrada.

Na Austrália, um tipo de cupim constrói seus castelos no formato de grandes cinzéis achatados, sempre com seus longos eixos apontando na direção norte-sul. Esse plano expõe a menor área possível ao sol causticante do meio-dia, e ao mesmo tempo recebe o máximo do calor fresco do amanhecer e do fim da tarde, quando, especialmente na estação fria, os cupins precisam se aquecer. Na África ocidental e em outras áreas tropicais onde as chuvas são pesadas, as colônias constroem os seus ninhos no formato de cogumelos, com telhados lisos por onde a água escorre com facilidade. Especialistas no estudo dos cupins têm intensificado suas pesquisas procurando descobrir de que maneira o sistema de comunicação através dos ferormônios controla as atividades da colônia. Mas até hoje ninguém conseguiu explicar como milhões de pequeninas operárias cegas, cada uma carregando um grãozinho de terra, conseguem erigir sozinhas esses imensos edifícios, tão engenhosamente planejados e eficientes.

Um outro grupo de insetos resolveu também viver em colônias, numa escala comparável à dos cupins: as vespas, as abelhas e as formigas, todas com a cintura fina, dois pares de asas transparentes e um ferrão poderoso. As vespas ilustram bem os diversos estágios pelos quais as formas de colonialismo possivelmente se desenvolveram. Algumas vivem uma existência solitária. A fêmea, após o acasalamento, constrói seus próprios ninhos de barro, põe um ovo em cada um, provê os ovos com uma quantidade de aranhas paralisadas para servir de alimento quando eclodirem e os abandona. Numa outra espécie, a vespa não se afasta muito do ninho e, quando as larvas nascem, as alimenta, dia a dia. Em outras ainda, as fêmeas começam a construir ninhos individuais, próximos uns dos outros, mas após algumas semanas os abandonam, e juntam-se às outras vespas, ajudando-as na construção dos seus. Uma das fêmeas acaba se tornando dominante e põe todos os ovos, enquanto que as outras se concentram em construir novas células e em prover sua alimentação.

As abelhas tomaram por modelo esse arranjo básico e o elaboraram ao extremo, vivendo em colônias de muitos milhares de habitantes. A única rainha permanece na colmeia botando ovos em favos especialmente construídos para esse fim pelas operárias. A comunidade das abelhas é, como a dos cupins, integrada por um sistema de mensagens químicas, os ferormônios, que circula continuamente pela colmeia e mantém todos os habitantes informados sobre o estado da população e a ausência ou presença da rainha. Mas as abelhas dispõem de outros meios de comunicação entre si. Voando à procura de alimento, não podem deixar no ar uma trilha perfumada para orientar os outros membros da colônia, como fazem os cupins em terra. Em vez disso, as abelhas dançam.

De volta à colmeia, após ter encontrado uma flor recém-desabrochada e cheia de mel, a abelha operária executa uma dança especial na plataforma de aterrissagem, à entrada da colônia. Primeiro faz um círculo e em seguida o divide ao meio, acentuando a importância deste último movimento com meneios e zumbidos particularmente excitados. Seus passos apontam diretamente na direção da fonte alimentar encontrada. As operárias prontas para saírem assistem à dança e imediatamente voam na direção indicada. A dançarina, então, penetra na colmeia e repete a dança. Quanto mais longe da entrada ela dançar, mais longe se encontra a flor descoberta. As paredes da colmeias, tanto silvestres como em viveiros, são tão verticais que os passos meneados da abelhinha não podem apontar diretamente na direção das flores. Nesse caso, ela utiliza o Sol como ponto de referência. Se o círculo for cruzado verticalmente, o objetivo está em linha reta com o Sol. Se estiver, digamos 20° à direita, a dança será 20° à direita da linha vertical. As operárias, circundando a bailarina, observam-na com muita atenção, gravam a mensagem e partem em busca da flor.

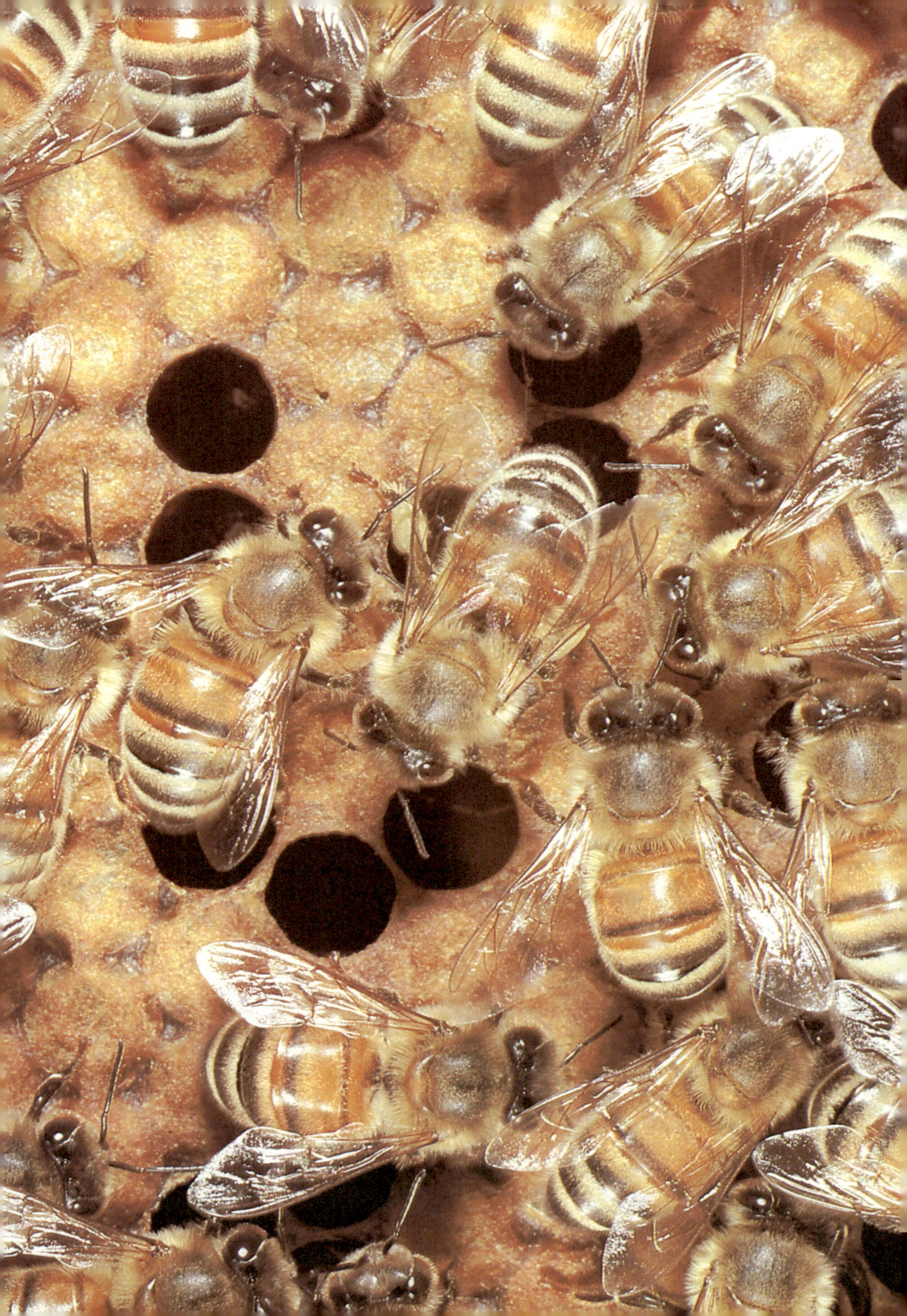

Quando voltarem com o mel, elas também dançarão. Assim, dentro em pouco, a grande maioria das operárias estará ativamente recolhendo o mel na nova fonte.

A mais complexa e altamente desenvolvida de todas as formas de vida colonial no mundo dos insetos foi criada pelas formigas, parentes das vespas e das abelhas. Algumas vivem dentro do organismo de plantas e estimulam os tecidos de suas hospedeiras a fornecer-lhes casas pré-fabricadas, com galhos especiais, caules ocos ou espinhos de bases achatadas. As saúvas da América do Sul constroem vastos ninhos subterrâneos, de onde emergem, dia e noite, em longas colunas, à procura de plantas, que cortam em pedacinhos com as mandíbulas em forma de tesoura, removendo todos os brotos, folhas e estames. Em seguida, transportam os fragmentos das folhas de volta aos ninhos, onde são mastigados até serem transformados em adubo que alimentam os fungos, cujos minúsculos frutinhos brancos, por sua vez, servem de alimento a estes insetos. As formigas arbóreas do sudeste asiático são tecedeiras de folhas. As operárias iniciam a construção do ninho ajustando as arestas das folhas e mantendo-as no lugar com a ajuda das mandíbulas e pés. Como nenhum inseto adulto consegue produzir seda, as formigas carregam suas jovens larvas até as folhas, segurando-as entre as mandíbulas e apertando-as para estimular a produção de seda. As construtoras então movem esses tubinhos vivos de cola para frente e para trás na junção das folhas até que as duas beiradas estejam ligadas por um tecido sedoso. Na Austrália, as chamadas formigas-do-mel recolhem néctar e alimentam à força uma casta especial de obreiras. Quando o abdômen destas está distendido, do tamanho de uma ervilha, e a pele de tão esticada se tornou translúcida, as formigas dependuram suas vítimas pelas patas, em galerias subterrâneas, como potes vivos de mel.

A grande maioria das formigas, porém, é carnívora. Muitas caçam cupins, atacando os castelos e travando batalhas com os soldados. Se vencedoras, elas devorarão as operárias e as larvas indefesas. Uma outra espécie, numa extraordinária forma de comportamento social, escraviza outras formigas. Escolhendo um ninho, elas o assaltam e seqüestram as pupas, levando-as de volta à sua colônia. Ao nascer, as jovens formigas começam a trabalhar para suas captoras, recolhendo forragem e as alimentando. As escravizadoras têm mandíbulas tão imensas que não conseguem mais se alimentar por si.

As mais aterrorizantes de todas as formigas não têm ninho e vagueiam pelos campos à caça de suas vítimas. São as formigas-caçadoras da América do Sul e da África, e avançam em colunas tão longas, que podem levar horas passando. Na vanguarda estão os soldados, que se abrem em leque em busca de forragem. Logo atrás as operárias avançam rapidamente em colunas de doze ou mais, muitas delas carregando larvas. Quando o exército passa por uma área exposta, seus flancos são guardados pelos soldados, armados com suas mandíbulas poderosas e totalmente cegos. Eles cerram fileiras, de boca aberta, prontos para morder qualquer intruso. Quando os caçadores na vanguarda encontram uma vítima, os soldados avançam e rapidamente a cortam em pedacinhos. Gafanhotos, escorpiões, lagartos, pequenos pássaros nos ninhos, qualquer criatura em seu caminho que não conseguir fugir a tempo é atacada. Na África ocidental, antes de se restringir os movimentos de um animal com uma corda, é preciso sempre se considerar a possibilidade de um ataque dessas formigas. Certa vez tomei parte em uma expedição destinada à coleta de cobras vivas nessa área. Já tínhamos capturado várias cobras venenosas e não-venenosas, como víboras do Gabão, entre as primeiras e pitões e víboras arborícolas, entre as segundas. Mantínhamos os répteis presos em caixas especiais, em uma casinha de adobe, com um guarda à porta armado de uma lata de querosene, vigiando a aproximação das formigas. A única maneira de desviar um ataque é jogar querosene no chão e deitar fogo. Apesar de todas essas precauções, uma tarde uma coluna de soldados penetrou na cabana por um buraco na parede do fundo. Quando percebemos, as formigas já estavam em pleno ataque, fervilhando sobre as serpentes prisioneiras em suas caixas de tampa de tela. Enlouquecidas pelas picadas dolorosas, as cobras davam mordidas desesperadas e inúteis no ar, tentando atingir seus minúsculos atacantes. Cada uma teve que ser retirada por sua vez da caixa e segura firmemente enquanto arrancávamos uma a uma as formigas que as picavam entre as escamas. Mesmo assim, várias cobras morreram, vítimas das mordidas.

As formigas-caçadoras vagueiam em busca de alimento dia após dia, durante semanas. As larvas produzem ferormônios e estes, circulando pelo exército, estimulam-no a continuar caminhando. Quando as larvas se tornam ninfas, estas não mais exsudam suas mensagens químicas. O exército então acampa. Em ajuntamentos de mais de 150 000 indivíduos, eles se reúnem em uma vasta bola, entre as raízes de uma árvore ou sob uma pedra suspensa. Agarrando-se umas às outras, elas fazem com seus corpos um ninho vivo completo, com corredores ao longo dos quais a rainha se movimenta e com câmaras onde as pupas são depositadas. Os ovários da rainha então começam a se desenvolver e ela incha bastante. Depois de cerca de uma semana, começa a deitar ovos. Nos dias que se seguem chega a produzir 25 000 unidades que amadurecem com grande rapidez. Ao mesmo tempo, uma nova geração de operárias e soldados emerge das pupas existentes e começa a secretar seu ferormônio característico. Mais uma vez o exército, com suas fileiras incrementadas por esses novos recrutas, é estimulado a partir para a guerra.

Se o superorganismo criado por uma colônia de cupins pode ser comparado a um antílope, as colunas agressivas e disciplinadas das formigas-caçadoras devem ser consideradas o equivalente, no mundo dos insetos, aos predadores. Famintas, implacáveis em sua caça às vítimas e capazes de matar a maior parte das criaturas que não conseguirem fugir a tempo, essas

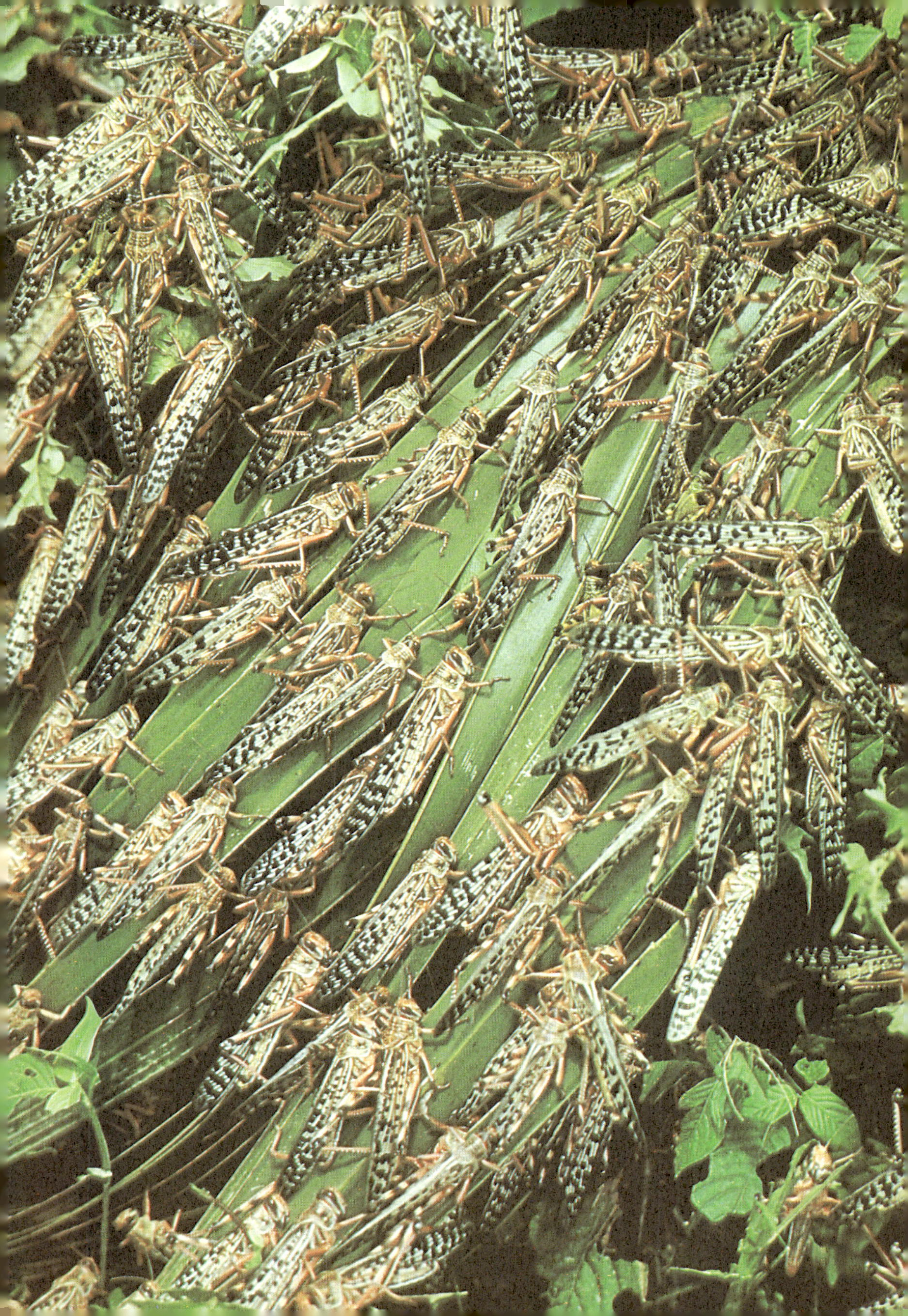

formigas aterrorizam o sertão. Não importa o tamanho diminuto de seus membros individuais. Milhares podem ser sacrificados sem afetar seriamente o vigor e o poderio das colunas. Com esses exércitos, os insetos criaram um superorganismo dos mais poderosos, temidos entre todos os animais numa floresta, e duráveis.

Os insetos colonizaram a terra antes dos vertebrados e ainda hoje exploram cada organismo vivo existente. Não há nenhuma espécie conhecida de planta que não seja atacada por eles de uma forma ou de outra. Em certas regiões da África, três quartos de toda a lavoura plantada pelo homem são destruídas regularmente pelas pragas. Mesmo nos Estados Unidos, onde os fazendeiros dispõem dos mais requintados e modernos meios de proteção à lavoura, os insetos consomem mais de 10% da produção total. O gorgulho, quando infesta os algodoais, leva milionários à falência. Quando uma praga de besouros-do-Colorado ataca as plantações de batata, populações humanas passam fome. Os insetos não apenas roubam ao homem seu alimento, mas atacam-no com toda a sorte de moléstias infecciosas, chupando o seu sangue e se enterrando em sua pele. Em represália, o homem lançou contra eles a mais intensa e concentrada guerra de extermínio que pôde divisar, bombardeando-os com partículas radioativas, esterilizando os machos, para depois soltá-los condenando assim gerações de fêmeas à infertilidade. Apesar de sintetizar venenos químicos cada vez mais arrasadores e com eles pulverizar os campos indiscriminadamente, malgrado todo seu esforço e concentração, toda sua faculdade inventiva e os imensos gastos em tempo e dinheiro, o homem até hoje não conseguiu exterminar nem uma só espécie de inseto.

5 A conquista das águas

Entre as anêmonas-do-mar, que aderem frouxamente às rochas expostas pela maré baixa, existem, em quase todos os litorais do mundo, formas gelatinosas bem diferentes: as ascídias. Se comprimidas, as anêmonas apenas gotejam água, mas se você pisar numa ascídia, a água esguichará em sua perna. Por essa razão, ela recebeu, em inglês, a designação *sea squirt*, que significa "esguicho-do-mar". Na água, a diferença entre as duas formas é mais distinta. A anêmona tem um ramalhete de tentáculos agregados ao redor de uma única abertura central; a ascídia não possui tentáculos e tem duas aberturas ligadas por um tubo em forma de U. Toda esta estrutura é cercada por uma espessa camada gelatinosa. Inflada dentro d'água, essa massa informe adquire estranha beleza. Uma espécie européia e quase transparente, com pequeninos círculos trêmulos de um azul enevoado ao redor de cada abertura, e finos anéis musculares reforçando o tubo interno, sua forma lembra a mais delicada bolha de cristal veneziano. Em outras espécies, o revestimento gelatinoso é opaco, em tons de rosa ou dourado. Algumas crescem agrupadas em cachos, como uvas; outras são maiores, mais alongadas e isoladas.

As ascídias se alimentam por filtragem, aspirando a água por uma abertura lateral, passando-a por uma bolsa interna e expelindo-a de volta ao mar por outra abertura. As partículas alimentares presas às paredes da bolsa são dirigidas pelos cílios para uma pequena víscera curva terminada por um sifão exalante.

Esta estrutura simples, que vive uma vida modesta, tem uma parentela extremamente requintada. Seus antepassados mais antigos eram relacionados com os equinodermos mas, inesperadamente, seus primos se tornaram ancestrais dos primeiros animais a apresentarem uma coluna vertebral: os vertebrados. É muito difícil discernir este relacionamento em uma ascídia adulta. Nas larvas, que se assemelham a girinos, a evidência é bem mais visível. O corpo da larva, no formato de um minúsculo globo, contém um tubo em forma de U e os primeiros indícios de entranhas. Ela se movimenta com o auxílio da cauda flagelada, reforçada por uma haste fina que se prolonga até o meio do corpo: o notocórdio. A larva, porém, não mantém por muito tempo esse esboço do eixo esquelético flexível, precursor da coluna vertebral. Após alguns dias, a criaturinha gruda o nariz em uma rocha, perde a cauda e instala-se para uma vida de filtração sedentária.

A larva da ascídia não é a única a apresentar este importante e significativo eixo dorsal. Um filete de carne um pouquinho maior, o anfioxo, também possui um. Sua forma é a de uma folha fina alongada, de cerca de 6 cm de comprimento. Vive no fundo do mar, semi-enterrado verticalmente na areia. Na ponta exposta, o anfioxo tem uma abertura, circundada por uma coroazinha de tentáculos com os quais suga a água. Seu organismo é muito primitivo. Não tem nada que se possa razoavelmente considerar uma cabeça — apenas nódulos sensíveis à luz; não tem barbatanas ou membros, e suas artérias palpitantes não chegam a formar um coração. Ainda assim, nesse organismo simples já se pode discernir os primeiros indícios de um peixe. O eixo esquelético flexível percorre toda a região dorsal e sustenta feixes de músculos transversais que, contraindo ritmicamente, produzem uma série de ondulações. Em conseqüência, a água é impelida para trás, o corpo para a frente, e o anfioxo nada.

Para a análise dos vínculos familiares entre as espécies, a anatomia de uma larva é tão válida como prova quanto a de um adulto. Às vezes, é até mais significativa, pois os animais têm a tendência de repetir, durante o desenvolvimento individual, as etapas pelas quais seus ancestrais passaram, durante a fase evolucionária. As larvas do cupim se parecem com as dos mais primitivos dos insetos, o tisanuro; as dos límulos são visivelmente segmentadas e revelam uma semelhança com os trilobites, imperceptíveis no caranguejo adulto; certas larvas de moluscos de nado livre são idênticas às dos vermes anelados e sugerem um elo entre os dois grupos. É, pois, razoável considerar-se a semelhança entre larvas de ascídios e anfioxos como prova de parentesco. Mas qual das duas é a forma ancestral, mais primitiva? A ascídia sedentária evoluíra para o anfioxo através de descendentes que abandonaram a vida estacionária e se reproduziram durante a fase larval? Ou teria sido o anfioxo que, colando a cabeça nas rochas, perdera os músculos e se refugiara num estilo de vida mais despretensioso?

Durante muito tempo acreditou-se na primeira hipótese. Hoje, estudos comparativos de todo o grande e variado grupo ascídio levaram à conclusão de que a segunda possibilidade é a correta. E, muito recentemente, a prova foi fornecida por esse extraordinário tesouro de fósseis antigos, o xisto argiloso de Burgess, nas Montanhas Rochosas do Canadá. No meio de trilobites, braquiópodes e poliquetas, na lama dos mares de há 550 milhões de anos, onde não existiam ainda peixes nadadores com barbatanas ou espinha dorsal, foi encontrada a marca deixada por uma criatura idêntica ao anfioxo atual.

Outra larva nos fornece evidência da etapa seguinte da história dos vertebrados. Os rios da Europa e da América do Norte contêm animais que se assemelham a anfioxos, embora sejam um pouco mais longos, chegando a atingir 20 cm. Também vivem enterrados na lama, alimentam-se por filtragem, não possuem mandíbulas, são cegos e, com exceção de uma franja ao redor da cauda, sem barbatanas. Por muitos anos essas criaturas foram consideradas adultas, receberam um nome especial, *ammcoete*, e foram classificados como parentes óbvios do anfioxo. Um dia descobriu-se que eram apenas larvas de um animal muito conhecido: abandonavam as tocas,

Colônia de ascídios, Caribe

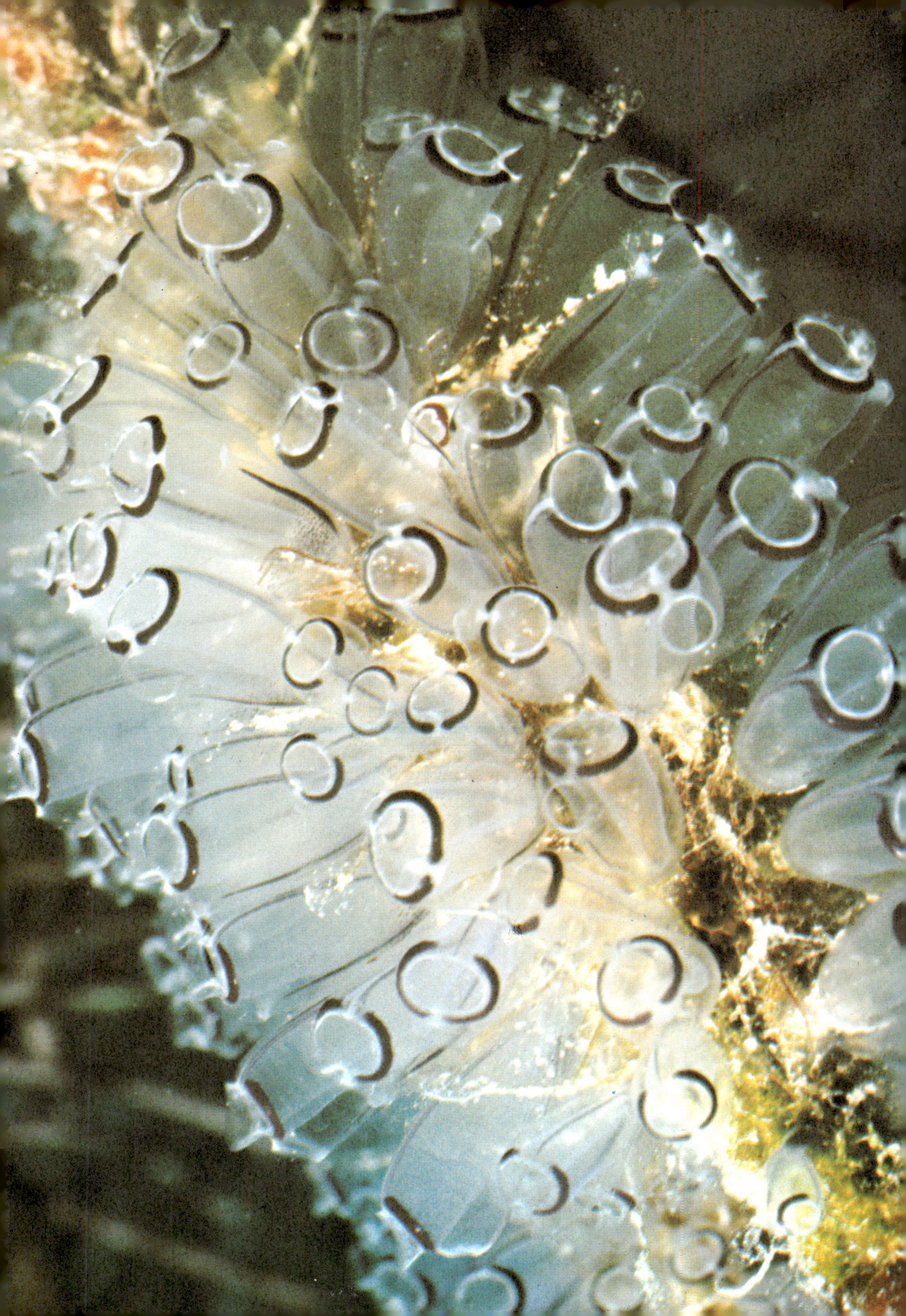

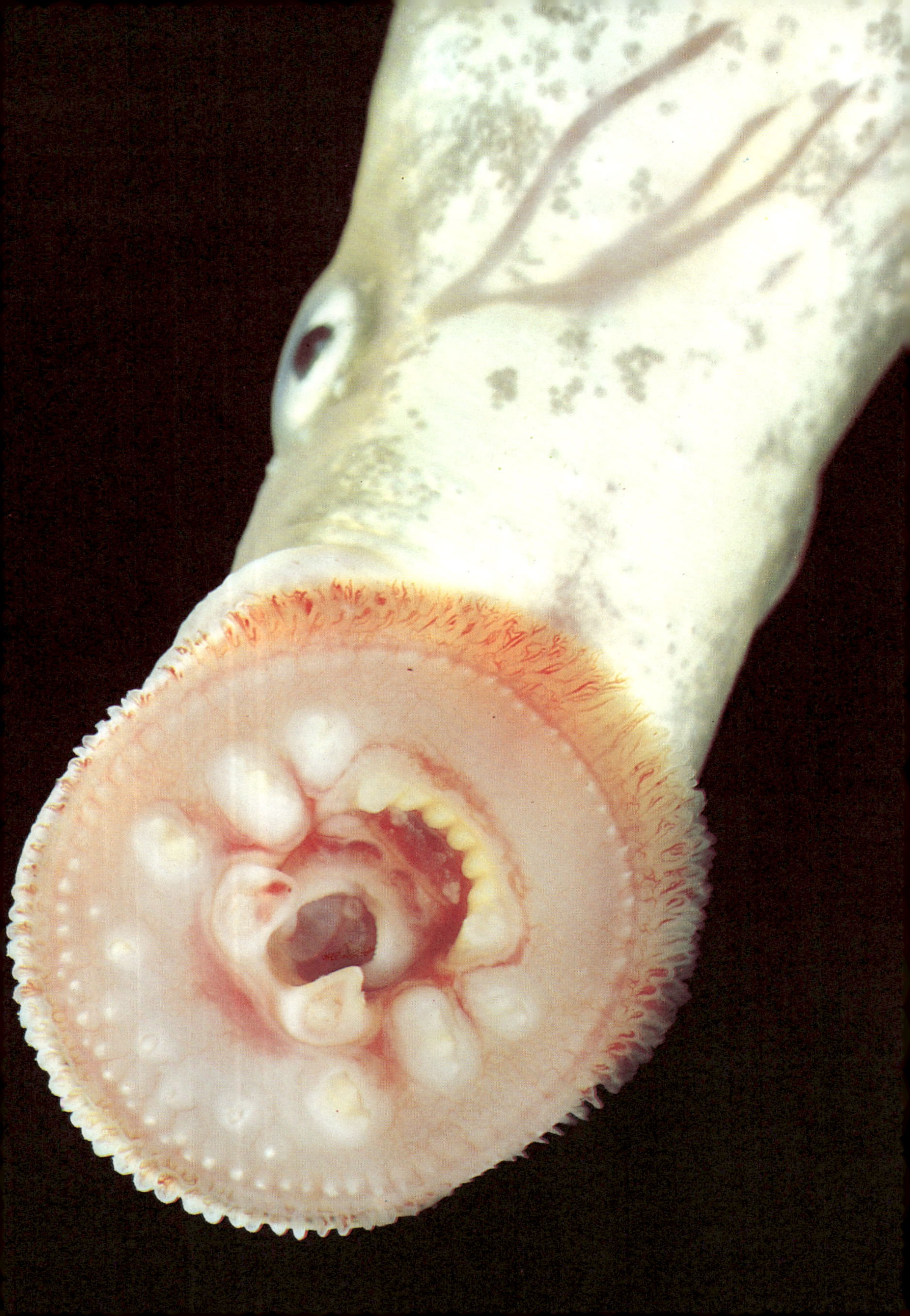

desenvolviam olhos verdadeiros e longas barbatanas ondulantes ao longo do dorso, cresciam até o tamanho de uma enguia, transformando-se em lampreias.

É compreensível que, à primeira vista, você pense que a lampreia seja um peixe, mas não é. Embora tenha um notocórdio flexível, espécie de coluna vertebral, a lampreia é desprovida de aparelho mandibular. Sua cabeça termina em um grande disco, no centro do qual se encontra a boca circular e a língua recoberta de farpas. Tem dois pequenos olhos vestigiais ladeando sua única narina, e, de cada lado do pescoço, alas de aberturas branquiais. Por meio da boca sugadora, as lampreias fixam-se aos flancos dos peixes, laceram-lhes a carne com a língua e devoram-nos vivos. As lampreias de água doce e seus parentes marinhos, as enguias-de-casulo, são comuns ainda hoje. Às vezes, sua população nos rios norte-americanos atinge proporções de praga. Necrófagas, milhares de lampreias fervilhantes consomem peixes mortos ou doentes, não poupando nem mesmo os sadios. Com olhos minúsculos, ventosas sugadoras e corpo anguiliforme e convulso, a lampreia é pouco atraente do ponto de vista humano. Não obstante, ela merece atenção e respeito, pois seus ancestrais foram um dia as criaturas mais avançadas e revolucionárias que existiam nos mares. Vestígios desses ancestrais foram recentemente encontrados em rochas de cerca de 540 milhões de anos, quase tão antigas quanto o xisto argiloso de Burgess. Essas novas provas são apenas fragmentos de escamas e só puderam ser identificadas porque são idênticas a outras pertencentes a esqueletos completos encontrados em rochas mais recentes.

Os protopeixes sem mandíbulas, ou ágnatos, tinham uma couraça pesada e eram, em sua maioria, de pequeno porte. Em algumas formas, a cabeça e o corpo eram inteiramente revestidos por uma carapaça de placas ósseas. Tinham um par de olhos na frente e uma única narina central, como as lampreias. Da parte posterior projetava-se uma potente cauda muscular. Agitando essa cauda, os ágnatos se movimentavam pela água, mas o peso da carapaça possivelmente os forçava a manter a cabeça rente ao fundo. Embora uma ou duas espécies apresentassem abas simples no quarto dianteiro, a maioria não tinha nadadeiras para auxiliá-la na navegação. Por isso, inicialmente, poucos conseguiam nadar acima do fundo do mar. Nas águas superficiais permanecera o domínio das medusas e de outros invertebrados flutuantes. Sem mandíbulas, os protopeixes não podiam caçar moluscos de concha. 'Contentavam-se em fossar o lodo do fundo, sugando detritos com sua simples boca circular, filtrando as partículas alimentares e expelindo o resto pelos sifões laterais.

Esse pequenino protopeixe, porém, conseguiu sobreviver e aumentou em número e variedades. Sua armadura pesada pode ter-se originado do aproveitamento dos sais alimentares acumulados em seu organismo, mas terminou servindo de proteção necessária, pois nessa época os mares eram aterrorizados pelos imensos escorpiões marinhos, de 2 m de comprimento,

Cabeça de lampreia

que, armados com pinças gigantescas, caçavam criaturas menores no fundo do mar.

Os pesados depósitos ósseos na região craniana desses protopeixes possibilitaram uma investigação detalhada de sua anatomia interna. Cortando-se o crânio fossilizado em fatias, as cavidades que continham os nervos e vasos sangüíneos puderam ser claramente delineadas. Observou-se então que um grupo deles tinha um cérebro muito semelhante ao da lampreia atual. Tinha também, como as lampreias, um mecanismo estabilizador composto por dois tubos arqueados em ângulo reto, cheios de líquido, num plano horizontal, que informava ao protopeixe sua posição na água. As lampreias atuais apresentam um mecanismo semelhante.

Algumas dessas criaturas atingiram tamanhos consideráveis, chegando a quase 60 cm. Muitas eram ativas e, confiantes na proteção de suas armaduras de escamas, possivelmente se aventuravam pela água bem acima do fundo do mar. Nenhuma, porém, podia ser considerada uma nadadora hábil. Sua única barbatana, dorsal ou ventral, embora lhe oferecesse certa estabilidade, não a auxiliava na orientação pela água e nenhuma tinha barbatanas laterais.

Essa fase durou 100 milhões de anos. Durante essa imensidade de tempo, os corais surgiram e começaram a construir seus recifes e os animais segmentados desenvolveram-se em formas que logo iriam abandonar o mar e estabelecer a primeira ponte para a vida em terra firme. Mudanças importantes também estavam ocorrendo entre os protopeixes. As aberturas laterais da goela, que se haviam originado como mecanismos filtrantes, tiveram suas paredes recobertas por finos vasos sangüíneos, transformando-se em guelras. A carne entre elas foi se enrijecendo com bastões ósseos e um par deles, lentamente, ao longo de milênios, se articulou para a frente. Músculos desenvolveram-se ao redor deles, que agora podiam se mover para cima e para baixo. Os protopeixes haviam desenvolvido mandíbulas. As escamas placóides que revestiam a parte interna dessa estrutura, cresceram, afilaram-se e viraram dentes aguçados. A partir de então, os vertebrados deixaram de ser criaturas subalternas, condenadas a uma vida de filtragem de lodo e água. Agora, podiam morder. Duas abas laterais começaram a se desenvolver na parte inferior do corpo, ajudando-os a orientar-se pela água e, lentamente, evoluíram para nadadeiras. Assim, pela primeira vez, os vertebrados tornaram-se predadores e começaram realmente a nadar, movendo-se com exatidão e habilidade pelo mar.

Hoje é possível caminhar no que era fundo de mar há 400 milhões de anos. Nas planícies desertas a noroeste da Austrália, num local denominado Gogo pelos aborígines, existe uma fileira de estranhas rochas escarpadas com cerca de trezentos metros de altura. Geólogos, ao mapear a região, observaram que essa formação rochosa incomum não poderia ter sido moldada pelas forças normais da erosão. Examinando com cuidado a fachada corroída, verificaram que muitas delas continham vestígios de

Fóssil de um protopeixe, Escócia

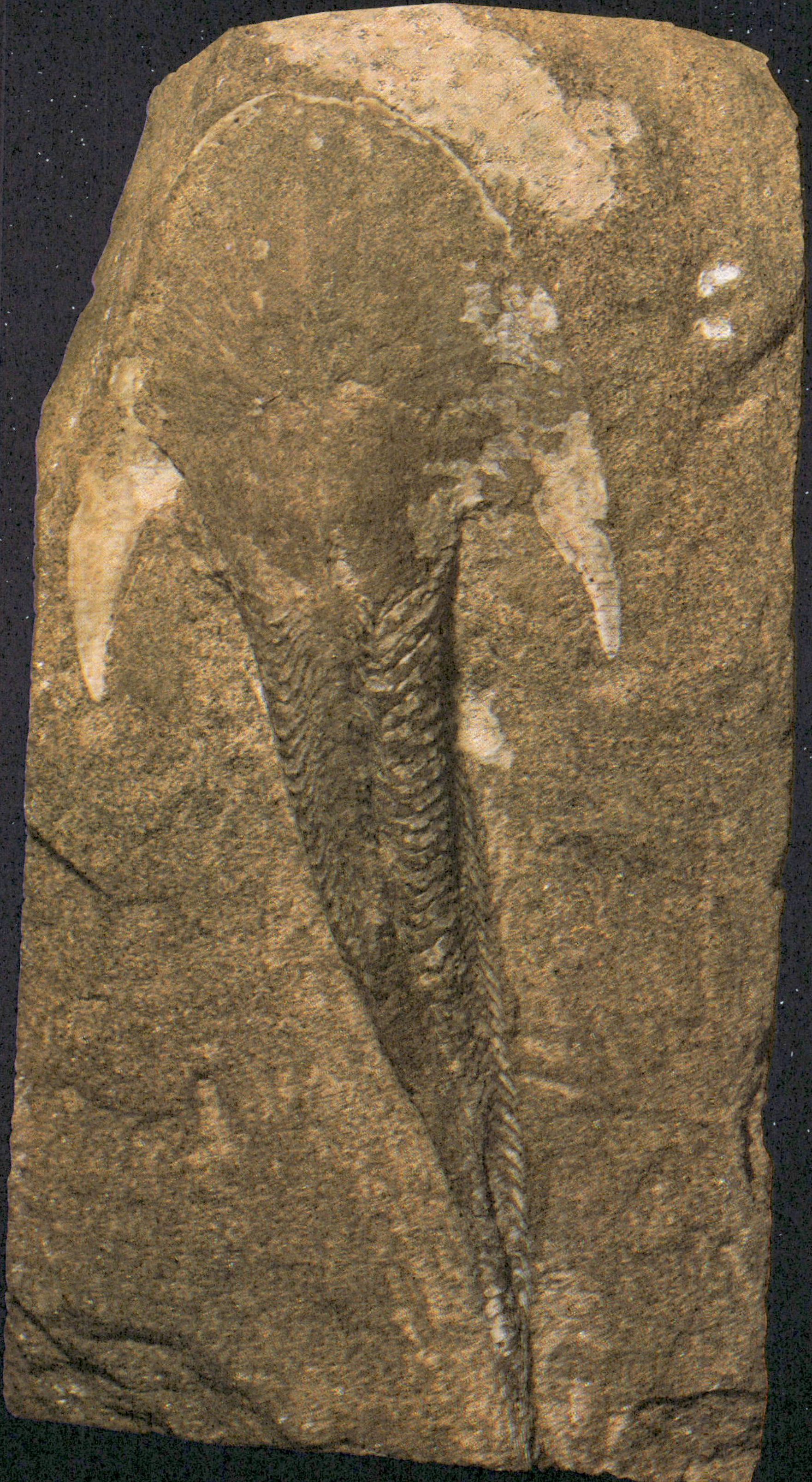

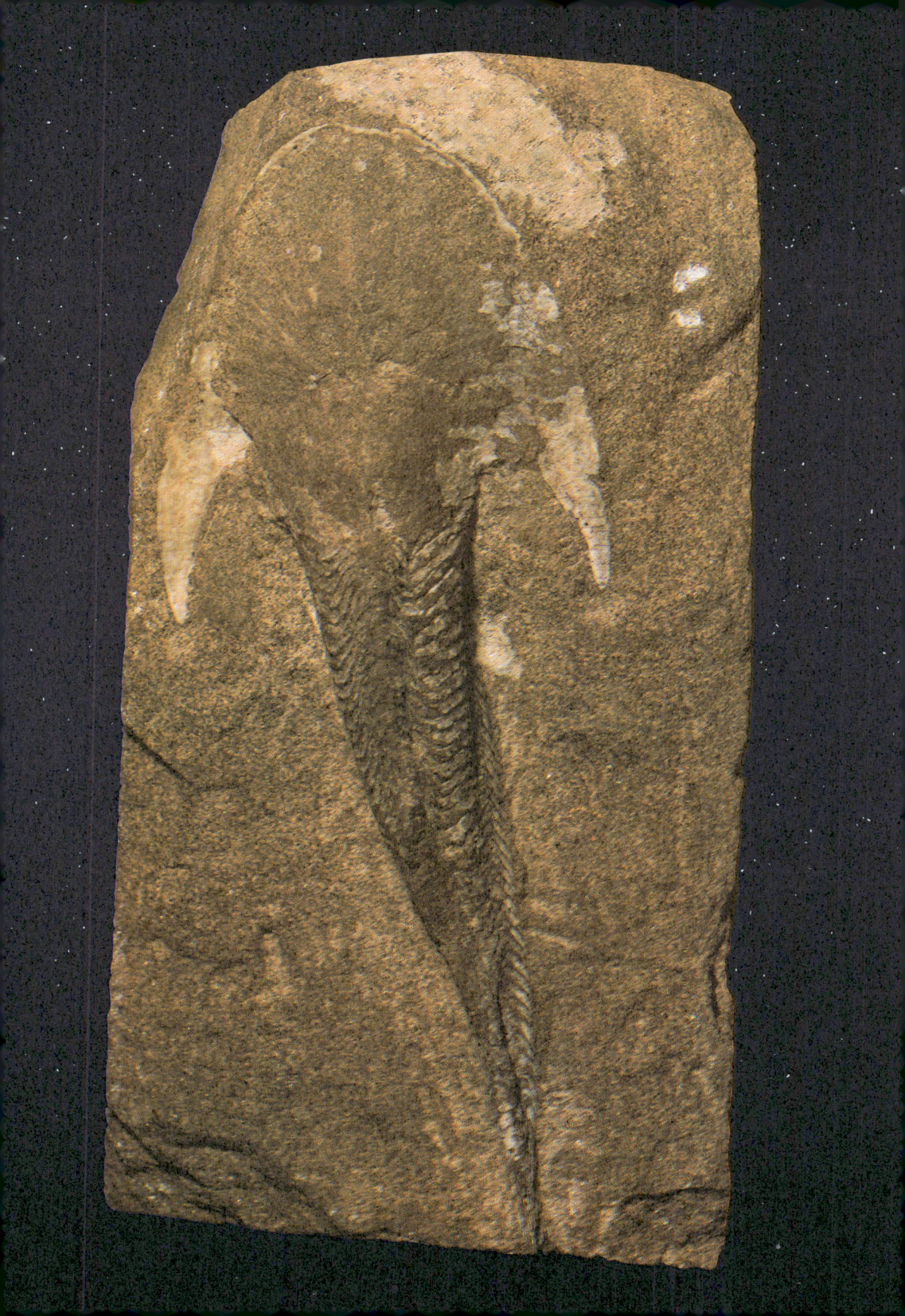

Wobbegong, *um tubarão das profundezas, Austrália*

coral. Em tempos primordiais, o mar cobrira essa região e esses penhascos formavam a orla de bacias profundas, ricas em peixes. Rios originários do interior despejavam nelas suas águas barrentas, escavando vãos entre os rochedos e sufocando o coral com seus detritos. Lentamente, com o passar dos séculos, os sedimentos acumulados soterraram as lagoas e o mar se afastou. Mais tarde, todo o continente australiano mudou de nível, elevou-se. A ação erosiva contínua do vento e da chuva acabaram por dissolver o arenito mole que se acumulara, dispersando-o. Hoje, os penhascos estão outra vez expostos, num alcantil íngreme, bordejando não mais o mar, mas um deserto de moitas de capim e árvores retorcidas. No solo arenoso que outrora fora um fundo de mar, os cientistas encontraram uma quantidade de pequenos blocos endurecidos, dos quais se projetavam placas ósseas. As carcaças de peixes da lagoa primordial poderiam ter agido como focos para os processos de petrificação. A areia e a lama que as envolviam poderiam ter-se tornado particularmente duras, permanecendo solidificadas enquanto que o resto do depósito se esfarelava com a erosão. Os geólogos levaram esses blocos para os laboratórios. Lá, submerso durante meses em ácido acético, gradualmente a rocha se desfez e expôs, com perfeição inacreditável, os primeiros esqueletos completos e não-distorcidos dos mais antigos peixes verdadeiros do mundo.

Havia muitas espécies diferentes. A maioria, como seus predecessores, era blindada, com escamas pesadas grudadas à pele, e tinha mandíbulas com dentes assustadores. O esqueleto ósseo estava em fase de desenvolvimento, com indícios claros de uma coluna vertebral percorrendo o corpo longitudinalmente e envolvendo o primitivo eixo esquelético flexível. Todas possuíam nadadeiras bem desenvolvidas, geralmente dois pares, as laterais logo atrás da goela e as pélvicas junto ao ânus. As variações, porém, eram muitas. Uma forma apresentava alas de barbatanas laterais; outra tinha as peitorais envolvidas por tubos ósseos, como estacas. Algumas habitavam o fundo do mar, outras preferiam o nado livre e uma ou duas eram gigantescas, chegando a ter 6 ou 7 m de comprimento. Sem a menor possibilidade de competir com criaturas tão poderosas, os protopeixes sem mandíbulas foram extintos.

Por essa época, uma divisão importante ocorreu na dinastia dos peixes. Surgiu um grupo que perdeu quase todos os ossos do esqueleto e desenvolveu, em lugar deles, a cartilagem, um material mais macio, mais elástico e mais leve. Os descendentes desse grupo são os tubarões e as arraias. Essa redução óssea no organismo tornou-os consideravelmente mais leves que seus ancestrais. Ainda assim, carne e cartilagem são mais pesados do que a água, e para se manter acima do fundo do mar, os peixes cartilaginosos precisam nadar incessantemente. Como seus ancestrais, os tubarões se impulsionam com o movimento sinuoso da metade posterior do corpo e com as batidas de sua poderosa cauda. Mas se a força propulsora vem de trás, o corpo torna-se mais pesado na frente e afunda de focinho para

No verso: *Jamanta*

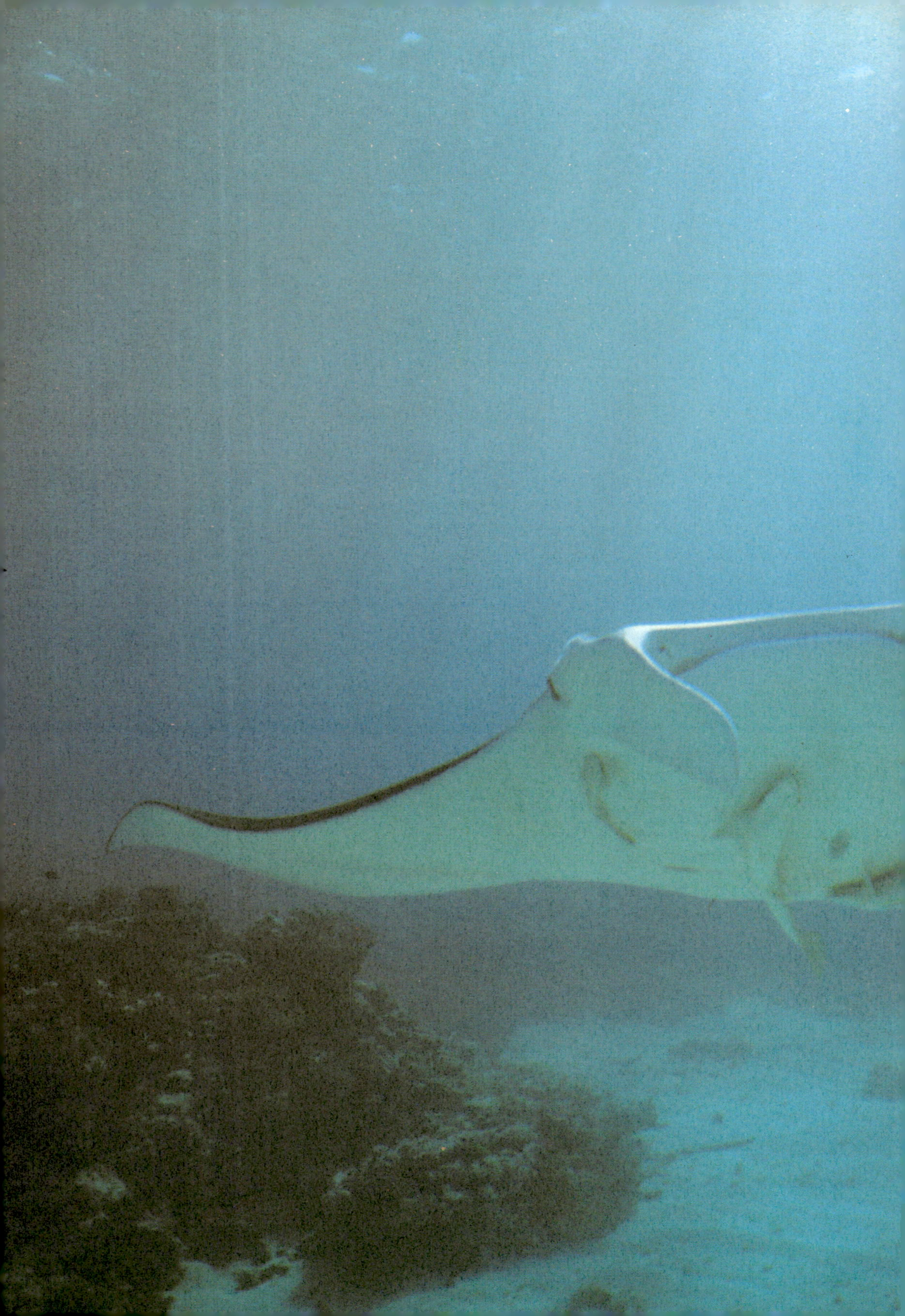

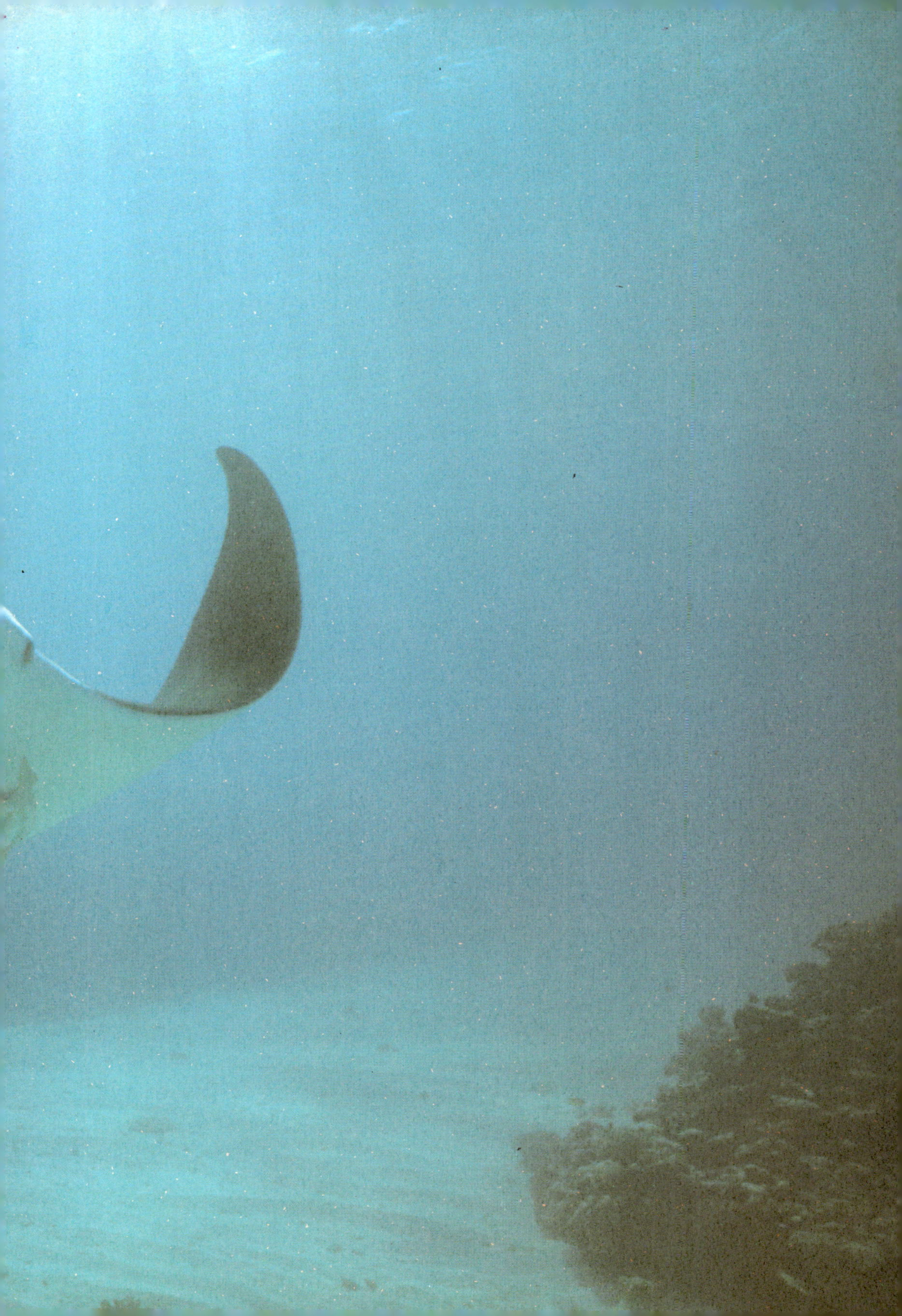

baixo. Para neutralizar esse fenômeno, o tubarão desenvolveu um par de barbatanas peitorais que se abrem em leque, horizontalmente, como pás de uma turbina de submarino ou hélice de motor de popa. Essas "pás" são relativamente inflexíveis e o tubarão não consegue mudá-la subitamente para uma posição vertical, para agirem como freios. Se um tubarão avança para atacar, não tem meios de parar e só pode desviar-se ligeiramente para o lado. Também não consegue nadar para trás e se parar de bater com a cauda, afunda. Algumas espécies descansam à noite, dormindo pousadas no fundo do mar.

Um ramo dos peixes cartilaginosos resolveu viver sempre no fundo, abandonando o trabalho exaustivo de bater perpetuamente com a cauda para se manter nas águas superficiais: as arraias. Seu corpo se tornou extremamente achatado e as barbatanas peitorais aumentaram e se transformaram em imensas abas laterais triangulares. Essas abas ondulantes passaram a servir para a locomoção. A cauda, sem precisar mais bater, perdeu quase todos os músculos e se afinou como um chicote afilado, às vezes, terminando por um ferrão venenoso. Esse novo método de propulsão funciona bem, mas não dá velocidade. As arraias não são predadoras muito ativas. Sua alimentação consiste principalmente de moluscos e crustáceos, facilmente capturados no fundo do mar e triturados em sua goela ventral. Essa localização da boca é excelente para o processo alimentar, mas oferece grande dificuldade para a respiração. Os tubarões recolhem a água na boca, passando-a pelas guelras e expelindo-a pelas aberturas branquiais. Se as arraias fizessem isso, recolheriam lodo e areia. Para o processo respiratório elas têm duas aberturas na parte superior da cabeça, através das quais sugam a água diretamente para as guelras, expelindo-a através das fendas branquiais inferiores.

Uma espécie de arraia, a jamanta, resolveu voltar ao nado livre. Suas barbatanas laterais permitem que se mantenha nas águas superficiais com um dispêndio mínimo de energia, utilizando a água da mesma maneira que um planador usa o ar. Barbatanas ondulantes, porém, não têm a mesma força motora de uma poderosa cauda agitada, e por essa razão as jamantas não competem em velocidade com seus primos, os tubarões, nem os rivalizam na caça. Preferem se deslocar lentamente, ondulando peitorais imensos, que chegam a 7 m de diâmetro, com a formidável goela escancarada filtrando peixes pequeninos e crustáceos.

O segundo grande grupo de peixes manteve seu esqueleto ósseo e são seus descendentes que hoje dominam as águas do mundo. Esses peixes chegaram, de uma forma indireta, a uma solução muito eficiente para o problema de peso. Durante o período primitivo, quando tinham o corpo recoberto de placas ósseas, várias famílias abandonaram o mar aberto nadando em direção às águas costeiras e, daí, para lagoas rasas e pântanos. Para um peixe, a respiração em um local de pouca profundidade é difícil, porque, quanto mais quente estiver a água, menos oxigênio diluído ela contém. O mar aberto é sempre frio, mas as mornas águas rasas se tornam pobres em oxigênio. Os peixes que escolheram este habitat precisaram desenvolver um método diferente para obter o oxigênio. O peixe-manel, de antiga linhagem, pesadamente blindado, que vive nos rios e pântanos africanos, ilustra-nos a solução desse problema. O peixe-manel sobe regularmente à superfície e engole um pouco de ar. Descendo pela goela, o ar atinge uma bolsa revestida de capilares sangüíneos que absorvem o oxigênio gasoso. O peixe-manel não tem apenas guelras como qualquer peixe, tem também um pulmão.

Essa bolsa interna inflada de ar ofereceu uma vantagem acidental: a flutuosidade. Para a maioria dos descendentes desses pioneiros da respiração do ar, essas características veio a ser da maior importância. Com uma bolsa interna inflada, os peixes conseguiram, finalmente, manter-se flutuando sem bater a cauda incessantemente. Com o passar do tempo, os primeiros peixes ósseos desenvolveram a bexiga natatória. Muitos representantes desses pioneiros nadaram em companhia de espécimes mais antiquados nos mares que banhavam os penedos de Gogo, na Austrália.

Algumas espécies logo conseguiram inflar suas bolsas com ar difundido diretamente do sangue, não necessitando, assim, subir à tona para respirar. Em alguns casos, o tubo que ligava a bolsa ao tubo intestinal tornou-se apenas um cordão sólido. Os peixes haviam adquirido uma bexiga natatória.

Em conseqüência, as técnicas de natação foram revolucionadas. Difundindo o ar para dentro e para fora da bexiga natatória ou expelindo-o diretamente através do tubo de conexão, o peixe, agora, controlava perfeitamente a profundidade de seu corpo na água. As barbatanas peitorais, libertas do trabalho de mantê-lo flutuando, puderam ser aproveitadas para refinar o controle dos movimentos a tal ponto que sua habilidade natatória quase atingiu a perfeição.

A água é 800 vezes mais densa do que o ar e a menor protuberância na superfície do corpo interfere com a eficiência dos movimentos. Por essa razão, peixes oceânicos de alta velocidade, como atuns, bonitos, merlins e cavalas, têm o corpo maravilhosamente hidrodinâmico: a dianteira é pontuda, alarga-se abruptamente ao seu diâmetro máximo, para ir se afilando em direção à cauda que termina elegantemente em um par de barbatanas simétricas. Toda a parte posterior do peixe é um eficiente motor de propulsão. Feixes de músculos poderosos ligados à coluna vertebral garantem o movimento incessante da cauda, de um lado para o outro, com uma energia inquebrantável que dura toda a sua vida. As escamas, tão pesadas e grosseiras nas formas primitivas, tornaram-se leves e macias colando-se perfeitamente ao corpo ou, às vezes, desaparecendo por completo. Toda esta superfície é lubrificada com muco. As placas protetoras das guelras colam-se ao corpo e os olhos também se ajustam perfeitamente ao contorno impecável. As barbatanas peitorais e pélvicas, e a dorsal na crista

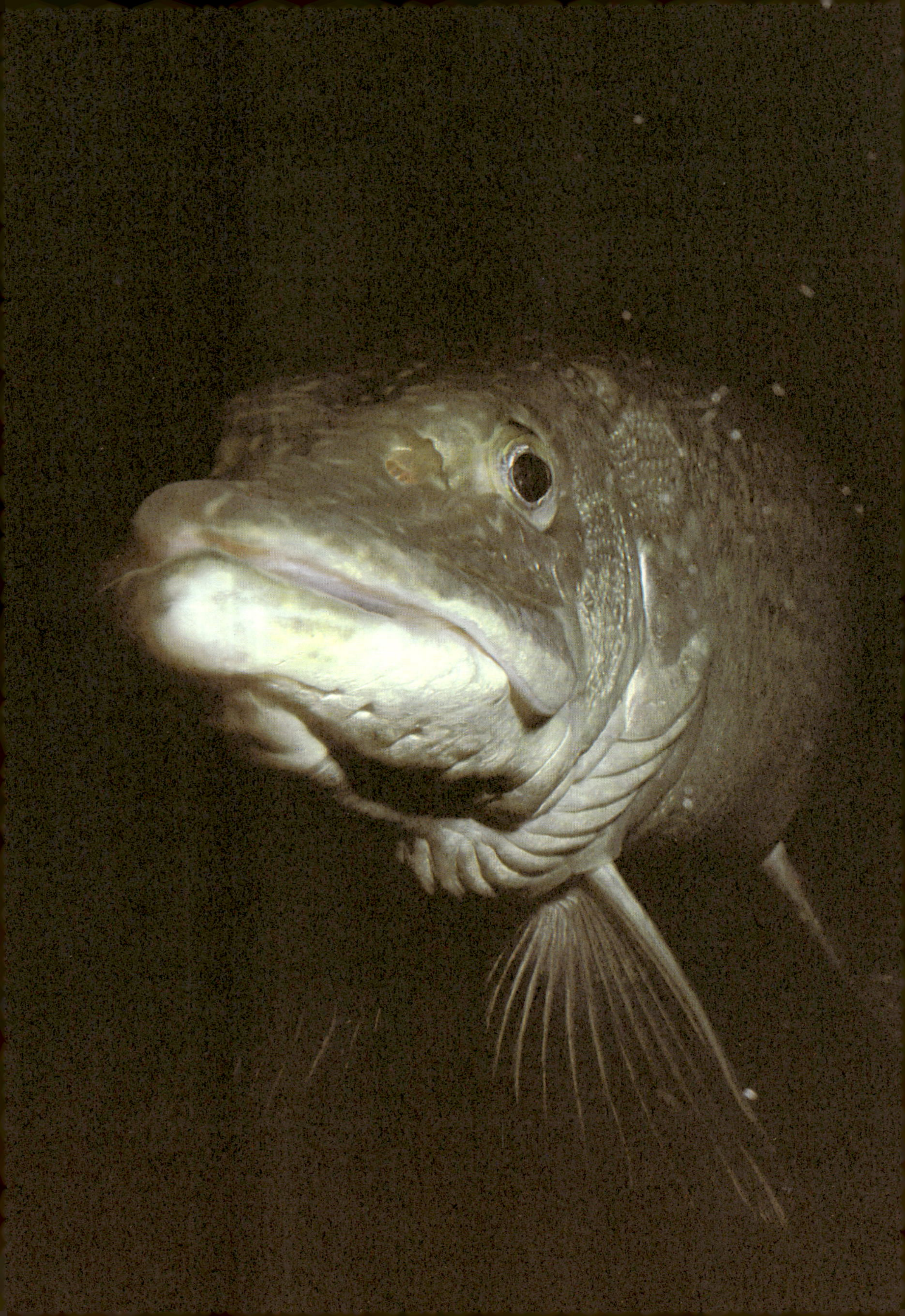

superior, não ajudam na propulsão e são utilizadas como lemes estabilizadores, ou freios. Quando o peixe se desloca com grande velocidade, elas são dobradas e recolhidas em sulcos especiais ao longo dos flancos, diminuindo a resistência à água. Existem ainda, de cada lado do dorso e do ventre, pequeninas bexigas triangulares que agem como estabilizadores e neutralizam qualquer turbulência.

A perfeição deste modelo anatômico é comprovada pelo fato de que diversas espécies de famílias bem diferentes o adotaram e, em conseqüência, tornaram-se extremamente parecidas entre si. Quando um peixe opta por uma vida em mar aberto e passa a depender da velocidade para caçar ou evitar ser caçado, a evolução refina sua estrutura, tornando-a matematicamente perfeita e a mais eficiente para esse fim.

Alguns peixes de superfície, ameaçados pela velocidade dos predadores, desenvolveram suas barbatanas peitorais de um modo muito especial: perseguido, o peixe-voador salta para fora d'água. Ao emergir, abre os peitorais em forma de asas que lhe permitem planar acima das ondas por alguns metros, confundindo seus perseguidores. Quando perdem velocidade, mergulham a cauda na água e voltam a agitá-la para um novo "vôo".

Nem todos os peixes optaram por uma vida de alta velocidade. Os que habitam as águas costeiras têm problemas e necessidades muito diferentes. Mas, para eles, também a bexiga natatória foi de extrema importância, pois liberou as barbatanas para outros fins. O lúcio, por exemplo, transformou-as em pequenos e elegantes remos que se movimentam para a frente e para trás, compensando a menor variação na correnteza. Consegue assim ficar parado, quase imóvel, sobre os rochedos, como se estivesse suspenso por um fio invisível. Os gouramis transformaram suas pélvicas em longos barbilhos sensoriais, com os quais exploram a água à sua frente e acariciam as fêmeas na época do acasalamento. O peixe-dragão modificou-as para espetaculares armas de defesa, com raios farpados venenosos.

Quando o peso do corpo deixou de constituir um problema, várias espécies decidiram voltar à antiga couraça. No mundo densamente povoado e cheio de perigos dos recifes, o peixe-cofre, protegido por sua carapaça rígida de escamas ósseas, navega devagar por entre o coral com o auxílio das barbatanas peitorais e caudais. O cavalo-marinho também é blindado. Sua cauda, desprovida de barbatanas, é usada como um gancho com o qual se ancora nas algas e no coral. Sua antiga barbatana dorsal age como um propulsor. Com a ajuda dos peitorais e o corpo ereto, o cavalo-marinho desliza gravemente pelos corais e florestas de algas. O peixe-gatilho alimenta-se de coral: tritura os galhinhos, deles extraindo os pequeninos pólipos. Suas barbatanas concentram-se na parte posterior do corpo: uma grande dorsal pulsatória, junto à cauda, e uma ventral equivalente. Com a cabeça desimpedida pode investigar em profundidade nos vãos entre os galhos do coral e selecionar um bocado particularmente apetitoso.

O "gatilho" que deu origem a seu nome é o raio ósseo central da barbatana dorsal; os dois raios seguintes funcionam como um travão articulado na base. Quando as ondas quebram com muita violência nos rochedos, o peixe-gatilho procura uma fenda, estende seu gatilho róseo e agarra-se com tal firmeza que nem correntes oceânicas, predadores esfaimados ou mergulhadores curiosos conseguem arrancá-lo dali.

Alguns peixes ósseos imitaram as arraias e escolheram uma vida no fundo do mar, abandonando a bexiga natatória que fora a razão de seu sucesso. Seus peitorais também foram aproveitados para outros fins. O peixe-cabra dispensou a membrana dianteira. Os raios, agora livres, movimentam-se independentes como as pernas de uma aranha, e são utilizados para revirar pedras em busca de alimento. O linguado, que adaptou-se perfeitamente à vida no fundo do mar, é um exemplo extraordinário da tendência dos seres vivos repetirem fases evolutivas de seu passado durante o desenvolvimento individual. Quando nasce, o linguado imita seus ancestrais e nada nas águas azuis da superfície. Alguns meses mais tarde começa a transformar-se: perde a bexiga natatória, a cabeça entorta, a boca retorce para um lado e um dos olhos desloca-se para o outro lado da cabeça, ficando os dois olhos do mesmo lado. Começa então a descer lentamente até atingir o fundo, onde se instala sobre um flanco, na areia. Embora retenha os peitorais, eles agora têm pouca utilidade. O linguado movimenta-se com o auxílio de barbatanas dorsais e anais ondulantes, de cada lado do corpo, as quais são extremamente desenvolvidas.

Assim, impulsionados pelas batidas da cauda, remando com os peitorais ou planando nas franjas laterais, os peixes nadam com perfeição e velocidade através dos mais variados habitats marinhos, entre as construções rococó dos recifes de coral, nas imensas planícies e montanhas do fundo do mar, nas florestas de algas ondulantes e nas águas azuis e ensolaradas do oceano aberto. Entretanto, movimentação requer habilidade: quem viaja precisa ter noção de direção.

Todos os peixes possuem um sentido para o qual não temos paralelo: ao longo dos flancos, com ramificações sobre a cabeça, apresentam uma linha porosa, de textura um pouco diferente do resto do corpo, ligada por um canal logo abaixo da superfície. É conhecido como sistema da linha lateral, e com ele o peixe consegue perceber qualquer diferença na pressão da água. Assim, ao nadar, ele vai criando uma onda de pressão que viaja à sua frente. Quando essa onda atinge um objeto, o peixe imediatamente o percebe, através da linha lateral. Sabe também, à distância, os movimentos de outros peixes nadando ao seu lado, uma habilidade importante para as espécies que viajam em cardumes.

O sentido do olfato dos peixes é extremamente aguçado. Suas narinas sentem as mais delicadas mudanças na composição química da água. Quando a corrente é favorável, os tubarões podem farejar sangue fresco há quase meio quilômetro de distância. Eles contam com o olfato para encon-

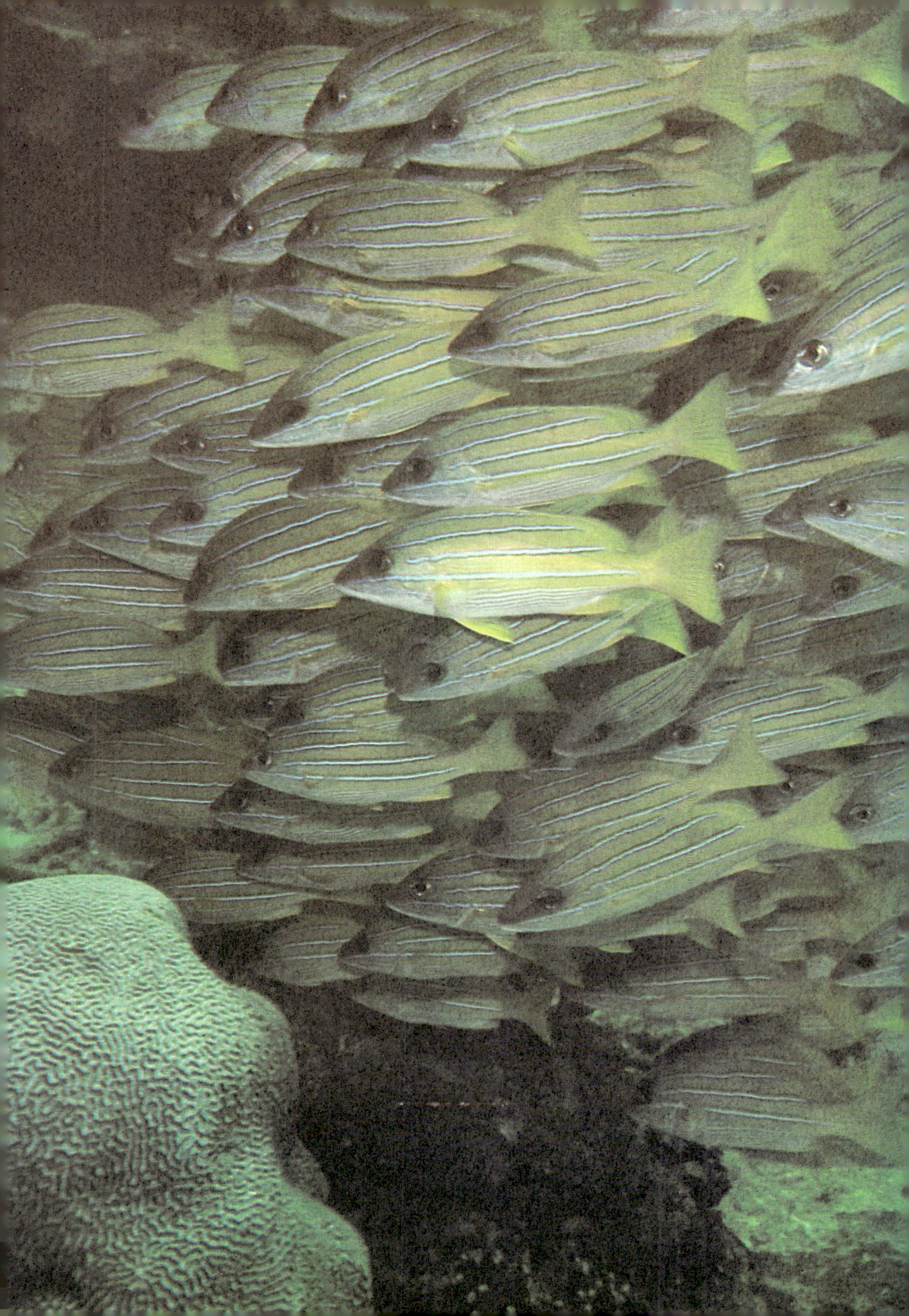

trar o alimento e isso talvez explique a forma do mais grotesco entre eles, o tubarão-martelo, que tem a cabeça em forma de T, com uma narina em cada ponta. Ao farejar uma presa, balança a cabeça de um lado para outro para determinar a direção de onde a pista se originou. Quando o cheiro está igualmente forte em ambas as narinas, o tubarão-martelo avança diretamente em frente, e é um dos primeiros predadores a chegar.

Os peixes possivelmente conseguiram perceber os sons muito cedo, nos tempos primordiais. As primitivas cápsulas unidas por canais semicirculares encontradas nos fósseis de protopeixes e nas lampreias foram consideravelmente aperfeiçoadas pelos mandibulados. Um terceiro canal, num plano horizontal, foi desenvolvido e, abaixo dele, uma bolsa maior. Os três canais e a bolsa têm um revestimento ultra-sensível de pequeninas partículas calcárias que se movem e vibram. O som se propaga com maior facilidade na água do que no ar. Como seu organismo contém uma alta proporção de líquido, o peixe pode receber ondas sonoras que penetram diretamente em seu crânio e atingem os canais, dispensando as passagens especiais necessária aos vertebrados que vivem fora da água. Assim, os peixes ouvem as batidas de cauda e os ruídos gorgulhantes de outros peixes, os estalidos dos crustáceos quando fecham as conchas e os sons rascantes do coral produzidos por peixes que aí se alimentam.

A bexiga natatória possibilitou outros aperfeiçoamentos na recepção e transmissão de sons. Milhares de peixes desenvolveram conexões ósseas ligando a bexiga natatória às bolsas auditivas. As vibrações sonoras recebidas são amplificadas pela ressonância da bexiga natatória e transmitidas aos canais. Algumas espécies, como o peixe-gato, desenvolveram ainda músculos especiais que vibram a bexiga natatória produzindo um som alto de tambor, e parecem se comunicar uns com os outros na água turva.

A visão também foi desenvolvida muito cedo. O nódulo ocular do anfioxo serve apenas para indicar diferença entre luz e sombra. Os peixes sem mandíbula, embora com a cabeça envolvida por pesada carapaça, tinham aberturas especiais para acomodar os olhos. As leis que governam a luz são universais e por esse motivo o modelo básico de um olho eficiente apresenta poucas variações. Os trilobites conseguiram aperfeiçoar os seus, produzindo os olhos mosaicos adotados pelos insetos, que os conservam até hoje. À exceção destes, todos os olhos produtores de imagens, em qualquer organismo, têm uma estrutura básica semelhante: uma cela fechada por uma janela transparente, com uma lente na frente e um revestimento fotossensível atrás. Esse modelo serve tanto para lulas e polvos como para os olhos artificiais inventados pelo homem: as máquinas fotográficas. Esse olho básico foi desenvolvido pelos peixes e por eles doado a todos os vertebrados terrestres. O revestimento da cela pode ser de células com dois formatos diferentes: bastões e cones. As primeiras distinguem entre o claro e o escuro e as segundas são sensíveis à cor.

Os olhos de quase todas as espécies de tubarões e arraias não possuem células cônicas, de forma que não conseguem distinguir cores. Não é de surpreender, pois, que sejam criaturas monótonas, vestidas de pardo e cinza, verde-oliva e azul-aço. Se ornamentados, seus desenhos tendem a ser simples salpicos ou manchas. Os peixes vertebrados são completamente diferentes. Seus olhos, com células cônicas e em bastão, produzem uma visão de cores, na grande maioria, excelente. Em conseqüência, suas cores são vibrantes e variadas. Barbatanas amarelas contra um fundo azul-safira, flancos verde-malva salpicados de pintas alaranjadas, escamas cor de chocolate bordejadas por um faiscante azul-pavão, caudas imitando alvos para flechas, o centro dourado com círculos escarlate, preto e branco. Parece não haver um tom no espectro de cores ou um desenho ou combinação que não tenha sido aproveitado pelos peixes na decoração de seu corpo.

Os mais vistosos são os que habitam as águas ensolaradas e transparentes, onde seus desenhos são facilmente visíveis: lagos e rios dos trópicos, e especialmente nos recifes de coral onde a abundância de alimento e a profusão de formas de vida abrigam uma população imensa e variada. Como a identificação de cada espécie é da maior importância, os peixes vestiram-se de cores brilhantes, garantindo seu individualismo.

Um grupo especial, conhecido como peixe-borboleta por causa da beleza de seu colorido, demonstra como, em uma família pequena, pode ser encontrada uma variedade incrível de desenhos. Todos são do mesmo tamanho — uns poucos centímetros — e têm aproximadamente o mesmo formato alongado, quase retangular, a testa alta e a boca formando uma ponta. Cada espécie tem sua área própria nos recifes, na profundidade certa e com o tipo de alimentação preferido. Uns têm o focinho mais alongado para procurar alimento nas fendas dos recifes. Outros consomem especialmente um tipo de crustáceos pequeno. Cada peixe, individualmente, precisa proclamar bem alto, em meio à confusão de outros peixes e cardumes, que um determinado local já tem dono, para que nenhum outro da mesma espécie se aproprie dele. As cores servem também para atrair a atenção da fêmea para o único tipo de macho com o qual sua união será fértil. Em alguns ambientes, esses avisos precisam ser feitos com a maior discrição por causa dos predadores. O peixe-borboleta não corre muito risco: movimentando-se pelo coral pode, numa fração de segundo, desaparecer por uma fresta. Assim, cada espécie, dentro da mesma família, apresenta, em seu corpo, de formato quase idêntico, as marcas brilhantes de seu individualismo representadas por manchas e listras, pontos e ziguezagues.

Na época da desova a necessidade de identificação torna-se particularmente importante. Longe dos recifes, em áreas mais expostas e perigosas, os machos ainda assim arriscam-se a adotar cores brilhantes para afastar os rivais e atrair as fêmeas. Quando ficam excitados, grânulos de pigmentação difundem-se em sua pele e eles lutam, cercando uns aos outros, agitando as barbatanas como se fossem capas de toureiro, batendo com a cauda na

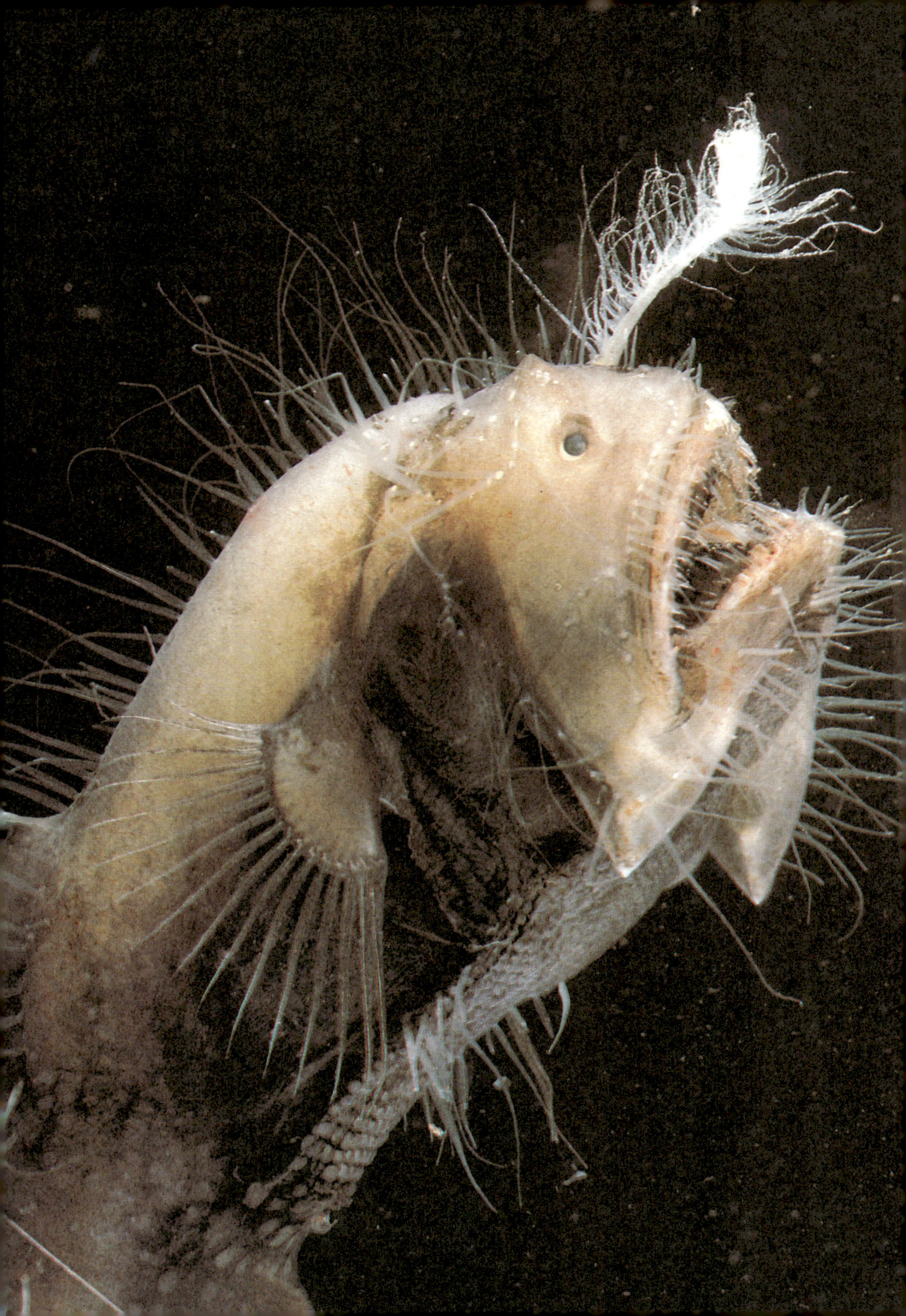

água, enviando ondas de pressão para as linhas laterais de seus rivais e rasgando-lhes a pele com as barbatanas. Ao fim de algum tempo, um dos contendores se cansa e demonstra submissão contraindo os pigmentos em um grupo de células e expandindo-os em outro; desse modo, a coloração de seus flancos muda, e ele apresenta, assim, sua bandeira de rendição. O vencedor está agora livre para cortejar a fêmea. Para esse fim, usa o mesmo repertório de cores, desenhos e exibição de barbatanas utilizadas para a agressão. Mas a reação da fêmea é, logicamente, diferente e ela responde com movimentos e sinais especiais que culminam na postura de ovos.

Alguns peixes conseguem enxergar tanto dentro como fora da água, na superfície. O peixe-arqueiro é grande apreciador de moscas e outros insetos pequenos que costumam pousar nas plantas ribeirinhas. Compensando a distorção da luz ao passar do ar para a água, o arqueiro esguicha um jato de gotas no inseto que, perdendo o equilíbrio, cai na água, onde é então devorado. Um peixinho da América Central é ainda mais especializado. Sua pupila apresenta uma divisão horizontal que lhe dá, efetivamente, quatro olhos: as metades inferiores para ver dentro da água e as superiores, fora. O peixe, assim, pode nadar junto à superfície, procurando alimento nos dois ambientes ao mesmo tempo.

O outro extremo, entre os habitats escolhidos pelos peixes, são as profundezas oceânicas, a mais de 750 m da superfície. Lá, a ausência total de luz impede a troca de sinais visuais, e alguns peixes precisaram criar sistemas especiais. Uns têm, no organismo, células modificadas, chamadas fotóforos, que contêm elementos químicos luminosos. Outros possuem colônias de bactérias fosforescentes em determinados órgãos, dotados de uma película que pode ser afastada, expondo e escondendo as bactérias numa série de lampejos e cintilações. Assim, os abismos oceânicos estão cheios de pequenas luzes que se movimentam ritmicamente, acendendo e apagando num contínuo pisca-pisca. É óbvio que essa luminosidade tem um significado social — instruções aos cardumes, avisos aos companheiros — mas sua função ainda não está totalmente determinada. Um tipo de luminosidade, porém, tem um objetivo simples e indiscutível. Certos peixes capturam as presas por meio de um raio dorsal modificado, situado na região cefálica, e terminado por meio de um bulbo verde luminescente. A vítima, atraída pela luz, coloca-se ao alcance da enorme boca do animal e é devorada.

Águas escuras também há em outras regiões. Alguns rios tropicais são cobertos por vegetação flutuante e tão cheios de folhas podres que sua água é negra e lodosa. Os peixes que vivem nessas águas turvas desenvolveram um sistema de orientação até hoje inimitado por qualquer outro ser vivo: possuem órgãos geradores de eletricidade em seu próprio organismo. Esse método é utilizado por várias espécies de pequeno porte, como o peixe-elefante da África ocidental, que tem esse nome por causa do lábio inferior alongado, à semelhança de uma tromba pequenina. Para localizar peixes desse tipo, você precisa apenas de dois fios condutores, pendentes de uma vara, ligados a um amplificador movido a pilha, com um pequeno alto-falante. Jogue a ponta dos fios na água, num local onde haja peixes elétricos à procura de alimento no lodo do fundo. Você ouvirá uma série de estalidos: são os sinais elétricos agora perceptíveis ao ouvido humano.

Essas descargas elétricas são geradas e transmitidas por músculos especiais modificados, localizados nos flancos desses peixes. Algumas espécies enviam sinais quase contínuos, outras, uma série de pequenas emissões. Cada qual parece ter um código pessoal, identificável. As descargas elétricas criam linhas de correntes na água ao seu redor. A presença de qualquer objeto mau condutor desvia essas linhas e distorce o campo elétrico. O peixe registra a distorção através de poros receptores espalhados pelo corpo e dessa maneira, mesmo nas águas mais escuras e lodosas, sabe a forma e a disposição dos objetos que o circundam.

O maior deles é o poraquê ou peixe-elétrico da América do Sul. Embora a designação inglesa seja *electric eel* ou enguia-elétrica, por causa de sua forma, o poraquê, na verdade, pertence a outra família. Às vezes, chega a medir 1,5 m e é tão grosso quanto um braço humano. Costuma viver em tocas cavadas nos barrancos dos rios ou escondido entre as pedras. Para um animal comprido como o poraquê, a entrada em ré num desses longos túneis requer manobras complicadas. Se puder observá-lo em um tanque, você ouvirá os estalidos de suas descargas elétricas aumentando à medida que ele localiza a entrada atrás de si. Lentamente, o peixe manobra seu corpo imenso, penetrando no túnel em ré, sem tocar sequer nas paredes laterais. Mas os poraquês não emitem apenas os baixos sinais contínuos usados na orientação. Possuem ainda um outro conjunto de baterias capazes de produzir, subitamente, choques elétricos de alta voltagem, tão fortes que se alguém tocar neles sem estar protegido por luvas e botas de borracha, será atirado de costas ao chão. O poraquê utiliza esse tipo de descarga na caça e é um dos poucos seres no mundo capazes de matar por eletrocussão.

Hoje, 500 milhões de anos após o aparecimento das primeiras criaturas sem mandíbulas, envolvidas em couraças e movendo as suas caudas às cegas no lodo do fundo do mar, os peixes desenvolveram cerca de 30 000 espécies diferentes. Vivem em todos os rios, mares e lagos do mundo e seu domínio das águas é exemplificado pelo mais esplêndido, corajoso e eficiente dentre eles, o salmão.

Cinco espécies diferentes de salmão passam a maior parte da vida no Pacífico mas voltam regularmente aos rios da América do Norte. Quando pequenos, alimentam-se de plâncton. Ao crescerem, começam a caçar outros peixes. Todos os anos, em agosto, os salmões que atingiram a maturidade iniciam a viagem de regresso em direção à costa. Reunidos, começam a nadar rio acima, lutando e contornando os obstáculos da correnteza, selecionando, por meio dos poros sensíveis às variações de pressão

Peixe-lima, um dos peixes dos recifes de coral

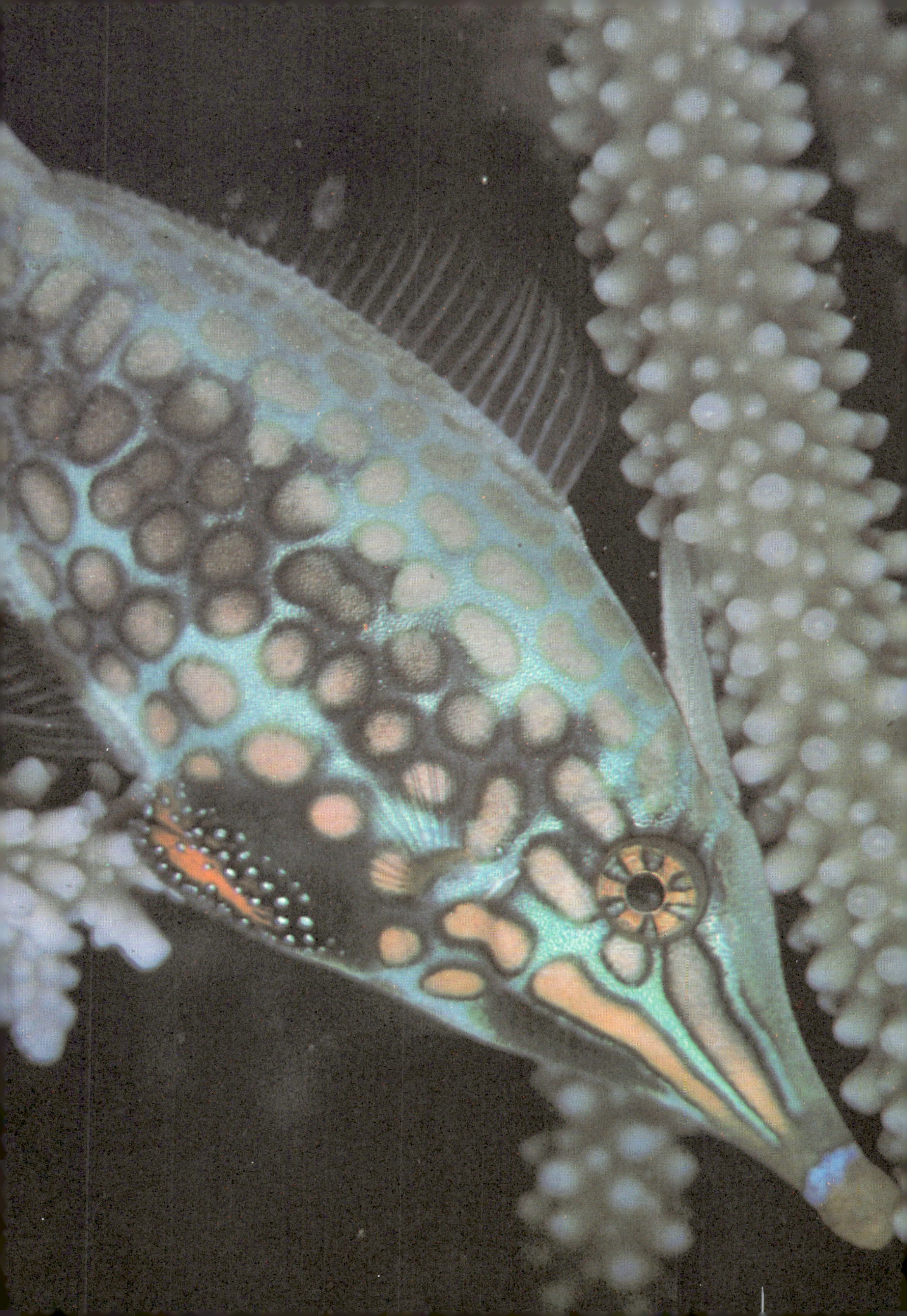

de sua linha lateral, as áreas onde a correnteza é um pouco mais fraca, descansando nos remansos a fim de recuperar as forças e enfrentar a subida novamente.

Os rios por onde volta não são escolhidos ao acaso. Cada salmão recorda-se do cheiro exato da água onde nasceu, derivado da mistura dos minerais contidos na lama e das plantas e animais que ali habitam. Ele reconhece e consegue distinguir esse odor mesmo que uma parte da água esteja diluída em milhões de litros de águas diferentes. E é essa lembrança que o arrasta, através de centenas de milhas de oceano, em direção a uma determinada praia, onde a intensificação do cheiro o orienta para um rio e, dele, finalmente, para o curso de água onde nasceu. Sabe-se que o salmão é guiado pelo olfato apurado, porque, se suas narinas forem obstruídas, ele se perde. Desimpedidas, sua memória perfeita e sua extraordinária técnica de navegação são assombrosas. Numa experiência, milhares de salmões jovens foram marcados ao nascer. Apenas um ou dois não regressaram ao rio de origem.

Embora a compulsão para a volta ao rio natal seja extremamente forte, os obstáculos a vencer são também imensos. A mudança da água salgada para a doce requer importantes reajustamentos na química do organismo. Mas o salmão consegue se adaptar. Na subida contra a correnteza, muitas vezes encontra corredeiras e quedas-d'água. Com seus olhos excelentes, seleciona a parte mais baixa da queda. Flexionando os poderosos músculos de seu corpo prateado, bate violentamente com a cauda na água e impulsiona-se num salto. Às vezes, a tentativa falha e ele insiste, salto após salto, até conseguir vencer o obstáculo e continuar sua viagem rio acima.

Assim, os salmões atingem as águas rasas onde seus pais um dia desovaram. Estacionam aí descansando com a cabeça apontada em direção à nascente, em tão grandes números que a areia do fundo é obscurecida pelos seus dorsos negros. Dentro de poucos dias a forma de seu corpo começa a se modificar com uma rapidez surpreendente. Nascem corcovas no dorso, as mandíbulas superiores afinam e os dentes viram longas presas aguçadas. A boca não serve mais para a alimentação. Agora, chegou a hora da guerra. Os machos atacam-se uns aos outros, mordendo e ferindo os rivais com seus longos dentes oblíquos. A água é tão rasa que suas corcovas convulsas são perfeitamente visíveis da superfície. Afinal, o vencedor escolhe um local na areia. A fêmea então se aproxima. O casal produz rapidamente ovos e láctea, o líquido fecundante dos peixes, que são enterrados na areia.

Os adultos, exaustos, não têm forças nem para cicatrizar seus corpos exauridos e dilacerados. As escamas caem, os músculos outrora tão poderosos definham e os peixes morrem. Nem um único salmão, entre os que venceram a corrente rio acima, volta ao mar. Seus corpos dilacerados e decompostos flutuam à deriva nos cursos de água e são jogados às margens pela correnteza. As gaivotas se reúnem aos bandos para bicar os olhos e rasgar a carne amarelada.

Morte do salmão, Alaska

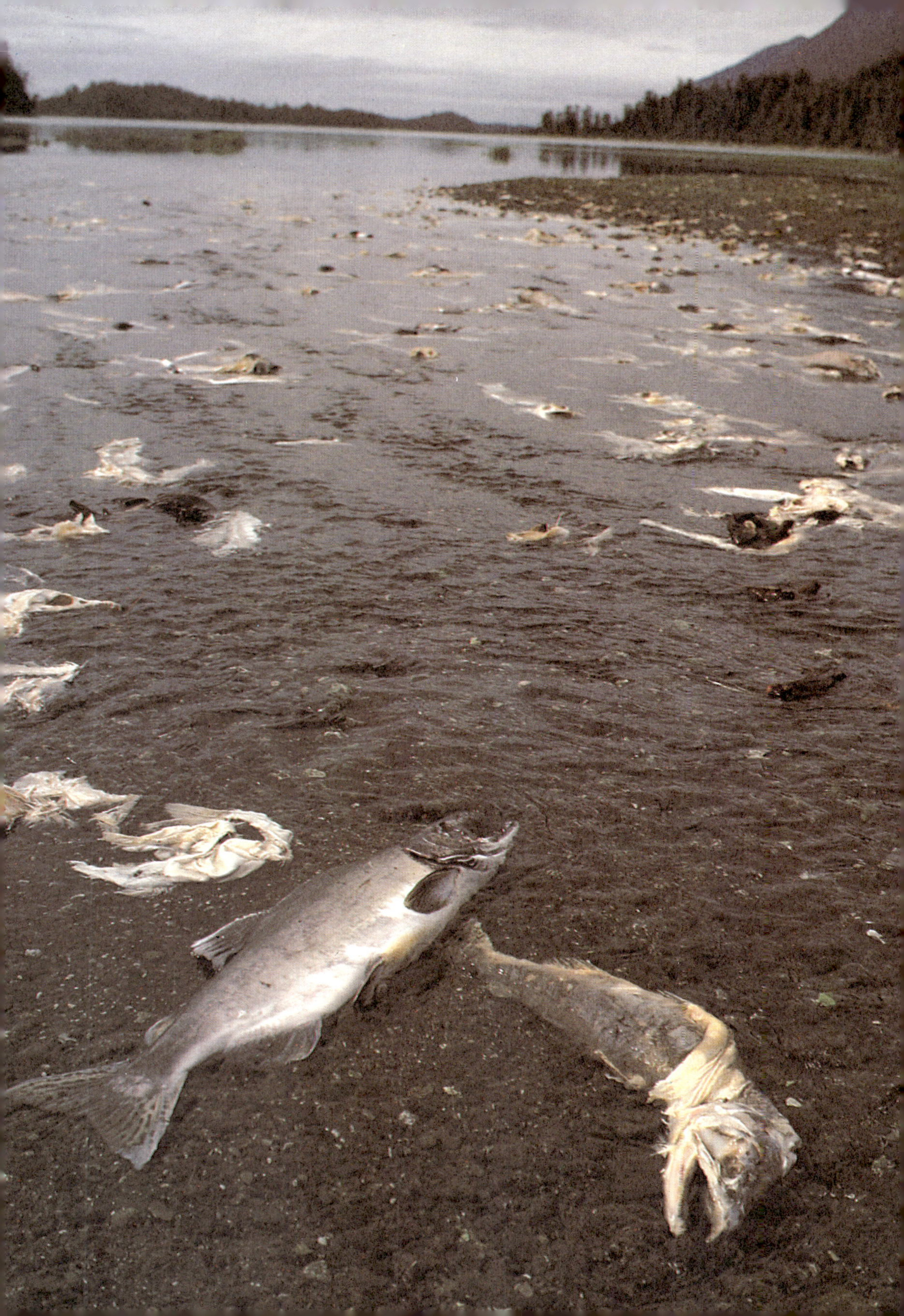

Mas, escondidos na areia estão os ovos, cerca de mil para cada fêmea. Durante o inverno rigoroso permanecem protegidos, e, na primavera seguinte, eclodem. Os peixinhos ficam ainda por ali durante umas duas semanas, alimentando-se da multidão de insetos e crustáceos que nessa época invadem as águas tépidas. Quando chegam ao comprimento de um dedo, os filhotes partem, seguindo a correnteza rio abaixo em direção ao mar. Algumas espécies permanecem no oceano durante dois ciclos completos de estações, outras até cinco. Muitos são devorados por outros peixes marinhos, mas, um dia, os sobreviventes recomeçarão a luta, na viagem de regresso ao rio onde nasceram e onde irão procriar e morrer.

Três quartos da superfície terrestre estão cobertos pela água. Três quartos do mundo pertencem aos peixes.

6 A invasão da terra

Há cerca de 350 milhões de anos, num pântano de água doce, ocorreu um episódio que iria ser decisivo na história da vida: alguns peixes começaram a arrastar-se para fora da água e tornaram-se, assim, os primeiros vertebrados a colonizar a terra. Como os invertebrados, seus predecessores nessa aventura, esses peixes precisaram resolver dois problemas: como se locomover fora da água e como obter oxigênio do ar.

Existe atualmente um peixe que faz ambas as coisas: o saltão. Mas não há nenhum laço de parentesco entre ele e os antigos pioneiros. Portanto, qualquer comparação deve ser feita com cuidado. Ainda assim, ele nos dá uma idéia de como foi vencida essa etapa decisiva da história da evolução.

O saltão mede apenas alguns centímetros e é comumente encontrado na lama brilhante das várzeas e estuários tropicais, quase sempre a uma boa distância da beira da água. Algumas espécies chegam mesmo a trepar nas raízes expostas das árvores dos pântanos e, às vezes, até nos troncos. Um movimento brusco ou um ruído inesperado bastam para enviá-los, deslizando assustados, de volta à segurança da água. Os saltões emergem para caçar insetos e outros invertebrados que pululam na superfície fofa e lodosa dos pântanos e que constituem parte de sua alimentação. Conseguem se movimentar fora da água de duas maneiras: aos saltos, por meio de um impulso obtido pela contração de toda a metade posterior do corpo e "caminhando", com mais firmeza e segurança, usando as barbatanas peitorais como muletas de apoio. Essas barbatanas são reforçadas por uma estrutura óssea interna que as torna rígidas e firmes.

Essas barbatanas são semelhantes, em princípio, às de todo um grupo de peixes encouraçados primitivos, de um período muito remoto, quando a mudança para terra firme foi tentada pela primeira vez. O mais famoso dentre eles é o celacanto.

Esse estranho peixe media apenas alguns centímetros e dele foram encontrados inúmeros fósseis, de diversas espécies, alguns quase milagrosamente perfeitos, com as escamas em detalhe e as barbatanas intactas. Em rochas de Illinois, nos Estados Unidos, foi encontrado um exemplar de celacanto juvenil fossilizado com sua bolsa de gema claramente visível no ventre. Esses fósseis são muito abundantes em depósitos de cerca de 400 milhões de anos, mas, em seguida, começam a rarear e desaparecem totalmente em rochas de 70 milhões de anos ou menos.

Os celacantos proliferaram exatamente na época em que a terra foi invadida e, como possuíam as barbatanas peitorais reforçadas — precursoras das patas verdadeiras —, é possível que tenham sido ancestrais dos primeiros vertebrados terrestres. Por essa razão, seus fósseis foram estudados intensivamente, com grande atenção e cuidado, numa tentativa de estabelecer de que maneira eles se locomoviam e como conseguiam respirar. Finalmente, os cientistas se resignaram a não obter respostas definitivas de um peixe que, obviamente, estava extinto há tanto tempo.

Mas um dia, em 1938, um pequeno barco pesqueiro navegando ao longo da costa da África do Sul apanhou um peixe muito estranho em suas redes. Era imenso, quase dois metros, mandíbulas poderosas e pesadas escamas encouraçadas. O peixe foi transportado para Londres, onde a administradora de um pequeno museu local, Miss Courtenay-Lartimer, veio observá-lo. Embora não fosse especialista, ela notou que se tratava de um espécime muito estranho e convenceu-se de que o achado era de grande importância para a ciência. Escreveu então ao professor J. B. L. Smith, da Universidade de Grahamstown, a maior autoridade em peixes africanos da época, descrevendo-o brevemente. Mas, antes que ele tivesse tempo de chegar a Londres, as entranhas do peixe apodreceram de tal forma que tiveram de ser jogadas fora. O que o professor viu foi apenas uma carcaça, mas, apesar disso, e embora fosse muito maior do que os fósseis conhecidos dessa espécie, ele imediatamente reconheceu um celacanto. Em homenagem à administradora, deu ao espécime a designação científica de *Latimeria* e informou ao mundo inteiro a espantosa descoberta: uma criatura considerada extinta há 70 milhões de anos ainda vivia.

Essa descoberta constituiu-se na sensação científica do século, e uma busca intensa foi organizada na esperança da captura de um outro celacanto. Folhetos descritivos e cartazes com imagens do *Latimeria* foram distribuídos pelas vilas costeiras da África, oferecendo recompensas por um outro exemplar do peixe encouraçado, mas sem sucesso. Nenhum outro celacanto foi encontrado. Quatorze anos mais tarde, quando já se acreditava que o estranho peixe tinha surgido e desaparecido para sempre, outro foi apanhado 1 000 milhas a leste do local em que surgira pela primeira vez, no oceano Índico, perto de uma das minúsculas ilhas Comores, entre Madagascar e a costa da Tanzânia. O primeiro celacanto encontrado devia estar muito afastado de suas águas habituais, pois, segundo os pescadores das Comores, aquele peixe não lhes era estranho. A cada estação um ou dois exemplares eram pescados, em profundidades de 200 a 300 m. Não eram apanhados de propósito, os celacantos são peixes poderosos e quando presos lutam durante horas para escapar, sendo içados para dentro das canoas com grande dificuldade. Todo esse esforço é mal-empregado, pois sua carne oleosa tem gosto desagradável e não é apreciada como alimento. Para os habitantes das Comores, a parte mais valiosa do celacanto eram as escamas pesadas e resistentes, usadas para raspar câmaras de ar furadas de bicicletas ou automóvel, antes de remendá-las.

Desde essa descoberta, dúzias de celacantos foram capturados e, paradoxalmente, a ciência conhece hoje melhor o Latimeria do que outros pei-

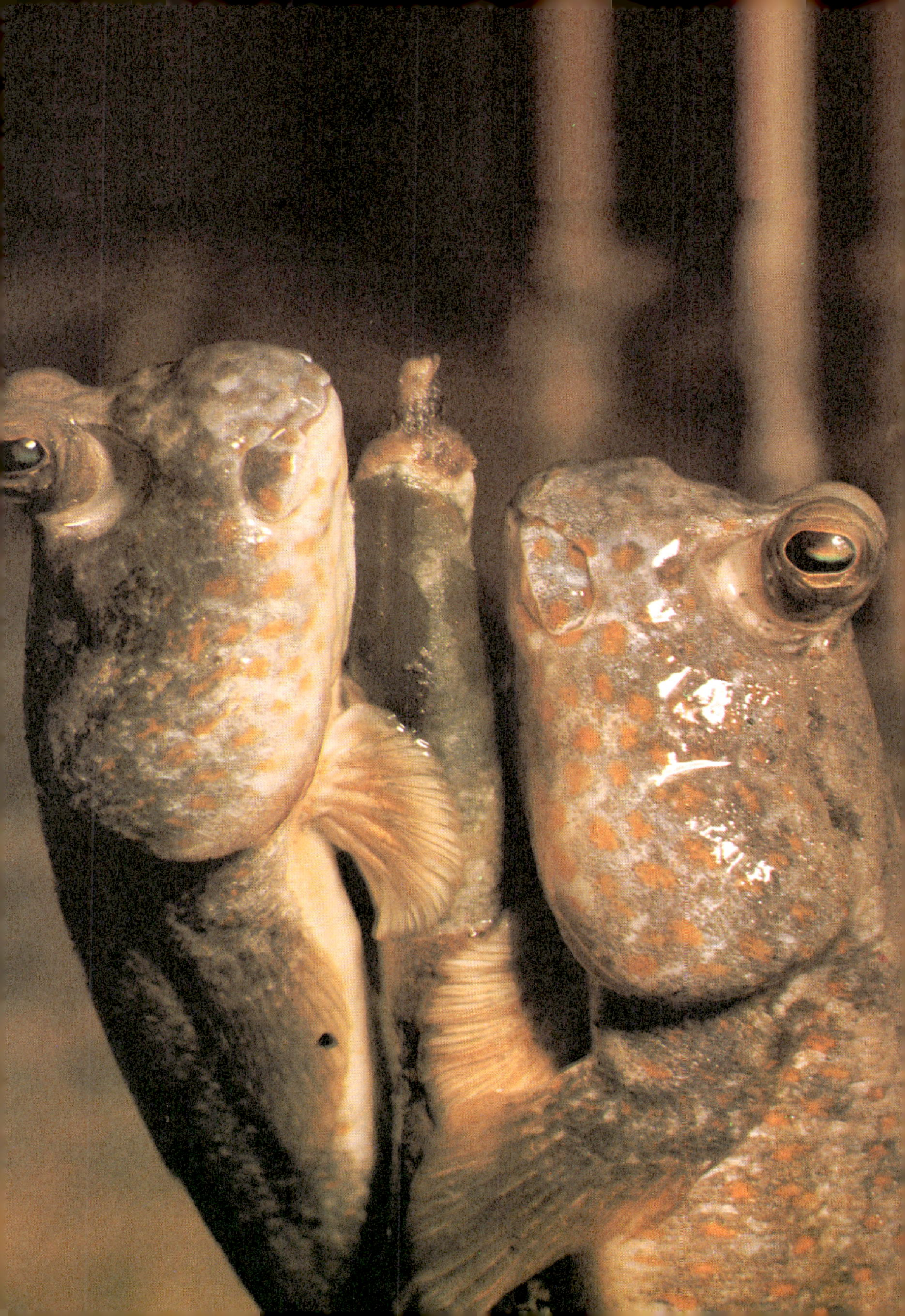

xes mais abundantes. Uma fêmea foi encontrada com os filhotes em suas bolsas de gema ainda dentro de seu organismo, como o fóssil de Illinois, demonstrando que esta espécie não põe ovos, e sim dá à luz filhotes vivos. Por ser um peixe poderoso e valente, que luta e precisa ser arrastado das grandes profundidades onde vive, o celacanto raramente chega vivo à praia. Inúmeras expedições científicas foram organizadas para Comoro, na esperança de apanhar um espécime vivo. Um grupo de cientistas britânicos conseguiu encontrar um que, embora fisgado há várias horas, ainda estava semivivo quando seus captores chegaram à praia. O peixe foi cuidadosamente colocado em um tanque e filmado da superfície enquanto que se movia debilmente na água; mas não foi possível obter-se nenhuma foto detalhada.

Outra expedição, na qual participei, ficou à procura de um, noite após noite, mantendo câmeras fotográficas eletrônicas de alta sensibilidade submersas no fundo do mar nas áreas onde os celacantos tinham sido encontrados com maior freqüência, mas sem sucesso. Finalmente, quando o último membro de nossa equipe desistira e ia deixar a ilha, surgiu um pescador local arrastando um celacanto amarrado à borda de sua canoa. O peixe estava também já semimorto, mas, mesmo assim, conseguimos persuadir o pescador a soltá-lo em uma baía o tempo suficiente para que o filmássemos com uma câmera submarina, enquanto que nadava lentamente junto ao fundo. Pudemos então constatar que, ao nadar, mantém as poderosas barbatanas peitorais esticadas para a frente. Não é difícil imaginar-se que, se estivesse um pouco mais vigoroso, ele as poderia utilizar como muletas de apoio que o ajudassem a "caminhar" no fundo rochoso do mar onde vive. Além disso, o filme demonstra que, mecanicamente, essas barbatanas funcionariam muito bem, tanto dentro quanto fora da água, e seriam de real utilidade como alavancas em terra firme, caso o peixe, como seus ancestrais, vivesse em águas mais rasas e se visse encalhado na areia por acaso.

Mas, como os peixes pioneiros resolveram o problema da respiração fora da água? O saltão toma um gole, retém a água na boca e bochecha, sacudindo a cabeça para extrair o oxigênio de que necessita, que é suplementado pela absorção direta, através de sua pele úmida e permeável. Mas este sistema duplo só lhes permite ficar pouco tempo fora d'água. Passados alguns minutos, precisa mergulhar para molhar a pele e tomar outro gole. Nem mesmo um celacanto vivo pode nos dar uma resposta, pois nunca abandona as águas profundas onde hoje vive. Mas existe ainda uma outra testemunha, para nos mostrar de que maneira o problema foi resolvido.

Ao fim da estação chuvosa, as várzeas e margens inundadas de muitos rios africanos transformam-se em grandes extensões de lama endurecida e ressecada. Nessa região vive um peixe que consegue sobreviver de uma estação para outra, respirando o ar fora da água: o peixe dipnóico. Quando as lagoas começam a secar, enterra-se na lama do fundo e, cobrindo a

O celacanto atual, Ilhas Comores

cabeça com a cauda, se enrola como uma bola, e secreta um muco com o qual reveste a "toca" que lhe serve de abrigo. Com o aquecimento, toda a umidade da lama evapora e o muco enrijece, envolvendo o peixe num pergaminho protetor. Outros peixes primitivos de água doce, como o peixe-manel, possuem uma bolsa interna com uma abertura através da qual respiram. O peixe dipnóico tem duas aberturas e depende inteiramente delas para sobreviver fora da água. Ao enterrar-se, o peixe toma o cuidado de fazer, na lama que o envolve, um furo, de uns 2 cm de diâmetro, comunicando-se através dele com o exterior. O ar entra por esse tubo e chega até à boca do peixe, que está colocada bem em frente às duas pequeninas aberturas no casulo do pergaminho. Bombeando esse ar com os músculos peitorais, o peixe suga o oxigênio até às bolsas internas, onde é absorvido nas paredes revestidas de vasos sangüíneos. Esse conjunto é, na verdade, um pulmão simples, e com o auxílio dele o peixe dipnóico consegue sobreviver durante meses e até anos em terra firme.

Quando a temporada das chuvas finalmente chega e a água enche as lagoas, em poucas horas o peixe revive, liberta-se do casulo agora amolecido e fofo, e nada. Uma vez na água, o dipnóico volta a respirar com as brânquias como qualquer peixe. Mas, à semelhança do peixe-manel e de outros dessa família, ele utiliza também seus pulmões, subindo de quando em quando à superfície para tomar um gole de ar. Essa prática é de grande utilidade quando a água das lagoas se torna tépida e estagnada, perdendo assim a maior parte de seu oxigênio.

Quatro espécies diferentes de peixe dipnóico são encontradas na África, uma na Austrália e outra na América do Sul. Elas eram, porém, muito mais abundantes há 350 milhões de anos, e seus fósseis são encontrados com freqüência em depósitos do mesmo tipo dos que contêm os celacantos. Entre si, esses dois peixes possuíam as características essenciais dos antigos pioneiros da vida em terra firme. Mas nenhum dos dois pode ser considerado um ancestral, uma vez que seus ossos cranianos são completamente diferentes dos encontrados nos fósseis dos primeiros anfíbios, provando não haver possibilidade de parentesco entre eles.

Entretanto, existe um terceiro peixe, encontrado em depósitos fossilíferos desse período, que pertence ao mesmo grande grupo dos celacantos e dos dipnóicos. Suas barbatanas peitorais também são reforçadas, como patas, semelhantes às dos celacantos; e é provável que tivesse bolsas respiratórias internas, como os dipnóicos. Mas este peixe difere de ambos em uma coisa: seu crânio tem uma característica peculiar, um canal ligando as narinas ao céu da boca. Todos os vertebrados terrestres apresentam essa característica, e isto coloca este terceiro peixe realmente mais próximo da linha ancestral.

Essa criatura é denominada *Eusthenopteron*. Seus fósseis foram cortados em fatias finas e estudados com grande cuidado, utilizando-se uma técnica que revelou com muita clareza sua anatomia, detalhando inclusive

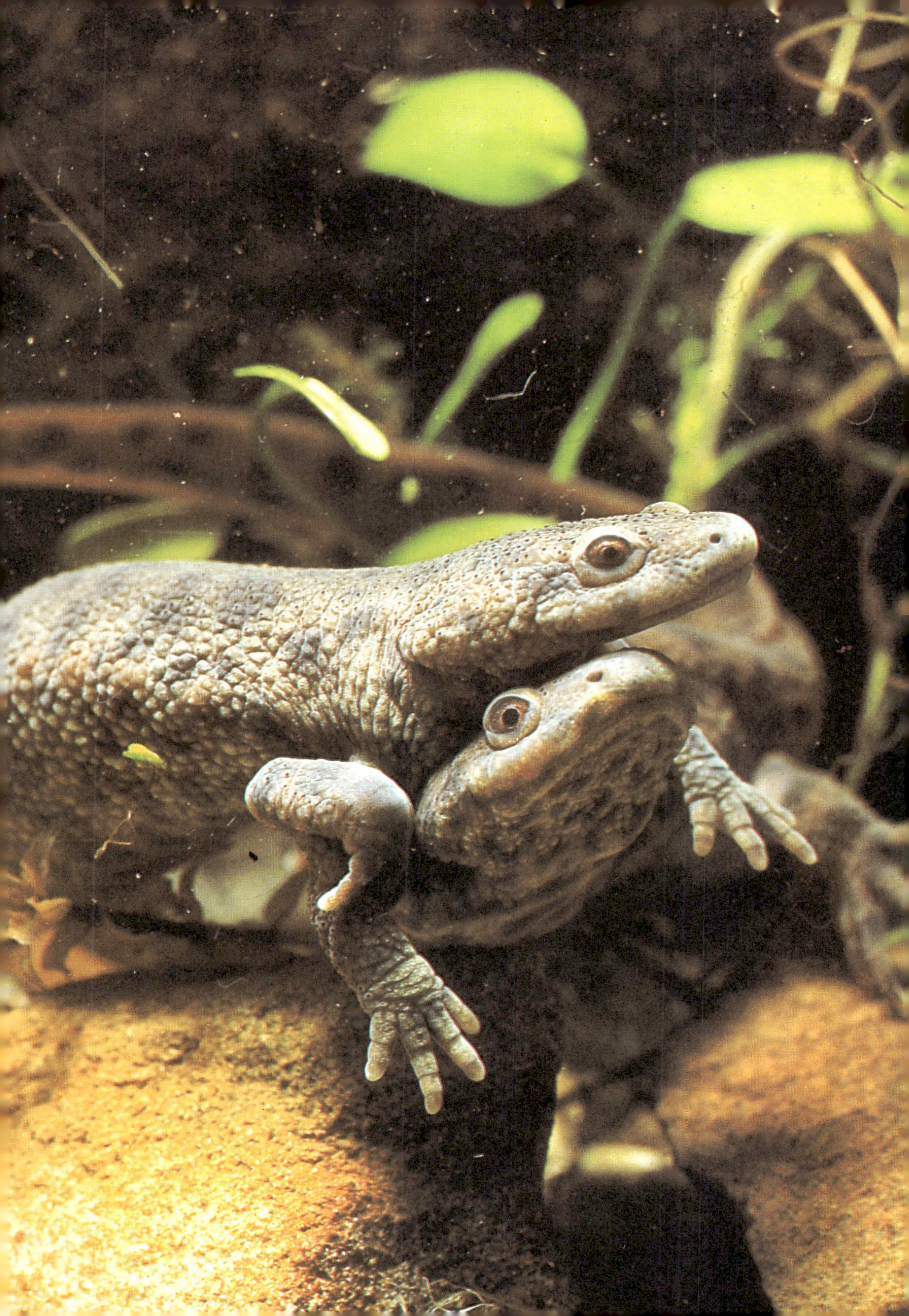

os vasos sangüíneos. Quando as barbatanas desse peixe fossilizado foram cuidadosamente dissecadas, descobriu-se que eram reforçadas por um osso firme e resistente na sua base junto ao corpo, do qual saía um grupo de ossos menores ou dedos, compondo uma estrutura semelhante à encontrada nos membros de todos os vertebrados terrestres.

Mas o que teria realmente induzido os ancestrais, do *Eusthenopteron* a abandonarem a água para se arrastarem com dificuldade em terra firme? Talvez, como o saltão, tivessem sido atraídos pela abundância da alimentação, representada pelos vários insetos, lesmas e vermes que nessa época já viviam em grandes multidões em terra firme. Talvez a segurança oferecida por uma terra sem predadores, pois ainda não existiam répteis, aves ou mamíferos. Ou ainda, como os peixes dipnóicos, talvez vivessem em lagoas temporárias e se utilizaram dos pulmões e barbatanas reforçadas para "caminhar" em terra à procura de outra lagoa próxima. Provavelmente, uma combinação desses três fatores. O certo é que, com o passar dos milênios, esses primeiros vertebrados, que se arrastavam desajeitados à cata de alimento, foram se aperfeiçoando e tornaram os métodos de respiração e locomoção fora d'água cada vez mais eficientes.

Nessa época, os pântanos no meio dos quais eles perambulavam, bamboleando, eram cobertos por uma espessa floresta de imensas árvores de musgo que ou fossilizaram-se, ou viraram carvão. Nessas camadas carboníferas foram encontrados ossos dos primeiros vertebrados terrestres: os anfíbios.

Alguns deles devem ter sido assustadores, pois chegavam a medir de 3 a 4 m de comprimento e tinham as mandíbulas poderosas cobertas por fileiras de dentes pontiagudos. Nos 100 milhões de anos que se seguiram, os anfíbios dominaram a terra. Mais tarde, com o aparecimento dos répteis, foram eclipsados e seu número reduziu bastante. Nos períodos geológicos seguintes seus fósseis tornaram-se raríssimos e há grandes lacunas em sua história fossilífera. As formas modernas diferem das ancestrais em muitos dos pontos importantes e as conexões entre anfíbios antigos e contemporâneos são ainda hoje motivo de especulação e debate entre cientistas.

Os anfíbios atuais mais semelhantes aos primitivos são os tritões e as salamandras. O nome coletivo deste grupo é urodelos, significando "os que têm cauda". O anfíbio atual de maiores dimensões é representado por uma espécie de salamandra que vive em rios do Japão. É uma criatura de pesadelos: cabeça achatada em forma de pá, minúsculos olhos em botão, a pele enrugada e coberta de verrugas, pendendo em dobras moles em volta do corpo. Com apenas 1,5 m de comprimento, mede um quarto do tamanho de seus ancestrais. Mesmo assim, é excepcionalmente grande em relação aos anfíbios atuais, cuja grande maioria é de pequeno porte. Mais típico entre os urodelos é o tritão, que mede apenas 10 cm.

Embora possam ser consideradas revolucionárias, em relação às barbatanas reforçadas dos celacantos e saltões, as patas do tritão, curtas e finas, não são muito eficientes. Para conseguir dar um passo razoável à frente com a pata traseira, o tritão precisa flexionar todo o corpo lateralmente. Vive a maior parte do tempo em terra firme, escondido debaixo de pedras ou abrigado em locais úmidos e cobertos de musgos, onde caça minhocas, lesmas e insetos que lhe servem de alimento. Nenhum dos urodelos pode se afastar muito da água uma vez que, em ambiente sem umidade sua pele permeável perde os líquidos do corpo com grande rapidez, e eles morrem por isso. O tritão e a salamandra, como todos os anfíbios, não possuem um mecanismo para beber água pela boca. Toda a água de que seu organismo necessita tem que ser absorvida através da pele. Além disso, a pele precisa manter-se úmida para ajudá-los na respiração. Seus pulmões relativamente simples são insuficientes e assim, precisam completar a quota de oxigênio necessária para a sobrevivência através da respiração cutânea. Esses requisitos restringem as salamandras, tritões e todos os outros anfíbios a locais úmidos. Mas existe ainda uma terceira razão muito importante para que eles não se afastem da água: tal como os peixes, seus ovos não são envolvidos por cascas impermeáveis. Por essa razão, os anfíbios precisam voltar à água para se reproduzirem.

Durante a fase aquática, na época do cruzamento, a salamandra nada com as patas coladas ao tronco e com movimentos sinuosos do corpo, ondulando a cauda à maneira dos peixes. Durante a corte nupcial o macho de certas espécies desenvolve uma barbatana, espécie de crista dorsal, e se torna vivamente colorido, como os peixes. Exibindo-se, bate na água com a cauda e flexiona a crista, enviando poderosas correntes em direção à fêmea ou a outros machos rivais. Esses sinais são captados pelas linhas sensoriais que lhes percorrem o corpo, equivalentes ao sistema de linha lateral dos peixes, seus ancestrais.

A fêmea põe grande quantidade de ovos na água, fixando-os individualmente a uma planta aquática de folha dobrada. Após a eclosão, os filhotes ou girinos, parecem-se com peixes ainda mais do que seus pais, pois não têm patas e respiram apenas por meio de brânquias externas. Seus pulmões só irão se desenvolver mais tarde.

Algumas salamandras da América Central aproveitam a opção oferecida pela fase larval para escolherem uma das duas alternativas na vida adulta. É o caso, por exemplo, de uma espécie lacustre do México que, ao atingir a fase adulta se metamorfoseia em uma forma terrestre, da maneira normal, entretanto, se a estação das chuvas for particularmente copiosa e o lago que habitam não diminuir de volume, as larvas retêm as guelras. Não abandonam a água, onde continuam a se desenvolver, tornando-se às vezes bem maiores do que as formas terrestres. Embora retenham sua aparência de girinos, acabam por se tornar sexualmente maduras e procriam.

Em algum lago próximo vive uma criatura aparentada que resolveu reverter permanentemente à vida aquática de seus ancestrais: o axolotle.

Ele procria sempre na fase larval, mantendo as guelras externas, que crescem em enormes tufos a cada lado da cabeça. Os astecas, talvez reconhecendo quão estranho era esse animal, deram-lhe o nome de *Axolotl*, que significa "monstro aquático". Mas o axolotle é, na verdade, apenas uma salamandra e isto pode ser provado se fizermos a experiência de alimentá-lo com extrato de tireóide. Ele perderá as brânquias, desenvolverá pulmões e se tornará uma criatura muito semelhante à salamandra terrestre, que vive em tocas e é bastante comum na Flórida. Mais ao norte dos Estados Unidos, vive um outro anfíbio que reverteu irreversivelmente à vida aquática: o necturo. Essa espécie conserva as brânquias externas, além dos pulmões, durante toda a vida. Nunca abandona a água e põe seus ovos em ninhos no fundo dos rios. Os cientistas até hoje não descobriram um meio de induzir o necturo a mudar de forma. Mas, seus ancestrais foram, sem dúvida, salamandras e anfíbios verdadeiros.

Algumas salamandras levaram esta reversão à vida aquática ainda mais longe. Além de perderem os pulmões, resolveram se desfazer também das patas. O sirenídeo, um anfíbio de cerca de 1 m de comprimento que vive no sul dos Estados Unidos, não tem mais patas traseiras, e as dianteiras, muito atrofiadas, contêm cartilagem em lugar de ossos, portanto são inúteis para a locomoção. Um outro habitante dessa região, o anfiumídeo, reteve as quatro patas, mas estas se tornaram a tal ponto minúsculas que para percebê-las é preciso olhar-se com muita atenção. Sua aparência angüiliforme, semelhante a um peixe, lhe valeu o nome local de "enguia do Congo".

Esse abandono das duas principais inovações evolutivas conseguidas pelos descendentes dos *Eusthenopteron*, durante a povoação da terra, ocorre não só entre as espécies aquáticas como também entre algumas salamandras que passam quase a vida inteira em terra firme. Muitas espécies norte-americanas perderam completamente os pulmões e sobrevivem graças à respiração cutânea e através das membranas úmidas e permeáveis que lhes revestem a boca. Esse tipo de respiração, porém, não restringe o tamanho do animal. O mecanismo só funciona com eficiência se houver um máximo de pele e um mínimo de volume corporal. As salamandras sem pulmão têm o corpo fino e alongado e nunca medem mais do que alguns centímetros.

Existe um grupo de anfíbios que perdeu totalmente as patas e preferiu morar em túneis subterrâneos: as cobras-cegas. Sua anatomia é tão especializada e diferente que foi criada para eles uma classificação especial: os cecilídeos. Preferem as regiões mais quentes e a grande maioria vive nos trópicos. Não só perderam completamente as patas como não apresentam sequer vestígios de uma estrutura óssea no ombro e no quadril. O corpo é extremamente alongado. Enquanto que os urodelos costumam ter cerca de uma dúzia de vértebras na espinha, os cecilídeos chegam a ter 270. Seus olhos, sem utilidade para a vida subterrânea, tornaram-se vestigiais e às

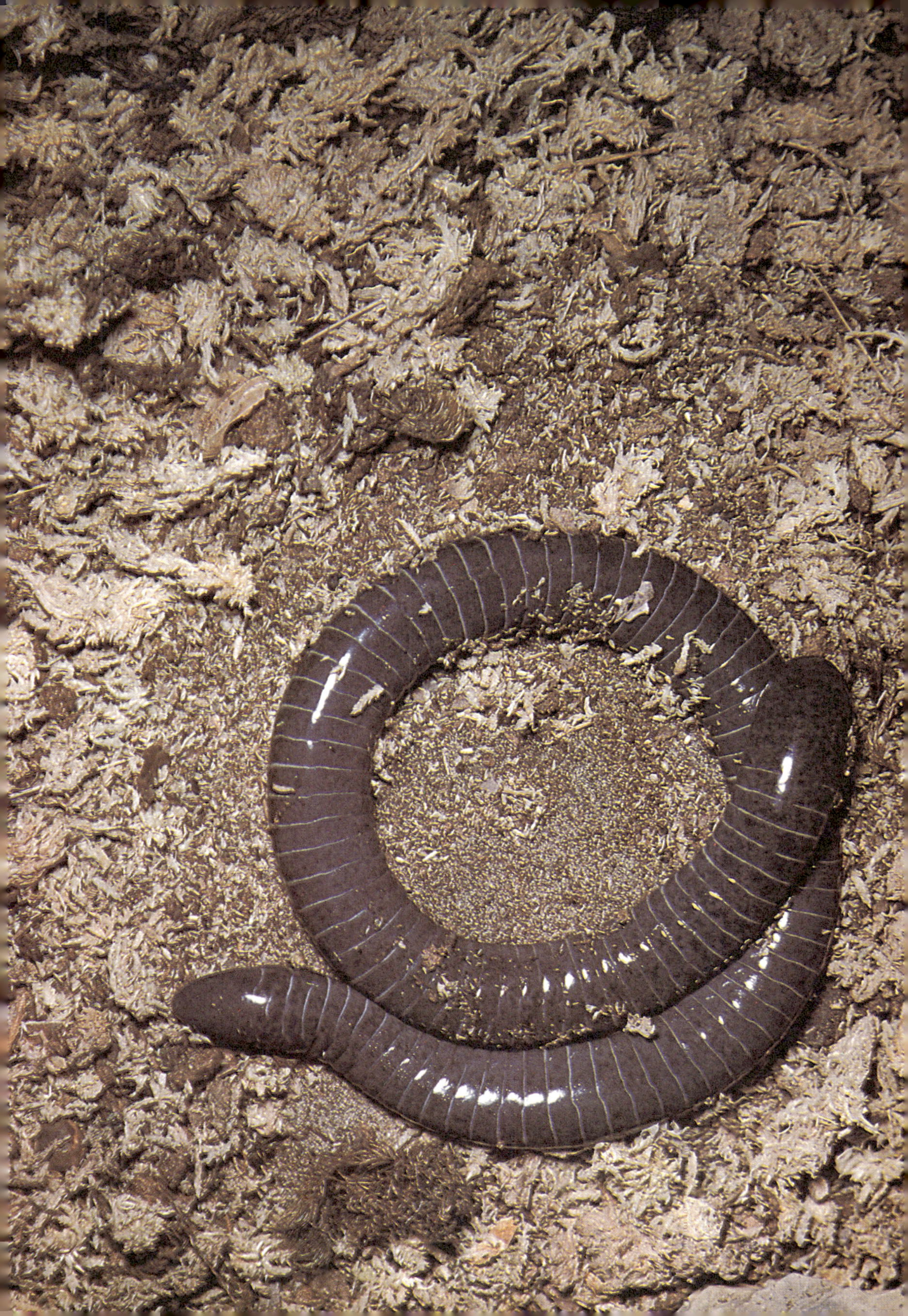

vezes são recobertos por uma membrana, o que deu origem à designação cobra-cega. Para compensar essa perda de visão algumas espécies desenvolveram pequenos tentáculos projetáveis, no ângulo das mandíbulas, que agem como antenas sensoriais.

Sendo notívagas, as cobras-cegas raramente são vistas. Quando desenterradas por acaso, são quase sempre confundidas com minhocas. Mas são bem diferentes. Ao contrário das minhocas, que se alimentam de plantas e vegetação apodrecida, as cobras-cegas são carnívoras. Possuem mandíbulas de predador e quando de repente escancaram a goela cheia de dentes geralmente dão um susto em quem pensa estar lidando com uma minhoca inofensiva.

Existem cerca de 160 espécies conhecidas de cecilídeos e trezentas de urodelos. Sem dúvida, a ordem mais importante e numerosa entre os anfíbios existentes hoje pertence ao terceiro grupo: os anuros, sem cauda, dos quais se conhecem cerca de 2 600 espécies diferentes.

Nas regiões temperadas existem dois tipos principais de anuros: os de pele lisa e permeável, chamados rãs, e os de pele mais seca e rugosa, os sapos. As diferenças entre esses dois grupos, porém, não são apenas cutâneas. Nos trópicos, onde vive a grande maioria dos anuros, não é fácil distinguir um do outro. Existem ainda espécies intermediárias que poderiam ser chamadas rãs ou sapos, e ambas as designações estariam corretas. Em vez de alongar o corpo, como os cecilídeos, os anuros o encurtaram, fundindo as vértebras; e, longe de se desfazer das pernas, resolveram desenvolvê-las enormemente. Como resultado, a grande maioria se especializou em saltar e hoje são saltadores prodigiosos. O maior anuro conhecido atualmente, a gigantesca rã-golias da África ocidental, salta uma distância de 3 m. Embora pareça espetacular, se calcularmos a distância em relação ao tamanho físico do corpo, este salto é facilmente sobrepujado por diversas rãs menores. Algumas espécies arbóreas deslizam cerca de 15 m no ar, ou seja, 100 vezes o tamanho de seu corpo. A membrana que liga seus dedos alargou-se consideravelmente, e cada pezinho age como se fosse um pequenino pára-quedas. Ao saltar de uma árvore para outra, a rã abre bem os dedos e desce planando suavemente no ar até atingir o objetivo.

Apesar de excelente como meio de locomoção, o salto da rã não serve apenas para levá-la de um ponto a outro do chão. É também um meio extremamente eficaz para escapar dos inimigos, tão explosivo e surpreendente que caçar uma rã não é fácil, seja para um ser humano, seja para um pássaro faminto ou mesmo um réptil. Todos os anuros, com seu corpo macio e vulnerável, são grandemente apreciados como alimento. Por isso, precisam se valer de todos os meios que puderem para defesa e proteção. Muitos recorrem à camuflagem. Algumas rãs adquirem o tom exato de verde brilhante das folhas que as circundam; outras, cobertas de manchas cinza e marrom, são praticamente invisíveis em meio às folhas mortas que atapetam o chão da floresta.

Rã arborícola, Panamá

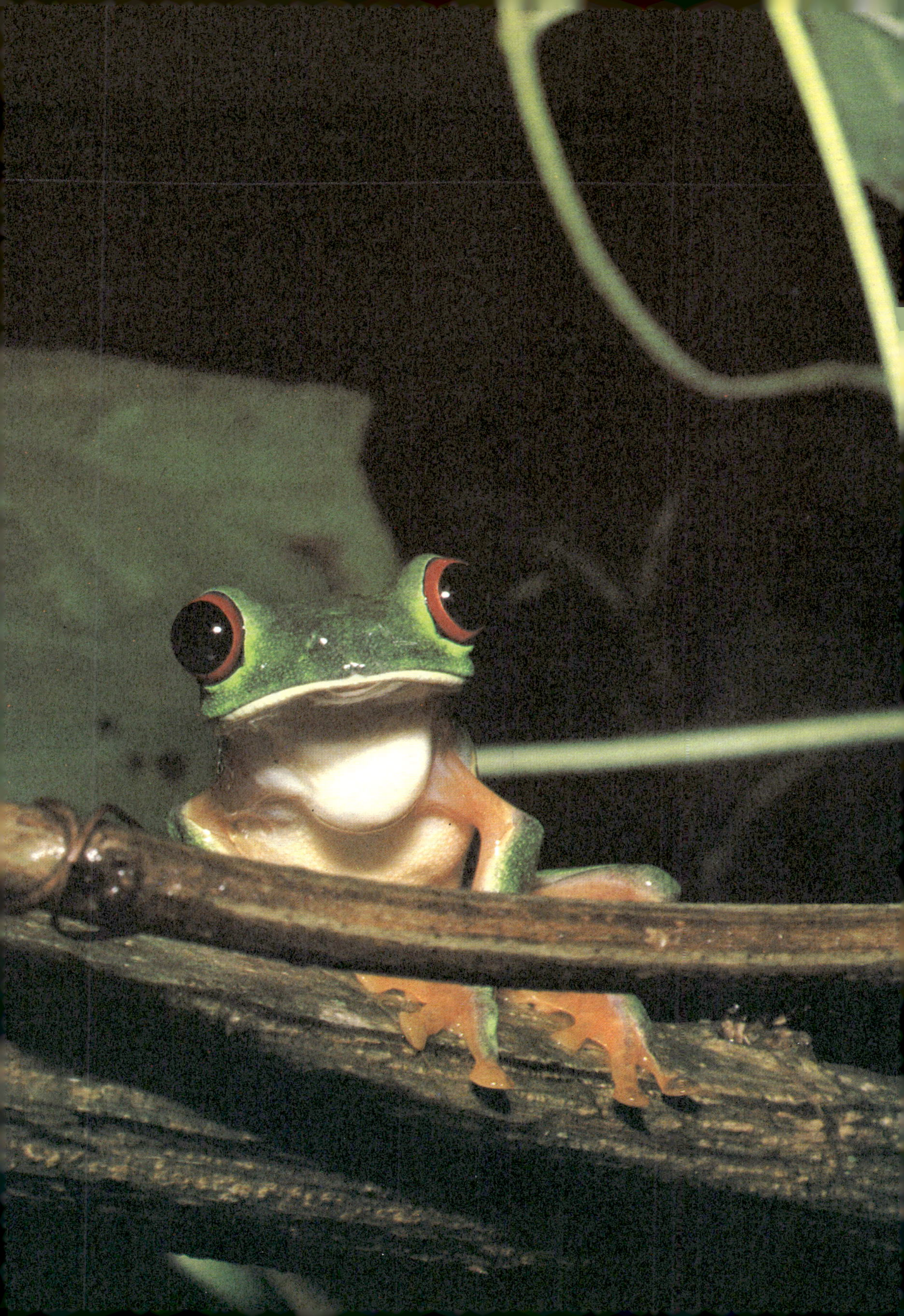

Mas existem alguns anuros que preferiram se defender de uma maneira mais ativa. O sapo comum europeu, por exemplo, quando se vê em frente de uma cobra, põe-se nas pontas dos pés e infla o corpo de tal forma que parece ter aumentado subitamente muito de tamanho. Com esse estratagema consegue confundir a maioria das cobras que encontra. Uma outra espécie de sapo, o *bombina*, é ainda mais audaciosa: quando alarmado, joga-se subitamente de costas ao chão e exibe ao agressor seu ventre estampado em tons fulgurantes de amarelo e preto, combinação de cores reconhecida no reino animal como um sinal de perigo. E o sapo *bombina* não está brincando: como todos os anfíbios, possui glândulas cutâneas produtoras de muco para ajudá-lo a manter a umidade da pele. Esse muco é venenoso e tem gosto amargo. Nas América do Sul e Central existem pelo menos vinte tipos diferentes de rãs que desenvolveram esse tipo de defesa. O veneno produzido por algumas é tão terrível que chega a paralisar instantaneamente um pássaro ou mesmo um macaco. Mas, como indivíduos, não interessa às rãs envenenar seus agressores depois de terem sido comidas. Para continuarem vivas, precisaram inventar um sistema que as avisasse do perigo que corriam, caso quisessem devorá-las. Assim, as rãs desenvolveram incrivelmente o colorido da pele, utilizando tons brilhantes e vívidos não apenas de amarelo e preto como também de vermelho-escarlate, verde-virulento e roxo. Esse anúncio protetor, para ser eficiente, precisa ser visto, e essas rãs, ao contrário da maioria, são muito ativas durante o dia, pulando com audácia pela floresta, confiantes e seguras em seu uniforme de cores gritantes.

Desde o início de sua história os anfíbios foram e continuam sendo predadores, caçando insetos, minhocas e outros invertebrados que os precederam em terra firme. Embora o aparecimento de animais mais poderosos os obrigassem a um comportamento mais discreto, existem, ainda hoje, alguns espécimes assustadores. Um sapo venenoso da América do Sul tem a goela tão grande que é capaz de engolir sem dificuldade filhotes de pássaros e camundongos. Mas nenhum anfíbio pode ser considerado ágil em seus movimentos. Para capturar suas presas precisaram desenvolver uma outra arma: a língua.

A língua desdobrável é uma invenção anfíbia. Nenhum peixe jamais a possuiu. Ela é presa bem na frente, junto à abertura da boca, e não ao fundo perto da garganta, como a nossa. Em conseqüência, os sapos e as rãs alcançam uma distância enorme simplesmente esticando a língua para fora — um talento de grande utilidade para um predador desajeitado, lento e sem pescoço. A ponta da língua é viscosa e muscular e os anuros a utilizam de duas maneiras: com o grude da ponta, prendem o verme, ou lesma e, em seguida, recolhem a língua, trazendo-a até a goela.

À semelhança de seus antigos ancestrais, muitos anfíbios de hoje têm duas fileiras de dentes nas mandíbulas, utilizados não só na defesa como também para segurar suas vítimas. Mas esses dentes não servem para cortar

Rãs arborícolas pondo ovos em seu ninho espumoso, Libéria

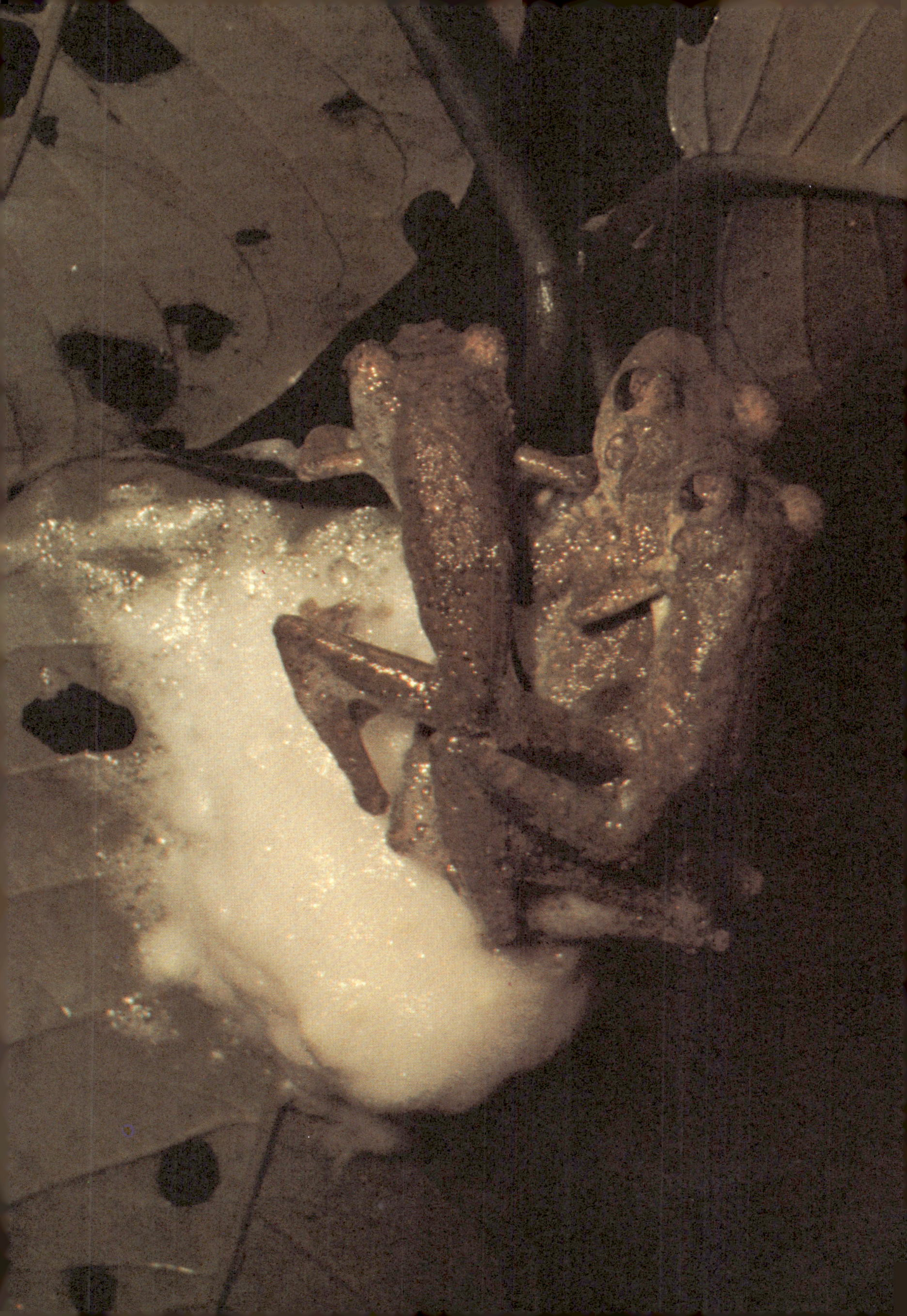

o alimento em pequenos pedaços mais fáceis de engolir ou para triturar algum bocado indigesto. Nenhum anfíbio sabe mastigar. É por essa razão que, quando caçam uma minhoca, os sapos seguram uma ponta na boca e metodicamente raspam-lhe o corpo com as patas dianteiras, a fim de remover todos os gravetinhos e grãos de terra antes de devorá-la. A língua ajuda-os também no processo de deglutição, produzindo um muco que lubrifica o alimento e impede que este arranhe as delicadas membranas da garganta. A língua ajuda ainda a empurrar o alimento em direção à goela. É interessante notar que os olhos possivelmente também tomam parte nesse processo pois todos os anfíbios piscam ao engolir. Como sua órbita não tem estrutura óssea, quando piscam, o globo ocular é impelido para dentro do crânio e forma uma espécie de calombo no céu da boca, que aumenta a pressão sobre o alimento e ajuda a empurrá-lo em direção à goela.

Os olhos dos anfíbios têm basicamente a mesma estrutura herdada dos peixes, seus ancestrais. Oticamente, funcionam tão bem dentro como fora da água. Para que operassem eficientemente foi necessária uma única modificação — um meio de manter a superfície limpa e úmida. Os anfíbios desenvolveram a capacidade de piscar e criaram uma membrana retrátil com a qual recobrem a parte externa dos olhos: a pálpebra, outra invenção anfíbia.

O equipamento para captar ondas sonoras no ar precisou ser completamente novo e diferente. O método antigo, adotado pelos peixes, de recepção do som através do corpo, amplificado em alguns casos pela ressonância da bexiga natatória, não funciona direito no ar. Para corrigir essa deficiência as rãs e os sapos desenvolveram tímpanos capazes de detectar as vibrações sonoras aéreas com extrema eficiência.

Enquanto exploravam essa nova habilidade de ouvir, os anuros desenvolveram também a voz. Os sapos e as rãs são cantores excelentes e talentosos. Seus pulmões, que usam para soprar o ar através de suas cordas vocais, são simples e relativamente fracos. Mas diversas espécies amplificam o som da voz por meio de imensos papos inflados ou de caixas vocais de ressonância localizadas em cada lado da boca. Uma assembléia de rãs e sapos, coaxando ao mesmo tempo num charco tropical, cria uma tal algazarra que é preciso gritar para que uma voz humana seja ouvida. A variedade de sons criados pelas diferentes espécies é imensa e extremamente surpreendente para quem só conhece o coaxar tênue das rãs de climas temperados: são gemidos, estalidos metálicos, miados e lamentações, arrotos e relinchos. Ao ouvir-se esse coro estranho e ensurdecedor à beira de uma lagoa tropical, é interessante lembrar-se que, embora muita coisa tenha acontecido e mudado nos milhões de anos que se seguiram ao aparecimento dos primeiros sapos e rãs, não obstante, foi uma voz anfíbia que rompeu o silêncio e soou um dia pela primeira vez, num mundo que até então só tinha ouvido os zumbidos e chiados dos insetos.

O coro dos anfíbios, elevando-se de uma lagoa ou charco, é um prelúdio nupcial e serve de convocação sonora a todos os outros membros de uma mesma espécie, para reunir e procriar. A grande maioria dos anfíbios ainda se acasala dentro da água. Embora os machos em geral enlacem as fêmeas, a fertilização em si, com raras exceções, processa-se fora do corpo. Como no caso dos peixes, seus ancestrais, o esperma dos anfíbios precisa nadar em direção ao óvulo; para esse processo a água é indispensável. Quando se completa a fertilização, os adultos retornam imediatamente à terra firme.

Abandonados na água, os ovos ficam expostos a toda sorte de perigos. Sem a proteção de uma casca, são facilmente devorados por insetos e vermes. Os que conseguem escapar intatos e eclodir, são dizimados por insetos aquáticos, larvas de libélulas e diversos tipos de peixes. A mortalidade, portanto, é gigantesca; mas, gigantesco é também o número de ovos produzidos. Uma rã chega a pôr 20 000 ovos cada primavera, ou seja, cerca de 250 000 durante seu tempo de vida. Desse imenso número, basta que dois consigam atingir a maturidade para que o nível da população seja mantido. Esse método de superprodução de ovos é muito antigo e é preferido até hoje pelos peixes. Mas é um sistema muito caro em termos de tecido vivo produzido e desperdiçado. Além disso, existem outras soluções mais eficazes e inteligentes.

Algumas rãs resolveram mudar de técnica. Produzem comparativamente poucos ovos mas, em vez de abandoná-los, preferem cuidá-los para protegê-los dos predadores. Um dos sapos mais aquáticos é o cururu-pé-de-pato (*Pipa pipa*), que vive sempre dentro d'água. É um tanto grotesco, com o corpo achatado e a cabeça comprimida. Durante o acasalamento o macho enlaça a fêmea, como a maioria dos anuros aquáticos. Mas, em seguida, acontece um espetáculo de dança extraordinário e gracioso. A fêmea dá um impulso com as patas traseiras e o par se eleva executando no ar uma cambalhota lenta e extremamente elegante. Ao descer, a fêmea expele alguns ovos que são imediatamente fertilizados pelo esperma produzido ao mesmo tempo pelo macho. A seguir, com movimentos delicados de suas patas traseiras, as palmas das mãos abertas em leque, o macho recolhe os ovos cuidadosamente e os deposita na pele viscosa do dorso da fêmea, onde se fixam. Um após outro, o salto em arco é repetido até que cerca de 100 ovos estejam incrustados no dorso da fêmea. Então, uma membrana começa a crescer rapidamente, envolvendo-os. Dentro de 30 horas os ovos desapareceram totalmente sob a pele a qual novamente se torna lisa e perfeita. Mas, embaixo dela, os ovos desenvolvem-se. Em duas semanas todo o dorso ondula com os movimentos dos girinos. Vinte e quatro dias depois, os filhotes furam a pele e saem nadando, rápidos, à procura de um abrigo seguro.

Outros anuros habitantes de lagoas protegem seus filhotes usando métodos menos elaborados. Alguns simplesmente encontram ou constroem piscinas particulares. Isto não é muito difícil nas florestas tropicais, onde as chuvas são freqüentes e copiosas durante todo o ano, o miolo de diversas plantas permanece quase sempre cheio de água. As bromeliáceas, por exemplo, têm a forma de grandes rosetas com folhas pontudas e um miolo profundo onde conseguem armazenar água. Algumas brotam diretamente do solo da floresta. Outras vivem suspensas nos galhos, com as raízes pendentes no ar úmido. Seu miolo torna-se, então, uma verdadeira piscina em miniatura, localizada no alto de uma árvore. Nenhum peixe conseguiria alcançá-la. Mas as rãs conseguem e aproveitam esses minúsculos reservatórios de água. Várias espécies da América do Sul fixam aí residência permanente e aí põem seus ovos. Neles seus filhotes atravessam toda a fase de desenvolvimento, só partilhando sua piscina particular com umas poucas larvas inofensivas de insetos. No Brasil, uma perereca empreendedora constrói uma piscina para si nas margens das lagoas onde vive, cavando uma pequena cratera cercada por um muro baixo de barro, de cerca de 10 cm de altura. Os ovos são postos ali e os girinos, ao nascer, vivem nessa piscina privilegiada e exclusiva até que a chuva eleve o nível da lagoa maior e esta inunde ou quebre os muros de sua casa.

Quando os primeiros anfíbios surgiram havia, é claro, um lugar comparativamente seguro para seus ovos e filhotes: a terra firme. Naquela época não existiam outros vertebrados terrestres para roubar-lhes os ovos e devorar as larvas, nenhum risco comparável aos cardumes de peixes famintos das águas. Se os anfíbios conseguissem depositar os ovos fora da água, seus filhotes teriam grandemente aumentada a probabilidade de sobrevivência. Dois problemas se apresentavam: como prevenir o ressecamento dos ovos e como poderiam os girinos desenvolver-se fora da água. Se os antigos anfíbios venceram essas dificuldades não se sabe. Se o tivessem feito, porém, certamente teria havido uma aceleração na proporção em que colonizaram a terra. Hoje, a terra firme não oferece os mesmos atrativos para a procriação, pois não pertence mais exclusivamente aos anfíbios. Agora existem répteis, aves e mesmo mamíferos que são grandes apreciadores dos ovos de anfíbios e girinos. Apesar disso, mesmo hoje, muitos sapos e rãs consideram vantajoso seguir essa estratégia.

Uma espécie européia, o sapo-parteiro, passa a maior parte de sua vida em tocas não muito distantes da água. Acasala em terra firme. Ao serem expelidos os ovos, o macho os fertiliza. Um quarto de hora mais tarde, ele começa a recolher as fiadas de ovos, enrolando-os ao redor de suas patas traseiras. Nas semanas que se seguem arrasta-se com dificuldade, transportando-os onde quer que vá. Se os arredores de sua toca tornam-se perigosamente secos, ele muda-se para outros locais mais úmidos. Quando os ovos estão para eclodir, salta até a beira da água e nela mergulha as pernas com sua carga de ovos. Ali permanece o tempo necessário para que todos os girinos nasçam, cerca de uma hora, retirando-se em seguida para sua toca.

As rãs venenosas da América do Sul praticam uma variação dessa técnica. Seus ovos também são depositados no solo e o macho permanece junto deles, guardando-os. Quando eclodem, os girinos imediatamente serpeiam em direção ao pai e trepam-lhe nas costas. A pele do dorso secreta um muco que fixa os filhotes e ao mesmo tempo os protege contra o ressecamento. Como não têm brânquias, os girinos absorvem o oxigênio através da pele do corpo e da cauda que é extremamente desenvolvida.

Na África existem rãs que conseguem procriar no alto das árvores. Para isso escolhem uma que tenha os galhos pendentes sobre a água. Acasalam-se e em seguida a fêmea secreta um líquido através de sua abertura genital que ela e o macho chapinham utilizando suas patas posteriores até o transformar em espuma com a qual formam um ninho, no qual são depositados os ovos. Em algumas espécies, a superfície externa endurece, formando uma crosta, enquanto que a umidade interna é mantida; em outras, a fêmea desce até a lagoa ou riacho e absorve água através de sua pele permeável. Volta em seguida ao ninho e umedece-o com sua urina. Os ovos eclodem e os jovens girinos desenvolvem-se na espuma até que, ao chegar a época certa, a parte inferior do ninho se liquefaz e os girinos caem na água embaixo.

Para evitar o problema de prover os girinos com água, algumas rãs produzem filhotes que completam seu desenvolvimento dentro da membrana do ovo. Como é impossível alimentá-los como aos girinos de nado livre, a solução encontrada foi provê-los com imensas quantidades de gema para sua nutrição. Em conseqüência, a fêmea só pode produzir um número reduzido de ovos, que deposita em um ninho. A rã assobiadora das Antilhas adota este método e põe apenas cerca de uma dúzia de ovos no chão. O desenvolvimento de seus filhotes é muito rápido. Dentro de 20 dias cada ovo contém um minúsculo sapinho, que utiliza uma farpa na ponta do focinho para furar a membrana e emergir, dispensando de todo a água externa.

Entre todas as técnicas de procriação, as mais extremas e fisicamente complexas são aquelas em que os ovos e larvas em desenvolvimento mantêm sua umidade permanecendo dentro do organismo de seus progenitores. A fêmea de uma rã da América do Sul, do gênero *Gastrotheca*, tem uma bolsa dorsal com uma abertura em talho onde transporta os ovos. Durante o acasalamento, o macho, que é bem menor que a fêmea, sobe-lhe nas costas e a enlaça ao redor da garganta. A fêmea então levanta as patas traseiras e agacha-se, com o nariz rente ao chão e o dorso inclinado. Um a um, ela expele os ovos que são fertilizados pelo macho e, em seguida, resvalam por um sulco e caem dentro da bolsa dorsal, onde se desenvolvem e eclodem. Uma espécie de *Gastrotheca* produz cerca de 200 filhotes de cada vez, que emergem como girinos e são liberados na água. Outra espécie, porém, tem apenas cerca de 20 filhotes a cada ninhada. Em compensação, produzem maior quantidade de gema para alimentá-los e os mantêm no saco dorsal até se tornarem sapinhos completos. A fêmea, então, estica a pata traseira e segura a beirada do saco com seu dedo mais longo, mantendo-o aberto para que os sapinhos possam sair.

A mais bizarra de todas essas técnicas, pelo menos aos nossos olhos humanos predispostos à maneira mamífera de agir, é a praticada por uma rãzinha minúscula, a *Rhinoderma*, descoberta por Darwin no sul do Chile. Quando as fêmeas acabam de depositar os ovos no solo úmido, os machos, agrupados, permanecem junto deles, guardando-os. Assim que os ovinhos começam a mover-se dentro de seus glóbulos gelatinosos, os machos se inclinam e parecem devorá-los. Mas, em vez de engolir, colocam-nos em seu saco vocal, que é extremamente desenvolvido e se estendem até seus flancos. Nessa bolsa os ovos se desenvolvem até que, um dia, o macho engole uma ou duas vezes, boceja e, subitamente, salta-lhe da boca um sapinho perfeitamente formado.

O auge do desvelo familiar entre os anfíbios é o de uma espécie da África ocidental, os *Nectophrynoides*. Suas fêmeas carregam os filhotes no organismo, utilizando uma técnica semelhante à dos mamíferos placentários. Medem cerca de 2 cm e vivem a maior parte do ano escondidos nas fendas das rochas. Na estação das chuvas, porém, emergem em grande quantidade para o acasalamento. O macho enlaça a fêmea na altura da virilha e as fendas genitais de ambos são comprimidas uma contra a outra para que o esperma penetre na fêmea. Os óvulos fertilizados permanecem no oviduto feminino. Os girinos resultantes são perfeitos, com bocas e brânquias externas. Alimentam-se mordiscando pequeninos flocos brancos secretados pelas paredes do oviduto, como se fossem criaturinhas independentes, nadando em uma minúscula piscina. Ao fim de nove meses, quando as chuvas finalmente voltam a cair, a fêmea dá à luz. Seu ventre e o oviduto não têm músculos para contrair e expelir o filho, como o útero dos mamíferos. Em vez disso, consegue dar à luz firmando o corpo no chão com as patas dianteiras e inflando os pulmões, que se distendem dentro do abdômen e expelem os filhotes por pressão pneumática.

Utilizando-se desta e de outras práticas engenhosas, os anuros conseguiram diminuir sua dependência da umidade para o acasalamento e para o desenvolvimento e criação dos filhotes. Apesar disso, sua pele permeável ainda os obriga a viver em ambientes de umidade constante para evitar a morte por ressecamento. Mas existem uma ou duas espécies que tiveram sucesso em minimizar até mesmo essa dependência da umidade para garantir a sobrevivência.

É difícil imaginar um ambiente menos propício a um anfíbio do que o deserto central da Austrália, onde, às vezes, passam-se vários anos sem chover. Apesar disso, existem algumas espécies de rãs que conseguem sobreviver aí. A rã-aguadeira *Cyclorana* só aparece na superfície durante as raras e breves tempestades de chuva. Nessas ocasiões, a água chega a acumular-se nas rochas por dias e até por mais de uma semana. Numa velocidade frenética, as rãs banqueteiam-se com as nuvens de insetos que acompanham as

Rã-aguadeira em sua toca subterrânea, Austrália

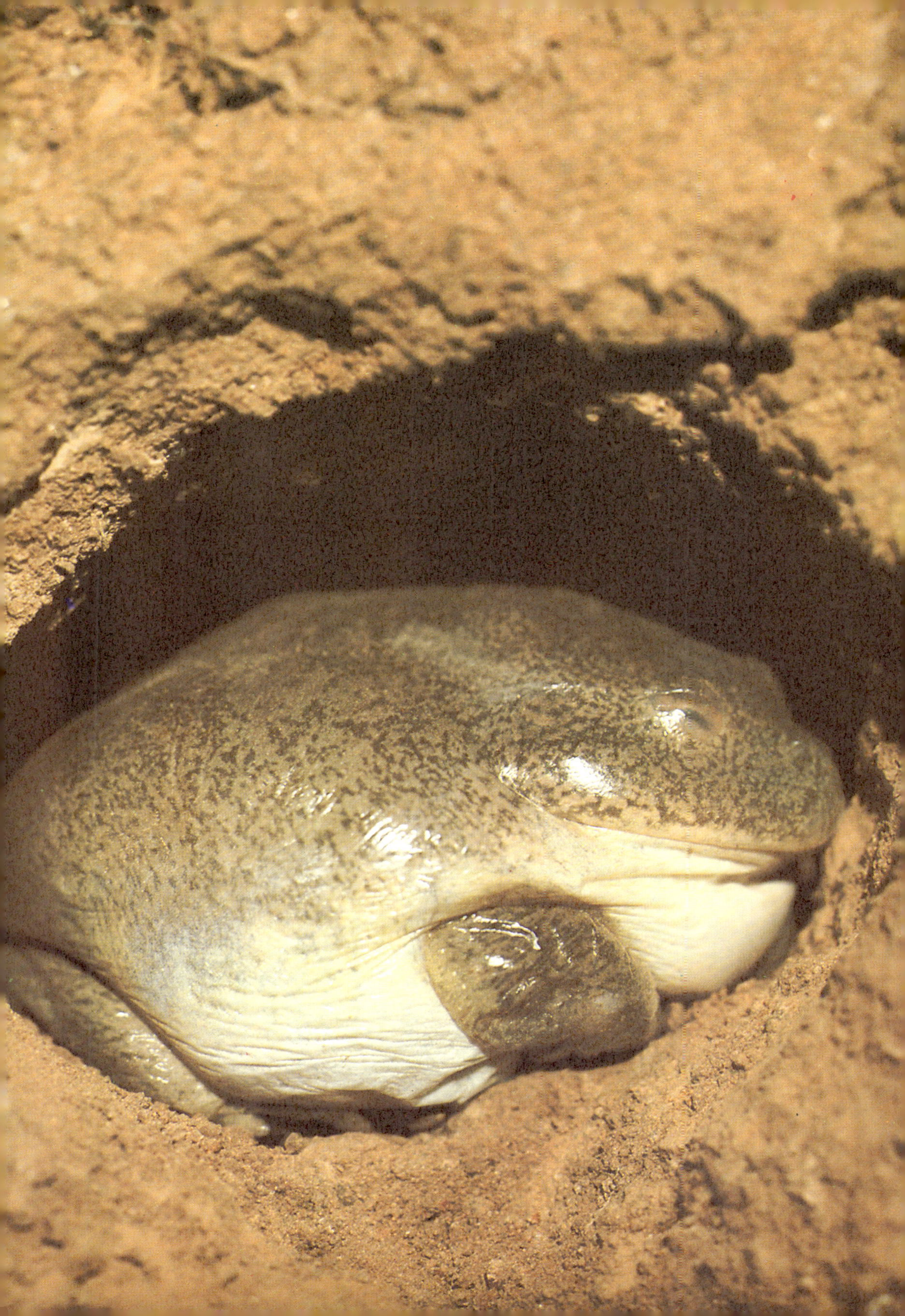

chuvas, acasalam e põem os ovos rapidamente nas poças rasas e tépidas. Os ovos eclodem e os girinos desenvolvem-se numa velocidade espetacular. Quando a água da chuva começa a ser absorvida e o deserto mais uma vez resseca, as rãs, adultas e filhotes, absorvem a água através da pele até ficarem imensamente inchadas e quase esféricas. Em seguida enterram-se profundamente na areia ainda fofa, onde escavam uma pequena toca. Uma vez instaladas, secretam uma membrana que as envolve completamente, como se fosse uma embalagem plástica de supermercado. Essa película impede a saída do líquido pela pele, embora o animal perca sempre um pouquinho da umidade ao respirar com o auxílio de pequeninos tubos que ligam suas narinas ao exterior da membrana. A rã-aguadeira pode permanecer nesse estado de vida latente durante pelo menos dois anos, por meio de uma técnica reminiscente daquela praticada por um parente distante e antigo dos anfíbios, o peixe dipnóico.

Mas, até mesmo essa rã do deserto depende da chegada das chuvas para sobreviver, e toda sua vida ativa está concentrada no momento breve em que o deserto fica úmido. Para sobreviver, permanecer ativa e procriar em áreas de pouca ou nenhuma chuva ou onde não hajam águas naturais, o animal precisa ter a pele e os ovos à prova d'água. A evolução dessas duas características constitui a grande etapa evolucionária seguinte, marcando o fim da era dos anfíbios, e introduzindo o grande grupo que surgiu a seguir: os répteis.

7 Uma pele impermeável

Existe um lugar na Terra onde os répteis ainda dominam: o arquipélago de Galápagos, isolado na imensidão do Pacífico, a 600 milhas da costa sul-americana. Os répteis alcançaram essas ilhas muito antes da chegada do homem e de outros mamíferos há quatro séculos. Possivelmente, viajaram como passageiros involuntários nas grandes jangadas de vegetação flutuante que descem na correnteza dos rios da América do Sul e são arrastadas à deriva para o mar aberto. Mais tarde, o homem introduziu ali diversas espécies de mamíferos. Mas, ainda hoje, em pequenas ilhas remotas do arquipélago, os rochedos são cobertos por bandos de lagartos, gigantescas tartarugas caminham pesadamente por entre os cactos e você sente, ao desembarcar, que retrocedeu 200 milhões de anos, até uma época em que essas criaturas representavam o apogeu da evolução.

As ilhas Galápagos estão espalhadas na altura do equador, ardendo ao sol, e são todas vulcânicas. As maiores atingem quase 3 000 m; de tão altas, atraem nuvens e produzem sua própria chuva. Em conseqüência, suas encostas são esparsamente cobertas por touceiras de vegetação poeirenta e alguns cactos. As ilhas menores, porém, são áridas em sua maioria. Suas crateras extintas, bordejadas de lava solidificada, têm a superfície encrespada pelos redemoinhos e bolhas que se formaram quando a massa ardente escorreu através das aberturas, espessa como melado. Nas raras ocasiões em que chove, a água desliza ao longo das rochas e desaparece quase instantaneamente. Não existem árvores ou arbustos que ofereçam sombra; apenas uns poucos cactos, recobertos de espinhos. A lava negra, ardendo ao sol, é tão quente que é doloroso tocá-la com a mão desprotegida. Ali, um anfíbio se ressecaria e morreria em minutos. Mas as iguanas prosperam porque, ao contrário dos anfíbios, têm a pele impermeável.

Há dois tipos de iguana nas ilhas: as terrestres, que vivem nas moitas de arbusto e as marinhas, que se aglomeram nas extensões desertas de lava, junto à praia. Expor-se ao sol, para elas, não é um sofrimento e sim uma atividade essencial na maior parte do tempo. Os processos fisiológicos do organismo animal, como todas as reações químicas, são muito afetados pelo calor. Até um certo ponto, quanto mais alta a temperatura, mais se ativam esses processos e maior energia produzem. Como são incapazes de gerar calor interno, os répteis e anfíbios precisam obtê-lo do meio ambiente. Por causa da permeabilidade de sua pele, os anfíbios não podem expor-se diretamente ao sol e são forçados a permanecer relativamente frios e morosos. Os répteis não têm esse problema.

As iguanas marinhas seguem uma rotina diária que lhes permite manter

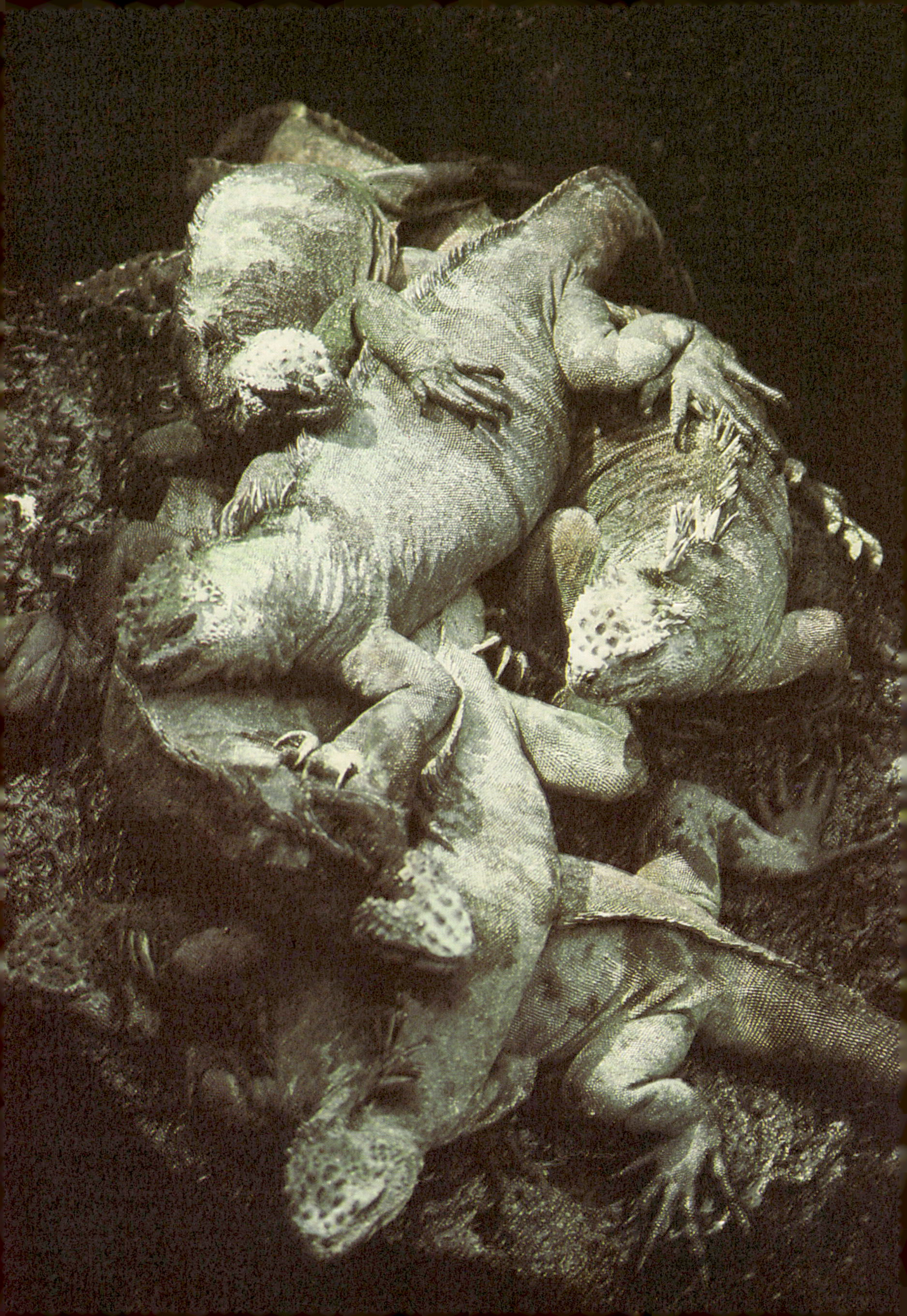

o corpo numa temperatura ideal e eficiente. De manhãzinha, reúnem-se no cume das escarpas de lava ou sobem nas chapadas orientais, e expõem o dorso ao sol, para obter o máximo possível de calor. Dentro de uma hora a temperatura atinge um nível ideal e elas viram-se de frente para o sol. Seus flancos agora estão na sombra e os raios solares lhes atingem apenas o peito. À medida que o sol avança, aumenta o risco de insolação. Embora apresente a qualidade essencial de relativa impermeabilidade, a pele dos répteis não têm glândulas sudoríparas, de modo que as iguanas não podem se refrescar pela evaporação do suor. Mesmo que o pudessem, essa técnica não seria muito prática num ambiente onde a água é tão escassa. Mas foi necessário encontrar um meio de evitar que fossem cozidas lentamente dentro da própria pele.

O alívio é difícil. As iguanas erguem-se nas patas e mantêm o corpo o mais afastado possível das rochas negras e escaldantes, de modo a absorver um mínimo do calor refletido enquanto que a brisa tênue que sopra refresca-lhe o ventre e o dorso. Mais tarde refugiam-se, aglomeradas, nos raros locais de sombra: fendas nas rochas ou, de preferência, nas grutas estreitas e profundas, continuamente banhadas pelas ondas em movimento. O mar em si é frio demais porque a corrente de Humboldt, que passa pelas Galápagos, procede diretamente da Antártida. Entretanto, todos os dias, a uma certa altura, as iguanas são obrigadas a aventurar-se na água para comer. À semelhança de sua parentela do continente sul-americano, são herbívoras. Nenhuma planta comestível cresce na lava, mas no mar existem espessas pastagens de algas verdes, logo abaixo do limite superior das marés. Assim, ao meio do dia, quando seu sangue se aqueceu ao máximo e começa a haver perigo de insolação, as iguanas arriscam-se a entrar na água. Mergulham nas ondas e nadam, batendo com força a cauda, como gigantescos tritões. Algumas agarram-se às rochas da beira-mar, mascando algas nos cantos da boca. Outras nadam mais longe e mergulham para buscar forragem no fundo do mar.

Agora seus requisitos são invertidos. Em vez de dissipar calor, precisam mantê-lo o máximo possível. Para isto, as iguanas dispõem de um mecanismo fisiológico bem desenvolvido: podem contrair as artérias subcutâneas de forma a que o sangue, temporariamente retido no centro do organismo, permaneça quente por mais tempo. Se ficarem muito frias, as iguanas não terão forças para nadar de volta, enfrentando a rebentação ou para, agarrando-se às rochas, resistir ao embate das ondas, correndo o risco de serem despedaçadas contra os recifes. Esse ponto crítico é atingido em poucos minutos: a temperatura cai quase 10° C e elas precisam voltar para a praia.

Ao atingir os rochedos, as iguanas prostram-se exaustas, com as pernas esparramadas, como no caso de um banhista extenuado depois de nadar em água muito fria. Só quando a temperatura do corpo se elevar outra vez é que conseguirão digerir o alimento contido no estômago.

Iguanas-marinhas protegendo-se do Sol em fendas de rochas, Galápagos

Quando o sol começa a se pôr, no fim da tarde, o risco de resfriamento retorna e elas reúnem-se, mais uma vez, no cimo das escarpas para absorver o máximo possível dos raios de sol poente antes que a noite desça.

Por esse método, as iguanas conseguem, na maior parte do tempo, manter seu organismo numa temperatura de 37°C, quase exatamente a mesma do corpo humano. Alguns lagartos conservam o sangue 2 ou 3 graus acima. A designação de animais de sangue frio, tão comumente aplicada aos répteis, é, portanto bastante enganosa. Eles são melhor descritos como animais exotérmicos, ou seja, que obtêm calor do ambiente em que vivem, ao contrário dos endotérmicos, como os mamíferos e aves, que o geram internamente.

A endotermia tem muitas vantagens: torna possível o desenvolvimento de órgãos complexos e delicados, que seriam danificados por uma temperatura oscilante; permite que seus possuidores continuem ativos à noite, quando o calor do sol já desapareceu e que vivam permanentemente nas regiões mais frias da Terra, onde nenhum réptil conseguiria sobreviver. Mas o preço de tais privilégios é também muito alto. Quase 80% das calorias contidas em nossa alimentação, por exemplo, são gastas na manutenção de uma temperatura estável no organismo. Os répteis exotérmicos, retirando o calor de que necessitam diretamente do sol, sobrevivem com 10% da nutrição requerida por um mamífero do mesmo tamanho. Por essa razão, os répteis conseguem habitar os desertos onde um mamífero morreria de fome, e as iguanas marinhas prosperam ingerindo quantidades de vegetal que não manteriam um coelho vivo.

Os répteis não só sobrevivem como procriam nos locais áridos. Seus ovos, como sua pele, precisaram se tornar impermeáveis. Isso não foi difícil. Uma glândula localizada na parte inferior do oviduto secreta uma casca, como um pergaminho, envolvendo o ovo quando este desce para sair. Como o embrião precisa respirar, a casca é ligeiramente porosa, permitindo a entrada do oxigênio e a saída do dióxido de carbono. Mas essa casca trouxe consigo algumas complicações. Sendo suficientemente densa para impedir a ressecação do ovo, ela também impede a penetração do esperma. Por isso, a fertilização precisa ocorrer dentro do corpo da fêmea, antes da saída do ovo. Para resolver esse problema, o macho foi equipado com um pênis.

A forma desse órgão varia bastante entre os diferentes grupos de répteis. Apenas um deles não o possui: uma estranha criatura, semelhante a um lagarto, que vive em algumas ilhas pequenas da Nova Zelândia — o tuatara.

O tuatara alcança a fertilização interna de uma forma reminiscente de algumas salamandras e rãs. Quando o par acasala, suas aberturas genitais são comprimidas uma contra a outra, para que o esperma do macho penetre no oviduto da fêmea. É curioso notar que o tuatara possui uma outra característica reminiscente dos anfíbios: continua ativo em temperaturas

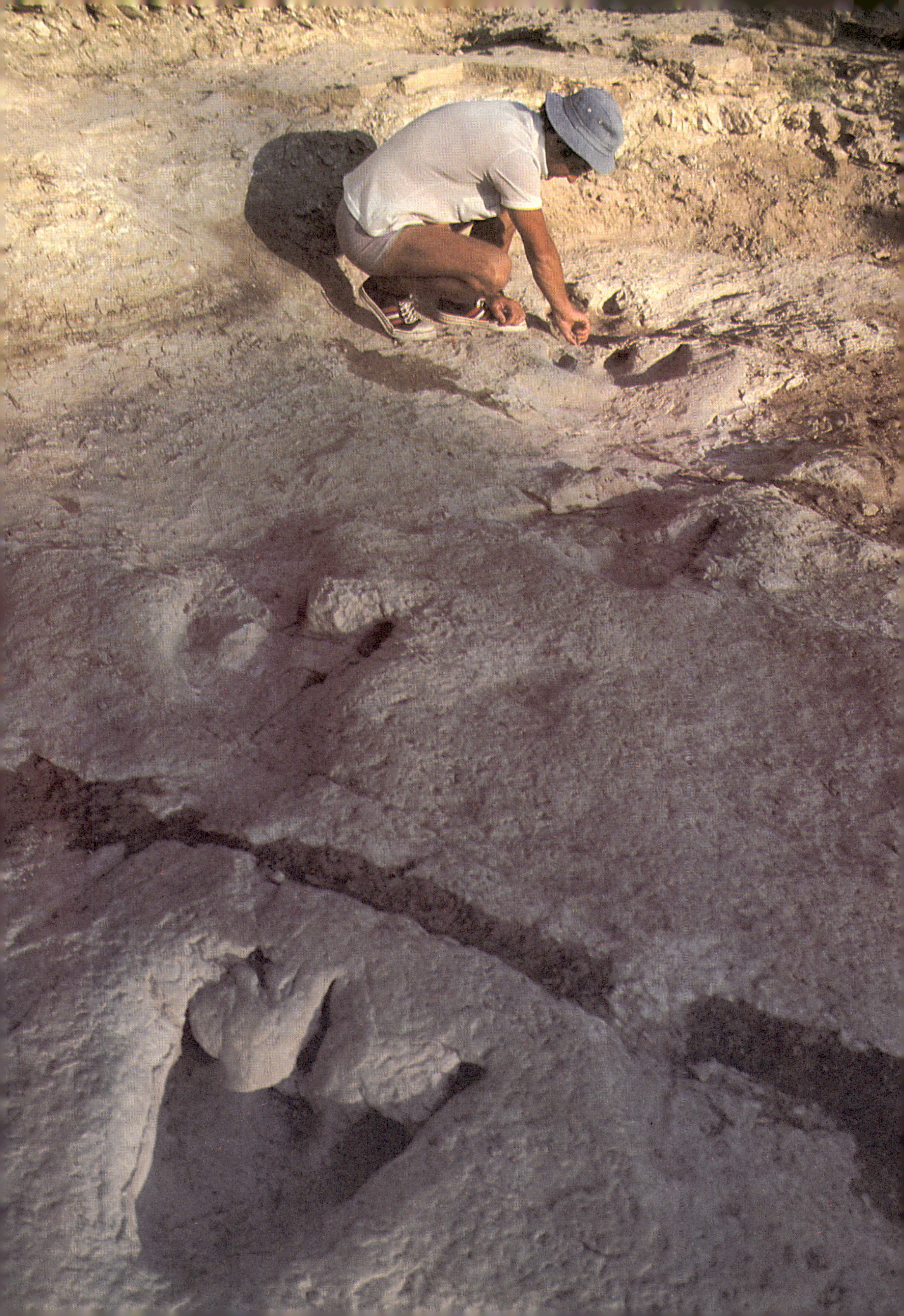

de 7°C ou menos, muito abaixo do que seria suportável a qualquer serpente ou lagarto. Parecem ser, portanto, uma espécie muito primitiva de réptil, e sua estrutura craniana confirma esta hipótese, pois, assemelha-se em vários pontos importantes com os mais antigos fósseis de répteis que se conhece. Ossos de uma criatura virtualmente idêntica foram encontrados em rochas de 200 milhões de anos. Portanto, o tuatara surgiu, senão exatamente na época em que os répteis começaram a afastar-se dos anfíbios, pelo menos numa etapa muito primitiva de sua história, quando, no início de sua idade de ouro, principiavam a se diversificar em uma enorme variedade de formas.

O animal exotérmico básico, com quatro patas, pele reforçada e ovíparo adaptou-se, a partir de então, às condições de vida em todo o mundo, com exceção das regiões polares. Alguns, como os ictiossauros e plesiossauros, tornaram-se aquáticos e transformaram as patas em nadadeiras. Por outro lado, os pterossauros desenvolveram um dedo especialmente alongado em cada pata dianteira, que serviu de esteio a membranas alares de pele coriácea lembrando velas, com as quais alçaram vôo. A terra firme foi dominada pelos dinossauros.

Os depósitos fossilíferos mais ricos em dinossauros encontram-se nos estados do centro-oeste norte-americano. No Texas, o rio Paluxy, um afluente do Brazos, serpeia lentamente numa camada de barro pétreo, onde outrora existira um estuário lodoso. Um dia, quando a maré estava baixa, vários dinossauros passaram por ali. Um deles era um terópode, uma espécie carnívora que caminhava ereta nas duas patas posteriores. A linha de suas pegadas de três dedos é ainda claramente visível numa das margens do rio atual, como um sulco profundo no meio, deixado pela cauda maciça que balançava entre as patas. Mais abaixo, a ação erosiva do rio desgastou outras rochas da superfície, expondo, na mesma camada, imensas marcas circulares de quase 1 m de diâmetro, deixadas por uma das gigantescas espécies herbívoras. Com a correnteza ondulando sobre elas pode-se imaginar facilmente que o leito do rio não seja de pedra, como o é, mas sim de lama, e que esses gigantes caminharam a passos largos nessa água há apenas algumas horas.

No Monumento Nacional dos Dinossauros foi construído um museu em torno de uma escarpa na qual foram encontradas quatorze espécies diferentes de dinossauros numa única camada de rocha de cerca de 4 m de espessura. Alguns tinham apenas o tamanho de uma galinha. Outros foram as maiores criaturas terrestres que o mundo já viu. Trinta esqueletos completos foram retirados, mas os ossos de muitos outros ali permanecem. A rocha que agora forma a escarpa fora outrora um banco de areia no meio de um rio. Gigantescas carcaças de dinossauros, flutuando na correnteza, foram atiradas no banco de areia e desmembradas, em parte pela decomposição e em parte por dinossauros menores que vieram banquetear-se na carne putrefata. Todos os ossos longos, dos membros e de partes da coluna vertebral, jazem apontando para a mesma direção, de onde se pode deduzir o sentido de correnteza. Esse depósito parece ter-se formado cerca de apenas 100 anos, e é uma demonstração assombrosa de quão abundantes foram essas criaturas.

Por que algumas espécies atingiram tamanhos colossais? Existem pelo menos duas razões possíveis. Os dentes de alguns espécimes maiores, como nos apatossauros (conhecidos como brontossauros, mediam cerca de 25 m e pesavam até 30 t), demonstram claramente serem eles herbívoros. As plantas da época, samambaias e cicadáceas, tinham frondes duras e fibrosas que, sem dúvida, requeriam uma digestão muito demorada. Os dentes dos apatossauros e de sua parentela, embora numerosos, eram simples e no formato de estacas — muito menos eficientes para a trituração do que os molares de herbívoros modernos, como bovinos e antílopes. Por isso, a redução do bolo alimentar à polpa tinha de ser efetuada no próprio estômago do dinossauro. Há indicações de que algumas espécies engoliam pedras para que agissem como mós em seus estômagos inchados, tal como fazem hoje, em escala menor, certas aves que utilizam cascalho na moela. Mas os dinossauros dependiam principalmente da força bioquímica e bacteriológica de seu suco gástrico. Certamente, o processo completo demorava um tempo considerável. O estômago dos dinossauros herbívoros era forçosamente imenso, para armazenar o alimento enquanto que se processava a prolongada fermentação. Um estômago imenso requer, por sua vez, um corpo imenso para carregá-lo. E os dinossauros carnívoros, como o tiranossauro, também precisavam atingir estaturas consideráveis para atacar os gigantes herbívoros.

A segunda vantagem do tamanho gigantesco está relacionada com o problema comum a todos os répteis: o controle da temperatura corporal. Quanto maior o corpo, mais tempo ele retém o calor e menor é sua suscetibilidade a variações de curta duração no meio ambiente. A alimentação herbívora é muito pobre em valor nutritivo e precisava ser ingerida em quantidades colossais, de forma que os dinossauros passavam a maior parte do tempo comendo. Uma certa indiferença a pequenas oscilações na temperatura lhes era, portanto, muito útil.

O controle de temperatura pode ser responsável pela forma extravagante de algumas espécies. O estegossauro apresentava uma fila dupla de placas alternadas, em forma de losangos, ao longo do dorso. Julgava-se que elas fossem uma espécie de armadura, mas o exame detalhado da superfície óssea revelou que, em vida, essas placas eram recobertas de pele e ricas em vasos sangüíneos. Como fazem hoje as iguanas, o animal pode ter controlado a temperatura corporal expondo os flancos aos raios solares. O sangue fluindo pelas placas se aqueceria com rapidez; voltando-se de frente para o sol, se houvesse alguma brisa, elas serviriam de radiadores de refrigeração muito eficientes.

Os ossos dos dinossauros menores provam que eles eram capazes, se

Crocodilo transportando filhote, África do Sul

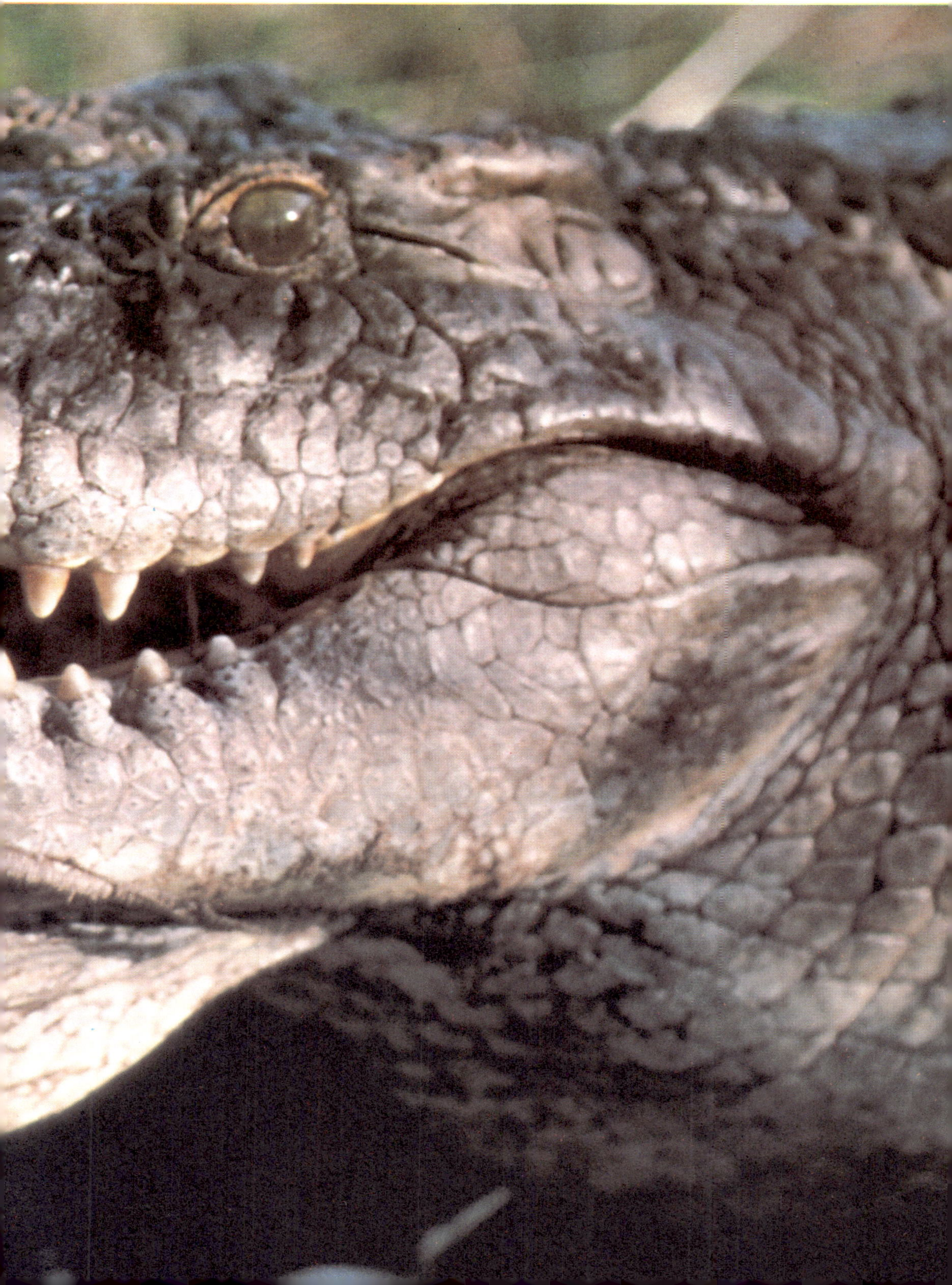

necessário, de deslocar-se com bastante velocidade; daí se pode deduzir que, às vezes, sua temperatura sangüínea era elevada. Talvez, conseguissem mesmo gerar calor interno. Se conseguiam manter a temperatura corporal constante, é até hoje objeto de debates. Todos os animais endotérmicos contemporâneos são equipados com algum tipo de isolamento térmico na pele ou logo abaixo dela, seja gordura, pêlo ou penas. Sem isso, o consumo necessário de energia seria virtualmente insuportável. Nenhum réptil atual tem esse isolamento e não há qualquer evidência de que os dinossauros fossem melhor providos.

Na verdade, esse problema de manutenção da temperatura corporal pode ter sido o principal fator na queda de sua dinastia. Seu fim pode ser observado com clareza gráfica em rochas das terras áridas de Montana. Nessa região, camadas horizontais de arenito e barro pétreo, depositadas há 60 ou 70 milhões de anos, desgastadas e erodidas pelas neves do inverno e violentas tempestades do verão, resultaram numa quantidade espantosa de escarpas, picos, fossas e montes isolados e íngremes. Na superfície desnuda desses penhascos despedaçados aparecem uns pigmentos castanhos, que lembram as manchas circulares deixadas por uma torneira gotejante. Essas manchas indicam os locais onde ossos fossilizados estão se desgastando, e entre eles foram encontrados os restos de um *Triceratops*, uma espécie gigantesca de dinossauro com chifres. Quando vivo, ele atingia 8 m de comprimento e chegava a pesar 9 t. Seu imenso crânio tinha três chifres — um em cima de cada olho e um na ponta do nariz — e uma grande coleira óssea, que se projetava da parte posterior da cabeça e protegia o pescoço. Era vegetariano, alimentando-se das cicadáceas dos pântanos. Seu cérebro, um dos maiores entre os dinossauros, pesava cerca de 1 kg. Portanto, é provável que em relação a seus contemporâneos, ele fosse não apenas imenso e poderoso, mas, também, relativamente inteligente. Contudo, nem isto conseguiu salvá-lo da extinção.

Logo acima do estrato onde foram encontrados os ossos mais recentes existe um depósito estreito de carvão, traçando uma linha negra e nítida que se estende, escarpa após escarpa, desde Montana até Alberta, além da fronteira do Canadá. Esse depósito demonstra que, ali, existiu um dia uma floresta pantanosa de curta duração, mas espalhada sobre uma vasta área. Ela marca a morte dos dinossauros, pois, logo abaixo, ossos do *Triceratops* e de outras espécies abundam. Acima dela não há nenhum.

Muitas são as sugestões sobre a causa da extinção dos dinossauros. Algumas são tão exageradas que chegam a sugerir uma catástrofe mundial e devem ser ignoradas porque, afinal, só desapareceram os dinossauros e não todos os animais — nem mesmo todos os répteis. Outras sugerem que os mamíferos, nessa época iniciando sua grande expansão, começaram a competir com eles pela alimentação e, talvez por causa de sua inteligência superior, tiveram tal sucesso que os dinossauros acabaram por ser banidos e exterminados. Os estratos fossilíferos de Montana demonstram por que essa teoria não tem fundamento. Lá se encontram não apenas ossos gigantescos mas também alguns minúsculos, tão pequeninos que é difícil percebê-los a olho nu. Felizmente, uma formiga local veio em auxílio dos caçadores de fósseis. Seus formigueiros têm uma pequena elevação, como um telhado, que elas cobrem com lascas de pedregulho de um tamanho especial, cuidadosamente selecionadas. Se você procurar entre essas lasquinhas verificará que algumas não são pedras e sim pequeninos dentes cônicos. Esses dentes pertenciam a um dos primitivos mamíferos, uma criatura de apenas alguns centímetros semelhante ao musaranho. Os mamíferos, como espécie, já existiam há vários milhões de anos, mas não há evidência de nenhum de maior porte que vivesse na mesma época dos dinossauros. Talvez essa criaturinha lhes atacasse os ovos, mas é improvável que o fizesse com tal intensidade a ponto de exterminar uma única espécie entre eles, quanto mais todo o grande grupo. Também não é fácil crer que roubasse alimento aos dinossauros ou que os sobrepujasse em inteligência.

Outra explicação bem mais convincente é oferecida pelas terras áridas de Montana. Em estratos localizados um pouco acima da linha carbonífera foram encontrados tocos de árvores petrificados, em excelente condição. O *Triceratops* e os outros dinossauros dessa época viviam em florestas de cicadáceas e samambaias. Os tocos são de uma árvore muito diferente: uma conífera, a sequóia canadense. Hoje, e quase certamente naquele tempo, as coníferas preferem um clima temperado. Sua presença ali é o único elemento de que dispomos, no grande conjunto de evidência, para demonstrar que há cerca de 63 milhões de anos, quase coincidindo com o desaparecimento dos dinossauros, a Terra sofreu uma grande mudança climática e ficou muito mais fria.

O frio pode muito bem ter aniquilado os dinossauros. Se um corpo de grandes dimensões retém o calor por mais tempo, logicamente levará um tempo ainda mais longo para recuperá-lo, se o perder. Mesmo que tivessem a capacidade de gerar um pouco de calor interno, uma série de noites extremamente frias bastaria para privar um grande dinossauro de seu calor de maneira irrecuperável. Gelado, ele não teria energia suficiente para erguer e movimentar seu imenso volume à procura de alimento. Uma mudança climática progressiva, produzindo uma sucessão de invernos rigorosos, como os atuais em Montana, seria suficiente para trazer o extermínio a todos os herbívoros de grande porte. Com eles desapareceriam também os carnívoros, que dependiam da caça para sua alimentação. Os pterossauros, amontoados em suas escarpas rochosas, teriam sido ainda mais severamente atingidos. Mas os plesiossauros e ictiossauros não passaram por essa crise porque sua linhagem, por alguma razão, já se extinguira há vários milhões de anos.

Os efeitos do frio crescente podiam ser enfrentados de duas maneiras, ambas praticadas até hoje pelos répteis que sobreviveram. Uma delas era a de procurar uma toca nas rochas ou cavar um buraco ao abrigo das piores geadas e entrar num estado de suspensão animada, ou seja, hibernar. Essa técnica, porém, só é viável para animais até um certo porte. Um apatossauro ou um tiranossauro não tinha possibilidade de adotá-la. A outra maneira era a de entrar na água. Como a água retém o calor por muito mais tempo do que o ar, o efeito de uma súbita onda de frio podia ser bastante reduzido, simplesmente entrando na água. As conseqüências de um longo inverno também podiam ser evitadas nadando para latitudes mais quentes, em migração. Essa era a única saída possível para criaturas de grande porte e é significativo notar que os sobreviventes atuais da época dos dinossauros, três tipos principais de répteis — crocodilos, lagartos e tartarugas — ainda se valem de um desses dois recursos.

Os crocodilos são os maiores répteis atuais. Afirmou-se que o macho de uma espécie marinha do sudeste asiático chega a atingir 6 m. Os fósseis de crocodilo aparecem nas camadas rochosas quase ao mesmo tempo que os dinossauros. Espécies muito semelhantes às atuais certamente viviam ao lado dos apatossauros e caçavam dinossauros menores, do tamanho de antílopes. E se alguém ainda hoje supõe que o mundo dos dinossauros era povoado por animais imensos de cérebros minúsculos, movendo-se pesadamente e tendo reações simples e obtusas, basta que observe os crocodilos para perceber quão falsa é essa impressão.

O crocodilo do Nilo passa a maior parte do tempo aquecendo-se ao sol nos bancos de areia, procurando manter o corpo numa temperatura estável, à semelhança das iguanas de Galápagos. Sendo maior, porém, pequenas variações de temperatura não o afetam. Tem também uma técnica adicional para se refrescar: escancara a boca, mantendo-a aberta. O ar passa pelo revestimento bucal interno, que é mais fino do que o couro exterior. À noite, adentram a água tépida do rio. Embora permaneçam inativos por longos períodos, os crocodilos são capazes de correr com enorme rapidez. Pesquisas recentes demonstram que a sua vida social é muito mais complexa do que se julgava. Os machos estabelecem um território para a procriação, patrulhando um trecho da água não muito distante da praia. Urram e lutam com qualquer outro macho que ouse desafiá-los. A corte nupcial tem lugar dentro da água. O macho fica extremamente excitado com a aproximação da fêmea. Seus urros aumentam a tal ponto que os flancos vibram e espirram uma cortina de borrifos pelo ar, enquanto que golpeia a água com a cauda e bate com fúria suas imensas mandíbulas. O acasalamento em si dura apenas alguns minutos: o macho segura a fêmea com a boca e suas caudas se entrelaçam.

Em seguida, a fêmea escolhe um lugar bem acima da linha da água, que irá usar a vida inteira. Ali cava um buraco e, à noite, deita os ovos, cerca de 40, em diversas bateladas. A profundidade em que são enterrados varia conforme o tipo de solo, mas é sempre o suficiente para que a temperatura não oscile mais do que 3° C, e não são nunca em lugares expostos ao sol o dia inteiro. Algumas espécies tomam precauções ainda maiores

Crocodilos saindo dos ovos

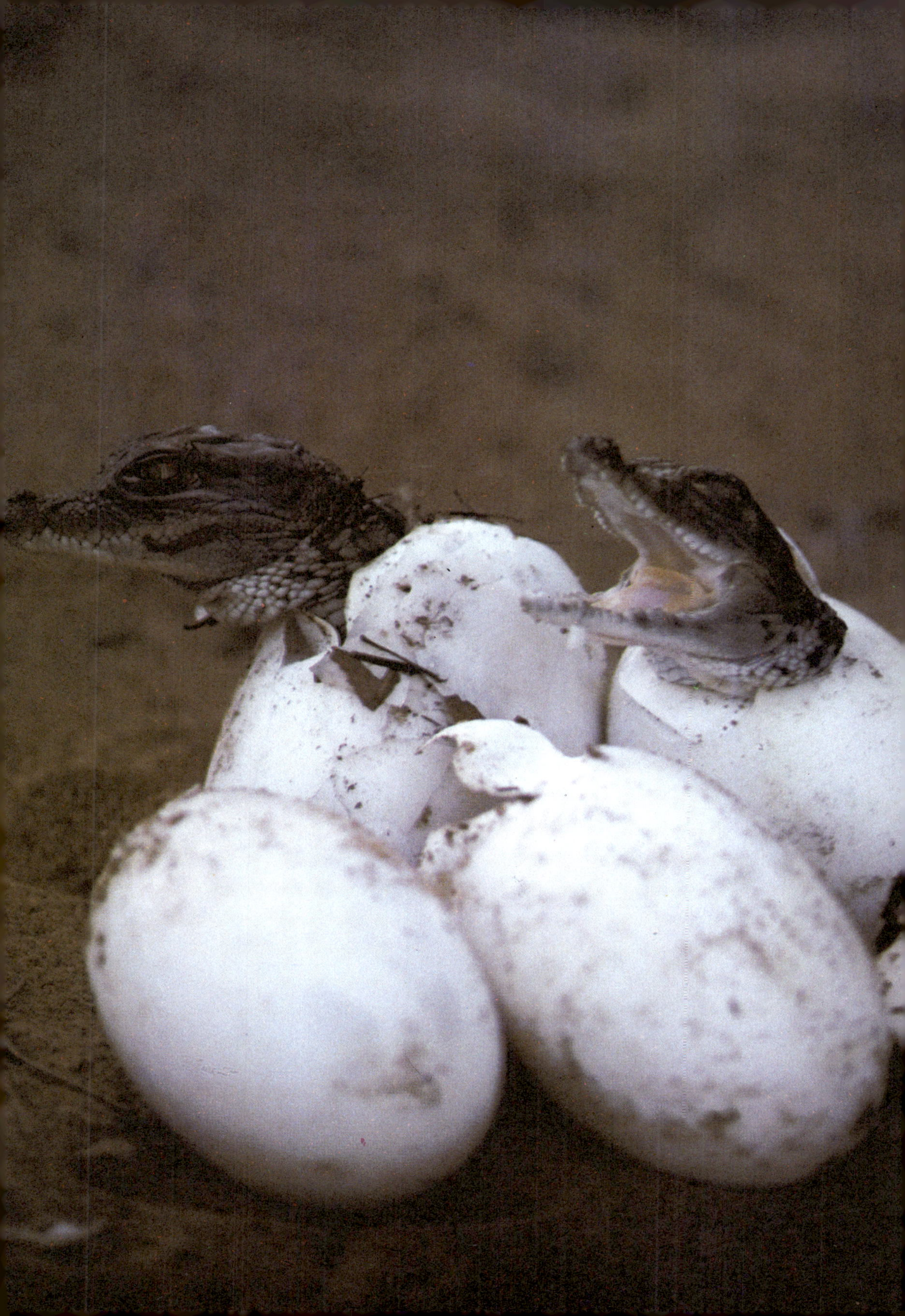

para garantir uma temperatura estável a seus ovos. Um crocodilo de água salgada constrói um ninho empilhando vegetação, e, quando o calor fica muito intenso, refresca os ovos com urina. O aligátor da América do Norte também põe seus ovos em um ninho semelhante, e revira regularmente a vegetação para manter seus ovos na umidade e calor constantes das folhas apodrecidas.

É no cuidado dispensado aos filhotes que os crocodilos revelaram um comportamento complexo e surpreendente. Quando seus ovos estão para eclodir, os filhotes do crocodilo do Nilo começam a dar piados agudos dentro das cascas. Esses apelos são tão estridentes que se fazem ouvir, através da casca e da areia, a uma distância de vários metros. Em resposta, a fêmea começa a raspar a areia que cobre a ninhada. Quando os filhotes começam a subir com dificuldade pela areia, ela os apanha delicadamente com a boca, usando seus imensos dentes com a leveza de uma pinça. Uma bolsa especial desenvolveu-se no fundo da boca e lá ela acomoda meia dúzia de seus filhotes. Ao atingir esse número, ela anda até a água e os transporta, nadando, com a boca semi-aberta, com os filhotes a piar, espreitando por entre a paliçada de dentes. O macho vem em seu auxílio e em pouco tempo os filhotes são transferidos para uma área especial que lhes servirá de viveiro. Lá permanecem cerca de dois meses, escondendo-se em pequenos buracos nas margens, e caçando peixes e rãs, enquanto que seus pais descansam na água próxima, vigiando-os. É difícil não deduzir que os dinossauros também tivessem formas igualmente complexas de corte nupcial e comportamento familiar.

As tartarugas terrestres vêm de uma linhagem tão antiga quanto os crocodilos. Muito cedo em sua história decidiram se concentrar na defesa própria. Para esse fim, os crocodilos simplesmente reforçaram a pele com nódulos ósseos sob as escamas dorsais. As tartarugas foram mais além e transformaram suas escamas em placas córneas reforçadas por uma única estrutura óssea, de forma que seu corpo ficou encerrado numa caixa virtualmente impermeável ao interior, para a qual elas podiam recolher a cabeça e as patas, se ameaçadas. Criaram assim a mais eficiente couraça desenvolvida por um vertebrado e deram-se tão bem com ela que seu modelo básico permaneceu inalterado até hoje. A única variação surgiu muito cedo em sua história. Um grupo entre elas resolveu viver sempre na água. Esse avanço foi lógico, pois as pesadas carapaças tornavam seus movimentos cansativos e morosos em terra firme. Mas, um dos recém--adquiridos talentos reptilianos impediu as tartarugas de se tornarem totalmente aquáticas: os ovos impermeáveis. A casca dura, que liberara seus ancestrais da dependência da água para a reprodução torna-se inútil dentro dela. As membranas internas, através das quais o embrião respira por meio de troca de gases, que permeiam a casca porosa, não funcionam na água. O filhote se afogaria dentro da casca. Por essa razão, a fêmea da tartaruga aquática, todos os anos na época da procriação, precisa abandonar o

Lagarto anolis *exibindo-se, América do Sul*

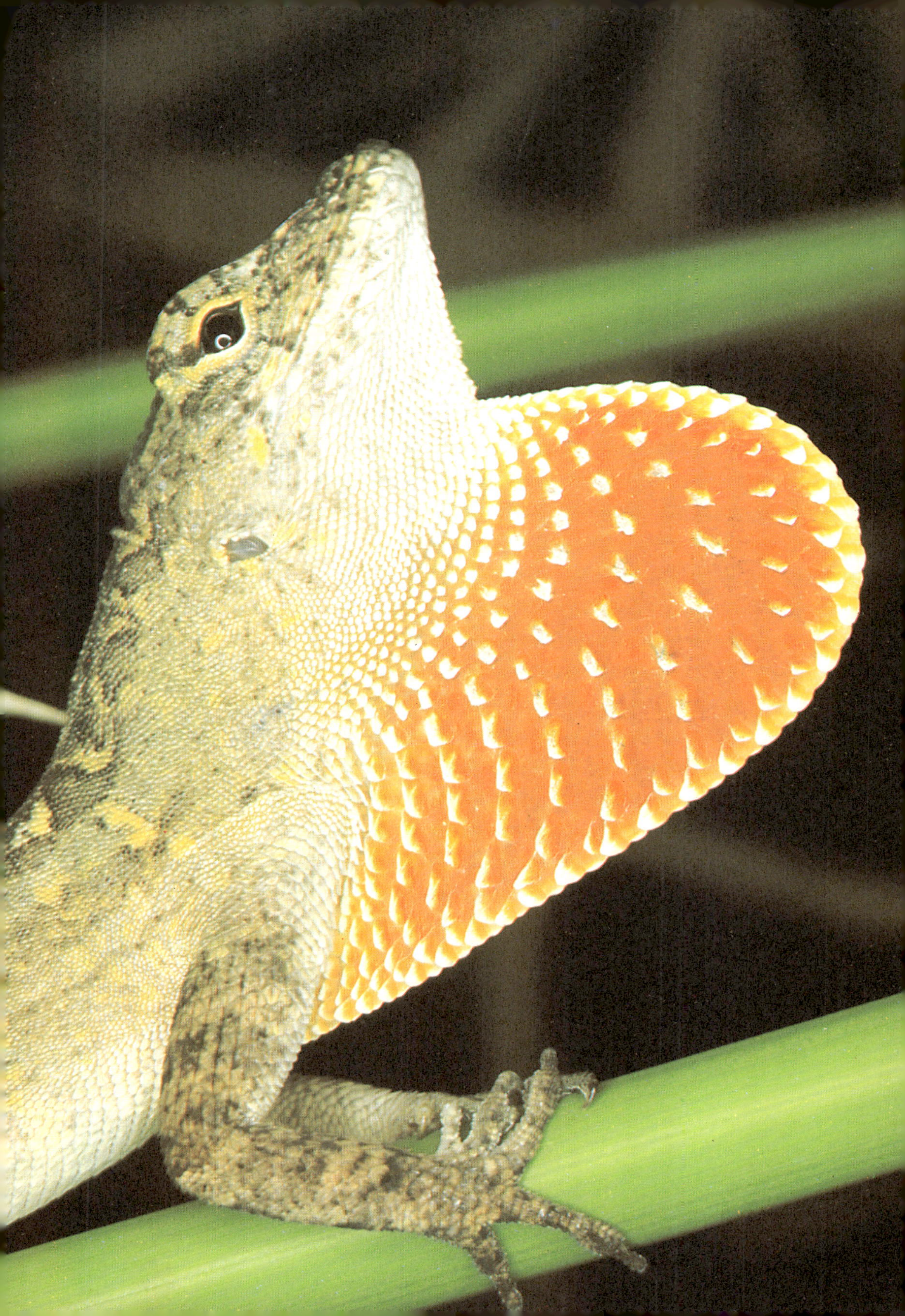

oceano aberto e nadar em direção à costa. Ao atingir a praia, durante a noite, arrasta-se laboriosamente na areia, cava um buraco, e ali deita os ovos, como fazem seus parentes terrestres.

Um terceiro grupo de sobreviventes, os lagartos, são agora muito mais numerosos que os crocodilos e as tartarugas. Sua forma ancestral sofreu inúmeras variações. Existem diversas famílias: iguanas, *skinks*, monitores, camaleões e muitos outros. Todos protegeram sua preciosa pele impermeável desenvolvendo escamas. Numa espécie australiana, o traquidossauro, são duras e polidas, justapondo-se com a perfeição de uma armadura de malhas de ferro; o monstro Gila, um lagarto mexicano, tem as escamas róseas e negras, arredondadas como contas; em outra espécie africana são longas e pontudas. Como as nossas unhas, as escamas são formadas por material córneo morto e desgastam-se gradualmente. Os lagartos desfazem-se delas várias vezes ao ano. Uma série nova cresce sob a velha e a substitui.

As escamas são mais adaptáveis que os ossos às pressões evolucionárias e são úteis aos lagartos de várias maneiras, além da proteção direta. O macho da iguana marinha parece maior e mais poderoso quando em competição territorial exibe sua crista dorsal de longas escamas. Os mais heraldicamente dramáticos entre todos os répteis, os camaleões, transformaram as escamas da cabeça em chifres simples, duplos, triplos e até quádruplos. O *moloch*, um pequenino lagarto altamente especializado do deserto central australiano, alimenta-se só de formigas e tem as escamas largas eriçadas, com uma ponta no centro de cada uma. Poucas aves apreciariam um petisco tão espinhoso — e as escamas, para esse fim, são armas de defesa, mas sua forma serve também a uma outra função pouco comum. Cada escama é riscada de sulcos muito finos que se irradiam a partir da ponta central. Nas noites frias o orvalho condensa-se nelas, e é atraído por ação capilar para dentro dos sulcos e, daí, atinge a boca da criaturinha. As lagartixas e gecos desenvolveram o mais especializado entre todos os tipos de escamas. Esses pequenos lagartos tropicais conseguem subir com facilidade pelas paredes, correr no teto de cabeça para baixo e firmar-se até em superfícies verticais de vidro — e o fazem com tal naturalidade que é fácil imaginar que se utilizam de alguma forma de sucção. Na realidade, são suas escamas as responsáveis por esses truques. As patas das lagartixas apresentam na parte inferior dos dedos dilatações formadas por uma quantidade imensa de pêlos pequeninos, invisíveis a olho nu e tão minúsculos que só podem ser percebidos com a ajuda de um microscópio eletrônico. Quando comprimidas, essas dilatações agarram-se às asperezas mais leves, tais como as que apresentam uma superfície lisa de vidro. Essa massa capilar, por conseguinte, oferece à lagartixa um ponto de apoio.

Através de sua história, os lagartos, como as salamandras do Novo Mundo, têm tido uma tendência a desfazer-se das pernas. Diversos *skinks*, lagartos do gênero *Eumeces*, demonstram atualmente todos os diferentes

Skink *de pernas curtas, África oriental*

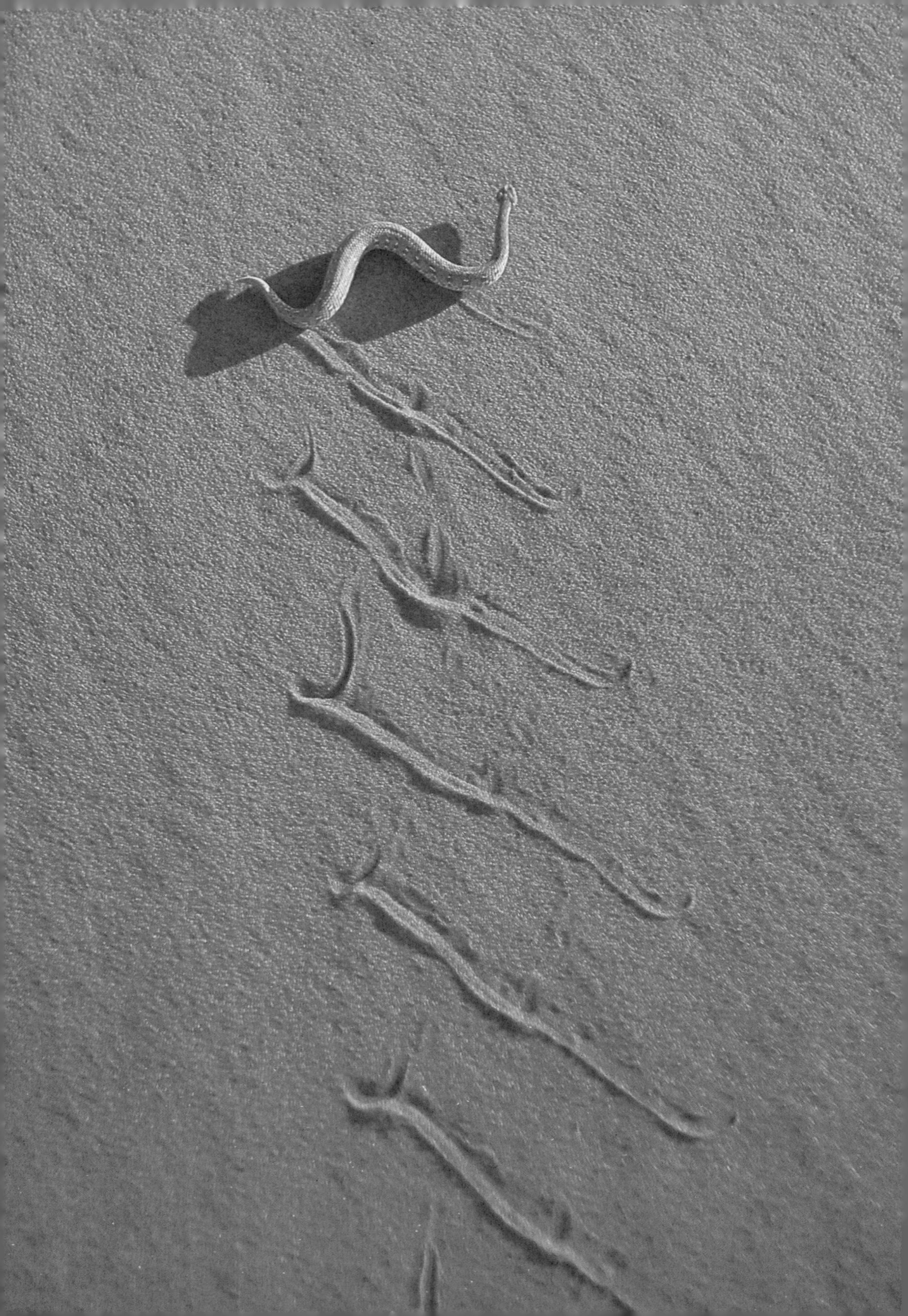

estágios desse processo. Os australianos, como o lagarto de língua azul e o traquidossauro, possuem, no melhor dos casos, patas diminutas que mal têm força suficiente para levantar seu corpo robusto do chão. Uma espécie européia não tem patas, embora seu organismo ainda apresente vestígios de ossos nos quartos dianteiros e traseiros. Os lagartos-cobra da África do Sul, dentro de seu próprio gênero, demonstram os diversos estágios intermediários de redução dos membros. Um tem quatro patas, cada qual com cinco dedos; outro as tem muito pequenas, com dois dedos perfeitamente desenvolvidos em cada; um terceiro tem só as traseiras, cada qual com um dedo e nenhuma dianteira externa.

Há 100 milhões de anos esse processo de redução de membros ocorreu entre um grupo de lagartos arcaicos. Em conseqüência, surgiram as serpentes.

A identidade exata deste grupo ancestral ainda é debatida. A perda de seus membros, todavia, parece estar relacionada com a adoção de uma vida em tocas. Existem várias indicações de que os ancestrais das serpentes viviam em subterrâneos. Debaixo da terra o delicado tímpano auditivo pode ser facilmente avariado e a audição não tem, de qualquer forma, muito valor. Por essa razão, os escavadores tendem a perder seus ouvidos. Nenhuma serpente possui tímpanos e o osso, que nos outros répteis transmite vibrações a partir de um tímpano, está ligado à mandíbula inferior de forma que, embora virtualmente surdas aos sons transmitidos pelo ar, as serpentes percebem as vibrações que percorrem o solo, como as produzidas por passos sobre a terra.

Seus olhos, na opinião de alguns peritos, fornecem evidência adicional, pois diferem consideravelmente em sua estrutura de qualquer outro olho reptílico. Se os ancestrais das serpentes tivessem sido escavadores, seus olhos, como os de qualquer outro escavador, teriam tendência a se degenerar. Mas se antes de perdê-los totalmente, seus donos voltassem a viver na superfície, onde a visão é necessária, os olhos vestigiais tornariam a desenvolver-se. Portanto, os olhos das serpentes teriam uma estrutura própria, peculiar. Embora bastante convincente, esta teoria não é ainda universalmente aceita.

Contudo, ninguém duvida de que as serpentes tiveram pernas em alguma fase da sua evolução. Existe mesmo um grupo completo delas, os pítons e as boas, que ainda retêm vestígios internos e externos do osso ilíaco — dois esporões, um de cada lado da cloaca. Na superfície, e sem patas, as serpentes precisaram desenvolver novos meios de locomoção: contraem os músculos do flanco em ondas alternadas, de forma que o corpo se eleva numa série de curvas em forma de S. As contrações percorrem o corpo em ondas, comprimindo os flancos contra obstáculos no solo, tais como pedras e talos de plantas, e por esse meio, a serpente consegue se impulsionar para a frente. Em suma, ela serpeia. Se colocada em uma superfície lisa, onde não haja irregularidades que lhe ofereçam pon-

Locomoção por serpeamento lateral, Namíbia

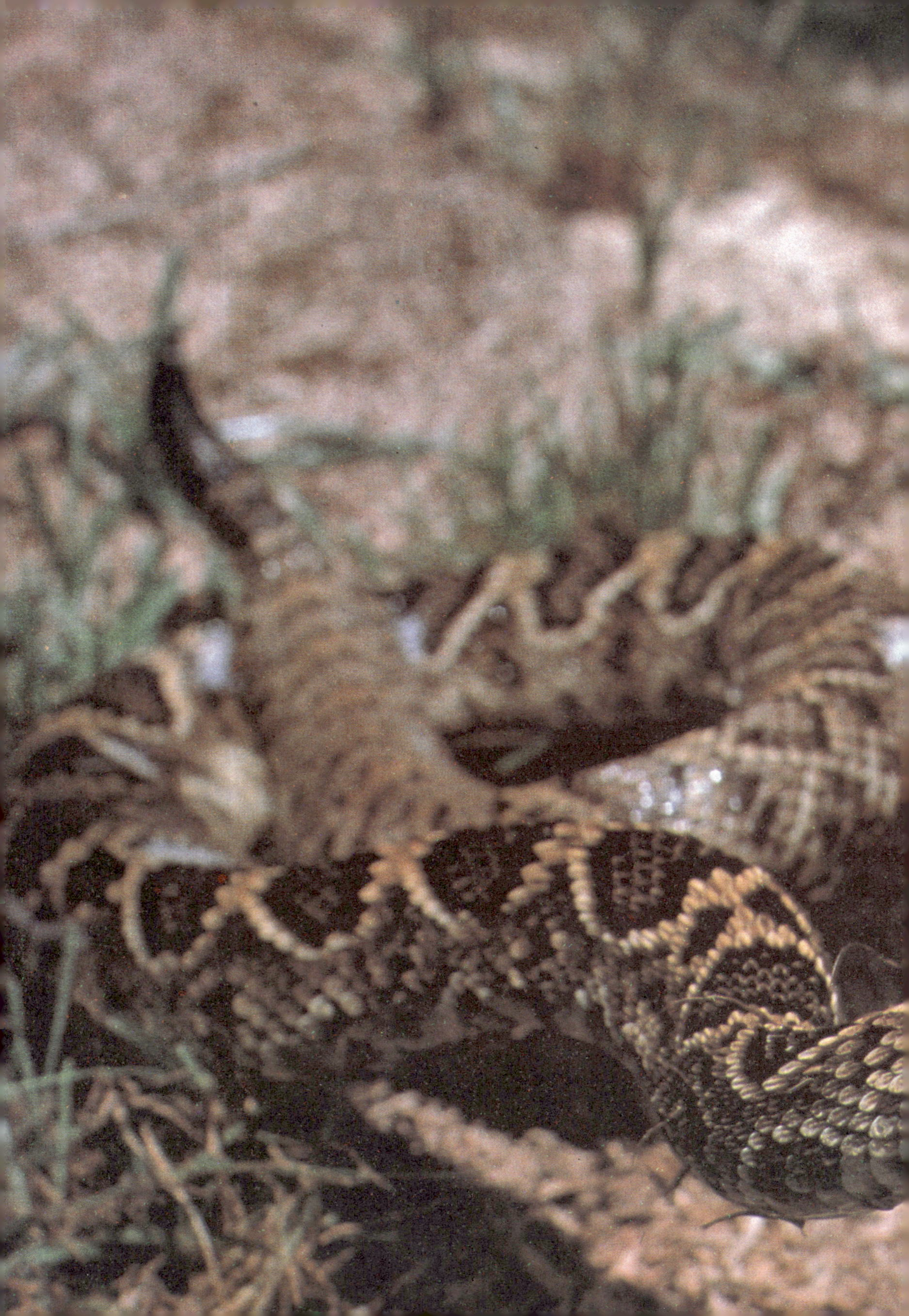

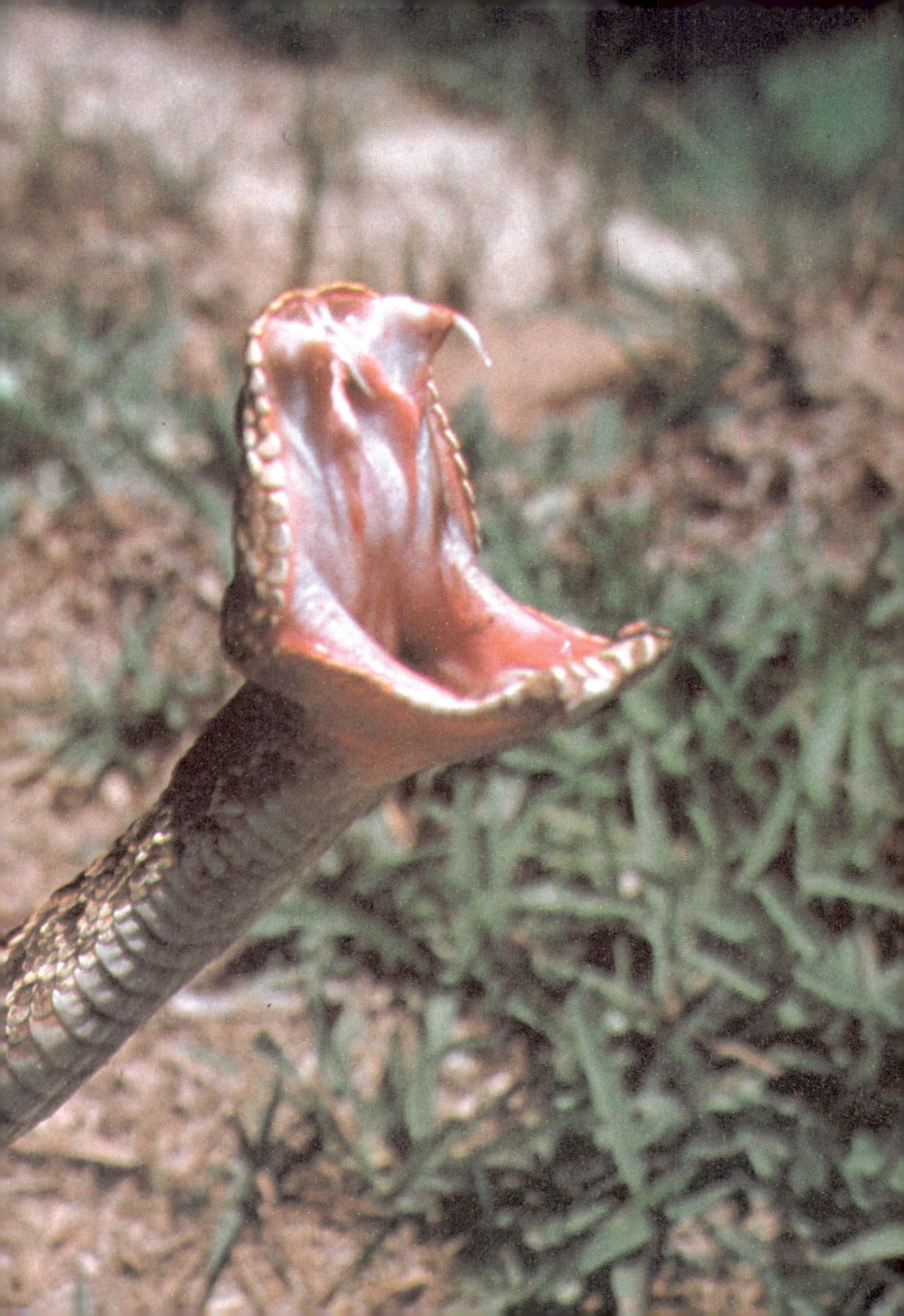

tos de apoio, a técnica falha e a serpente apenas se contorce desamparada.

Diversas serpentes de deserto arenoso desenvolveram uma variação dessa técnica e a praticam com tal rapidez que é desconcertante observá-las e extremamente difícil descrever a série de movimentos de uma forma compreensível. Chama-se serpeamento lateral. O corpo da serpente é mais uma vez contraído em forma de S mas toca o solo em apenas dois pontos que se propagam rapidamente através do corpo. O movimento é iniciado atrás da cabeça, que a serpente ergue e dobra em uma curva no ponto em que toca o solo. As contrações musculares, que fazem a curva, avançam rapidamente pelo corpo, mantendo contato com a areia, enquanto a cabeça e a parte dianteira permanecem elevadas. Quando a onda percorreu metade do corpo, a cabeça é abaixada mais uma vez, e, momentaneamente, toca o solo, dando início a nova ondulação. O resultado disso é que a serpente avança rapidamente, deixando uma série de rastos paralelos na areia, num ângulo de cerca de 45° em relação ao rumo em que ela se deslocou.

Ao caçar, é muitas vezes importante movimentar-se o mínimo possível para não atrair a atenção da vítima. As serpentes postam-se com o corpo estirado numa linha quase reta, apontando diretamente para a presa. As escamas de sua parte ventral têm a forma de retângulos estreitos, justapostos na extensão do corpo, com as arestas livres voltadas para a parte traseira. Por meio de contrações musculares, a serpente alça e avança partes sucessivas dessas escamas, enquanto que as arestas posteriores proporcionam a tração necessária, fincando-se ao solo. A propagação das ondas musculares permite que a serpente deslize silenciosamente em linha reta, sem qualquer movimento lateral.

Se as serpentes arcaicas realmente viveram um período debaixo da terra, é provável que suas presas fossem pequenas e constituídas de invertebrados como vermes, térmitas e talvez mamíferos escavadores primitivos, semelhantes aos musaranhos. Ao voltarem à superfície os mamíferos já haviam principiado a desenvolver-se nas formas hoje conhecidas, e seu escopo tornou-se muito maior. Talvez tenha sido precisamente esta a razão que as atraiu de volta para fora. Alguns pítons e boas haviam atingido tal comprimento que conseguiam, com facilidade, dominar criaturas de grande porte, como antílopes e bodes. Tendo agarrado a presa com a boca, a serpente rapidamente enrosca-se-lhe em torno, contraindo seu corpo forte de forma que a vítima não consegue expandir o tórax para respirar e morre, não por esmagamento, mas por asfixia. Firmando a presa com os dentes, as serpentes engolem-na lentamente, com o auxílio de sua articulação maxilar flexível. O longo processo de deglutição pode durar várias horas e deixar a serpente num estado de intumescimento imóvel.

As serpentes mais avançadas matam, não por constrição, mas com veneno. Um grupo possui dentes inoculadores ao fundo das maxilas superiores. As glândulas venenosas localizam-se logo acima deles e o veneno

No verso: O bote da cascavel

simplesmente goteja num sulco do dente. Ao morder a presa, as serpentes deste tipo precisam mantê-la segura e mascar, movendo a maxila de um lado para outro, até que os dentes inoculadores penetrem na carne da vítima, levando o veneno.

Serpentes mais avançadas têm meios mais refinados de matar. Algumas apresentam os dentes inoculadores fixos à frente do maxilar superior. Esses dentes possuem um canal interno, pelo qual flui o veneno. Najas, mambas e serpentes-marinhas têm dentes curtos e imóveis, mas as víboras os têm tão longos que precisam ser dobrados para trás, sobre o palato. Quando a víbora ataca, sua maxila escancara-se e o osso no qual estão implantados os dentes inoculadores gira, trazendo-os para baixo e para frente, de forma a penetrar na vítima instantaneamente. Ao perfurar a carne, o veneno é injetado como o soro de uma agulha hipodérmica.

As serpentes foram os últimos a surgir entre os grandes grupos de répteis. Dentre elas, as mais aprimoradas são as víboras de fossa. As cascavéis do México e do sudoeste dos Estados Unidos pertencem a este grupo e exemplificam a que ponto de perfeição o modelo reptiliano pôde ser desenvolvido.

Como muitas outras serpentes, e alguns anfíbios e peixes anteriormente, as cascavéis dão a seus ovos o máximo de proteção, mantendo-os dentro do organismo. A casca, essa inovação reptiliana, está reduzida a uma membrana fina, de forma que os embriões nutrem-se não apenas de gema, mas, também, do sangue materno, difundido pelas paredes do oviduto, contra a qual estão comprimidos. Em sua essência, este processo é semelhante ao placentário, adotado pelos mamíferos.

A cascavel fêmea não abandona os filhotes, quando estes nascem, perfeitamente desenvolvidos, de sua cloaca. Ao contrário, vigia-os assiduamente. Intrusos são advertidos com o ruído de seu guizo vibratório. A cada mudança de pele uma escama oca especial permanece fixa à extremidade da cauda, de forma que uma cascavel adulta pode ter até vinte guizos.

As cascavéis caçam à noite e se utilizam de um órgão para o qual não há equivalente no reino animal. Entre as narinas e os olhos estão as fossas que deram nome a todo o grupo. Essas fossas são sensíveis às radiações infravermelhas, ou seja, ao calor irradiado, e são tão delicadas que reagem a uma variação de três centésimos de grau centígrado. São, além disso, direcionais, permitindo à serpente identificar, com precisão, a origem do calor. Com a ajuda de suas fossas termo-sensíveis uma cascavel é capaz de localizar um pequeno esquilo terrestre, encolhido e imóvel a meio metro de distância, mesmo em total escuridão. A serpente desliza silenciosamente em direção à presa; ao acercar-se, investe impelindo a cabeça para diante numa velocidade de 3 m/s; seus longos dentes inoculadores injetam na vítima uma dose de veneno extremamente virulento. A cascavel é, sem dúvida, um dos mais eficientes predadores do reino animal.

Como todos os répteis, ela absorve a energia solar diretamente e, portanto, suas necessidades alimentares são pequenas. Pouco mais de uma dúzia de refeições ao ano são mais do que suficientes. A cascavel não precisa dedicar-se à busca incessante de alimento a que são obrigados os mamíferos endotérmicos, mesmo no deserto, nem passar, como eles, o dia encolhida em nichos e tocas, arquejante de calor, à espera da noite fresca para se aventurar a sair. Enrodilhada entre as pedras e cactos do deserto mexicano, ela é rainha em seu ambiente e nada teme. Em virtude de sua pele e ovos impermeáveis, os répteis foram os primeiros vertebrados a colonizar o deserto e, em algumas regiões, ainda o dominam.

8 Os senhores do ar

A pena é uma invenção extraordinária. Poucas substâncias lhe são comparáveis como isolante térmico e nenhuma, seja sintética ou de origem animal, a supera como material de vôo. Essa substância chama-se queratina. A pena é formada do mesmo material córneo das escamas dos répteis e das nossas unhas. As qualidades excepcionais da pena derivam de sua construção intrincada: uma haste central tem cento e poucos filamentos de cada lado; cada filamento, por sua vez, é franjado por outros tantos filamentos menores ou bárbulas. Nas penugens, essa estrutura produz uma leveza macia e fofa que impede a passagem do ar e oferece, portanto, um excelente isolamento térmico. As penas de vôo têm uma característica tradicional: as bárbulas são justapostas aos filamentos vizinhos, engatando-os entre si até formar uma peça contínua. Existem várias centenas de ganchos de engate em cada bárbula, e mais de um milhão em uma única pena. Uma ave do tamanho de um cisne tem cerca de 25 000 penas. As características que distinguem as aves dos outros animais estão quase sempre ligadas aos benefícios advindos das penas. Na realidade o simples fato de possuir penas é suficiente para definir uma criatura como ave.

Quando, em 1860, em Solnhofen, na Bavária, a delicada e inconfundível silhueta de uma única pena de 7 cm de comprimento foi encontrada impressa numa laje de pedra calcária, a descoberta causou sensação. Eloqüente como um sinal dos índios pele-vermelha, proclamava que ali havia estado uma ave. E, no entanto, essa pedra calcária datava da época dos dinossauros, muito antes do que se julgava tivessem as aves surgido.

Os sedimentos formadores do estrato rochoso acumularam-se lentamente no fundo de uma lagoa tropical rasa, cercada por rochas esponjosas e algas calcárias. A água era tépida e pobre em oxigênio, separada do mar aberto, apresentava pouca ou nenhuma correnteza. Cal, em parte proveniente dos rochedos fragmentados, em parte produzida por bactérias, foi se depositando como lodo no fundo. Essas condições eram pouco propícias à maioria dos animais. Os que ali vieram ter por acaso e morreram, afundaram e lá permaneceram imperturbados na água parada, enquanto o lodo se acumulava e os recobria lentamente.

A pedra calcária de Solnhofen tem sido extraída há séculos porque sua granulação fina e lisa é um material excelente para construção e ideal para o uso em litografia; também fornece à natureza moldes imaculados para a impressão, com detalhes perfeitos de evidências da evolução. Essa pedra, se for bem desgastada, separa-se ao longo dos planos de forma que um bloco pode ser aberto em folhas, como um livro. Ao visitar uma dessas

Arqueópterix

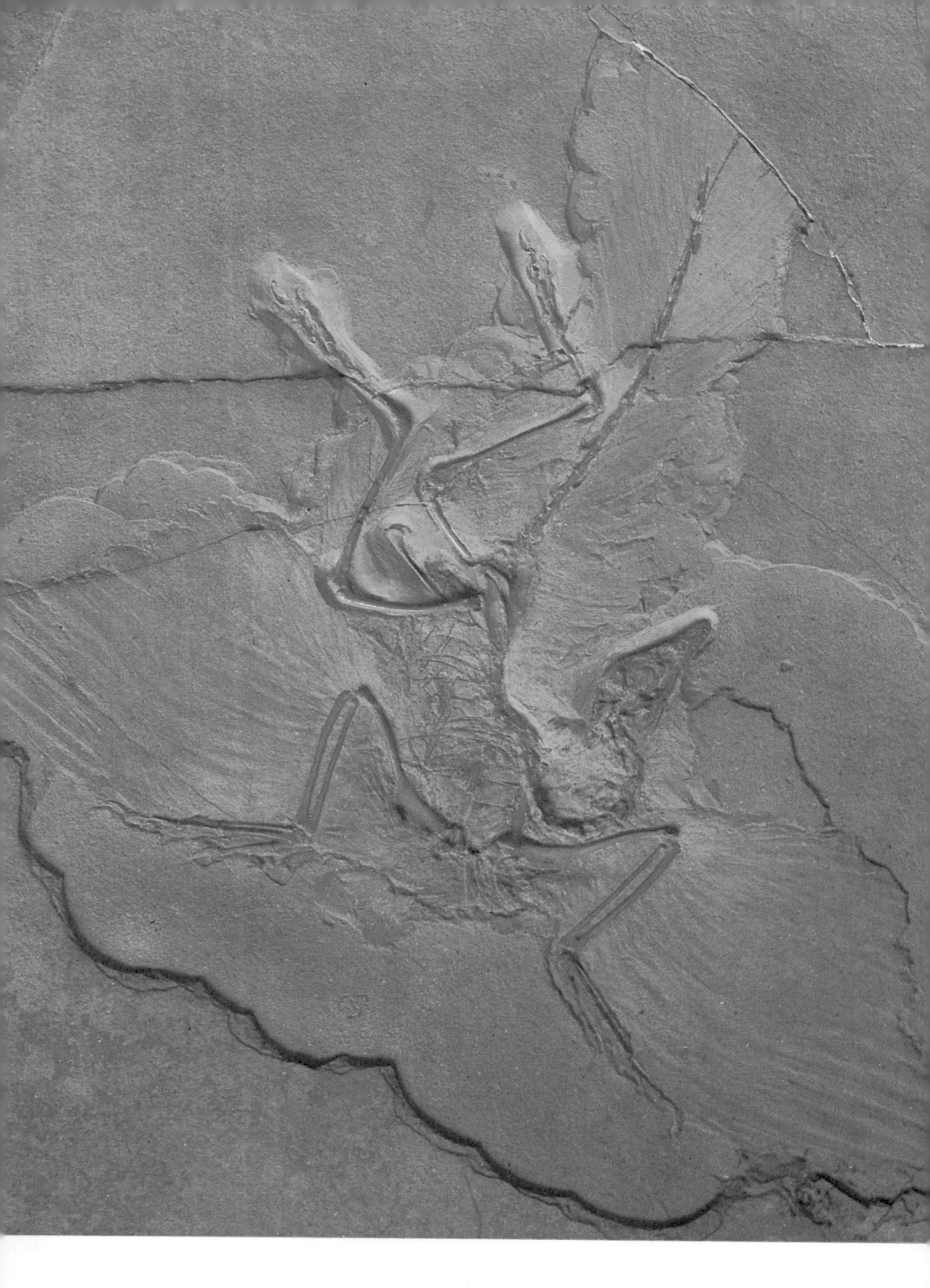

pedreiras é quase impossível resistir à tentação de virar as páginas de cada seixo rolado que se vê, sabendo que ninguém jamais as abriu e seu conteúdo não foi exposto à luz do dia nestes últimos 140 milhões de anos. A maior parte delas está, é claro, em branco mas, de tempos em tempos, os pedreiros encontram fósseis de uma perfeição miraculosa — peixes com cada osso e cada escama brilhante nos seus respectivos lugares, límulos exatamente no local onde morreram depois de seu último movimento no lodo, lagostas com suas antenas mais delicadas perfeitamente intatas, pequenos dinossauros, ictiossauros e pterodátilos, com a estrutura óssea das asas amassada mas não quebrada e a silhueta sombreada de sua membrana alar claramente visível. Mas em 1860 aquela pena bela e enigmática foi a primeira indicação de que existiam aves em época tão remota.

A que tipo de ave pertencera? A ciência, baseada na evidência única da pena, chamou-a de arqueópterix, "ave antiga". Um ano mais tarde, em uma pedreira próxima, os pesquisadores encontraram um esqueleto quase completo de uma criatura de penas do tamanho de um pombo. A impressão mostrava-o esparramado na pedra, com as asas abertas, uma longa perna desarticulada, a outra ainda ligada e com uma pata de quatro dedos, e ao redor do corpo, em toda parte, a impressão dramática que eram sem dúvida de suas penas. Embora a designação "ave antiga" fosse certamente adequada, a criatura era substancialmente diferente de qualquer ave conhecida. A longa cauda plumosa que se abria em leque era sustentada por um prolongamento ósseo da espinha; e tinha garras, não apenas nas patas, mas também, em três dedos de suas asas cobertas de pena. Era quase tanto um réptil quanto uma ave, e sua descoberta, dois anos após a publicação da *Origem das Espécies*, foi uma confirmação providencialmente oportuna da proposição de Darwin — grupos de animais evoluíam para outros por meio de formas intermediárias. Um dos grandes defensores da teoria de Darwin, Huxley, havia mesmo previsto que tal criatura devia ter existido e tinha descrito profeticamente sua forma com detalhes. Até hoje não existe prova mais convincente de conexão evolutiva.

Desde o encontro do primeiro esqueleto, mais dois arqueópterixes foram descobertos no distrito de Solnhofen, um ainda mais perfeito, com o crânio intato. Este último forneceu mais um detalhe importante. O animal tinha mandíbulas ósseas e dentes. Um quarto espécime foi reconhecido há apenas alguns anos num museu holandês. Era também originário de Solnhofen, de onde fora enviado seis anos antes do primeiro esqueleto reconhecido — mas porque a impressão de suas penas era muito tênue e difícil de se notar tinha sido catalogado como um pequeno pterodátilo, o que sugere sua aparência de réptil, mesmo aos olhos de especialistas.

Esses fósseis forneceram-nos um conhecimento detalhado da anatomia do arqueópterix. Seu corpo era todo coberto de penas, com exceção das pernas, cabeça e parte superior do pescoço. Sem dúvida, elas proporcionavam um isolamento térmico muito eficiente e resolveram o problema da manutenção de uma temperatura corporal alta que tantas dificuldades havia causado a seus primos dinossauros. Com um casaco tão quente, o arqueópterix podia mover-se com rapidez, mesmo nas horas mais frias do dia.

A explicação para a existência de penas nas asas, porém, não é tão simples. Para conseguir voar batendo as asas são necessários possantes músculos peitorais e estes, em todas as aves voadoras, estão ligados a uma projeção em forma de quilha no esterno. O arqueópterix não apresenta essa estrutura, de onde se deduz que as batidas de suas asas eram fracas e certamente insuficientes para permitir que alçasse vôo. Alguns cientistas sugeriram que o animal utilizava as penas como uma espécie de rede, mantendo as asas abertas para caçar insetos. Uma explicação mais simples e aceitável é que seus antepassados tinham sido trepadores arborícolas. Suas penas, que haviam se desenvolvido a partir de escamas reptilianas para proporcionar isolamento térmico, foram aumentando de tamanho até permitirem que o arqueópterix planasse de um galho para outro, como hoje ainda fazem os lagartos planadores, com a ajuda de membranas distendidas em seus flancos. O arqueópterix era certamente capaz de subir em árvores. Um dos quatro dedos em suas patas era virado ao contrário e podia ser aposto aos outros, permitindo ao animal agarrar-se com firmeza. E as garras em suas asas também seriam de grande utilidade para segurar-se nos galhos.

Uma ave existente hoje nos demonstra a eficiência desse método de subir em árvores. O *hoatzin* é uma ave estranha, de porte pesado, do tamanho de uma galinha, que vive nos pântanos da Guiana e da Venezuela. Seus ninhos são plataformas toscas de gravetos, construídas em galhos suspensos sobre a água, comuns nos mangues. Os filhotes nascem pelados e são extremamente ativos. Observá-los não é fácil. Nos mangues é quase impossível evitar que a proa da canoa bata contra o emaranhado de galhos e raízes aéreas. Se o ninho estremecer, os filhotes agitados se espalham das plataformas de gravetos para os galhos. Se a perturbação continuar, a oportunidade de observá-los estará quase certamente perdida, pois, lançando-se ao ar abruptamente, mergulham na água e nadam com grande energia até se embrenharem no labirinto de raízes aéreas, onde é impossível segui-los. Mas com um pouco de sorte, você poderá observar o modo pelo qual se agarram com tanta firmeza aos galhos e se deslocam de um para o outro. Quando jovem, esta espécie apresenta pequenas garras nas asas, vestígio de sua descendência de um antepassado reptiliano que ostentava membros superiores com dedos, em vez de asas. Essas jovens aves sem penas sugerem com clareza o modo pelo qual o arqueópterix se deslocava nas árvores das florestas habitadas pelos dinossauros.

Quando o *hoatzin* juvenil cresce, essas garras vestigiais desaparecem. Os adultos voam com dificuldade, batendo penosamente as asas pesadas em seu habitat ribeirinho. Não conseguem voar mais do que 100 m, aterris-

Hoatzin *jovem, com garras nas asas*

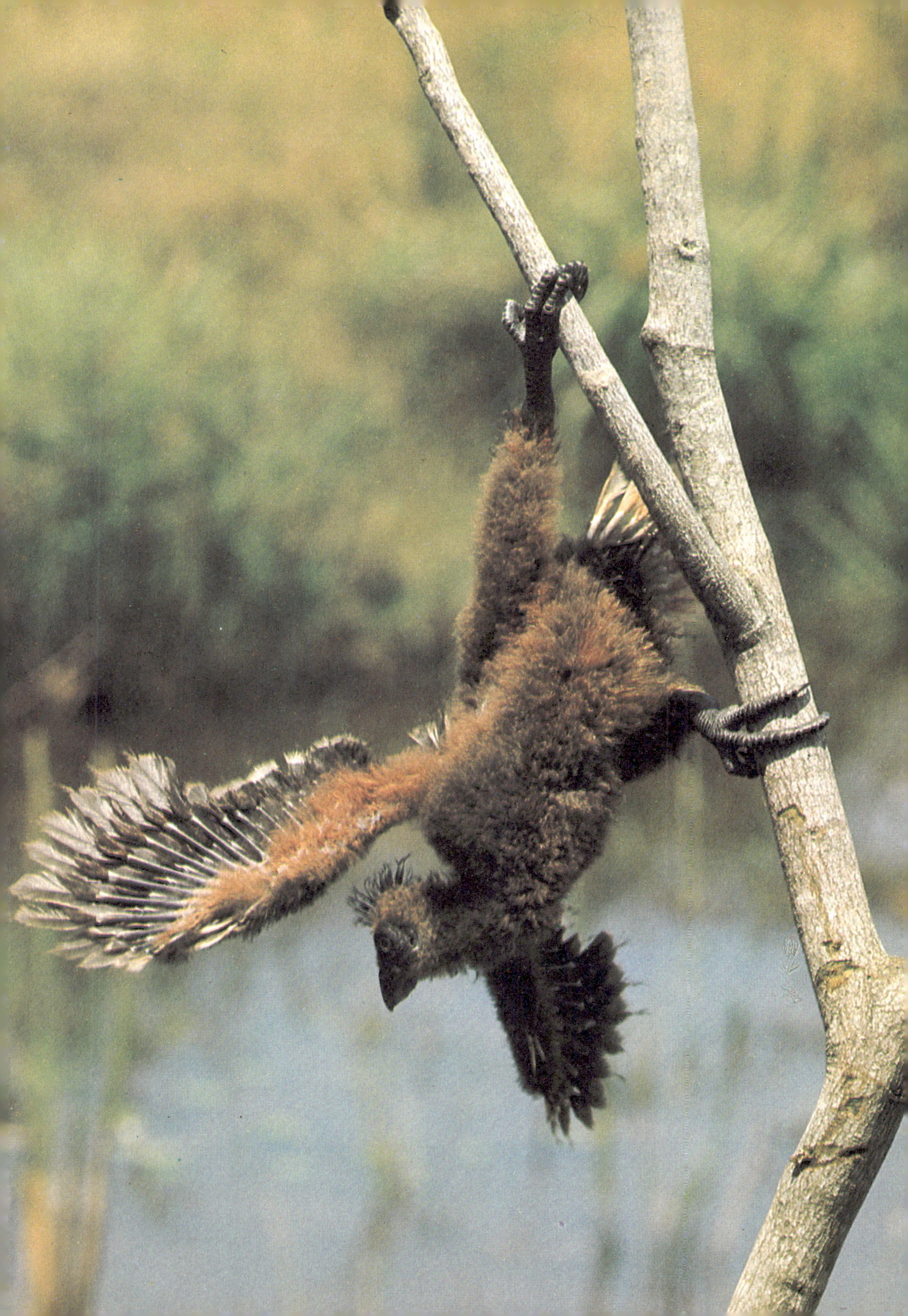

sando com estrépito na vegetação para descansar. Apesar disso, são indubitavelmente muito mais hábeis no ar do que o era o arqueópterix, pois seu esqueleto, como o de todas as aves modernas, foi grandemente adaptado ao vôo durante os últimos 140 milhões de anos.

A prioridade indiscutível para qualquer ser voador é manter o mínimo peso possível. Os ossos do arqueópterix eram sólidos, como os de um réptil; as aves verdadeiras os têm leves e delicados ou ocos, com as cavidades internas muitas vezes reforçadas por esteios cruzados, semelhantes aos usados para o mesmo fim nas asas dos aeroplanos. Os pulmões das aves se expandem em bolsas de ar que preenchem a cavidade interna do organismo da maneira mais leve possível. O pesado prolongamento da espinha que formava a base da cauda do arqueópterix foi substituído por penas com um eixo oco e firme, dispensando qualquer suporte ósseo. Uma mandíbula poderosa cravada de dentes teria sido um obstáculo especial para qualquer criatura que pretendesse voar, pois tenderia a torná-la mais pesada de um lado, desequilibrando-a. Em seu lugar os pássaros modernos desenvolveram uma outra estrutura levíssima de queratina, o bico.

Mesmo os melhores bicos são incapazes de mastigar e a maioria das aves ainda precisa quebrar seu alimento em pedaços. Para esse fim dispõem de um compartimento muscular especial no estômago, a moela, localizada no meio do corpo, aproximadamente entre as asas, onde não apresenta problemas de desequilíbrio ou de ângulo de vôo quando a ave está no ar. O bico serve apenas para catar o alimento.

A queratina do bico, como a das escamas reptilianas, parece ser facilmente adaptável às pressões evolucionárias. Quão rapidamente eles se modificam para servir melhor à dieta de seus donos é demonstrado com grande nitidez pelos drepanidídeos havaianos. Essa família descende de um antepassado comum, provavelmente semelhante ao pardal, com um bico curto e reto, que vivia no continente americano. Há alguns milhares de anos, um bando deles foi provavelmente arrastado para o mar aberto por uma tempestade súbita, acabando por atingir as ilhas havaianas, onde encontrou florestas luxuriantes vazias de pássaros, pois as ilhas vulcânicas tinham se formado há relativamente pouco tempo. Para explorar os diversos tipos de alimento agora à sua disposição o grupo desenvolveu-se rapidamente em várias espécies, cada qual com uma conformação de bico apropriada aos seus hábitos alimentares. Algumas têm o bico curto e sólido, para quebrar sementes duras, outras os têm curvos e poderosos, para rasgar carne apodrecida. Uma espécie apresenta um bico longo e curvo que lhe permite recolher o néctar das flores; outra, dotada de um bico sólido, com a parte superior bem mais longa, retalha a casca das árvores para desalojar gorgulhos; outra, ainda, tem o bico cruzado, estrutura que aparentemente a habilita a extrair insetos de flores em botão. Darwin havia notado variações semelhantes no bico de tentilhões das Galápagos e considerou-as evidências da maior importância para sua teo-

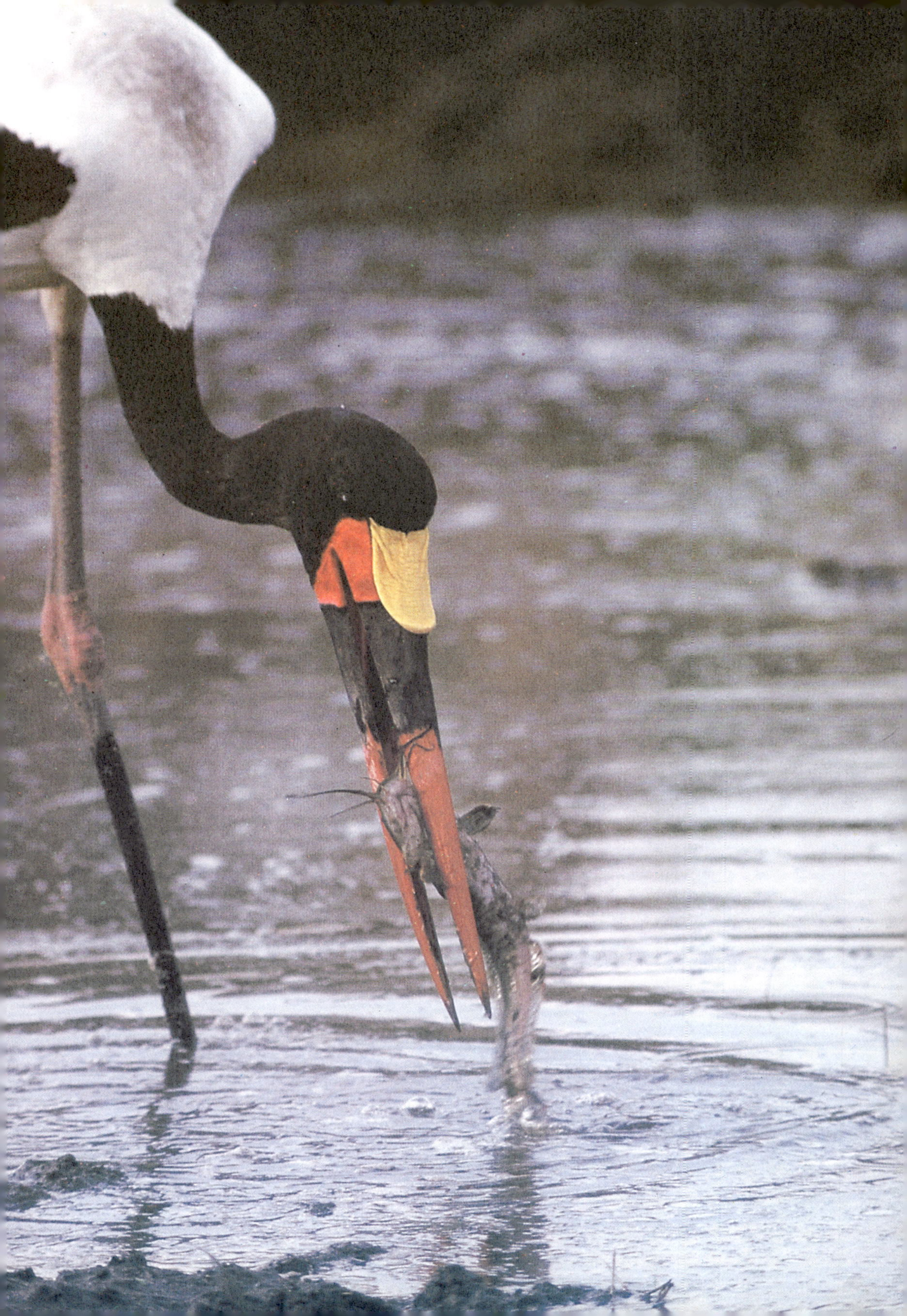

ria de seleção natural. Entretanto, não teve a sorte de visitar o Havaí. Se o tivesse feito, certamente teria concluído serem os drepanidídeos havaianos ilustrações muito mais convincentes de seus argumentos.

Em outras regiões do mundo das aves, onde a modificação do bico para fins específicos se desenvolveu por muito mais tempo, existem formas ainda mais extremas. O colibri *Ensifera* tem o bico fino quatro vezes mais longo que seu corpo para aspirar o néctar das alongadas flores andinas. A arara tem um bico recurvo tão forte a ponto de com ele partir a mais dura das nozes, a castanha-do-pará. O pica-pau usa seu bico como uma sonda para extrair insetos da madeira. O bico curvo do flamingo tem uma peneira interna muito fina, através da qual ele bombeia água com a garganta e assim apanha pequeninos crustáceos. Os bicos-de-tesoura ou talha-mares capturam peixes, em vôo rasteiro, rasgando a superfície da água com a ponta da mandíbula inferior, duas vezes maior do que a superior. Quando encontra um peixe, o bico fecha-se instantaneamente, prendendo-o. A lista de bicos estranhos é virtualmente infinita e serve de ampla prova de maleabilidade da queratina.

Significativamente, a maior parte dos alimentos é rica em calorias: peixe, noz, néctar, larva de inseto, fruta repleta de açúcar. As aves as preferem porque voar é um exercício altamente dispendioso do ponto de vista energético. O isolamento térmico é da maior importância, para evitar o desperdício de energia sob a forma de calor. Portanto, as penas são essenciais às aves, não apenas munindo-as de aerofólios nas asas, mas, também, como geradoras da energia que as movimentam.

Na qualidade de isolante térmico, as penas são ainda mais eficientes do que uma peliça. Somente uma ave — o verdadeiro pingüim — consegue sobreviver no inverno da calota polar da Antártida, o lugar mais frio da Terra. As penas do pingüim são inteiramente destinadas a esse fim. São filamentosas e densas, formando uma camada contínua de ar na superfície do corpo. Reforçadas por uma espessa camada de gordura subcutânea, permitem ao pingüim endotérmico resistir a uma nevasca à temperatura de 40°C abaixo de zero e permanecer ali durante semanas, sem reforçar seu calor interno com alimento. E quando o homem vai à Antártida, a maneira ainda mais eficiente e suntuosa que encontrou para manter o próprio corpo aquecido foi a de utilizar a plumagem de um pato do Ártico, o êider.

As penas, das quais a vida das aves tanto depende, são regularmente descartadas e mudadas, geralmente uma vez por ano. Apesar disso, requerem cuidado e manutenção constantes. Seus donos lavam-nas em água e as sacodem na poeira. Penas deslocadas são cuidadosamente repostas no lugar. As que se tornaram sujas ou que apresentam bárbulas quebradas são renovadas por meio de um alisamento cuidadoso com o bico. Ao deslizarem os filamentos sob a pressão das mandíbulas, os ganchinhos das bárbulas engatam-se novamente, como um zíper, formando mais uma vez uma superfície lisa e contínua.

A maioria das aves tem uma grande glândula oleosa localizada na pele junto à base da cauda. A ave retira o óleo com o bico e fricciona cada uma de suas penas individualmente, a fim de mantê-las flexíveis e impermeáveis. Algumas aves, como as garças, papagaios e tucanos, não possuem essa glândula. A manutenção das penas é feita por meio de um pó fino como um talco, que é produzido pelo esfiapamento contínuo das pontas de penas especiais, as quais crescem às vezes agrupadas, outras vezes espalhadas na plumagem. Os cormorões e seus parentes, as anhingas, embora passem grande parte do tempo mergulhando na água, têm as penas estruturadas de forma a ficarem completamente molhadas; isso representa uma vantagem, pois, perdendo o ar retido embaixo delas, a ave se torna bem menos flutuante e pode mergulhar com maior facilidade à procura de peixes. Quando terminam a pescaria, precisam ficar pousadas nas rochas, as asas abertas, secando-se.

A pele sob as penas se constitui em um habitat dos mais atraentes para pulgas, piolhos e outros parasitas. É quente, aconchegante e protegido. Existem muitas dessas criaturas afligindo as aves, obrigando-as a eriçar regularmente as penas e cavoucar junto à base para catar os inquilinos. Gaios, estorninhos e gralhas e diversas outras espécies encorajam ativamente insetos a caminharem sobre suas peles, provavelmente para ajudá-los no processo de despiolhamento. A ave agacha-se sobre um formigueiro, mantendo as penas eriçadas e abertas; desse modo, as formigas perturbadas e furiosas recobrem-lhe a pele. Às vezes chega a apanhar uma formiga com o bico, segurando-a firmemente, mas com delicadeza de modo a não matá-la, e depois alisa suas penas com ela. As formigas escolhidas para esse processo geralmente pertencem a espécies que ejetam ácido fórmico quando irritadas, o que certamente mata os parasitas. Esse comportamento pode ter-se originado como medida de higiene pessoal, mas agora algumas aves parecem fazê-lo por prazer e se utilizam de qualquer coisa que possa dar à pele sensações excitantes e agradáveis — vespas, besouros, fumaça e até mesmo pontas acesas de cigarro. Sessões como estas podem durar por mais de meia hora, a ave às vezes caindo sobre seu próprio corpo, excitada no afã de estimular pontos de difícil acesso.

Toda essa atividade de toucador consome uma parte considerável do tempo em que a ave não está voando. A recompensa vem quando ela alça vôo. Suas penas imaculadamente arrumadas formam não apenas um perfeito material de vôo nas asas e na cauda, como também na cabeça e no corpo onde perfazem a função igualmente valiosa de dar uma forma aerodinâmica ao contorno, de modo a conferir um mínimo de contracorrente e resistência durante o vôo.

As asas dos pássaros têm uma função muito mais complexa do que as dos aviões, pois, além de agüentarem o peso da ave, precisam agir como

No verso: *Filhotes de pingüins no inverno, Antártida*

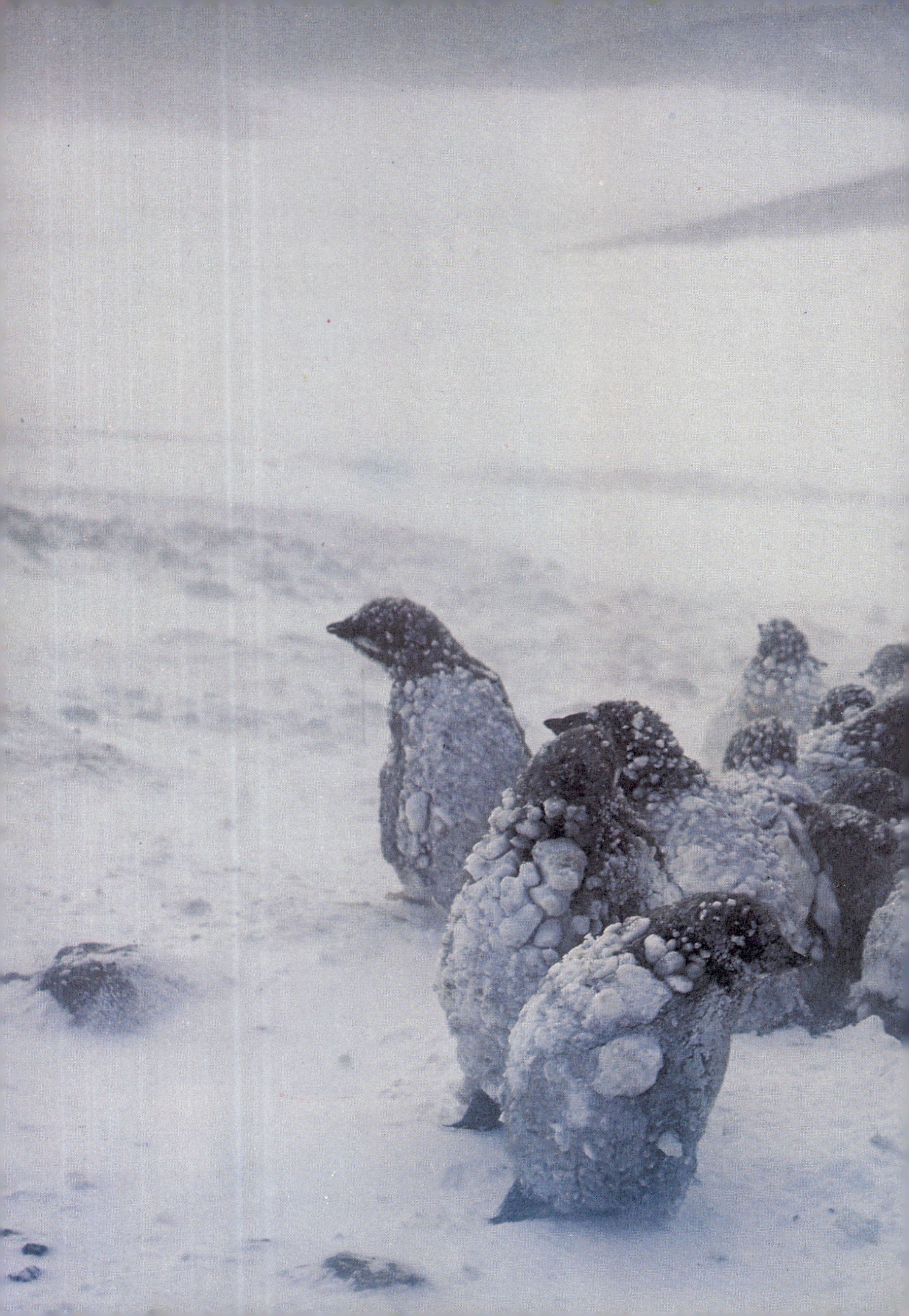

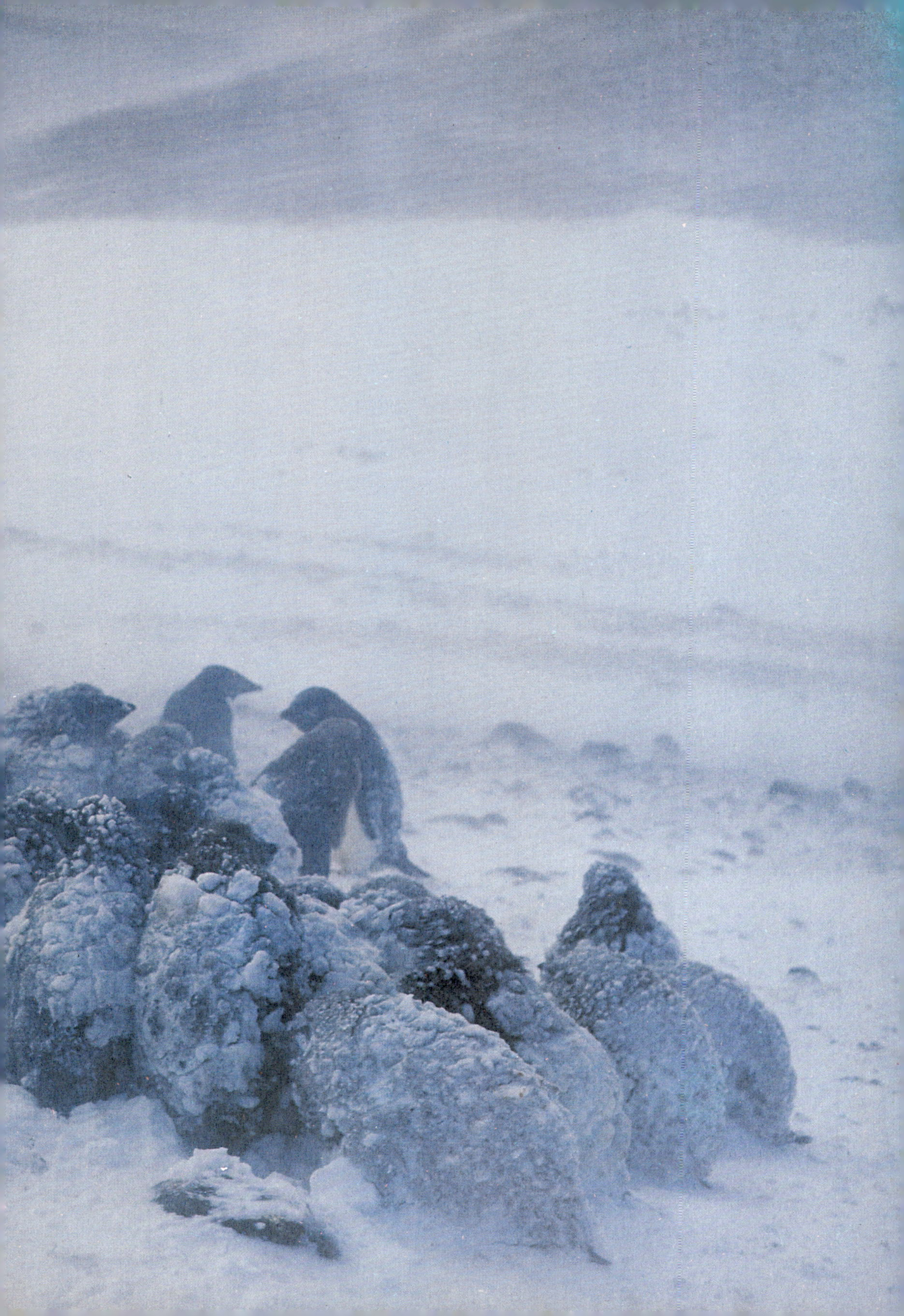

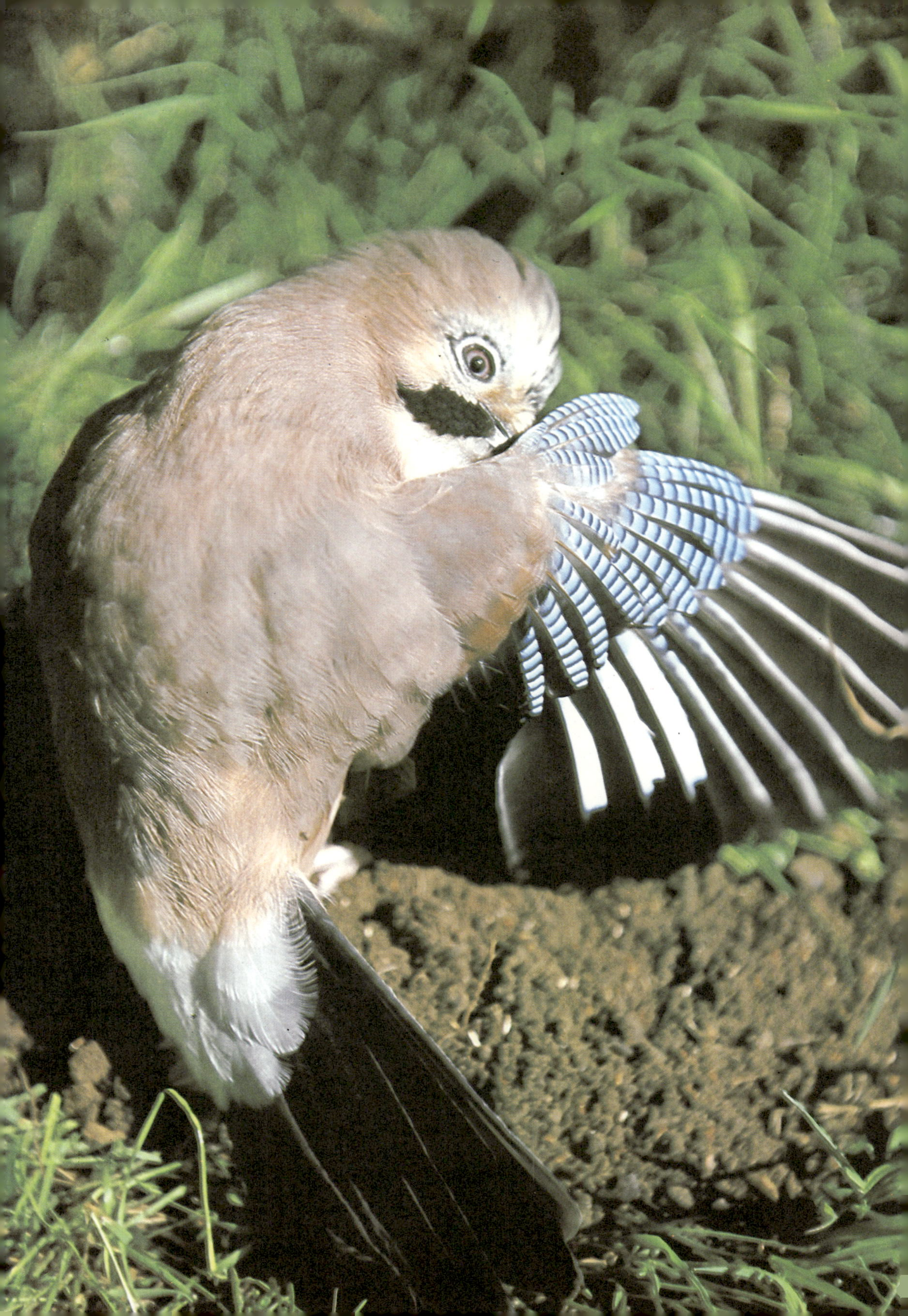

motores, remando-as através do ar. Mesmo assim, a silhueta da asa de uma ave obedece aos mesmos princípios aerodinâmicos descobertos pelo homem ao planejar os aeroplanos, de tal modo que conhecendo-se o tipo de desempenho de uma dada aeronave pode-se prever a capacidade de vôo de uma ave de forma semelhante.

Asas curtas e rombudas permitem aos habitantes das florestas desviar e esquivar-se velozmente através da mata, da mesma maneira como auxiliaram os aviões de caça da Segunda Guerra Mundial a fazer curvas fechadas e acrobacias aéreas em combate. Aviões mais modernos atingem maior velocidade recolhendo as asas durante o vôo, exatamente como fazem os falcões quando mergulham a 130 km/h em busca de uma presa. Planadores de competição têm asas longas e estreitas, de forma que, tendo ganho altura numa corrente térmica ascendente, podem planar suavemente durante horas; da mesma maneira um albatroz, a maior ave voadora, com asas de formato semelhante e 3 m de envergadura, pode patrulhar o oceano durante horas, sem uma única batida de asas. Urubus e gaviões circulam no ar em baixa velocidade, sustentados por correntes térmicas, e suas asas, largas e retangulares, se assemelham às das aeronaves de vôo lento. O homem ainda não foi capaz de adaptar asas que lhe permitam pairar em vôo. Só o consegue com a hélice horizontal dos helicópteros ou por meio das turbinas dirigidas para baixo dos jatos de aterrissagem vertical. Os colibris conseguiram isto, inclinando o corpo até uma posição quase ereta e batendo as asas 80 vezes por segundo, produzindo, assim, à semelhança dos dispositivos acima citados, uma corrente de ar descendente. Dessa forma, são capazes não apenas de pairar como também de voar de marcha à ré.

Nenhuma outra criatura consegue voar tão depressa, por tanto tempo e tão grandes distâncias como as aves. As andorinhas e afins são, na verdade, as mais rápidas. Uma espécie asiática chega a atingir 170 km/h em vôo nivelado, percorrendo diariamente cerca de 900 km à procura dos insetos que são sua única dieta. Tão extrema é sua adaptação à vida aérea que seus pés foram reduzidos a pouco mais do que pequeninos ganchos de engate. Suas asas em forma de cimitarra são tão longas que, pousada no chão, a ave não consegue batê-las direito e só é capaz de alçar vôo lançando-se de um penhasco ou da beirada do ninho. A andorinha até copula em pleno vôo. A fêmea, voando a grande altitude, mantém as asas abertas e rígidas. O macho, aproximando-se por detrás, pousa-lhe no dorso e por alguns instantes o casal plana junto. Essas aves nunca pousam entre as épocas de acasalamento, de forma que passam pelo menos nove meses por ano continuamente em pleno ar. Uma espécie de andorinha-do-mar, a *Sterna fuscata*, ao deixar o ninho pela primeira vez jamais foi vista pousando ou descansando na água até a construção de seu próprio ninho, três ou quatro anos mais tarde.

Muitas espécies de aves empreendem longas viagens anuais. A cegonha

Gaio caçando formigas

européia migra periodicamente para a África no outono; volta à Europa na primavera navegando com tal exatidão que o mesmo par, ano após ano, ocupa o mesmo ninho no mesmo telhado.

O maior de todos os viajantes é a andorinha-do-mar ártica. Algumas nidificam ao norte do círculo ártico. Um filhote nascido ao norte da Groenlândia em julho, em poucas semanas inicia um vôo de 18 000 km em direção sul, ao longo das costas da Europa e da África, e em seguida atravessa o oceano Antártico até atingir o gelo flutuante, não longe do Pólo Sul, que é sua residência de verão. É possível que, durante o verão antártico, arrastada pelas ventanias ocidentais, a andorinha circule ao redor de toda a Antártida, antes de iniciar a viagem de volta, rumo norte, em maio, seguindo mais uma vez a rota através da África do Sul, até a Groenlândia. Dessa maneira consegue aproveitar os dois verões, ártico e antártico, quando o sol raramente se esconde atrás do horizonte, e vive à luz do dia mais do que qualquer outra criatura.

A quantidade de energia gasta por esses migradores em suas longas viagens é gigantesca, mas as vantagens são muitas. Ao fim de cada jornada encontram ricas reservas alimentares que só existem durante metade do ano. Mas como foi que as aves descobriram essas reservas tão distantes? A resposta parece estar no fato de as viagens não terem sido sempre tão longas. Foi o aquecimento da Terra ao fim das glaciações, há 11 000 anos, que começou por alongá-las. Antes dessa época, as aves da África, por exemplo, voavam uma pequena distância para atingir a orla da calota de gelo no sul da Europa, onde, durante uns poucos meses de verão, havia uma grande quantidade de insetos e nenhuma população local permanente que deles se alimentasse. Com o afastamento gradual das geleiras, novas faixas de terra apareceram, livres do gelo, e foram colonizadas por insetos e plantas produtoras de frutinhos e bagas. Assim, a cada ano, as aves voavam, encontrando alimento cada vez mais longe, até que essa peregrinação anual se tornou uma viagem de milhares de milhas. Mudanças climáticas semelhantes possivelmente foram responsáveis pelo prolongamento das viagens migratórias na Europa e América do Norte, onde as aves voam na direção leste-oeste, no verão, para o centro do continente, regressando, no inverno, para as regiões costeiras que se mantêm mais aquecidas.

Entretanto, como conseguem as aves se orientar? Parece não haver uma resposta única, pois os métodos são muitos. Estamos começando a compreender alguns; outros nos confundem; e podem existir ainda outros que dependam de aptidões nem sequer suspeitadas pelo homem. Certamente muitas aves seguem acidentes geográficos importantes. Os migradores de verão procedentes da África voam ao longo da costa norte-africana, convergindo no estreito de Gibraltar onde fazem a travessia, num ponto onde conseguem avistar a Europa do outro lado. Em seguida, passam por vales, voando por desfiladeiros conhecidos dos Alpes ou dos Pireneus, até

Coruja de paiol

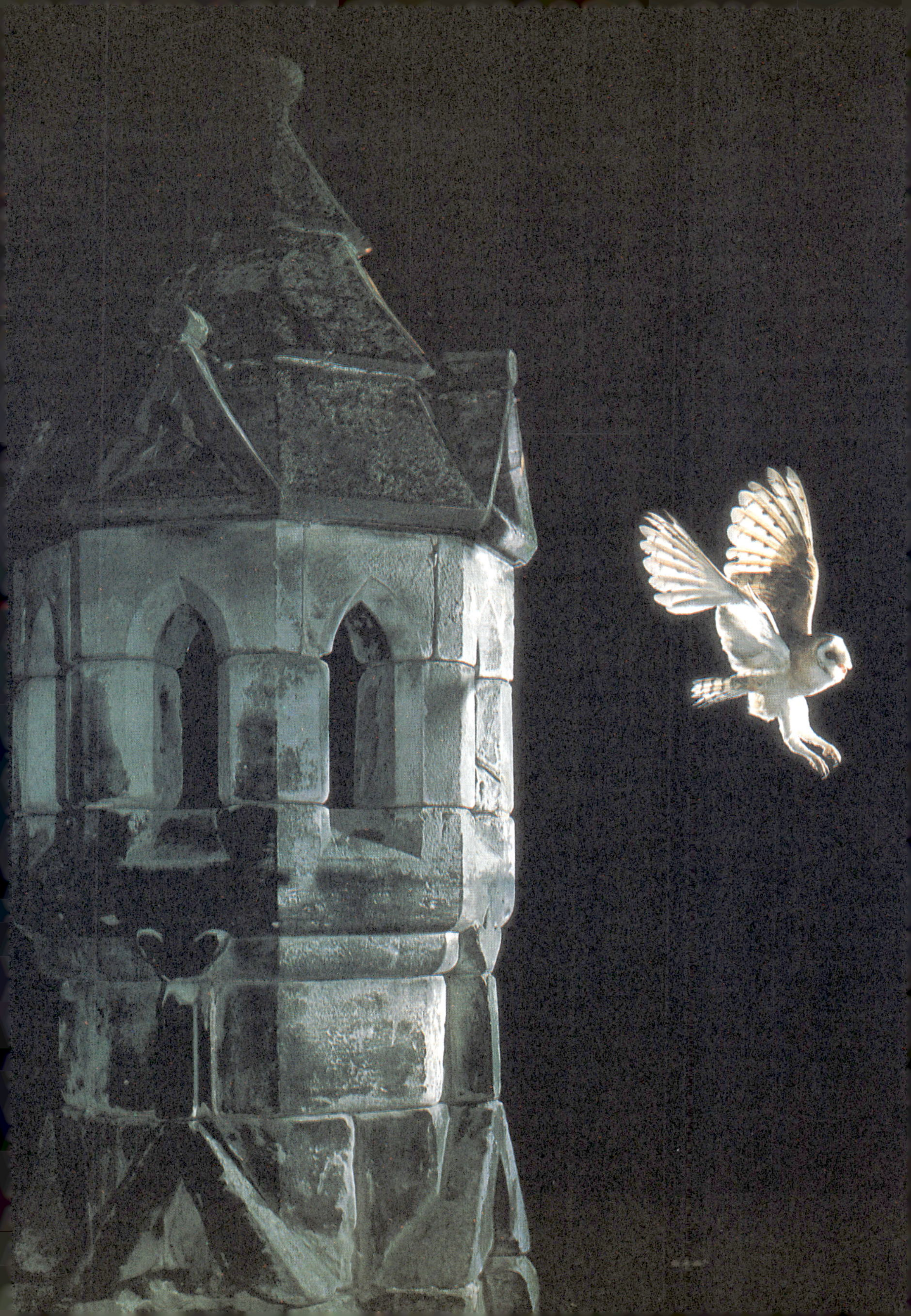

atingirem suas residências de verão. Outros preferem a rota leste, passando pelo Bósforo.

Mas nem todos os pássaros podem se valer de métodos tão simples. A andorinha-do-mar ártica, por exemplo, precisa voar pelo menos 3 000 km através do oceano Antártico sem nenhuma terra para orientá-la. Sabe-se que algumas aves de vôo noturno guiam-se pelas estrelas, uma vez que, em noites nubladas, tendem a se perder; se forem colocadas num planetário onde as constelações tenham sido mudadas de forma a não corresponder mais com a posição no céu, os pássaros seguirão as constelações artificiais visíveis.

Migradores diurnos parecem se orientar pelo sol. Se o fazem, na realidade, devem ter a capacidade de dar conta das variações diárias da trajetória do sol, o que significaria possuírem um sentido preciso de tempo. Outros ainda parecem utilizar o campo magnético da Terra como guia. Esses fatos sugerem ser os cérebros de muitos migradores equipados com relógio, bússola e a memória de um mapa. Um navegador humano certamente necessitaria todos os três para igualar em precisão as viagens empreendidas por uma andorinha poucas semanas depois de nascer.

Entretanto, mesmo um tal acervo ainda é insuficiente para explicar a habilidade de certas aves. Num caso conhecido, um fura-buxo que havia construído seu ninho na ilha de Skokholm, ao largo do País de Gales, foi transportado, por avião, até Boston, nos Estados Unidos, a 5 100 km de distância. Libertado, voltou ao seu ninho de origem em doze dias e meio. Para ter coberto tal distância em tempo tão curto só pode ter voado direta e decididamente. Como essa ave soube onde estava e o caminho de volta para sua ilha, não se tem a menor idéia.

As penas que mantêm a ave aquecida e a auxiliam no vôo perfazem ainda uma terceira função. Sua superfície ampla, facilmente aberta ou dobrada, serve como esplêndidas flâmulas para enviar mensagens. Durante a maior parte de sua vida, as aves têm muito a ganhar permanecendo inconspícuas, e as penas lhes fornecem as cores e desenhos necessários para uma perfeita camuflagem. Contudo, todos os anos, no início da estação do acasalamento, as aves são dominadas por um desejo intenso de comunicação entre si. Quando dois machos se encontram numa disputa territorial na área dos ninhos, dramáticas cristas de penachos são eriçadas, peitos coloridos inflados e asas desenhadas são abertas, numa longa série de ameaças e argumentos ritualizados. Esses sinais visuais são geralmente reforçados por proclamações vocais. Ambos os tipos de sinais proclamam sempre três mensagens: uma declaração de espécie; um desafio a qualquer macho dessa mesma espécie para disputar a posse de um território e um convite à fêmea para a união.

A natureza do território habitado por um macho e seu caráter geral determinam qual meio de comunicação é mais adequado. Aves tímidas, que vivem vidas modestas em bosques ou em florestas cerradas usam um

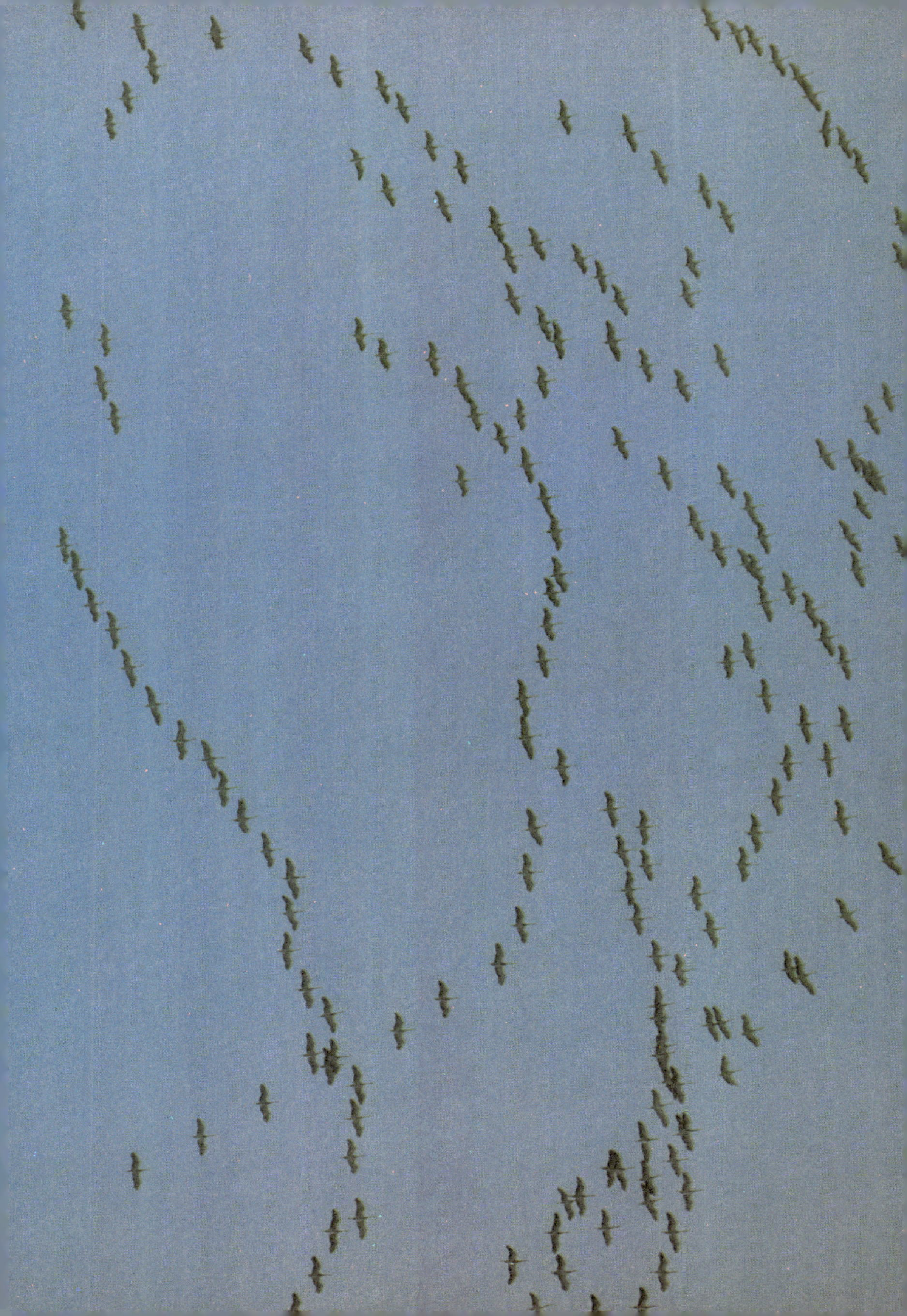

mínimo de sinais visuais e concentram-se em trinar canções especialmente longas e elaboradas. Se você ouvir uma maravilhosa cascata de notas, gorjeios e límpidos trinados, certamente o cantor será uma ave banal sem nada de espetacular — um bulbul na África, um tagarela na Ásia, um rouxinol na Europa. Em compensação, as aves de roupagens mais ricas e vistosas — pavões, faisões, papagaios — têm tal confiança em si e sentem-se tão tranqüilas em seu destemor em relação aos inimigos que não hesitam em exibir seus adornos em locais proeminentes. Como seus sinais importantes são visuais, não é de se admirar que tais aves tenham um chamado curto, simples e áspero.

Obviamente, a declaração da espécie é importante para evitar perda de tempo com a corte e o acasalamento com parceiros com os quais a união seja estéril. Em alguns casos, essa declaração é feita inteiramente por meio da canção. Um ornitologista e uma ave fêmea podem ficar igualmente perplexos acerca da identidade de um pequeno pássaro castanho saltitando em uma cerca inglesa. Nenhum sabe com certeza de que espécie ele é, julgando-o apenas pela aparência. Só quando ele começa a cantar é que ambos o reconhecerão.

Geralmente, porém, a identidade de espécie é proclamada pela plumagem, um fato que pode ser demonstrado por um experimentador impiedoso, se ele pintar uma linha nos olhos ou manchas nas asas de uma ave a fim de torná-la igual a uma outra espécie relacionada e observá-la enganando, com sucesso, um membro genuíno desta. A identificação torna-se particularmente problemática em áreas onde vivem diversas espécies relacionadas, criando o perigo de confundirem-se. Foi esse o problema responsável pelo aparecimento de cores variadas e brilhantes dos peixes-borboleta dos recifes de coral. Da mesma maneira, desenhos extravagantes e cores vivas na plumagem de aves aparentadas, podem muito bem indicar que essas aves compartilham freqüentemente o mesmo habitat. Entre as aves mais vivamente coloridas da Austrália estão os periquitos e tentilhões; e, realmente, várias espécies de ambos os grupos vivem na mesma área. Em todo o mundo, na primavera, os patos reúnem-se em bandos, misturando-se várias espécies em lagos e lagoas. Nessas ocasiões, os machos de cada espécie apresentam cores e marcas altamente características na cabeça e nas asas de modo a permitir que as fêmeas os reconheçam. A função principal do colorido é evitar a confusão entre as espécies. Essa afirmativa pode ser verificada no caso em que uma única espécie de pato coloniza uma ilha e nela permanece um tempo suficiente para desenvolver uma forma individual, esta é sempre muito menos atraente do que a original do continente. Para esses machos a necessidade de enviar sinais visuais vívidos não mais existe, pois não há na redondeza nenhuma outra ave com as quais as fêmeas possam confundi-los.

Ao mesmo tempo em que proclamam sua espécie, aves individuais precisam declarar seus sexos umas para as outras. Os patos o fazem pela

Mergulhões-de-crista em cerimônia pré-nupcial

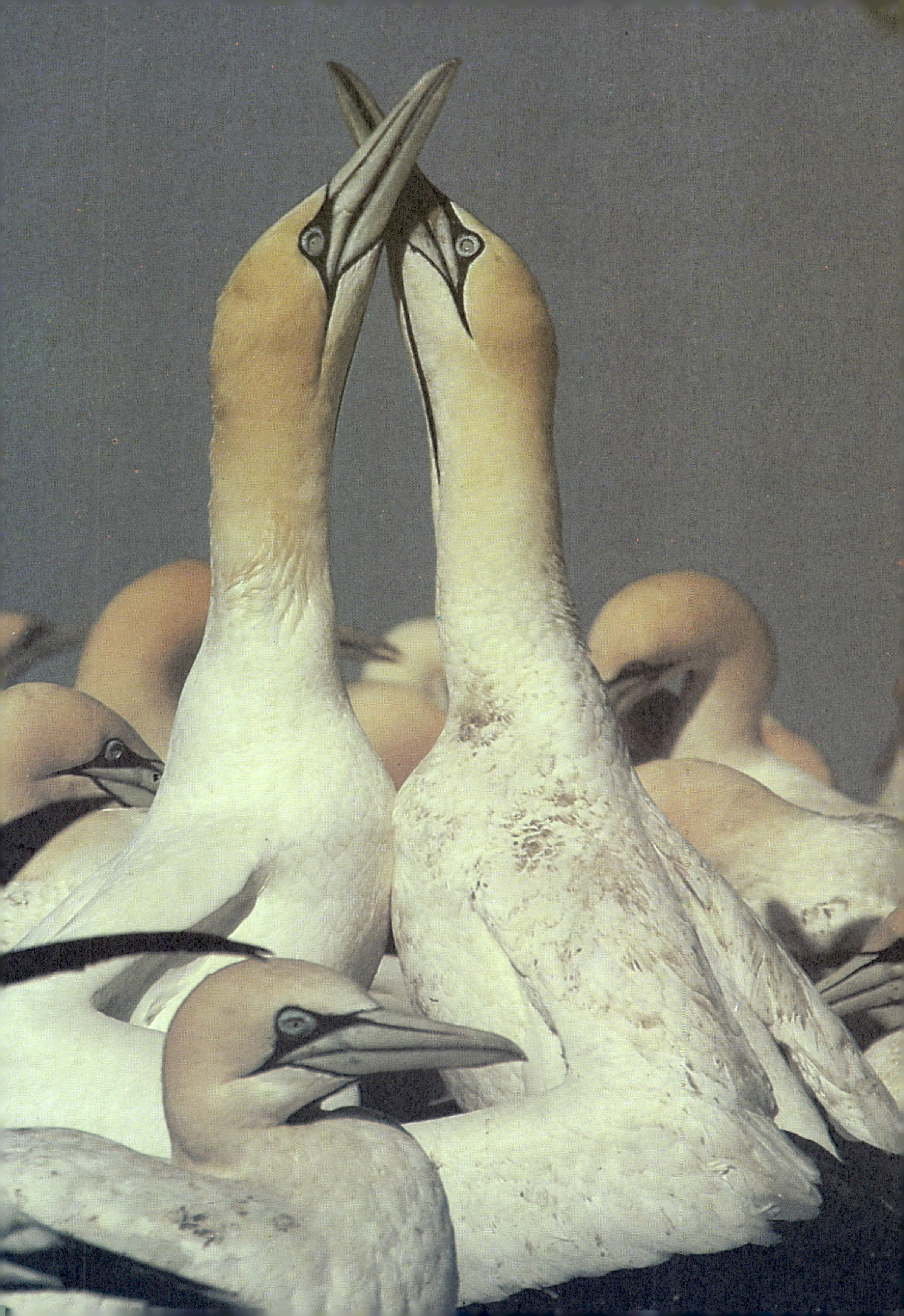

penugem colorida da cabeça — só os machos a possuem. Em muitas espécies, porém, como acontece entre as aves marinhas e as de rapina, macho e fêmea assemelham-se o ano inteiro. Sua identidade sexual, portanto, tem que ser transmitida por meio de um comportamento e uma canção próprios. O pingüim macho tem um jeito particularmente encantador de descobrir o que lhe interessa saber sobre seus companheiros uniformizados. Apanhando um seixo com o bico, dirige-se a um outro que esteja parado sozinho e solenemente o deposita no solo defronte. Se receber uma bicada raivosa ou notar um movimento agressivo, percebe que cometeu um erro terrível: trata-se de outro macho. Se o presente é recebido com total indiferença, encontrou uma fêmea ainda não preparada para o acasalamento ou já comprometida. Diante de um insucesso, apanha o presente desprezado e continua sua procura. Mas, se a estranha aceita a oferta com uma profunda reverência, então encontrou sua companheira. Faz outra reverência em resposta e o par estica o pescoço e celebra a união entoando um coro nupcial.

Uma das mais belas aves aquáticas européias, o mergulhão-de-crista, tem uma vestimenta bem mais elaborada do que o pingüim. Na primavera, ambos os sexos apresentam longas palatinas castanhas nas faces, uma espécie de golilha castanho-escuro sob o bico e um par de tufos de penas negras e brilhantes na cabeça. Ainda assim, macho e fêmea assemelham-se. Sua corte nupcial consiste em toda uma série de manobras imagináveis para exibir da maneira mais completa os enfeites da cabeça. A resposta recebida, por uma ave individualmente, a cada um desses gestos, indica se o parceiro pertence ou não ao mesmo sexo. Ambos esticam o pescoço e contorcem a cabeça executando movimentos rápidos, de um lado a outro, com as palatinas abertas em leque. Mergulham simultaneamente e voltam à superfície, peito contra peito. Apanham algas no bico e as oferecem um ao outro, o pescoço rente à água. O clímax da cerimônia é atingido quando ambos se elevam subitamente, lado a lado, e avançam pela água pedalando rapidamente a ponto de dar a impressão de estarem caminhando sobre a superfície, girando a cabeça extaticamente de um lado para o outro.

Essa corte nupcial dura várias semanas e seus elementos principais são continuamente repetidos durante a época do acasalamento quando as aves se cumprimentam ou trocam de lugar no ninho. É como se parceiros idênticos precisassem tranqüilizar um ao outro afirmando continuamente suas respectivas identidades e relacionamentos. Mesmo assim, acontecem confusões. Quando chega a hora da cópula, os mergulhões são conhecidos por suas atrapalhações e a fêmea muitas vezes monta no macho por engano.

A semelhança da plumagem é uma boa indicação de que as aves são monógamas e dividem entre si os cuidados para com a ninhada. Diversas espécies apresentam um sinal pequenino que indica o sexo — como o bigode do chapim, o babadouro negro do pardal e uma cor diferente nos olhos do papagaio. Nesses casos, a corte nupcial incluirá uma parada na qual o dono da marca a exibirá ao outro que não a possui.

Alguns grupos de aves desenvolveram extraordinariamente essa diferença sexual na plumagem, levando suas penas ao mais alto grau de extravagância e fantasia. Os machos do faisão, do tetraz e da ave-do-paraíso possuem longas plumagens em cores sensacionais e ficam de tal forma obcecados com sua magnífica exibição que não fazem quase mais nada. Suas fêmeas, de cores apagadas, aparecem no local onde ocorre a parada sexual para um acasalamento rápido, voltando em seguida para botar os ovos e cuidar sozinhas dos filhotes, deixando o macho completamente absorvido em suas manobras e piruetas, à espera da visita de uma outra fêmea.

Uma das mais elaboradas entre todas as penas são as das asas do faisão *argus*. Chegam a atingir mais de 1 m de comprimento e são decoradas com grandes marcas em forma de olhos. Nas florestas de Bornéu o macho prepara meticulosamente o local onde irá se exibir para as fêmeas e o faz abrindo as asas formando um escudo altaneiro acima da cabeça.

Na ilha de Nova Guiné, ao norte da Austrália, existem cerca de 40 espécies de aves-do-paraíso. É difícil dizer qual delas possui a plumagem mais espetacular. A ave rei da Saxônia, do tamanho de um tordo, apresenta duas longas penas na testa, cada qual com uma fileira de flâmulas azul-laca; a ave soberba (*Lophorina superba*) tem um imenso escudo verde-esmeralda, que se abre em leque, do tamanho de seu próprio corpo; a ave doze arames (*Seleucidis melanoleuca*) tem uma espécie de babador de um verde-iridescente e um enorme colete inflável amarelo, atrás do qual pendem encaracoladas, penas finas e lisas, os "arames" que lhe deram o nome.

Assistir à magnífica exibição de plumagem dessas aves é uma das experiências mais emocionantes e extraordinárias que o mundo das aves nos oferece. A floresta de Nova Guiné é, em sua maior parte, escura e úmida. Árvores gigantescas formam uma abóbada fechada, através da qual pouca luz penetra. Mas subitamente encontra-se um local meticulosamente limpo. As folhas e raminhos foram afastados para os lados. É difícil crer que a clareira não foi feita por um ser humano, mas esperando, a criatura responsável aparecerá. A ave magnífica (*Diphylodes magnificus*) é do tamanho de um estorninho. De sua cauda emergem duas penas lisas, que se encaracolam em círculos; em seus ombros, tem um manto dourado; em seu peito, um escudo verde franjado de finíssimas linhas azuis. As penas que lhe circundam o bico e recobrem a cabeça são tão belas e lustrosas que se parecem um luxuoso veludo negro. A ave chega e faz uma pausa de alguns minutos na árvore que lhe serve de poleiro, avaliando a situação. Abruptamente, voa para um dos rebentos que crescem em sua corte e, agarrando-o com as duas patas aponta o bico verticalmente para cima, abre em leque sua brilhante capa dourada e infla as plumas do peito, expandindo-as e contraindo-as, até que pareçam palpitar, emitindo, ao

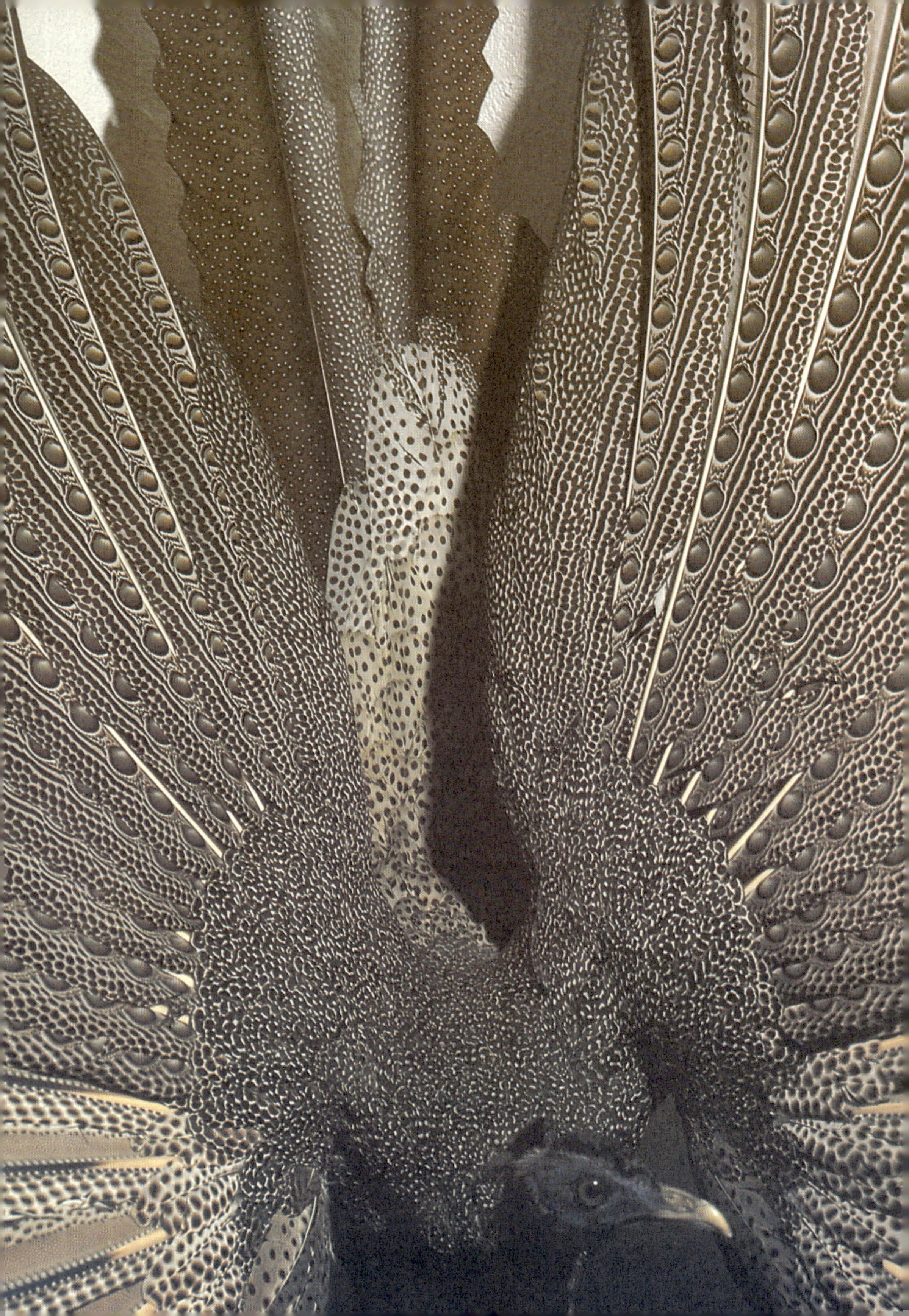

mesmo tempo, uma espécie de zumbido e abrindo o bico para expor o revestimento verde da sua garganta. Essa exibição é repetida várias vezes por dia, geralmente pela manhã, durante meses, como fazem seus numerosos rivais, cada qual com sua corte distribuída pelas florestas, todos eles tentando atrair as fêmeas.

A mais extraordinária entre as aves-do-paraíso são as que têm longas plumas fofas nascendo embaixo das tetrizes das asas. Existem diversas espécies, cada qual com suas plumas de belo colorido, amarelas, vermelhas ou brancas. Os machos exibem-se em grupos. Suas danças ocorrem em árvores particularmente proeminentes, que podem ter sido usadas para esse fim durante décadas. Os ramos sobranceiros foram despojados da folhagem para que o sol possa se infiltrar. Ao raiar do dia, um clarão amarelo chama a atenção nos galhos inferiores. As aves estão começando a reunir-se para o ritual diário. São do tamanho de corvos, com babadouros verde-iridescente, cabeças amarelas e dorso castanho. Suas plumas douradas, embora dobradas, pendem de cada lado, dobrando-lhes o tamanho. Logo, uma meia dúzia de machos se reúnem, escondendo-se no mato, alguns abrindo tentadoramente as plumas sobre o dorso. Em um dado momento um deles voa para o galho que serve de poleiro para a exibição. Emitindo um guincho rouco, abaixa a cabeça, e afia o bico no galho onde pousa. Em seguida bate as asas acima da cabeça, eriça as longas plumas dos flancos numa brilhante cascata de cores e anda rapidamente de um lado para outro. Seu entusiasmo estimula os companheiros a imitá-lo e logo há uma dúzia deles na árvore, guinchando e exibindo-se, aguardando a vez de usar o galho especial.

Um movimento súbito no escuro sombreado das árvores próximas pode desviar sua atenção desse espetáculo maravilhoso. Ali, feia e castanha, está a fêmea. Ela esvoaça até o poleiro de dança e o macho pula agressivamente em suas costas. As plumas cerram-se. A união dura um ou dois segundos. Em seguida, ela voa de volta ao ninho que já preparou para abrigar seus ovos, agora fertilizados.

Os machos da ave-do-paraíso carregam suas incômodas plumas durante vários meses, mas quando a estação termina, eles as perdem. A renovação periódica de um vestuário tão faustoso deve consumir necessariamente grande parte de suas reservas físicas. Um grupo aparentado da Nova Guiné, com apetites semelhantes para exibição e poligamia, resolveu seu problema de uma maneira aparentemente mais econômica. Os ptilonorrinquídeos exibem gravetos, seixos, flores, sementes ou qualquer objeto vivamente colorido que venham a encontrar, desde que sejam de uma cor especial. Os machos constroem estruturas no solo cuja finalidade é a de exibir seus tesouros. Uma espécie empilha gravetos ao redor de um broto de árvore formando uma espécie de pau-de-fita, que decora com fragmentos de líquen. Outra constrói uma cabana com duas entradas, em frente das quais

Faisão argus *exibindo-se, Malásia*

arruma flores, cogumelos e frutinhos, cada qual em uma pilha individualizada.

Outros ptilonorrinquídeos vivem mais ao sul, na Austrália. O macho da espécie *Ptilonorhynchus violaceus*, de um azul escuro e brilhante e do tamanho de uma gralha, constrói uma cabana de gravetos entrelaçados, de pouco mais de 30 cm de largura e com duas vezes a sua altura. Geralmente, ele a erige na direção norte-sul, e na parte norte, mais ensolarada, arruma sua coleção. Pode haver penas de outras aves, frutinhos e até pedaços de plástico. A substância não interessa — só a cor. Todos os objetos devem ser ou amarelo-esverdeado ou, de preferência, um tom de azul que combine bem com o brilho de suas penas vistosas. Ele não só coleciona esses objetos vasculhando distâncias consideráveis, e até roubando alguns de seus vizinhos, como, também, amassando frutinhos azuis com o bico, e usando um pedacinho de fibra vegetal como pincel, pintam as paredes de sua cabana com o suco colorido.

Uma maneira infalível de atrair uma dessas aves de volta à cabana é introduzir, no meio da coleção, um objeto de cor totalmente diferente, como uma casca branca de caracol. O dono volta logo e, indignado, remove o objeto esteticamente ofensivo, apanhando-o com o bico e atirando-o para um lado com um movimento de cabeça. A fêmea é, mais uma vez, uma criatura apagada. Quando passeia ao longo das cabanas do distrito, cada macho ocupa-se entusiasticamente de suas jóias, ajeitando-as, segurando-as no bico como que para demonstrar suas qualidades, chamando-a excitadamente. Se conseguir atraí-la para seu abrigo, o acasalamento ocorre perto ou mesmo dentro da cabana, acompanhado de muitas batidas de asa por parte do macho, às vezes tão violentas que danificam as paredes da mesma.

A própria mecânica do acasalamento utilizado pelas aves é desajeitada. O macho, com raras exceções, não tem pênis. Precisa subir precariamente para o dorso da fêmea, e manter seu equilíbrio segurando por meio do bico nas penas da cabeça dela. Ela afasta as penas da cauda para um lado de modo que as duas aberturas genitais se encontrem e o esperma, com uma certa dose de assistência muscular de ambos os parceiros, é transferido para a fêmea. Mas esse processo não pode ser considerado eficiente. A fêmea não permanecendo imóvel o macho perde o equilíbrio e cai, o que resulta, ao que parece, em grande número de uniões malsucedidas.

Todos os pássaros põem ovos. Esta é a única característica herdada de seus antepassados reptilianos que nenhuma ave abandonou, e são os únicos a conservá-la entre os vertebrados. Todos os outros grupos utilizam algumas poucas formas, que acharam vantajosas, de reter os ovos no organismo e dar à luz filhotes completos — tubarões e cavalos-marinhos entre os peixes; salamandras e rãs marsupiais, entre os anfíbios; *skinks* e cascavéis, entre os répteis. Mas nenhuma ave jamais o tentou. Talvez, porque um ou vários ovos volumosos dentro do organismo representem uma carga muito

Grandes aves-do-paraíso exibindo-se, Nova Guiné

pesada para a fêmea transportar em vôo durante as semanas necessárias ao desenvolvimento. Assim, logo que o ovo é fertilizado, a fêmea o põe.

A partir de então os pássaros precisam pagar o preço do sangue quente que desenvolveram e que é necessário para o vôo. Répteis podem enterrar ovos em buracos ou sob pedras e abandoná-los, pois, como os próprios adultos, seus ovos sobrevivem e desenvolvem-se apenas com o calor do meio ambiente. Mas os embriões das aves, tal como seus pais, têm o sangue quente. Se apanharem frio demais, morrerão.

Portanto, as aves precisam chocar seus ovos, o que é uma tarefa bastante arriscada. Na vida de uma ave, essa é a única ocasião em que ela não pode alçar vôo para fugir dos inimigos. Seus ovos e filhotes as mantêm pousadas até o último momento possível. Se forem forçadas a sair, as ninhadas ficam expostas ao perigo. A despeito desse fato, os ninhos precisam ser construídos em locais acessíveis, para que os pais possam se revezar durante a incubação, e mais tarde sair à procura de alimento para eles próprios e para os filhotes.

Algumas aves são capazes de construir seus ninhos em lugares de difícil acesso. Só as aves conseguem alcançar uma saliência no meio de um penhasco vertical à beira-mar. Mesmo assim, os perigos são muitos. O risco de um ovo rolar para fora do ninho é diminuído, para a maioria das aves que nidificam em penhascos, porque seus ovos apresentam uma ponta em um dos lados, assim, se rolarem por acaso, descreverão um círculo, sem cair. Mas existem ladrões entre as aves. Ao menor descuido por parte dos pais, as gaivotas virão furar os ovos para devorar o conteúdo.

Certas aves habitantes de praias arenosas ou de cascalho não têm alternativa e põem seus ovos ao relento, sem nenhum abrigo. Porque tem a cor exata do cascalho, esses ovos são muitas vezes destruídos, não por um predador que os reconheça, mas por alguma outra criatura que não os veja: um homem descuidado que, sem querer, os esmague, ao passar.

A maioria das aves, porém, salvaguarda os ovos e filhotes construindo diligentemente algum tipo de proteção. O pica-pau escava ou amplia buracos nas árvores; o guarda-rios perfura os barrancos, voando com as mandíbulas levemente abertas até cavar uma saliência que lhe servirá de plataforma para trabalhar com grande rapidez. O pássaro-alfaiate da Índia cria os filhos num ninho instalado dentro de um receptáculo de folhas que estas aves constroem costurando folhas adjacentes com fibras as quais fazem passar através dos furos adrede preparados. O resultado é um receptáculo elegante e virtualmente indetectável, dentro do qual o alfaiate prepara um ninho macio e cheio de penugem. Os tecelões, membros da família dos pardais, cortam tiras de palmas e, pendurando-se de cabeça para baixo, servem-se do bico e das patas para tecer uma esfera oca, às vezes com um longo tubo vertical que lhes serve de entrada. O joão-de-barro, ou forneiro, vive nos pampas da Argentina e do Paraguai, onde as poucas árvores existentes são muito concorridas. Por essa razão, utiliza, com audácia, galhos nus e postes erguidos pelo homem para construir um ninho de barro quase inexpugnável, do tamanho de uma bola de futebol e semelhante a uma miniatura do forno de barro construído pelos habitantes do local. A entrada tem abertura suficiente para admitir uma pata ou mão; mas uma parede transversal, dividindo o ninho ao meio, confunde os predadores, pois, o orifício que dá acesso à segunda câmara está localizado de modo a se pôr fora de alinhamento em relação ao primeiro. Calaus fazem seus ninhos em ocos de árvores. Os machos tomam medidas extremas para proteger a fêmea e a ninhada contra os predadores, fechando a entrada por meio de uma parede de barro. Através de um pequeno orifício, ele passa o alimento à companheira sofredora e aos filhotes. As salanganas do sudeste asiático nidificam no interior de cavernas mas, à falta de bordas suficientes, constroem-nas artificialmente com o auxílio de secreção pegajosa, às vezes misturadas à radículas ou penas. Esses são os ninhos que os chineses acreditam, por alguma razão, que dão a mais deliciosa das sopas.

Algumas aves recrutam a ajuda involuntária de outras criaturas para deter invasores. Um pássaro canoro da Austrália tem o hábito de edificar o ninho ao lado de uma casa de marimbondos; um alcedinídeo de Bornéu põe os ovos no interior da colmeia de uma espécie de abelha particularmente agressiva; muitos papagaios fazem tocas em ninhos de térmitas arborícolas.

Uma família de aves conseguiu, da maneira mais engenhosa, evitar o arriscado dever de chocar os ovos durante o período de incubação. A fêmea do galiforme (*Leipoa ocellata*), da Austrália oriental, põe os ovos num curioso ninho construído pelo macho, que abre um buraco no solo, enche-o com folhas úmidas, gravetos e ervas e o cobre, em seguida, com areia. O apodrecimento da matéria vegetal aquece o ninho. A estação do acasalamento é bastante longa, cerca de cinco meses, e durante todo esse tempo o macho precisa ficar constantemente de plantão, avaliando a temperatura do ninho com o bico. Na primavera, a vegetação récem-colhida apodrece rapidamente, produzindo tanto calor que o ninho pode se aquecer demasiadamente. Nesse caso, o macho remove diligentemente a areia do topo para permitir uma maior dissipação de calor. No verão, o perigo é outro: o sol pode incidir no ninho e superaquecê-lo. Neste caso precisa acrescentar areia no topo, protegendo-o. No outono, quando a massa em decomposição já perdeu grande parte de sua eficiência, ele remove as camadas superiores para que o sol aqueça o ninho e as repõe à noite para conservar o calor.

Uma espécie aparentada que vive mais ao leste, nas ilhas do Pacífico, desenvolveu uma variação especializada do mesmo sistema: enterra os ovos na cinza vulcânica das encostas, para que a lava subterrânea forneça o calor necessário para incubá-los.

Muitas espécies, das quais o cuco é a mais famosa, evitou de uma vez por todas os labores e perigos do choco, uma vez que deposita seus ovos

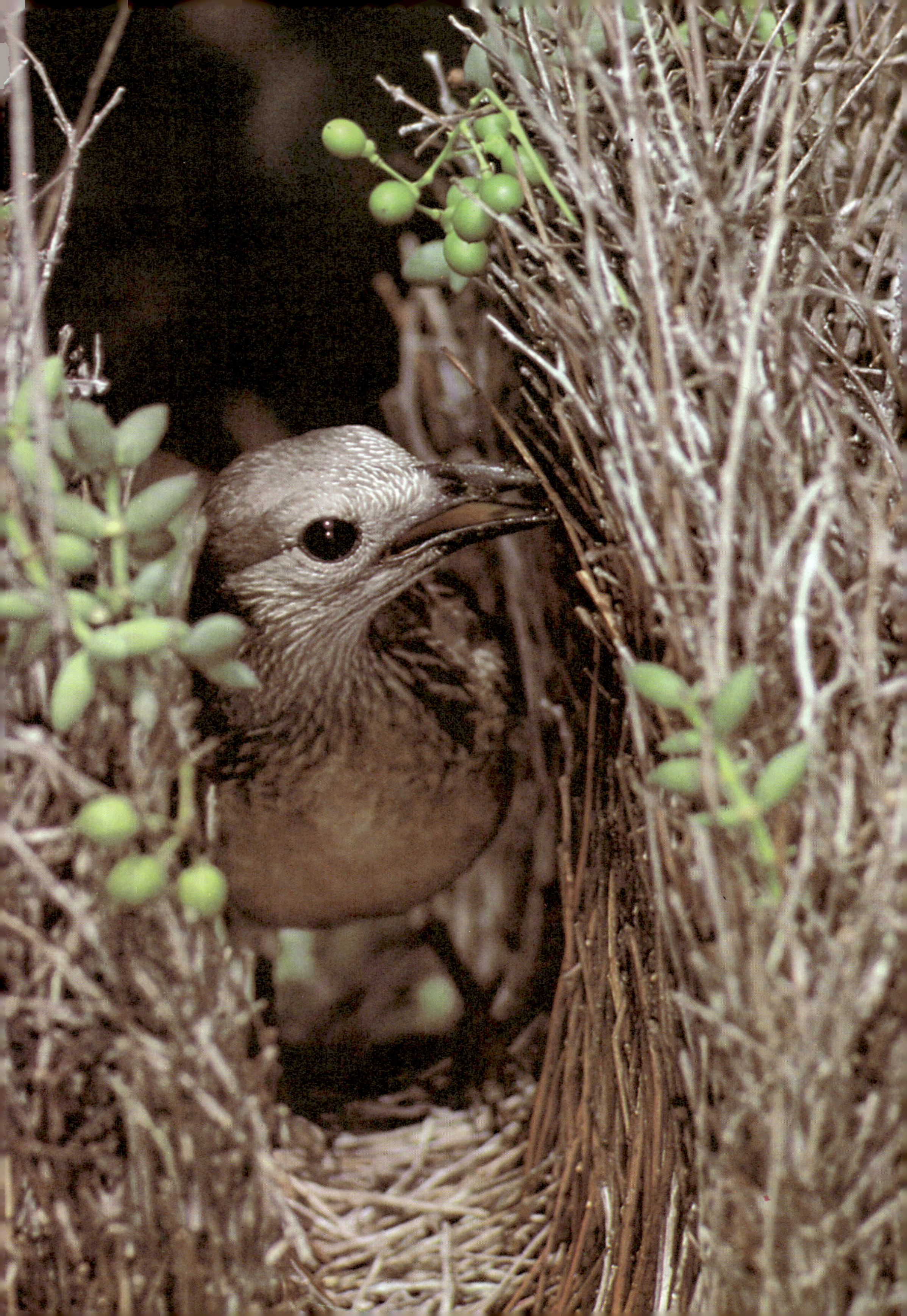

no ninho de alguma outra ave, deixando a ela os cuidados com a criação de seus filhotes. Para evitar que seus ovos sejam rejeitados pelos padrastos, essas aves precisaram desenvolver uma coloração de casca semelhante à da espécie que exploram; assim, cada raça de cuco escolhe determinadas aves como hospedeiros.

O processo de incubação não é simples. Por ser um isolante térmico tão perfeito, as penas formam uma tela entre o corpo da ave e os ovos. Uma modificação especial é necessária, em muitos casos, na época do choco. Pouco antes do início da incubação, um grupo de penas da parte inferior do corpo é descartada e a pele exposta torna-se rosada, com os vasos sangüíneos subcutâneos distendidos. Os ovos acomodam-se perfeitamente nessa parte e são, assim, aquecidos com grande eficiência. Nem todas as aves descartam as penas naturalmente. Patos e gansos arrancam-nas mecanicamente com o bico. Uma espécie de mergulhão tem as patas de um azul-brilhante e as utiliza em suas paradas nupciais, marchando num passo alto e irresistivelmente cômico à volta de sua parceira. Na época do choco, os pés também são muito úteis, pois a ave aquece os ovos mantendo-se em pé sobre eles.

Finalmente, os filhotes nascem furando a casca por meio de um pequenino dente localizado na ponta do bico. Na maioria das espécies que constroem ninhos no solo, os filhotes nascem cobertos de penugem, que serve de excelente camuflagem, e abandonam o ninho assim que as penas secam, acompanhando a mãe à procura de alimento. Filhotes de espécies que nidificam acima do solo, em locais protegidos ou inacessíveis, são geralmente pelados e imaturos ao nascer e precisam ser alimentados pelos pais.

Com o passar dos dias, as ráquis das penas, pontas ocas cheias de sangue, aparecem na pele dos filhotes e, finalmente, as verdadeiras penas, tão essenciais às aves, nascem. Cegonhas e águias jovens, ao se empenarem, passam dias de pé na beira do ninho, batendo as asas no ar, fortalecendo os músculos e treinando os movimentos necessários para o vôo. Os gansos-patola fazem exatamente o mesmo, tomando o cuidado de virar de costas para a beirada do ninho, nas encostas dos penhascos, para evitar que efetivamente alcem vôo antes da hora. Esses preparativos representam exceções. A grande maioria dos filhotes é capaz de executar os complexos movimentos do vôo virtualmente sem nenhuma prática. Alguns dos que nascem em tocas, como o petrel, conseguem voar vários quilômetros na primeira tentativa, e quase todas as aves jovens tornam-se consumados aeronautas em pouco mais de um dia.

Surpreendentemente, apesar de sua incomparável habilidade no ar e de todas as adaptações necessárias para o aperfeiçoamento de sua técnica, as aves parecem abandonar o vôo sempre que é possível. Os mais antigos fósseis de aves, datando de cerca de 30 milhões de anos depois do arqueópterix, incluem formas semelhantes à gaivota que eram excelentes voadores, com a quilha no esterno e sem a cauda óssea. Eram, em sua essência, aves

Uma espécie de Ptilonorhynchus *decorando as paredes de sua choupana*

modernas. Entre elas, porém, vivia uma enorme espécie aquática, *Hesperonis*, quase do tamanho de um homem, que já então havia parado de voar. Os fósseis de outra ave não-voadora de imenso sucesso, os pingüins, também surgiram por volta dessa época.

Uma tendência de permanecer no solo parece funcionar ainda hoje. Quando uma espécie terrestre coloniza uma ilha onde não existem predadores quadrúpedes, mais cedo ou mais tarde ela perde a capacidade de voar. Os ralídeos insulares, na Grande Barreira de Coral, correm desajeitados como galinhas, e só conseguem esvoaçar debilmente sob extrema provocação. Os cormorões das Galápagos têm as asas tão atrofiadas que, mesmo que o tentem, não conseguem alçar vôo. Imensas espécies insulares de pombos não-voadores desenvolveram-se no oceano Índico: o dodó nas ilhas Maurício e o solitário, nas Rodrigues. Infelizmente para eles, essas ilhas não ficaram desertas de predadores por muito tempo. Há alguns séculos, o homem lá chegou e em pouco tempo exterminou ambas as espécies. Na Nova Zelândia também não existiam predadores antes da chegada do homem e diversas aves insulares desenvolveram grupos não-voadores. Os moas, as mais altas aves de que se têm notícia, chegando a atingir 3 m de altura, foram caçadas até a extinção pelo homem primitivo. De todo o grupo, só seus pequeninos e discretos parentes, os *kiwis*, conseguiram sobreviver. Existe ainda um estranho papagaio, o *kakapo* e uma outra imensa ave insular, o *takanhe*, ambos não-voadores.

Essa volta a uma vida totalmente terrestre é uma indicação da enorme demanda de energia e alimentação exigida pelo ato de voar. Surgindo a possibilidade de uma vida sem perigo em terra, as aves preferem esta opção. Acossado pelos dinossauros, seu parente, o arqueópterix, foi forçado a alçar vôo e, desde então, os mamíferos predadores têm mantido seus descendentes no ar.

Mas, entre o período em que os dinossauros desapareceram e os mamíferos ainda não tinham desenvolvido formas suficientemente poderosas para dominarem a Terra, houve um intervalo de vários milhões de anos. As aves, ao que parece, tentaram nessa época obter para si esse domínio. Há 65 milhões de anos, nas planícies de Wyoming, nos Estados Unidos, vivia uma ave gigantesca, incapaz de voar, chamada *Diatryma*. Era predadora e mais alta do que um homem. Seu bico maciço, em forma de lâmina de machado, era perfeitamente adequado para massacrar criaturas de tamanhos respeitáveis.

O *Diatryma* foi extinto em alguns milhões de anos, mas aves não-voadoras gigantescas ainda sobrevivem em outras regiões — avestruzes, nandus, emas e casuares. Essas espécies não são aparentadas com o *Diatryma*, mas têm linhagens antigas e descendem de formas voadoras, o que pode ser provado pelas características que ainda retêm de muitas adaptações para o vôo: bolsas internas de ar, bicos de queratina desprovidos de dentes e, em certos casos, ossos parcialmente ocos. Suas asas não são mem-

Anhinga secando suas penas

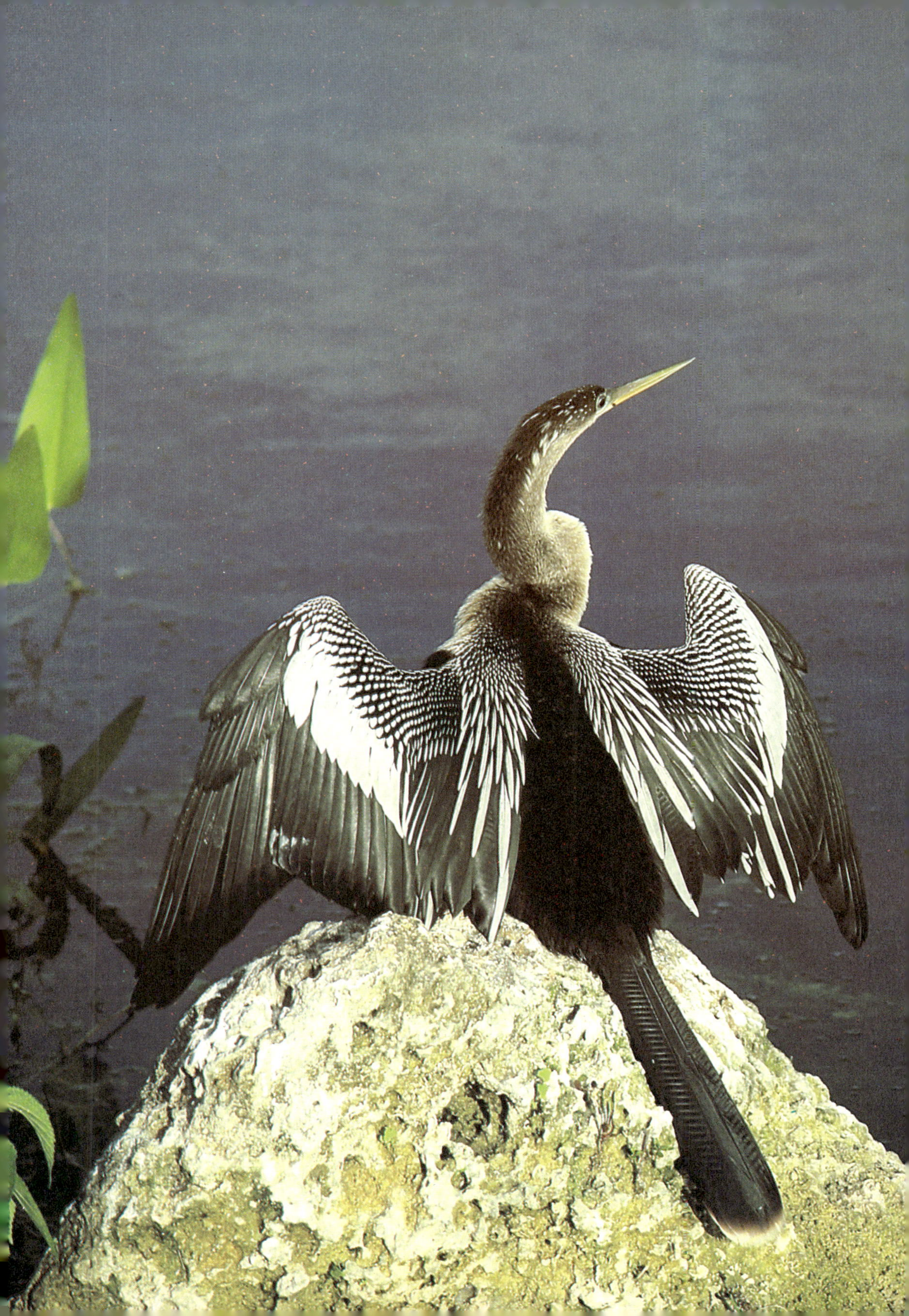

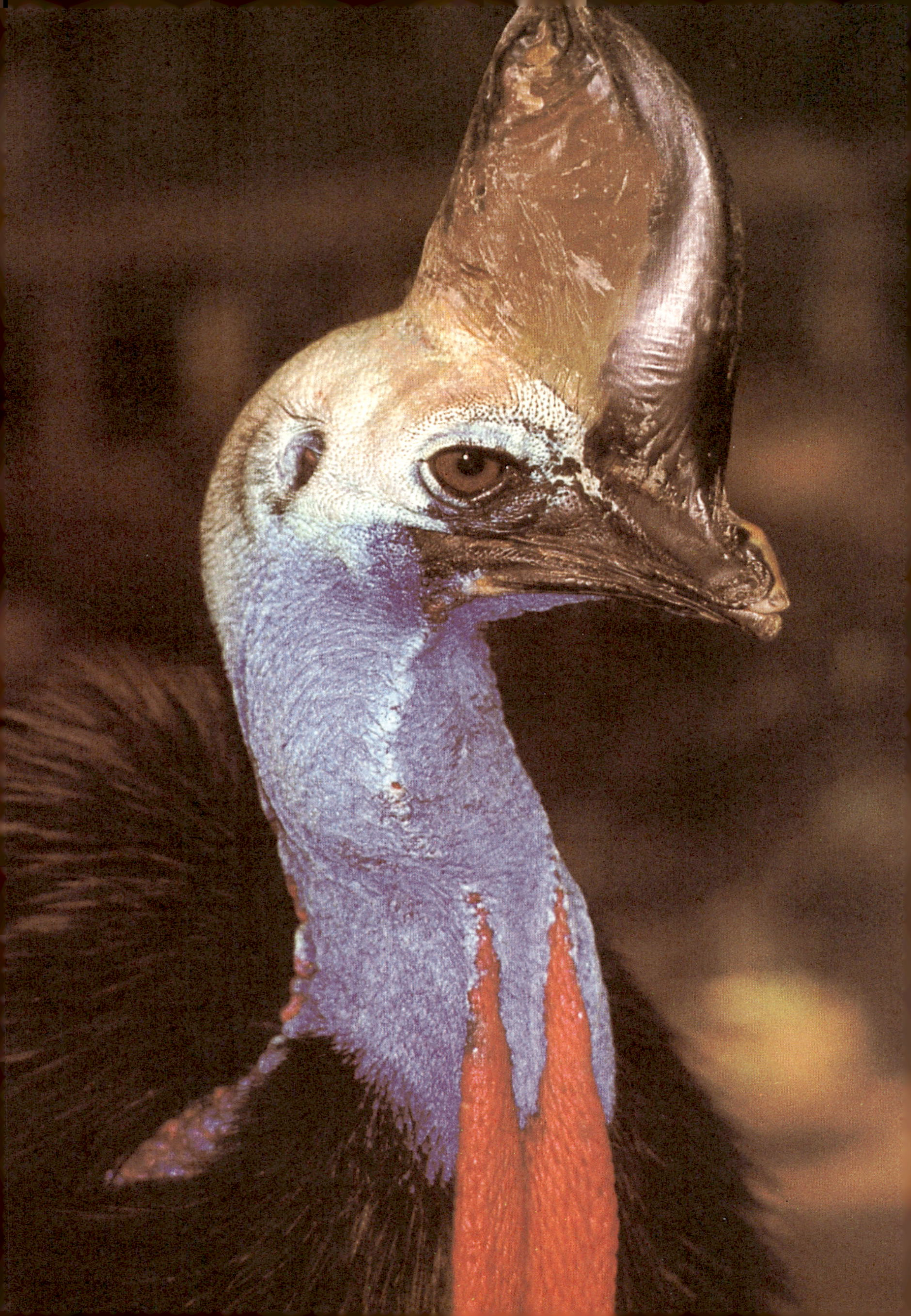

bros superiores atrofiados e sim versões simplificadas de asas que um dia cortaram os ares; e suas penas ainda estão dispostas da maneira mais apropriada para o vôo. A quilha do esterno, porém, desapareceu quase por completo, pois sustenta apenas músculos extremamente fracos. As penas, não sendo mais necessárias para o vôo, perderam suas bárbulas e transformaram-se em meros enfeites fofos, usados na corte nupcial.

Os casuares em particular nos dão uma idéia de quão temível deve ter sido o *Diatryma*. Suas penas perderam os filamentos assemelhando-se a uma peliça grosseira. As asas rudimentares são providas de alguns tocos de pena, recurvos e da grossura de uma agulha de tricô. Na cabeça possuem uma espécie de elmo ósseo, com o qual abrem caminho no emaranhado de vegetação das florestas da Nova Guiné, onde vivem. A pele da cabeça e do pescoço é azul, cor de púrpura ou amarela e ostenta carúnculas carnudas, escarlate, pendentes do pescoço. Alimentam-se de frutas, mas caçam, também, criaturas pequenas, como répteis, mamíferos e filhotes de pássaros. São, sem dúvida, os animais mais perigosos da ilha, depois das serpentes venenosas. Quando acuados, dão coices violentos e brutais, capazes de rasgar o ventre de um homem, e já custaram a vida a muitas pessoas.

Os casuares são criaturas solitárias. Seu ronco ameaçador e prolongado, ao perambular pela floresta, é ouvido há grandes distâncias e não se parece aos sons produzidos pelas aves. Se estiver perto, você poderá notar a silhueta de um animal da altura de um homem, movendo-se no mato. Um olho brilhante espreita por entre as folhas; subitamente, a imensa criatura foge em debandada, abrindo caminho à força, nos arbustos e vegetação do sub-bosque. Não é difícil perceber que, se grandes aves carnívoras desenvolvessem um apetite para presas maiores, elas poderiam vir a ser animais muito perigosos.

Apesar disso, aves como o *Diatryma* não tiveram habilidade suficiente como predadores. Um grupo de animais conseguiu escapar: eram pequenas criaturas insignificantes na época, mas extremamente ativas. Tinham desenvolvido sangue quente, como os pássaros, mas isolaram seu calor com pêlos em vez de penas. Havia surgido os primeiros mamíferos, e foram seus descendentes que, afinal, herdaram a terra e mantiveram, de um modo geral, as aves no ar.

Casuar, Nova Guiné

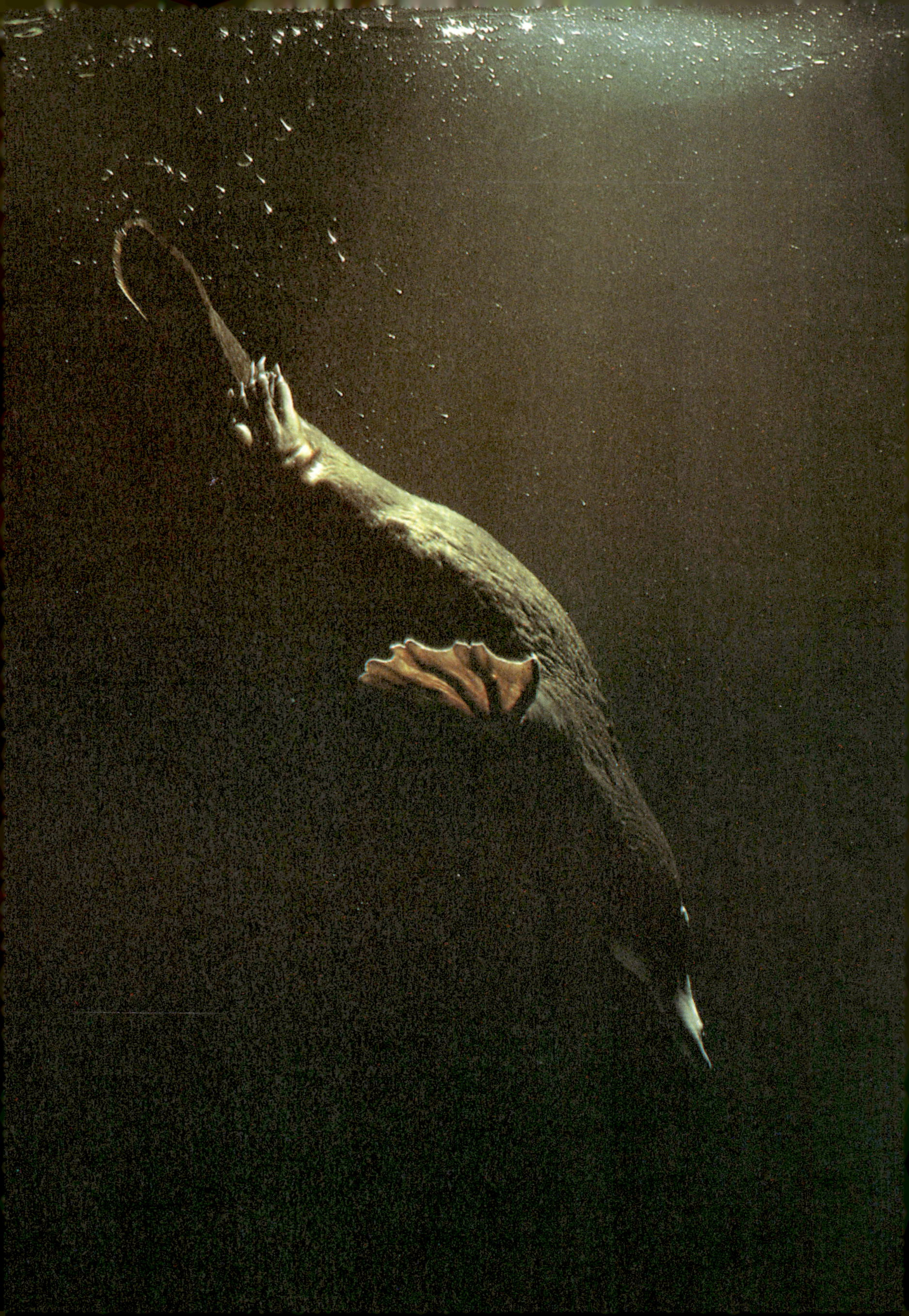

9 Ovos, bolsas e placentas

No fim do século XVIII, a pele de um animal absolutamente espantoso chegou a Londres; vinha da recém-estabelecida colônia da Austrália. A criatura à qual pertencera era do tamanho aproximado de um coelho e a peliça macia e densa, assemelhava-se à das lontras. Seus pés eram palmados, com garras; uma única abertura anal combinava funções excretórias e reprodutivas, como a cloaca de um réptil; e, mais estranho ainda, tinha um bico largo e achatado, como o de um pato. Era tão bizarro que alguns londrinos o rejeitaram, julgando tratar-se de mais um monstro-falso, confeccionado no Oriente a partir de pedaços de animais diferentes que, na época, eram vendidos a viajantes incautos como sendo dragões, monstros marinhos, sereias e outros seres fantásticos. Entretanto, mesmo o exame mais detalhado não acusava sinal de fraude. O estranho bico, que parecia tão mal encaixado na cabeça, com uma prega cutânea a esconder-lhe a junção, estava no lugar certo. E o animal, por mais improvável que fosse sua aparência, era verdadeiro.

Quando foram obtidos espécimes completos, observou-se que o bico não era rígido como a princípio parecera, quando a única evidência era uma pele ressecada. Em vida, era maleável e coriáceo, afastando, assim, qualquer possibilidade de pertencer a uma ave. A peliça era muito mais significativa. Cabelo ou pêlo são marcas registradas dos mamíferos, assim como as penas o são das aves. Era, portanto, evidente que o animal misterioso devia fazer parte do grande grupo que reúne criaturas tão diversas como musaranhos, leões, elefantes e homens. Como a função da peliça mamífera é isolar o corpo, permitindo a manutenção de uma temperatura elevada, deduziu-se que a nova criatura devia ter o sangue quente. E, presumivelmente, possuía também uma terceira característica dos mamíferos, que deu a designação ao grupo: um seio ou mama, com o qual amamentariam os filhotes.

Os colonizadores australianos haviam chamado o animal de "toupeira-d'água", mas a ciência tinha que encontrar uma designação um pouco mais erudita. Entre tantas características extraordinárias a inspirar um nome distinto, foi inventado um nome insípido, *Platypus*, que significa "pé chato". Pouco depois, lembraram que essa designação não era válida, pois já havia sido dada a um besouro; assim, foi preciso encontrar um segundo nome e o animal foi reclassificado como ornitorrinco ou "bico de ave", que ficou sendo seu nome científico. Mas, para a maioria das pessoas, ele continua a ser um *Platypus*.

Agora, como naquela época, ele vive nos rios da Austrália oriental,

Platypus *bico-de-pato, Austrália*

onde nada com grande energia e leveza, às vezes deslizando na superfície, batendo as patas dianteiras e controlando a direção com as traseiras, todas dotadas de membranas interdigitais. Quando o animal mergulha, pregas cutâneas musculares cobrem seus ouvidos e olhos pequeninos. Além de excelentes nadadores, os ornitorrincos são escavadores industriosos e eficazes, abrindo dos rios longos túneis nas margens que chegam a atingir 18 m de comprimento. Ao cavar, enrolam a membrana das patas dianteiras na palma, dessa maneira libertando as garras para o trabalho. Nessas tocas, a fêmea constrói um ninho subterrâneo de capim e junco. De um desses ninhos originou mais uma notícia sensacional sobre o ornitorrinco: foi alegado que o animal punha ovos.

Diversos zoólogos consideraram essa hipótese totalmente absurda. Nenhum mamífero punha ovos. Se os encontraram num ninho de ornitorrinco, deveriam pertencer a um visitante. De acordo com a descrição, esses ovos eram quase esféricos, do tamanho de bolinhas de gude e com a casca mole, o que parecia indicar que pertenciam a um réptil. Mas, na Austrália, a população local insistiu tratar-se de ovos de ornitorrinco. Durante quase um século os naturalistas discutiram vigorosamente o assunto, até que um dia, em 1884, uma fêmea foi morta a tiro logo depois de botar um ovo. Um segundo foi encontrado em seu organismo, no ponto de ser deitado. Desapareceram então todas as dúvidas: esse mamífero realmente punha ovos.

Outras surpresas se seguiram. Quando os ovos eclodem ao fim de dez dias, os filhotes não precisam, como no caso dos répteis, sair à procura de alimento. A fêmea desenvolve glândulas especiais na barriga, semelhantes às sudoríparas que todos os mamíferos, inclusive o ornitorrinco, têm na pele para ajudar a refrescar o corpo quando faz muito calor. Mas o suor produzido por essas glândulas dilatadas é grosso e rico em gordura; é leite. Ele escorre através da pele e os filhotes o sugam nos tufos de pêlos. Não existe um mamilo, portanto não se pode dizer que o ornitorrinco tenha uma teta ou mama verdadeira, mas já é um princípio.

Outra importante característica mamífera que parece não estar completamente desenvolvida neles é a endotermia ou o sangue aquecido pelo calor interno. Quase todos os mamíferos mantêm o corpo numa temperatura entre 36 e 39°C. A temperatura do ornitorrinco é de apenas 30°C e varia consideravelmente.

Uma outra criatura apresentando a mesma mistura de características mamíferas primitivas e reptilianas, também é originária da Austrália. Alimenta-se de formigas e tem o corpo coberto de espinhos curtos. A história de seu nome é idêntica à do ornitorrinco. A ciência chamou-o a princípio de équidna, "espinhudo", para descobrir, logo em seguida, que esse já era o nome de um peixe. Mudou-o então para *Tachyglossus*, "língua rápida". Entretanto, mais uma vez, foi o primeiro nome que pegou. O animal assemelha-se a um grande ouriço achatado, com uma armadura de espinhos no dorso, engastados numa peliça áspera e negra. Costuma enterrar-se no solo com movimentos natatórios das quatro patas, capazes de escavar com tal força e eficiência que a équidna desaparece na vertical, mesmo nas superfícies mais duras, e logo só se avista o domo impregnável recoberto de espinhos extremamente aguçados. No entanto, esse animal é primariamente um escavador e só se enterra apenas como medida de defesa. Passa a maior parte do tempo dormindo num cantinho escondido ou bamboleando pelo mato à procura de formigas ou térmitas. Ao encontrar um ninho, rasga-o com as garras de suas patas dianteiras e captura os insetos com a língua comprida e viscosa, que se projeta a partir da boca minúscula, na extremidade de um focinho tubular.

Esse focinho e os espinhos, da mesma forma que o bico do ornitorrinco, são características especializadas para enfrentarem as exigências peculiares aos seus respectivos tipos de vida. Em termos evolutivos são aquisições recentes. Fundamentalmente, a équidna é muito semelhante ao ornitorrinco: tem pêlos, temperatura corporal baixa, um único orifício, a cloaca, e põe ovos.

Contudo difere em um detalhe reprodutivo: a fêmea conserva os ovos em uma bolsa temporária que se desenvolve em seu ventre, e não em um ninho. Afirma-se que quando o momento de deitar os ovos se aproxima ela enrola-se de forma a depositá-los diretamente na bolsa, exibindo, assim, uma habilidade ginástica insuspeitada numa criatura tão confortavelmente gorducha. As cascas dos ovos são únicas e grudam no pêlo da bolsa. A eclosão ocorre entre sete e dez dias. Os filhotes sugam o leite grosso e amarelo que exsuda da pele materna e permanecem na bolsa cerca de sete semanas, ocasião em que atingem 10 cm de comprimento e seus espinhos começam a se desenvolver. Isto os torna, presumivelmente, passageiros desconfortáveis do ponto de vista da mãe, e ela os retira com as patas e os deposita numa toca. Mas continua a alimentá-los durante várias semanas, ajeitando-os embaixo de si com o focinho e arqueando o dorso para manter o abdômen livre e encorajá-los a mamar. Os filhotes levantam a cabeça e grudam as boquinhas nos tufos de pêlo.

O único alimento provido pelos répteis a seus filhotes é a gema do ovo. A partir dessa pequena bola amarela, a criaturinha precisa desenvolver um corpo completo e suficientemente forte para uma vida independente a partir do momento em que sai da casca. Sai então à procura de alimento, quase sempre o mesmo que comerá durante toda a vida. O método utilizado pelo ornitorrinco tem um potencial bem maior. Seus ovos não têm grande quantidade de gema, mas ele oferece aos filhotes a partir do nascimento um suplemento contínuo de um alimento especial de fácil digestão, o leite, que possibilita um período de desenvolvimento muito mais longo. Essa mudança de técnica maternal foi de grande importância e continua a ser em versões cada vez mais elaboradas, um dos fatores vitais para o sucesso final de todo o grupo dos mamíferos.

Équidna, Austrália

O desenho anatômico da équidna e do ornitorrinco é sem dúvida antiquíssimo, mas não há provas fósseis de seres ancestrais reptilianos. Nosso conhecimento a respeito de muitos dos candidatos é baseado fundamentalmente nos dentes. Sendo uma das partes mais duráveis da anatomia, os dentes são freqüentemente preservados como fósseis e fornecem grande número de dados sobre a dieta e os hábitos do animal. São também altamente característicos de cada espécie, de modo que, analogias dentárias são consideradas como sendo evidência convincente de parentesco genealógico. Quando se especializaram, um para a vida aquática e outro para capturar formigas, o ornitorrinco e a équidna tiveram a inconveniência de perder todos os dentes. Seus antepassados, porém, certamente os possuíram, pois os filhotes do ornitorrinco ainda exibem três dentinhos minúsculos logo após o nascimento, que são logo descartados e substituídos por placas córneas. Também não foi encontrada nenhuma outra evidência fóssil importante sobre seus antepassados, de forma que não existe praticamente nada a nos ajudar a ligar esses animais a um determinado grupo de fósseis reptilianos. Não obstante, é razoável supor-se que a técnica de procriação usada atualmente por eles tenha sido desenvolvida por alguns grupos de répteis, ao longo do processo de suas transformações em mamíferos.

Mas, que répteis foram esses? As marcas mais características dos mamíferos atuais — pêlos, sangue quente e glândulas produtoras de leite — não se fossilizam. Podemos apenas inferir sobre sua presença. Como já vimos, alguns dinossauros, como o estegossauro, conseguiram desenvolver métodos sem dúvida eficientes para absorver o calor do sol. Mas não foram os primeiros répteis a fazê-lo. Um grupo mais antigo, os pelicossauros, também o conseguiram. Um deles, o dimetrodonte, desenvolveu longos espinhos a partir da coluna vertebral, que serviam de esteio a uma membrana externa. Essa vela dorsal, à semelhança das placas dos estegossauros, devia servir na qualidade de um painel solar. Entretanto, note-se que, embora sua linhagem prosperasse, os pelicossauros perderam a crista dorsal. Mesmo que ocorresse uma mudança climática trazendo mais calor, parece extremamente improvável que as forças evolucionárias permitissem a um animal se desfazer de tão valioso método de controle térmico, a não ser que o substituísse por algo mais eficiente. Supõe-se, portanto, que os pelicossauros e seus sucessores, os terapsídeos, eram até certo ponto endotérmicos. Os terapsídeos atingiram apenas cerca de 1 m de comprimento. Dessa maneira, como a endotermia, particularmente em criaturas assim pequenas, exige alguma forma de isolamento térmico, pode-se supor que alguns desses seres fossem cobertos de pêlos.

Existem outros fatores sugestivos de que os terapsídeos estavam se transformando em mamíferos. Para que o calor possa ser gerado no organismo da maneira endotérmica correta, é necessário absorver grande quantidade de energia, o que teria exigido um aumento na ingestão alimentar diária e uma aceleração nos processos digestivos. Isso seria conseguido se os típicos dentes reptilianos, fracos e em forma de pequenas estacas, que não fazem senão segurar, fossem substituídos por dentes especializados, talhadores, molares e trituradores, capazes de transformar o alimento em uma massa de digestão mais fácil. Exatamente esta mudança pode ser acompanhada nos dentes dos terapsídeos.

Entretanto, mesmo supondo-se que tivessem sangue quente e pêlos, seriam essas duas características suficientes para que fossem considerados mamíferos? Logicamente, a questão é, até certo ponto, artificial. Essas categorias foram inventadas pelo homem, e não pela natureza. Na prática, as linhas ancestrais fundem imperceptivelmente umas nas outras. As características anatômicas, cujo agrupamento o homem resolveu considerar peculiar a uma dada espécie, podem, cada uma por si, mudar em velocidades diferentes, de tal forma que, enquanto que um aspecto evolui, o restante da anatomia do animal pode permanecer inalterado. Além disso, as condições ambientais responsáveis pelo aparecimento de uma mudança poderão produzir efeitos semelhantes em diversas dinastias. Na realidade não parece haver dúvidas de que o sangue quente foi desenvolvido, ao longo de épocas variadas, por grupos diversos de diferentes répteis. Portanto, é possível que a linha de répteis da qual o ornitorrinco e o équidna descendem não seja a mesma que deu origem a outros mamíferos.

Qualquer que seja o tipo da árvore genealógica, pelo menos um grupo de répteis completou a transição para a condição de mamífero há cerca de 200 milhões de anos. Um pequeno fóssil, descoberto no sul da África em 1966, é o mais antigo espécime quase perfeito de mamífero encontrado até hoje. Era uma criaturinha semelhante a um musaranho, medindo apenas cerca de 10 cm. Detalhes de seu crânio e mandíbula permitiram estabelecer-se com segurança sua ligação com os mamíferos verdadeiros. Seus dentes eram especializados para comer insetos e os cientistas que os examinaram concluíram, sem sombra de dúvida, que tinham pelagem e sangue quente. Não ficou ainda esclarecido se punha ovos como o ornitorrinco ou dava à luz filhotes vivos e os amamentava por meio de uma mama. Mas, de qualquer forma, os mamíferos tinham surgido, realmente.

Mesmo assim, não veio deles o grande avanço evolucionário entre os animais terrestres, que ocorreu em seguida. Os dinossauros iniciaram sua dramática expansão. Embora os pequeninos mamíferos fossem obscurecidos tanto em número como em tamanho, sobreviveram graças ao sangue quente que lhes permitia movimentarem-se à noite, enquanto que os grandes répteis permaneciam entorpecidos. Nessa hora é que possivelmente emergiam dos esconderijos e saíam à caça de insetos e outras pequenas criaturas. Essa situação manteve-se por um vasto período de tempo — 135 milhões de anos — mas, a sorte dos dinossauros acabou mudando, e, quando finalmente desapareceram, há 65 milhões de anos, os pequenos mamíferos estavam preparados para ocupar o seu lugar.

Gambá com seus filhotes, Brasil

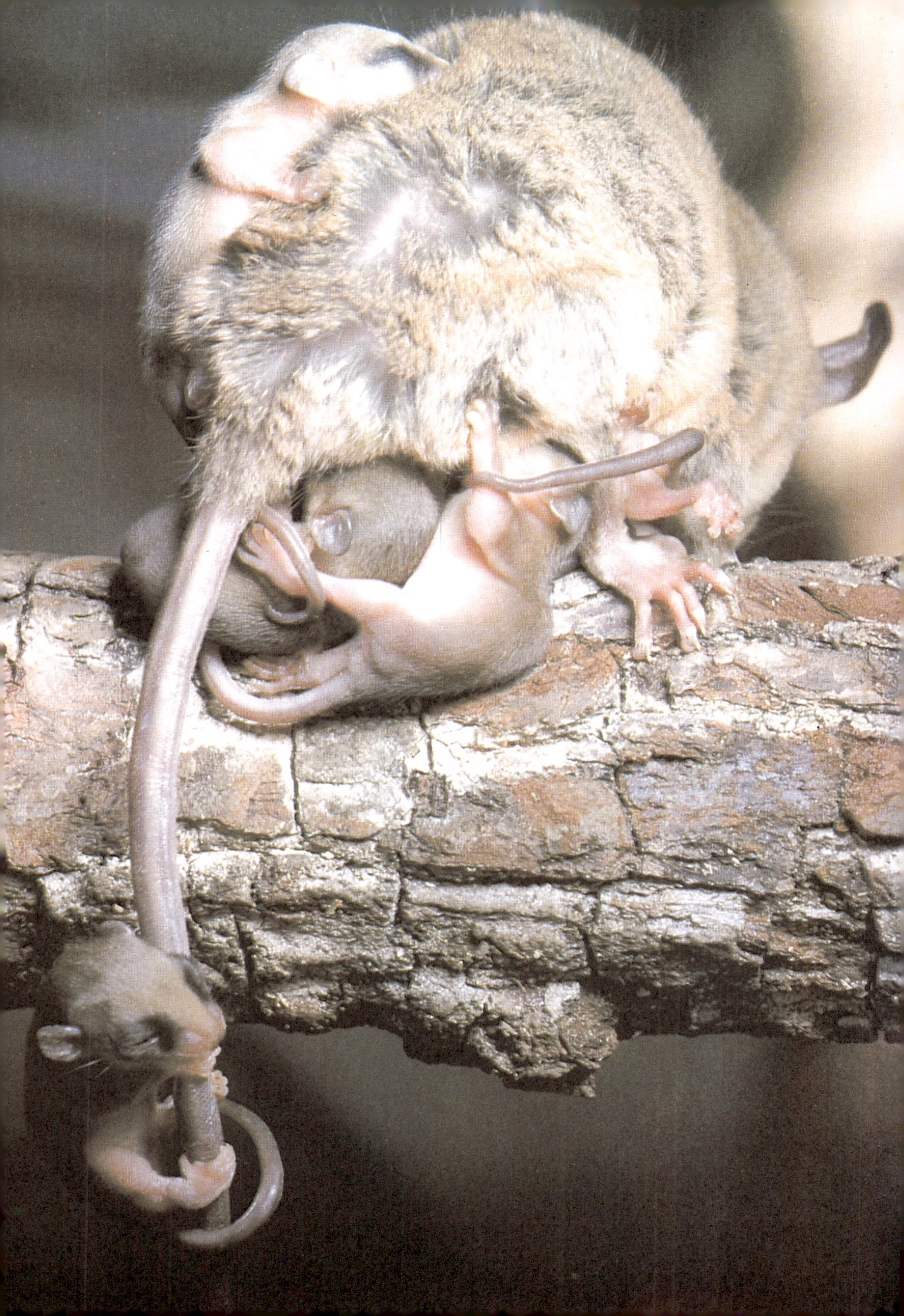

Entre estes últimos existiam formas muito semelhantes aos gambás que vivem hoje nas Américas. O gambá da Virgínia é uma criatura semelhante a uma ratazana grande, cheia de vibrissas, com uma pelagem felpuda e desalinhada, olhos em botão e uma longa cauda pelada e preênsil com força suficiente para agüentar o peso do seu corpo por alguns momentos, quando sua extremidade se enrola ao redor de um galho. Tem uma boca enorme, que escancara de maneira alarmante, expondo um grande número de dentinhos afiados. É uma criatura resistente e adaptável que se espalhou pelas Américas, desde a Argentina, ao sul, até o Canadá, ao norte. Aqui, suporta temperaturas tão baixas que, às vezes, suas grandes orelhas peladas ficam queimadas pelo frio. Vagueia pelo campo, com um ar pirata e desordeiro, comendo frutas, insetos, vermes, rãs, lagartos, filhotes de pássaros — praticamente qualquer coisa que, de uma maneira ou de outra, possa ser considerada comestível.

Uma das coisas mais extraordinárias a seu respeito é a sua maneira de reproduzir. A fêmea tem uma espaçosa bolsa ventral, na qual cria os filhotes. Quando, no início do século XVI, o primeiro gambá procedente do Brasil foi trazido para a Europa pelo explorador Pinzon, que servia sob as ordens de Colombo, ninguém havia jamais visto coisa semelhante. O rei e a rainha da Espanha foram persuadidos a meter o dedo na bolsa e ficaram cheios de admiração. Os professores acadêmicos deram o nome a essa estrutura de marsúpio, "pequena bolsa", e, assim, o gambá veio a ser o primeiro marsupial conhecido na Europa.

Não havia dúvida de que os filhotes eram criados no marsúpio, pois, diversas vezes foram encontradas minúsculas criaturas rosadas agarradas às tetas por meio de suas bocas; mas, como iam parar ali? Na época foi sugerido, e alguns camponeses na América do Norte ainda afirmam que eles são, literalmente, soprados para dentro do marsúpio. Segundo esta história, os gambás se acasalam esfregando os focinhos. Os filhotes são concebidos nas narinas e, na época apropriada, a fêmea enfia o nariz na bolsa, dá um tremendo espirro, botando a ninhada para fora de uma só vez. Sem dúvida a história surgiu porque a fêmea, pouco antes do aparecimento dos filhotes na bolsa, enfia nela o nariz e, cuidadosamente, a limpa, com a língua, preparando-a para recebê-los.

A realidade é tão fantástica quanto a fábula. Os gambás, como a équidna e o ornitorrinco, têm uma única cloaca, fechada por um esfíncter, na qual terminam o ânus e o orifício urogenital. O par copula e o macho fertiliza os ovos da fêmea internamente. Mas os embriões resultantes contam apenas com pequeninos sacos de gema para abastecê-los e são expelidos após doze dias e dezoito horas, o período de gestação mais curto de que se tem notícia em qualquer mamífero. Não maiores do que abelhas, esses pelotinhos rosados e cegos são tão pouco desenvolvidos que não se pode chamá-los recém-nascidos, sendo conhecidos pela designação especial de neonatos. Uma fêmea pode produzir até duas dúzias em cada ninhada.

Ao emergirem da cloaca, arrastam-se ao longo do ventre materno, por entre os pêlos, até atingirem a abertura da bolsa, uma distância de cerca de 8 cm. Esta é a primeira e mais acidentada viagem de suas vidas e até a metade deles poderá morrer no caminho. Ao chegarem junto ao calor e à segurança da bolsa, cada qual se agarra a uma das treze tetas e começa a ingerir leite. Se mais de treze filhotes completarem a viagem, os últimos, não encontrando uma teta livre, morrerão de fome.

Nove ou dez semanas mais tarde, os jovens saem da bolsa. Estão agora completamente formados, do tamanho de camundongos, e agarram-se ao pêlo da mãe de uma forma aparentemente precária. No início do século XIII, uma famosa ilustração de um gambá sul-americano mostrava os filhotes dependurados por meio de suas pequeninas caudas à cauda estendida da mãe. Entretanto, como foi sendo copiada e recopiada por diferentes ilustradores, essa postura acabou se transformando em outra, na qual a mãe dobra a cauda sobre o próprio dorso e os filhotes, em uma fila perfeita, pendem suspensos pelos rabinhos. Quando os museus começaram a montar as peles de gambás, os especialistas consultaram os livros e, compreensivelmente, montaram seus espécimes nessa postura atraente, reforçando, assim, a história. Mas esta é mais uma das fábulas que envolve essa criatura estranha. Os filhotes de gambá não são nada ordeiros. Eles sobem na mãe por todos os lados, agarrando-se à sua longa pelagem; às vezes por baixo dela, outras no dorso, com a mesma inconsciência e desprezo pelo perigo de crianças cabriolando num parque infantil. Só ao fim de três meses a deixarão para iniciar sua própria vida independente.

Existem setenta e seis espécies diferentes de marsupiais nas Américas. A menor é do tamanho de um camundongo e não apresenta bolsa. Seus filhotes, do tamanho de grãos de arroz, agarram-se às tetas localizadas entre as pernas traseiras da mãe, de onde pendem como um minúsculo cacho de uvas. No outro extremo da escala, a quica-d'água, um marsupial aquático sul-americano, é quase do tamanho de uma lontra pequena. Tem os pés palmados e passa a maior parte do tempo nadando. Seus filhotes não se afogam graças ao mais elaborado dos marsúpios. Sua entrada é controlada por um esfíncter, um músculo em forma de anel que a fecha como uma bolsa de cordão. Dentro dela os filhotes suportam alguns minutos de submersão, respirando ar com uma concentração de dióxido de carbono que sufocaria outras criaturas.

Os mais antigos fósseis de mamíferos positivamente identificados como marsupiais foram descobertos na América do Sul, de onde é possível que o grupo se tenha originado. Mas, atualmente, o maior conjunto de marsupiais vive na Austrália e não na América. Como conseguiram ir de um continente para o outro?

Para encontrar a resposta, precisamos voltar à época em que os dinossauros estavam no auge de seu domínio. Naquele tempo os continentes da Terra ainda estavam em contato uns com os outros. Poderiam até ter formado uma única e gigantesca massa terrestre, pois fósseis de dinossauros relacionados foram encontrados em todos os continentes atuais, na América do Norte e na Austrália, na Europa e na África. Os répteis semelhantes a mamíferos também deviam estar igualmente espalhados. Entretanto, no fim do reinado dos dinossauros esse imenso continente partiu-se em dois: um supercontinente ao norte, composto pela Europa, Ásia e América do Norte; outro ao sul, abrangendo África, Antártida, América do Sul e Austrália.

A evidência primária da existência desse agrupamento e sua quebra e separação subseqüentes nos é dada pela geologia. Resulta de estudos feitos sobre a maneira por meio da qual os continentes atuais se encaixam uns nos outros, da continuidade de camadas rochosas entre suas margens opostas, da orientação dos cristais magnéticos nas rochas que é indício da posição que mantinham quando foram formados, do tempo assinalado nas cordilheiras oceânicas e em suas ilhas, das perfurações submarinas e de alguns outros dados.

A distribuição de diversos animais e plantas acrescenta uma evidência confirmatória. As gigantescas aves não-voadoras fornecem um exemplo particularmente claro. Como vimos, elas surgiram muito cedo na história ornitológica. Um grupo, do qual fazia parte o feroz *Diatryma*, desenvolveu-se no supercontinente norte. Todos estes desapareceram. No supercontinente sul, surgiu uma outra família que teve melhor destino. Eram as ratites — nandus ou *rhéas* na América do Sul, avestruzes na África, casuares e emas na Austrália, *kiwis* na Nova Zelândia. A distribuição dessas aves se constitui em um enorme quebra-cabeças. São tão semelhantes que é muito provável que descendam de um único ancestral não-voador. Mas como teriam seus descendentes, incapazes para o vôo, se espalhado por terras tão vastamente separadas? As evidências indicando ter existido um supercontinente sul soluciona o enigma. As aves simplesmente caminharam para áreas diferentes, e lá permaneceram, desenvolvendo-se até se tornarem formas hoje conhecidas, enquanto que a massa terrestre se separava dando origem aos continentes atuais.

As pulgas também colaboram com este argumento. Esses insetos parasitas viajam com os animais hospedeiros, mas desenvolvem novas espécies rapidamente e mudam-se para novos donos. Algumas famílias de pulgas altamente características são encontradas somente na Austrália e na América do Sul. É inconcebível que seus hospedeiros as tivessem transportado através da Europa e da América do Norte, a única outra rota possível, e não deixassem alguns parentes espalhados entre outras criaturas portadoras de pelagem pelo caminho.

Há também evidência botânica. Nas zonas temperadas do hemisfério sul floresce uma espécie de faia, árvore da mesma família mas diferente das faias européias. Sua distribuição nos continentes é agora perfeitamente compreensível.

Gambá papa-mel, Austrália

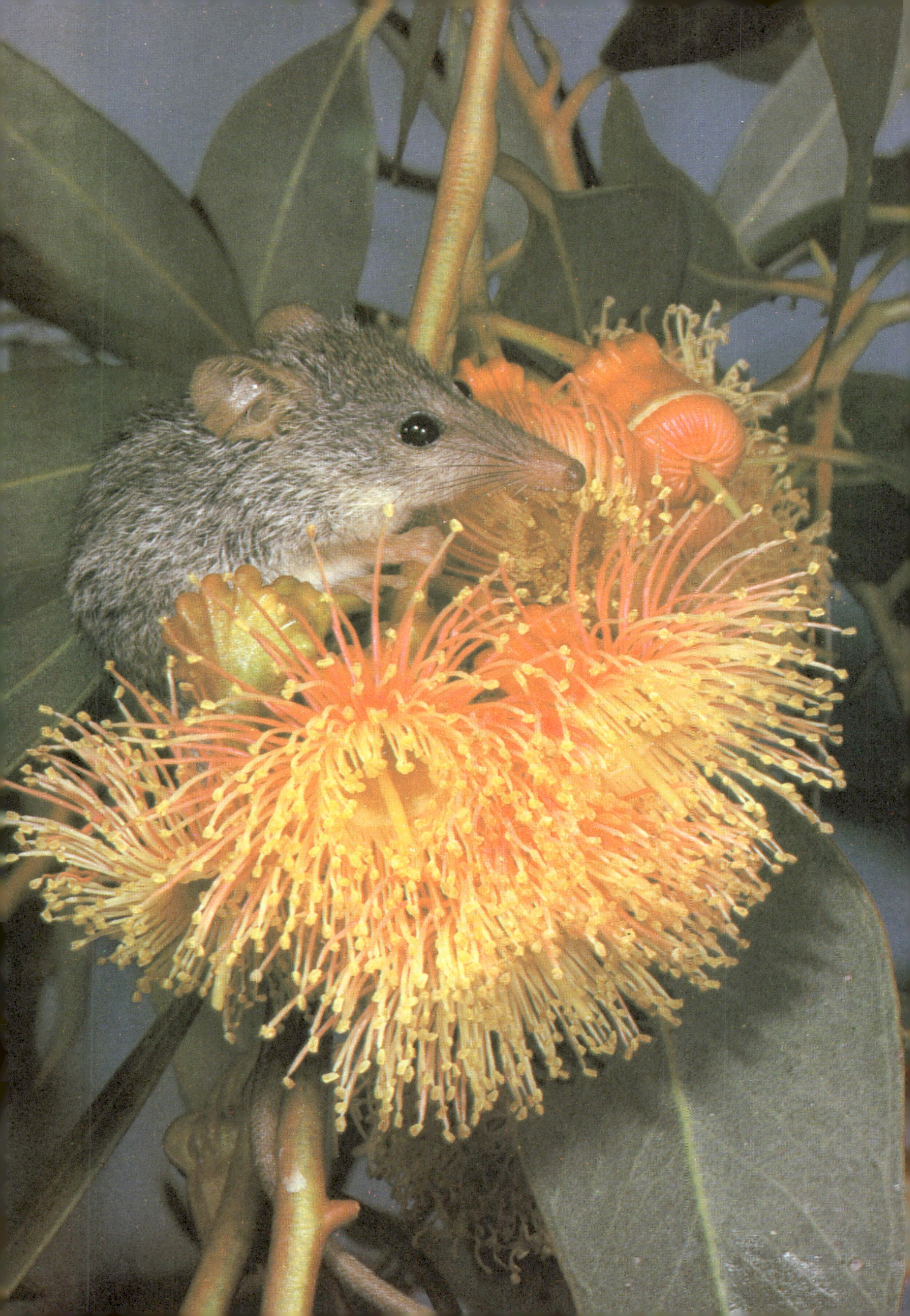

Com o passar do tempo, a grande massa terrestre do sul começou a se partir. A África separou-se e afastou-se rumo ao norte. A Austrália e a Antártida permaneceram unidas, ligadas à ponta da América do Sul por uma faixa de terra ou cadeia de ilhas. Foi nessa época, ao que parece, que os marsupiais estavam principiando seu desenvolvimento a partir dos mamíferos primitivos. Se, como a evidência sugere, originaram-se na América do Sul, logo se espalharam pela Austrália e pela Antártida.

Enquanto isso os mamíferos primitivos também evoluíam no supercontinente norte. Esse grupo iria desenvolver uma nova maneira de alimentar seus filhotes. Em vez de transferi-los, quando ainda mal formados, para uma bolsa externa, preferiram retê-los no organismo da fêmea, nutrindo-os por meio de uma invenção chamada placenta. Examinaremos essa técnica mais tarde. Por ora, é suficiente reconhecer que esse grupo diferente de animais existia.

Os marsupiais da América do Sul desenvolveram-se e prosperaram bastante enquanto tiveram o continente só para si. Surgiram formas imensas, um tipo de lobo e um outro predador carnívoro, semelhante ao leopardo, com presas em forma de sabre. Mas os fragmentos do supercontinente sul começavam a separar-se. A América do Sul afastava-se lentamente no rumo norte, acabando por se ligar à América do Norte por meio de uma faixa de terra na altura do Panamá. Por esse corredor desceram os mamíferos placentários, vindo disputar a posse da terra sul-americana com os marsupiais que ali residiam. No decurso dessa rivalidade desapareceram diversas espécies de marsupiais, restando apenas os oportunistas e os resistentes tais como os gambás. Alguns deles invadiram a terra dos invasores e conseguiram colonizar a América do Norte, como o atual gambá da Virgínia.

Porém, os marsupiais que habitavam a parte central do supercontinente sul não conseguiram sobreviver. Esse imenso bloco de terra, a Antártida, avançou para o Pólo Sul, onde o frio intenso criou uma imensa calota de gelo, tornando a vida em terra insuportável. Os habitantes do terceiro fragmento do supercontinente tiveram melhor sorte. Essa parte veio a ser a Austrália e, deslizando na direção norte e leste para a amplidão vazia da bacia do Pacífico, permaneceu totalmente separada de qualquer outro continente. Assim, nos últimos 50 milhões de anos seus marsupiais puderam desenvolver-se em isolamento.

Durante esse longo período, eles diversificaram-se em numerosas espécies diferentes para melhor aproveitar a grande variedade de ambientes que lhes era oferecida. Os vestígios de alguns desses animais espetaculares podem ser vistos hoje na pedra calcária das cavernas de Naracoorte, a 250 km de Adelaide. Essas cavernas já eram famosas há muito tempo pela beleza de suas estalactites, mas em 1969, uma leve brisa, filtrando-se através das rochas ao fundo da caverna principal, indicou que mais além, poderiam existir outras seções até então desconhecidas. Escavações revelaram uma passagem estreita levando à maior coleção de fósseis de marsupiais encontrada até hoje.

Depois de engatinhar ao longo de uma hora, apoiando-se nas mãos e nos joelhos, apertando-se entre estreitas paredes rochosas, descendo devagar por longos túneis cheios de curvas, atinge-se finalmente duas galerias. O único acesso a elas é através de túnel comprido e estreito, onde só é possível avançar arrastando-se penosamente de bruços. A galeria em si é longa e baixa, medindo cerca de 1 m de altura e com o teto crivado de estalactites finas. O ar ali é tão úmido que a respiração se condensa à sua frente. Um grupo de meia dúzia de pessoas encheria a caverna inteira de neblina em poucos minutos. O solo é recoberto por um sedimento vermelho fino e macio, trazido pelas enchentes de um rio subterrâneo há longo tempo desaparecido. Com a lama vieram ossos de marsupiais. Alguns são de animais que moravam na caverna superior, outros parecem ser de habitantes das florestas vizinhas que caíram, acidentalmente, nos buracos à entrada da caverna e morreram. Os ossos jazem em grande abundância, espalhados pela lama — fêmures, omoplatas, dentes e, os mais dramáticos de todos eles, crânios. Todos têm uma delicada coloração creme-pálido, como se fossem espécimes saídos diretamente de um banho no laboratório de um anatomista. A maioria é tão frágil que se esmigalha com um toque e só pode ser removida sem dano depois de envolvida em espuma e gesso.

Existem ossos que pertenceram a um enorme marsupial, com o tamanho e a forma de um rinoceronte; outros de um imenso canguru com pescoço de girafa, que se alimentava de folhagens entre os galhos das árvores. O caráter de uma dessas criaturas ainda é discutido. Inicialmente julgou-se tratar-se de um predador carnívoro, pois seus dentes traseiros são alongados formando lâminas poderosas e afiadas, as quais poderiam ter sido usadas para rasgar a carne e os ossos de suas vítimas. Por causa de seu porte, foi-lhe dado o nome de leão marsupial. Atualmente, o estudo detalhado de suas patas dianteiras revelou que eram perfeitamente adequadas para se dependurar, e poderiam ter pertencido a uma criatura arborícola que usava seus temíveis dentes apenas para cortar frutos duros.

Esses animais desapareceram há cerca de 40 mil anos. O conhecimento dos fatores que ocasionaram seu extermínio ainda é incerto. É bem possível que uma mudança climática os tivesse afetado. A Austrália, depois de se separar da Antártida, começou a se afastar rumo ao norte e até hoje não parou: continua a deslizar na mesma velocidade de sempre, cerca de 5 cm por ano. Esse deslocamento teve como conseqüência um aquecimento gradual do clima e o ressecamento do continente.

É claro que os marsupiais ainda sobrevivem em grandes números. Existem hoje doze famílias principais, com cerca de 200 espécies entre elas. Muitas dessas criaturas são análogas às formas placentárias do hemisfério norte. Ao chegarem na Austrália os colonizadores europeus naturalmente deram aos marsupiais os nomes das criaturas européias com as quais eles mais se assemelhavam. Assim quando encontraram nas florestas temperadas do sul um animalzinho peludo, de focinho pontudo e cauda longa, é compreensível que o tivessem chamado de rato marsupial. O nome, na verdade, não é apropriado, pois não se trata de roedor que timidamente mordisca grãos, mas sim, de predador feroz que não hesita em atacar insetos quase de seu tamanho e triturá-los, fazendo-os em pedaços. Existem marsupiais carnívoros, que enfrentam répteis e filhotes de aves e são conhecidos como gatos marsupiais. Até recentemente existia ainda um lobo marsupial, o lobo da Tasmânia ou *Thylacinus*. Era um caçador muito eficiente mas começou a atacar os rebanhos de carneiros recém-introduzidos, e foram perseguidos pelos colonizadores até à extinção. O último espécime vivo identificado morreu em 1933 no Zoológico de Londres, mas existe a possibilidade de que alguns ainda sobrevivam nas regiões mais remotas da Tasmânia.

Em dois casos, a semelhança entre formas marsupiais placentárias é de ordem tal que se você encontrasse ambas num zoológico, dificilmente distinguiria uma da outra sem manuseá-las. Um pequeno marsupial, o *Petaurus breviceps*, vive nos eucaliptos e alimenta-se de folhas e flores. Tem uma faixa estreita de pele, como um pára-quedas, ligando a pata dianteira à traseira, o que lhe permite deslizar em vôo planado de um galho para outro. Na aparência, é quase exatamente igual ao esquilo voador norte-americano. A vida em tocas subterrâneas exige estruturas especiais e tanto os escavadores marsupiais quanto os placentários as desenvolveram. As toupeiras de ambos os tipos têm o pêlo curto e macio, olhos residuais, poderosas patas dianteiras para escavar e um toco de rabo. A toupeira marsupial fêmea, porém, tem uma bolsa que, felizmente para os filhotes, abre-se para trás, de forma a não se encher de terra enquanto que a mãe escava seus túneis.

Nem todos os marsupiais têm um equivalente placentário. O coala é uma criatura de tamanho médio, que vive em árvores, alimentando-se de folhas e desempenhando um papel que, em outras regiões, é representado pelos macacos. Mas o coala não tem nada em sua aparência que lembre um macaco e seu caráter lento e moroso está muito distante dos reflexos rápidos e da inteligência ágil dos símios. O papa-formigas tem língua comprida e grudenta, como todos os comedores de formigas, mas essa adaptação não é tão especializada como, por exemplo, a do tamanduá-bandeira da América do Sul, que desenvolveu um longo focinho tubular curvo e perdeu todos os dentes. As mandíbulas do papa-formigas não são tão alongadas e ele ainda conserva todos os dentes. Um marsupial, o gambá papa-mel, não tem equivalente placentário. É pequenino como um camundongo, tem o focinho pontudo e sua língua apresenta uma espécie de escovinha, na extremidade, como a de alguns periquitos, com a qual raspa o néctar e pólen das flores.

Nas florestas temperadas da Tasmânia vive outra criatura que é única em seu gênero e quintessencialmente australasiana: o *boodie* (*Bettongia*

Canguru recém-nascido dentro do marsúpio

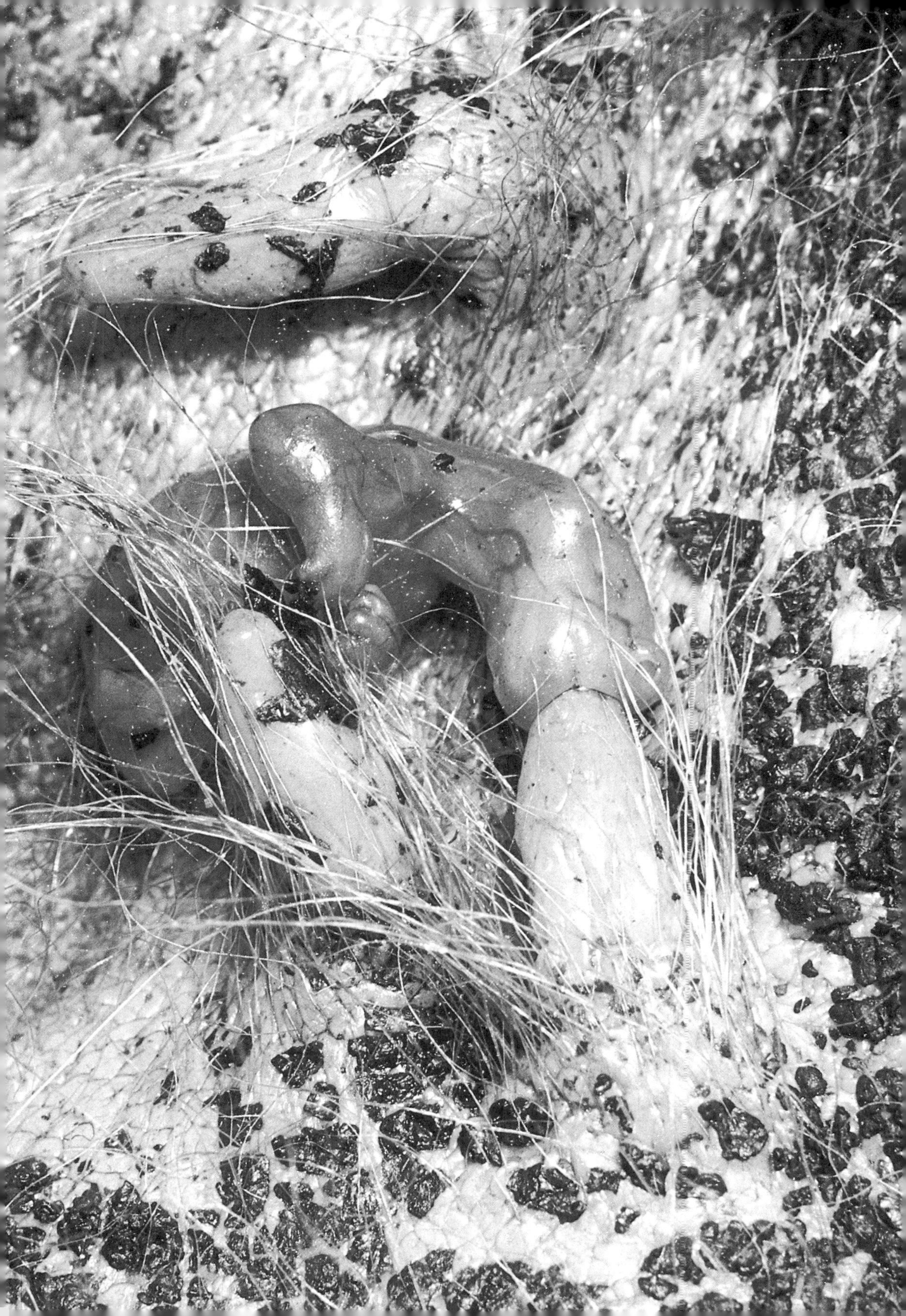

lesuer). Pertence a um pequeno grupo de marsupiais que recebeu a denominação coletiva de ratos-cangurus. Tímido e estritamente noturno, esse animalzinho se nutre com toda sorte de alimentos, inclusive carne, que corta com o auxílio de um par de dentes caninos pequeninos e pontiagudos. Constrói ninho em tocas, recolhendo diligentemente o material de construção, utilizando-se de um método muito engenhoso. Apanha alguns fios de palha com a boca e os empilha no chão. A seguir, ajeita o feixe sobre a longa cauda com as patas traseiras. Feito isso enrola a cauda com força, firmando a palha num verdadeiro fardo, que assim é transportado. Como depende inteiramente das patas traseiras para a locomoção, esse animalzinho salta, apoiando-se nos pés que são extremamente compridos. Se fosse preciso criar um modelo para o antepassado primitivo do mais famoso de todos os animais australianos, o canguru, certamente ele seria parecido com esse ratinho tímido, omnívoro e saltador que vive nas florestas.

O desenvolvimento do clã dos cangurus foi acelerado pelo movimento ascendente contínuo do continente australiano, na direção norte, e do subseqüente ressecamento e aquecimento de seu clima. A floresta que recobria grandes áreas escasseou e deu lugar a campos de gramíneas e pradarias. As gramíneas constituem uma boa fonte alimentar, mas abandonar a floresta para pastar em campo aberto expõe um animal ao ataque dos predadores. Qualquer herbívoro que colonizasse as planícies descampadas precisava estar preparado para se deslocar com rapidez. Os cangurus o conseguiram valendo-se de uma versão grandemente exagerada do método dos ratos-cangurus: eles saltam, e prodigiosamente.

Ninguém sabe por que os cangurus usam este método em vez de correr nas quatro patas, como fazem virtualmente todos os herbívoros habitantes de planícies do resto do mundo. Talvez a tendência a uma posição ereta já existisse em seus antepassados, como é o caso dos ratos-cangurus, embora esta resposta force a pergunta a retroceder uma etapa. É possível, também, que o ato de saltar esteja vinculado ao problema de carregar filhotes grandes no marsúpio, o que é feito com maior facilidade e conveniência se o dorso for mantido em posição ereta, particularmente ao se deslocar com grande rapidez sobre terreno árido e pedregoso. Seja qual for a razão, os cangurus desenvolveram o salto a um alto grau de eficiência. Suas patas traseiras são tremendamente poderosas. A longa cauda muscular pode ser esticada para contrabalançar o peso e dar-lhe equilíbrio, e o animal, aos saltos, consegue atingir uma velocidade de 60 km por hora e ultrapassar cercas de quase 3 m de altura.

A segunda dificuldade a ser vencida pelos herbívoros seria o desgaste dos dentes. As gramíneas são rijas, especialmente o tipo que cresce hoje nas terras ressequidas da Austrália central. Reduzi-las à polpa na boca seria um valioso auxílio à digestão, mas desgastaria muito os dentes. Os animais de pasto em outras regiões do mundo são dotados de molares de raiz aberta, de forma que o desgaste pode ser compensado por um crescimento contínuo durante toda a vida. Os dentes dos cangurus não são assim. Como suas raízes são vedadas, utilizam-se de um outro sistema de renovação. Existem quatro pares de dentes de cada lado da mandíbula. Só os dois anteriores são usados na mastigação; quando se desgastam até a raiz, esses dentes caem e os dois seguintes descem ao longo da gengiva até a posição dos anteriores, substituindo-os. Aos 15 ou 20 anos, os últimos molares estão em uso. Assim, como estes também se desgastam e caem, o venerável animal, se não morrer por nenhuma outra razão, acabará morrendo de fome.

Há cerca de 40 espécies diferentes na família dos cangurus. Os menores são geralmente chamados *wallabies*. O de maior porte é o canguru-vermelho, mais alto do que um homem e o maior de todos os marsupiais vivos.

Os cangurus reproduzem-se utilizando o mesmo sistema dos gambás. O ovo, que ainda está contido numa casca vestigial de poucos micrômetros de espessura e contém apenas uma quantidade pequena de gema, desce do ovário para o útero. Uma vez lá, solto, é fertilizado e inicia seu desenvolvimento. Se a fêmea acasalou pela primeira vez, o ovo não é retido por muito tempo. No caso do canguru-vermelho, o neonato emerge em apenas 33 dias. Geralmente, nasce um só de cada vez. Cego, nada é mais do que um pequenino verme pelado de poucos centímetros de comprimento. Suas pernas traseiras são meros toquinhos. Com as dianteiras, mais desenvolvidas, o neonato se arrasta ao longo da pelagem espessa do ventre materno. A mãe não toma o menor conhecimento do filhote. Julgava-se que ela o ajudasse lambendo um caminho na pelagem. Hoje sabe-se que ao lamber o abdômen, ela está apenas se limpando dos fluidos da membrana ovular rompida que escorrem de sua cloaca.

A viagem do neonato até a bolsa dura apenas três minutos. Uma vez lá, agarra-se a uma das quatro tetas e começa a mamar. Quase imediatamente, o ciclo sexual da mãe recomeça. Outro ovo desce para o útero e ela se torna sexualmente receptiva, acasala e o ovo é fertilizado. Então, acontece uma coisa extraordinária. O desenvolvimento do ovo se interrompe.

Durante esse tempo o neonato da bolsa cresce prodigiosamente. A teta é longa e tem um ligeiro inchaço na ponta, de modo que se o filhote for arrancado à força sua boca pode se cortar e ele sangra um pouquinho. Mas não há fundamento na história de que mãe e filho sejam fundidos num só ou que o leite seja bombeado sob pressão para o filhote.

Dentro de 190 dias o filhote está suficientemente grande e independente para se aventurar para fora da bolsa. Daí em diante, ele passa um tempo cada vez maior no mundo exterior e por volta do 235.º dia, abandona o marsúpio definitivamente.

Durante períodos de seca — tão freqüentes na Austrália central — o ovo fertilizado no útero continua dormente. Mas chovendo e as pastagens estando em boas condições, o ovo recomeça seu desenvolvimento. Trinta e três dias mais tarde outro neonato do tamanho de um feijão serpeará para fora da cloaca materna e subirá seu caminho árduo e perigoso até a bolsa. A fêmea imediatamente acasalará de novo. Mas o primogênito não entrega sua reserva de leite assim tão facilmente, voltando com regularidade para mamar em sua teta. Além disso, o leite que ele agora recebe é composto de uma mistura diferente da que mamou enquanto neonato. Portanto a fêmea mantém três filhotes sob sua dependência: um jovem ativo, a pé, que já sabe pastar, mas volta e ela para mamar; um neonato, sugando uma teta na bolsa; e um terceiro, o ovo fertilizado mas não desenvolvido aguardando sua vez no útero.

É comum a noção de que os marsupiais sejam criaturas retrógradas, não muito acima dos primitivos ovíparos, o *Platypus* e a équidna. Nada disso poderia estar mais longe da verdade. Embora o método de reprodução dos marsupiais tenha surgido muito cedo na história dos mamíferos, os cangurus o refinaram maravilhosamente. Nenhuma outra criatura se compara à fêmea do canguru que, durante a maior parte de sua vida adulta, mantém uma família de três filhotes em diferentes estágios de desenvolvimento.

O corpo de um mamífero é uma máquina complicada que demora um longo tempo para se desenvolver. Mesmo o embrião tem o sangue quente e consome energia muito depressa. Essas duas características exigem que o jovem em desenvolvimento seja provido com quantidades consideráveis de alimento. Todos os mamíferos encontraram métodos de abastecimento muito melhores do que jamais poderia ser armazenado dentro dos limites de um ovo. Não se sabe se os mamíferos do supercontinente norte passaram por uma fase marsupial. Eles podem ter-se originado de um ramo de répteis semelhantes a mamíferos que nunca tiveram bolsa. É extremamente improvável que seus antepassados tivessem atingido o nível de elaboração e eficiência dos marsupiais australianos atuais. Mas o método placentário do norte traz benefícios próprios.

A placenta permite que o feto permaneça no útero durante longo tempo. Ela consiste em um disco achatado que se fixa à parede uterina e é ligada ao feto pelo cordão umbilical. A junção é extremamente festonada, de forma que a área da superfície comum entre a placenta e os tecidos maternos é muito grande. Nessa junção ocorre o intercâmbio entre mãe e feto. O sangue propriamente dito não passa da mãe para o filho, mas o oxigênio que ela respira e as substâncias nutritivas de sua alimentação, ambos dissolvidos no sangue, difundem-se através da junção, penetrando diretamente no sangue do feto. Existe também um tráfico na direção oposta. Os resíduos produzidos pelo feto são absorvidos no sangue da mãe e eliminados através de seus rins.

No seu conjunto, esse processo envolve enormes complicações bioquímicas mas ainda existem outras. O ciclo sexual dos mamíferos implica na

Canguru com seu filhote na bolsa (marsúpio)

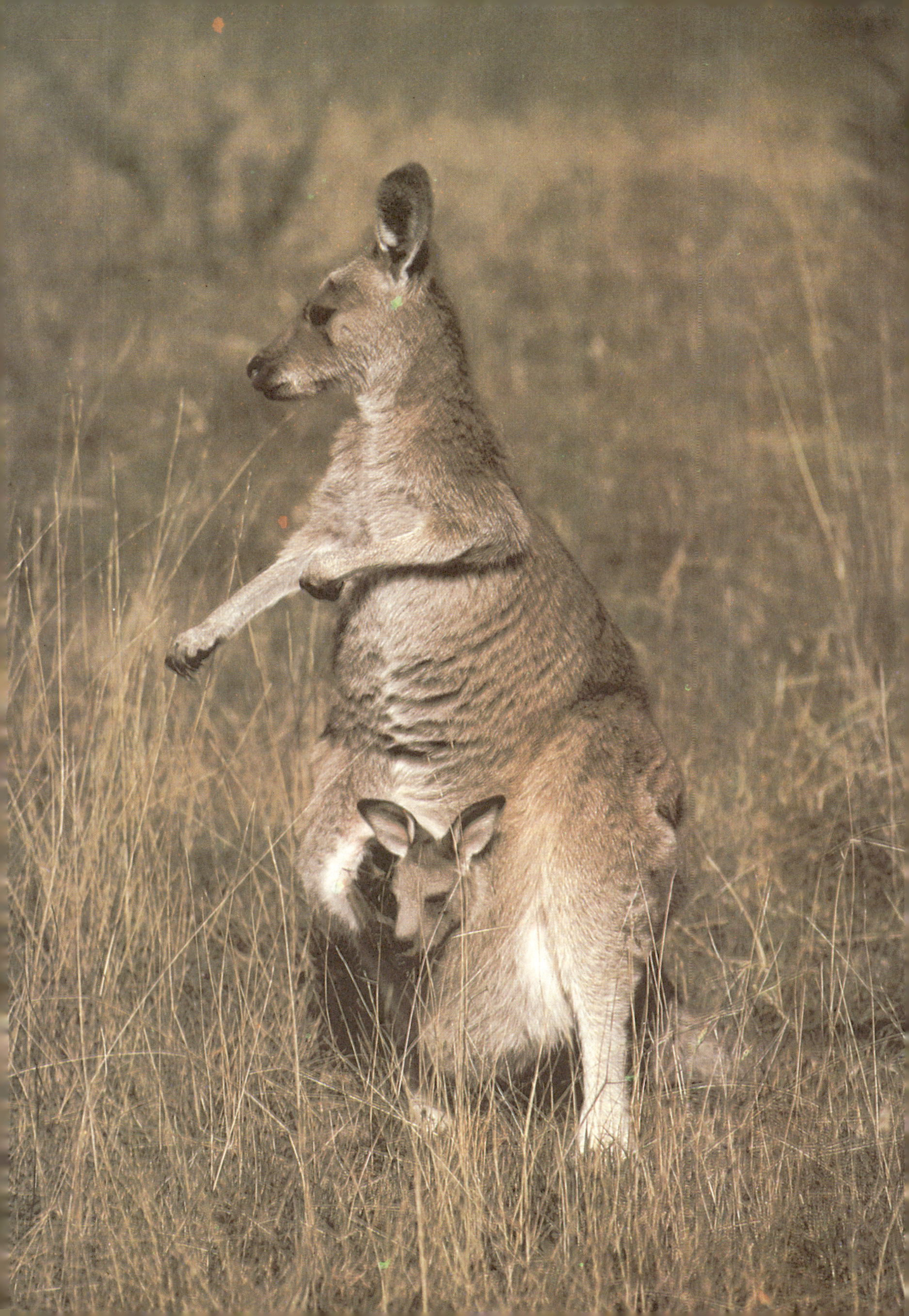

produção regular de ovos. Isso não é problema para os marsupiais, pois, em cada espécie, o neonato emerge antes da produção do ovo seguinte. O feto placentário permanece no útero muito mais tempo. Por essa razão, a placenta produz um hormônio que suspende o ciclo sexual da mãe durante a gestação, interrompendo a produção de ovos que poderiam competir, no útero, com o feto.

Existe ainda um outro problema. Geneticamente, os tecidos do feto não são idênticos aos da mãe, uma vez que seu organismo também recebeu elementos do pai. Assim, ao se fixar ao corpo materno, ele corre o mesmo risco de rejeição de um transplante. Não se sabe ainda com exatidão como a placenta previne isto, sendo provável que o faça pela produção de outras substâncias hormonais.

Dessa maneira, os fetos dos mamíferos placentários permanecem no útero até atingirem um estágio adiantado de desenvolvimento, chegando em muitos casos a estarem perfeitamente aptos para a locomoção logo após o nascimento. São ainda providos com leite por um outro período até que sejam capazes de sair sozinhos à procura de alimento.

A técnica de procriação placentária poupa aos jovens a perigosa viagem externa pelo corpo da mãe que o neonato marsupial é forçado a fazer, e permite às mães suprir todas as suas necessidades durante o longo período em que permanecem dentro de seu organismo. Baleias e focas podem transportar seus futuros filhotes ainda que nadando durante meses a fio, em mares gelados. Nenhum marsupial com seus neonatos respirando ar, poderia tentar realizar tal proeza. Enfim, essa técnica placentária viria a se constituir em um dos fatores decisivos do sucesso absoluto dos mamíferos na colonização da Terra.

10 Tema e variações

Se você ficar imóvel e silenciosamente em uma floresta de Bornéu terá uma boa possibilidade de ser visitado por um animal pequenino, peludo, de cauda longa, que corre em suas quatro patinhas por entre os galhos de arbustos e pelo solo, examinando com curiosidade tudo o que encontra, com seu focinho alongado. Em aparência e comportamento é muito semelhante a um esquilo. Um ruído inesperado é suficiente para imobilizá-lo, arregalando, alarmado, seus brilhantes olhos em botão. Com a mesma rapidez imprevista recomeça uma atividade frenética, sacudindo a cauda para frente e para trás enquanto que anda. Mas se, ao encontrar um alimento, escancarar a boca e mastigá-lo vorazmente em vez de roê-lo com os incisivos, você estará observando um animal bem mais raro do que um esquilo e de grande importância em termos evolucionários: uma tupaia.

A tupaia representa um tipo de criatura que tem sido considerada um pouco de tudo: os nativos de Bornéu compreensivelmente a consideram uma espécie de esquilo; é deles a designação *tupai*, que a ciência adotou para o grupo; os primeiros cientistas europeus que capturaram um espécime, percebendo que ele não tinha os incisivos de um roedor e que seus dentes pequeninos eram numerosos e aguçados, chamaram-no musaranho arborícola. Outros acreditavam que alguns detalhes de seus órgãos genitais indicavam uma relação com os marsupiais. Há meio século, um eminente anatomista ao analisar detalhadamente sua estrutura craniana, reparou que o animal possuía um cérebro surpreendentemente grande e argumentou que deveria ser considerado um ancestral dos símios e dos antropóides, classificando-o entre estes.

O debate ainda não terminou. Atualmente a opinião dos zoólogos favorece sua inclusão entre os musaranhos e não entre os membros primitivos do grupo dos macacos. Mas, o simples fato de se encontrar reunidos nela, elementos de tipos tão variados de mamíferos, sugere que a tupaia possivelmente se assemelha à distante criatura ancestral da qual descendem todos os mamíferos placentários. Certamente, a julgar por esqueletos fossilizados, os primeiros mamíferos que perambulavam nas florestas dominadas pelos dinossauros eram muito parecidos: pequenos, com o focinho pontudo e a cauda longa; por interferência, tinham pelagem, sangue quente e eram insetívoros e ágeis.

O reinado dos répteis fora bastante longo. Esse domínio começara há cerca de 250 milhões de anos. A partir de então, vaguearam pelas florestas e comeram a vegetação luxuriante dos pântanos. Formas carnívoras se desenvolveram e passaram a caçar os herbívoros. Outras espécies preferiam

No verso: *Tupaia, Malásia*

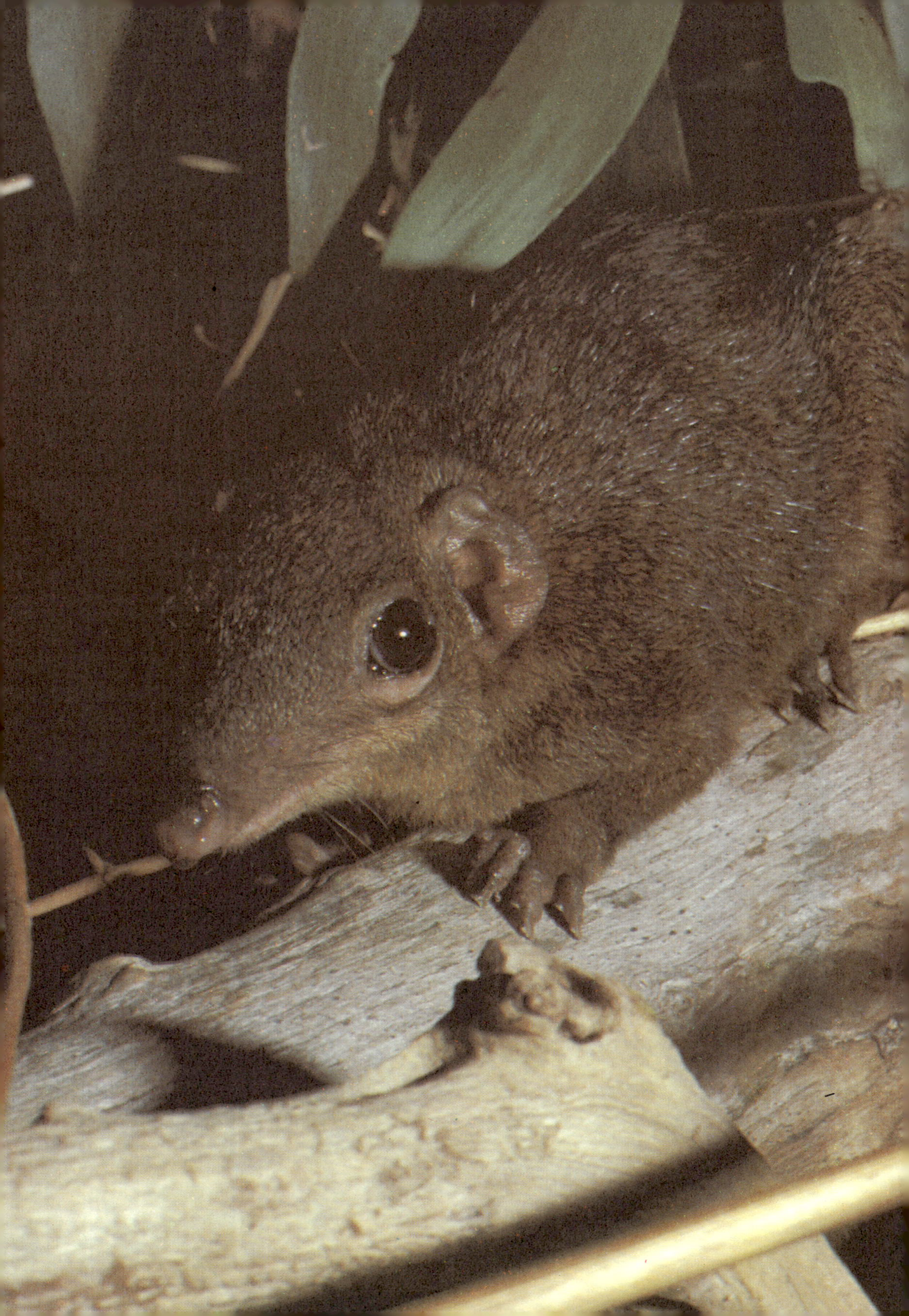

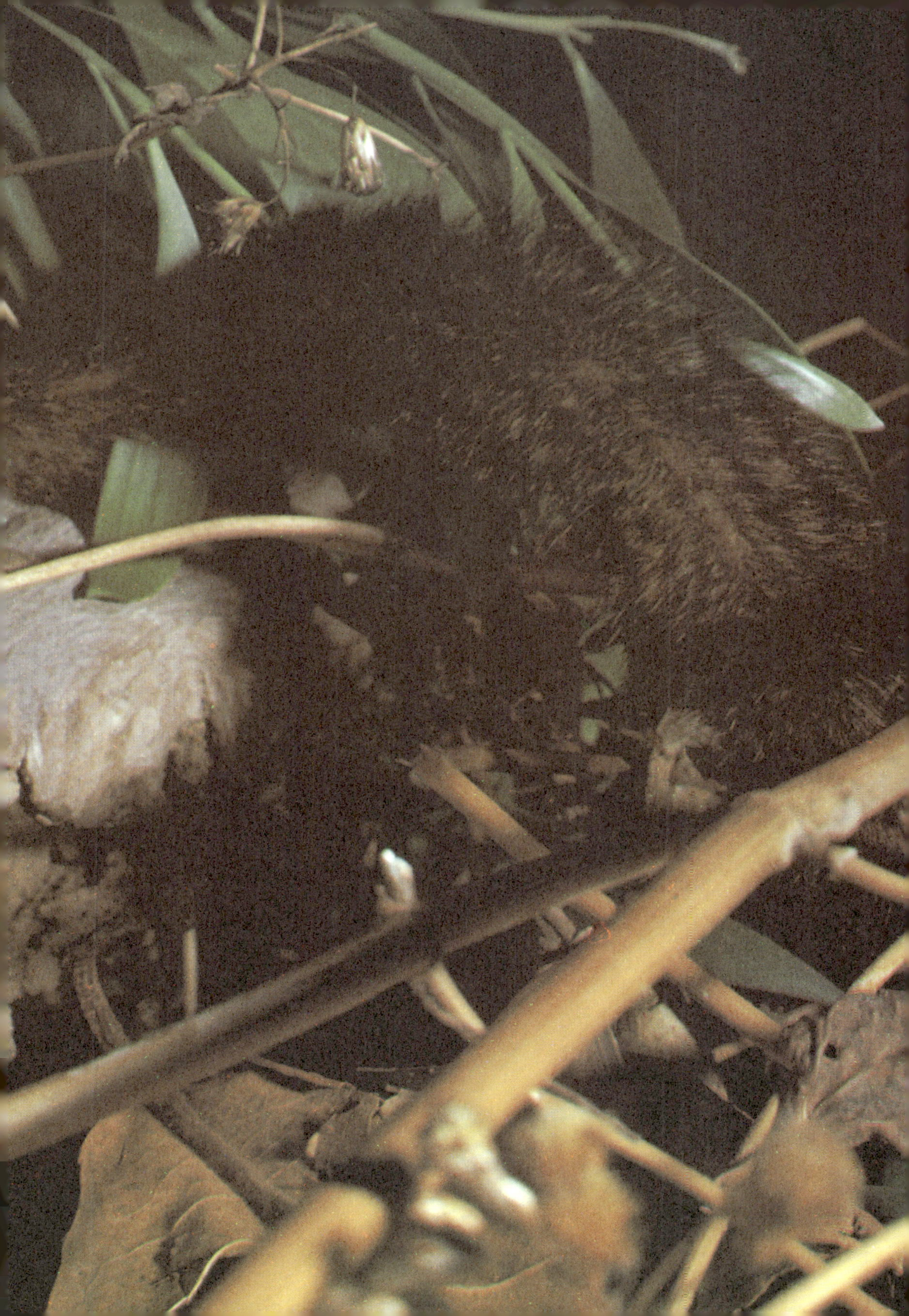

se alimentar de carniça. Os plesiossauros e ictiossauros cruzavam os mares à caça de peixes; e os pterossauros planavam pelos ares. Mas, subitamente, há 65 milhões de anos, todas essas criaturas desapareceram.

As florestas do mundo se tranqüilizaram. Nenhuma fera de grande porte penetrava nelas, fazendo estremecer o solo com o peso de suas passadas. Mas, entre a vegetação rasteira, os pequenos mamíferos semelhantes às tupaias, que já as habitavam antes do aparecimento dos dinossauros, continuaram a caçar insetos. Essa situação permaneceu inalterada por centenas de milhares de anos. Na escala de tempo humana, tal período parece uma eternidade. Geologicamente, não passou de um momento fugaz. Na história da evolução, essa foi uma fase repleta de invenções rápidas e fascinantes, pois, durante esse período, os pequenos insetívoros produziram descendentes que um dia iriam preencher todos os nichos deixados vagos pelos répteis e dar origem aos grandes grupos de mamíferos.

A tupaia é o único dos primitivos mamíferos insetívoros que sobreviveu até hoje. Existem outros espalhados por lugares curiosos do mundo. Na Malásia, além da tupaia, vive o gimnuro, um animal irritável, de pêlo áspero e hirsuto, com um focinho eriçado de bigodes e pontudo e capaz de exalar um forte odor de alho podre. O maior espécime do grupo é chamado musaranho-lontra porque vive nadando nos rios africanos. Existe ainda um grupo saltador do tamanho de ratos que possui patas posteriores compridas e fortes e um longo focinho sensível e móvel, que lhe valeu o nome de musaranho-elefante, exclusivo da África. Em Cuba vivia uma criatura chamada *solenodon*; como nenhum espécime foi avistado depois de 1909 é de se supor que a espécie esteja extinta. Contudo um outro ainda sobrevive nas florestas e matagais do Haiti. Em Madagascar existe um grupo completo, com algumas espécies espinhosas, outras listradas e peludas, chamado *tenrecs*.

Mas nem todos são raros ou de distribuição limitada. Um dos habitantes mais comuns dos campos europeus, o ouriço, é também um mamífero insetívoro primitivo e sua aparência não difere muito dos outros, se descontarmos os espinhos, que, na verdade, não passam de pêlos modificados e não são indicativos de sua verdadeira linhagem. Existem ainda os musaranhos. Esses animaizinhos são extremamente abundantes em diversas partes do mundo, correndo, apressados, por entre o tapete de folhas mortas do solo, ao longo das cercas vivas e nas matas, mostrando-se sempre numa agitação febril. Embora meçam apenas 8 cm da cabeça à ponta da cauda, são caçadores ferozes, atacando qualquer criatura pequena que encontrem, inclusive uns aos outros. Para sobreviver precisam ingerir grandes quantidades de insetos e minhocas. Entre as numerosas espécies encontram-se alguns dos mamíferos de menores dimensões do mundo, o musaranho pigmeu, tão minúsculo que penetra em túneis da grossura de um lápis. Esses animais se comunicam por meio de guinchos agudos e estridentes e produzem sons numa freqüência muito acima do alcance de nossos ouvidos; tem

Toupeira européia

a visão deficiente e há indicações de que utilizam esses ultra-sons como uma forma simples de localização por eco.

Várias espécies de musaranhos tornaram-se aquáticas à procura de invertebrados que lhes servissem de alimento. Na Europa vivem dois parentes próximos, os *desmans*, um na Rússia e outro exclusivamente nos Pireneus, que utilizam seus longos focinhos flexíveis como periscópios, mantendo-os eretos, projetados acima da superfície da água, enquanto que seus donos nadam diligentemente em busca de alimento.

O grupo dos musaranhos produziu uma espécie variante que vive uma vida inteiramente subterrânea: a toupeira. A julgar pela estrutura de suas patas anteriores no formato de remos e por seus poderosos ombros, é possível deduzir que seus ancestrais tenham sido musaranhos aquáticos; e, assim, a toupeira simplesmente adaptou os mesmos movimentos para se deslocar dentro de seus túneis. Para um habitante subterrâneo, a pelagem pode ser considerada um empecilho mecânico, mas muitas toupeiras vivem em zonas temperadas e precisam dos pêlos para manter o calor. Sua pelagem curta e aveludada não apresenta orientação particular e permite avanços e recuos sem maiores dificuldades em seus túneis. Os olhos têm muito pouco valor embaixo da terra. Mesmo que houvesse luz eles ficariam logo obstruídos pela lama, assim, suas dimensões são reduzidas. Mas a toupeira precisa de algum meio para encontrar sua presa e, dessa maneira, a semelhança de um bonde, é munida de órgãos sensoriais em cada extremidade. Na frente, o mais importante é o nariz, órgão de olfato e tato, recoberto de vibrissas sensoriais. Na traseira, seu toco de rabo é também coberto de cerdas, que informam o que está acontecendo atrás de si. A toupeira da espécie americana *Condylura cristata* tem um dispositivo adicional, um elegante anel de tentáculos carnudos em volta do focinho que pode ser encolhido ou distendido. Pode ser simplesmente um órgão tátil destinado à procura de alimento ou um meio de detectar mudanças na composição química da atmosfera.

Os túneis das toupeiras não são simples galerias de passagem e sim armadilhas. Minhocas, besouros, larvas de insetos inocentemente abrindo caminho na terra podem cair por acaso num desses túneis. A toupeira, avançando velozmente, caça o que lhe surgir à frente. Incessantemente ativa, ela consegue patrulhar cada trecho de sua extensa rede de túneis ao menos uma vez cada três ou quatro horas e consome um grande número de vermes todos os dias. Nas raras ocasiões em que tantas minhocas são encontradas nas galerias, que até o apetite da toupeira fica saciado, ela reúne o excesso, que morde e paralisa, esmagando-o num compartimento especial. Já se encontraram nessas "despensas" milhares de minhocas paralisadas.

Alguns mamíferos insetívoros se especializaram muito cedo numa dieta constituída de um tipo particular de invertebrado: formigas ou térmitas. Uma língua comprida e pegajosa é, sem dúvida, o melhor instru-

Pangolin e filhote, África

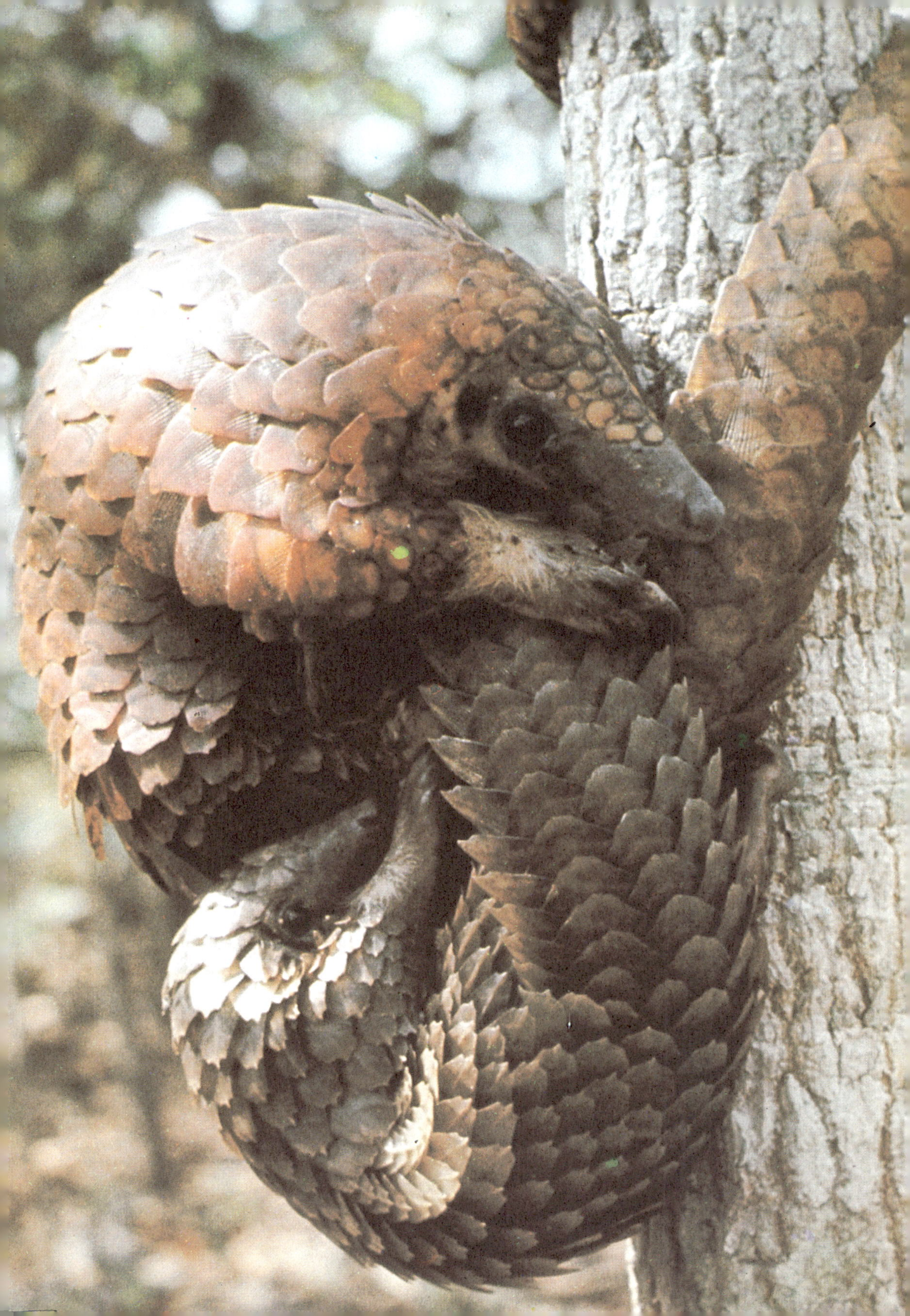

mento para esse fim. Diversas criaturas não relacionadas, mas que preferem essa dieta, desenvolveram esse órgão independentemente. O marsupial papa-formiga da Austrália e a équidna o possuem. Até as aves que se alimentam de formigas, como os pica-paus e os torcicolos, desenvolveram a língua, que recolhem a um compartimento especial no crânio, às vezes atingindo até a cavidade ocular. Mas a versão mais extrema foi criada pelos primitivos mamíferos placentários.

Na África e na Ásia existem sete tipos de pangolim, criaturas de um metro e pouco de comprimento, com uma longa e vigorosa cauda preênsil. O maior dentre eles tem uma língua que pode ser projetada a 40 cm da boca, e uma musculatura basal que se prolonga para além do peito, inserindo-se na pélvis. O pangolim não tem dentes e sua mandíbula inferior está reduzida a um par de lâminas ósseas de pequena espessura. Formigas e térmitas recolhidas na língua viscosa são engolidas e amassadas pelas contrações musculares do estômago, que é espinhoso e algumas vezes contém seixos para ajudar no processo de trituração.

Sem dentes e deslocando-se lentamente, o pangolim precisa estar bem protegido. Seu corpo é coberto por uma armadura de escamas córneas sobrepostas, como telhas num telhado. Quando ameaçado, o animal esconde a cabeça no estômago e enrola-se sobre si mesmo formando uma bola firmemente presa por sua cauda muscular. Em minha experiência pessoal, não existe nenhum meio de fazer um pangolim se desenrolar à força. Se quiser ver como ele é, o único jeito é esperar um pouco, até que recobre coragem suficiente para esticar a cabeça nervosamente e em seguida se afastar rolando.

Pode-se pensar que precisa de proteção não apenas contra os predadores mas também contra as formigas e os cupins que lhe servem de alimento. Entretanto, seu ventre e focinho são pelados, com exceção de alguns pêlos esparsos, e parecem ser dolorosamente vulneráveis. O animal pode fechar as narinas e ouvidos por meio de músculos especiais, mas, excetuando-se os ataques a essas áreas hipersensíveis, parece indiferente às picadas dos insetos. Pode mesmo acolhê-las de bom grado, à semelhança das aves que encorajam as formigas a penetrarem entre as penas e, provavelmente, pela mesma razão. O pangolim às vezes levanta a armadura e encoraja as formigas a caminharem entre as escamas, sobre a pele, livrando-o, assim, dos parasitas que não poderia raspar sozinho. Em seguida, de acordo com uma história, ele fecha as escamas com as formigas embaixo e trota em direção a um rio, onde nada até que elas sejam arrastadas pela água, completando sua toalete.

A América do Sul possui um grupo exclusivo de animais insetívoros que se separou do resto numa fase muito primitiva. Seus ancestrais se encontravam entre os mamíferos placentários que, há 63 milhões de anos, emigraram do norte através do Panamá e se misturaram aos marsupiais. A faixa de terra que lhes serviu de ponte não durou muito tempo, e, no intervalo de alguns milhões de anos, submergiu no mar. Mais uma vez o continente sul-americano foi separado e sua fauna se desenvolveu em isolamento. Mais tarde o contato foi restabelecido e houve uma segunda invasão de animais do norte durante a qual muitas das espécies recentemente desenvolvidas na América do Sul foram exterminadas.

Mas nem todas desapareceram. O menos especializado dos sobreviventes é o tatu. Como os pangolins, os tatus são protegidos por uma carapaça que deu origem à designação espanhola *armadillos*. Essa armadura consiste em um largo escudo abaulado, que lhe cobre o dorso, e uma placa protegendo a pélvis; um número variável de anéis ou cintas, no meio do dorso, lhe confere alguma flexibilidade.

Os tatus se alimentam de insetos, invertebrados, carniça e de outras criaturas pequeninas, como lagartos, que conseguirem apanhar. Seu método padrão de procurar comida é escavar. Todos possuem um excelente olfato e quando detectam algo comestível no solo, repentinamente começam a cavoucar numa velocidade espantosa, jogando a terra em nuvens às suas costas, o focinho colado no solo como se apavorados de perder o faro e frenéticos para abocanhar o petisco tão logo seja possível. Observando-os, pode-se indagar de que maneira conseguem respirar. Na verdade, não respiram. Os tatus têm a surpreendente capacidade de reter a respiração até seis minutos, mesmo quando estão escavando. Esse talento especial deu origem a uma das histórias interessantes contadas a seu respeito pelas populações locais, no Paraguai. Dizem que, quando um tatu atinge um rio, simplesmente desce o barranco da margem e continua a caminhar tranqüilamente pelo fundo do rio, mantido pelo peso da armadura, até emergir pingando água na outra margem, sem diminuir a velocidade de seus passos.

Há cerca de vinte espécies de tatus, mas já existiram muitas mais, inclusive uma monstruosa, cuja armadura abaulada tinha o tamanho de um automóvel pequeno. Uma casca fossilizada desse animal foi descoberta e era, ao que parece, utilizada como tenda pelo homem primitivo. A maior espécie atual é o tatu-gigante que vive nas florestas do Brasil e atinge o tamanho de um porco. Como o resto do grupo, é principalmente insetívoro e consome enormes quantidades de formigas. No Paraguai, o pequenino tatu-bola, de três anéis, trota pelo mato nas pontinhas de suas garras, como se fosse um brinquedo de corda — é esta espécie que se enrola, formando uma bolinha inexpugnável e perfeita. Mais ao sul, nos pampas da Argentina, vive o menor de todos os tatus; coberto de pêlos e semelhante a uma toupeira, passa quase toda a sua vida debaixo da terra. Todos os tatus têm dentes. O gigante tem cerca de 100, quase um recorde entre os mamíferos, mas são pequenos, simples e em forma de pregos.

Entretanto, o tamanduá, que é o maior especialista em comer formigas, da América do Sul, à semelhança dos pangolins da África, perderam completamente seus dentes. Há três espécies deles: o menor, o tamanduaí,

No verso: *Tatus, Costa Rica*

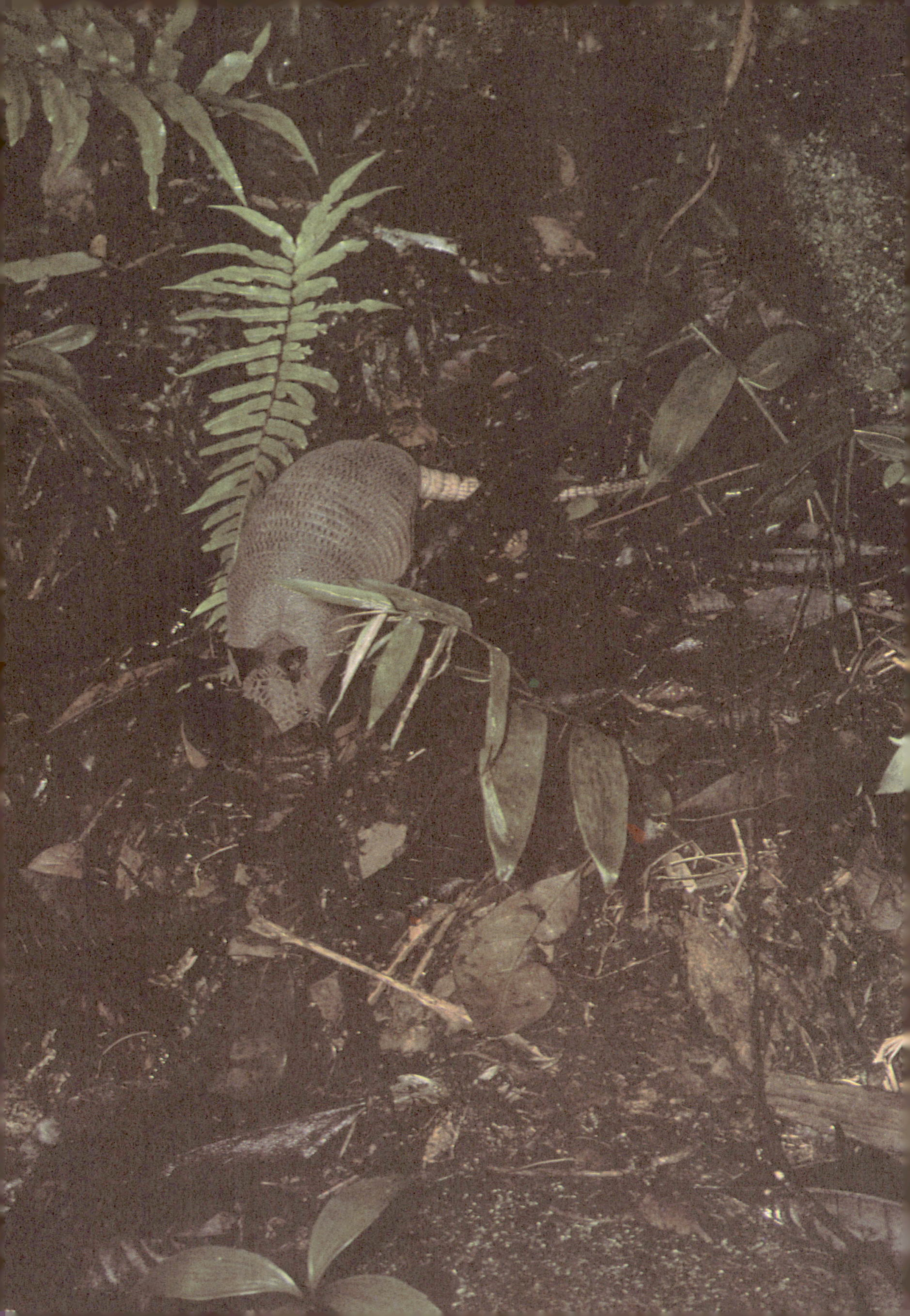

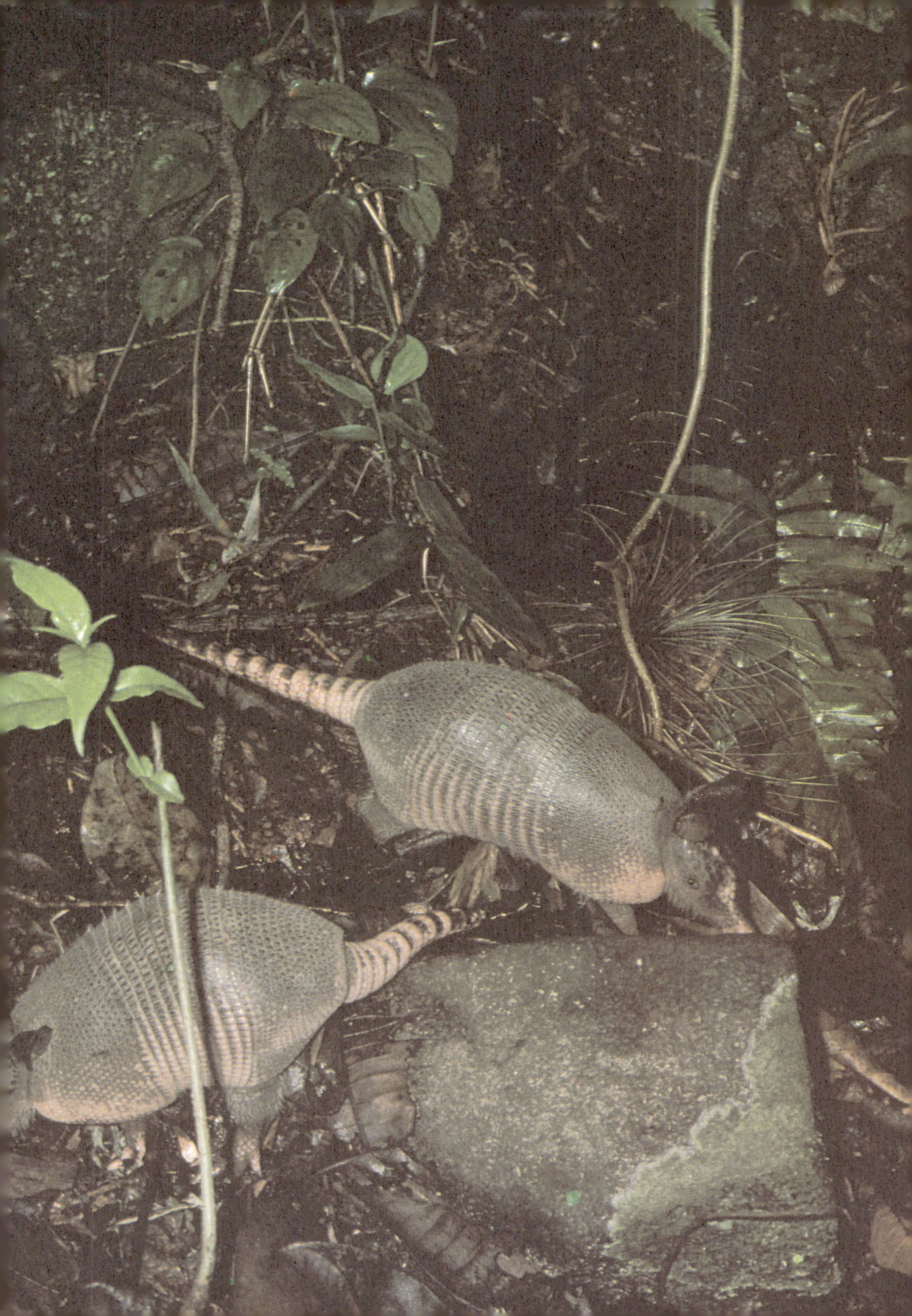

também conhecido como urso-formigueiro é arborícola e come exclusivamente térmitas. Do tamanho de um esquilo, tem a pelagem macia e dourada e as mandíbulas recurvas formando um tubo curto. Um espécime maior, conhecido apenas pelo nome de tamanduá ou tamanduá-colete, é do tamanho de um gato, tem a cauda preênsil e pêlo curto e áspero; também vive nas árvores, mas desce freqüentemente, andando pelo chão. Nas pradarias, onde os ninhos dos cupins são abundantes, vive o maior de todos, o tamanduá-bandeira. É gigantesco, chegando a medir 2 m de comprimento. Tem uma cauda imensa e felpuda que ondula ao vento como uma bandeira, que lhe deu o nome, e bamboleia desajeitado pelas savanas. Suas patas anteriores são recurvas e terminam em garras tão compridas que lhe permite abrir as termiteiras, rasgando-as como se fossem de papel. Não tem dentes e seu focinho comprido e tubular é mais longo do que as patas dianteiras. Quando come, sua língua comprida e viscosa dardeja fora da boca pequenina com grande rapidez, penetrando profundamente nas galerias escavadas pelo cupim.

Todos os tamanduás são relativamente lentos em seus movimentos. Até um homem consegue correr mais depressa que um tamanduá-bandeira. Como não têm dentes, parecem ser quase indefesos, e é estranho que não possuam um tipo de armadura semelhante à dos pangolins e tatus. Mas o tamanduá e o tamanduá-colete preferem formigas e cupins que habitam as árvores e, dessa maneira, passam a maior parte do tempo no alto dos galhos, fora do caminho da maioria dos predadores; e o tamanduá-bandeira não é tão indefeso quanto parece. Se você tentar apanhá-lo com um laço, ao sentir-se encurralado vira-se e procura defender-se com as potentes patas anteriores. Se o apanhar, cercando-o com suas imensas garras, será difícil escapar de seu abraço. Conta-se a história de que uma onça e um tamanduá foram encontrados mortos, entrelaçados. O tamanduá tinha sido horrivelmente dilacerado pelos dentes da onça, mas suas garras continuavam enterradas no lombo dela, e nem mesmo a morte tinha conseguido afrouxar a força de seu aperto.

Todas essas criaturas catam insetos que se arrastam pelo solo. Mas os insetos também voam. Se você armar uma tela branca numa floresta tropical à noite e iluminá-la com uma lâmpada de mercúrio, a qual produz uma claridade particularmente atraente aos insetos, em poucas horas a tela estará fervilhando de bichinhos de incrível variedade e em quantidades espantosas — imensas mariposas, batendo a poeira de suas asas, louva-deuses de mãos postas em uma falsa atitude de prece, besouros movendo as patas com a lenta determinação dos robôs mecânicos, grilos dando saltos de grande altura, escaravelhos de longas antenas, e tantos mosquitos e moscas pequeninas que freqüentemente se acumulam formando uma nuvem espessa que obscurece a luz.

Os insetos começaram a voar há cerca de 300 milhões de anos e sozinhos dominaram os ares até a chegada dos pterossauros, uns 100 milhões de anos mais tarde. Se os répteis voavam à noite não se sabe, mas é improvável, se lembrarmos o problema da manutenção da temperatura corporal. As aves os sucederam e não há nenhuma razão para se supor que existiam mais aves noturnas antigamente do que agora — e estas são muito poucas. Portanto, a grande festa noturna dos insetos aguardava qualquer criatura que conseguisse dominar a técnica do vôo e conseguisse fazê-lo no escuro. Surgiu então uma nova variação de mamíferos insetívoros capaz dessa proeza.

Temos algumas idéias a respeito de como os mamíferos conseguiram manter-se no ar. Na Malásia e nas Filipinas vive um animal tão bizarro que a zoologia precisou criar uma ordem própria para ele. Chama-se *colugo*. É do tamanho de um coelho grande e tem o corpo inteiro, do pescoço até a ponta da cauda, coberto por uma manta de pelagem macia, delicadamente salpicada de cores cinza e creme. Quando o animal se agarra à parte inferior de um galho, ou se cola ao tronco de uma árvore a cor da pele o torna praticamente invisível durante a noite, mas ao distender as pernas, o manto se torna uma membrana alar que lhe permite voar planando. Uma certa vez fui levado a uma clareira numa floresta da Malásia onde diziam haver muitas dessas estranhas criaturas. Procurei cuidadosamente com o auxílio de binóculo, examinando uma árvore que me pareceu promissora, detendo-me em cada saliência do tronco e de todos os galhos com a maior atenção. Convencido, afinal, de que ali não havia nada, virei-me para examinar outra árvore, a tempo de perceber, com o canto do olho, uma imensa forma retangular desgrudar-se do tronco e deslizar silenciosamente no ar, afastando-se. Corri atrás dele e vi que pousara em outro tronco há uns 100 m de distância. Quando consegui chegar lá, o animal estava já bem no alto subindo rapidamente, agarrando-se ao tronco com as patas dianteiras, alternando-as com as traseiras, a manta esvoaçando ao seu redor como um roupão velho.

A técnica de vôo planado do *colugo* tem diversos equivalentes. O pequeno marsupial *Petaurus breviceps* desliza no ar da mesma maneira. Dois grupos de esquilos também adquiriram esse talento independentemente. Mas o *colugo* tem a maior e mais completa membrana envoltória e começou a planar muito cedo na história dos mamíferos. Certamente é um dos mais primitivos membros do grupo e parece ser descendente direto de um ancestral insetívoro. Tendo aperfeiçoado um sistema de vida que não foi contestado, não teve necessidade de mudar. Não pode, porém, ser considerado um elemento de ligação com os morcegos porque a anatomia de ambos difere em muitos aspectos fundamentais; mas é indicativo de um estágio pelo qual alguns insetívoros primitivos passaram, durante o processo de desenvolvimento do vôo, até se tornarem os aeronautas verdadeiramente hábeis que são os morcegos.

Essa fase evolutiva ocorreu muito cedo, pois foram descobertos fósseis de morcegos perfeitamente desenvolvidos de há 50 milhões de anos.

Tamanduaí, Venezuela

A membrana alar do morcego se estende a partir do segundo dedo, que é muito alongado, e não do pulso, como acontece no *colugo*. Os outros dois dedos formam suportes, alongando-se até a beira da membrana elástica. Só o polegar fica livre: é pequeno, retém uma garra que o morcego o utiliza para sua higiene pessoal e também como um gancho para ajudá-lo a se agarrar e se movimentar em seu poleiro. Desenvolveu também uma projeção em forma de quilha no esterno, à qual estão ligados os músculos peitorais com os quais bate as asas.

Os morcegos apresentam várias das modificações desenvolvidas pelas aves para diminuir o peso do corpo. Os ossos de sua cauda diminuíram até se tornarem finos como palha ou desaparecerem totalmente. Embora conservem os dentes, sua cabeça é curta e muitas vezes tem o nariz arrebitado, para evitar que o focinho pese no ar. Os morcegos, porém, precisaram resolver um problema que não existiu para as aves. Seus ancestrais mamíferos tinham aperfeiçoado a técnica de nutrir os filhotes internamente por meio da placenta. O relógio da evolução raramente volta atrás: nenhum morcego voltou a botar ovos. A fêmea é obrigada a voar com a pesada carga do feto em desenvolvimento dentro de seu organismo. Em conseqüência, morcegos gêmeos são uma raridade e, em quase todos os casos, apenas um filhote nasce a cada estação. Para que o nível da população seja mantido, as fêmeas procriam durante um longo período; e os morcegos são surpreendentemente longevos, tendo uma duração média de vida de cerca de 20 anos.

Atualmente todos os morcegos são noturnos e, provavelmente, sempre o foram, pois, quando apareceram, as aves já dominavam os ares durante o dia. Para voar à noite, porém, os morcegos precisaram desenvolver um sistema de navegação muito eficiente. É baseado em ultra-sons, como os emitidos por musaranhos e, quase certamente, por outros insetívoros primitivos. Os morcegos os utilizam para o sonar, um método ultra-requintado de localização por meio de eco, semelhante, em princípio, ao radar. Mas o radar utiliza ondas eletromagnéticas de rádio enquanto que o sonar usa ondas sonoras de freqüência bem acima do limite de percepção do ouvido humano. A maioria dos sons que captamos estão compreendidos em uma faixa de freqüência de algumas centenas de vibrações por segundo. Alguns dentre nós, principalmente quando jovens, podem, com certa dificuldade, perceber sons de 20 000 vibrações por segundo. Um morcego, voando guiado pelo sonar, usa sons entre 50 000 e 200 000 vibrações por segundo, emitidos em estalidos curtos, 20 a 30 vezes por segundo. Sua audição é tão aguçada e sensível que consegue determinar não apenas a posição dos obstáculos que o cercam, como também a de suas presas, que podem estar voando a grandes velocidades.

A maioria dos morcegos recebe o eco de um sinal antes de emitir outro. Quanto mais próximo estiver de um objeto, menos tempo demora o retorno do eco, de modo que o morcego pode aumentar a freqüência de emissões de sinais ao se aproximar da presa e persegui-la com crescente precisão até o abate.

Entretanto, o sucesso na caça também pode significar uma cegueira momentânea, pois, se a boca estiver ocupada mastigando um inseto, o morcego não pode emitir seus sinais da maneira normal. Algumas espécies contornam essa dificuldade guinchando pelo nariz e para tal fim, desenvolveram uma variedade de grotescas protuberâncias nasais que aumentam a amplitude do som emitido, agindo como se fossem megafones em miniatura. Os ecos são detectados pelas grandes orelhas e estas se tornaram igualmente elaboradas, sensíveis e capazes, em determinadas ocasiões, de se torcerem para melhor captar um sinal. A aparência de muitos morcegos é, por essas razões, dominada pelo equipamento sonar — orelhas translúcidas e retorcidas, marcadas de nervuras cartilaginosas e ornadas por um rendilhado interno de vasos sangüíneos escarlates; e, no nariz, protuberâncias cutâneas, espigões e lanças para dirigir os sons. A combinação dessas características é freqüentemente mais grotesca do que qualquer imagem do demônio tirada de um manuscrito medieval. Cada espécie tem um modelo próprio. Por quê? Provavelmente para que cada uma produza um som único e exclusivo. Aparelhos receptores especializados podem filtrar e, dessa forma, excluir os sinais emitidos pelas outras espécies.

Assim descrito, o sistema parece simples. Contudo, sua complexidade só pode ser avaliada se observarmos o sistema em ação. As cavernas de Gomanton, em Bornéu, servem de moradia a milhões de morcegos. Esses animais vivem aí há tanto tempo que o esterco recobriu totalmente o solo da caverna principal, formando uma pirâmide de cerca de 30 m de altura, da qual exala um forte cheiro de amoníaco. Certa vez, com a finalidade de observar esses morcegos, escalei penosamente essa imensa duna coberta por um tapete fervilhante de baratas reluzentes que se alimentam do guano. No topo, perto do teto, estavam os morcegos: fileiras negras e compactas, em perfeita ordem, suspensos de cabeça para baixo, presos às saliências rochosas até se perder de vista nas galerias laterais. Ao serem atingidos pelo foco luminoso da lanterna, alguns se soltaram e voejaram à minha volta, roçando meu rosto com suas asas. Os outros permaneceram pendurados, virando nervosamente as cabecinhas em minha direção, fitando-me com os olhos negros e redondos, cheios de apreensão. Mais além, avistei milhares e milhares deles, em fileiras espessas e uniformes, ondulantes de temor como um trigal agitado pelo vento. Subitamente, explodiram em pânico. Desesperados para escapar das galerias estreitas para a amplidão da caverna atrás de mim, nuvens de morcegos derramaram-se pelo ar num turbilhão. Quando, em retirada apressada, consegui atingir o topo do monte de guano, a caverna principal era um redemoinho de morcegos encurralados voando em pânico. De um lado, assustados pela luz do dia à qual não estavam habituados, e, de outro, apavorados pela minha estranha presença ali dentro, voavam em círculos frenéticos num vasto redemoinho, enchendo o ar com as batidas de suas asas elásticas, finas como papel. Eu só conseguia captar as vibrações mais graves de seus guinchos, que soavam como um farfalhar cósmico, mas o sonar estava muito além da percepção de meus ouvidos humanos. E o calor resultante de tantos corpos em movimento tornou a atmosfera, já tão quente e abafada, ainda mais asfixiante. Fiquei coberto de borrifos de esterco. Seguramente havia centenas de milhares deles, aterrorizados, circulando incessantemente em nuvens espessas como se fossem um turbilhão de flocos de neve arrastados por um vendaval. Voando a tais velocidades, todos deviam estar utilizando o sonar. Por que os sons agudos emitidos por eles não interferiam uns com os outros, perturbando a transmissão? Como conseguiam reagir com tal agilidade e presteza, sem jamais colidirem em vôo? Em situações como essa, as dimensões dos problemas da navegação por meio do sonar parecem estar além de nossa compreensão.

Ao entardecer, em Gomanton, os morcegos abandonam as cavernas, seguindo rotas regulares e restritas ao longo do topo das rochas, voando em colunas compactas de doze ou mais, caudas junto a focinhos, formando uma longa fila trêmula e contínua. Costumam emergir de uma das entradas da caverna, milhares por minuto, em uma torrente de corpos negros sobre a abóbada cerrada das árvores da floresta, em busca de alimento. A duna de guano no interior da caverna é a prova de seu sucesso. A mais simples aritmética demonstra que, cada noite, a colônia deve caçar várias toneladas de mosquitos e outros pequenos insetos.

Uns poucos insetos conseguiram desenvolver sistemas de defesa contra os morcegos. Na América do Norte, existem mariposas capazes de sintonizar a freqüência do sonar. Ao captarem a aproximação dos morcegos, lançam-se ao solo. Outras espécies lançam-se num mergulho em espiral que os morcegos têm dificuldade em acompanhar. Outras ainda interceptam os sinais ou emitem sons de alta freqüência que convencem seus atacantes de que são imprestáveis como alimento e devem ser evitadas.

Nem todos os morcegos se alimentam de insetos. Alguns descobriram que o néctar e o pólen são muito nutritivos e refinaram sua técnica de vôo de modo a pairar no ar, como os beija-flores, e recolher o néctar, que extraem com a língua fina e comprida. Algumas plantas utilizam os morcegos como agente de polinização, da mesma maneira que um grande número delas se vale dos insetos para o mesmo fim. Alguns cactos, por exemplo, só abrem suas flores à noite. Suas pétalas são grandes, resistentes e pálidas uma vez que, no escuro, as cores perdem o valor. Mas o perfume que exalam é denso e forte e as pétalas se projetam bem acima da armadura de espinhos do caule, permitindo aos morcegos se aproximem sem danificar suas membranas alares.

Os maiores morcegos são frugívoros. Conhecidos também como raposas-voadoras, receberam esse apelido não só por causa do tamanho — a envergadura das asas chega, às vezes, a atingir 1,5 m — também pelo seu

No verso: *Morcegos em revoada, Trinidad*

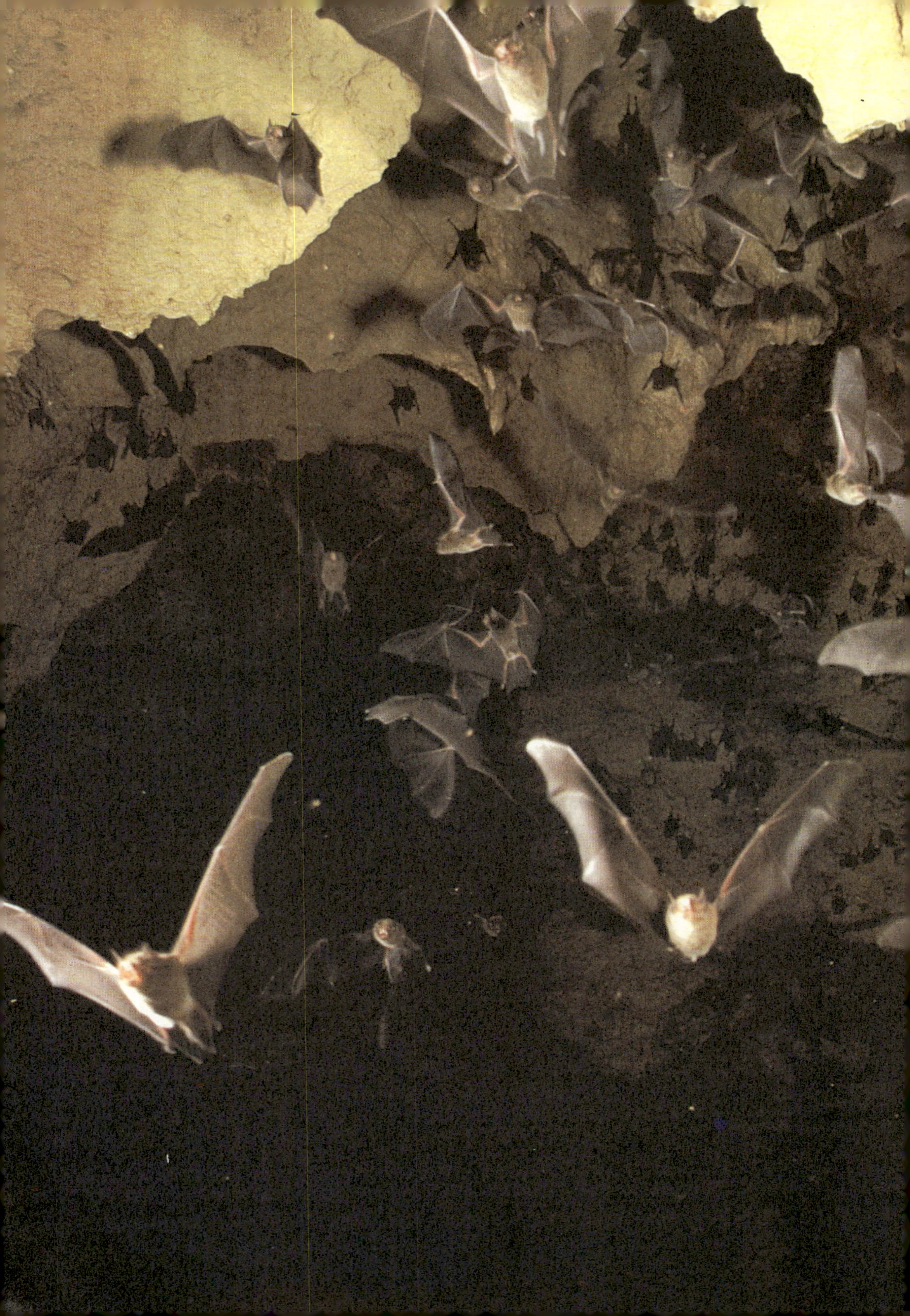

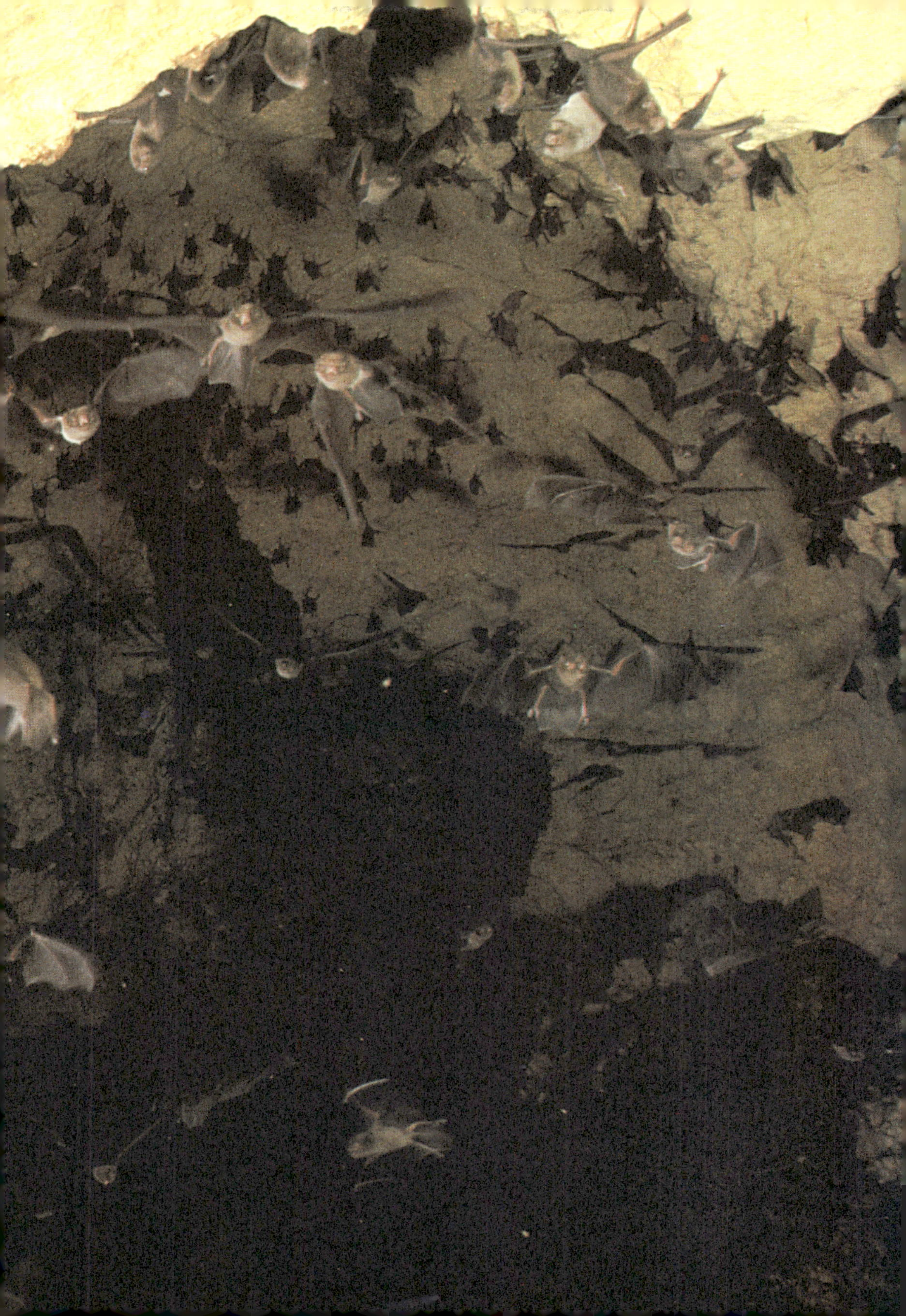

pêlo castanho-avermelhado e o focinho, que se assemelham aos da raposa. Os olhos são grandes, mas as orelhas são pequeninas e não apresentam nenhum tipo de prega nasal, mostrando claramente que não se utilizam o sonar para o vôo. Se esta importante diferença entre eles e os outros morcegos insetívoros é uma indicação de que os dois grupos descendem de ramos diferentes dos insetívoros primitivos ainda não foi decidido. Os morcegos frugívoros não vivem em cavernas. São animais gregários e repousam, em grupos numerosos de dezenas de milhares, em pousos comunais, entre os ramos das árvores, suspensos tais quais imensas frutas negras, embuçados nas próprias asas, discutindo, barulhentos, uns com os outros. Ocasionalmente um deles estica uma asa e cuidadosamente lambe a membrana elástica, mantendo-a meticulosamente limpa e em perfeitas condições para o vôo. Se o dia está quente, abanam-se com as asas entreabertas, e toda a colônia parece emitir uma luz tremeluzente. Um ruído inesperado ou uma sacudidela na árvore produzirá uma onda de gritos raivosos e centenas alçarão vôo, com um ruidoso farfalhar de asas batendo, para voltar logo em seguida, acalmando-se. Ao anoitecer partem em bandos à procura de alimento. Sua silhueta é bem diferente da de uma ave, pois não apresentam uma cauda estendida e seu tipo de vôo é bem diferente do adejamento dos morcegos insetívoros. Suas imensas asas movem-se continuamente, como as longas asas de um ganso, mantendo-os numa trajetória firme e determinada no céu noturno. Chegam a viajar 70 km à procura de frutos.

Outros morcegos preferiram alimentar-se de carne. Alguns atacam aves adormecidas, outros caçam rãs e lagartos pequenos, e existe até uma espécie que foi observada comendo outros morcegos. Um morcego americano é o único a se alimentar de peixes. Ao entardecer, percorre as lagoas de água doce e mesmo as praias. A membrana caudal da maioria dos morcegos se estende até a ponta dos membros posteriores. O patágio ou membrana do morcego pescador termina acima do joelho, deixando livres suas longas pernas, permitindo-lhe roçar a superfície da água com os pés, dobrando a cauda para manter a membrana fora do caminho. Seus dedos são longos e munidos de garras em forma de gancho, com as quais apanham o peixe, que levam até a boca e matam com uma vigorosa dentada.

Os morcegos vampiros atingiram um alto grau de especialização. Seus dentes anteriores foram transformados em duas navalhas triangulares. Pousam delicadamente na presa adormecida, um mamífero, uma vaca ou mesmo um ser humano. Sua saliva contém um anticoagulante, de forma que, quando o sangue aparece, continua a fluir durante algum tempo, até que se forme um coágulo. O morcego vampiro então se instala ao lado do ferimento lambendo o sangue. Voam utilizando-se do sonar e por essa razão diz-se que os cães, que conseguem ouvir freqüências muito altas, raramente são atacados, pois percebem quando um morcego vampiro se aproxima.

Morcego de orelhas longas, Europa

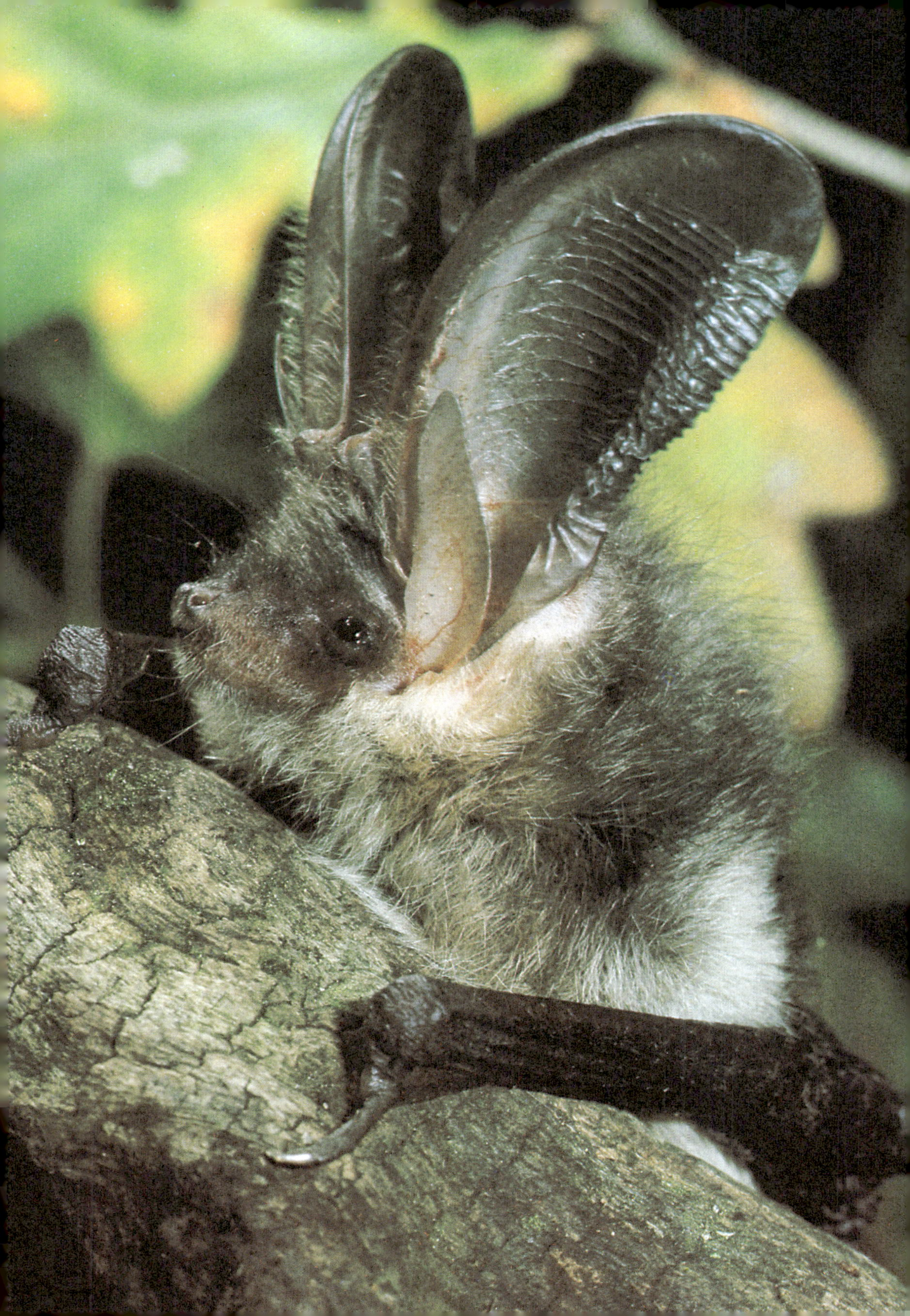

Ao todo há cerca de 1 000 espécies de morcegos. Conseguiram sobreviver encontrando abrigo e alimento em quase todas as partes do mundo, com exceção apenas daquelas mais frias. Se examinarmos com atenção vários fatores paralelos, a conexão entre seu estilo de vida e o das tupaias não será difícil de se estabelecer. Entre as várias espécies de mamíferos insetívoros ou frugívoros, os morcegos são reconhecidos como uma das mais bem-sucedidas.

Os cetáceos e golfinhos são mamíferos que regressaram ao mar: produzem leite, têm o sangue quente e suas ascendências são muito antigas, com fósseis de 50 milhões de anos, época em que se iniciava a difusão dos mamíferos. Mas como puderam esses imensos animais se originar de uma criaturinha terrestre tão pequenina como a tupaia? É difícil de se acreditar e, no entanto, a evidência e a dedução lógica resultante são irrefutáveis. Seus antepassados devem ter regressado ao mar numa época em que os únicos mamíferos terrestres existentes eram os pequenos insetívoros. Atualmente a anatomia dos cetáceos está tão modificada e adaptada à vida aquática que não se encontram nela indícios dessa fase de transição. É possível que os dois grupos principais tivessem ancestrais diferentes: os providos de dentes originando-se dos insetívoros a partir dos carnívoros primitivos e os restantes, inclusive as baleias verdadeiras, de ascendentes mais diretos.

As mais importantes diferenças anatômicas entre os cetáceos e os mamíferos primitivos são conseqüências diretas das adaptações necessárias à vida exclusivamente aquática. Seus membros anteriores se apresentam bem desenvolvidos e espalmados, na forma de enormes pás e são totalmente desprovidos de membros posteriores, embora ainda existam vestígios internos de uma pélvis, a indicar que os cetáceos um dia também possuíram pernas. A pelagem protetora, essa marca registrada dos mamíferos, depende da retenção de uma camada de ar entre os pêlos e a epiderme para servir com eficiência como isolante térmico. Na água torna-se inútil para esse fim, e os cetáceos se desfizeram dela, conservando apenas alguns pêlos vestigiais espalhados pelo focinho. Para conservar o calor foi necessário desenvolver uma espessa camada de gordura sob a pele, que age como o mais eficiente dos isolamentos térmicos, mesmo nos mares gelados.

A dependência aérea dos mamíferos para a respiração se torna uma desvantagem para a vida debaixo da água. Os cetáceos superaram essa dificuldade desenvolvendo um sistema respiratório até mais eficiente do que o da maioria dos mamíferos terrestres. Respirando normalmente, o homem renova apenas 15% do ar de seus pulmões. Ao emergirem, os cetáceos, em uma de suas estrondosas expirações liberam cerca de 90% do ar viciado. Graças a isso, só precisam respirar a intervalos muito longos. Além disso possuem nos músculos uma concentração muito alta de uma substância chamada mioglobina que lhes permite armazenar oxigênio. Esse constituinte é responsável pela coloração escura da carne de certas espécies. Uma das características mais extraordinárias resultantes dessa técnica é a faculdade de suportarem mergulhos prolongados e a grandes profundidades. Um cachalote, por exemplo, pode descer a mais de 500 m e permanecer imerso nadando durante 40 minutos sem precisar vir à tona.

Um grupo de baleias alimenta-se de *krill*, crustáceos planctônicos, que se assemelham a minúsculos camarões e enxameiam os oceanos em vastas quantidades. Os dentes eram inúteis para os mamíferos que se alimentavam de formigas, como os tamanduás, que por essa razão se desfizeram deles. Nas baleias e nas rorquais os dentes foram substituídos por barbas em forma de lâmina triangular, que pendem como uma longa cortina grossa da borda da maxila. Essas enormes criaturas capturam os seres planctônicos, ao encontrarem um cardume, filtrando a água com o auxílio das barbas flexíveis — implantadas nas maxilas — cuja borda interna se divide em inúmeros pêlos modificados, destinados a reter as pequenas presas, enquanto que a água é repelida pela enorme língua. Às vezes capturam o *krill* em imensas quantidades, simplesmente nadando devagar no centro de um cardume. Quando os pequeninos crustáceos estão nadando em grupos separados, certas espécies de baleias nadam diretamente embaixo, em espirais, forçando o *krill* a se agrupar junto à superfície. Então, abrem a boca e engolem a água rica em plâncton.

Deste modo, as baleias e as rorquais consomem diariamente enormes quantidades de *krill* e atingiram dimensões imensas. A rorqual azul, o maior animal existente, mede cerca de 30 m e seu peso é equivalente ao de 25 elefantes machos. O tamanho, no caso da baleia, é uma vantagem. Manter a temperatura é muito mais fácil quanto maior for o animal e menor a proporção entre o volume e a área da superfície. Esse fenômeno tinha afetado os dinossauros porque suas dimensões eram limitadas pela resistência mecânica dos ossos. Acima de um certo peso as pernas simplesmente não agüentavam a carga e se quebravam. As baleias não tiveram esse problema. A função principal de seus ossos é dar-lhes rigidez estrutural. O imenso peso de seu corpo é sustentado pela água. E uma vida passada nadando tranqüilamente em busca de cardumes de *krill* não exige muito esforço ou agilidade. Por isso, as rorquais se tornaram os animais de maiores dimensões já conhecidos na Terra, quatro vezes mais pesadas do que o mais gigantesco dinossauro encontrado.

Os cetáceos providos de dentes têm uma dieta bem diferente. O maior dentre eles é o cachalote, que se alimenta principalmente de lulas de grandes dimensões, mas atinge apenas a metade do tamanho de uma rorqual. Os menores, delfins, toninhas, botos, roazes, orcas e afins alimentam-se de peixes e lulas e têm de nadar velozmente para capturar suas presas, alguns conseguindo ultrapassar a velocidade de 40 km/h.

Deslocando-se a tal velocidade, o sistema de navegação torna-se decisivamente importante. Os peixes valem-se de sua linha lateral de percepção, mas os mamíferos perderam essa capacidade numa fase distante de sua

No verso: *Baleia*

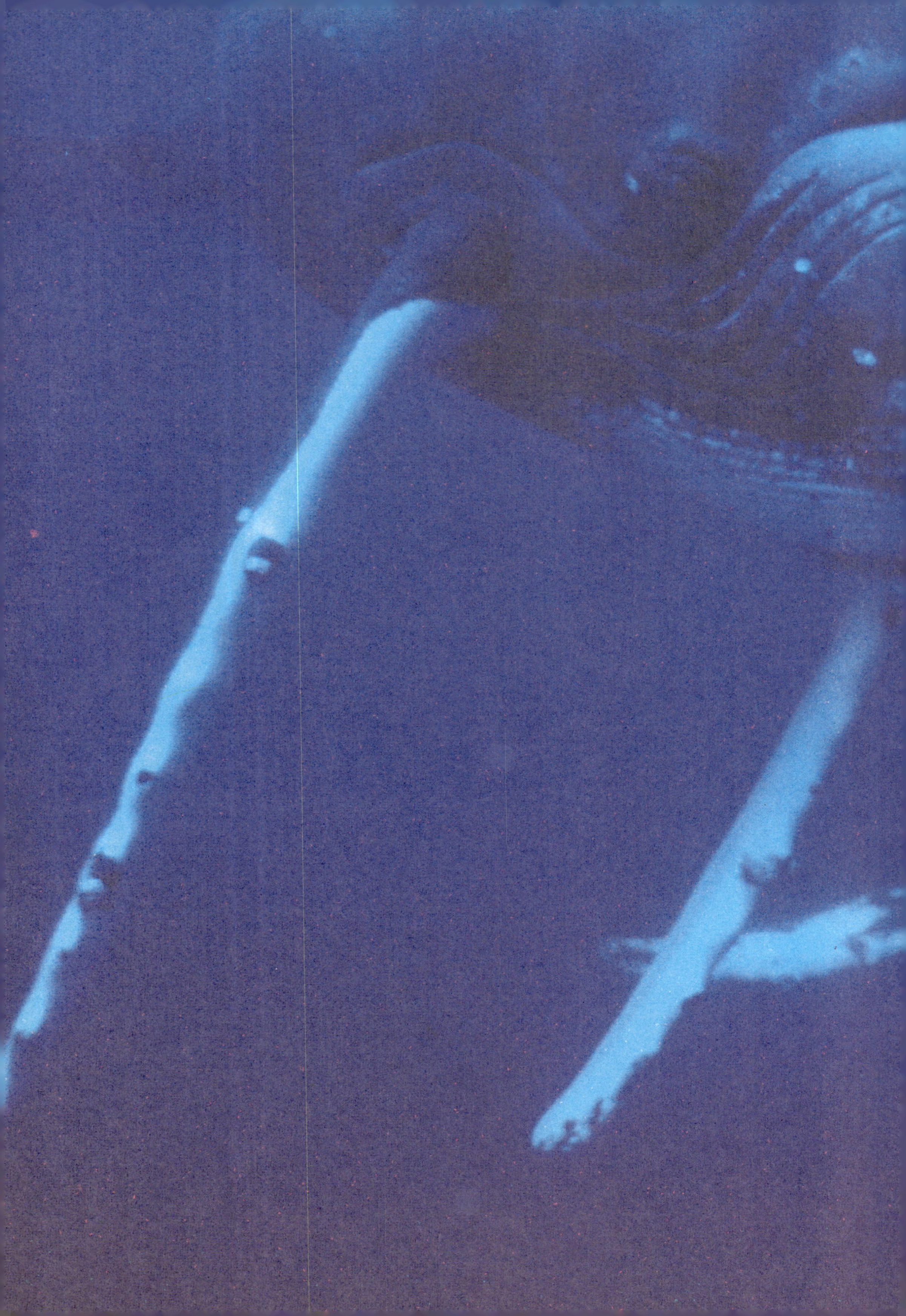

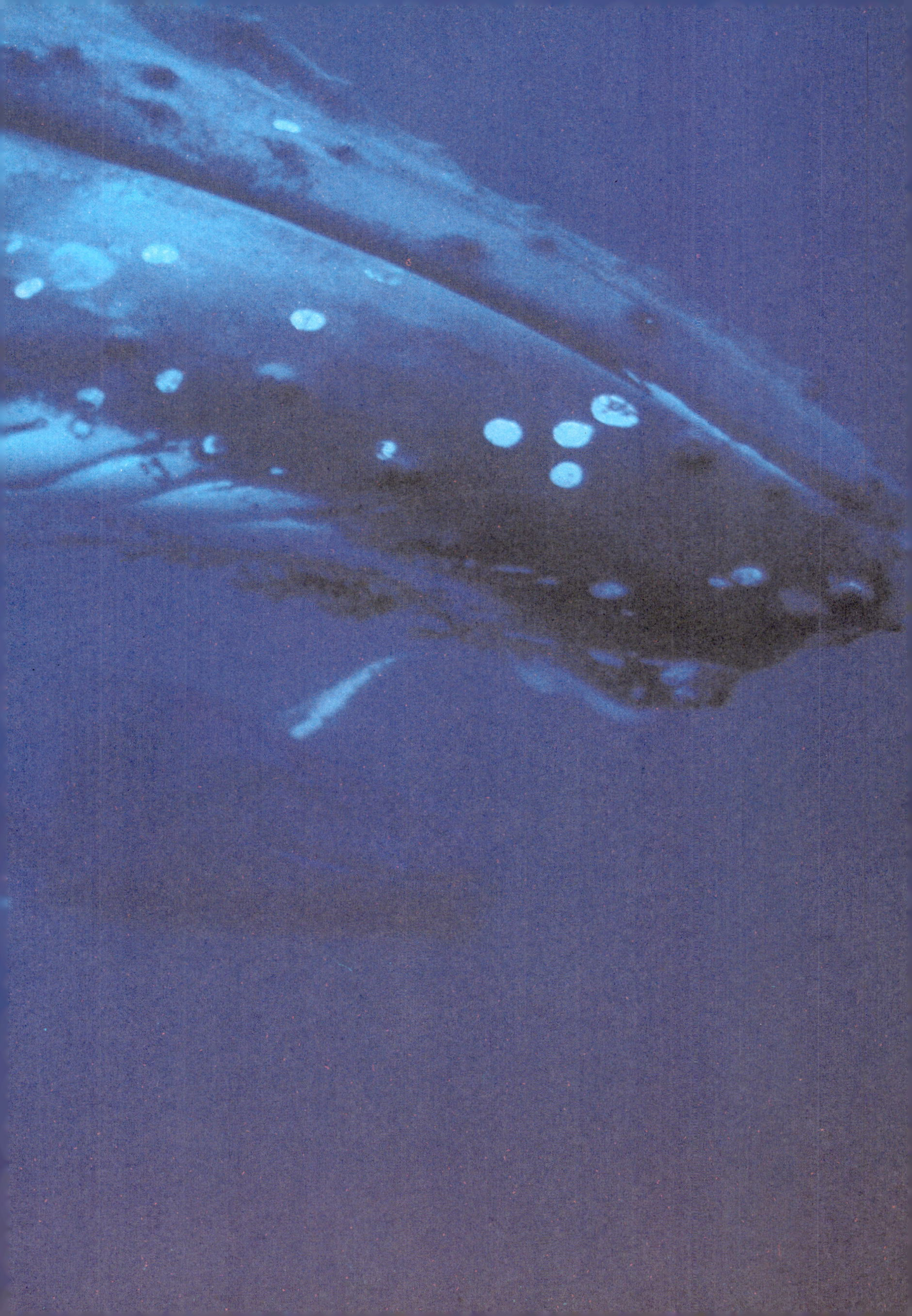

evolução. As orcas o substituíram pelo sistema de sons refletidos usado pelos musaranhos e aperfeiçoado pelos morcegos: o sonar. Os golfinhos emitem ultra-sons com a laringe e possivelmente com um órgão localizado na ponta do focinho, denominado melão. Utilizam freqüências de cerca de 200 000 vibrações por segundo, comparáveis às dos morcegos. Esse sistema de eco-sondagem lhes permite não apenas localizar os objetos submersos em seu caminho como, também, pelo tipo de eco devolvido, avaliar suas dimensões e natureza. Essa faculdade pode ser observada com a maior facilidade, pois os golfinhos abundam em aquários e colaboram entusiasticamente quando treinados. Golfinhos com os olhos vendados demonstram que conseguem, sem a menor dificuldade, apanhar determinadas formas de anéis flutuantes; nadando com rapidez, recolhem triunfantes, com a ponta do focinho, o único anel que sabem adrede lhes trará a recompensa.

Os golfinhos produzem uma grande variedade de sons além dos de alta freqüência e tem havido uma série de sugestões e hipóteses sobre a possibilidade de esses sons se constituírem em uma forma de linguagem. Alguns cientistas afirmam que se os seres humanos apurassem melhor seus conhecimentos haveriam de compreender o que os golfinhos exprimem e mesmo talvez trocar mensagens complexas com eles. Até agora foram identificados cerca de vinte sons diferentes, alguns parecendo sinais para manter um grupo unido ao se deslocar na água em grande velocidade. Outros parecem avisos e outros, ainda, apelos permitindo reconhecimento mútuo a uma certa distância. Mas, até hoje, ninguém conseguiu provar que os golfinhos agrupam esses sons em séries de, pelo menos, dois diferentes, para formar o equivalente a uma sentença de duas palavras que possam ser consideradas como o início de uma verdadeira linguagem. Os chimpanzés o fazem, mas os golfinhos, até agora, parece que não.

As grandes baleias também têm voz. As baleias de bossas, um dos rorquais, se congregam no Havaí a cada primavera para o acasalamento e nascimento dos filhotes. Algumas dentre elas sabem cantar. Sua canção consiste em uma série de uivos, rugidos, gritos agudos e estridentes e roncos surdos e prolongados. E as baleias cantam essas canções hora após hora, em longos e majestosos recitais. Existem seqüências de notas invariáveis que foram denominadas temas. Cada tema pode ser repetido diversas vezes — o número varia — mas a ordem dos temas em uma canção é sempre a mesma em cada estação. Em geral, uma canção completa dura mais ou menos dez minutos, mas já foram feitas gravações de algumas que chegam a durar até meia hora; e essas baleias podem cantar, repetindo suas canções, virtualmente sem parar durante mais de 24 horas. Cada baleia tem uma canção própria e característica, mas que é composta usando temas comuns ao resto da comunidade de baleias do Havaí.

As baleias permanecem em águas havaianas durante vários meses, dando à luz os filhotes, acasalando e cantando. Às vezes bóiam na superfície, com uma barbatana imensa ereta no ar. Outras vezes, batem com ela na água. Ocasionalmente, uma delas salta, emergindo das profundezas, 50 t no ar, exibindo os sulcos de seu ventre, e cai novamente numa gigantesca onda estrepitosa. Essas baleias saltam fora da água, hora após hora.

Subitamente, um dia, os estreitos e baías azuis do Havaí ficam vazios. As baleias foram embora. Algumas reaparecem no Alaska semanas mais tarde e é quase certo que sejam as mesmas que estavam no Havaí. Mas ainda estão sendo feitas pesquisas para estabelecer se realmente o são.

Na primavera seguinte elas voltam ao Havaí e mais uma vez começam a cantar. Mas agora as canções são outras, pois incluíram novos temas em seus repertórios, abandonando muitos dos antigos. Às vezes as canções são tão altas que toda a armação do barco vibra e dá para se ouvir sons e gemidos etéreos surgindo misteriosamente, como se viessem do nada. Se você mergulhar na água límpida e azul e nadar para o fundo, poderá, se tiver sorte, ver a cantora imóvel na água, embaixo, uma silhueta de cobalto num fundo de safira. O som penetra em seu corpo, fazendo o ar em suas narinas vibrar em uníssono, como se você estivesse sentado no mais vasto tubo do maior órgão de catedral do mundo, e todos os tecidos de seu organismo ficam embebidos em som.

Ainda não se sabe por que as baleias cantam. Mas se o homem é capaz de identificar cada baleia por sua canção individual, certamente as outras baleias também o são. Os sons se propagam melhor na água do que no ar e é bem possível que parte dessas canções, particularmente as notas graves ressonantes, sejam ouvidas por baleias a 10, 20 ou mesmo 30 milhas de distância, informando-as da localização e atividades de toda a colônia.

Tamanduás, morcegos, toupeiras e baleias — formas extremas desenvolvidas por descendentes dos primitivos insetívoros protéicos, em sua caça aos invertebrados que lhes serviam de alimento. Mas existiam outras fontes a serem exploradas: as plantas. Surgiram alguns mamíferos que se tornaram herbívoros e, abandonando a floresta, mudaram-se para os descampados e pradarias onde predominam as pastagens de gramíneas. Foram seguidos pelos grandes carnívoros e, nas savanas, duas grandes comunidades de animais interdependentes evoluíram, lado a lado. Cada aperfeiçoamento da técnica dos caçadores produzia uma reação eficiente de defesa por parte dos caçados. Um segundo grupo de herbívoros preferiu viver alimentando-se de folhagens no alto das árvores. Cada um destes grupos exige um capítulo próprio: o primeiro, porque é muito numeroso; e o segundo, por causa do nosso próprio egocentrismo — pois esses habitantes das árvores foram nossos ancestrais.

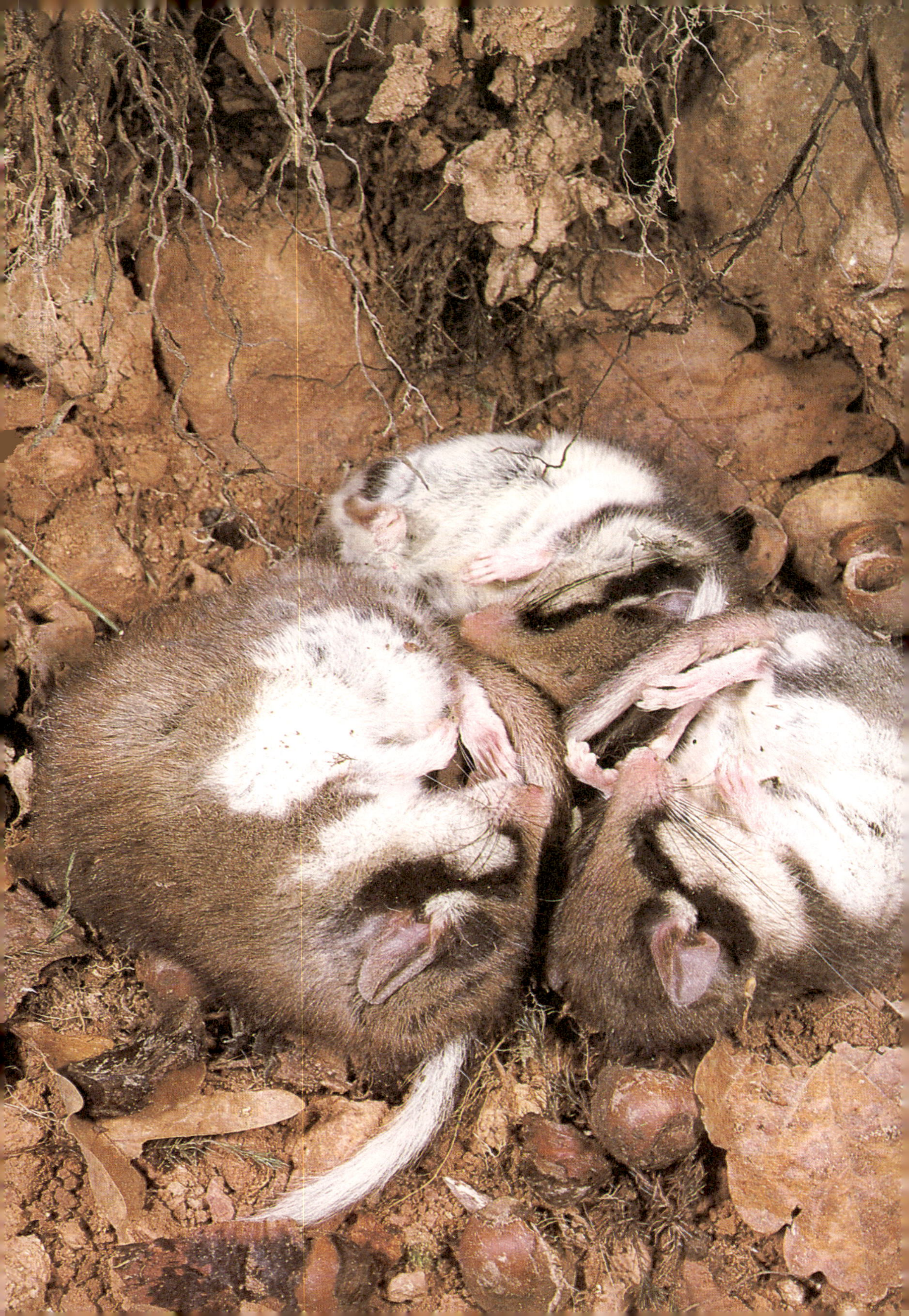

11 Os caçadores e os caçados

As florestas de hoje são, em sua essência, as mesmas que se desenvolveram logo após o aparecimento das plantas florescentes, há 50 milhões de anos. Naquela época, como agora, existiam florestas tropicais densas e úmidas na Ásia, África e América do Sul e bosques verdejantes no clima fresco da Europa. As samambaias e herbáceas de talo mole espalharam-se pelo solo onde quer que houvesse luz suficiente, e as árvores, aumentando de altitude, expandiram seus galhos em uma série de estratos ou camadas distintas. Em toda parte brotavam folhas; estação após estação, século após século, a vegetação oferecia um abastecimento alimentar inesgotável e sempre renovado para qualquer animal capaz de comê-la e digeri-la.

Os dinossauros herbívoros dela se haviam alimentado, pisando os rebentos tenros nas florestas de freixos, elmos e faias da América do Norte e despedaçando as palmeiras e lianas dos trópicos. Mas quando eles desapareceram inexplicavelmente, uma grande calma reinou nas florestas de todo o mundo. Os insetos continuaram, discretamente, a reivindicar sua parte, roendo a madeira e picotando as folhas em pedacinhos. Lagartos arrancavam os ramos, mas, as aves, com um recém-adquirido paladar pelas frutas que iniciavam seu desenvolvimento, retribuíam às plantas espalhando suas sementes. Entretanto, nenhum animal de grande porte consumia sistematicamente essa grande reserva vegetal à maneira devastadora dos dinossauros.

Essa paz relativa persistiu por milhares de anos até que os animaizinhos de sangue quente e pelagem, que corriam entre as patas dos dinossauros à caça de pequenos invertebrados, começaram a adquirir um gosto por uma alimentação diferente. Assim, como alguns se concentraram na captura de insetos, outros voltaram sua atenção para as folhas.

Comer folhagens não é uma tarefa fácil. Como qualquer outra dieta especializada, ela exige habilidades e estruturas específicas. Primeiro, porque a matéria vegetal não é muito nutritiva. O animal é forçado a ingerir imensas quantidades para extrair calorias suficientes para seu organismo. Alguns vegetarianos dedicados precisam passar três quartos de seu dia impassivelmente procurando e mascando folhas e raminhos. Esse processo, em si, é arriscado, pois exige que o herbívoro viva em campo aberto, exposto ao ataque dos predadores. Uma das maneiras utilizadas por certos animais para diminuir esse perigo é abocanhar o máximo possível de vegetação num mínimo de tempo e correr velozmente, procurando proteção em algum lugar seguro. Essa é a estratégia escolhida pelo gigantesco rato da África ocidental. Emergindo cautelosamente de sua toca, à noite, asse-

Arganazes hibernando, Europa

gurando-se de que não há perigo, enche freneticamente as bolsas faciais com qualquer coisa que lhe pareça remotamente comestível. Sementes, nozes, frutas, raízes, às vezes mesmo um caracol ou besouro, tudo é recolhido. As bolsas são tão grandes que podem conter mais de 200 bocados como esses. Quando ambas estão repletas e o rato mal consegue fechar a boca, com o focinho tão inchado que parece estar sofrendo de um terrível ataque de caxumba, ele se apressa em voltar para a toca. Na segurança do subterrâneo esvazia as bolsas em sua despensa e começa a selecionar o que lhe interessa, devorando o que for comestível e separando os gravetos e pedrinhas que lhe pareceram petiscos, mas na verdade não o eram.

Os dentes dos herbívoros precisam ser excelentes. A mastigação demorada de alimentos duros, como as gramíneas, provoca um desgaste constante. Os ratos e os outros predadores — esquilos, camundongos, castores e porcos-espinhos — resolveram esse problema mantendo seus dentes compridos, os incisivos, com as raízes abertas, projetando para a frente, de forma a terem um crescimento contínuo durante a vida do animal, compensando o desgaste. São mantidos afiados por um processo engenhoso e eficiente de auto-abrasão. O corpo do dente é composto de dentina, com apenas a face anterior coberta por uma camada espessa de um esmalte muito mais duro. A beirada cortante tem a forma de um buril. Como os incisivos superiores mastigam sobre os inferiores, desgastando mais rapidamente a dentina e expondo as arestas de esmalte, a superfície trituradora mantém-se irregular e, portanto, eficaz.

Uma vez roído, moído e triturado, o alimento precisa ser digerido. Esse é um dos maiores problemas dos herbívoros. A celulose que compõe as células das paredes das plantas é uma das substâncias orgânicas mais resistentes. Nenhum mamífero produz enzimas capazes de decompô-la. Mas, para que as substâncias nutritivas, contidas no interior da célula, sejam liberadas, é necessário que o tecido vegetal seja destruído. Se este não for muito espesso, pode ser quebrado mecanicamente por meio da mastigação. Algumas bactérias, porém, têm a rara faculdade de produzir um fermento que dissolve a celulose, e os herbívoros mantêm colônias desses pequenos organismos vivendo em seu aparelho digestivo. As bactérias se alimentam da celulose e o dono do estômago pode, então, absorver o conteúdo das células. Mesmo com a ajuda das bactérias, a digestão adequada de uma refeição puramente vegetariana pode ser muito prolongada.

Os coelhos resolveram esse problema de uma maneira direta, embora um tanto quanto embaraçosa. Sua refeição de folhas, tendo sido cortada pelos incisivos, mascada pelos molares e engolida, desce para o estômago onde é atacada por microrganismos e por seu próprio suco gástrico. Em seguida passa pelo intestino onde é moldada, formando bolinhas moles que são logo evacuadas. Isto se passa durante a noite, quando o coelho está repousando em sua toca. À medida que as bolinhas emergem, ele se vira e as ingere diretamente do ânus. Uma vez armazenadas no estômago, os últimos vestígios de nutrição são extraídos. Só depois dessa segunda digestão é que as fezes são depositadas no exterior da toca, as conhecidas bolinhas secas, e ali abandonadas.

Os elefantes enfrentam problemas particularmente sérios porque ingerem, além de folhas, uma grande quantidade de ramos fibrosos e matérias lenhosas. Além das presas, seus únicos dentes são molares enormes localizados no fundo da boca, que agem como trituradores. À medida que se desgastam fragmentam-se e caem, sendo substituídos por outros, que avançam de trás para frente ao longo do maxilar; e esse processo se repete várias vezes durante a vida do animal. Os molares mastigam e trituram com muita força, mas, mesmo assim, a alimentação do elefante é tão cheia de matéria lenhosa que exige um período muito longo de digestão a fim de dar tempo para que as substâncias mais nutritivas sejam extraídas. Entretanto, o estômago do elefante é suficientemente volumoso. Em condições normais uma refeição humana atravessa o organismo em cerca de 24 horas, enquanto que a de um elefante leva dois dias e meio para completar o mesmo trajeto. Durante a maior parte do tempo, esse bolo alimentar é mantido fermentando no suco gástrico e sendo atacado pelas diversas bactérias estomacais. Em épocas mais remotas da História, alguns dinossauros, que se alimentavam de samambaias e cicadáceas, tinham tido o mesmo problema e encontrado a mesma solução tornando-se gigantes.

O excremento dos elefantes, mesmo após esse prolongado processo, contém grande quantidade de ramos, fibras e sementes virtualmente intatas. Certas plantas que têm sido comidas pelos elefantes há milênios reagiram revestindo suas sementes com uma película muito espessa, capaz de resistir à imersão prolongada em suco gástrico. A conseqüência paradoxal dessa inovação foi a de tornar obrigatória a passagem dessas sementes pelo sistema digestivo do elefante, senão elas não germinam.

O mais aperfeiçoado sistema de digestão da celulose é o mais comum e conhecido, a ruminação, adotado por antílopes, veados e búfalos, além de animais domésticos como carneiros e bovinos. Ao pastar, cortam as gramíneas com os incisivos inferiores, comprimindo-as contra a língua ou a mandíbula superior, que é desprovida de dentes na frente. Em seguida, deglutem-nas e armazenam-nas no rúmen, a primeira câmara de fermentação de seu estômago, onde as enzimas começam a destruir o tecido vegetal. Ali, o bolo alimentar permanece várias horas, sendo comprimido de um lado para o outro por contrações musculares, enquanto que as bactérias decompõem a celulose. Mais tarde, os alimentos voltam à boca, pescoço acima, e são mastigados até ficarem reduzidos a fragmentos pequeninos pelos molares: os maxilares de um ruminante movem-se não só para cima e para baixo, mas, também, para trás, para a frente e lateralmente. Esse processo de ruminação pode ser feito com calma e em local seguro, quando o animal já abandonou o campo aberto e está descansando na sombra, nas horas mais quentes do dia. Depois de algum tempo o alimento é deglutido

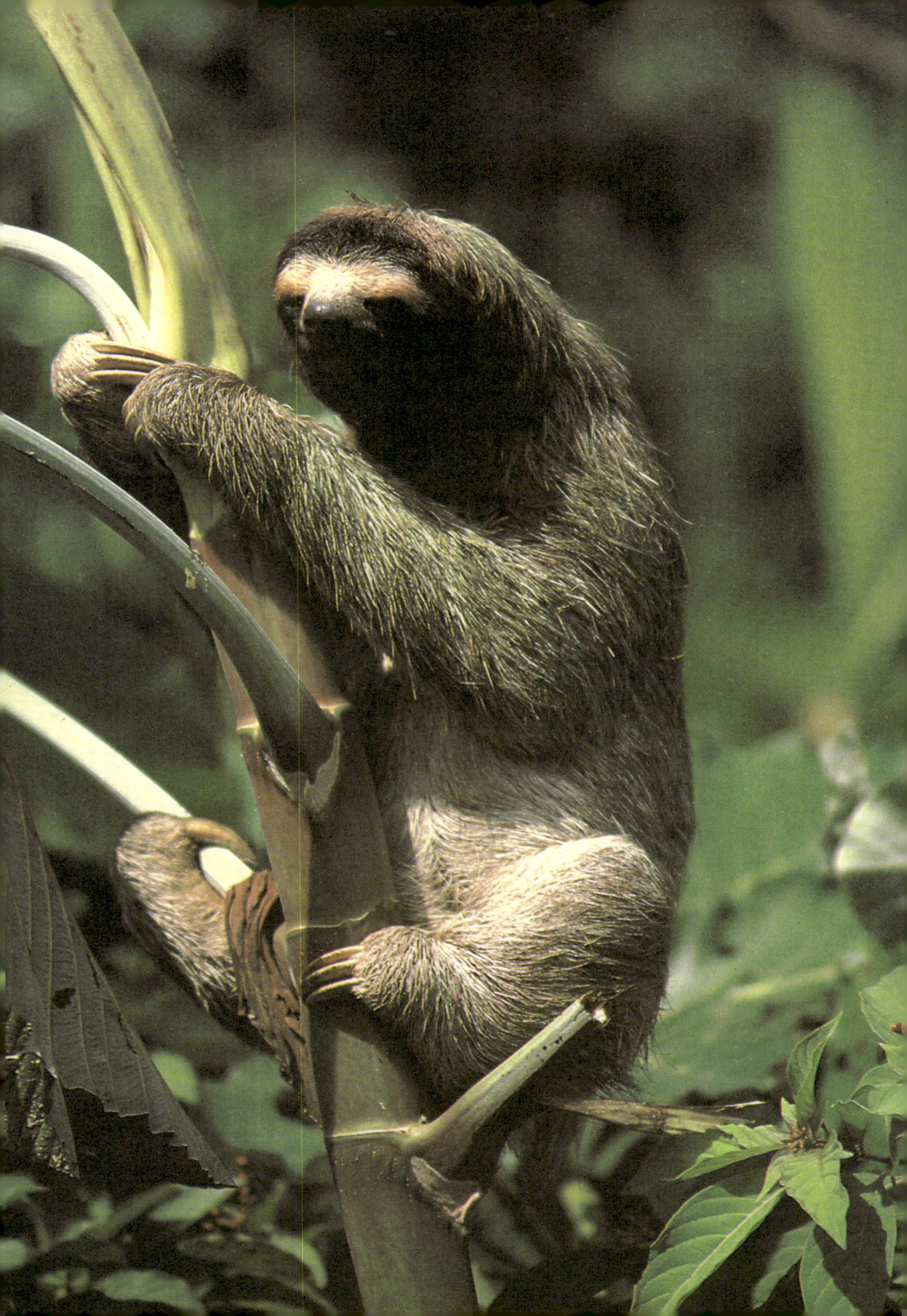

pela segunda vez, atravessa o rúmen e passa ao estômago verdadeiro, cujas paredes são absorventes. Só então o ruminante começa a auferir os benefícios de todo esse processo laborioso.

As folhas apresentam uma segunda desvantagem como alimento. Nas zonas de clima temperado, a maior parte das folhagens desaparece quase que completamente durante meses. Portanto, os herbívoros, que dependem delas para sobreviver, precisam tomar precauções especiais à aproximação do inverno. Uma espécie de carneiro asiático transforma seu alimento em gordura, que armazena em bolsas sob a base da cauda. Outras espécies não apenas ingerem o máximo possível de alimento, dessa maneira aumentando o peso, como também reduzem o consumo necessário ao mínimo, hibernando durante meses.

O mecanismo inicial que desencadeia essa reação ainda não foi precisamente identificado. Não é, como se poderia supor, uma simples queda de temperatura, porque um animal preso em um compartimento constantemente aquecido, começará a hibernar ao mesmo tempo daqueles de sua espécie expostos ao frio outonal. É possível que o estímulo seja originado pelas próprias reservas de gordura. Quando o animal já acumulou o máximo possível de gordura no organismo, tanto faz dormir como continuar comendo.

No outono o arganaz é, em geral, quase esférico. Procura uma toca, aperta os olhinhos, afunda a cabeça na barriga, enrola sua cauda macia e peluda ao redor de si e deixa que o calor de seu corpo se dissipe. O ritmo cardíaco se reduz consideravelmente. Sua respiração torna-se tão superficial e infreqüente que é difícil percebê-la. Os músculos endurecem e todo o corpo fica frio como uma pedra. Nesse estado de vida em suspensão o organismo requer tão pouco combustível que as reservas de gorduras armazenadas são suficientes para manter as funções essenciais em ação durante meses. Um frio muito intenso, porém, pode acordar o animal. Se há perigo de congelamento, ele se move e começa a tiritar violentamente, aquecendo-se com a utilização do combustível de seus músculos. Pode até, em semelhante emergência, desperdiçar um pouco das reservas de gordura que ainda lhe restam, saltando aqui e ali até que o frio mais intenso desapareça e ele possa voltar a adormecer. Em condições normais, só o calor da primavera faz com que os arganazes e outros animaizinhos hibernantes emerjam de suas tocas. Acordam com um apetite urgente e voraz, pois, durante o inverno, perderam quase a metade de seu peso total. Mas, agora, o período de fome terminou e as folhas mais uma vez estão brotando em toda a parte.

Utilizando-se de métodos como esse, uma grande variedade de animais vive do alimento vegetal produzido pelas florestas. Nos galhos mais altos das árvores, os esquilos correm atarefados por entre os ramos, recolhendo casca e rebentos, bolotas de carvalho e amentilhos. Algumas espécies desenvolveram uma membrana recoberta de pêlos que liga entre si os

Preguiça tridáctila, Panamá

membros e a cauda, que lhes permite planar de um galho para outro.

No alto das árvores também vivem os macacos. Diversas espécies são carnívoras e consomem uma dieta variada: insetos, ovos, filhotes de pássaros e frutas. Outras só consomem determinadas folhagens e possuem estômagos especializados para isso. A vida no precário mundo elevado que habitam tornou-os todos maravilhosamente ágeis, com mãos preensoras e manipulatórias e inteligência viva. Essa combinação especial de talentos os levou a tal avanço e desenvolvimento que é necessário dedicar um capítulo inteiramente a eles. Mas o método dos macacos não foi o único bem-sucedido em uma vida herbívora acima do solo. Na América do Sul, uma das primeiras criaturas a se mudar para o alto das árvores foi a preguiça, e a solução escolhida por ela foi exatamente oposta à dos macacos.

Existem preguiças de dois tipos: as de dois dedos em cada mão e as de três. As de três dedos são consideravelmente mais preguiçosas. Suspendem-se nos galhos, de cabeça para baixo, segurando-se com as longas garras em forma de gancho das extremidades de seus braços ossudos e longos. Alimentam-se de um único tipo de folhagem, a embaúba, que, felizmente para elas, cresce em abundância e é facilmente encontrada. A preguiça não é atacada por nenhum animal predador — poucos, na verdade, conseguem alcançá-la e ninguém compete com ela pela embaúba. Embalada pela tranqüilidade dessa segurança, a preguiça deslizou para uma vida que difere muito pouco de um completo torpor. Das 24 horas do dia, passa 18 profundamente adormecida. Além disso, presta tão pouca atenção à sua higiene pessoal que, muitas vezes, em sua pelagem áspera crescem algas esverdeadas e verdadeiras comunidades de traças parasitas produzindo lagartos que pastam em seus pêlos bolorentos. Sua estrutura muscular só lhe permite deslocar-se lentamente, sendo incapaz de se mover a mais de 1 km/h, mesmo nas distâncias mais curtas. Seu movimento mais ágil é um impulso com o braço curvado. É virtualmente muda e sua audição é tão precária que em resposta a um tiro a um palmo de distância de seus ouvidos, sua única reação é virar-se lentamente e piscar os olhos. Até seu olfato, embora muito melhor do que o nosso, é bem menos aguçado que o da maioria dos mamíferos. Além disso, é um animal solitário, que dorme e se alimenta inteiramente só.

Mas, ainda assim, a preguiça tem um certo tipo de vida social. Com os sentidos tão obscuros e embotados, como é que uma preguiça encontra outra para procriar? Existe uma pista. A digestão da preguiça é tão lenta quanto todos os outros processos de seu organismo e ela só defeca e urina uma vez por semana. Mas, o que é extremamente surpreendente, para isso ela desce da árvore e habitualmente se utiliza do mesmo local. Este é o único momento de sua vida em que está exposta a um perigo real. Um jaguar poderia facilmente caçá-la. É preciso haver uma razão muito importante para que se exponha a um risco aparentemente desnecessário. Seu excremento e sua urina têm um odor muito forte, e o olfato é o único dos

Doninha retornando da caça

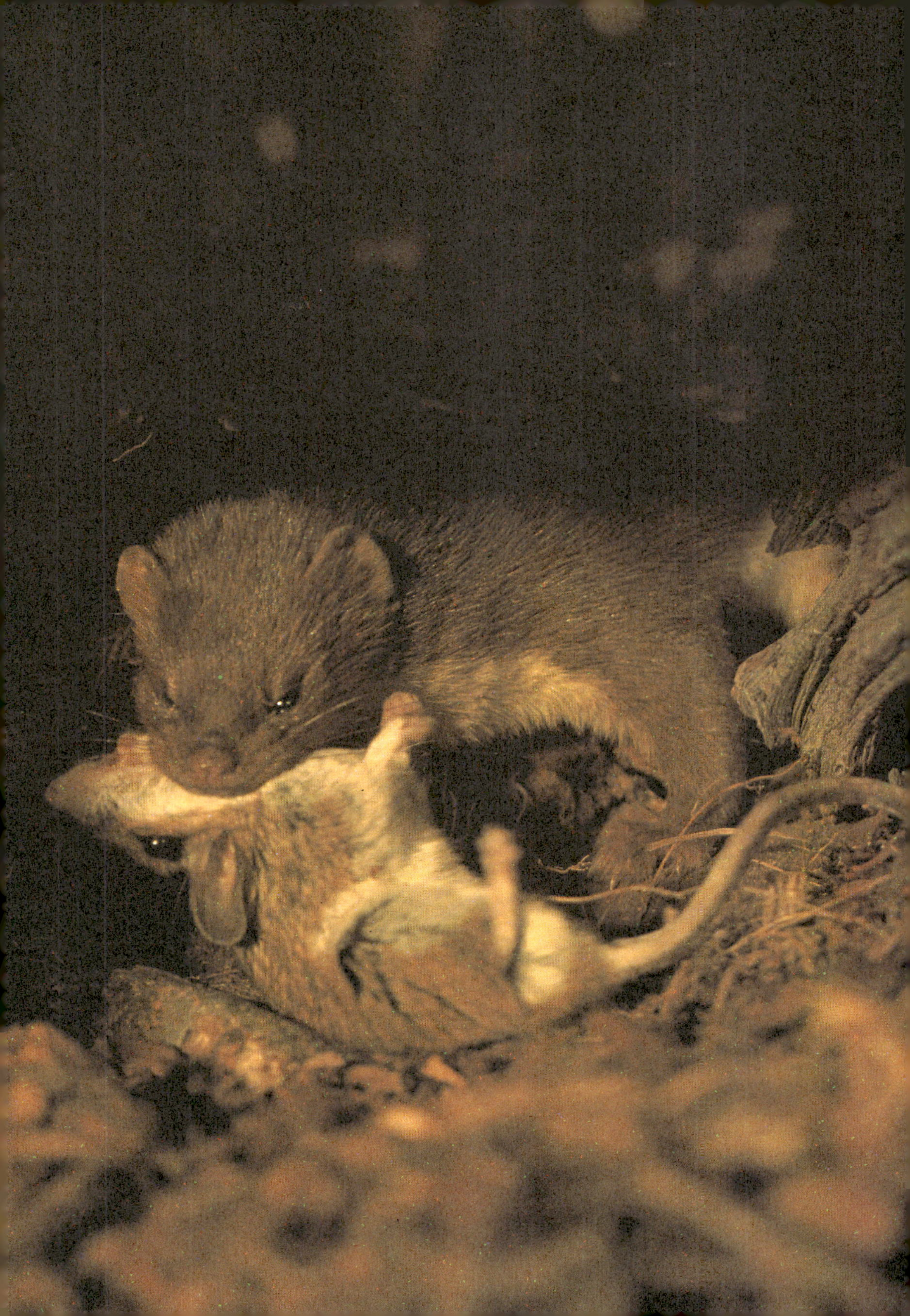

sentidos da preguiça que não está seriamente embotado. Portanto, um monte de esterco deixado por uma preguiça é o único lugar na floresta que outra preguiça poderá encontrar com certa facilidade e é, também, o único lugar onde haverá oportunidade de um encontro, talvez semanal. Existe essa possibilidade de o depósito de esterco ser o local de encontro das preguiças, mas não há nenhuma outra maneira de ajuntá-lo a não ser no solo. Não se sabe, porém, ao certo, por que nenhum estudante de comportamento animal, até hoje, teve a coragem de considerar os dias e noites de inatividade entorpecente que deveriam ser suportados por quem quer que se interessasse em descobrir mais alguma coisa sobre a vida íntima da preguiça.

O solo da floresta não é rico em vegetação. Em algumas áreas a sombra é tão densa que só existe uma espessa e oscilante camada de folhas apodrecidas, com um fungo ocasional brotando dentre elas. Em outros locais, onde o estrato arbóreo é mais disperso, podem surgir alguns arbustos e plantas herbáceas e uns poucos rebentos delgados. Na África e na Ásia, essas plantas são o alimento dos antílopes miniatura; os *duikers* e os *chevrotains* da Malásia. Esses pequenos herbívoros das florestas são do tamanho de um cão e extremamente tímidos. Conseguir observar um deles, após longas horas de espera, que surge silenciosamente a caminhar com leveza e cautela por entre as manchas sombreadas do chão, mordiscando com delicadeza uma folha escolhida com cuidado, é uma revelação dos segredos da vida nas florestas, que jamais pode ser esquecida. Esses dois animaizinhos são de uma linhagem antiqüíssima. Primitivos ruminantes semelhantes a eles estavam entre os primeiros herbívoros que viveram nessas florestas há 50 milhões de anos.

Esse nicho histórico importante é ocupado, na América do Sul, não por ungulados mas por dois roedores: a paca e a cutia. Pequeninas e esguias, têm os mesmos hábitos e a mesma disposição solitária, sendo ainda mais ariscas e tímidas. Atentas a qualquer som ou odor que possa significar perigo, ficam paralisadas, com os grandes olhos brilhantes, vivos e cheios de terror. Um estalido é suficiente para que desembestem numa carreira desenfreada, mergulhando na floresta.

Para alcançar as folhagens dos arbustos mais altos, os herbívoros precisaram atingir uma estatura maior. Todas as florestas têm uma pequena população dessas criaturas, variando em tamanho desde o de um pônei até o de um cavalo. De modo geral são animais solitários, tão discretos e silenciosos que só muito raramente são observados. O tapir, da Malásia e da América do Sul, é um tímido animal herbívoro e noturno; no sudeste asiático vive o menor rinoceronte de que se tem conhecimento, o da Sumatra, que, infelizmente, está se tornando cada vez mais raro; o ocapi, outro tímido de pescoço curto, mas parente distante da girafa, é extremamente arisco e vive tão embrenhado na floresta congolesa que foi o último dos grandes mamíferos descobertos pela ciência, não tendo sido observado vivo na natureza por nenhum europeu antes do começo deste século.

Todos esses animais que habitam o sub-bosque das florestas, sejam grandes ou pequenos, vivem uma existência solitária. A razão não é difícil de imaginar. O chão sombreado, onde penetra pouca claridade, não produz folhas e galhos suculentos; nos ramos mais baixos, em quantidade suficiente para sustentar grandes manadas em uma área durante um período de tempo determinado. Além disso, a vida em grupo exige alguma forma de comunicação. Na densa vegetação da floresta não é possível enxergar muito longe, e uma sinalização sonora atrairia a atenção dos predadores. Por essa razão, os *chevrotains*, as pacas e as cutias vivem uma existência solitária ou aos pares. Estabelecem seu território, marcando os limites com esterco ou com a secreção de uma glândula especial, localizada sob os olhos. Seu método de defesa é o disfarce, confundindo-se com a luz e sombra da floresta, e, quando assustados, desaparecendo em passagens do sub-bosque por eles conhecidas e refugiando-se em seus esconderijos secretos na vegetação emaranhada.

Os predadores que saem à sua caça também são solitários. A onça sai à espreita do tapir, o leopardo lança-se sobre o *duiker*. Um urso perambulando alimenta-se do que encontrar pelo caminho e certamente não desprezará um *chevrotain* como petisco. Os caçadores menores — genetas, gatos selvagens, civetas e doninhas — atacam ratos e camundongos, aves e répteis.

De todos os predadores, os felídeos são os carnívoros mais especializados. Suas garras fortes são mantidas afiadas por serem retráteis, recolhidas sob um revestimento, quando não estão em uso. Ao atacar, saltam sobre sua presa agarrando-a e dão uma dentada penetrante no pescoço, rompendo a medula espinhal e causando morte instantânea.

Os longos caninos pontiagudos, em forma de punhais, um de cada lado da boca, típicos dos carnívoros, são usados para rasgar e abrir o couro da vítima. Os molares aguçados, localizados mais atrás, despedaçam cartilagem e ossos. Na verdade são ferramentas de matança. Nenhum cão ou gato consegue mastigar verdadeiramente e engolem a carne aos pedaços, servindo-se dos dentes mais para cortar. O estômago dos caçadores requer pouca ajuda, pois a carne é de digestão muito mais fácil do que folhas e ramos.

Esses solitários duelos noturnos de tocaia e espreita, fuga e assalto obedecem a táticas muito antigas, estabelecidas entre os herbívoros e as feras das florestas primitivas. Entretanto, há cerca de 25 milhões de anos, foram desenvolvidas técnicas novas e bastante diferentes. Uma mudança no clima da terra e em sua vegetação atraiu os protagonistas para as pradarias abertas, longe da sombra. Surgiram as pastagens.

À primeira vista, as gramíneas podem parecer plantas simples, quase primitivas, pouco mais que folhas com raízes. Na verdade, são extrema-

No verso: *Manadas de zebras e gnus, Tanzânia*

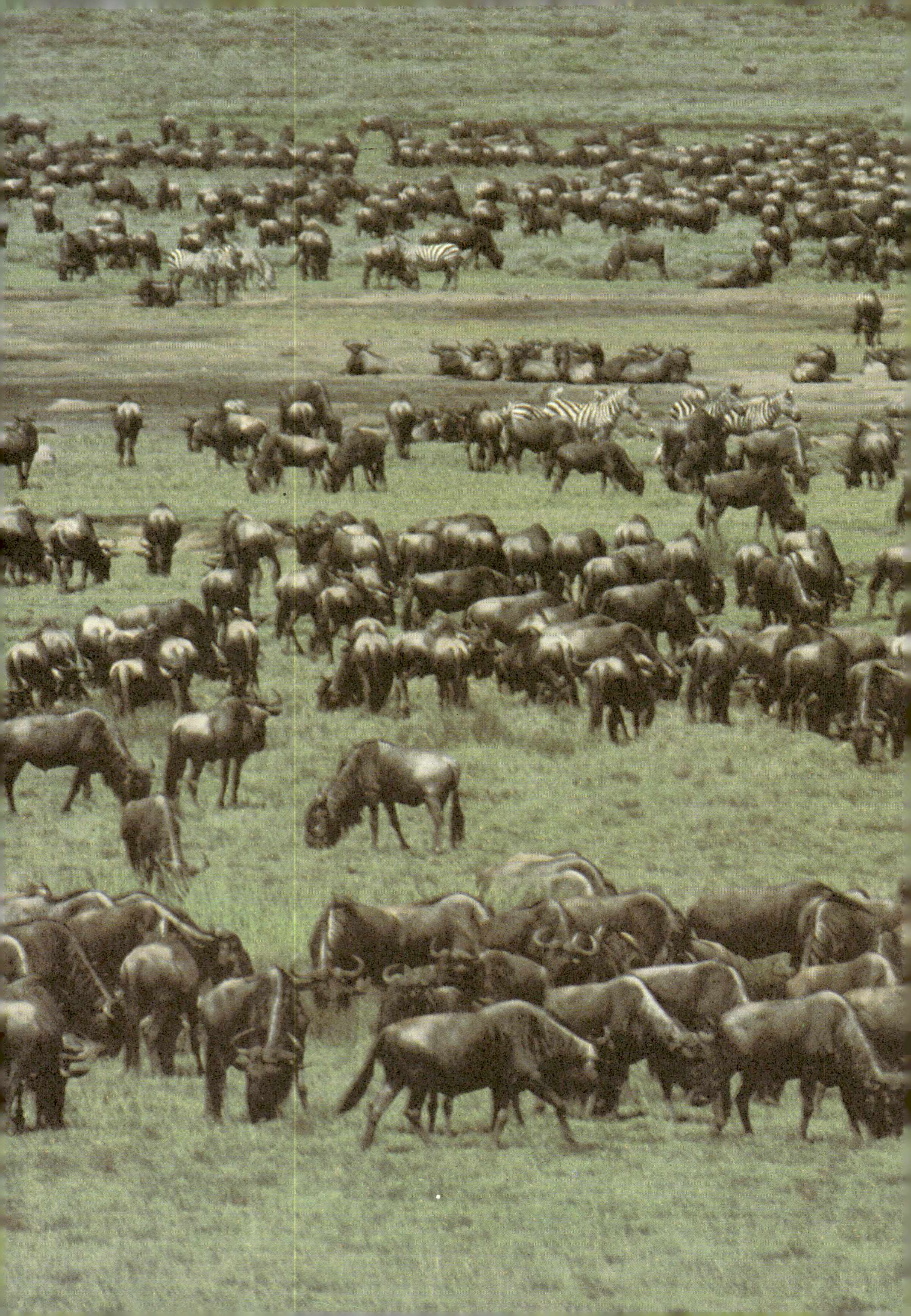

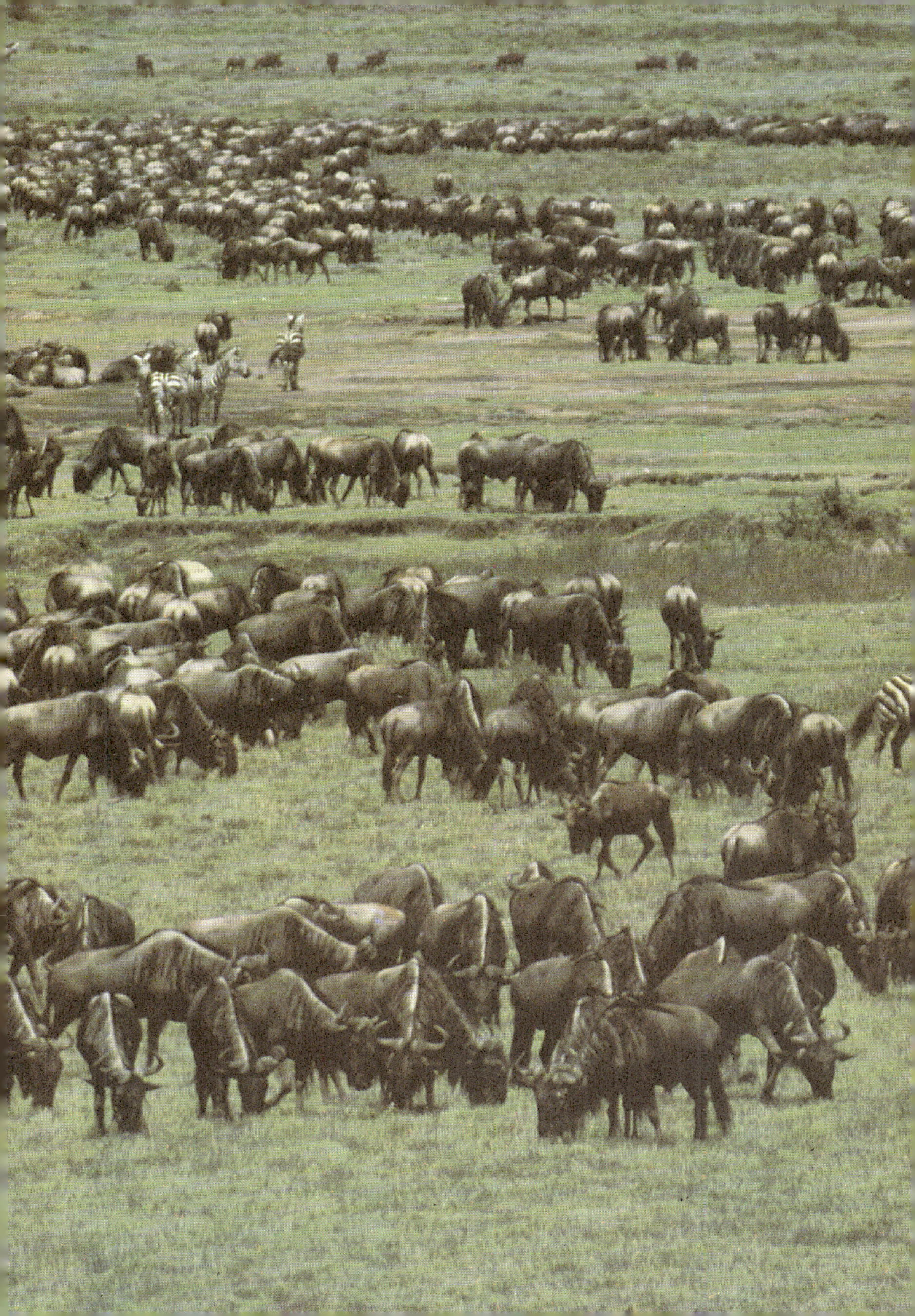

mente avançadas. Suas flores pequeninas e discretas dispensam o auxílio dos insetos na distribuição do pólen, que é dispersado pelo vento que sopra, contínuo e livre, nos amplos descampados onde crescem. Produzem caules horizontais que se alastram pelo solo ou logo abaixo dele. Quando o fogo irrompe nas pradarias, consumindo as velhas folhas secas, as chamas avançam com grande rapidez, de forma que esses caules e rizomas não sofrem nenhum dano e recuperam-se imediatamente, mediante novos rebentos. Isso é possível porque as folhas das gramíneas crescem continuamente a partir do solo e não das pontas de caules, como as folhagens da maioria dos arbustos e árvores. Esse fator é também de enorme importância para a fauna que dela se alimenta, pois, quando cortada pelos animais, voltam a crescer rapidamente, garantindo logo outra refeição.

As gramíneas em si também se beneficiam da presença das grandes manadas, que pisoteiam e consomen os rebentos de arbustos e árvores que poderiam se espalhar pelas planícies; se atingissem maior altura privariam as gramíneas de luz e as deslocariam. Parece bastante plausível que a expansão das pradarias e a evolução dos animais de pasto ocorreram simultaneamente, passo a passo.

As pradarias não atraíram apenas os herbívoros. Sem nenhum tipo de abrigo para dar-lhes proteção, tornaram-se alvos tentadores para as feras, que logo abandonaram as florestas em busca de alimento. Só herbívoros de grande porte, como rinocerontes e elefantes, não tinham nada a temer. No recesso das florestas, para se locomover através das árvores com facilidade e em silêncio, esses animais tinham sido forçados a manter um certo tamanho, mas, em campo aberto, essas limitações desapareceram, e eles cresceram ainda mais. Sua corpulência e sua pele rija colocaram-nos a salvo de qualquer predador carnívoro. Mas, para criaturas menores, as planícies, tão ricas em alimento, estavam cercadas de perigo.

Alguns procuraram refúgio em tocas. As pradarias são locais maravilhosos para qualquer criatura que aprecie abrir túneis. O solo não apresenta os nódulos e emaranhados das raízes de árvore, e nele podem ser construídos extensos sistemas de galerias sem obstáculos. Muitas espécies tiraram espetacular proveito dessa oportunidade.

Um dos mais especializados e diligentes entre esses escavadores é um bizarro roedor, a ratazana-toupeira glabra da África oriental. Alimenta-se não das folhas das gramíneas e sim de suas raízes, devorando ao mesmo tempo alguns bulbos e tuberosas. Essas ratazanas-toupeiras vivem em grupos familiares e escavam tocas elaboradas com dormitórios especiais, quartos para os filhotes, despensas e lavatórios. Vivendo exclusivamente em galerias subterrâneas no solo seco e quente das savanas africanas, suas características físicas mudaram de uma forma dramática. Perderam a visão e se desfizeram de todo o pêlo. Cegas, peladas, com o corpo em forma de salsicha recoberto de pele cinzenta e enrugada, sua aparência não é melhorada por dentes incisivos incrivelmente grotescos: projetam-se num semicírculo a uma boa distância do focinho. Esses enormes incisivos são utilizados não apenas na alimentação mas, também, como ferramentas escavadoras. Abrir um túnel roendo o solo pode ser uma tarefa repugnante, mas a ratazana-toupeira evita encher a boca de terra valendo-se de uma técnica adotada por diversos outros roedores. Contraem os lábios grossos fechando-os atrás de seus extravagantes dentes protuberantes, a fim de, ao escavarem, proteger a boca contra os detritos.

Quando escavam, trabalham em equipes. O primeiro, na frente, vai roendo com uma velocidade febril, jogando a terra solta bem no focinho do companheiro que está logo atrás. Como é cego, isto não parece perturbá-lo, e ele simplesmente lança os detritos, com as pernas, para cima do companheiro seguinte e, assim, vão seguindo em fila até que o último membro da equipe recebe a terra e vigorosamente joga-a para fora, na saída do túnel. Uma área de solo colonizada por ratazanas-toupeiras é salpicada de montinhos cônicos de detritos, com jatos de areia surgindo dos buracos fronteiros como se fossem vulcões em miniatura.

Poucos predadores conseguem apanhar as ratazanas-toupeiras. Escavadoras mais rápidas do que qualquer cão ou gato, nunca precisam abandonar o refúgio das tocas subterrâneas onde vivem. Mas, nem todos os mamíferos escavadores alimentam-se somente de bulbos e raízes. Numerosos são herbívoros, sendo obrigados a emergir diariamente de suas tocas para comer folhagens e gramíneas. Uma vez na superfície, seja qual for a hora, estão sempre expostos a consideráveis perigos. No subsolo das pradarias norte-americanas existe um mundo secreto de túneis e galerias habitado por pequenos roedores, do tamanho de coelhos: os cães da pradaria. São herbívoros robustos que não apenas pastam na superfície, mas o fazem durante o dia, quando furões, linces, coiotes e falcões abundam, todos eles carnívoros que não desdenham um cão da pradaria como refeição, caso consigam apanhá-lo. Para sobreviver, esses pequenos animais desenvolveram táticas defensivas baseadas num sistema social extremamente organizado.

Os cães da pradaria vivem em imensas concentrações de tocas que constituem "cidades" subterrâneas, com populações de mais de 1 000 habitantes. Cada "cidade" é dividida em um número de comunidades chamadas "bairros", onde se agrupam unidades familiares de cerca de 30 indivíduos, todos conhecidos entre si. Muitos desses "bairros" são interligados por galerias. As famílias têm sempre alguns membros servindo de sentinelas, postados eretos em montículos de terra escavada à entrada das tocas, de onde têm melhor campo visual para a guarda. Quando pressente um perigo, esse animal emite uma série de sons agudos semelhantes ao ladrar de um cão. Existe um latido especial para cada tipo de predador, de forma que todos são informados, não só do perigo, mas, de quem os ameaça. O aviso é repetido por outras sentinelas da vizinhança e, assim, é rapidamente difundido pelas "cidades", colocando todos os habitantes em alerta. Em vez de fugir, cada qual se coloca em uma posição estratégica,

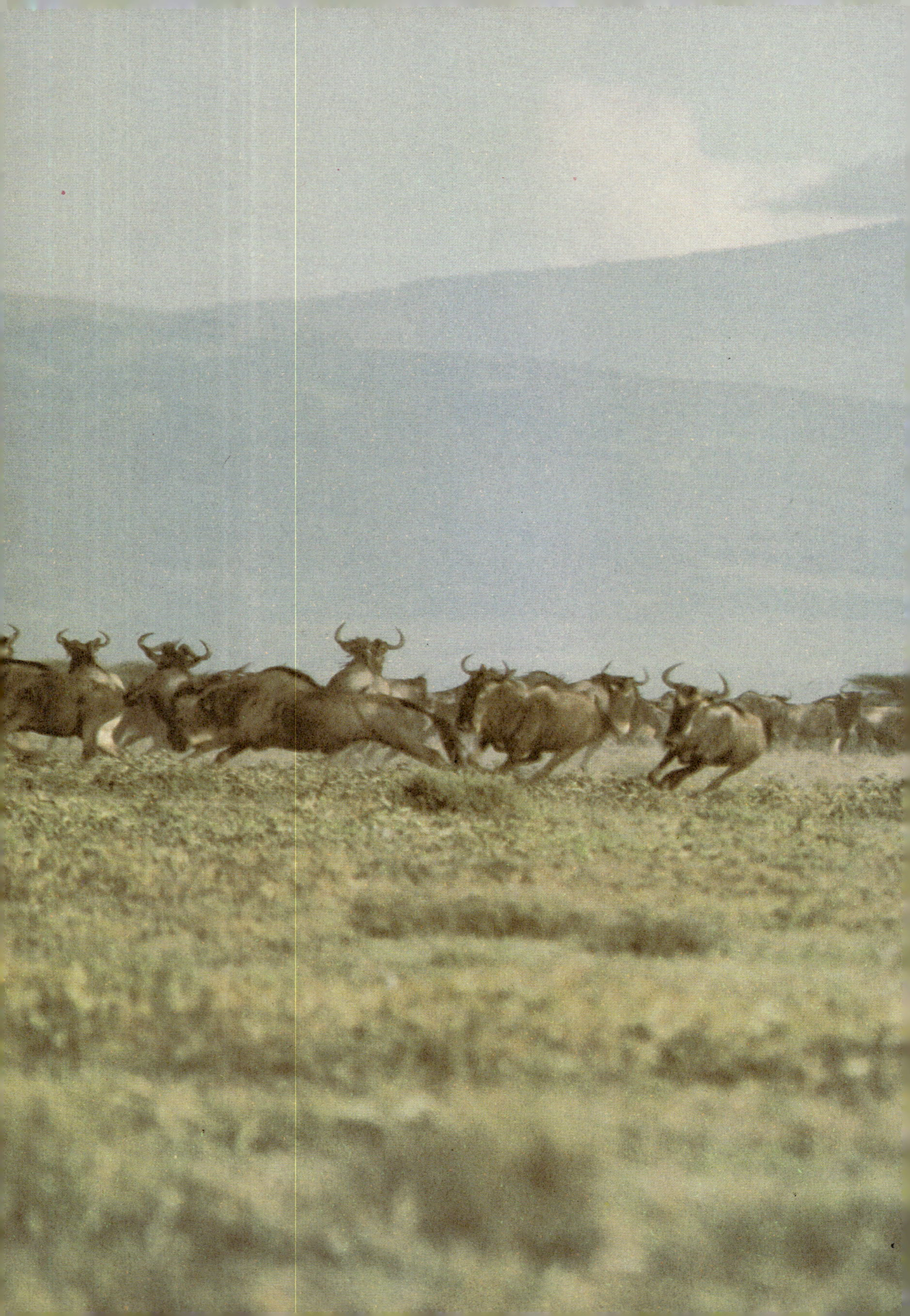

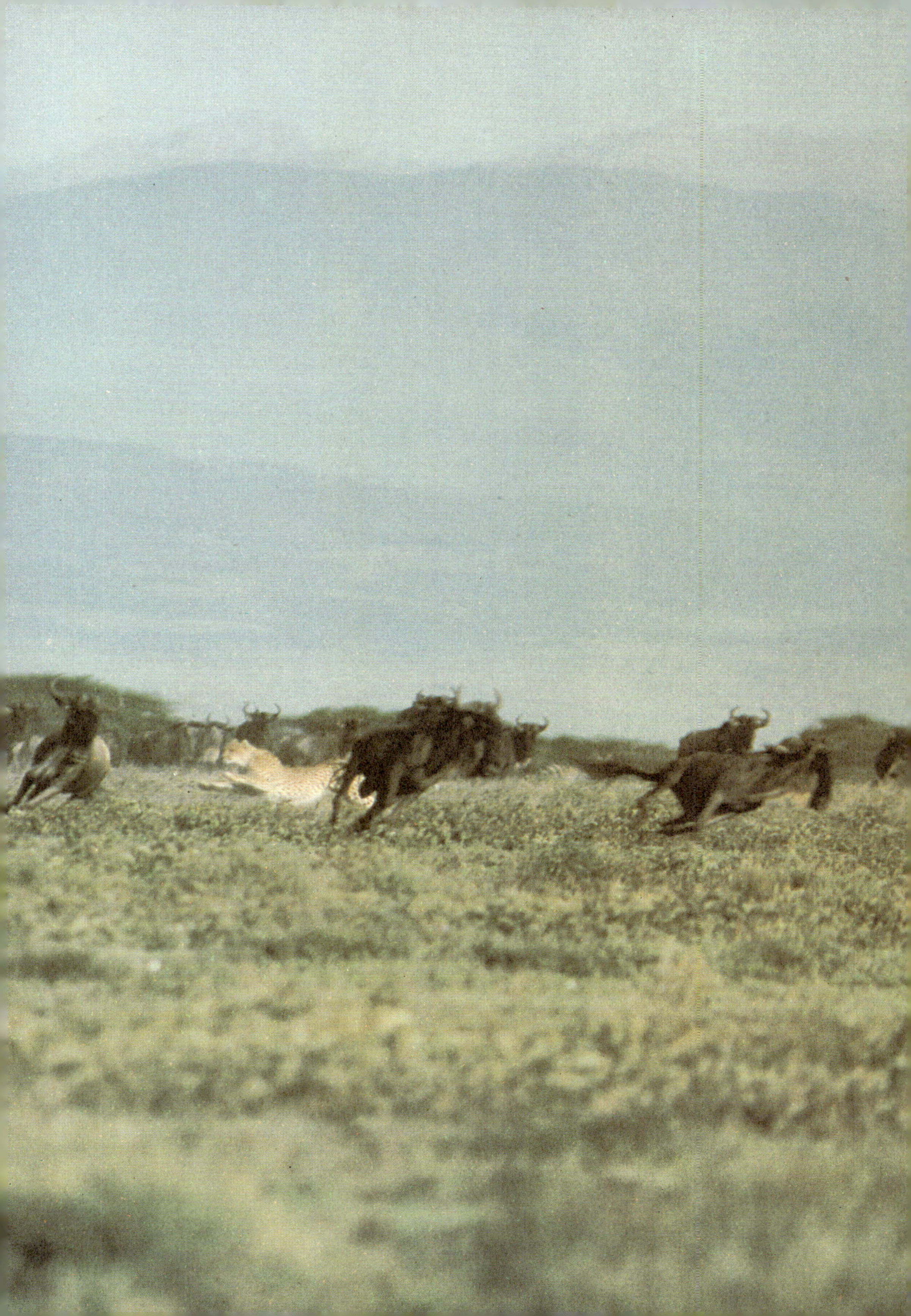

junto à entrada das tocas, e, de lá, ergue-se nas patas posteriores; fixando o olhar no intruso, observa todos os seus movimentos. Se um coiote, por exemplo, anda a trote pela "cidade", o alarme é circulado de "bairro" em "bairro" e o invasor é recebido pelo olhar fixo e firme dos habitantes, que o deixam chegar tentadoramente perto, antes de mergulharem nas tocas, desaparecendo.

A vida social dos cães da pradaria não se limita à defesa. É corrente um dos adultos, postado à entrada de sua toca, proclamar seu direito territorial soltando um outro tipo diferente de latido, acompanhado de um pequenino e gracioso salto no ar. Durante a época de procriação, os membros de cada família se mantêm isolados das outras e defendem as fronteiras territoriais contra qualquer intruso. Terminado esse período de tensão voltam a manter entre si relações muito cordiais e passeiam pelas cidades, visitando as tocas vizinhas. Se um estranho se aproxima de um residente, os animais cautelosamente cumprimentam-se, trocando uma espécie de beijo discretamente e em seguida inspecionando as glândulas anais para ver se são realmente parentes. Se não o são, separam-se e o visitante acaba por se afastar. Mas se descobrem que são membros da mesma família, trocam um beijo com a boca aberta, se acariciam suavemente e, muitas vezes, saem para pastar lado a lado.

Os cães da pradaria cultivam a vegetação em suas "cidades" com grande cuidado. Quando percebem que sua pastagem está ficando empobrecida das ervas de sua preferência, por causa do consumo intenso, mudam sua área de alimentação para uma outra parte de seu território, abandonando a pastagem antiga por algum tempo, para recuperação. O cultivo dessas plantas é seletivo. Como não apreciam a salva, uma das plantas mais comuns e resistentes das pradarias, se percebem um rebento brotando de uma faixa de terreno recentemente colonizada, arrancam-no deliberadamente, deixando mais espaço para as plantas de sua preferência.

Mais ao sul, nos pampas da Argentina, o equivalente ao cão da pradaria é uma cobaia do tamanho de um cachorro *cooker spaniel*, chamada *viscacha*. Vive também em densas comunidades, mas só pasta ao entardecer ou de manhãzinha. Como muitas das criaturas ativas ao crepúsculo, possuem marcas características visíveis, largas faixas horizontais brancas e negras no focinho. As *viscachas* colocam paus, ossos, pedras e outros detritos formando montículos à entrada de suas tocas. Se encontram uma pedra de bom tamanho em suas escavações, elas diligentemente a arrastam até a superfície e a colocam na pilha à entrada. Além do mais, como bons fazendeiros, esses animais entusiasticamente fazem o mesmo com qualquer objeto grande que por acaso encontrem em suas pastagens. Se você deixar cair alguma coisa nos pampas perto de uma colônia de *viscachas*, deve ir procurá-la não onde você a perdeu, mas no topo do monumento à entrada de sua toca.

A *viscacha* é mais um descendente do batalhão de mamíferos placentá-

Página anterior: *Chita atacando uma manada de gnus, Tanzânia* rios que emigrou da América do Norte, atravessando a ponte criada pelo Panamá e que, quando essa faixa de terra desapareceu, se viu presa na América do Sul. Da mesma forma que as florestas foram colonizadas por tamanduás, tatus e tipos singulares de macaco, as pradarias foram invadidas por outros placentários. Alguns desses animais se transformaram em criaturas verdadeiramente estranhas. Dois deles já foram mencionados: o tamanduá-bandeira e o tatu-gigante, cuja casca tinha 2 m de altura, hoje extinto. Havia também diversos animais que se alimentavam de folhagens e gramíneas. A *viscacha* não é o único sobrevivente desse grupo; algumas pequenas cobaias parecidas com coelhos são outros exemplos. Entretanto, houve herbívoros que atingiram grandes proporções. Um deles assemelhava-se a um camelo do tamanho de um elefante. Outro, um parente da preguiça, era ainda maior, com cerca de 7 m de altura, deslocando-se pesadamente no solo, alimentando-se de arbustos e de folhas de árvores.

Quando a ponte de terra do Panamá foi restabelecida, os invasores do norte desceram mais uma vez, espalhando-se pelo sul, e muitas dessas espécies bizarras desapareceram. O camelo e a preguiça gigantes foram extintos. Causou, portanto, sensação quando no fim do século passado noticiou-se que um fazendeiro alemão na Patagônia, extremo-sul do continente, tinha encontrado sinais recentes de preguiças gigantes. Penetrando no recesso de uma caverna localizada em sua estância, ele encontrara bem ao fundo, atrás de uma estranha cerca de pedras, que parecia dividir a caverna em dois compartimentos, uma imensa pilha de ossos, pedaços de pele recobertos de pelagem castanha e áspera, com curiosos nódulos ósseos implantados e montes de esterco com aspecto recente. O fazendeiro pendurou o pelego num poste para servir como marco de delimitação e lá, alguns anos mais tarde, um viajante sueco reparou nele. Eventualmente, alguns espécimes chegaram ao Museu de História Natural em Londres, onde foram declarados oficialmente como vestígios de uma preguiça gigante. Pareciam tão recentes que alguns cientistas foram de opinião de que os animais pudessem ainda existir. A cerca de pedras parecia o alicerce de um muro construído por seres humanos. As hastes de gramíneas encontradas no esterco tinham a orla lisa, como se tivessem sido cortadas e não arrancadas pela raiz. Talvez, sugeriram alguns, os índios tivessem conduzido esses monstros para dentro das cavernas, mantendo-os encurralados atrás do muro, alimentando-os com fardos de capim como animais semidomesticados.

Durante longo tempo essas especulações românticas não foram confirmadas ou refutadas. Agora, infelizmente, sabemos que não eram verdadeiras. Indo à caverna, você descobre que é imensa e que a linha de pedras enormes no fundo, que num diagrama poderia parecer a base de um muro, é quase certamente apenas uma parte do teto que desabou. A atmosfera da caverna é muito seca e extremamente fria, de modo que o esterco tem aspecto de ser recente porque, na verdade, foi congelado. Hoje, essa região de pampas desolados é suficientemente conhecida e viajada para se ter a certeza de que não há possibilidade de criaturas com o dobro do tamanho de bovinos vaguearem despercebidas pelos campos. Contudo, hoje sabemos que os índios alcançaram esta parte da América do Sul entre 8 000 e 10 000 anos atrás e os vestígios da preguiça terrestre demonstram que esses animais ainda existiam há apenas 5 000 anos. Pelo menos alguns seres humanos conheceram esses bamboleantes e maravilhosos gigantes.

Enquanto que as preguiças evoluíam no sul, um grupo diferente de herbívoros se desenvolvia nas pradarias da América do Norte, do outro lado do estreito do Panamá. Seus ancestrais tinham sido criaturas que apresentavam uma certa semelhança com o tapir, mas eram do tamanho de *chevrotains*. Seus molares arredondados eram próprios para comer folhas tenras na floresta. Nas pradarias, para escapar dos inimigos, esses animais começaram a correr cada vez mais depressa. As primeiras espécies tinham quatro artelhos nas patas dianteiras e três nas traseiras. Quanto mais longas forem as pernas, melhor funcionam como alavancas e, com músculos apropriados, mais rapidamente impulsionam o animal. Com o passar do tempo, esses herbívoros alongaram suas pernas, erguendo-se do chão apoiados nos artelhos. Os artelhos laterais acabaram por se atrofiar e o animal, um cavalo primitivo do tamanho de um cachorro, começou a correr com um único artelho central alongado. Os ossos do tornozelo se deslocaram para o meio da perna, os artelhos laterais ficaram reduzidos a vestígios internos chamados perônios, e a unha aumentou de espessura até formar o casco protetor e amortecedor.

Essas mudanças nas pernas foram seguidas de outras. As pastagens das planícies começavam a se tornar mais duras de mastigar. As gramíneas produziam, em suas folhas, cristais de sílica minúsculos e agudos, que desgastavam terrivelmente os dentes. Os proto-eqüinos foram transformando seus molares arredondados em trituradores cada vez maiores, com arestas de dentina extremamente dura. Um dos problemas dos animais de pasto é a necessidade de manter a cabeça abaixada junto ao solo por longo tempo, impedindo-os de avistar os predadores antes que estes se aproximem demasiado. Quanto mais altos estiverem localizados os olhos na cabeça, mais amplo será o campo visual. Esse requisito essencial e mais a necessidade de espaço para os molares aumentados resultaram num prolongamento considerável do crânio. Assim, essas espécies primitivas evoluíram e se tornaram os eqüídeos que conhecemos hoje. Propagaram-se pela América e, numa época em que o estreito de Bering era seco, penetraram na Europa. De lá distribuíram-se para o sul e colonizaram as planícies da África. Mais tarde foram extintos em seu lugar de origem, a América, e só reapareceram lá há cerca de 300 anos, quando foram levados em navios pelos conquistadores espanhóis. Mas na Europa e na África eles prosperaram, evoluindo para as espécies de cavalos, burros e zebras.

As zebras compartilham as pradarias africanas com outros herbívoros corredores, os quais, durante o mesmo período, evoluíam em linhagens próprias. Eram descendentes dos antílopes miniaturas que habitavam as florestas, muito semelhantes aos *chevrotains* e aos *duikers*. Esses ungulados já apresentavam as pernas alongadas para correr nas florestas, embora de uma forma um pouco diferente dos cavalos, mantendo dois artelhos no solo em vez de um. Ao se espalharem pelas pradarias, suas pernas tornaram-se ainda mais longas e eles se transformaram nos ruminantes de casco fendido: antílopes, gazelas e veados. Hoje sobrevivem em tal quantidade que constituem um dos mais espetaculares conjuntos de animais selvagens existentes em todo o mundo.

Na orla das pradarias, na savana arborizada que apresenta ainda alguma possibilidade de refúgio, os antílopes — *dik-dik* e *duikers* — mantêm os mesmos hábitos de seus parentes que habitam as florestas, alimentando-se de folhas tenras, vivendo isolados ou aos pares em áreas territoriais que marcam e defendem. Mais além, nas savanas abertas, onde não é possível esconder-se, os antílopes reúnem-se em grandes manadas, como forma de defesa. Erguem a cabeça a intervalos regulares enquanto que pastam, e, com tantos olhos penetrantes e narinas sensíveis em estado permanente de alerta, é virtualmente impossível a um predador atacá-los de surpresa. Se eventualmente há um ataque, a manada em fuga desnorteia o agressor com uma multiplicidade de alvos possíveis. Uma manada de impalas explode em centenas de indivíduos, todos correndo em direções diferentes e saltando espetacularmente no ar, com pulos que atingem 3 m de altura.

Concentrando-se em tão grandes números, as manadas causam estragos consideráveis nas pastagens, e, por essa razão, movem-se regularmente através de grandes áreas. Os gnus parecem ter a faculdade de perceber uma pancada de chuva caindo a uma distância de 50 km, para lá se dirigindo em busca do capim recém-brotado. Mas esses hábitos nômades complicam o sistema social de procriação, que, na floresta, baseado em um único par, fora tão simples. Para alguns — impalas, gazelas e *springboks* (a gazela sul-africana) — o domínio territorial continua a ser a base do sistema. Machos e fêmeas reúnem-se em grupos separados. Alguns machos dominantes abandonam as manadas de "solteiros" para estabelecer territórios individuais. Cada qual delimita sua área com marcas pessoais, defende-a contra outros machos e tenta atrair fêmeas para o acasalamento. Toda esta atividade, porém, é extremamente exaustiva e, ao fim de três meses, a maioria desses chefes está extenuada e em péssimas condições físicas. Dessa maneira, são obrigados a render-se e, abandonando o terreno para rivais mais fortes e repousados, voltam a juntar-se às manadas de "solteiros".

O elande ou cefo, o maior de todos os antílopes, e a zebra da planície são um exemplo dos poucos animais que conseguiram abandonar o sistema territorial. Formam grandes manadas mistas, nas quais ambos os

No verso: *Cães em formação de caça, África oriental*

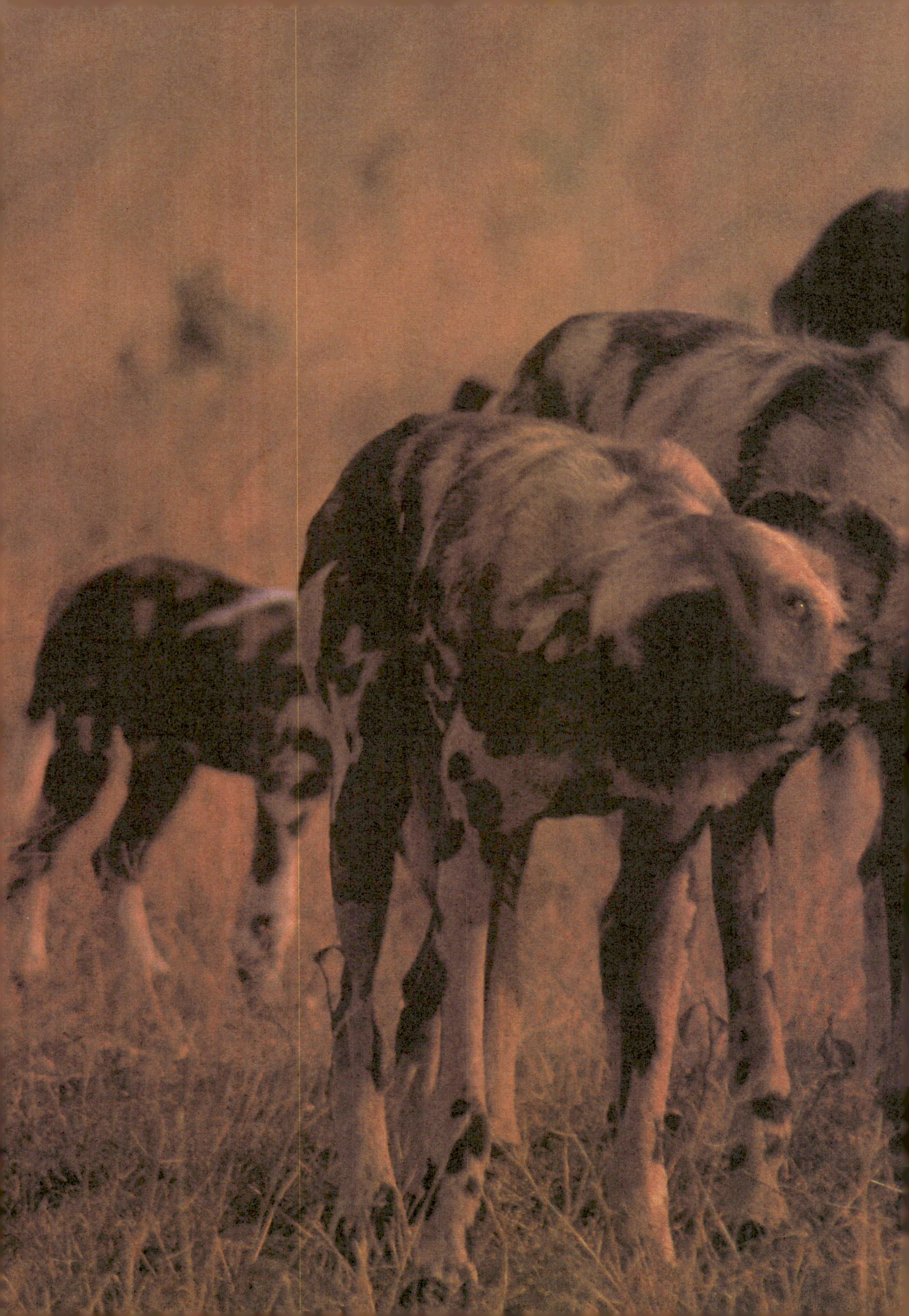

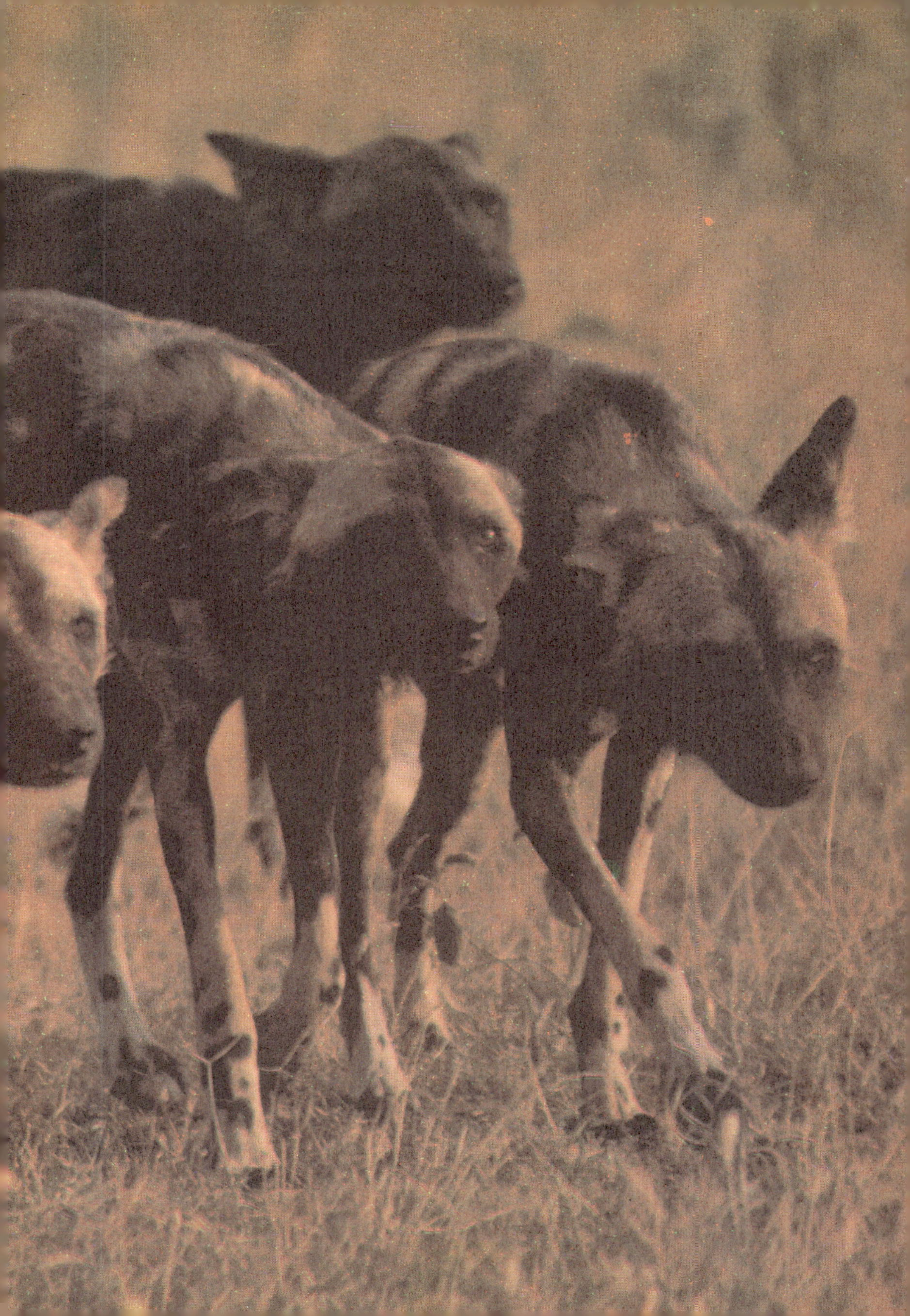

sexos estão sempre presentes e os machos resolvem seus problemas de posse das fêmeas lutando entre si, onde quer que a manada esteja.

Para conseguir caçar os herbívoros nas pradarias, os predadores tiveram que aperfeiçoar bastante sua técnica de corrida. Não favoreceram o método de se deslocar na ponta de um número reduzido de dedos, talvez porque sempre precisaram das patas munidas de garras como armas de ataque. A solução que encontraram foi outra: aumentaram o comprimento de suas passadas por meio de uma coluna vertebral extremamente flexível. Quando distendida ao máximo, correndo a grande velocidade, os membros traseiros e dianteiros se justapõem sob o corpo, exatamente como os de um antílope a galope. A chita, provavelmente o corredor mais rápido da Terra, tem um corpo fino e alongado e é capaz de atingir 110 km/h em pequenas distâncias. Mas esse método consome muita energia. Um grande esforço muscular é necessário para manter a espinha flexionando para frente e para trás, e a chita não consegue manter essa velocidade por mais de um minuto. Ou tem sucesso e ultrapassa a presa e mata em uma distância pequena ou tem de desistir da perseguição por falta de resistência, ao passo que o antílope, com sua coluna dorsal mais rígida e longas pernas robustas, continua a galopar até chegar a áreas mais seguras na planície.

Os leões não têm uma velocidade que se compare com a das chitas. O máximo que atinge é 80 km/h, a mesma velocidade de um gnu, que, no entanto, a mantém por um tempo muito mais longo. Por isso, os leões tiveram que desenvolver métodos de caça mais complicados. Uma técnica é a da aproximação furtiva, acercando-se sub-repticiamente de suas vítimas, o corpo colado ao solo, utilizando toda a espécie de cobertura que houver. Às vezes, caçam sozinhos. Mas, em determinadas ocasiões, os membros de uma família caçam em equipe — e são os únicos felídeos capazes disso. Partem juntos em uma linha, lado a lado. Quando se aproxima de uma manada de sua presa — antílopes, zebras ou gnus — os leões nas duas pontas da fila movem-se um pouco mais depressa, de modo a cercar um grupo. Finalmente, os dois lançam-se ao ataque, fechando o cerco e desviando os animais na direção dos outros leões, que estavam no centro da linha de ataque. Essa tática resulta muitas vezes em diversos membros do grupo conseguirem matar presas, e já foi observada uma dessas caçadas em equipe na qual sete gnus foram abatidos.

As hienas são ainda mais lentas do que os leões. O máximo que conseguem atingir é cerca de 65 km/h, e, em conseqüência, seus métodos de caça têm de ser ainda mais sutis e dependentes do trabalho de equipe. As fêmeas criam os filhotes em tocas individuais, mas a matilha age como um todo que trabalha em conjunto, mantendo e defendendo seu território. Esses animais possuem um vocabulário de sons e gestos muito rico, com o qual se comunicam entre si. Elas rosnam e gritam, grunem, latem e uivam e, às vezes, enchem o ar com um coro apavorante de "gargalhadas" ruidosas e orgiásticas. Os gestos feitos com a cauda são particularmente eloqüentes. Normalmente, andam apontando-as para o chão. Uma cauda ereta indica agressão; apontada para a cabeça, curvando-se acima do dorso, excitação sexual; escondida entre as patas, colada ao ventre, medo. Caçando em equipe, com excelente coordenação, as hienas tiveram tal sucesso que, em certas partes das planícies africanas, são responsáveis pela maioria dos ataques e os leões simplesmente se valem de seu tamanho para afastá-las dos animais que capturaram, o inverso do conceito popular de um relacionamento entre as duas espécies.

As hienas geralmente caçam à noite. Partem às vezes em pequenos grupos, duas ou três, e então é quase certo que pretendem capturar um gnu. Primeiro testam a manada atacando-a e depois diminuindo a velocidade para observar os animais em fuga, como se procurassem detectar qualquer fraqueza em um indivíduo. Afinal, selecionam uma vítima e começam a persegui-la tenazmente, correndo atrás dela, mordendo-lhe as pernas até que esta finalmente é forçada a virar-se para enfrentar seus perseguidores. Uma vez que o faça, está perdida. Ao repelir uma hiena na frente, outra atira-se contra seu ventre, cravando-lhe os dentes e mantendo-se agarrada. O gnu acaba por cair e é logo despedaçado e morto.

As zebras são presas mais difíceis. Para capturá-las as hienas se unem formando uma grande equipe. Parecem decidir que vão à caça de zebras antes mesmo de começarem. Reúnem-se em um local de encontro usado regularmente à noite, cumprimentando-se elaboradamente, cheirando-se mutuamente na boca, pescoço e cabeça, colocando-se lado a lado, lambendo e farejando os órgãos genitais. A matilha então parte para a caça. Às vezes param na fronteira de seu território, refrescando a delimitação com urina. Outras vezes agrupam-se ao redor de um trecho de terra num farejamento excitado e frenético. Não parece haver, ao que se sabe, nada a distinguir esse local de qualquer outro: a importância advém da atividade que reafirma os laços de união entre todos os membros. Quando em grupos como estes, as hienas passam trotando por manadas de gnus, sem prestar a menor atenção. Finalmente avistam uma zebra e a caçada se inicia.

As zebras correm em grupos familiares de cerca de meia dúzia, dirigidas pelo garanhão dominante. É ele provavelmente quem dará o alarme, zurrando um grito de perigo. Quando a manada debanda, ele se coloca atrás, entre as hienas perseguidoras e suas fêmeas e crias. As hienas seguem em um semicírculo em forma de crescente. O macho se desvia e ataca a matilha com poderosos coices e dentadas e às vezes até persegue a hiena principal, que pode ser obrigada a diminuir a marcha e deixar as outras continuarem. Contudo quase sempre um membro da matilha conseguirá ultrapassar o macho e começará a morder uma fêmea ou filhote. A perseguição continua implacável e uma hiena consegue agarrar-se com os dentes numa perna, no ventre ou nos órgãos genitais de uma zebra e o animal é derrubado. Enquanto que o resto da manada galopa cheia de terror para uma área segura, as hienas saltam sobre a zebra caída, aos uivos e gritos, dilacerando-a. Em um quarto de hora toda a carcaça — couro, ossos e entranhas, tudo, exceto o crânio — terá desaparecido.

Portanto, a velocidade dos antílopes exigiu a astúcia e o trabalho em equipe dos predadores. Essa reação não foi provocada apenas nos membros das famílias dos canídeos e felídeos. Outras espécies de animais também saíram em campo aberto para caçar. Um grupo dentre eles era particularmente lento e mal armado e, por isso, para eles, a comunicação e o trabalho de equipe eram ainda mais importante. Além disso, eles se tornaram os mais astutos, espertos e comunicativos de todos os caçadores nas pradarias. Para traçar sua história temos que voltar à floresta, pois foi nela que se originaram, colhendo frutinhos e folhas tenras no alto das árvores.

12 Uma vida nas árvores

Se alguém quiser trepar e se movimentar entre copas de árvores, duas aptidões são de extrema utilidade: um talento para avaliar distâncias e a capacidade de se firmar, agarrando-se aos galhos. Um par de olhos, localizados na frente da face, capazes de focalizar simultaneamente o mesmo objeto, podem proporcionar o primeiro; e mãos com dedos preensores, o segundo. Cerca de 200 espécies atuais apresentam essas duas características. Nelas estão incluídos os macacos, os símios e o Homem — e nós, um pouco egoisticamente, chamamos todo o grupo de primatas.

Não resta dúvida de que os primitivos mamíferos insetívoros, semelhantes ao musaranho e ancestrais de criaturas tão diversas como morcegos, baleias e tamanduás, também deram origem aos primatas. Na verdade, a tupaia, considerada um modelo razoável dessa antiga família, pode estar próxima dos primatas o suficiente para ser considerada como um deles. Ela apresenta duas características consideradas de grande importância pelos anatomistas comparativos, quando ponderam sobre esta questão. Suas órbitas oculares são completamente cercadas de osso; e sua língua é sustentada por uma sublíngua cartilaginosa. Se esses dois e mais alguns outros detalhes técnicos são suficientes para incluí-la entre os verdadeiros primatas ainda é um argumento para os especialistas. A maioria das autoridades no assunto concorda, porém, que o primitivo ancestral do grupo deve ter sido uma criatura muito semelhante à tupaia. Mas a tupaia não apresenta nenhuma das duas características principais dos primatas. Suas mãos têm dedos compridos e separados, mas como os polegares não podem ficar opostos aos outros dedos, ela não é capaz de uma preensão verdadeira. Além disso, cada dedo termina em uma garra aguda e não em unhas planas e lisas. Os olhos, grandes e brilhantes, estão localizados um em cada lado do longo focinho, de modo que os seus campos visuais se justapõem apenas parcialmente. O animalzinho, até hoje, não gosta de subir em árvores. É verdade que uma ou outra espécie de tupaia corre pelos galhos, como esquilos, mas a maioria passa grande parte do tempo no solo, ou próxima dele, nas florestas do sudeste asiático, onde vivem. Com apenas uma exceção, são todas ativas durante o dia e quando você as observa, correndo apressadas entre os arbustos rasteiros, facilmente notará que dependem principalmente do olfato para se orientarem. Inspecionam tudo com seus focinhos compridos, metendo-os na manta de folhas mortas e sob a casca das árvores, farejando embaixo das pedras e nas fendas das rochas.

O olfato também é a base de sua vida social. Delimitam seus territórios com gotinhas de urina e com o odor de glândulas localizadas na virilha e no pescoço. O nariz, que lhes é tão útil, é muito longo e bem desenvolvido, com passagens amplas contendo receptores olfativos. Termina num par de narinas no formato de aspas, cercadas de pele lisa e úmida, como a da ponta do focinho de um cão. Levando-se em conta todos esses fatores, somos forçados a admitir que à primeira vista, a tupaia é um parente muito improvável do macaco. Mas existe todo um grupo de primatas que apresentam algumas de suas características e que são indubitavelmente semelhante aos macacos em outros aspectos — e esses nos demonstram algumas maneiras possíveis por meio das quais a transformação se efetuou. São chamados prossímios ou "pré-macacos".

Um exemplo típico de prossímio é o lemuróide de cauda anelada de Madagáscar. Às vezes é chamado lêmure-gato, pois não só tem o mesmo tamanho como também emite um som muito semelhante a um miado. Seu pêlo é macio e cinza-claro, seus olhos, colocados na frente do focinho, são amarelos da cor de limão e sua belíssima cauda, muito longa e felpuda, é enfeitada por anéis branco e preto intercalados, formando listras. Entretanto, a semelhança com os gatos termina aí. Não é um animal predador, mas sim, como muitos prossímios, principalmente herbívoro.

Esses lemuróides de cauda anelada passam grande parte do tempo no chão, em bandos e os odores desempenham um papel importante em suas vidas. Seu nariz não é tão desenvolvido como o de uma tupaia mas é muito parecido em suas proporções, com o focinho de uma raposa, pois também apresenta uma pele lisa ao redor das narinas. Possuem três tipos de glândulas odoríferas. Um par delas na parte interna dos pulsos, que terminam por um espigão ósseo; outra, no alto do peito, perto das axilas e, uma terceira, junto aos órgãos genitais. Por meio dessas glândulas, os machos e, com menos intensidade, as fêmeas produzem uma barragem de sinais. Quando o bando avança ruidosamente através da floresta, um dos animais se aproxima de um rebento de árvore, fareja-o cuidadosamente, sem dúvida para verificar quem andou por ali antes dele e, então, planta-se de mãos no solo, erguendo sua parte traseira o mais alto possível e esfrega os órgãos genitais várias vezes na casca da árvore. Amiúde, dentro de um minuto, outro lemuróide virá repetir a mesma proeza. Os machos também seguram-se em um galho de árvore com as duas mãos e balançam os ombros, movendo-os de um lado para o outro. Os espigões dos pulsos estalam contra a casca, arranhando-a com sulcos profundos impregnados com seu odor de almíscar.

O macho do lemuróide de cauda anelada usa seu odor pessoal não apenas como uma assinatura; é também uma forma de ameaça. Ao preparar-se para uma luta contra um rival, cruza vigorosamente os braços diversas vezes e esfrega os pulsos contra as glândulas axilares. Em seguida, traz o rabo para a frente, entre as patas traseiras, ergue-se sobre o peito e esfrega-o com força nos espigões dos pulsos, até que fique impregnado com sua secreção odorífera. Assim armados, os rivais se colocam frente à frente nas

Lemuróide marcando seu território, Madagascar

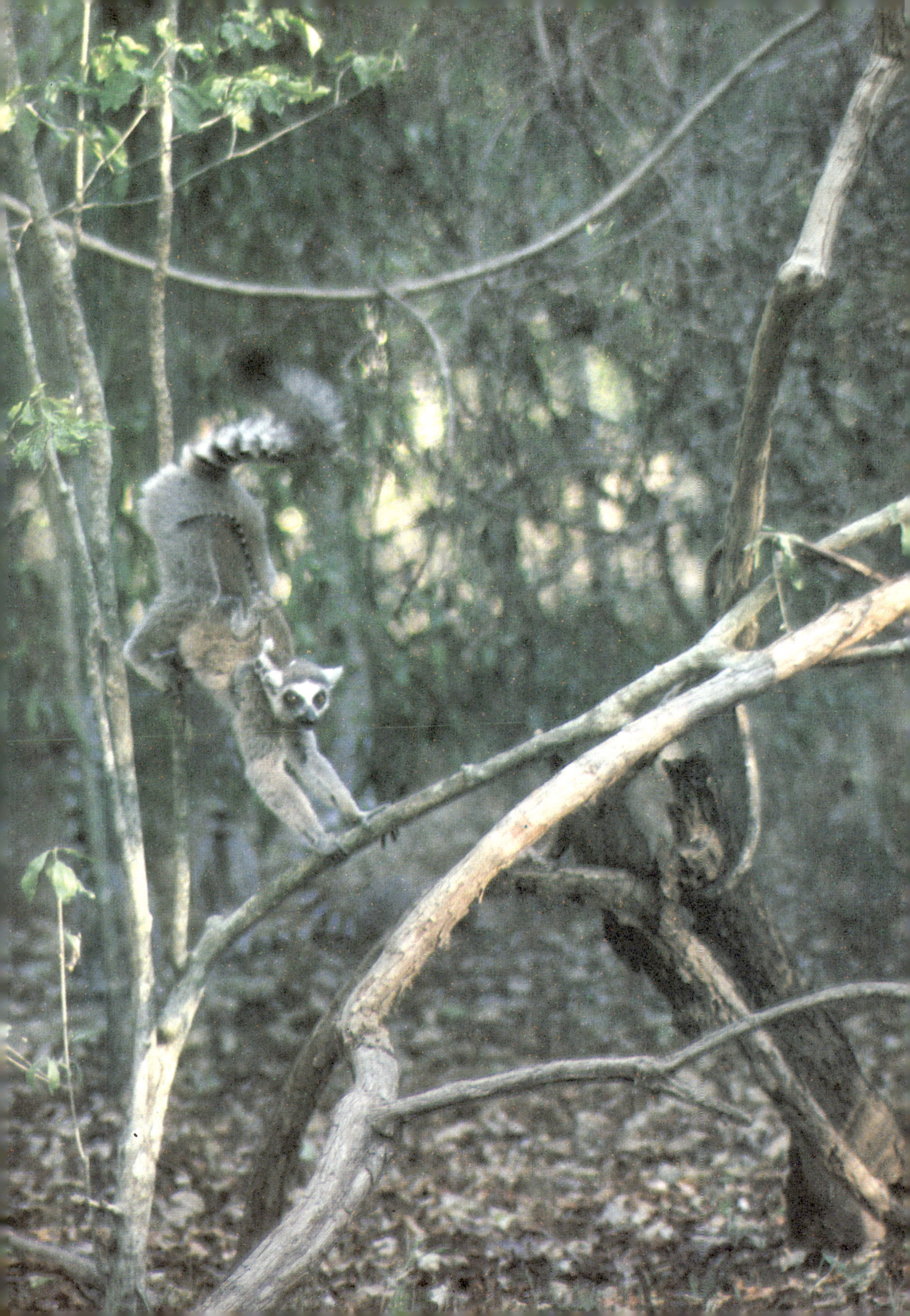

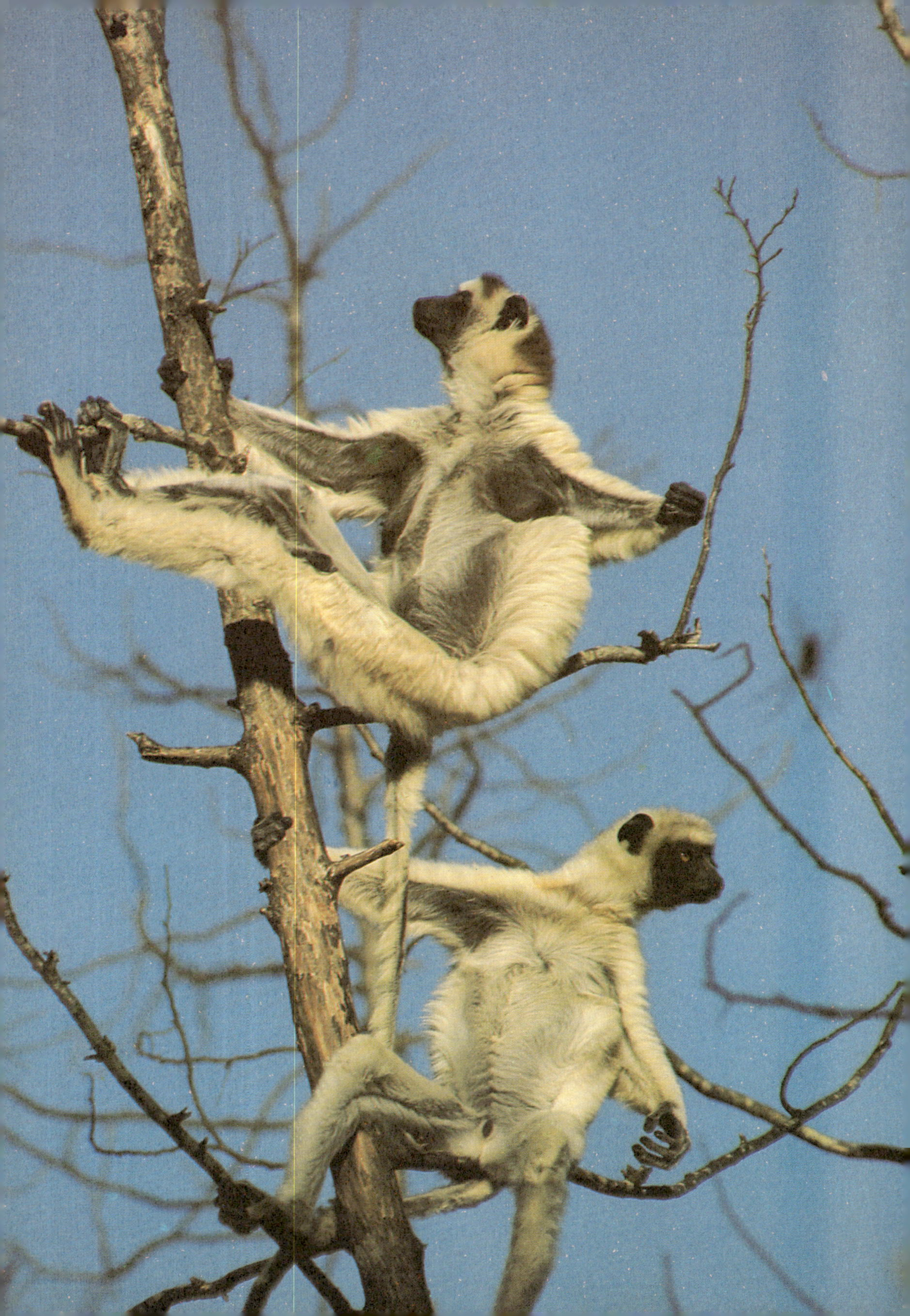

quatro patas, elevando as ancas ao máximo e brandindo suas esplêndidas caudas sobre o dorso, com o pêlo eriçado, de modo a espalhar o aroma. Bandos que se encontrem nas fronteiras de seus territórios podem travar combates e lutas que às vezes chegam a durar uma hora; aos saltos e pulos, guinchando e bocejando, marcam excitadamente galhos de árvores com os espigões do pulso.

O lemuróide de cauda anelada também passa grande parte do tempo nas árvores. Aí, comporta-se de um modo bem mais semelhante à um macaco, com suas características de primata postas a bom uso. Os olhos localizados na frente da cabeça lhes dão uma visão binocular. As mãos, com seus dedos flexíveis de polegares opostos, seguram-se com firmeza nos galhos. Os dedos, terminados em unhas curtas em vez de garras, não interferem com a força do aperto e são suficientemente ágeis para que o animal consiga apanhar frutas e folhas dos ramos. Embora seja de um tamanho razoável, o lemuróide de cauda anelada pode pular de uma árvore para outra com segurança.

O modo de segurar agarrando-se também é bem aproveitado pelas crias dos lemuróides. Os bebês-tupaias são depositados em um ninho localizado no chão; sua mãe os visita apenas de dois em dois dias, talvez para não atrair a atenção de algum predador para suas crias vulneráveis. O bebê--lemuróide, porém, tem a capacidade de agarrar-se ao pêlo de sua mãe, e o faz assim que nasce. Dessa maneira, viaja com ela onde quer que vá e recebe a proteção materna o tempo todo. Os lemuróides de cauda anelada têm uma, às vezes duas, crias de cada vez. Freqüentemente sentam-se juntas, em grupos, penteando-se mutuamente e descansando no chão da floresta. Os filhotes então passam alegremente de uma fêmea para outra, brincando; às vezes uma mãe particularmente paciente e plácida acolhe três ou quatro filhotes que se agarram nela, enquanto que outra fêmea poderá se curvar e afetuosamente lamber todos eles.

As patas dos lemuróides de cauda anelada são aproximadamente do mesmo comprimento e todas apresentam dedos que podem segurar. Quando correm pelo solo ou sobre um galho, eles o fazem nas quatro patas. Existem, porém, mais de vinte espécies diferentes de lemuróides em Madagascar, e a maioria passa a maior parte do tempo no alto das árvores. O *sifaka* é um belo animal de pêlo alvíssimo, um pouquinho maior que o lemuróide de cauda anelada, que se tornou um especialista em saltos. Suas pernas são consideravelmente mais longas do que os braços e os habilitam a dar pulos de 4 ou 5 m, passando de uma árvore para outra. Em troca dessa espetacular façanha o *sifaka* perdeu a capacidade de correr nas quatro patas. Nas poucas ocasiões em que desce ao solo, com braços tão curtos ele não tem outra alternativa senão erguer-se nas patas traseiras e saltitar com os pés juntos, valendo-se do mesmo tipo de movimento que usa ao saltar de uma árvore para outra.

Os *sifakas* têm glândulas odoríficas localizadas embaixo do queixo e marcam seu território esfregando-as em um galho apontado para cima e reforçando o efeito respingando urina na casca da árvore, por meio de sacolejos dos quadris ao subir lentamente pelo galho.

O mais arborícola de todos os lemuróides, que muito raramente desce ao chão, é um parente próximo do *sifaka*: o *indri*. É a espécie de maiores dimensões entre todos os prossímios hoje existentes, medindo cerca de 1 m de comprimento, somados cabeça e corpo. Apresenta marcas nítidas na pelagem, mostrando desenhos variados em branco e preto e sua cauda se reduziu a um minúsculo toquinho escondido entre os pêlos. Proporcionalmente, suas pernas são ainda mais longas do que as do *sifaka*, com o dedo maior muito afastado dos outros artelhos e o dobro do tamanho, de modo que cada pé se assemelha a um imenso compasso, com o qual o animal consegue agarrar-se às árvores mais grossas. É o mais espetacular saltador dentre eles, lançando-se ao ar em um movimento explosivo de extensão das patas traseiras, voando com o corpo ereto, em saltos incríveis que repete sem parar, um após outro, dando a impressão de ricochetear como uma bola elástica, de tronco em tronco floresta afora.

Os *indris* também usam a secreção odorífera para marcar as árvores, embora com muito menor intensidade do que os lemuróides de cauda anelada. Ao que parece, o aroma não tem tão grande importância em sua vida. Em vez disso, preferem proclamar sua propriedade territorial de outra maneira: cantando. Todos os dias, ao amanhecer e à tardinha, as famílias enchem o ar do trecho de floresta onde habitam com um coro lamurioso e sobrenatural. Todos os membros tomam parte; cada um respira a espaços diferentes, de forma que o resultado é um som ininterrupto que se estende por vários minutos. Quando alarmados, levantam a cabeça e lançam um grito diferente, agudo e imperioso, que é ouvido à grande distância na floresta.

O uso do som como meio de delimitação territorial entre as árvores, embora pareça muito apropriado, apresenta, é claro, uma desvantagem para os *indris*: é extremamente indiscreto, pois revela a presença e a posição do animal a qualquer predador. Entretanto, no alto dos galhos isso não é causa de preocupação para os *indris*. Nenhum inimigo natural consegue apanhá-los ali e, por isso, podem cantar impunemente.

Embora o lemuróide de cauda anelada, o *sifaka*, o *indri* e diversos outros lemuróides de Madagascar sejam ativos durante o dia, seus olhos ainda retêm uma camada refletora atrás da retina a qual aumenta a capacidade de enxergar em iluminação muito tênue. Essa é uma característica dos animais ativos à noite e evidência importante de que esses lemuróides eram noturnos até muito recentemente. Muitos de seus parentes em Madagascar ainda o são.

O lemuróide dócil, que é do tamanho de um coelho, vive nos ocos das árvores. Passa o dia sentado à entrada perscrutando os arredores com seu olhar míope. Quando começa a escurecer torna-se um pouco mais ativo,

Filhote de lóris, Malásia

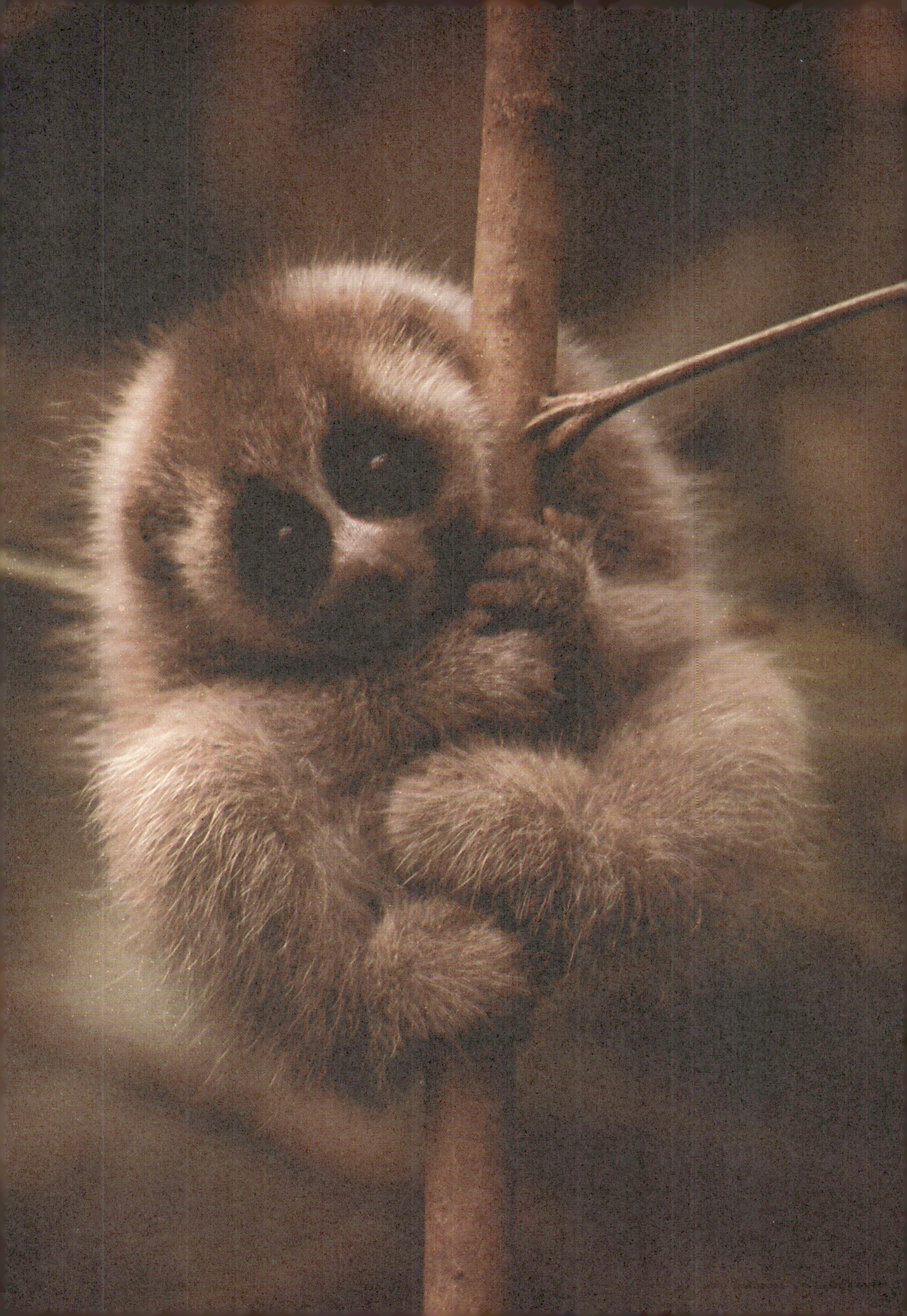

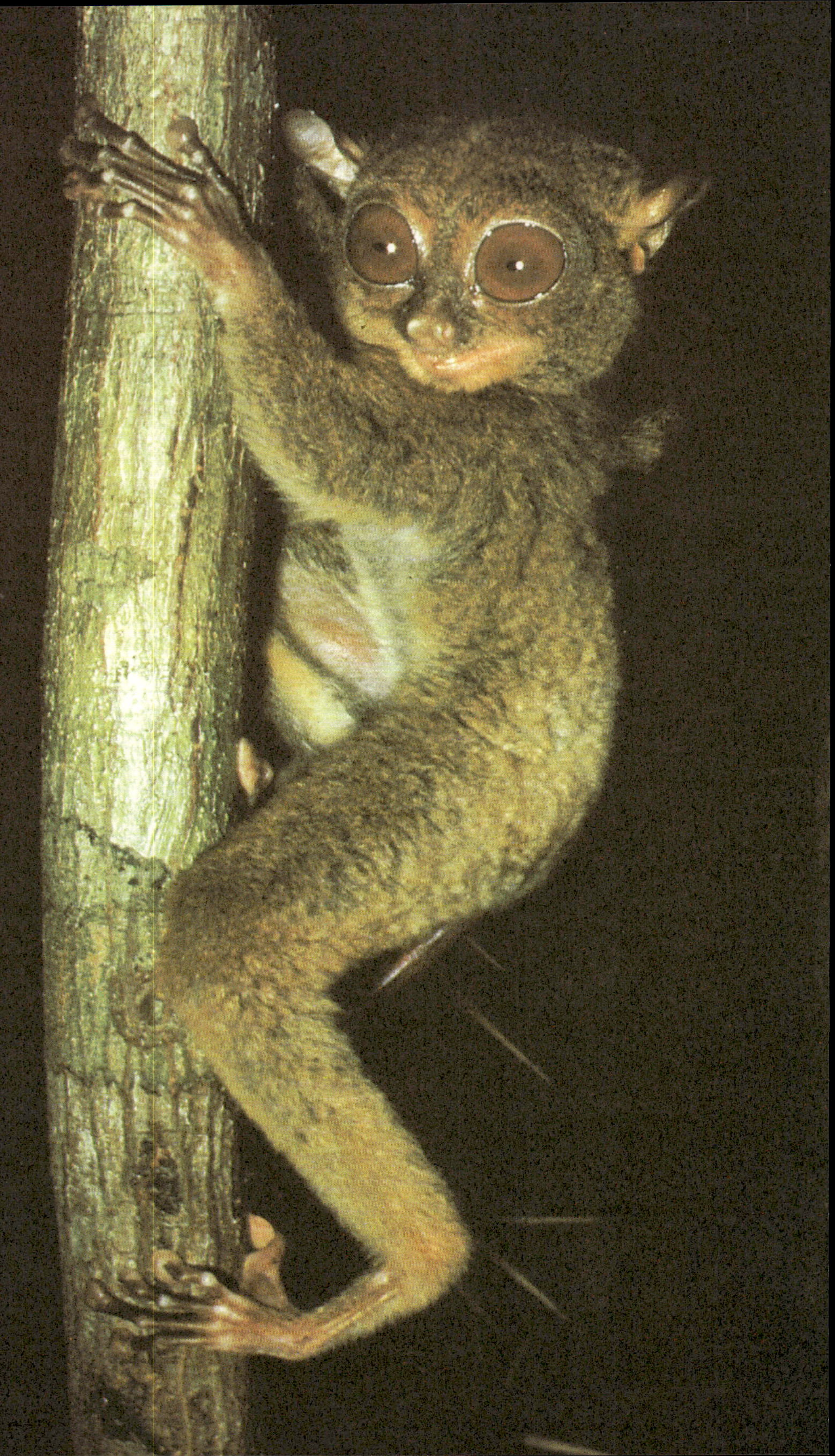

movendo-se com cômica deliberação, em câmara lenta, numa moleza da qual não consegue se livrar, não importa quão premente a emergência. O menor membro do grupo é o lemuróide camundongo, de nariz arrebitado e olhos grandes e atraentes, que salta aqui e ali, nos mais delicados raminhos. O *indri* tem um parente próximo noturno, seu equivalente, o *avahi*, muito semelhante na aparência física e no tamanho, mas de pelagem diferente, em vez de preta e branca, a do *avahi* é cinzenta e lanosa. O mais estranho e especializado dentre os lemuróides é o *aye-aye*. Do tamanho aproximado de uma lontra, tem uma pelagem negra, felpuda e desgrenhada, a cauda espessa e grandes orelhas membranosas. Um dedo em cada mão é enormemente alongado e parece atrofiado, tendo se transformado em uma sonda óssea articulada. Com ele o *aye-aye* extrai larvas de besouros, seu principal alimento, perfurando buracos em madeira podre.

Há 50 milhões de anos, os lemuróides e outros prossímios habitavam não apenas Madagascar, mas também, a Europa e a América do Norte. Quando surgiu o canal de Moçambique, há cerca de 30 milhões de anos, separando Madagascar do continente africano, os primatas mais avançados também moravam em árvores e se alimentavam de frutos e folhas, competindo, assim, diretamente com os lemuróides. Mas esses primatas superiores nunca chegaram a alcançar Madagascar. E aqui, como se fossem habitantes de um castelo protegido pelo fosso do oceano Índico, os lemuróides continuaram a viver sem concorrência, produzindo a variedade de espécies hoje existentes e algumas outras formas recentemente extintas — uma delas do tamanho de um chimpanzé — as quais só conhecemos os fósseis. No resto do mundo, em sua maioria, eles perderam a competição para os macacos. Mas não foram totalmente derrotados, porque todos os símios atuais, com a única exceção do eirá da América do Sul, são ativos apenas durante o dia. Os prossímios noturnos não tiveram de enfrentar competição e alguns deles sobrevivem ainda hoje.

Na África existem diversas espécies de um animalzinho chamado galago, muito semelhante ao lemuróide camundongo, assim como um outro, o *potto* e um mais esbelto, o *angwantibo*. Os dois últimos têm muito em comum com o lemuróide dócil e, como ele, movem-se lentamente, com grave deliberação. Na Ásia existem dois prossímios noturnos de tamanho médio: um animal delgado, o esbelto lóris de Sri Lanka e uma outra espécie, um pouco maior e mais rechonchuda, conhecida como lóris lento. Embora ambos possuam olhos bastante grandes, ainda marcam suas árvores com secreções odoríficas e se utilizam delas para achar o caminho no escuro. Suas marcas são feitas com urina, mas, como todos esses animaizinhos são pequenos e vivem entre galhos finos e não em troncos de árvores, há aí um problema: acertar o local que tencionam marcar. Um jato de urina pode errar o alvo com a maior facilidade e gotejar no galho errado ou, ainda, simplesmente cair diretamente no chão. Para evitar isso, o lóris urina nas mãos e pés, esfrega-os um contra o outro e, entusiasticamente, impregna todo o seu território com suas marcas de odor pungente.

Um outro prossímio vive nas florestas do sudeste asiático: o társio. Tem o aspecto e o tamanho de um galago pequeno: a longa cauda é quase totalmente despida de pêlos, com apenas um pequeno tufo na ponta, as pernas extremamente longas são excelentes para o salto e as mãos de dedos compridos são preensoras. Mas um olhar de relance em seu focinho é suficiente para saber que se trata de uma criatura muito diferente de um galago. O társio tem gigantescos olhos resplandecentes, que, em relação ao resto de seu corpo, são 150 vezes maiores do que os nossos. Na verdade, em uma comparação desse gênero, são os maiores olhos de todo o reino animal. São protuberantes e fixos em suas órbitas, de modo que o animalzinho não pode olhar de lado — como nós — nem mesmo com o cantinho do olho. Se quiser ver alguma coisa aos lados tem que virar toda a cabeça, uma manobra que executa com a mesma perturbadora facilidade das corujas, e pela mesma razão; gira a cabeça a 180° e olha diretamente para trás, sobre os ombros. Em Bornéu, a população local acredita que ele consegue girar a cabeça ainda mais incrivelmente, dando uma volta completa, e concluem que a ligação da cabeça com o resto do corpo é bem menos firme do que nos outros animais. Como há algum tempo eles próprios eram entusiásticos caçadores de cabeças, acreditavam que quando um társio era avistado na floresta uma cabeça não tardaria a rolar — um excelente augúrio se estivessem de partida para uma expedição à caça de cabeças, mas não tão bom se estivessem planejando permanecer por algum tempo em paz em suas cabanas.

Além desses olhos espetaculares, o társio tem grandes orelhas finas como papel, como as de um morcego, que podem-se mover e dobrar quando focalizando um determinado som. Com esses dois órgãos sensoriais altamente desenvolvidos, o társio caça insetos, répteis pequenos e mesmo filhotinhos de aves, à noite. Geralmente repousa com o torso erguido, agarrando-se a um tronco vertical. Algum besouro, arrastando-se farfalhante e desajeitado por entre as folhas do chão da floresta, rapidamente atrai sua atenção. A cabeça dá uma virada súbita e se inclina para baixo. As orelhas móveis dobram-se localizando o som. O besouro continua se arrastando, ruidoso. De repente, num pulo de incrível rapidez, o társio salta para baixo, agarra o besouro com ambas as mãos e finca-lhe os dentes, com uma expressão de feroz deleite, fechando os imensos olhos a cada mordida.

Seu território também é marcado com urina, mas, depois de observá-lo caçando, é fácil deduzir que a visão é para ele tão importante quanto o olfato. Um exame do nariz confirma essa hipótese e ainda revela que este animal é bem diferente dos outros prossímios. Por exemplo, seus olhos são tão imensos que quase não sobra lugar para o nariz na frente do crânio e as passagens nasais internas são muito mais reduzidas do que, digamos, as de um galago. As narinas não têm a forma de aspas e não são circunda-

Macaco uacari, Brasil

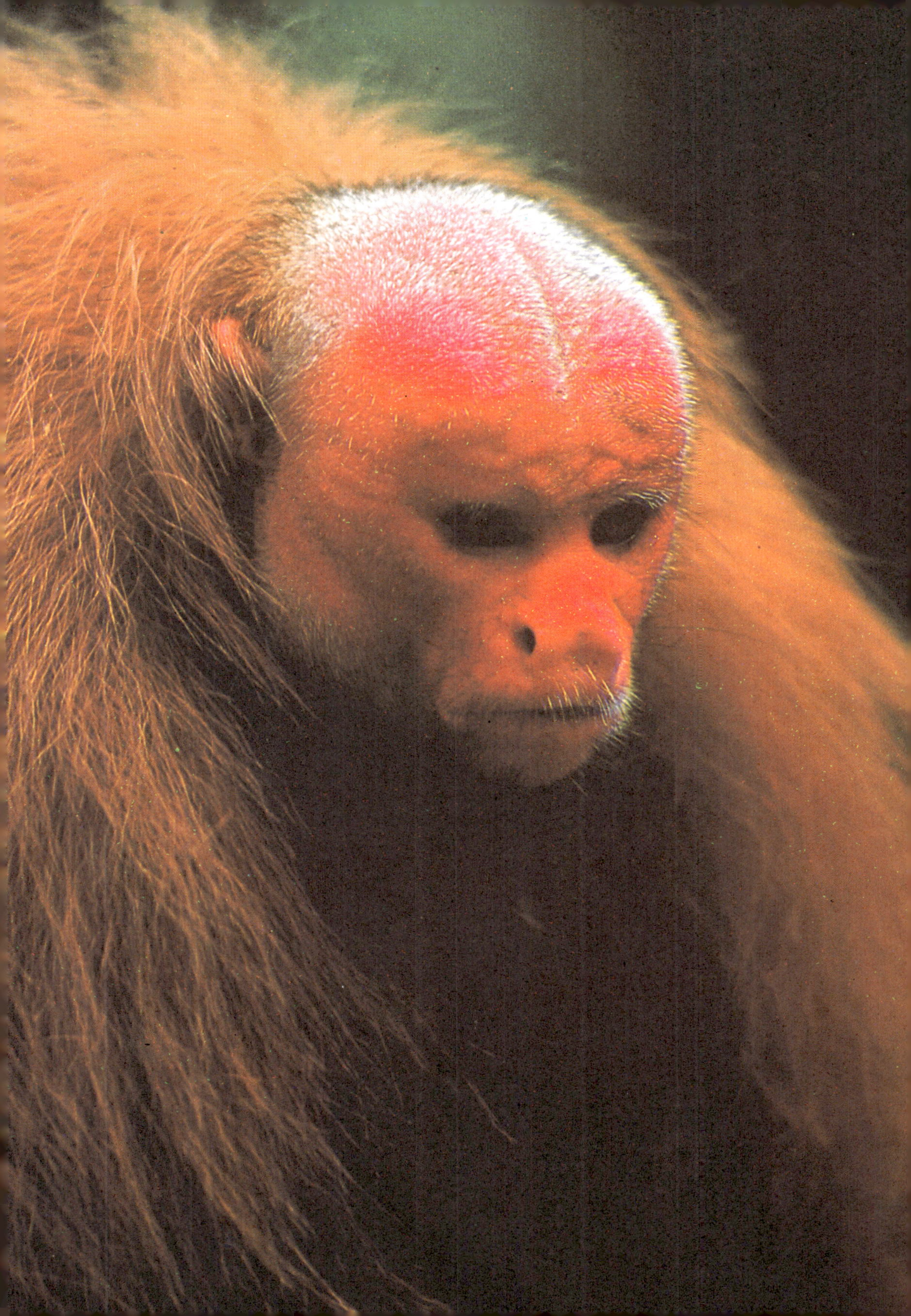

das de pele lisa e úmida, como as dos lemuróides e de outros prossímios. Nesse particular, o társio se assemelha mais aos macacos e símios, tornando-se tentadora a idéia de considerá-lo um representante de uma espécie ancestral da qual todos os primatas superiores descendem. Durante algum tempo acreditou-se nessa possibilidade. Hoje argumenta-se que uma criaturinha tão especializada como saltadora e caçadora noturna dificilmente poderia dar origem direta aos macacos. Mas, de qualquer forma, ela é reconhecida como sendo parente muito próximo daqueles primatas antigos que, há 50 milhões de anos, espalharam-se por toda a Terra, deslocando a maior parte dos prossímios e, finalmente, povoando o Velho e o Novo Mundo de macacos.

O mundo dos símios é dominado pela visão e não pelo olfato, e esta é uma das mais significativas diferenças entre eles e os prossímios. Logicamente, para criaturas de qualquer tamanho que vivam em árvores e, em certas ocasiões, saltem através delas, é da maior importância poder enxergar por onde caminham. A luz do dia é, por isso, mais propícia e todos os macacos, com exceção do eirá, são ativos nesse período. Sua visão é bem melhor do que a dos prossímios: não apenas enxergam em profundidade como também aperfeiçoaram imensamente sua percepção de cores. Com uma tal precisão visual, podem avaliar, à distância, se frutos estão maduros ou se folhas são tenras. Percebem também a presença, nas árvores, de outras criaturas que, num mundo monocromático, poderiam passar despercebidas. Além disso, utilizam as cores como meio de comunicação entre si: porque sua visão das cores é tão boa, os macacos tornaram-se os mais vivamente coloridos de todos os mamíferos.

Na África encontramos o *guemora de De Brazza* de barba branca, círculos azuis em torno dos olhos, testa cor de laranja e um gorro preto, o mandril, com o focinho escarlate e azul e o macaco-veludo, cujos machos apresentam órgãos genitais de um tom alarmante de azul. Na China, o macaco da neve, de pelagem dourado-metálico e focinho azul-ultramarino. Na floresta amazônica, o uacari, com uma face escarlate quase que inteiramente desprovida de pêlos. Esses são exemplos de alguns dos mais espetacularmente coloridos entre os símios, mas um grande número de outras espécies também possui a pele e a pelagem coloridas. Com esses adornos, os macacos apregoam e ameaçam, proclamam sua espécie e identificam seu sexo.

Também se utilizam do som de forma igualmente extravagante, pois, no alto das árvores, saltando feito acrobatas de um galho para outro, sabem estar fora do alcance de qualquer predador, com exceção, talvez, de alguma águia, e não precisam ter a menor inibição em revelar sua presença. Os bugios da América do Sul juntam-se em grupos de manhã cedo e à noitinha e cantam em coro. Suas laringes são extremamente grandes e seus papos incham, formando caixas de ressonância. O coro resultante pode ser ouvido a diversos quilômetros de distância e é considerado o ruído mais

Sagüi-pigmeu, Amazônia

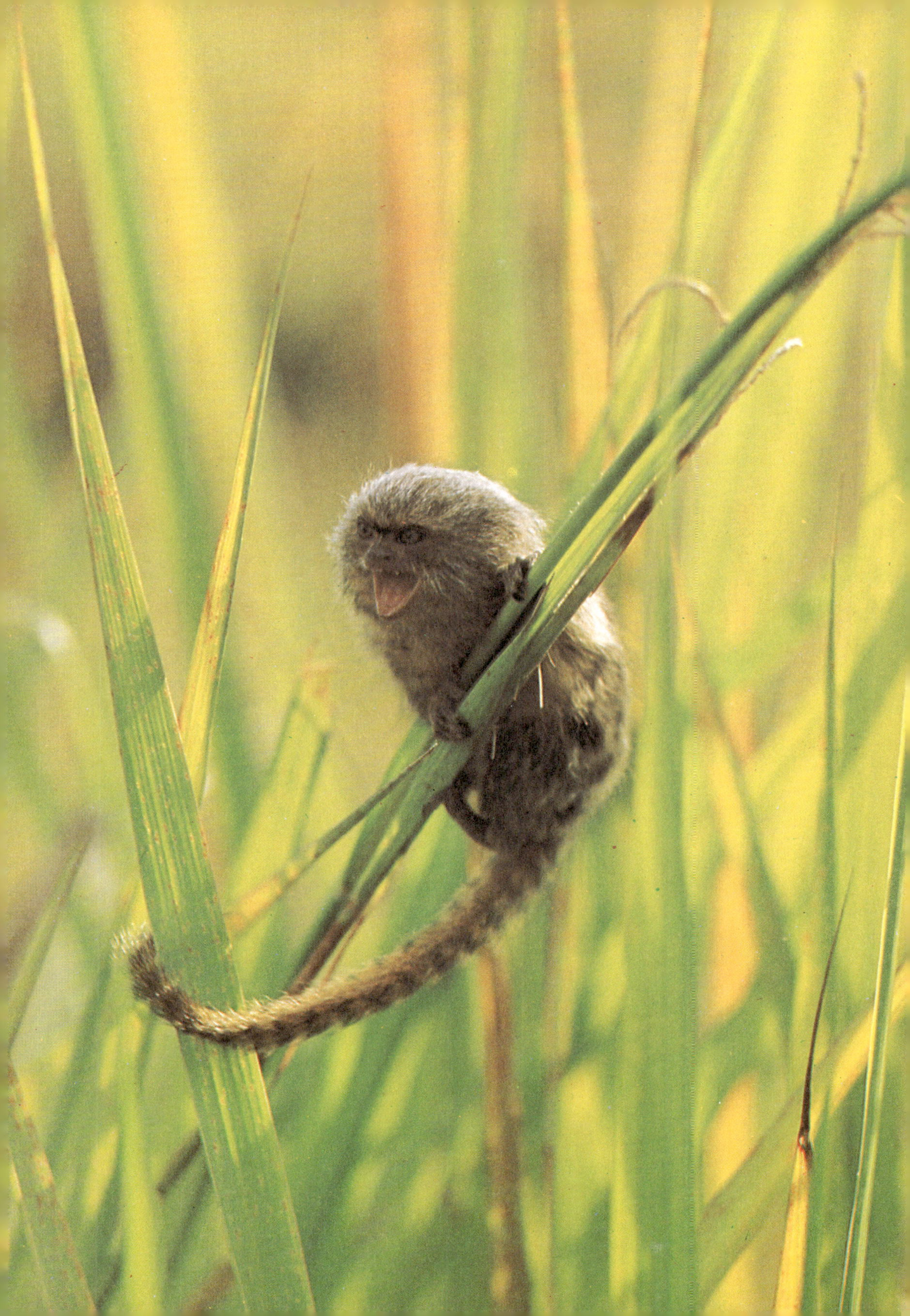

alto produzido por um animal. Contudo, todos os macacos têm um repertório variado de sons vocais e não existe nenhuma espécie muda.

Os macacos que atingiram a América do Sul e nela se isolaram quando o istmo do Panamá afundou no mar, desenvolveram suas próprias linhagens. Sabe-se que todos descendem de um único ancestral; dedução resultante do número de características físicas que têm em comum, inclusive uma característica reveladora: as narinas. Todos os macacos sul-americanos têm o nariz achatado e as narinas afastadas, com as aberturas orientadas lateralmente, enquanto que no resto do mundo os macacos têm as narinas unidas e as aberturas orientadas para baixo ou para a frente.

Um grupo sul-americano, dos sagüis e tamaris, ainda utiliza o aroma como meio de comunicação, embora sejam ativos durante o dia. Os machos roem a casca de um galho e, em seguida, encharcam-no de urina. Mas também apresentam enfeites extremamente elaborados — bigodes, tufos de pêlos nas orelhas e cristas semelhantes a perucas —, que exibem em seus encontros sociais; além disso, ameaçam uns aos outros com gritos estridentes e trêmulos. Sua maneira de criar os filhotes parece ser muito primitiva, como a marcação odorífera, reminiscente dos lemuróides. Os filhotes passam facilmente de um adulto para outro e, muitas vezes, se reúnem em cima de um pai particularmente paciente e tolerante.

O sagüi é o menor de todos os macacos verdadeiros e parece ter passado de uma vida basicamente símia para uma mais semelhante à de um esquilo: come nozes, caça insetos e lambe seiva da casca de árvores, especialmente roídas com seus compridos incisivos inferiores. O sagüi-pigmeu (ou *Cebuella*) tem apenas dez centímetros de comprimento. Por causa de seu tamanho diminuto, tende a correr pelos galhos em vez de saltar entre eles, e mantém o equilíbrio firmando-se na casca com as garras. Essa característica pode parecer uma herança direta de seus ancestrais primitivos, mas, provavelmente, é uma reversão recente pois os embriões de sagüis começam a desenvolver unhas de macacos em seus dedinhos e só numa fase posterior é que elas se transformam em garras.

Os sagüis são, todavia, um caso excepcional. A maioria dos macacos é bem mais corpulenta. Os primatas, em toda sua história evolucionária, mostram uma tendência a aumentar de tamanho. Não é fácil entender a razão disso. Talvez, porque em lutas entre machos rivais, o animal de maior porte tem maior probabilidade de vitória, simplesmente por sua corpulência, musculatura e velocidade e, assim, tende a transmitir essas características aos seus descendentes. Entretanto, um peso maior também exige maior força nas mãos preensoras; assim, os macacos da América do Sul inventaram um jeito próprio e único de suplementá-las desenvolvendo a cauda como um quinto membro preênsil. O rabo é equipado com músculos especiais que lhe conferem a capacidade de enrolar e agarrar; na ponta, a superfície interna é glabra e ostenta uma pele recoberta de sulcos semelhantes às impressões digitais. É tão resistente que um macaco-aranha

Macacos-aranhas, Brasil

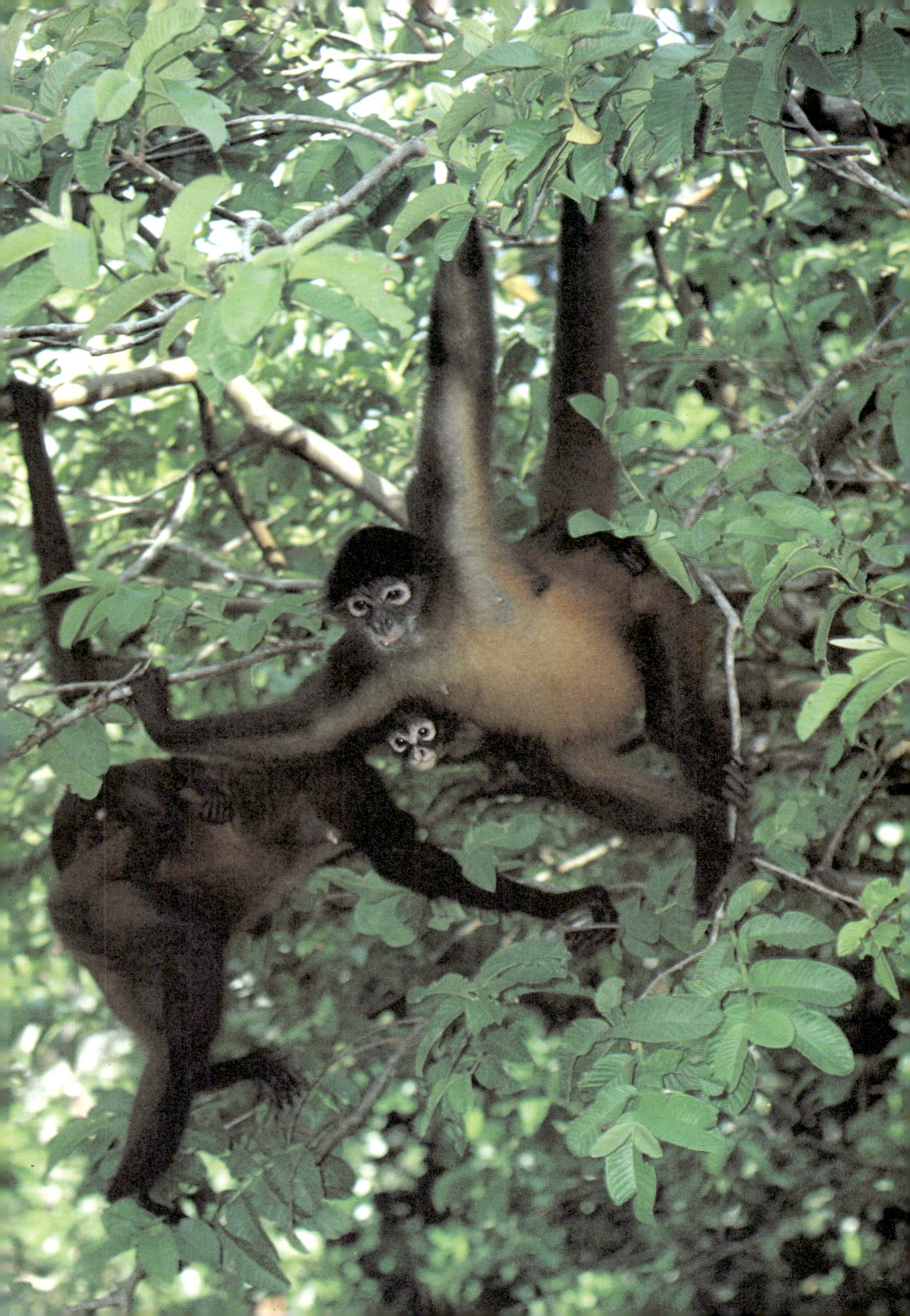

pode-se dependurar pela cauda enquanto que colhe frutos com ambas as mãos.

Os macacos africanos, por alguma razão, nunca desenvolveram sua cauda dessa maneira. Mas utilizam-na para outros fins: distendem-na horizontalmente quando correm pelos galhos, para ajudar a manter o equilíbrio. Quando saltam, balançam-na de uma determinada maneira que lhes dá uma certa função aerodinâmica, ajudando o animal a mudar sua trajetória e lhe permitindo controlar de certa forma o ponto de descida. Mesmo assim é difícil considerar-se o rabo do macaco africano tão útil quanto a cauda preensora de seus primos sul-americanos. Talvez a incapacidade de utilizar a cauda como uma ajuda suplementar para subir nas árvores tenha significado que os africanos, tornando-se cada vez maiores, começaram a achar a vida no alto dos galhos cada vez mais difícil e perigosa e, por essa razão, passavam períodos cada vez maiores no chão. É um fato comprovado que, no Novo Mundo, não existem macacos que vivam no solo, enquanto que, no Velho Mundo há diversos.

No solo a cauda do macho parece ter menos valor. Os babuínos andam com as suas dobradas ao meio, quase como se estivessem quebradas. Em seus parentes próximos, o *drill* e o *mandril*, as caudas se reduziram a um pequenino toco. E o mesmo se deu com toda a família dos *Macaca*.

Os *Macaca* são os mais bem-sucedidos e versáteis entre todos os primatas. Se fosse preciso escolher um macaco inteligente, adaptável, versátil, resistente, empreendedor, robusto e capaz de sobreviver em condições extremas e enfrentar qualquer um, eles venceriam sem sombra de dúvida. Existem cerca de 60 espécies e subespécies espalhadas na metade do mundo, limitadas apenas pelo oceano Atlântico de um lado e pelo Pacífico do outro. Um grupo vive em Gibraltar, o único primata não-humano que reside na Europa em estado selvagem. Reconhecidamente, é questionável se eles são realmente selvagens. Durante os últimos 200 anos, a guarnição britânica que ali reside tem importado regularmente animais do norte da África, cada vez que a colônia começa a reduzir de número. Esses *Macaca* já viviam ali, antes da chegada dos britânicos, desde o tempo dos romanos, e parece que mesmo nessa época distante os homens já os traziam da África, como animais de estimação. Não obstante, é um tributo ao *Macaca* que tenha sobrevivido por tanto tempo nesse rochedo. Uma das espécies, o reso, é um dos macacos mais comuns na Índia, onde vive freqüentemente nos arredores dos templos, sendo considerado um animal sagrado. Mais para o oriente, uma espécie tornou-se hábil nadadora, bracejando e mergulhando nos mangues em busca de caranguejos e outros crustáceos. Na Malásia, os macacos de rabo de porco são treinados para subir em coqueiros e apanhar cocos para seus patrões humanos; vivendo mais ao norte de todas, há uma espécie no Japão a qual desenvolveu uma pelagem felpuda e longa para proteger-se dos rigores do inverno dessa região.

Quase todos os *Macaca* passam grande parte do tempo no chão. Suas

Macaca japonesa com o filhote, separando grãos de cereal da areia, Koshima

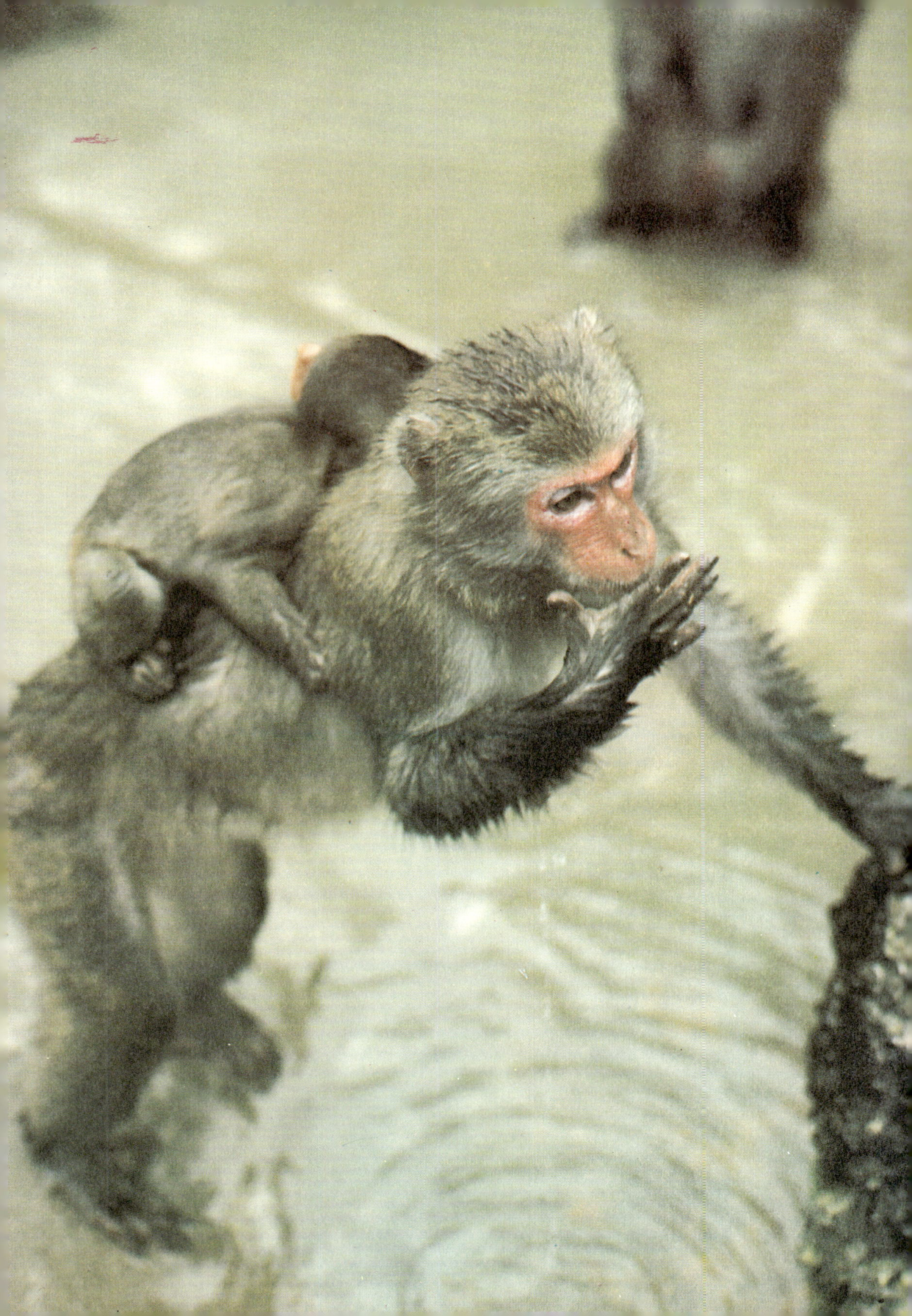

mãos e olhos, aperfeiçoados para a vida arborícola, pré-adaptaram-nos com sucesso para uma existência terrestre. Eles também possuem a vantagem de uma terceira faculdade ainda não mencionada: um cérebro maior e mais complexo.

Essa faculdade foi uma conseqüência necessária dos dois outros desenvolvimentos. A movimentação independente de cada dedo exigia mecanismos adicionais de controle. A combinação de imagens dos dois olhos para produzir uma visão estereoscópica exigia circuitos integradores. Para que os macacos usassem seus dedos para investigar e segurar objetos pequenos foi preciso haver uma coordenação extremamente acurada entre as mãos e os olhos, o que implica a existência de conexões entre as duas áreas relevantes de controle no cérebro. Apenas uma parte é menos usada — a que concerne ao olfato. Quando se compara o cérebro de um macaco com o de um lemuróide, vê-se claramente que essa seção — os bulbos olfativos — está muito reduzida e empurrada pela imensa expansão do córtex cerebral, a região do cérebro que controla, entre outras funções, a capacidade de aprender.

Os *Macaca* do Japão fornecem evidência fascinante da capacidade de aprendizagem dos macacos. Vários bandos têm sido estudados por cientistas japoneses. Um desses bandos vive ao norte do Japão, onde, no inverno, a neve se deposita em camadas espessas no solo. Os cientistas observaram que a colônia estava estendendo seu domínio a uma parte da floresta que nenhum deles havia explorado antes, onde existiam algumas fontes vulcânicas de água quente. Os macacos investigaram e descobriram que a água morna oferecia um delicioso banho quente. Alguns fizeram a experiência e logo o hábito se espalhou. Agora, todos os anos, no inverno, a colônia inteira se banha nessa água quente. A curiosidade que os levou a essa descoberta e à capacidade de adaptação que possibilitou aos animais incorporar essa nova atividade em seu comportamento regular é típica do espírito empreendedor dos macacos.

Um outro grupo demonstrou isso de uma forma ainda mais dramática. Habitam uma ilhota, Koshima, na parte sul de Honshu, separada do continente por uma estreita mas turbulenta corrente regulada pelas marés, de modo que a comunidade é, em grande parte, isolada. Em 1952, um grupo de cientistas começou a estudá-la. Os animais eram, a princípio, tímidos e ariscos, de modo que, a fim de atraí-los para áreas descobertas, os investigadores começaram a alimentá-los com batata-doce. Em 1953, uma jovem fêmea de 3 anos e meio, que os observadores conheciam bem e à qual tinham dado o nome de Imo, apanhou uma batata-doce, como já havia feito antes centenas de vezes. Como de costume, a batata estava coberta de terra e areia, mas Imo, por alguma razão, resolveu carregá-la até uma poça d'água, onde mergulhou-a e limpou a sujeira com a mão. Até que ponto sua ação foi produto de um pensamento lógico é impossível dizer,

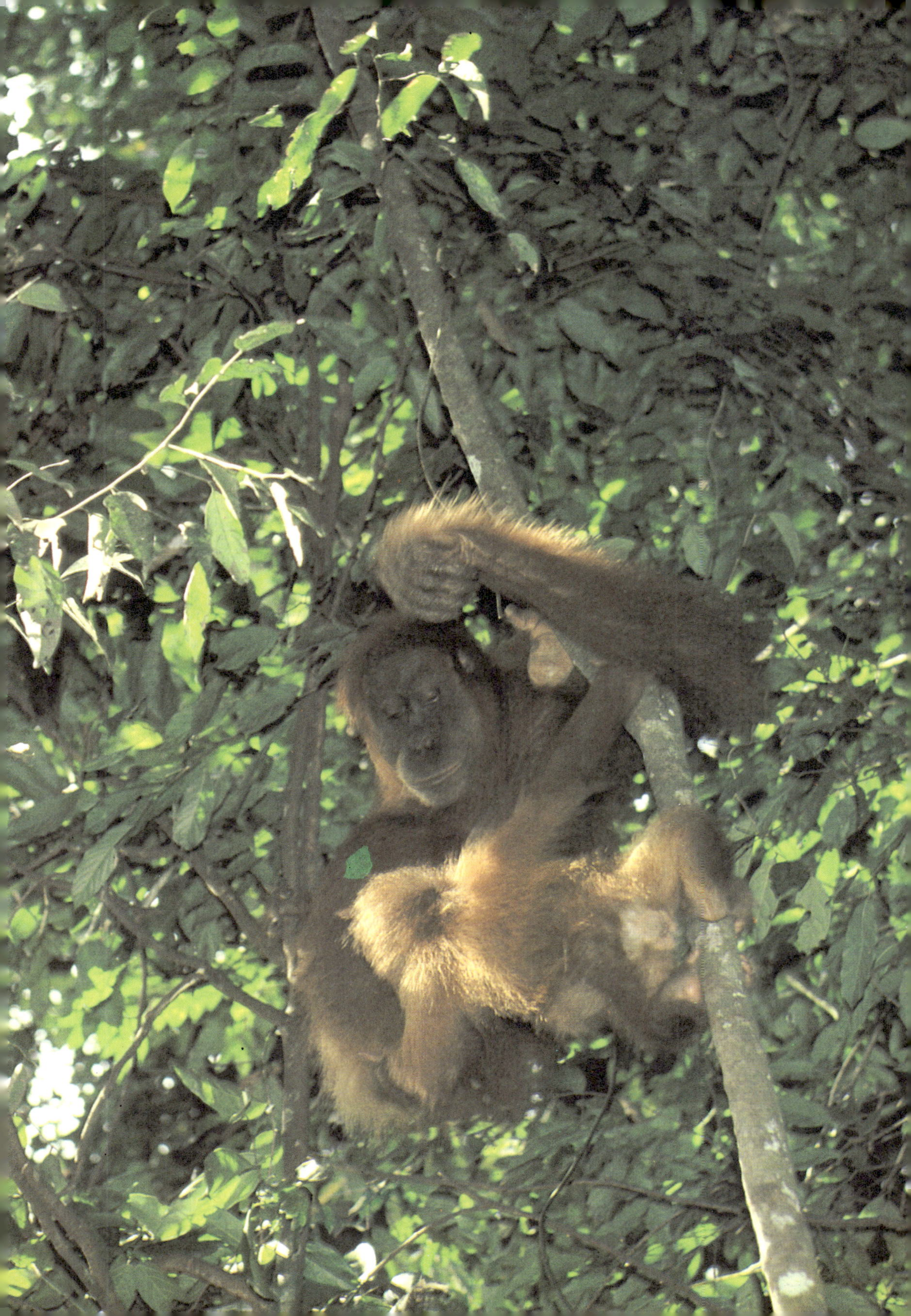

mas a verdade é que, tendo experimentado uma vez, ela fez disso um hábito.

Um mês mais tarde, uma de suas companheiras começou a fazer o mesmo. Quatro meses depois, sua mãe a imitou. Assim, o hábito se espalhou a outros membros do grupo. Alguns começaram a usar não apenas poças de água doce, mas, também, de água salgada. Talvez achassem o gosto salgado mais saboroso. Hoje, a lavagem das batatas-doces no mar é um hábito comum. Os únicos indivíduos que nunca aprenderam foram os que já eram idosos quando Imo fez sua primeira experiência. Seus hábitos já eram por demais arraigados para mudar.

Mas Imo ainda não tinha terminado suas inovações. Os cientistas também jogavam, regularmente, punhados de arroz com casca na praia e pisavam neles, afundando-os na areia, na suposição de que os macacos, demorando mais para apanhar cada grão, dariam tempo de sobra para observá-los. Mas os cientistas tinham se esquecido de Imo. Ela agarrou punhados de arroz com areia e tudo, deu uma corrida até uma poça d'água numa rocha, e os jogou na água. A areia desceu ao fundo, e os grãos de arroz boiaram e ela simplesmente os recolheu com a mão, na superfície. Mais uma vez o hábito se espalhou, e logo todo o bando o havia adotado. Essa aptidão e boa vontade para aprender observando e imitando um companheiro resulta em uma comunidade com habilidades e conhecimentos compartilhados e com meios de trabalhar em conjunto — em suma, uma cultura. Essa palavra, é claro, normalmente é usada no contexto de sociedades humanas, mas entre os macacos de Koshima podemos observar esse fenômeno se iniciando de uma forma simples.

Alimentar os macacos de Koshima levou a uma outra descoberta. Eles são criaturinhas robustas e agressivas, com dentes poderosos que não hesitam em usar, mordendo uns aos outros. Estão agora tão familiarizados com seres humanos que não se sentem mais intimidados por eles. Quando um homem chega com o saco de batata-doce eles não hesitam e avançam para tentar arrebatar uns pedaços. Não é prático entregá-las individualmente, de modo que os pesquisadores simplesmente jogam as batatas na praia e se retiram. Os macacos se atiram sobre a pilha, agarrando uma batata com uma das mãos, enfiam outra na boca e correm, manquitolando em três pernas. Alguns, porém, são mais eficientes: apanham várias batatas, apertam-nas contra o peito utilizando os dois braços e, assim, conseguem correr, mantendo-se eretos nas patas traseiras, através da praia até um refúgio na segurança das rochas. Se o saco diário de batatas viesse a ser um acontecimento permanente em suas vidas durante várias gerações, é fácil perceber que a maior parte do alimento iria para os que possuíssem os requisitos genéticos apropriados: pernas proporcionais e equilíbrio necessário para executar essa proeza com facilidade. Esse grupo acabaria ficando mais bem nutrido e se tornaria dominante. Sua reprodução teria maior sucesso e seus genes se distribuiriam pelo bando. Assim, em alguns

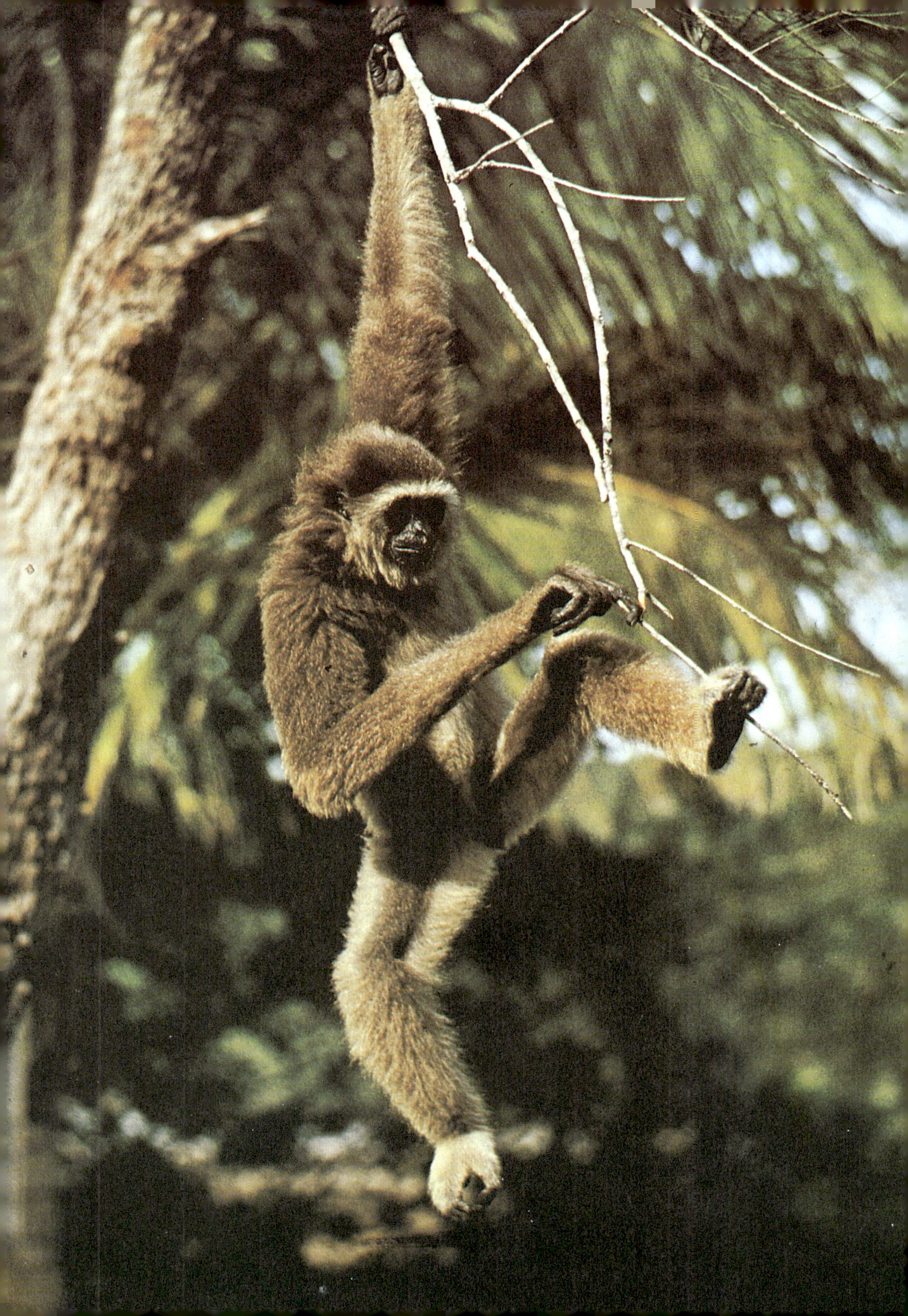

milhares de anos, os *Macaca* se tornariam cada vez mais bípedes. Essa transformação ocorreu de fato na África. Para traçar suas origens temos de retroceder cerca de 30 milhões de anos.

Nessa época, um grupo de primatas começava a aumentar de tamanho e, em conseqüência, houve uma mudança na maneira pela qual se movimentavam nas árvores. Em vez de equilibrar-se sobre um galho e correr ao longo dele, principiaram a balançar-se, pendurados, de um para outro. Para se deslocar com sucesso por meio desse tipo de balanço foram necessárias adaptações físicas. Os braços alongaram-se, pois, quanto mais compridos fossem, maior alcance teriam; a cauda se tornou inútil e desapareceu; a musculatura e o esqueleto foram modificados para dar apoio ao abdômen, que não estava mais pendurado sob uma coluna vertebral horizontal, mas sim, preso a uma vertical, como um pilar. Essas transformações deram origem aos primeiros primatas antropóides.

Atualmente eles compreendem quatro gêneros principais: o orangotango e o gibão na Ásia, o gorila e o chimpanzé na África.

O grande orangotango de pelagem vermelha de Bornéu e de Sumatra é o maior animal arborícola que existe atualmente. Um macho chega a medir 1,5 m de altura, com braços e pernas que se estendem a 2,5 m, e a pesar uns 200 kg. Os dedos de todas as quatro patas seguram e agarram com força e firmeza e, por essa razão, pode ser considerado um animal de quatro mãos. Os ligamentos das articulações do quadril são tão longos e frouxos a ponto de permitir a um orangotango, especialmente quando filhote, esticar as pernas em ângulos que parecem, aos olhos humanos, dolorosamente impossíveis. É óbvio que eles estão perfeitamente adaptados à vida nas árvores.

Entretanto, seu tamanho parece-lhes impor certa desvantagem. Galhos partem-se sob seu peso. Muitas vezes são impedidos de alcançar uma fruta predileta porque esta pende de um ramo que não agüentaria seu peso. Passar de uma árvore para outra também cria problemas. Não é muito difícil quando os galhos resistentes das duas árvores se sobrepõem, mas nem sempre isso acontece. O orangotango resolve esse problema ou esticando-se até conseguir agarrar um galho firme ou sacudindo-se até que a árvore onde está se curve o suficiente permitindo, assim, que ele passe para uma outra.

Essas técnicas, embora engenhosas, não podem ser consideradas fáceis. Às vezes um macho idoso fica tão corpulento que aparentemente começa a achar todo esse processo muito exaustivo e, quando quer se deslocar de um lugar para outro, prefere descer da árvore e mover-se penosamente no solo da floresta. Existem provas de que a vida nas árvores é cheia de perigos para os orangotangos. Um estudo dos esqueletos de adultos demonstrou, pateticamente, que 34 por cento deles tinham, em vida, quebrado os ossos.

Os machos, ao envelhecer, desenvolvem enormes sacos musculares faciais que pendem do pescoço como se fossem gigantescos queixos duplos

— não constituem simples reservatórios de gordura, mas, sim, verdadeiras bolsas infláveis. Essas papadas se estendem ao longo do peito até as axilas e continuam, para trás, sobre as omoplatas. Embora possam ter sido usadas pelos orangotangos ancestrais como caixas de ressonância para ampliar o som da voz, à semelhança dos burgios, o orangotango moderno não canta. O mais importante som vocal que emite é o "chamado longo", uma seqüência contínua de suspiros e gemidos que dura de dois a três minutos. Para produzi-lo, ele infla parcialmente a bolsa vocal e o chamado termina em uma série de suspiros curtos e borbulhantes, enquanto que o papo murcha. Mas esse chamado é raro e a maior parte de sua vocalização consiste em grunhidos, guinchos, gemidos, gritos e suspiros fundos, além de um som semelhante ao de um beijo soprado entre os lábios fechados. É um repertório variado mas pouco ruidoso, e só pode ser ouvido a pequenas distâncias. O animal está quase sempre só e durante esses monólogos dá a impressão de um velho recluso, resmungando para si mesmo, distraído. Os machos preferem a vida solitária e assim que abandonam as mães, deslocam-se e alimentam-se sozinhos, só procurando companhia quando se encontram brevemente com uma fêmea para o acasalamento.

As fêmeas dos orangotangos atingem apenas a metade do tamanho de seus companheiros e também são animais solitários que viajam pela floresta acompanhadas apenas de suas crias. Esta preferência pela solidão pode estar relacionada ao tamanho. Os orangotangos alimentam-se de frutas e, sendo tão grandes, necessitam de quantidades diárias consideráveis para conseguir sobreviver. As árvores frutíferas, porém, são pouco comuns e estão espalhadas a intervalos muito variados ao longo de vastas áreas de floresta. Algumas só produzem frutos uma vez cada 25 anos. Outras produzem-nos continuamente durante cerca de um século, mas só em um galho de cada vez. Algumas não têm um padrão regular de produção, sendo estimuladas por determinadas mudanças do tempo, como a queda súbita de temperatura que precede uma tempestade de verão. Mesmo quando frutas são produzidas, estas às vezes só pendem da árvore e são comestíveis durante cerca de uma semana, antes de apodrecerem e caírem, ou por serem roubadas. Por isso os orangotangos são forçados a fazer longas viagens, numa busca contínua, e é provável que prefiram conservar o que encontrarem para si próprios.

Outros antropóides que se alimentam de frutos são os gibões, dos quais existem dois tipos principais e diversas espécies, que seguiram uma linha de desenvolvimento muito diferente. O aumento do tamanho pode ter sido o estímulo que levou os antropóides a se balançarem nos galhos, mas os ancestrais do gibão subseqüentemente puderam se beneficiar do novo estilo de locomoção diminuindo ao máximo, outra vez, de tamanho. Finalmente, acabariam por se tornar os acrobatas mais ágeis e habilidosos entre todos os outros macacos. Um gibão em movimento, progredindo através das árvores, oferece um dos mais empolgantes espetáculos da flo-

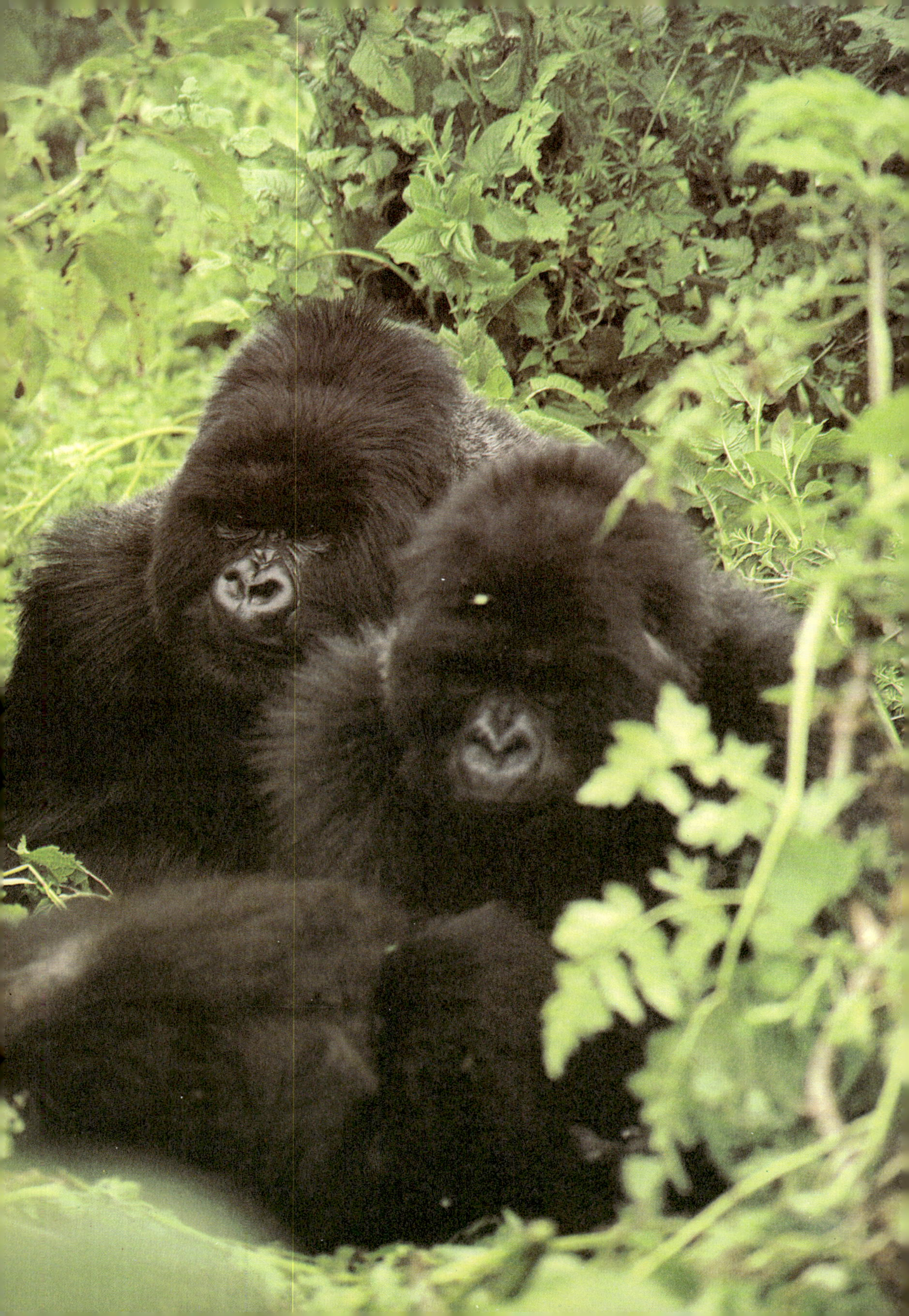

resta tropical. Com uma impressionante graça, avança de 9 a 10 m no espaço, balançando o corpo e suspendendo-se ora por uma das mãos, ora por outra, agarrando-se aos ramos com uma agilidade espantosa. Os longos braços que lhe permitem essa proeza são mais compridos do que suas pernas e o tronco juntos, são tão longos que nas raras ocasiões em que o gibão desce ao solo, não pode utilizá-los como pontos de apoio e é obrigado a mantê-los erguidos acima da cabeça, fora do caminho. Suas versáteis mãos de primata também se tornaram especializadas à custa de algumas de suas habilidades manipulativas. Para deslocar-se a alta velocidade, os dedos em forma de gancho permitem-lhe suspender-se facilmente e agarrar-se aos ramos, passando de um para outro quase que instantaneamente. O polegar atrapalhava e por essa razão desceu para junto do pulso, enquanto que os outros dedos alongavam-se. Em conseqüência, o gibão não consegue apanhar objetos pequenos utilizando o polegar e o indicador. Precisa cobrir o objeto com a palma da mão e apanhá-lo por meio de um arraste lateral.

Por causa de seu pequeno porte, uma única árvore geralmente produz frutos suficientes para satisfazer a vários deles; assim, torna-se mais prático viajar em bandos e eles vivem em grupos familiares muito unidos. Às vezes um casal é acompanhado por até quatro de seus filhotes de idades variadas. Todas as manhãs a família canta em coro. O macho começa por emitir um ou dois sons isolados e tímidos; outros se juntam a ele e o grupo todo inicia uma canção extática até que a fêmea, finalizando-a, entoa um som agudo que num crescendo aumenta a freqüência e a intensidade e se transforma num trinado de uma pureza tonal impossível de ser alcançado por qualquer soprano. A semelhança com o *indri* de Madagascar é óbvia. Por causa de sua história ancestral diferente, uma espécie usa as patas dianteiras como instrumentos de locomoção e, a outra, as traseiras. Em outros aspectos, a floresta tropical úmida da Terra produziu em áreas diferentes criaturas que são extraordinariamente semelhantes — famílias de ginastas, acrobatas, cantores e vegetarianos.

Os dois antropóides africanos, ao contrário de seus parentes asiáticos, são de hábitos bem mais terrestres. Os gorilas habitam a África central; uma espécie a bacia do Congo e a outra, de porte um pouco maior, as florestas musgosas, encharcadas e frescas que recobrem as encostas dos vulcões na fronteira entre Ruanda e Zaire. É freqüente ver-se gorilas jovens trepando em árvores, mas o fazem com um certo desajeitamento e grande cuidado, sem mostrar a confiança total e solene dos orangotangos. Isso não é de surpreender, pois seus pés não conseguem agarrar-se aos galhos, como os do orangotango, de modo que só os braços são utilizados como meio de impulsionar e elevar o corpo. Para descer, o gorila primeiro solta os pés, depois vem abaixando o corpo apoiado nos braços, às vezes escorregando tronco abaixo, apertando as solas dos pés contra o tronco para servir de freio e lançando, durante a descida, uma chuva de musgo, trepadeira e casca de árvore à sua volta.

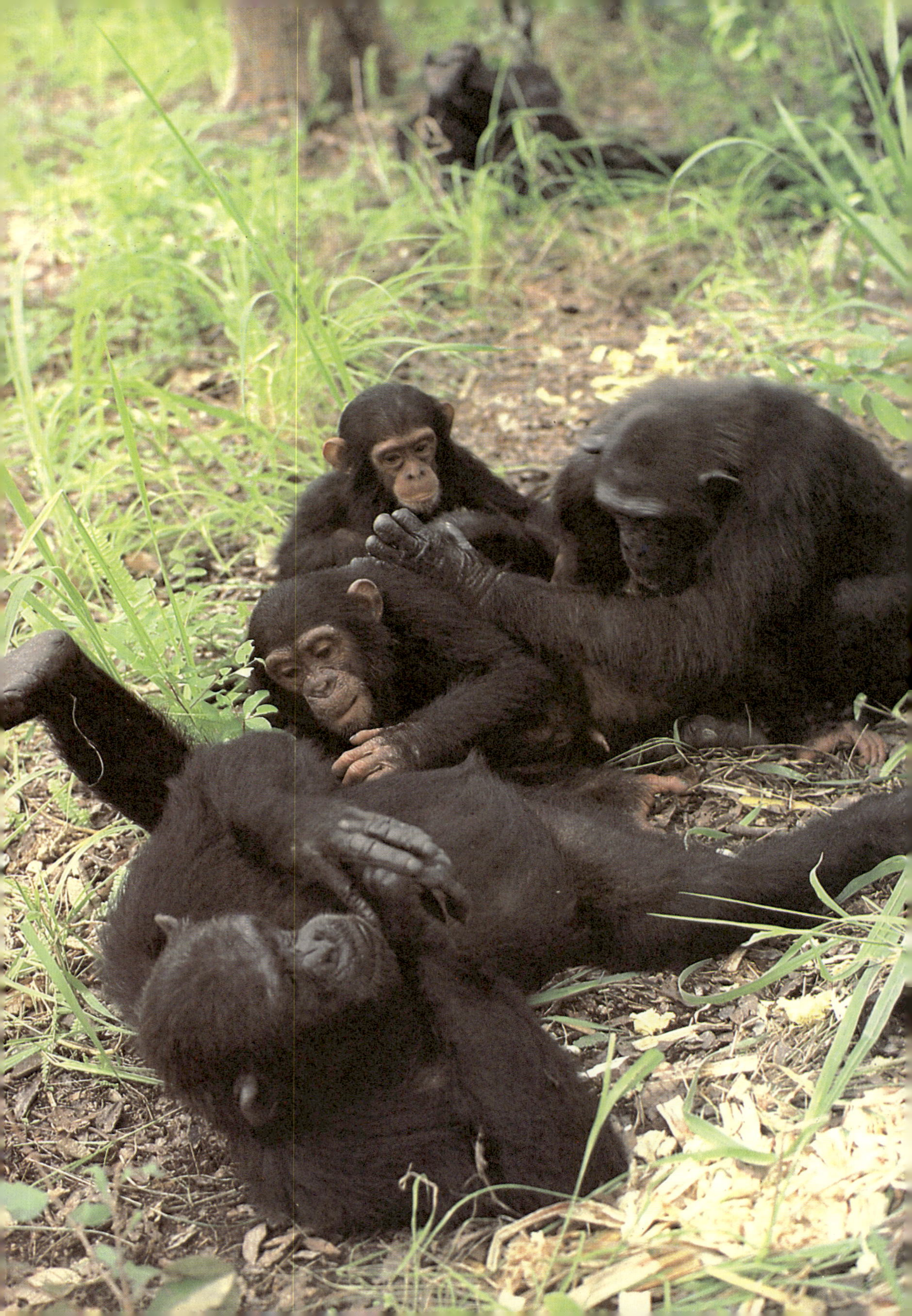

Os machos adultos são tão imensos, pesando até cerca de 275 kg, que só as árvores mais resistentes conseguem agüentar seu peso. Trepam às árvores muito raramente e não têm razão de fazê-lo, pois, embora o formato de seus dentes e a constituição de seus aparelhos digestivos indiquem que um dia se alimentavam principalmente de frutas, como os orangotangos, atualmente subsistem numa dieta de vegetação que pode ser apanhada sem esforço, junto ao solo: urtigas, folhas tenras, brotos e aipo gigante. Geralmente dormem no chão, arranjando uma espécie de colchão com restos da vegetação amassada, da qual se alimentaram durante o dia.

Vivem em grupos de doze indivíduos em média; cada família é chefiada por um patriarca dominante, de dorso cinza-prateado, que tem várias fêmeas ligadas a ele. Sentam-se tranqüilamente, comendo folhagens que colhem arrancando punhados de talos com suas mãos enormes, descansando em meio da vegetação densa de urtigas e aipo, às vezes catando a pelagem uns dos outros. Passam a maior parte do tempo em silêncio. Às vezes emitem leves grunhidos ou murmúrios; e, se um animal se afasta um pouco do grupo, emite um leve resmungo de quando em quando para indicar onde está.

Quando os adultos cochilam, os jovens brincam e lutam, elevando-se ocasionalmente nas patas traseiras e batendo pancadinhas rápidas no peito, num ensaio do gesto que os adultos usam em exibição.

O macho dominante lidera e protege sua família. Quando assustado ou irritado por intrusos ele é capaz de reagir soltando um rugido colérico ou mesmo atacar. Um soco de seu punho fechado pode esmagar os ossos de um homem. Importunado por um rival mais jovem, que tenta atrair uma de suas fêmeas, chega até a brigar. Mas é um animal pacífico que passa a maioria de seus dias em silenciosa tranqüilidade.

Vários grupos de gorilas têm sido estudados por muitos anos e, por causa da paciência e compreensão dos cientistas, chegaram a aceitar outras criaturas, desde que estas lhes sejam apresentadas formalmente e se comportem da maneira apropriada. Encontrar uma família de gorilas e obter permissão para aproximar-se e sentar junto dela é uma experiência comovente. Eles são parecidos conosco em muitas coisas. Seu olfato e audição são muito semelhantes aos nossos, de modo que percebem o mundo da mesma maneira que nós. Também como nós, vivem em grupos familiares quase sempre permanentes. Sua duração de vida é aproximadamente a mesma e passam da infância à maturidade e da maturidade à velhice em idades muito semelhantes. Compartilhamos também com eles uma espécie de linguagem por meio de gestos e é preciso observá-la quando se estiver entre eles. Um olhar fixo é descortês ou, para usar uma expressão menos antropocêntrica, ameaçador — um desafio que pode provocar uma represália. Manter a cabeça e os olhos baixos é uma forma de expressar submissão e amizade.

Chimpanzés limpando-se mutuamente, Tanzânia

A disposição plácida do gorila está diretamente relacionada com sua dieta e com a maneira de obtê-la. Vivendo inteiramente de vegetação, da qual há uma quantidade imensa crescendo em reservas infinitas ao seu redor, ele não faz mais do que estender a mão para apanhá-la. Como é tão imenso e poderoso, não tem inimigos a temer nem necessidade de maior agilidade mental ou física.

O outro antropóide africano, o chimpanzé, tem dieta e temperamento muito diferentes. Enquanto que o gorila come umas duas dúzias de folhagens e frutas, o chimpanzé experimenta mais de duzentas e além disso também aprecia térmitas, formigas, mel, ovos de passarinho, pássaros e até pequenos mamíferos, como macacos. Para conseguir tudo isto, precisa ser ao mesmo tempo ágil e curioso.

Vários grupos de chimpanzés, que habitam as florestas da margem leste do lago Tanganica, vêm sendo estudados por uma equipe japonesa e habituaram-se de tal forma à presença de seres humanos que você pode sentar-se no meio deles durante horas.

O tamanho dos grupos varia, mas são bem mais numerosos que os do gorila, chegando a incluir cerca de 50 indivíduos.

Os chimpanzés movem-se com grande facilidade nas árvores, nelas dormindo e comendo, mas, geralmente, deslocam-se e descansam no chão, mesmo na floresta cerrada. Andam de quatro, apoiando-se nas costas dos dedos arqueados das mãos, com os longos braços em posição rígida, mantendo os ombros elevados. Mesmo quando o bando está parado e à vontade no chão, há uma atividade constante. Os jovens correm uns atrás dos outros brincando de pegador por entre as árvores, e outros jogos infantis. Um deles poderá treinar-se no preparo de uma cama, dobrando ramos flexíveis e frondosos para construir uma plataforma; mas, provavelmente, se cansará antes de completar a obra e descerá procurando outra coisa para se distrair.

Os laços sexuais entre indivíduos variam. Algumas fêmeas e alguns machos são monógamos. Outros machos acasalam com diversas fêmeas e estas, quando suas nádegas se intumescem e adquirem uma cor rosada indicando que estão sexualmente receptivas, muitas vezes cortejam e copulam com numerosos machos. O laço de união entre a mãe e o filhote é muito forte. Imediatamente após o nascimento, o filhote agarra-se ao pêlo da mãe usando seus pequeninos punhos, embora, no início, não tenha força suficiente para segurar-se ali sem a ajuda materna. Ele permanece junto da mãe, cavalgando-a como um jóquei, montado em suas costas quando o grupo viaja, até atingir 5 anos. Essa proximidade e dependência, possibilitadas pelos reflexos preensores das mãos dos filhotes, teve um profundo efeito sobre a sociedade dos chimpanzés. Uma de suas consequências foi a de que os filhotes aprendem muito com suas mães e elas podem manter um olhar vigilante neles enquanto crescem, supervisionando seus atos, afastando-os dos perigos e, mostrando, através de seu próprio exemplo, como devem se comportar.

Existe também um contato constante entre os adultos durante suas pausas para descanso. Os recém-chegados cumprimentam-se uns aos outros, estendendo as costas da mão espalmada para ser farejada e tocada com os lábios. Os machos idosos, cinzentos e carecas, com olhos brilhantes e faces enrugadas, às vezes sentam-se afastados do bulício da atividade geral. Chegam a atingir 40 anos de idade e muitas vezes dão uma impressão de irascibilidade e impaciência. São tratados com considerável respeito; as fêmeas se aproximam deles jogando beijos e efusivamente soltando gritinhos. Todo o grupo, velhos e jovens, passa horas dispensando cuidados mútuos, pacientemente catando o pêlo áspero ou coçando a pele com a unha para retirar um parasita ou uma escama. Têm tal disposição para assim cuidarem uns dos outros e sentem tal prazer nessa atividade que, às vezes, uma verdadeira cadeia de cinco ou seis indivíduos se forma, cada qual completamente absorvido na tarefa de catar e alisar o outro. Esta atividade se tornou realmente uma função social e um gesto de amizade.

De diversas maneiras, o grupo examina tudo o que existe a seu redor. Um tronco com um cheiro estranho é cuidadosamente farejado e sondado com o dedo. Uma folha poderá ser apanhada, inspecionada com a maior atenção, experimentada com o lábio inferior e gravemente passada aos outros para um exame igual; em seguida, jogam-na fora. O grupo pode visitar um cupim. A caminho, um animal quebra um galhinho seco, corta-o a um certo tamanho e arranca-lhe todas as folhas. Ao chegar ao termiteiro, introduz o galhinho em um dos buracos. Ao retirá-lo, ele está coberto de cupins-soldados que nele se aferraram com suas mandíbulas, tentando defender o ninho contra os intrusos. O chimpanzé passa o graveto entre os lábios, retirando os insetos e devorando-os gulosamente. Os chimpanzés não apenas fazem utensílios, como os utilizam.

A mudança levada a efeito há tão longo tempo pelos primatas primitivos de uma existência terrestre dominada pelo olfato e, muitas vezes, noturna, para uma vida nas árvores teve como conseqüência o desenvolvimento de mãos preensoras, braços longos, visão estereoscópica colorida, e um aumento considerável no tamanho do cérebro. Com a ajuda desses talentos, os macacos e antropóides tiveram imenso sucesso em suas vidas nas árvores. Mas, aqueles, dentre eles, que subseqüentemente voltaram para o chão, fosse por causa do volume do corpo ou por qualquer outra razão, descobriram que esses talentos podiam ser utilizados em suas novas condições de vida de uma forma que abriu novas possibilidades e levou a outras modificações. O cérebro de maior tamanho aumentou também a faculdade de aprender e deu início aos começos de uma cultura grupal; as mãos manipuladoras e a visão coordenada tornaram possíveis o uso e a manufatura de ferramentas. Os primatas que hoje se utilizam dessas aptidões, porém, estão essencialmente repetindo um processo que um outro ramo de sua família iniciou logo após o aparecimento dos primeiros ancestrais antropóides na África, há vinte milhões de anos. Foi esse ramo que ficou de pé, ereto, e desenvolveu seus talentos a tal ponto que acabou dominando e explorando o mundo de um modo que nenhum animal antes o fizera.

13 Os comunicadores compulsivos

O *Homo sapiens* tornou-se inesperadamente o mais numeroso de todos os animais de grande porte. Há 10 000 anos existiam aproximadamente 10 milhões deles em todo o mundo. Embora fossem comunicativos, habilidosos e dotados de capacidade inventiva, pareciam, como espécie, limitados às mesmas restrições e leis que controlavam a quantidade numérica dos outros animais. Há cerca de 4 000 anos, porém, teve início um rápido aumentando até alcançar os 300 milhões. Há 1 000 anos, a espécie começou a assenhorear-se da Terra. Hoje existem 4 bilhões de seres humanos e, assenhorear-se da Terra. Hoje existem 4 bilhões de seres humanos e, se houver continuidade das atuais tendências, no fim deste século seu número terá ultrapassado 6 bilhões. Essas extraordinárias criaturas espalharam-se pelos quatro cantos da Terra de uma maneira sem precedentes. Sobreviveram tanto no gelo dos pólos como nas florestas tropicais da faixa equatorial. Escalaram as mais altas montanhas, onde o oxigênio é insuportavelmente escasso e, protegidos por roupagens especiais, mergulharam e caminharam no fundo do mar. Alguns chegaram até a se afastar completamente do planeta e visitaram a Lua.

Qual a razão de seu êxito? Que poder subitamente adquirido permitiu ao Homem tornar-se a mais bem-sucedida de todas as espécies? A história teve início, há cerca de 5 milhões de anos, nas planícies da África. A paisagem das savanas e pradarias, com suas pastagens e arbustos rasteiros, era então muito parecida com a de hoje. Alguns de seus habitantes não passavam de versões gigantescas de espécies modernas: javalis do tamanho de bois, com presas de 1 m de comprimento; búfalos imensos; elefantes três vezes maiores do que os atuais. Outros animais, porém, já se assemelhavam bastante aos contemporâneos, tais como as zebras, os rinocerontes e as girafas. Aí viviam também criaturas simiescas do tamanho aproximado de um chimpanzé, descendentes dos antigos primatas habitantes das florestas que, há cerca de 10 000 anos, tinham se difundido pela África, Europa e Ásia. Os primeiros fósseis desses pré-hominídeos habitantes das pradarias descobertos na África do Sul foram, por isso, chamados *Australopithecus*, que quer dizer "macacos do sul". Diversos outros fósseis antropomorfos foram mais tarde encontrados no continente africano; desde então, estudos intensivos têm sido feitos numa tentativa de desemaranhar suas várias genealogias. A cada novo fragmento de evidência fóssil encontrado reabrem-se debates entre os cientistas com renovada veemência, pois nenhum pesquisador deixa de aceitar o fato importante de que entre essas criaturas estão os ancestrais do homem moderno. Todo o grupo pré-hominídeo recebeu a designação conveniente de "homem-macaco".

Esses antropóides não eram muito abundantes e seus ossos fossilizados são raros. Entretanto foi descoberto um número suficiente deles para nos dar uma idéia relativamente clara de sua aparência física em vida. Seus pés e mãos eram semelhantes aos de seus ancestrais arborícolas, aptos a agarrar objetos segurando-os com firmeza, com unhas nas pontas dos dedos em vez de garras. Suas pernas não eram especialmente adaptadas a se movimentar com velocidade e eram bem menos eficazes, para esse fim, do que as dos antílopes ou dos carnívoros. O formato do crânio testemunha seu passado de habitante das florestas: pelo tamanho das órbitas pode-se deduzir que seus olhos eram bastante desenvolvidos e que a visão, como para todos os outros macacos e símios, era de grande importância para esses animais. Em contraste, seu faro parece ter sido relativamente fraco, pois, em todos os crânios encontrados, as fossas nasais são muito curtas. Seus dentes, pequenos e arredondados, não serviam para triturar as gramíneas das pastagens nem para reduzir à polpa os gravetos fibrosos. Também não tinham a forma aguda de lâminas de corte, típicas dos carnívoros. De que se alimentariam então essas criaturas nas pradarias? Possivelmente arrancavam raízes e forrageavam com frutas, castanhas e sementes. E, a despeito das inadequações de sua anatomia, acabaram se tornando caçadores.

Se observarmos a estrutura óssea de suas bacias, verificaremos que desde o início da colonização das pradarias os hominídeos já ficavam em pé. Essa tendência a uma postura ereta estava presente nos primatas arborícolas, seus antepassados, os quais usavam as mãos para apanhar frutas e segurar folhas e galhos. Muitos dentre eles costumavam erguer-se nas patas traseiras por curtos períodos quando desciam para o chão. Para uma vida na planície, porém, uma postura ereta permanente era da maior utilidade. Se comparado aos predadores que habitavam as pradarias, o "homem-macaco" era pequeno, lento e indefeso. Para ele a possibilidade de antecipar a aproximação de um inimigo era de extrema importância e a capacidade de se manter em pé, vigiando os arredores, podia ser o fator decisivo entre a vida e a morte. Além dessa vantagem, uma visão à distância era muito útil para a caça. Todos os predadores da savana — leões, cães selvagens, hienas — obtêm a maioria das informações de que necessitam pelo faro e, por isso, mantêm o nariz rente ao solo. A visão sempre fora o mais importante dos sentidos para o "homem-macaco", desde o tempo em que ele vivia nas árvores. Era bem mais vantajoso manter a cabeça erguida perscrutando a distância do que farejar uma trilha de mato empoeirado. O *patas* africano que passa a maior parte de sua vida em campo aberto adota exatamente essa prática: quando alarmado, ergue-se nas patas traseiras para olhar ao redor.

Uma postura ereta não é, com certeza, um meio de adquirir velocidade. Ao contrário, o "homem-macaco" tornou-se provavelmente mais lento em conseqüência dessa aquisição. Um atleta altamente treinado, que pode ser considerado o melhor corredor bípede entre os primatas, mal consegue manter 25 km/h para qualquer distância, enquanto que símios, galopando nas quatro patas, atingem facilmente o dobro dessa velocidade. Mas, ao transformar-se em bípede, o "homem-macaco" obteve uma vantagem adicional. Suas mãos, especialmente desenvolvidas por seus ancestrais para as exigências de uma vida nas árvores, agora o habilitavam a segurar qualquer objeto com firmeza e segurança. Mantendo-se em pé, suas mãos ficavam livres para compensar, a qualquer momento, a ausência de garras e presas. Quando ameaçados, os hominídeos podiam se defender arremessando pedras ou brandindo galhos. Encontrando uma carcaça, embora não pudessem rasgá-la com os dentes, conseguiam abri-la cortando-a com a orla afiada de uma pedra, firmemente segura na mão. Aprenderam até a bater uma pedra contra outra para dar-lhes determinado formato. Pedras lascadas deliberadamente têm facetas muito diferentes das apresentadas por seixos rolados nos rios ou partidos em conseqüência de um congelamento. São, por isso, facilmente identificáveis e foram descobertas em grande número associadas a esqueletos do "homem-macaco". Transformando-se em fabricantes de ferramentas os hominídeos conquistaram para si um lugar permanente na comunidade animal das pradarias.

Durante um vasto período de tempo, cerca de 3 milhões de anos, tal situação permaneceu inalterada. Lentamente, ao longo de milhares de gerações, surgiu uma linhagem de "homem-macaco" cujo corpo se adaptara melhor à vida nas pradarias. Seus pés perderam a capacidade de agarrar e desenvolveram um arco na planta, que lhe permitia correr com maior eficiência. Os quadris modificaram-se, a articulação deslocou-se em direção ao centro da pelve para equilibrar o torso ereto e a própria pelve tomou a forma mais larga e arredondada de uma bacia, proporcionando, assim, uma base firme para os músculos potentes que ligam a pelve à espinha, necessários para sustentar o ventre em sua nova posição vertical. A coluna vertebral desenvolveu uma ligeira curvatura para melhor centralizar o peso da parte superior do corpo. Mais significativamente, o crânio se modificou. A maxila retrocedeu e a testa ficou mais abaulada. O cérebro do primitivo "homem-macaco" fora semelhante ao do gorila, com cerca de 500 cm^3. Agora estava com o dobro do tamanho. Sua estatura aumentara e ele media mais de 1,5 m. A ciência, reconhecendo sua nova postura, deu-lhe uma designação mais adequada: *Homo erectus*, o "homem ereto".

Essa nova espécie era bem mais hábil que seus predecessores na fabricação de ferramentas. Algumas de suas pedras lascadas eram modeladas com grande esmero; mais finas em uma das pontas, com uma orla afiada e cortante e do tamanho exato para caberem perfeitamente em sua mão. No sudoeste do Quênia, em Olorgesailie, foram descobertas provas do sucesso de uma de suas expedições de caça. Em uma pequena área foram encontrados esqueletos partidos e desmembrados de uma espécie, agora extinta, de babuínos gigantes. No mínimo uns cinqüenta animais adultos e uma dúzia de filhotes foram massacrados ali. Entre esses restos mortais foram desco-

No verso: *Os Biami e sua linguagem gestual, Nova Guiné*

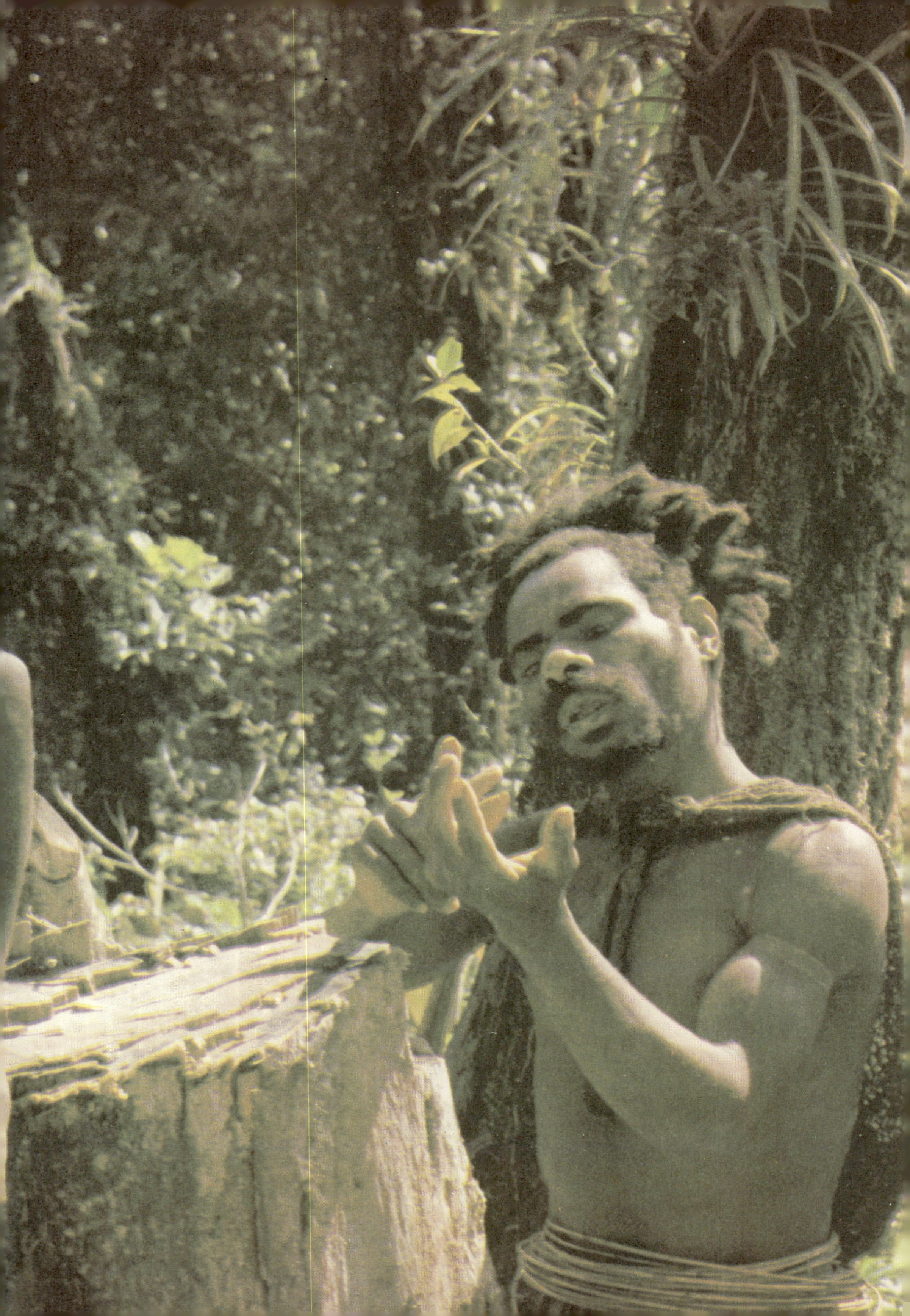

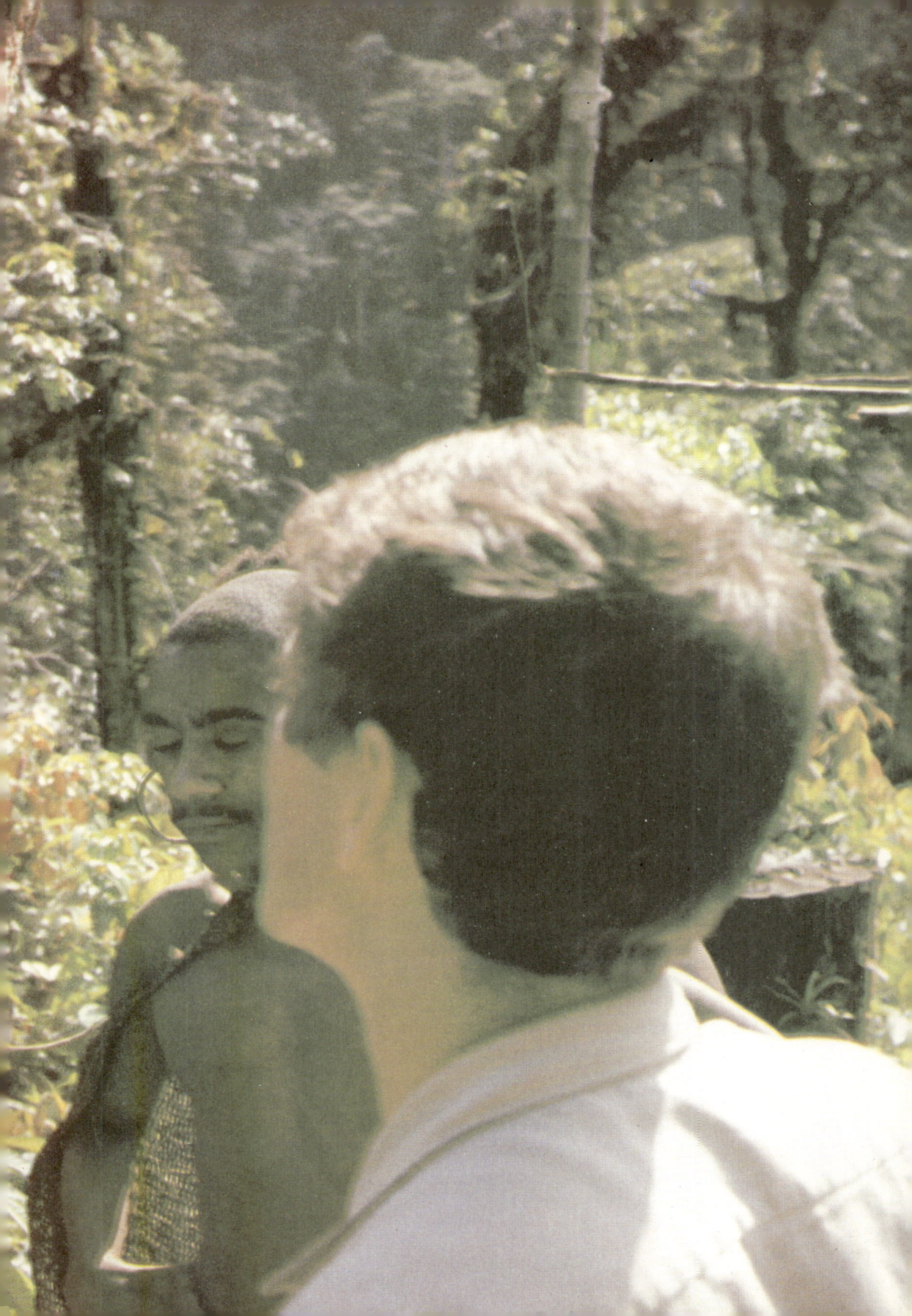

bertas centenas de pedras lascadas e milhares de seixos redondos, todos de formações rochosas que não ocorrem naturalmente num raio de 30 km a partir daquele local. Baseados nesses fatos podemos tirar várias conclusões. A maneira pela qual as pedras foram lascadas e modeladas estabelece que os caçadores foram, sem dúvida, o *Homo erectus*. O transporte de armas a uma certa distância sugere que suas expedições de caça eram premeditadas e que os caçadores haviam se munido de armas de ataque muito antes de encontrarem suas vítimas. E os babuínos, mesmo as espécies atuais de menor porte, são criaturas temíveis, dotadas de mandíbulas e caninos poderosos. Poucos homens hoje teriam a coragem de enfrentá-los sem armas de fogo. A quantidade de despojos encontrada em Olorgesailie sugere também que essas caçadas eram possivelmente operações regulares de equipe, exigindo considerável perícia dos participantes. Nessa época, o *Homo erectus* já era um predador muito eficiente.

Entretanto, qual seria a forma de comunicação usada para discutir os planos e executar os ataques? Poderia ser aquilo que atualmente reconhecemos como sendo uma linguagem? Pesquisas têm sido feitas, baseadas no formato do crânio e dos ossos do pescoço, com a finalidade de estabelecer a estrutura interna de sua garganta e a opinião corrente é que, embora fosse capaz de produzir sons infinitamente mais complexos que os guinchos e uivos dos símios modernos, sua fala, se quisermos chamá-la assim, era provavelmente lenta e desconjuntada.

Mas o "homem-macaco" dispunha de outro meio eficaz de comunicação: os gestos. Sobre estes, podemos aventar algumas interpretações mais confiantes e seguras sobre sua forma e significado. Entre todos os animais, o homem é o que tem o maior número de músculos faciais independentes. Graças a ele, somos capazes de mover os vários elementos que compõem o rosto — lábios, face, testa, sobrancelhas — em uma variedade de maneiras impossível a qualquer outra criatura. Sem dúvida, o rosto era o centro principal de comunicação gestual do *Homo erectus*.

Uma das informações mais importantes que o rosto transmite é a identidade. Temos tendência a nos esquecer da medida que nossas fisionomias diferem entre si. Essa é, no entanto, uma característica bastante rara entre os animais. Quando um grupo de seres de uma mesma espécie se reunia para formar uma equipe, trabalhando e cooperando, cada qual com responsabilidades próprias, era imprescindível que cada participante pudesse identificar um companheiro instantaneamente. Certos animais gregários, como hienas e lobos, usam o faro. Para o homem, com faro deficiente e visão muito desenvolvida, a identidade era proclamada não por secreções glandulares odoríferas mas pela configuração de seu rosto.

Com sua extrema mobilidade as feições também enviam grande quantidade de informações sobre variações de humor e intenções; identificamos com facilidade expressões de entusiasmo, prazer, aversão, raiva, deleite. Além dessas revelações emocionais, também enviamos mensagens mais precisas por meio do rosto, de concordância ou desacordo, de acolhimento ou intimação. Seriam os gestos que usamos hoje puramente arbitrários, aprendidos com nossos pais e compartilhados com o resto de nossa comunidade somente porque pertencemos a uma mesma cultura? Ou estariam alguns deles profundamente enraizados em nós mesmos por serem uma herança de nosso passado pré-histórico? Alguns gestos corriqueiros, como métodos de contagem ou de insulto, variam de uma sociedade para outra e são claramente aprendidos. Mas existem alguns que dão a impressão de serem mais universais e arraigados. Por exemplo, o *Homo erectus* inclinaria a cabeça para a frente indicando aquiescência e a balançaria de um lado para outro em negativa como nós o fazemos? Podemos encontrar sugestões de respostas a estas questões se estudarmos os gestos de grupos humanos em sociedades primitivas que ainda não tenham tido nenhum contato com a nossa.

A Nova Guiné é um dos últimos lugares do mundo onde há algum tempo ainda se encontravam grupos humanos isolados de qualquer contato com o homem ocidental. Hoje, poucos conseguiram escapar à influência dominadora da nossa civilização, pois toda a ilha já está completamente explorada. Mas há dez anos havia uma pequena área nas florestas que recobrem as montanhas junto à nascente do rio Sepik, que ainda não tinha sido penetrada por ninguém. Um piloto que sobrevoava essa região notou, numa parte da floresta considerada até então desabitada, algumas cabanas em clareiras abertas na mata. O governo australiano, que nessa época controlava a ilha, decidiu verificar qual seria essa tribo desconhecida. Organizaram para esse fim uma patrulha de reconhecimento, liderada por um chefe distrital, da qual tive a oportunidade de participar. Foram recrutados cerca de 100 homens entre os habitantes dos vilarejos localizados ao longo do rio para ajudar no transporte de tendas e mantimentos. Nas margens de um afluente do Sepik, numa última povoação raramente visitada, o povo local confirmou a existência de tribos desconhecidas nas montanhas. Mas ninguém jamais os vira, não conheciam sua linguagem e nem mesmo como se chamavam. As populações ribeirinhas se referiam a eles como os Biami.

Depois de caminhar a pé através das montanhas durante duas semanas, encharcados pelas chuvas diárias e vivendo exclusivamente dos mantimentos que tínhamos trazido, encontramos um dia uma trilha de pegadas humanas. Duas pessoas caminhavam à nossa frente, e avançando com rapidez. Começamos a seguir essa pista. Quando levantávamos acampamento de manhã descobríamos suas pegadas na floresta próxima e sabíamos que tinham estado sentados por ali, a nos observar. Uma noite resolvemos deixar alguns presentes para eles nas florestas, mas ninguém os tocou. Tentamos saudá-los, usando a linguagem do povo local, sem saber se os Biami podiam nos compreender. De qualquer forma não houve resposta. Continuamos assim, noite após noite, até que um dia perdemos completamente a pista. Três semanas mais tarde tínhamos perdido também toda a esperança de estabelecer contato com eles. Até que uma manhã, ao acordar, deparamos com sete homens em pé entre os arbustos a uma pequena distância de nossas tendas. Eram de pequena estatura e estavam nus, à exceção de uma tira de junco trançado na cintura da qual pendiam, na frente e atrás, ramos de folhagens verdes. Alguns traziam brincos e colares feitos de osso. Um deles carregava uma sacola tecida, cheia de frutas e raízes.

Enquanto saíamos desordenadamente de nossas tendas eles permaneceram imóveis a nos observar. Esse ato demonstrava grande confiança. Procuramos convencê-los com a maior convicção e rapidez possíveis, de que nossas intenções eram pacíficas e amistosas. Os habitantes locais falaram-lhes mas os Biami não entenderam nada. Foi preciso tentar a comunicação por meio de gestos que tivéssemos em comum e, surpreendentemente, haviam muitos.

Sorrimos — e os Biami nos responderam com um sorriso. Esse gesto pode parecer estranho como uma expressão de amizade, pois atrai a atenção para os dentes, a única arma natural que o homem possui. Mas, neste caso, o elemento essencial não são os dentes, mas sim, o movimento dos lábios. Nos outros primatas é um gesto conciliatório, uma indicação, por exemplo, por parte de um chimpanzé jovem ao macho dominante de que ele não está disputando sua autoridade. No gênero humano, esse gesto foi ligeiramente modificado pelo movimento ascendente dos cantos da boca e é usado para transmitir acolhimento e prazer. Sabe-se com certeza que esse não é um gesto inteiramente ensinado pelos pais e que faz parte do nosso repertório instintivo porque bebês surdos-mudos de nascença sorriem quando são apanhados ao colo para serem alimentados.

Estávamos ansiosos por aumentar nosso relacionamento com os Biami. Tínhamos trazido mercadorias para eles — contas, sal, facas, tecidos — mas nos pareceu presunçoso e condescendente oferecê-los diretamente como presentes. Apontamos então para a sacola tecida, erguendo as sobrancelhas numa interrogação muda. Os Biami compreenderam imediatamente e tiraram dela algumas raízes de taro e bananas verdes. Começamos a comerciar. Apontar algum objeto, tocar nos dedos para indicar números, acenar com a cabeça concordando — todos esses gestos eram inequívocos. Tanto os Biami como nós fazíamos grande uso das sobrancelhas, a parte mais móvel de toda a fisionomia. É possível que as sobrancelhas sirvam para evitar que o suor escorra dentro de nossos olhos, mas isto não explica sua imensa mobilidade. Uma de suas funções principais é, com certeza, o envio de sinais. Os Biami franziam-nas para expressar desaprovação. Quando acompanhavam esse gesto com um movimento, balançando a cabeça de um lado para outro, deixavam inquestionavelmente claro que não queriam as contas que lhes estávamos oferecendo. Erguendo as sobrancelhas ao examinar nossas facas, eles expressaram sua admiração. Quando percebi o olhar de um deles, parado hesitante a um lado do grupo, levantei minhas sobrance-

Pintura paleolítica numa caverna em Niaux, França

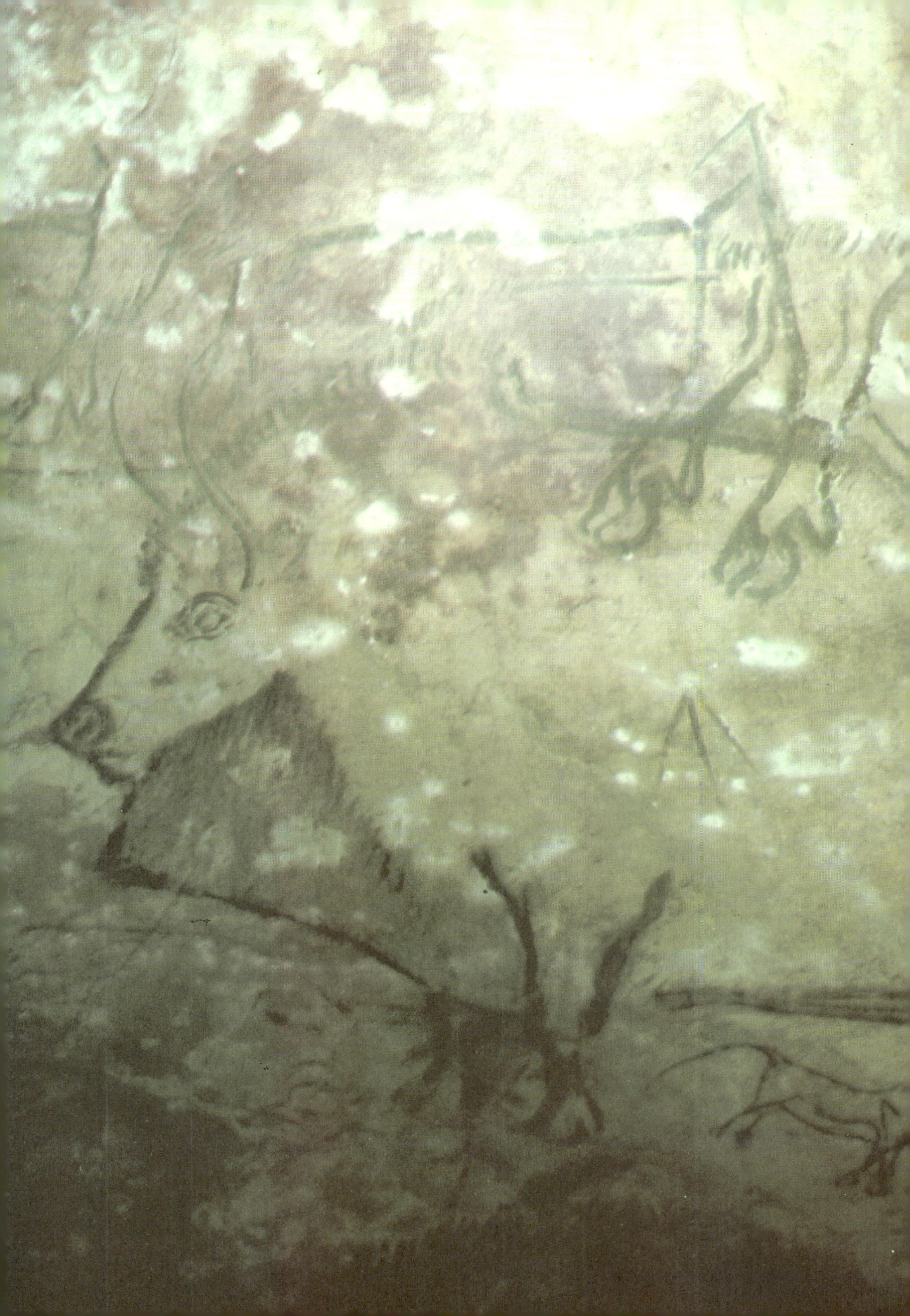

lhas por um momento e movi simultaneamente a cabeça um pouco para trás. O Biami fez exatamente o mesmo gesto, parecendo assim que reconhecíamos e aceitávamos com alegria a presença um do outro.

Esse movimento de sobrancelhas é usado em todo o mundo. Dá resultado igualmente satisfatório num mercado em Fidji, numa loja do Japão, entre os índios nas florestas do Brasil ou num botequim na Inglaterra. Seu significado exato pode variar de um lugar para outro, mas o fato de sinais como este estarem tão difundidos e serem usados por grupos tão dissemelhantes sugere, com indiscutível autoridade, serem eles uma herança comum da humanidade. Podemos inferir que tenham sido usados pelo *Homo erectus* quando planejava suas caçadas, saudava seus amigos, colaborava em equipe na matança de suas presas e trazia as carcaças para a satisfação de suas companheiras e de seus filhos.

Com esse talento especial para a comunicação e com sua habilidade na fabricação de ferramentas e utensílios, o *Homo erectus* tornou-se cada vez mais bem-sucedido; seu número começou a aumentar e ele iniciou sua difusão para outras terras. Do sudeste da África, dirigiu-se para o vale do Nilo e, mais ao norte, em direção às costas orientais do Mediterrâneo. Vestígios dele foram descobertos mais ao leste, em Java e na China. Se emigrou da África até a Ásia ou se os grupos encontrados descendem de um primitivo "homem-macaco" originário do local constitui ainda uma incógnita e não dispomos de provas suficientes para aventar uma resposta. É certo, porém, que grupos africanos atingiram a Europa. Alguns atravessaram a faixa de terra que unia, como se fosse uma ponte, a Tunísia à Sicília e à Itália. Outros viajaram para a parte oriental da Europa, circundando o Mediterrâneo e seguindo rumo norte, através dos Balcãs.

Há cerca de 1 milhão de anos o *Homo erectus* já era bastante numeroso na Europa. Mas há aproximadamente 600 000 anos ocorreu uma mudança importante no clima da Terra: começou a fazer muito frio. Foi uma alteração gradual que não ocorreu de forma contínua e severa. Durante longos períodos o tempo melhorou e os lençóis de gelo que avançavam a partir do norte se interrompiam e retrocediam. Mas a tendência principal era para um resfriamento inevitável e bastante acentuado. O congelamento de grande quantidade de água, retida nas calotas de gelo, causou um abaixamento no nível do mar e, em conseqüência, surgiram diversas faixas de terra ligando os continentes. Atravessando essas pontes, o homem pôde atingir as Américas através do estreito de Bering. Ao sul, através das cadeias de ilhas da Indonésia, avançou até a Nova Guiné e a Austrália.

Na Europa, o *Homo erectus* deve ter sofrido terrivelmente com o frio intenso que aumentava. Sendo originário das tépidas planícies africanas, não tinha a proteção natural de uma pelagem espessa, como é o caso dos mamíferos das regiões frias. Outras criaturas, em circunstâncias adversas semelhantes teriam viajado de volta em busca de regiões mais quentes ou

Anciãos Walbiri ungindo as pedras sagradas, ao lado das pinturas na rocha

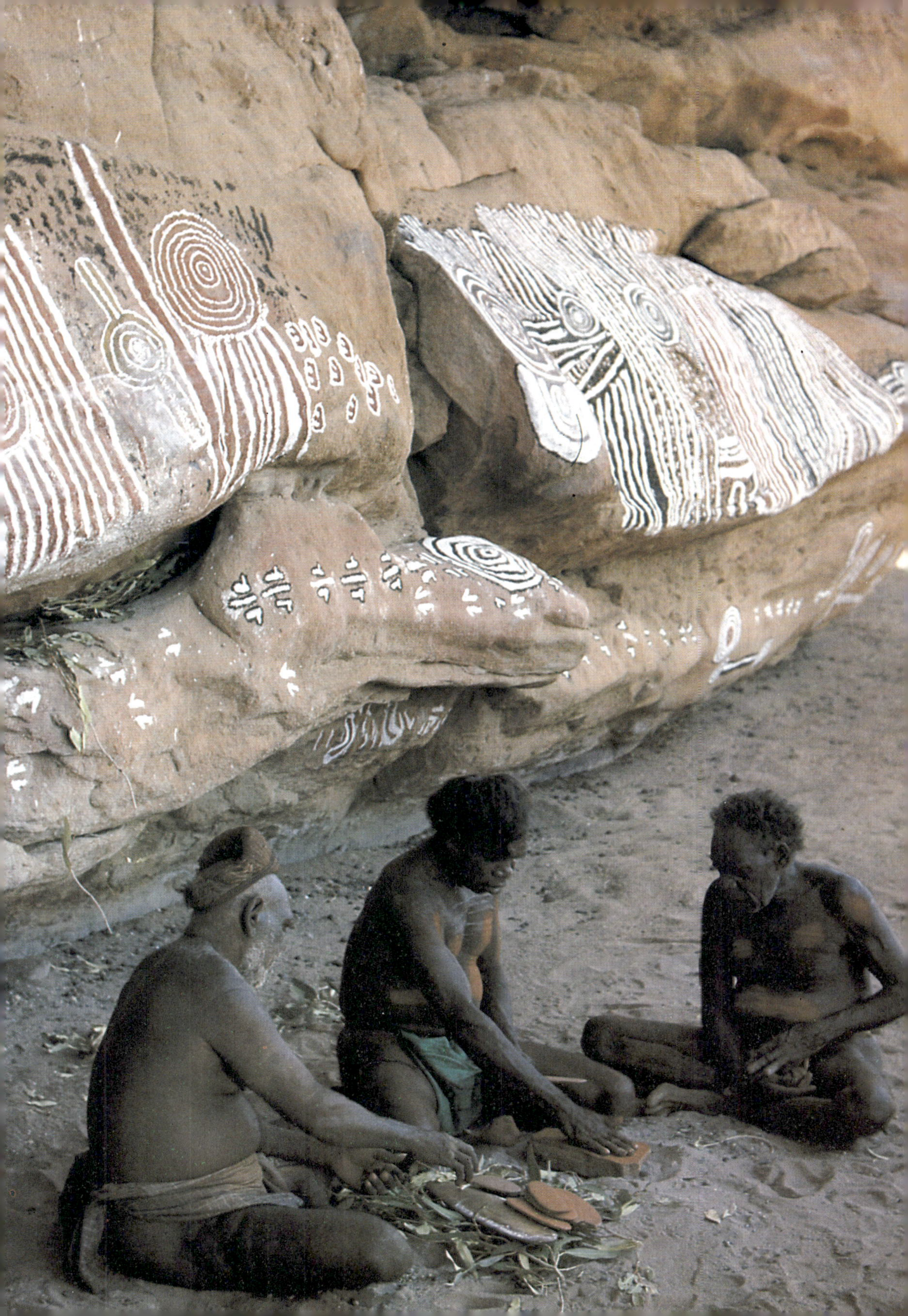

simplesmente morrido de frio. Mas o Homem, com sua habilidade manual e capacidade inventiva, não desistiu. Em vez de fugir, saiu à caça de animais de pelagem abundante, matou-os, arrancou-lhes as peles e as usou para se aquecer. Além disso, buscaram abrigo nas cavernas.

Numerosas dessas habitações têm sido descobertas no sul da França e na Espanha. Junto aos Pireneus e na Dordogne, nos grandes vales centrais de pedra calcária, os despenhadeiros são crivados de cavernas, e em quase todas foram encontrados vestígios de habitação antiga. Através de objetos descobertos nessas cavernas podemos aprender muita coisa sobre o cotidiano desses povos primitivos. Sabemos que usavam agulhas de osso e tendões para costurar suas vestimentas de couro e pele. Pescavam com arpões de osso elaboradamente talhados com fileiras contínuas de farpas nas beiradas e caçavam nas matas com lanças de ponta de pedra afiada. Dentro das cavernas, pedras enegrecidas nos demonstram que já dominavam o fogo e deviam considerá-lo extremamente precioso, não só porque precisavam desesperadamente de aquecimento no inverno como também porque lhes permitia cozinhar a carne que seus dentes pequenos não conseguiriam mastigar crua.

Esses dentes tinham então se tornado ainda menores do que os seus ancestrais, mas, em compensação, seu crânio se expandira e já era do tamanho do nosso. Examinando moldes tirados da parte interior desses crânios podemos verificar que a área do cérebro que controla a faculdade de expressão verbal já estava plenamente desenvolvida. É, pois, razoável presumirmos que esses homens se exprimiam em uma linguagem complexa e fluente. No que diz respeito ao formato e à estrutura do esqueleto não existem diferenças de vulto entre o habitante das cavernas da França há 35 000 anos e nós. Por essa razão os antropólogos deram a esses povos a mesma designação que escolheram, com certa imodéstia, para todos os seres humanos modernos: *Homo sapiens*, "homem inteligente".

As diferenças entre o estilo de vida de um caçador vestido de peles, deixando sua caverna de lança em punho à caça de um mamute e de um moderno executivo, elegantemente vestido, conduzindo seu carro por uma auto-estrada em Nova Iorque, Londres ou Tóquio para consultar as folhas de seu computador, não são resultantes de qualquer desenvolvimento físico ocorrido no vasto período de tempo que os separa. São, isto sim, a conseqüência de um fator evolucionário completamente novo e diferente.

O homem, através dos séculos, tem atribuído a si próprio o mérito de muitos dos talentos e habilidades que o distinguem de todos os outros animais. Em determinada época acreditávamos ser as únicas criaturas capazes de fabricar e utilizar ferramentas. Hoje temos provas em contrário. Os chimpanzés o fazem com perícia e mesmo os tentilhões, nas Galápagos, sabem cortar e afiar longas farpas que usam como sondas para extrair vermes de buraquinhos na madeira. Até nossa complexa linguagem falada deixa de ser um atributo tão único e especial ao começarmos a aprender um pouco sobre o significado dos meios de comunicação usados por chimpanzés e golfinhos. Mas o homem é a única criatura a ter feito pinturas representativas — e foi esta aptidão especial que o impeliu ao avanço e ao desenvolvimento extraordinário que terminaram por transformar as condições de vida da sua espécie.

O desenvolvimento dessa habilidade pode ser acompanhado nas paredes rochosas das antigas cavernas da Europa. Seus habitantes embrenharam-se em corredores e vãos escuros e tortuosos, orientando-se apenas com a luz fraca e bruxuleante de lamparinas de pedra impregnada de gordura animal, até conseguirem atingir os recessos mais difíceis e profundos. E aí, na parte mais recôndita dessas cavernas, em galerias e câmaras muitas vezes alcançadas após horas de rastejamento, esses homens cobriram as paredes com seus desenhos. Como pigmento utilizaram o vermelho, o castanho e o amarelo-ocre do ferro e o negro do carvão e do minério de manganês. Seus pincéis eram gravetos com rebarbas em uma das pontas. Outras vezes usavam seus próprios dedos ou sopravam a tinta diretamente na pedra, provavelmente com a boca. Alguns desenhos eram esculpidos com ferramentas lascadas. Foram encontrados também entalhes de forma arredondada e figurinos moldados em argila. O tema era quase sempre o mesmo: seus animais de caça — mamute, veados, cavalos, touros selvagens, bisões e rinocerontes. Os desenhos são muitas vezes sobrepostos uns sobre os outros. Não há paisagens e, muito raramente, imagens humanas. Em uma ou duas cavernas foram encontrados símbolos particularmente evocativos da visita desses artistas: a imagem de duas mãos, conseguida por meio de tinta soprada sobre elas, deixando a silhueta delineada na rocha. Em meio às imagens de animais aparecem alguns desenhos abstratos: linhas paralelas, quadrados, grades, filas pontilhadas, curvas que, segundo alguns, representam o órgão genital feminino, barras em ângulo que podem ser consideradas flechas. Esses sinais têm maior importância e significado para as mudanças que estavam para sobrevir.

Até hoje não sabemos ao certo por que esses povos antigos pintavam. Talvez os desenhos fossem parte de algum ritual religioso — se as barras em ângulo que circundam a figura de um touro imenso realmente representavam flechas, talvez tivessem sido pintadas para agourar sucesso em uma caçada; se os animais pintados com a barriga inchada fossem desenhados com a intenção de parecerem prenhes, talvez tivessem sido feitos durante rituais destinados a aumentar a fertilidade dos rebanhos. É bem possível que sua função fosse bem menos complicada e que esses povos pintassem simplesmente porque sentiam prazer nisso, na arte pela arte. Talvez seja um erro de nossa parte procurar uma explicação única e universal para todas elas. Segundo se calcula, as pinturas mais antigas têm cerca de 30 000 anos e as mais recentes, talvez, 10 000. O intervalo entre essas datas é seis vezes maior do que a duração de toda a história da civilização

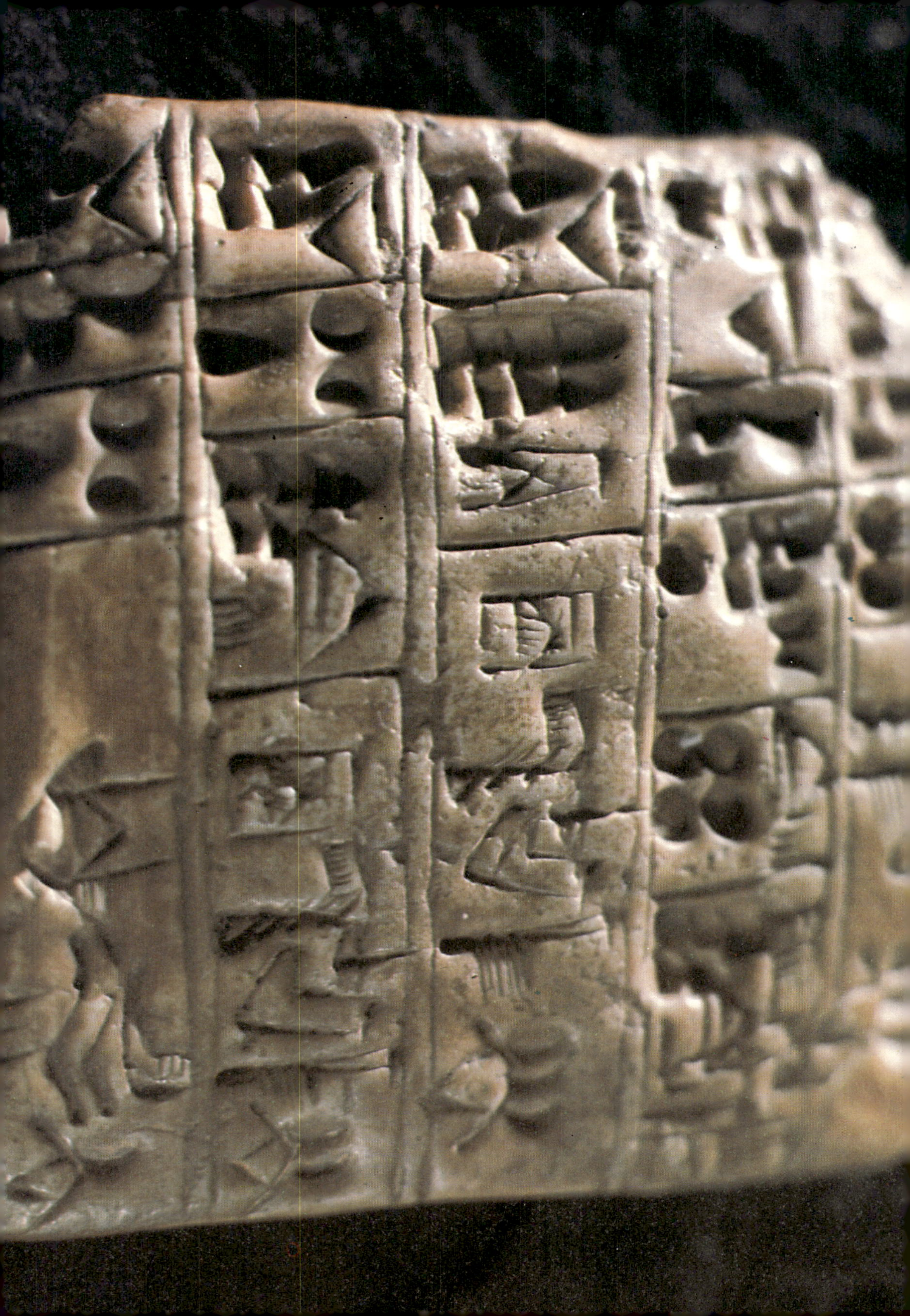

ocidental. A suposição de um motivo único para a origem de tantas pinturas diferentes é equivalente à conclusão de que a música de fundo que satura os hotéis modernos, tem a mesma função dos cantos gregorianos. Mas fossem esses desenhos dirigidos aos deuses, a jovens noviços ou à apreciação geral da comunidade, eles eram sem dúvida meios de comunicação que retêm até hoje sua força expressiva. Embora fiquemos perplexos e confusos quanto ao seu significado, não podemos deixar de reagir ao senso de percepção e à sensibilidade estética com que esses artistas souberam captar a silhueta expressiva de um mamute, as cabeças inclinadas de uma manada de veados galheiros ou o vulto corpulento de um bisão.

Existem hoje no mundo lugares onde ainda é possível descobrir o significado exato das figuras pintadas nas rochas para os povos que vivem da caça. Na Austrália, os aborígines ainda pintam nas pedras formas semelhantes, em muitos aspectos, aos desenhos pré-históricos das cavernas da Europa. São pintados em penhascos e abrigos rochosos, muitas vezes em locais de acesso extremamente difícil, executados com ocre mineral e sobrepostos uns sobre os outros. Incluem sinais geométricos abstratos e silhuetas estampadas das mãos dos artistas. Representam, com freqüência, os animais que servem de alimento aos aborígines: peixes-barramundi, tartarugas, lagartos e cangurus.

Alguns desses desenhos são repintados regularmente, segundo a crença de que, se a imagem se mantiver nítida na rocha, os animais representados continuarão a viver, em abundância, nas proximidades. A tribo Walbiri, do deserto central da Austrália, acredita que o mundo foi criado por um poderoso espírito, a serpente arco-íris, cujo rastro multicolorido aparece no céu após as tempestades. Os velhos afirmam que o deus vive em uma toca localizada na base de um longo penhasco de arenito, no coração do território tribal. Nenhum homem jamais avistou o deus-serpente, embora, às vezes, se encontrem rastros de sua passagem na areia. Há muitas gerações, o povo pintou uma imagem do deus-serpente na pedra, uma imensa curva ondulante de ocre branco delineada em vermelho. Formas semelhantes a ferraduras, não muito diferentes dos símbolos geométricos da pré-história, desenhadas junto à imagem, representam seres humanos, seus descendentes diretos. No penhasco, ao lado deles, existem ainda outros símbolos: linhas paralelas e círculos concêntricos, pontos e barras em ângulo, representando pegadas de animais ancestrais, serpentes e lanças de caça.

Esses desenhos têm sido repintados reiteradamente por gerações de aborígines. O processo ou ato de pintar é ele próprio, uma forma de veneração, uma comunhão com o deus-serpente criador. Os velhos da tribo Walbiri costumavam ir com freqüência à rocha para cantar os antigos mitos e meditar sobre seu significado. Relíquias do deus-serpente, seixos redondos talhados com símbolos abstratos, eram guardados em desvãos da rocha. Os velhos os recolhiam reverentemente, ungiam-se com ocre vermelho e gordura de canguru e cantavam. Os jovens da tribo eram levados ao local para serem iniciados sob a imagem do deus-serpente, aprendendo o significado dos símbolos e assistindo à representação das lendas expressas em mímica e em canções.

Não existe nenhuma razão ou evidência que indique um parentesco ou uma ligação mais próxima entre os aborígines e os habitantes pré-históricos das cavernas da França ou entre eles e nós, mas seu estilo de vida é, até hoje, muito semelhante ao dos homens da Idade da Pedra. No mundo inteiro, durante milhares de anos, o *Homo sapiens* viveu exatamente assim, caçando para se alimentar e forrageando frutas, sementes e raízes. É uma existência difícil e cheia de perigos. Homens, mulheres e crianças estão expostos à seleção impiedosa de um meio ambiente impessoal. Se vagarosos ou imprudentes, cairão vítimas dos predadores; se enfraquecidos, morrerão de fome; os mais idosos não sobreviverão aos rigores de uma seca. Só os indivíduos que, devido ao acaso de uma variação genética, tenham um organismo mais adequado para suportar essas condições, conseguem sobreviver e, ao se reproduzir, transmitem essas vantagens aos filhos, aumentando-lhes as possibilidades de sucesso.

O organismo humano foi assim reagindo e se adaptando às exigências do mundo onde vivia e incorporando a seus genes as transformações físicas mais necessárias e importantes para a sobrevivência da espécie. Os habitantes das regiões tropicais, como os aborígines da Austrália e os povos africanos adquiriram um tom mais escuro de pele. A pigmentação escura pode ter sido adquirida muitas vezes de maneiras diferentes e independentes, de modo que uma pele negra, em si, não é indicação de parentesco imediato com outra pele negra. A coloração escura tem por objetivo a proteção, pois os raios solares em excesso podem ser extremamente prejudiciais à saúde e incidindo numa pele clara e, portanto, desprotegida, podem até causar um câncer. O pigmento escuro, porém, proporciona uma proteção de extrema eficiência. Os povos que vivem nos trópicos — na África, Índia ou Austrália, têm outra característica em comum: seu corpo é fino e adelgaçado. Essa silhueta também é uma consequência do ambiente quente e seco, pois oferece uma área maior de superfície cutânea em relação ao volume do corpo, de modo que a ação do vento ou da evaporação do suor podem refrescá-lo com maior eficiência.

Nas regiões frias a situação é inversa. Os raios solares, em quantidades moderadas, são importantes para a saúde. Sem eles o organismo não pode produzir a vitamina D. Os povos nórdicos, como os lapões da Escandinávia, onde o céu está freqüentemente encoberto, têm a pele branca. Os esquimós, que vivem dentro do Círculo Ártico, também possuem uma pele muito clara. Mas, em contrapartida, seu aspecto físico é exatamente o oposto ao magro e alongado habitante dos desertos. São baixos e atarracados, com uma silhueta que apresenta uma área menor de superfície cutânea em relação ao volume do corpo, permitindo uma conservação de calor

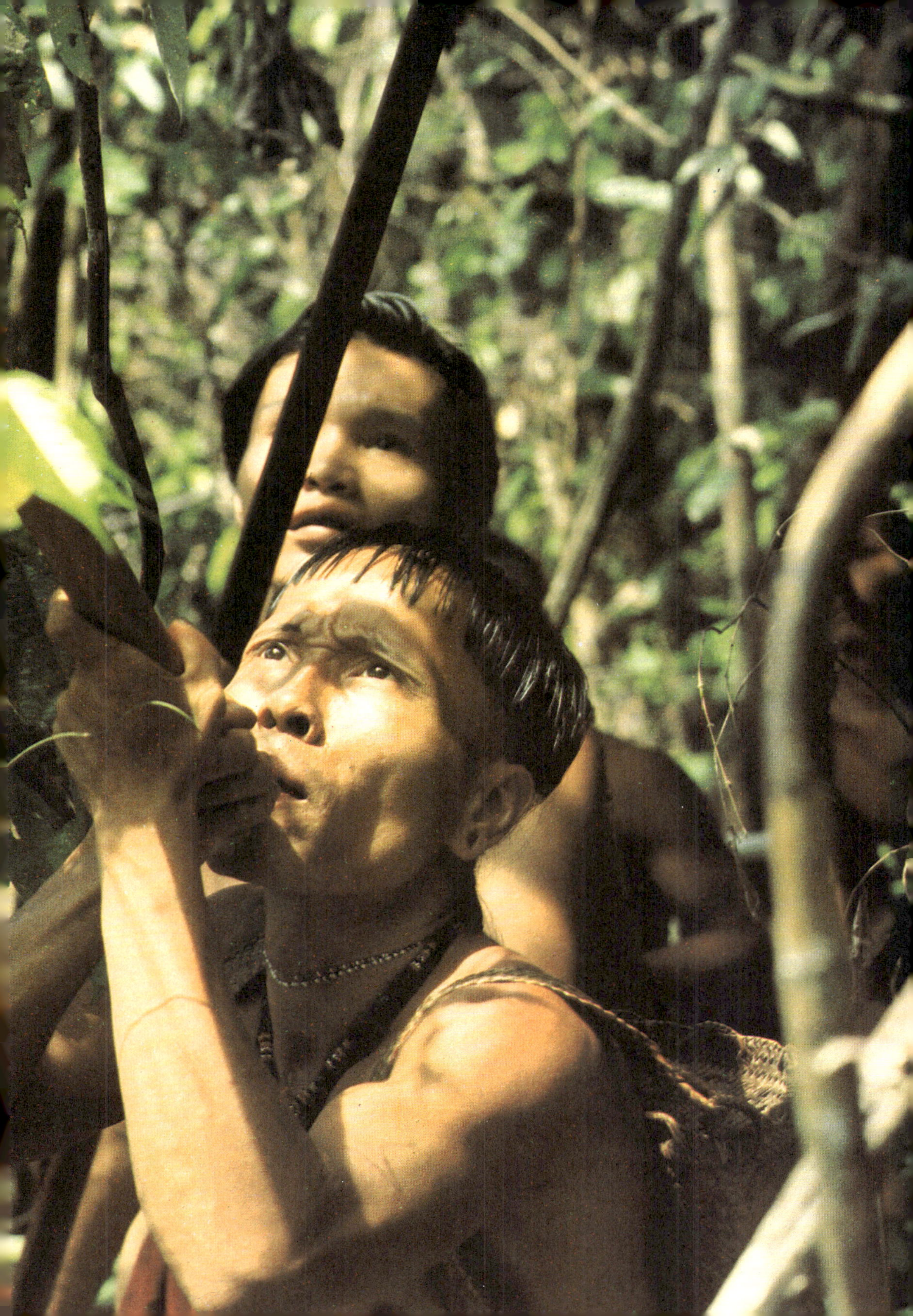

mais eficiente. A ausência de pêlos no rosto pode ser também uma conseqüência da adaptação ao clima frio, pois barbas e bigodes tendem a se congelar, e podem vir a ser empecilhos na vida diária.

Características como essas, fixadas nos genes pela seleção natural, continuam a aparecer em indivíduos, geração após geração, não importa onde vivam, a menos que processos semelhantes aos que provocaram as primeiras mudanças voltem a ocorrer, e tragam outras modificações, dentro de alguns milhares de anos.

Atualmente ainda existem algumas comunidades estritamente caçadoras e forrageadoras, representadas pelos aborígines australianos e bosquímanos da África. Outros grupos humanos obtêm tudo o que necessitam para viver nas florestas tropicais, na África central e na Malásia. Todos esses povos vivem em perfeita harmonia com o mundo natural que os cerca, utilizam o que lhes é diretamente oferecido e não o alteram em nada. Em parte alguma do mundo são excessivamente numerosos. Sua expectativa de vida é relativamente curta; o nascimento e a sobrevivência de seus filhos são controlados por meio da escassez de alimentos e dos perigos diários que enfrentam. Essa foi a condição humana durante quase todo o período de existência do homem na Terra. É um estilo de vida muito semelhante ao do *Homo erectus* de há um milhão de anos, e esse foi também o tipo de vida que ele e seu descendente, o *Homo sapiens*, viveram nos 990 000 anos que se seguiram. Segundo cálculos atuais, durante todo esse longo período de tempo o homem aumentou de número apenas de cerca de um décimo de 1 % em cada século.

Eis que, então, há cerca de 8 000 anos, a situação começou a mudar com uma rapidez dramática. Em terras fora das zonas de florestas e de desertos, a população humana principiou a aumentar. Supõe-se que o agente provocador dessa reviravolta no destino do homem tenha sido possivelmente uma planta selvagem, trigo ou cevada, que cresciam em abundância naquela época, como hoje, nas colinas arenosas e deltas férteis dos rios do Oriente Médio. Essas plantas produzem espigas com sementes numerosas e muito nutritivas, além de serem fáceis de debulhar e limpar. Ao caçar nos descampados, o homem sem dúvida já tinha colhido e se alimentado desses grãos, onde quer que os encontrasse. A mudança no destino da humanidade ocorreu no dia em que o homem percebeu que não precisava depender do acaso para encontrar essa planta. Se, em vez de comer todas as sementes recolhidas ele reservasse algumas e as plantasse em local adequado, não seria mais obrigado a vaguear à procura delas no verão seguinte. Podia fixar moradia ao lado de suas plantações e esperar que as espigas brotassem. Abandonando a vida nômade, deixou de ser um colhedor ocasional e se tornou lavrador. Pôde, então, construir para si uma moradia permanente e começar a viver em agrupamentos, fundando, assim, as primeiras povoações.

Uruk, na Síria, foi construída no que era, na época, o delta pantanoso e coberto de junco dos rios Tigre e Eufrates. Hoje a região é um deserto, mas Uruk foi um dia uma cidade complexa. Seus habitantes cultivavam o trigo nos arredores e mantinham rebanhos de cabras e carneiros. Sabiam fabricar utensílios de cerâmica, cujos fragmentos são encontrados até hoje, dispersos pela região. E no centro da cidade erigiram uma montanha artificial, construída com tijolos de barro cozido, ligados entre si por camadas de junco trançado. Essa vida sedentária e estabelecida dos cidadãos de Uruk possibilitou um novo avanço evolucionário na técnica de comunicação humana. Os povos nômades, perpetuamente em movimento, são forçados a ter um mínimo de possessões materiais. Quem mora em uma casa, porém, pode acumular toda sorte de objetos. Nas ruínas de uma das edificações de Uruk foi descoberto um pequeno tablete de argila completamente marcado por incisões. É o mais antigo exemplo de escrita que se conhece. Até hoje ninguém sabe ao certo seu significado. Dá a impressão de ser um registro de estoques de alimentos. As formas talhadas parecem baseadas na aparência dos objetos representados, mas não há qualquer tentativa de uma reprodução naturalista da imagem. Os sinais não passam de diagramas simples, que provavelmente eram reconhecidos sem dificuldades pelas pessoas a quem eram destinados.

No dia em que fez essas incisões no pequeno tablete de argila e o preservou por meio do cozimento do barro, o homem mudou completamente o curso da evolução. A partir de então, um indivíduo dispunha de um meio de transmitir informação aos outros de tal maneira que era independente de sua presença física ou mesmo do fato de estar vivo. Povos distantes e gerações por nascer podiam, daquele momento em diante, ter conhecimento de sucessos e erros, de critérios e decisões, de realizações e rasgos de genialidade. Pesquisando entre a monotonia de fatos corriqueiros podiam, agora, encontrar a semente de uma idéia, de uma experiência útil, do conhecimento, enfim.

Comunidades mais distantes, no vale do Nilo, nas florestas da América Central e nas planícies da China também chegaram a inovações semelhantes. A representação diagramática dos objetos simplificou-se e adquiriu novos significados. Por meio de combinações especiais, os sinais passaram a representar sons. Os habitantes da região leste do Mediterrâneo criaram um sistema completo por meio do qual cada um dos sons de sua linguagem falada era representado por um sinal talhado na pedra, riscado na argila ou desenhado em papel.

A mudança revolucionária resultante de experiências compartilhadas e da difusão do conhecimento humano tinha-se iniciado. Mil anos mais tarde os chineses deram-lhe novo impulso inventando um meio de reproduzir esses sinais mecanicamente e em grande número. Muito mais tarde, na Europa, Gutenberg desenvolveu, independentemente, a técnica de impressão por meio de tipos móveis. Assim, nossas bibliotecas, descendentes desses antigos tabletes de argila, podem ser consideradas imensos cérebros comunais, memorizando infinitamente mais do que seria possível a qualquer cérebro humano. Elas podem ser consideradas também como se fossem uma espécie de ADN extracorpóreo, atributos de nossa herança genética tão decisivos e importantes na determinação de nosso comportamento quanto os cromossomos em nossos tecidos o são da forma física de nosso corpo. Foi essa sabedoria acumulada e transmitida que acabou permitindo a descoberta de soluções para os problemas impostos pelo meio ambiente. Nosso conhecimento de técnicas de agricultura e aparelhamentos mecânicos, de medicina e engenharia, de matemática e viagens espaciais depende inteiramente da experiência acumulada. Isolados de nossas bibliotecas e de tudo que elas representam, e abandonados em uma ilha deserta, qualquer um de nós retornaria rapidamente à vida de caçador e forrageador para sobreviver.

O entusiasmo do homem pela comunicação deve ter tido a mesma importância para seu sucesso como espécie quanto a barbatana o teve para os peixes ou a pena para as aves. Os seres humanos não limitam suas comunicações às pessoas que conhecem ou mesmo à sua própria geração. Arqueólogos trabalham incessante e meticulosamente na tentativa de decifrar os tabletes de argila recuperados em Uruk, na esperança de que alguém, num passado tão distante, tenha tido a idéia de anotar alguma mensagem mais significativa do que a descendência de algum presunçoso figurão local ou simples listas de lavanderia. Em nossas cidades, os dignitários preparam mensagens destinadas às gerações futuras, enterrando informações em cilindros capazes de resistir até a uma catástrofe nuclear. E os cientistas, convencidos de que a mais pura e refinada das linguagens humanas é a matemática, selecionaram uma verdade universal que tem a esperança de que seja reconhecida por toda a eternidade — a fórmula para medir o alcance das ondas de luz — e a enviam, por meio de feixes direcionais, para outras galáxias na Via Láctea, proclamando que aqui na Terra, depois de 3 bilhões de anos de evolução, surgiu uma espécie capaz, pela primeira vez, de acumular e transmitir sua experiência de geração em geração.

Este último capítulo foi dedicado a uma única espécie, a nossa; tal fato pode dar a impressão de que o homem é o triunfo supremo da evolução e que todos esses milhões de anos de desenvolvimento não tiveram outro objetivo senão dar-lhes esse lugar de destaque. Não existe qualquer evidência científica que justifique essa concepção, e nenhuma razão para supor que nossa passagem pela Terra seja mais duradoura do que a dos dinossauros. O processo evolucionário continua sem cessar entre plantas e aves, insetos e mamíferos. Portanto, é muito provável que, se por uma razão qualquer, o homem desaparecesse da face da Terra, uma criatura discreta e modesta, que vive uma vida apagada em algum lugar do mundo, começasse a se desenvolver em uma nova espécie e, finalmente, viesse a ocupar nosso lugar.

Negar nossa posição única e especial no mundo natural pode parecer uma atitude convenientemente modesta aos olhos da eternidade. Mas essa mesma negativa poderia ser usada como uma desculpa para fugir às nossas responsabilidades. A verdade é que nenhuma outra espécie, em tempo algum, teve um controle tão completo e absoluto sobre tudo o que existe na Terra, vivo ou morto, como nós temos hoje. Esse poder nos lega, independentemente de nossa vontade, uma responsabilidade terrível. Em nossas mãos se encontra não apenas nosso próprio futuro mas o de todos os outros seres vivos com os quais compartilhamos a Terra.

Árvore da vida simplificada

A largura das colunas dá uma idéia da abundância das espécies.

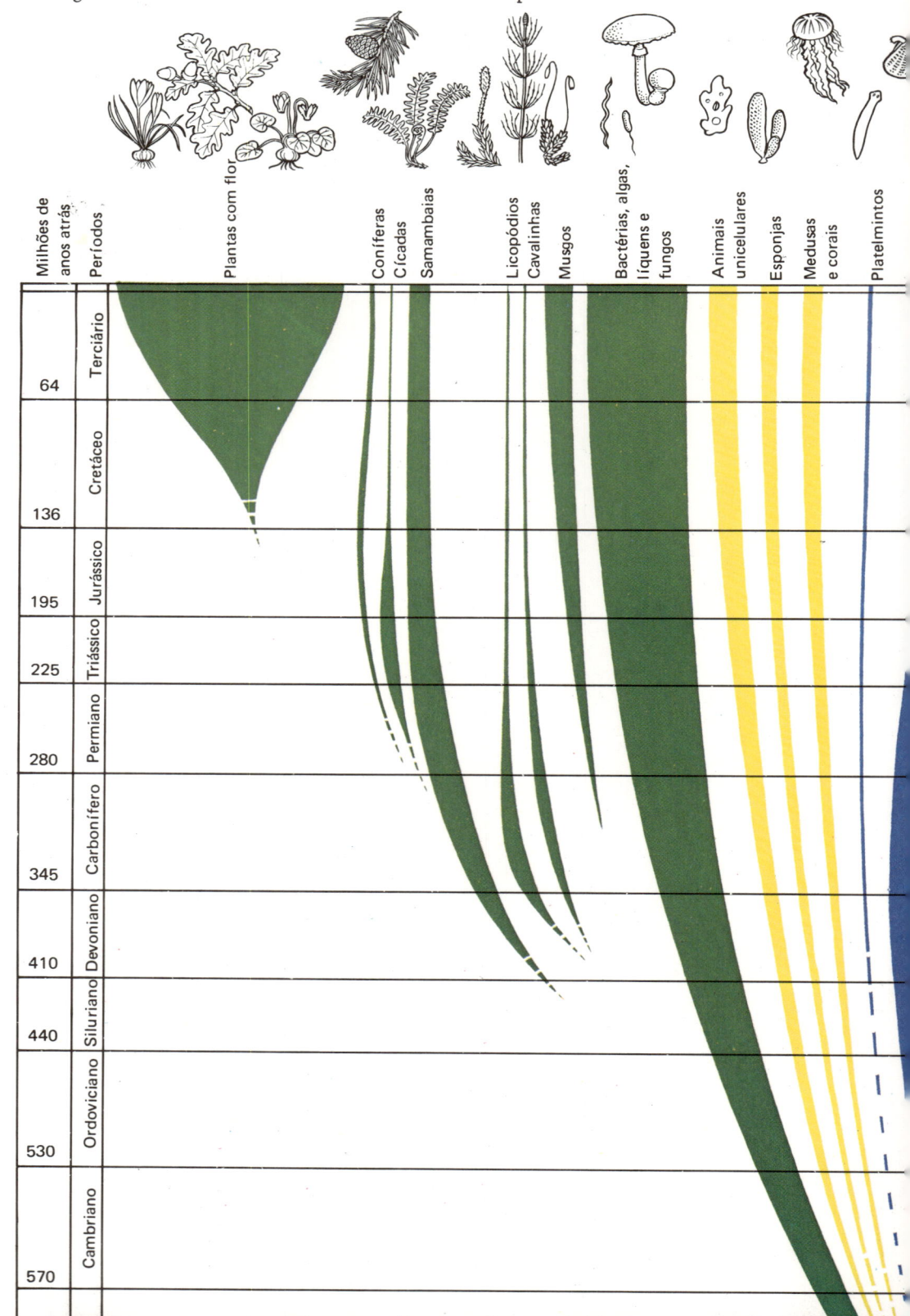

Milhões de anos atrás	Períodos	Plantas com flor	Coníferas	Cicadas	Samambaias	Licopódios	Cavalinhas	Musgos	Bactérias, algas, líquens e fungos	Animais unicelulares	Esponjas	Medusas e corais	Platelmintos
64	Terciário												
136	Cretáceo												
195	Jurássico												
225	Triássico												
280	Permiano												
345	Carbonífero												
410	Devoniano												
440	Siluriano												
530	Ordoviciano												
570	Cambriano												

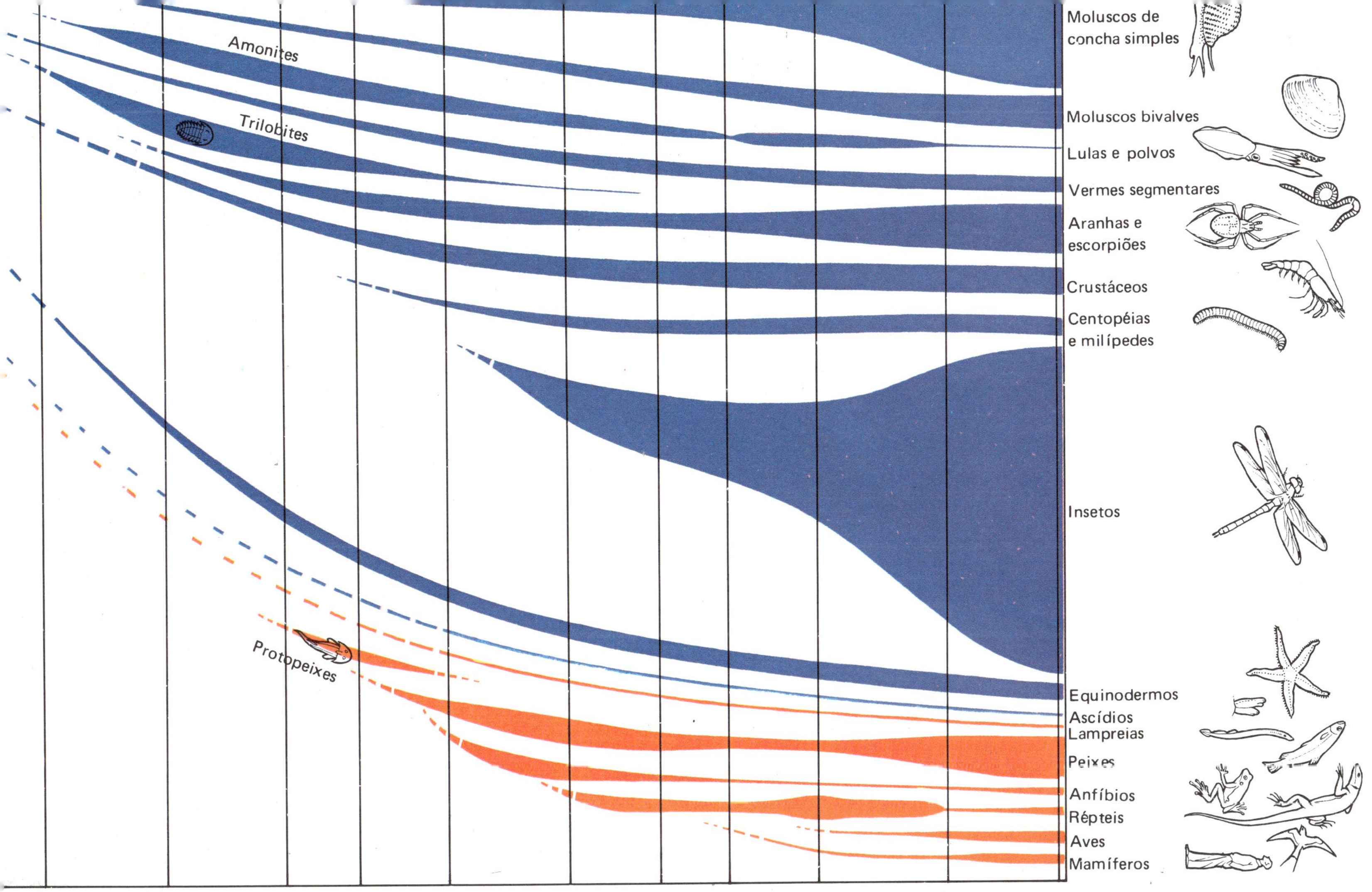

Moluscos de concha simples
Moluscos bivalves
Lulas e polvos
Vermes segmentares
Aranhas e escorpiões
Crustáceos
Centopéias e milípedes
Insetos
Equinodermos
Ascídios
Lampreias
Peixes
Anfíbios
Répteis
Aves
Mamíferos
Amonites
Trilobites
Protopeixes

Agradecimentos

Este livro foi escrito ao mesmo tempo que uma série de programas da televisão estava a ser filmada sobre os mesmos temas. Em conseqüência, todos aqueles que trabalharam nos filmes contribuíram, de uma ou outra forma, para o livro. Os seus nomes aparecem na página seguinte e estou grato a todos eles sem exceção. Para com alguns de entre eles estou especialmente em dívida. Três, Maurice Fisher, Paul Morris e Lyndon Bird, foram meus companheiros durante a maior parte das filmagens de exteriores. A sua boa disposição manteve-se até mesmo nas circunstâncias mais difíceis, e quando o sentido das palavras que eu proferia para as suas lentes e microfones se tornava obscuro eles obrigavam-me, da forma mais gentil, a clarificar as minhas idéias. Cada um dos programas, e portanto cada um dos capítulos, esteve especialmente a cargo de um dos três produtores-realizadores Christopher Parsons, Richard Brock e John Sparks. Foram infatigáveis em criticar as hipóteses convencionais da história natural e continuamente buscaram exemplos novos, jamais filmados, para ilustrar os nossos pontos de vista. Muito lucrei com as suas conversas.

Além disso, fui ajudado no que se refere ao texto, por cientistas que leram capítulos isolados, entre os quais: Robert Attenborough, Brian Gardner, Alice Grandison, Humphrey Greenwood, Leo Harrison, Matthews e Vernon Reynolds. Estou em dívida para com eles por me terem desviado de muitos erros. Peter Campbell, Robert Macdonald e Naomi Narod trabalharam então com espantosa rapidez e o maior cuidado para transformar o texto datilografado na edição original do livro.

Durante os três anos em que viajamos e filmamos recebemos a mais generosa assistência da parte de vários peritos que nos levaram a locais remotos e pouco conhecidos para nos proporcionarem o privilégio de observar criaturas que apenas eles, em conseqüência do seu trabalho paciente ao longo de extensos períodos de tempo, podiam proporcionar. Incluem-se entre eles: na África, Peter Britton, Dian Fossey, Ian Redmond e Shigao Uehara; na Austrália, Terry Dawson, Graham George, Dione Gilmour, Richard Jenkins, Peter Kupke, Frank Mugford, Phil Playford, Peter O'Reilly e Rod Wells; no Canadá, David Sergeant; em Fidji, Ian Brown; no Japão, Mrs. Ito; na Malásia, Ken Scriven; no Panamá, Ira Rubinoff, e nos Estados Unidos, Don Beckmann, Bill Breed, Sylvia Earle, Carl Schuster, Steve Smith e Warren Zeiller.

A VIDA NA TERRA

Produtores-realizadores
Richard Brock
Christopher Parsons
John Sparks

Assistentes de produção
Neil Cleminson
Keith Hopkins
Mike Salisbury

Secretárias de produção
Pamela Jackson
Jane Trethowan

Operadores de câmara
Maurice Fisher
Ray Henman
Martin Saunders

Assistentes de câmara
Jeremy Gould
Neil Matthews
Hugh Maynard
Paul Morris

Operadores de som
Lyndon Bird
Peter Copeland

Roger Long
Bob McDonnell

Montagem
David Barrett
Alec Brown
Ron Martin

Coordenadores
Derek Anderson
Rosanne Leigh

Equipe de imagem especializada
Densey Clyne
Walter Deas
Ron Eastman
Jim Frazier
Chris Fryman
Al Giddings
David Hughes
Rodger Jackman
Alasdair MacEwen
Hugh Miles
Sean Morris
David Parer
Peter Parks
Peter Scoones
David Thompson
Maurice Tibbles

CRÉDITOS DAS ILUSTRAÇÕES

Pesquisa: Naomi Narod

Pág. 10 David Attenborough; 12 Udo Hirsch/Bruce Coleman Ltd; 16-17 R. Everts/ /ZEFA; 21 David Attenborough; 23 David Attenborough; 24 David Attenborough; 25 Oxford Scientific Films; 27 Manfred Kage/Bruce Coleman Ltd; 29 Oxford Scientific Films; 30-31 Nicholas De Vore III/Bruce Coleman Ltd; 34 David Attenborough; 39 R. Levi-Setti; 41 Walter Deas/Seaphot; 43 Isobel Bennett; 45 Oxford Scientific Films; 47 Carl Roessler/Oxford Scientific Films/Animals Animals; 49 P. Laboute/ /Jacana; 51 Peter David/Seaphot; 53 Bill Wood/Bruce Coleman Ltd; 55 (a-e) Smithsonian Institution. Fotos n.ºs: (a) 18 Fs (b) 52 Fs (c) 37 Fs (d) 29 Fs (e) 17 Fs (f) Maurice Fisher; 58-59 David Attenborough; 61 David Attenborough; 66 David Attenborough; 69 Hermann Eisenbeiss; 71 Jane Burton/Bruce Coleman Ltd; 72-73 Jeff Foot/Bruce Coleman Ltd; 75 Jane Burton/Bruce Coleman Ltd; 77 Ed Ross; 79 David Hughes/ /Bruce Coleman Ltd; 81 Heather Angel; 83 Ed Ross; 84 Heather Angel; 87 Stephen Dalton/Bruce Coleman Ltd; 89 Heather Angel; 91 Hermann Eisenbeiss; 95 Ed Ross; 98 Eric Crichton/Bruce Coleman Ltd; 101 Hermann Eisenbeiss; 103 Hermann Eisenbeiss; 105 Simon Trevor/Buce Coleman Ltd; 107 Glenn Prestwich; 110 O. S. F./Bruce Coleman Ltd; 113 F. A. O. Photo; 117 Dick Clarke/Seaphot; 118 Heather Angel; 121 Trustees of the British Museum (Natural History); 122 Neville Coleman/Bruce Coleman Ltd; 124-125 P. Laboute/Jacana; 128 Ed Ross; 131 Allan Power/Bruce Coleman Ltd; 134 Peter David/Seaphot; 137 Christian Petron/Seaphot; 139 David Attenborough; 143 Jane Burton/Bruce Coleman Ltd; 145 Peter Scoones; 147 Heather Angel; 151 Carl Gans; 153 David Attenborough; 155 M. J. Coe/Oxford Scientific Films; 161 Densey Clyne; 164 David Attenborough; 167 David Attenborough; 170-171 Jonathan Blair/ /Susan Griggs Agency; 175 Rajesh Bedi; 177 David Hughes/Bruce Coleman Ltd; 179 Jane Burton/Bruce Coleman Ltd; 180 Carol Hughes/Bruce Coleman Ltd; 182-183 Fred Graham/Auman Photo Studio; 188 Cortesia do Museum für Naturkunde, Berlim, RDA; 191 Allan Root/Tierbilda Okapia; 193 F. Allan/Oxford Scientific Films/Animals Animals; 196-197 Eugen Schuhmacher, München-Grünwald; 198 Jane Burton/Bruce Coleman Ltd; 201 Stephen Dalton/Bruce Coleman Ltd; 203 Rajesh Bedi; 205 A. J. Deane/Bruce Coleman Ltd; 208 Yves Kerban/Jacana; 211 Gunter Konrad; 214 Bill Peckover; 217 Stephen J. Krasemann/Bruce Coleman Ltd; 218 P. Morris/Ardea; 220 Jean-Paul Ferrero; 224 Oxford Scientific Films; 227 Harold Schultz/Bruce Coleman Ltd; 231 Oxford Scientific Films; 235 Ederic Slater/CSIRO; 239 J. P. Ferrero/Ardea; 242-243 C. B. Frith/Bruce Coleman Ltd; 245 Hans Reinhard/Bruce Coleman Ltd; 247 John Gerard/Jacana; 250-251 Ed Ross; 254 Karl Weidmann/Oxford Scientific Films/ /Animals Animals; 258-259 Oxford Scientific Films; 261 Jane Burton/Bruce Coleman Ltd; 265 Gordon Williamson/Bruce Coleman Ltd; 268 Hans Reinhard/Bruce Coleman Ltd; 272 David Attenborough; 275 Stouffer/Oxford Scientific Films/Animals Animals; 278-279 Hugo Van Lawick; 282-283 Hugo Van Lawick; 288-289 John M. Pearson/ /Bruce Coleman Ltd; 295 David Attenborough; 296 Norman Myers/Bruce Coleman Ltd; 299 Ivan Polunin; 300 MPL Fogden/Bruce Coleman Ltd; 303 Christian Zuber/ /Bruce Coleman Ltd; 305 Mike Freeman/Bruce Coleman Ltd; 307 Francisco Erize/ /Bruce Coleman Ltd; 309 David Attenborough; 311 Alain Compost/Bruce Coleman Ltd; 313 Bruce Coleman Ltd; 316 John Sparks; 318 David Attenborough; 326-327 David Attenborough; 331 David Attenborough; 333 David Attenborough; 336 Mike Salisbury; 339 David Attenborough; 344-345 Denys Ovenden.

Índice remissivo

Abelhas, 85, 88, 92, 109.
Ácido fórmico, 96, 195.
Ágnatos, 119.
Águias, 215.
Albatroz, 199.
Alcedinídeos, 213.
Algas, 19, 65.
    verde-azuis, vide *Cianófitas.*
    unicelulares, 36.
Aligátor, 176.
Alimentação, 269, 270, 271, 273.
Amebas, 28, 32.
Aminoácidos, 20.
Ammcoete, 116.
Amonites, 48, 50, 52.
Andorinha, 198.
    -do-mar (*Sterna fuscata*), 198, 202.
Anêmona-do-mar, 33, 36, 115.
Anfíbios, 76, 148, 154, 157, 158, 163.
Anfioxo, 115, 116.
Anfiumídeo, 150.
Angwantibo, 301.
Anhingas, 195.
Antílopes, 169, 287, 290.
Antropóides (*Pongidae*), 315, 324.
Anuros, 152, 156.
Apatossauros, 169, 174.
Aranhas, 68, 70.
Arara, 194.
Arganaz, 273.
Argonauta, 50.
Aristata, 82.
Armadillos, 249.
Arqueópterix, 190, 192, 215, 216.
Arraias, 126.
Arte rupestre, 335, 337.
Ascídias, 115, 116.
Atlas, montanhas, 38.

Australopithecus, 323.
Autopolinização, 88.
Avahi, 301.
Ave-do-paraíso, 207, 209.
Axolotle, 149.
Aye-aye, 301.

Babuíno, 328.
Bactérias, 19, 22.
Baleias, 263, 266, 267.
Baratas, 108.
Bárbulas, 187.
Beagle, HMS, 11.
Besouros, 85.
    -do-Colorado, 114.
Biami, 329, 330.
Bicho-da-seda, 97.
Bichos-de-conta, 38.
Bicos-de-tesoura, 194.
Boas, 181.
Bombina, 154.
Boodie (*Bettongia lesuer*) 234, 236.
Bovinos, 169.
Braquiópodes, 38, 42, 44, 57, 116.
Bromeliáceas, 158.
Brontossauros, 169.
Bugios, 304.
Búzios, 46.
Burgess, Canadá, 116, 119.

Cachalotes, 52, 263.
Cães da pradaria, 281, 284.
Calaus, 213.
Calcita, 60.
Camarões, 37.
Camelo, 285.
Canguru-vermelho, 237.
Canídeos, 292.
Caranguejo-aranha, 62.
    -eremita, 62.
    -de-palmeira, 62.

"Caravelas portuguesas", 33, 35.
Cartilagem, 123.
Cascavéis, 185.
Casuar, 219, 230.
Cauris, 37, 44.
Cavalinhas, 74.
Cavalo-marinho, 129.
Cecilídeos, 150, 152.
Cegonhas, 215.
Celacanto, 141, 142, 144.
Celulose, 270.
Centopéias, 68.
Cetáceos, 262, 263.
Chevrotains, 276, 277.
Chimpanzés, 266, 314, 320, 321, 334.
Chita, 290.
Cianófitas, 24, 26.
Cicadáceas, 80, 88, 172.
Cigarras, 94.
Citoplasma, 26.
Clorofila, 24, 28.
Cloroplastos, 26.
Coala, 234.
Cobras-cegas, 150, 152.
Código genético, 26.
Coelho, 270.
Colêmbolos, 76, 94.
Colibris, 198.
Colombo, C., 228.
Colugo, 253.
Comores, Ilhas, 142.
Comunicação, 342.
Condylura cristata, 246.
Coníferas, 46, 82, 173.
Coral, 35, 36, 37.
Cormorões, 195.
Coroa-de-espinhos, 56.
Corrente de Humboldt, 165.
Corvos-marinhos, 13.
Cracas, 62.
Crinóides, 38, 52, 56.
Crocodilos, 174, 176.

349

Cromossomos, 26.
Crustáceos, 61, 62, 93.
Cuco, 213.
Cupim, 105, 106.
Curiolas, 90.
Cururu-pé-de-pato (*Pipa pipa*), 157.
Cutia (*Dasyprocta*), 276.

Darwin, Charles, 11, 13, 14, 160, 189, 192.
Dedaleira, 90.
Dentes, 270, 271.
Dentina, 270, 286.
Desmans, 246.
Desoxirribonucléico, ácido (DNA ou ADN), 20, 26.
Diatryma, 216, 219, 230.
Digestão, 270, 271.
Dik-dik, 287.
Dimetrodonte, 225.
Dinossauros, 168, 172, 173, 174, 269.
Diphylodes magnificus, 207.
Divisão assexuada, 65, 67.
Dodó, 216.
Drepanidídeos, 192, 194.
Drill, 308.
Duikers, 276, 277, 287.

Ediacara, serra de Flinders, 33, 35, 56.
Electric eel (enguia elétrica), 136.
Elefantes, 271, 280.
Emas, 230.
Embaúba, 274.
Endotermia, 166, 172, 225.
Enguia-de-casulo, 119.
 -do-Congo, 150.
Ensifera, 194.
Enzimas, 270.
Équidna (*Tachyglossus*), 222, 225, 226, 238, 248.
Equinodermos, 52, 56, 57, 115.
Escalopes, 48.
Escaravelho, 102.

Esclerotina, 93, 94.
Escorpiões, 68, 70.
 -do-mar, 68.
Escrita, 341.
Espermatozóide, 26.
Espículas, 32.
Esporos, 80.
Esponjas, 28, 32.
 -de-vidro, 32.
Esquilos, 273.
Esquimós, 338.
Estapélia, 90.
Estegossauro, 169, 225.
Estrelas-do-mar, 54.
Estromatólitos, 19, 24.
Eumeces, 178.
Eusthenopteron, 146, 148, 150.
Exoesqueleto, 68, 94.
Exotermia, 166, 168.

Faia, 230.
Faisão, 207.
 argus, 207.
Fascíola, 40.
Felídeos, 277, 290, 292.
Ferormônio, 105, 106, 108, 109, 112.
Formigas, 111.
 -caçadoras, 111.
 -do-mel, 111.
Fósseis vivos, 42.
Fossilização, 14, 15, 33, 35, 38.
Fotossíntese, 24, 28, 36.

Gafanhotos, 100.
Galápagos, Ilhas, 11, 13, 14, 163.
Galiforme (*Leipoa ocellata*), 213.
Gambá, 229.
 -da-Virgínia, 228.
 -papa-mel, 234.
Gangos-patola, 215.
Gastrotheca, 159.
Gaviões, 199.
Gazela, 287.
Gêiser, 22.
Gêmulas, 33.

Gene, 20, 26.
Geologia, 230.
Gibão, 314, 315, 316.
Gila, 178.
Gimnuro, 244.
Gnu, 290, 291.
Gogo, Austrália, 120, 127.
Golfinhos, 262, 266.
Gomanton, Bornéu, 256, 257.
Gorgulho, 114.
Gorila, 314, 320.
Gouramis, 129.
Grand Canyon, 15, 18, 22, 37.
Grande Barreira de Coral, 36, 37, 54, 216.
Guemora de De Brazza, 304.
Gunflint Chert, 18, 19, 22.

Hallucigenia, 57.
Hamelin Pool, 24.
Hesperonis, 215.
Hidrogênio, 22.
Hiena, 291.
Hoatzin, 190.
Hominídeos, 324, 325.
Homo erectus, 325, 328, 329, 332, 340.
Homo sapiens, 323, 334, 338, 340.
Huxley, J., 189.

Ichneumonídeos, 102.
Ictiossauros, 168, 173, 244.
Iguanas, 13, 163, 165.
Impala, 287.
Indri, 298, 317.
Iúca, 92.

Jamanta, 126.

Kakapo, 216.
Kiwis, 216.
Krill, 62, 263.

Láctea, 138.
Lagarta, 96.
Lagartixa, 178.

Lagartos, 178.
 -cobra, 181.
Lagostas, 37.
Lampreias, 119, 120, 132.
Lamp-shells (conchas-lamparina), 44.
Lapa, 44.
Lapões, 338.
Larvas, 56.
Latimeria, 142.
Leão, 290, 291.
Lêmure, 297, 298, 301, 304.
 -de cauda listada, 298.
 -*maki*, ou lêmure-gato, 294.
 -camundongo, 301.
Lesmas-do-mar, 37, 46, 50.
Libélulas, 78, 85.
Licopódios, 74.
Licosídeos, 70.
Límulo, 61, 116.
Linguado, 130.
Linguagem, 266, 335, 337, 342.
Lingula, 42, 48.
Lingulella, 42.
Lírio-do-mar, 52.
Lobo-da-Tasmânia (*Thylacinus*), 234.
Lophorina superba, 207.
Lóris, 301.
Lúcio, 129.
Lulas, 50, 52.

Macaca, 308, 310, 314.
Macacos, 285, 293, 294, 304, 306.
 -aranha, 306.
Magnólias, 88.
Malva-rosa, 90.
Mamíferos, 173, 238.
Mandril, 308.
Mariposas, 85, 102.
Mariscos, 46.
Marsupiais, 228, 229, 230, 232, 233, 239, 240.
Matemática, 342.
Medusas, 32, 33, 119.
Mergulhão, 215.
 -de-crista, 206.

Mexilhões, 37, 46.
Microfósseis, 19, 26.
Mioglobina, 262.
Miosótis, 90.
Miriápodes, 67, 68.
Mitocôndrias, 26.
Moloch, 178.
Moluscos, 44, 57.
Montanhas Rochosas, 57.
Morcego, 253, 255, 256, 257, 260, 262.
 -vampiro, 260.
Moscas, 85.
Musaranho, 244, 246, 266.
Musgos, 80.

Nandus (*rhéas*), 230.
Naracoorte, 232.
Náutilo, 50.
 -perlado, 48.
Néctar, 88, 90.
Nectophrynoides, 160.
Necturo, 150.
Nenúfares, 88.
Neopilina, 44, 46, 48.
Notocórdio, 115, 119.

Ofiúros, 54.
Orangotango, 314, 315.
Orcas, 263.
Origem das Espécies, A, 14.
Ornitorrinco, 221, 222, 223, 225, 226.
Ouriço-do-mar, 54.
Óvulo, 26.

Paca, 276.
Pangolim, 248. 252.
Papa-formigas, 234, 248.
Patas, 324.
Pedipalpo, 70.
Peixe arqueiro, 135.
 -borboleta, 133, 204.
 -cabra, 130.
 -cofre, 129.
 dipnóico, 144, 146, 162.
 -dragão, 129.
 -gatilho, 130.
 -gato, 132.
 -manel, 127, 146.
 -voador, 129.

Peixinhos-de-prata, 76, 78.
Pelicossauros, 225.
Penas, 187.
Pennatulacea, 35, 56.
Pepinos-do-mar, 54.
Perereca, 158.
Periquitos, 204.
Pernilongo, 85.
Perônio, 286.
Pés ambulacrários, 52, 54, 62.
Petaurus breviceps, 234, 253.
Petrel, 215.
Pica-pau, 194, 248.
Pigmentação, 338.
Pingüim, 194, 206.
Pinus aristata, 82.
Pinzon, V. Y., 228.
Pítons, 181.
Placenta, 238, 248.
Plâncton, 263.
Platelmintos, 38, 40, 42, 46.
Platypus, 221, 222, 238.
Plesiossauros, 168, 173, 244.
Pólen, 86, 88, 90, 92.
Pólipo, 33, 35.
Poliquetas, 37, 56, 116.
Polvos, 50.
Poraquê, 136.
Potto, 301.
Predadores, 276, 277.
Preguiça, 274, 285, 286.
Primatas, 293, 294, 306.
Prossímios, 294, 301, 302, 304.
Proteínas, 20.
Proto-eqüinos, 286.
Protopeixes, 119, 120, 123, 132.
Protozoários, 24, 28.
Pseudópodes, 28.
Pterodátilo, 189.
Pterossauros, 168, 244, 253.
Ptilonorhynchus violaceus, 210.
Ptilonorrinquídeos, 209, 210.
Pulga, 230.

Pulga-d'água, 62.
Pupa, 99.

Quelíceras, 61, 62.
Queratina, 187, 192, 194, 219.
Quica d'água, 229.
Quitina, 60, 86.

Rádula, 44.
Ralídeos, 216.
Rãs, 154, 158, 159.
   -aguadeira (*Cyclorana*), 160, 162.
   -assobiadora, 159.
   -golias, 152.
Ratazana-toupeira glabra, 280, 281.
Rato-canguru, 236.
Répteis, 163, 166, 169.
Reso, 308.
Rhinoderma, 160.
Rinocerontes, 280.
Rododendro, 90.
Roedores, 276, 277.
Rorquais, 263.
Rúmen, 271.
Ruminantes, 271, 273.

Sagüi, 306.
   -pigmeu (*Cebuella*), 306.
Salamandras, 148, 150.
Salanganas, 213.
Salmão, 136, 138, 141.
Saltadeiras, 70.
Saltão, 144.
Samambaias, 74, 86.
Sapo, 152, 156.
   -parteiro, 158.
Sea squirt, 115.

Seleção natural, 340.
Seleucidis melanoleuca, 207.
Sequóia, 82, 173.
Serpentes, 181, 184.
Sifaka, 297, 298.
Sílex córneo (*chert*), 18, 33, 38, 67.
Símios, 293, 294, 304.
Sirenídeo, 150.
Skinks, 178.
Solenodon, 244.
Solnhofen, Bavária, 187, 189.
Sonar, 255, 266.
Springboks, 287.

Takanhe, 216.
Talo, 80.
Tamanduá, 249, 285.
   -bandeira, 234, 252, 285.
   -colete, 252.
Tamanduaí, 249.
Tamaris, 306.
Tapir, 286.
Tarântulas, 70.
Társio, 302, 304.
Tartarugas, 176.
Tatu, 249, 252, 285.
   -bola, 249, 285.
   -gigante, 249.
Tênia, 40.
Tenrecs, 244.
Tentilhões, 192, 334.
Terapsídeos, 225, 226.
Térmitas, 105.
Terópode, 168.
Tetraz, 207.
Tiranossauro, 169, 174.

Tisanuros, 76, 94, 116.
Torcicolos, 248.
Toupeira, 234, 246.
Trematódeo, 40.
Triceratops, 172, 173.
Trilobites, 38, 60, 61, 93, 94, 116, 132.
Tritões, 148, 149.
Tuatara, 166.
Tubarão, 126.
   -martelo, 132.
Túnica, 44.
Tupaia, 241, 293, 297.

Ultravioleta, 24.
Ungulados, 276.
Urodelos, 148, 152.
Urubus, 199.
Uruk, Síria, 340.

Vermes segmentares, 56, 57, 64.
Vermes achatados, vide *Platelmintos*.
Vertebrados, 115.
Vespas, 85.
Víboras, 185.
Violetas, 90.
Viscacha, 284, 285.
Volvoce, 28.

Walbiri, 337.
Wallabies, 237.
Wallace, Alfred, 14.

Xisto argiloso, 57.

Yellowstone, Wyoming, 22.

Zebra, 286, 287, 291.
Zosteras, 24.